中國文化美學文集

王振复◎著

壹

復旦大學
出版社

王振复， 1945年生，复旦大学中文系教授、博士生导师，长期从事易学、巫文化学与美学，中国美学史，中国佛教美学，中国建筑文化与美学等领域的教学与研究。曾任日本京都外国语大学、韩国启明大学客座教授，浙江大学建筑系、上海交通大学人文学院兼职教授。出版专著《〈周易〉的美学智慧》（1991，2023）、《周易精读》（2007，2016）、《〈周易〉通识》（2023）、《中国巫文化人类学》（2020）、《中国巫性美学》（2021）、《中国美学的文脉历程》（2002，2023）、《中国美学史新著》（2009）、《中国早期佛教美学史》（2018）、《建筑美学》（1987，1993）、《中华古代文化中的建筑美》（1989，1993）、《中国建筑的文化历程》（2000，2006）、《建筑中国：半片砖瓦与十里楼台》（2021）等40余种，发表学术论文近200篇，承担并独立完成国家社科研究项目3项，荣获国家图书奖提名奖、中国图书奖与教育部教学成果一等奖等多种奖项。《中国美学范畴史》（三卷本，主编兼第一卷作者之一）入选2019年度国家哲学社会科学著作外译项目，《大易之美》在韩国出版韩文本。

编写说明

一、本文集凡八卷，内容为中国易学、巫文化学及其美学，中国美学史，中国佛教美学，中国建筑文化及其美学四大部分。

二、本文集所编录的学术著论，由王振复教授所撰全部著作与论文约900万字中选出，所著时间在1980年至2023年之间，一般具有学术上的原创性或探讨性的学术价值。

三、本文集并未入选作者近年出版的某些著作，如《中国巫性美学》与《周易通识》等书；未入选被译为外文在国外出版的学术著论，如韩文版《大易之美》等。

四、编辑过程中，尊重原出版物原貌及作者的语言风格，只作最小程度的技术处理。

五、本文集的编选与出版，历时约为四年。

总 目

目　录

自　序

王振复

本文集凡八卷，所选学术著论大致分为四类：（一）中国易学、巫文化学及其美学；（二）中国美学史；（三）中国佛教美学；（四）中国建筑文化及其美学。依此编为前后两部分：第一至六卷为学术著作；第七至八卷为学术论文及附录（包括序、自述、学界评说、全部著述目录）。全文集从本人所撰40多部学术著作与近200篇论文约900万字中选出。本人的学术研习与教学实践，大凡归类于上述四个人文学术领域。为学之本，在于易学、巫学与文化人类学。于易之象数、义理之学及其联系的阅读与研习，所耗精力、时间尤多。几可与此并列的，是中国美学史著、中国佛教美学、中国建筑文化及其美学的研习与撰作。四个学术方向的共同研究主题，大致可统属于中国美学，集中于中国美学关于审美意识的原型研究。

本人的中国美学研究，努力走上一条与一般中国美学研究不一而独特的学术之途。其一，通过易巫之学及其人类学的研讨，揭示其与中国原始审美意识相系、归于原始巫性文化这一根因根性；其二，关于中国美学史的撰写，从文化哲学进入，研讨中国美学的意识、观念、思想及其命题、范畴文脉历史的本相与规律；其三，作为中国美学特殊部分的中国佛教美学的研究，重在探问佛教美学逐渐中国化本土化之佛、道、儒三学趋于圆融的内在机制与断代史形态；其四，作为中国建筑文化及其美学这一"物"之美学的研究，将中国建筑文化的基本门类、基本构件及其空间造型、时间意识、技术结构、时空意象、历史文脉与审美特征等重要课题，作为主要的研究对象。

四个学术领域相对广泛，所研究的共同主题为中国文化与美学，而各有侧重。其间，关于中国巫文化与巫性美学、《周易》美学和中国建筑文化及其美学研究等，具有较多的学术上的原创性。本人所坚持的主要而基本的研究理念与方法，在于努力熟读诸多有关中外文化典籍（主要为历代易学著作、佛典与西方文化人类学著作）的前提下，糅用西方文化人类学关于巫学的理念方法而坚持"本土化研究"的学术立场，可称为"作为文化哲学的美学"[①]，即中国易、巫文化人类学及其美学。

---

① ［德］海因茨·佩茨沃德：《符号、文化、城市：文化批评哲学五题》，邓文华译，四川人民出版社，2008，第46页。

本人小的时候，由于所生活的时代、环境与清贫家庭因素的局限，很少能够阅读小学、中学教科书以外的书籍，更谈不上所谓家学。各科学习成绩可称优异，而于中国学统意义上所谓的"学问"，直到1964年初秋考入复旦大学中文系就读依然懵懵懂懂，未谙所以。好在关于读书，从来兴趣尤大。得益于家境贫寒的生活磨炼、祖辈勤奋的影响与师长的悉心教诲，在"尊德性"方面有所养成。因此于读书、写作从来不怕辛苦，可谓数十年如一日，注重学术研究理念与方法的继承与革新。本人的中国美学等的学习与研究之路，如从1965年上半年最初阅读《美学问题讨论集》（凡6册）算起，已走过58年光阴；从1966年初，与同学合作、初次学习撰写文学评论、发表于《收获》1966年第一期至今，时间已过去57年；1980年《复旦学报》发表平生第一篇美学论文习作，题为《从社会实践看"共同美"》，40余载倏忽而逝。

在本人颇为漫长的学术研习中，一般先从哲学尔后从人类学的文化哲学进入，将中国巫、易文化与美学，中国美学史，中国佛教美学，中国建筑文化与美学，作为思性兼诗性的哲学或文化哲学的学术课题加以把握，努力从事中国文化、中国美学的"本土化研究"，以期达成巫学与易之象数学、义理学的内在互应，主要从伴随以原始神话、图腾的原始巫术文化角度，探讨中华原始审美意识的根因根性与悠远、广泛、深邃的历史与现实的人文影响。可以概括为：以巫、易为研究对象，主要运用文化人类学关于巫学的理念与方法，进行关于中国美学的原型研究，追求理念与实证、逻辑与历史相统一的学术境界。

前言分上下篇。

上篇　著论提要与说明

壹 ｜ 《周易》的美学智慧

《〈周易〉的美学智慧》，湖南出版社1991年初版，上海古籍出版社2023年修订版，拙著《巫术——〈周易〉的文化智慧》（浙江古籍出版社，1990年版，未入选本集）续篇，为国内外学界《周易》美学的开山之作。该书出版后，流传于国外学界，获日本笹川良一基金会所颁"优秀学术著作奖"，中国安阳国际易学大会所颁"国际优秀易学著作奖"，上海市哲学社会科学联合会所颁"优秀著作奖"。1993年秋，因该书之故，本人应邀率团出席"马来西亚吉隆坡第十一届国际易学大会"，作大会主题发言与专题学术报告。

本书提出、论证"原始易学是巫学"这一学术新见。以象数、义理学及其相系研究为学术之基，从文化人类学关于巫学的角度，论证通行本《周易》本经的巫性文化特质，不持笼统的"《周易》为哲学著作"（《易传》具有丰富而深邃的哲学思想）的传统易学之见，努力实证通行本《周易》为"文化类著作"这一见解，兼而论证与《易传》相系的哲学、仁学与道学等的《周易》巫性美学这一学术新课题。

本书主要论题为：原始易学是巫学；从巫性智慧到诗性智慧的转换机制；气，《周易》美学智慧的文化哲学；符号美学智慧的缘起；意象美学智慧的滥觞；生命美学智慧的发蒙；阴阳美学智慧的建构；中和美学智慧的范型；人格美学智慧的超越；《周易》美学智慧的文化心理；太极，《周易》美学智慧的圆成。

贰 │ 周易精读

《周易精读》，"汉语言文学原典精读系列"之一，2007年初版于复旦大学出版社，2009年重印，有2016年修订版、2023年中华书局修订版（改书名为"《周易》精讲"）的刊行。

本书对通行本《周易》全书，进行了逐卦逐爻、逐字逐句的笺注与解说。本书运用文化人类学关于巫学的理念与方法，在卦爻辞与筮符的解读上，重象数之学的爻位说等，吸取、运用古哲、时贤文字训诂等笺注与考古等公认的研究成果，纠正其欠妥之处，补正其可能的疏漏与缺失，对所引的易学史上一些代表性易著，做了些文字与意义方面的对勘。本书不从《易传》的哲学思想与道德说，解读本为巫筮记录与筮例的本经，努力实践梁启超所提倡

"以复古为解放"①的治经理念与方法。本书为大学本科与研究生的一部基础易学教材。

叁 ｜ 中国巫文化人类学
　　 秦汉美学范畴的酝酿

一、中国巫文化人类学

《中国巫文化人类学》，山西教育出版社2020年初版，"十三五"国家重点图书出版规划项目，国家出版基金资助项目成果，为本人任第一主编"中国巫文化研究丛书"之一，学界第一部中国巫文化人类学著作。

中外学界的"广义神话"说，将人类上古文化统称为"原始神话"，将上古文化思维统归于"神话思维"，是笼统而欠妥的。本书持"狭义神话"说，即将整个人类上古文化，分为彼此相系又相异的原始神话、图腾与巫术的"动态三维"，而以"三位一体，各具其'性'"加以概括，同属于"原始'信文化'"这一本人新倡的人类学概念。认为巫术的文化成因、形态、机制与功能，不同于神话与图腾，为人类宗教文化诞生之前最早的人类三大原始文化形态。历史尤为悠久而强盛的中国"原始'信文化'"的代表之一，为原始巫术，主要指殷代甲骨占卜与周代易筮。它是以神性、灵性与巫性为主的神与人、神性与人性的结合与妥协，是以拜神、媚神为主的拜神与降神、媚神与渎神的背反与合一。作为企图把握世界的一种"倒错的实践"方式，巫文化有时与科学相遇，而其反科学性毋庸置疑。为求维护自身所谓"灵验""有效"的"权威性"，巫文化作为科学的

---

① 王振复：《〈周易〉精读》，复旦大学出版社，2007，第1、3页。按：梁启超《清代学术概论》曾经提出与论证"以复古为解放"这一著名而深切的治经命题，称对于"清学"而言，其"第一步，复宋之古，对于王学而得解放。第二步，复汉唐之古，对于程朱而得解放。第三步，复西汉之古，对许、郑而得解放。第四步，复先秦之古，对于一切传注而得解放。"（梁启超：《清代学术概论》，《梁启超论清学史二种》，朱维铮校注，复旦大学出版社，1985，第6页）

"伪兄弟"①，有时会对科学采取某种容忍态度。巫术充满了谬误和荒谬。在漫长的人类原始社会实践中，从神性、灵性与巫性崇拜走向诗性审美，是可能的。春秋战国时期，中国文化开启了从"巫"到"史"的历史与人文转换，严重影响了中国传统哲学、政治、伦理、艺术与审美甚至科学的生成和道路。正本清源，对巫文化加以严肃而力求深致的研究与批判，是本书所坚持的学术立场。

二、秦汉美学范畴的酝酿

《秦汉美学范畴的酝酿》，选自《中国美学范畴史》②第一卷第二编"宇宙论与秦汉美学范畴的酝酿"。主要从宇宙论与心性说角度，探讨天人关系和性、情、欲三者与审美的关系问题，对气、象与道三大美学范畴在秦汉时期的酝酿，作出切要的分析与解读。

肆 ｜ 中国美学的文脉历程

《中国美学的文脉历程》，四川人民出版社2002年版，获第六届"国家图书奖提名奖"，2023年由陕西人民出版社出版增订版（改书名为"中国美学文脉史"）。本书将context（以往一般译为"语境"），首译为当下流行而常用的"文脉"（具"上下文关联域"与文化的"来龙去脉"义）一词，力图以"文脉"理念贯穿全书。并非一般学术意义的中国美学通史。是一部"作为文化哲学的美学"史著。

中国美学的"文脉历程"为，上古巫学：审美初始；先秦子学：审美酝酿；秦汉经学：审美奠基；魏晋玄学：审美建构；隋唐佛学：审美深入；宋明理学：

---

① ［英］詹姆斯·乔治·弗雷泽：《金枝》上册，赵昶译，陕西师范大学出版总社，2010，第55页。

② 按：《中国美学范畴史》，三卷本，154.7万字，山西教育出版社2006年版。王振复主编兼第一卷第一作者，教育部人文社会科学研究"十二五"规划项目成果，学界第一部中国美学范畴史著作，由出版社推荐，经国家哲学社会科学规划办公室组织专家严格评审而入选"2019国家哲学社会科学学术著作外译项目"，由该办公室所选定的译者翻译，有待于出版英译本。

审美综合；清代实学：审美终结。从上古至清末，中国美学文脉史，大致走过了一条天神说（上古）—心性说（春秋战国）—宇宙说（秦汉）—本体说（魏晋）—佛性说（隋唐）—儒道释三学合一说（宋明）—回归于儒的实学终结说（清）的道路。从历史与人文发展的径路看，魏晋前为中国美学的"前美学"时期；自魏晋至唐宋，为"建构"期；从宋明至清末，为"完成"期。

伍	中国早期佛教美学史
	中国美学范畴史 · 导言

一、中国早期佛教美学史

《中国早期佛教美学史》，北京大学出版社2018年版，国家社科基金项目成果，原书名为《汉魏两晋南北朝佛教美学史》，所收该书，为修订、增补而成。作为断代中国佛教美学史著，以汉魏两晋南北朝佛教及其美学意蕴为研究对象，以佛教中国化、本土化及其中国审美对文学艺术意识、理念的深巨影响为研究重点，凸显中国早期佛教美学的民族人文特性和中国化、本土化的时代文脉的发展。从简析中国文化智慧与印度佛教入传等"前期准备"始，按时代先后，论述东汉：佛教美学的初始，三国：佛教美学的酝酿，西晋：佛教美学的嬗变，东晋：佛教美学的深化，南北朝：佛教美学的沉潜与狂热，简明揭示中国早期佛教美学的历史轨迹与本相。

二、中国美学范畴史 · 导言

《中国美学范畴史 · 导言》，选自王振复主编《中国美学范畴史》。该书为三卷本，山西教育出版社2006年版，入选2019年度"国家哲学社会科学学术著作外译工程"项目。第一卷写中国美学范畴体系的"酝酿"；第二卷写中国美学范畴体系的"建构"；第三卷写中国美学范畴体系的"完成"。具有一定的学术原创性。这里所选为本人所撰"导言"。其学术新见为："中国美学范畴史，是一个'气、道、象'所构成的动态三维人文结构，由人类学意义上的'气'、哲学意义上的'道'与艺术学意义上的'象'所构成。这三者，作为中国美学范畴史的本原、主干与基本范畴，各自构成范畴群落且相互渗透，共同构建中国美学范畴的历史、人文大厦。"[①]这成为整部中国美学范畴史学术研究的指导思想。

陆	建筑美学
	中华古代文化中的建筑美
	中国建筑的文化历程

一、建筑美学

《建筑美学》，"门类美学探索丛书"之一，云南人民出版社1987年版，国内第一部原创性的建筑美学著作，罗哲文赐序云，该书为"首创之作，成功之作"。由出版社推荐，1993年由中国台北地景企业股份有限公司出版繁体直排本，流传于国外学界。本书认为，建筑的文化本质，由"材料因"、"场"素与"功能质"及其三者的相互联系所构成。本书以美学基本原理为指导，从建筑文化的基本特征入手，努力深入、简要地论析建筑美的文化根因根性、内在机制、时代与民族特点，进行建筑和诗歌、绘画、音乐与雕塑等纯粹性审美艺术的比较研究，以中国佛塔与帝王陵寝为特例，解读中国建筑的崇拜兼审美的文化个性，辨析建筑实用与审美的背反兼合一关系、建筑时空意象的"抽象美"与"模糊美"等。认为建筑美，是环境与人、实体与空间、实用与审美，以及材料、技术、结构与附丽其间的艺术装饰、布置等的时空组合，其审美移情，为心理上"难得的糊涂"与生理上"运动的冲动"。

二、中华古代文化中的建筑美

《中华古代文化中的建筑美》，上海学林出版社1989年初版，学界第一部原创性的中国建筑美学著作。由出版社推荐，1993年重新出版于中国台北博远

---

① 王振复主编:《中国美学范畴史·导言》，第一卷，山西教育出版社，2006，第1页。

出版有限公司，流传于国外学界（该书与台北版拙著《风水圣经:〈宅经〉〈葬书〉》（今译、导读），合编为《中华建筑美学》一书，2022年由上海古籍出版社出版）。台湾版"重版自序"云，"本书试从文化学角度，将中国传统建筑的技术与艺术，作为一种特殊的东方古代的审美文化现象来加以研究，努力探测其文化本原"[①]。

全书论述彼此相系的九个论题：其一，"建筑即宇宙，宇宙即建筑"，中国建筑文化的时空意识，便是其"宇宙观"；其二，中国建筑文化起源观，积淀着颇为神秘而葱郁的崇天与拜祖的文化意识，促成中国坛庙、宫殿与陵寝建筑的尤其繁荣；其三，自然与人工的"有机建筑"，是中国建筑文化天人合一的文化哲学与时空之美的"模糊"建构；其四，中国文化"淡于宗教"，古代宫殿、陵寝、官署、民居以及城市、村庄等规划与建筑秩序，作为土木"写就"的"政治伦理学"，是以儒学规范为文化基调的礼乐美善的和谐；其五，中国园林文化，作为中国建筑文化的最高与最美形式，一般地强烈渗融着道家亲和自然、回归自然的审美诉求；其六，中国寺塔时空意象的佛性意味浓厚而深致，渗融以儒、道的审美理想，为崇拜与审美的结合；其七，中国建筑的装修、装饰艺术与环境、家具布置等，富于天神、地祇、祖灵、政治、伦理与审美等象征性意蕴；其八，中国建筑的技术（榫卯、斗栱等）与艺术，"错彩镂金"或"返璞归真"；其九，本书以一节的文字篇幅，在学界首次对1932年梁思成、林徽因首创的"建筑意"这一思想深致的建筑美学范畴进行解读，认为建筑时空意象的美，由环境与人、空间与实体、技术与结构、实用与审美、历史与现实等的综合因素所构成，同时才是可能的诗言、书法、绘画、雕塑与音乐等附丽其上的艺术之美。

三、中国建筑的文化历程

《中国建筑的文化历程》，上海人民出版社2000年初版，2006年出版修订本，易名为《中华建筑的文化历程——东方独特的大地文化》。作为一部简明的中国建筑文化史，具有一定的学术原创性。本书"导言"认为，中国建筑文

---

① 王振复：《中华古代文化中的建筑美·重版自序》，中国台北博远出版有限公司，1993。

化，是东方独特的大地文化，可称之为大地"宇宙"。其时空意象的抽象性意蕴，是作为美的"大地文化与大地哲学"。

全书内容为：（一）宫室原始：上古时代穴居和巢居的精神意蕴少弱，原始天神与原始祖神的崇拜，推助了中国建筑文化在实用基础上起源意识的发蒙；（二）先秦时期的营国制度，以殷周帝都及其宫殿的营建为代表，奠定了正南朝向、中轴对称的基本格局，渗透着《周易》先天、后天八卦方位意识和"居天下之中"的"中国"观，其城市建筑的营国制度，被后人总结在《周礼·考工记》中；（三）秦汉时期的建筑观，以建筑这一小"宇宙"，象法天地大宇宙，与皇权政治观纽结，造成了恢弘、伟大的秦汉气度；（四）魏晋六朝的中国建筑文化，经历了普遍而深刻的文脉变调，寺塔文化成为时代新格，玄学兴盛，促成了园林文化的正式登场；（五）唐承汉制，以唐都长安及其宫殿建筑为代表的隋唐宫室，大气磅礴，独步天下，宫殿、陵寝、官署与寺观等，追求伟大尺度与"中国"意蕴；（六）宋代建筑文化的基本性格严谨而清逸。《营造法式》正式建立起严格的中国宫室制度的规范；（七）元代的建筑风格，尚欠"宋调"而仍染"唐风"；（八）明清作为中国建筑文化的终结，长城、北京皇城和明清陵寝的建造等，迎来了中国古代建筑文化最后的辉煌；（九）近现代中国建筑的文化主题，因欧风美雨的冲击，逐渐走上了一条"传统现代化，现代传统化"的道路，以"海派"建筑文化为代表；（十）建筑作为大地的"空间美术"，与环境相谐的技术及其结构，成为建筑本体。中国建筑的技术文化之路，是与整个中国文化、哲学与艺术的追求相谐的。

柒 | 《周易》文化与巫性美学（论文）
| 中国建筑文化与美学（论文）

一、《周易》文化与巫性美学

1.《原始思维：天人合一——〈周易〉文化智慧的人文内涵》，选自上海文艺出版社编《遁世与救世》一书，上海文艺出版社1991年版。主要内容：

（一）《周易》本经的人文思维，属于巫性的原始思维范畴，具有"神人以和"的性质。天人合一的思维方式，相类而不同于原始神话与图腾文化的神性思维。《周易》的巫性思维，在崇拜神性、灵性的同时，一定程度上肯定了被扭曲的人性与人力的作用，以巫性崇拜的面目出现；（二）《周易》本经的巫性思维，为列维-布留尔《原始思维》一书所说的"原逻辑思维"，有"神秘互渗"的思维特点，"在很多场合中都显示了经验行不通和对矛盾不关心""几乎永远不分析的和不可分析的"[1]；（三）由《周易》本经原始思维而起的《易传》的人文思维，改造为"天人合一"精神，发展了巫性的原始理性，将吉凶意识，转化为以儒、道为主的善恶、美丑观，提炼为趋向于文化哲学高度的"太极"思维。

2.《〈周易〉文化思维问题探讨：与杨振宁院士对话》，原载《上海文化》2005年第6期。长篇论文，具有原创性。本文因杨振宁院士关于"《易经》影响了中华文化中的思维方式，而这个影响是近代科学没有在中国萌芽的重要原因之一"的见解而撰写。杨院士认为，"近代科学为什么没有在中国萌生"，是《周易》导致了"中华传统文化一大特色是有归纳法，可是没有推演法"[2]。

本文以为，人类的基本思维方法有四种。（一）归纳法：从个别到一般（具体到抽象）；（二）演绎法：从一般到个别（抽象到具体）；（三）数理法：从一般到一般（抽象到抽象）；（四）类比法：从个别到个别（具体到具体）。

《周易》的巫性思维，为典型的类比思维，具有从个别到个别、具体到具体的原始人文思维特性，而《易传》亦有一定的辩证思维。本经运用了归纳法，"不是科学意义上的归纳法，而至多是简单的枚举归纳法"，实际是从个别到个别（具体到具体）的类比；《周易》本经中，"真正典型而成熟的演绎（推演）法并不存在"；《易传》太极思维的"形上性质正在从巫学思维之中突围、生成，然而关于'太极'的纯粹形上思维并未臻于完成"。

3.《〈周易〉时间问题的现象学探问》，原载《学术月刊》2007年第11期。学界第一篇以现象学理念研究《周易》时间问题的长篇原创性论文，首度提出、论析"巫性"这一学术范畴，《人大复印报刊资料》全文转载。全文分"命运：

---

① ［法］列维-布留尔：《原始思维》，丁由译，商务印书馆，1981，第102页。

② 杨振宁：《〈易传〉对中华文化的影响》，为2004年9月3日在北京人民大会堂的演讲。

巫性时间""'知几':'时间'地提问""真理:'时间'地批判"三部分。

第一部分,《周易》是中华典籍最丰富、最典型的关于时间意识的文本。提出、论证"巫性时间"这一学术范畴。《周易》所谓"卦时""爻时",即王弼所云"夫卦者,时也。爻者,适时之变者也"。巫性时间,处于神性时间与人性时间之际。巫性时间,作为神与人之际"对话"的文化方式,具有五大要素:人类无法克服、超越先天、自然、物理时间的"绝对",即《周易》所谓"命里注定";人类在崇拜神性时间的前提下又自我崇拜,以巫的方式企图解决所面临的一切生存难题;迷信于神人、物我、物物之间"气"的"灵性之应",便是巫性的"天人合一""天人感应";巫性时间观的文化实质,即"巫"的"灵力",达成人的功利目的,试图在"拜神"的同时,以"降神"的方式以就人事而"改造"世界;巫性时间观,在非理性文化的阴影中,显出了史前"实用理性"与被扭曲的"前理性""潜主体"的一点"亮色"。

第二部分,《周易》巫性时间观,以《易传》所言"知几,其神乎"的"知几"二字表述。"知几"之"几"为机字初文。易筮通过"十八变"的占筮过程,筮出变卦或变爻以判吉凶休咎,即当下立见之契机(几,机),察往知来,从而预测人生道路,即为"知几",亦即现象学称为"在场""照面"即"时间性到'时'"。

第三部分,《周易》占筮的"时间"本涵,有待于当下立见的"知几",与现象学所说的"有待去'是'",似与真理相遇。

4.《时间现象学:〈周易〉的巫性"时"问题》,原载《社会科学战线》2019年第4期,《人大复印报刊资料》与《上海儒学》全文转载。本文认为,《周易》的巫性时间意识,是中国哲学最重要的人文意识根原之一。巫性时间,体现于《易传》所说的"知几""见(现)乃谓之象",便是时间现象学的"当下(当在)",即处于过去(曾在)、未来(将在)时间之际的一刹那,便是易理的当下"现象"。这一"现象"并未指向真理,为海德格尔《存在与时间》所言"假装显现"的心灵"病理现像"而並未"走向事情本身"。

5.《〈周易〉重"生"美学思想及其历史影响》,原载《学术月刊》1989年第3期。本人所撰第一篇关于《周易》的原创性学术论文,《人大复印报刊资料》全文转载,《新华文摘》作"主要论点摘录"。主要内容:《易传》"生生之谓易""天地之大德曰生"等命题，富于葱郁而深刻的生命人文与生命哲学思想；离下艮上即贲卦的本卦为泰卦，"天地交，泰"，从而阐发"天文"（"分刚上而文柔""天文也"，自然之美）与"人文"（"文明以止，人文也"；人文之善）二者为天人合一的"生"之关系；《易传》生命哲学与生命美学重"气"，开启了西汉《淮南子》关于"形、神、气"一体的美学思想，三国魏曹丕"文以气为主"说，南朝梁刘勰《文心雕龙》"风骨"说，南朝谢赫"气韵生动"说以及贯穿中国美学史、艺术史的"形神"说，明代"性灵""童心"与清代石涛"蒙养"说，等等，都导源于《周易》的重"生"（气）美学。

6.《崇阳恋阴的〈周易〉美学思想》，原载中国台北《中华易学》第十六卷第七、八期。本文以为，《易传》的伦理思想为"崇阳抑阴"，而其总体意义的阴阳文化，为"崇阳恋阴"。本文论证了"易以道阴阳"、"崇父（天）意识"、"恋母（地）情结"与"崇阳恋阴的美学超越"等重要文化美学问题。

7.《前诗：〈易经〉卦爻辞的文学因素》（主要作者），原载《辽宁大学学报》（哲学社会科学版）2003年第3期，《人大复印报刊资料》全文转载。本文是对本经卦爻辞中一些韵体文辞的研究。认为它们是一种"前诗"现象，卦爻辞作为占筮记录，并非学界所谓"古歌"。本文对屯卦六二爻辞"屯如邅如，乘马班如，匪寇婚媾"、小畜卦九三爻辞"舆说（脱）辐，夫妻反目"、大过卦九二爻辞"枯杨生稊，老夫得其女妻，无不利"等韵体，进行了重点解读。

8.《巫性：中华文化的原古人文根性》，原载《学术月刊》2016年第4期。长篇原创性学术论文，《人大复印报刊资料》全文转载。本文认为，对于中华文化原古人文根性问题的研究，须运用文化人类学、文化哲学而非一般哲学的理念方法。在认同原古巫术与神话、图腾皆为原始"信文化"的前提下，对三者加以学理上的区分是必要的。巫性作为中华文化的原古人文根性之一，包含着被扭曲的人性因素，同时还有神性、灵性等主要因素。

本文在认同原始神话与图腾同具中华原古人文根性的同时，从有关文字学、神话传说、古籍记载和考古发现等四方面，证明巫性作为中华原古根性的必然与可能。本文指出，巫性处于神性与人性、神格与人格之际。在崇拜神灵的前提下，巫术既拜神又降神，既媚神又渎神，且以前者为主。在迷信神灵的基础上，巫性是迷信与理智交互，糊涂与清醒兼具，委琐与尊严相依，崇拜携审美偕行，是畏天与知命、灵力与人力之文化的有机结合与妥协，且以前者为主。

9.《灵之研究：中国原巫文化六题》（主要作者），原载《社会科学战线》2018年第4期。长篇原创性学术论文，《人大复印报刊资料》全文转载。主要内容：（一）从"灵"这一角度论证中国原巫文化。灵的繁体为靈，从雨从巫，证明中国文化、艺术、审美所说的"灵魂""灵感"等，都始于原始巫性（神性与人性的结合）。灵字的另一别体，繁体从雨从玉。玉也是具有神性、巫性与人性的；（二）从"气"这一角度论说原巫文化。气字本义，徐中舒主编《甲骨文字典》称"象河床涸竭之形"，气即灵，气的哲学，由巫性之灵转化为哲学"场性"，中国气之哲学，是一种"场有哲学"；（三）从巫术之灵，走向宗教之灵，是欧西文化发展的历史通则，中国则从灵性之巫，必由地走向了"史"文化。"史者，巫也。史是从巫中发育、分化出来的"，即所谓"巫史"、"史巫"。中国"史"文化，指缺乏宗教神性的政治、伦理、艺术及其审美等文化形态及其人文精神，是中国原巫文化尤其强大而持久的产物；（四）原巫文化有时与科学比邻，却始终站在反科学的立场；巫作为文化迷信，其荒谬、无知和狂妄是毋庸置疑的，而为了巫术的所谓"灵验"和"权威"，又不得不在一定程度上，对科学采取容忍的态度，甚至利用一定的科学因素，来为巫术的"灵验"服务，正如弗雷泽所言，巫术是科学的"伪兄弟"；（五）原巫文化强调灵性意志，在中国"史"文化中，转化为政治权威的意志；（六）美丑以及真假、善恶范畴的历史与人文原型，是原巫文化的吉凶，从巫性之灵的崇拜走向诗性澄明的审美是可能的。

10.《"信文化"：从神话到图腾与巫术》，原载《文汇报·文汇学人》2018年1月19日。本文提出、论析原始"信文化"这一学术范畴，将原始神话与图腾、巫术文化作了比较与论述，认为三者始于上古原始"信文化"，文化功能不同而其原则为一，相互渗透又相对独立。（一）神话是初民的"话语"文化形态，充满神性、灵性与巫性的奇特想象与虚构，是描绘、歌颂、认知世界与人类本身的一种原始诗性方式，保留了人类历史的一些真实因素。（二）图腾始于寻找人类自己"亲族"的神性冲动，是一种自我身份认同的文化方式。原始图腾崇拜，是群团血缘氏族的一种巨大精神力量。（三）巫术始于初民企图解决所面临的生存、生活难题，崇尚实用功利，是其第一文化主题，在原始神灵观的统御下，以巫性的"作法"，无限夸大人力与人智，其原始意志，是神性、灵性与巫性的结合，包含着被扭曲的人性因素。

11.《从巫学智慧到美学智慧——〈周易〉美学思想探讨之一》，原载蒋孔阳主编《美学与艺术评论》（1993）。本文通过本经有关卦爻辞到《易传》相应文辞的比较与解析，论证从原始巫学智慧转化为美学智慧的何以可能。如：本经乾卦卦辞"元亨利贞"的本义为：元，祖神；亨，通享，为享祭义；利，吉利；贞，卜问。卦辞的意思为，筮遇乾卦，祭祀祖神是吉利的。《易传》"元亨利贞"之义，即《文言》所云："元者，善之长也；亨者，嘉之会也；利者，义之和也；贞者，事之干也。"《子夏传》之所以说："元，始也；亨，通也；利，和也；贞，正也。"本经的"元亨利贞"是巫性的，而《易传》的"元亨利贞"，具有"史"文化的诗性，从本经到《易传》，实现了从巫学智慧到美学智慧的转换与提升。

12.《略论中国早期巫性文化与审美诗性的文脉联系》，原载《中国美学研究》第8辑（2016）。本文认为，中国早期"信文化"，以巫性文化为基本而主导，一般伴随以原始神话与图腾文化。巫性，处于神性与人性之际。早期巫术文化，作为诗性审美人文意识与思想的温床之一，历史地培育了原始审美。巫性崇拜与诗性审美，既二律背反又合二而一。从早期的原始巫性到审美诗性的文脉转换，是一个"异质同构"的历史与人文的动态过程。

13.《中国巫性美学在〈周易〉中的四种呈现》，原载澳门《南国学术》2016年第3期。长篇原创性学术论文，《人大复印报刊资料》全文转载。本文从《周易》的四大主要范畴"象""生""时""气"及其联系，从学理上论证中国巫性美学的何以可能。本文以为：从文化人类学、文化哲学关于巫学的角度审视，《周易》的美学智慧，属于文化人类学意义上的巫性美学范畴而非一般美学。

其一，象。《易传》所云"见（现）乃谓之象"的"象"，作为心灵图景、轨迹与氛围，现之于心。象即意象。形而上者谓之道，形而下者谓之器，象处于道、器之际，为道、器之中介。巫性之象，作为从物象、巫筮者的巫性心灵之象、卦爻符号之象到受筮者巫性心灵之象四层次的转换，与作为从物象、创作者审美心灵之象、作品语言文字等符号系统之象到审美接受心灵之象四个层次转换的审美诗性之象，是"异质同构"的。所谓异质，一为巫性，一为诗性；

所谓同构，二者各自的转换，都是动态性的四维之象。

其二，生。《易传》云："天地交，泰。"贲卦的本卦，下卦乾（天）上卦坤（地）而构成泰卦。"天地之大德曰生"、"生生之谓易"，是中国生命文化、生命哲学的重大命题。中国生命文化从《周易》始。《易传》关于"天文""人文"之"乐生"的巫性与诗性，是中国美学悲剧传统较为缺失的历史与人文根因根性之一。

其三，时。《周易》八卦与六十四卦的每一卦，以及太极图与八卦、六十四卦方位图等，都首先是一个"时结构"。"卦时"重于且决定"卦位"，蕴含以中国文化典型的"巫性时间"意识。《周易》"巫性时间"观，与现象学美学"诗性时间"的"当下即是""现象直观"之说相通。原始"巫性时间"意识，是"诗性时间"的史前人文原型。

其四，气。《周易》巫筮之根，本在于气。气即"咸（感的本字）"。巫筮所谓"灵验"本在于气，即通过巫而达成"天人感应""天人合一"。《易传》"精气为物，游魂为变"的阐述，是《庄子》"人之生，气之聚也。聚则为生，散则为死"哲学的前期文化表述；《周易》后天八卦方位九数集群所氤氲的"气"，与审美气韵、意境相通。

《周易》所呈现的"象、生、时、气"的巫性美学意义，处于天命与人为、神性与人性、崇拜与审美之际，且以前者为主。

14.《当代易文化与文化保守主义》，原载《人民政协报》1998年7月3日，《人大复印报刊资料》全文转载。本文将当代易文化研究的现状与趋势，归纳为"传统易"（阐释易）"历史易""考古易""预测易""科学易""文化易"六类，大凡皆持"文化保守主义"立场。文化保守主义的易学，并非站在文化现代化的对立面，当代中国的文化现代化，恰恰应从"文化保守"出发。本文对易文化的六大趋势，逐一加以评说。"传统易"重于阐释，基本继承从《易传》至清末象数易、义理易的笺注传统；"历史易"，"以史说易"，新的"历史易"，指易学史著；"考古易"以考古与实证见长，为20世纪以来易文化发展的新趋势；"预测易"具有民间俗性，一种最不讲也讲不出道理的所谓"易"；"科学易"，始于20世纪二三十年代，剔除了易的原始巫性，以现代自然科学的眼光，审视易符结构的数学等自然科学因素；"文化易"中的"哲学易"，始于五四以来的

"新儒家"，在研究易理中哲学思想的同时，将易理哲学化；"文化易"中的《周易》美学，为本人首创而从事的研究，努力运用文化人类学关于巫学的理念与方法，是一种易学研究的新趋势。论文发表后，觉得还可增添一个"思维易"，将当代易文化研究的现状和趋势，归纳为七种类型。

15.《释"士"》，原载《书城》杂志1993年第3期。对"士"进行了确凿的考辨。从《说文》释"士"所云"数始于一，终于十，从十一"、孔子"推一合十为士"与刘向"辨然否，通古今之道，谓之士"等言述的分析，得出中国文化中的"士"的原型为"巫"的结论。"士"并非学界通常所说的"低级之贵族"与"武士"等，纠正了余英时等学者对于"士"之义涵的误读。

16.《井卦别释》，原载中国台北《中华易学》第十七卷第九期。通过考辨，认为《周易》井卦的"井"，并非《易传》所谓"无丧无得，往来井井"的水井，其象喻，亦非李鼎祚所言"犹人君以政教养天下，惠泽无穷也"的意思，而是指古时井田制。从甲骨文井字，得出《世本·作篇》所言"伯益作井"的"井"指井田而非水井的结论。《周礼·地官·小司徒》所言"九夫为井"，指原始井田制。从《孟子》所言"方里而井，井九百亩，其中为公田，八家皆私百亩，同养公田"，得出《说文》所说的"八家一井"之"井"、为取消了井田中央一块公田（古制一百亩）之后的井田制的结论。"方里而井"即"九夫为井"，实际是后世之"国"的一个文化原型。繁体國字，从口从或；或，域字初文；甲骨文國字，象持戈守卫一片围合的领地，指都城。都城的起源，为国家的起源。"九夫为井"，是中华古人宇宙意识的起源，所谓"禹贡九州"的"九州"意识，原于上古井田制，恰与《周易》的八卦九宫意识相契。

17.《上博馆藏楚竹书〈周易〉初析》，原载《周易研究》2005年第1期，《人大复印报刊资料》全文转载。本文共三部分：一、从"数字卦"看楚竹书《周易》的卦符；二、楚竹书《周易》为何有"经"无"传"；三、首符、尾符意义初析。认为：（一）从楚竹书《周易》的卦符专重筮数一、八分析，可知其文化原型属于殷易系统，与帛书《周易》相类；（二）楚竹书《周易》的传抄与随葬年代，可能在屈、荀生年或稍后，大约在公元前255年前后；（三）从对首符、尾符意义的初步分析可知，学界所持关于"对立成组"的易卦，"都分别具有同类符号"的见解可信。所谓楚竹书《周易》本具"对立统一"的"辩证法思想"的看法，或可商榷。

18.《甲骨文字原始人文意识考释》（主要作者），原载《学术月刊》2003年第5期，《人大复印报刊资料》全文转载。本文分三部分：一、关于井田制"井字'九分'天下"的考证。认为中国文化中反复呈现、根深蒂固的原始井田制度即《周易》八卦九宫模式，是原始井字形"九分"天下而共一宇宙的文化意识；二、关于"大：人之原始、本体"的考证。指出甲骨文的大字，象正面分腿站立的成年男子。大是太的本字，太字比大字多的那一点，是对男性的强调。大、天与夫字，构成同类文字组群，天、夫二字，是大字造型与意义的衍生。大字本义，指原始原本，《老子》称"道"者，"强（勉强义）为之名曰大"，即此义。《老子》所言"大音希声"之"大"，并非大小之大，有原始、原本义，即"道"；三、关于"生：姓与扶桑"的考证。得出初步结论：由"生"（甲骨文字象草木之形）到"姓"的字源意义的勾连，是先民关于人之原始生殖意识的历史性展开，氤氲于原始混沌的神话崇神文化，尔后从崇神趋于明丽的人之阴性的美，即通行本《老子》（太史儋本）所谓"玄牝之门，是谓天地根"的尚阴、贵雌、虚静的"道"之美。

19.《论崇拜与审美》，原载《学术月刊》1991年第7期，《人大复印报刊资料》全文转载。学界第一篇将"崇拜"与"审美"相系而论析的长篇原创性学术论文。认为审美的对应性范畴，便是崇拜。崇拜与审美的关系，既二律背反又合二而一。崇拜，客观对象的被神化同时是主观意识的迷失。崇拜天主、神灵或君王、圣贤、明星，是崇拜者自己"跪着"的缘故。审美，是天人、物我与主客合一的精神性创造。崇拜与审美的动态过程，前者为人的本质的异化（消极性）；后者是人的本质的对象化（积极性）。人的本质的异化与对象化，同时发生、同时发展、同时消亡，构成"异质同构"的关系。在一定条件下，崇拜与审美，可以相互转化。在方法论上，本文为本人研习佛教美学之学术思维方式的"一把钥匙"，影响了对中国佛教美学的研究。

20.《神性美学：崇拜与审美的人文"对话"》，原载《美与时代》2013年第6期。神性美学，以神性与审美诗性的关系为主要研究对象，是神学美学的重要一支。本文主要论述如下问题："所谓美，就是上帝的在场"；崇拜与审美，既背反又合一；崇拜与审美的双向回互与审美的崇高。

21.《论当代世俗崇拜》，原载《复旦学报》（社会科学版）1988年第3期。本文认为，崇拜分宗教崇拜与世俗崇拜两种，两者的文化实质同一，仅仅程度不同。崇拜是对象的被神化同时是主体意识的迷失。崇拜的发生，为主体于对象面前"跪着"之故。本文对传统的皇权崇拜、祖神崇拜、自然崇拜与明星崇拜等文化现象，进行了有理有据的分析。

22.《原始"信文化"说与人类学转向》，原载《学术月刊》2022年第8期。长篇原创性论文。本文认为，长期流行于学界的"原始宗教"这一概念，往往将原始自然崇拜与祖灵崇拜及其结合权作其历史与人文内涵，是欠妥的；"人类学之父"英国泰勒以"万物有灵观"作为宗教文化的"第一定义"，值得商榷。实际上，人类最早的文化意识形态，是原始神话、图腾与巫术的"三位一体，各具其'性'"，可以用本人新倡的"原始'信文化'"这一学术概念加以概括，这是可能的一个人类学转向；从"狭义神话"说角度进行人类学研究，可能趋于学术真理。作为"原始'信文化'说"所统辖的中国巫文化研究，可能达成中国文化的"本土化"研究，是又一个人类学转向。

二、中国建筑文化与美学

1.《东方独特的大地文化与大地哲学》，原载中国台湾《空间》杂志1994年第2期，原为本人担任执行主编兼第一实际撰写者《中国建筑文化大观》（北京大学出版社2001年版）一书所撰的"前言"。本文将中国建筑文化的特点，归结为四：其一，人与自然亲和与天人合一的人文意识；其二，淡于宗教与浓于伦理；其三，亲地倾向与恋木情结；其四，达理而通情。四者彼此相系。从中国建筑文化时空意象的精神意义看，中国建筑是东方独特的大地文化与大地哲学。

2.《中国建筑文化的易理阐释》，原载《时代建筑》1994年第1期。易理对中国文化的深刻影响是多方面的，建筑文化为其中之一。《周易》大过卦、震卦与大壮卦的爻辞等，都与建筑文化及其美学意蕴攸关。关于大壮卦，《易传》云："上古穴居而野处，后世圣人易之以宫室，上栋下宇，以待风雨，盖取诸大壮。"中国都城、宫殿、陵寝、寺观与民居等风水地理环境的布局，深受先天八卦方位与后天八卦方位之易理的影响。

3.《中国建筑文化符号的象喻》，选自拙著《中国美学思问录》（沈阳出版社

2003年版）。本文由罗哲文、王振复主编，杨敏芝副主编《中国建筑文化大观》一书王振复所撰第一编第七部分"象征符号"中的"建筑文化符号"重撰而成。全文分"数的暗示""形的表现""音的谐趣"与"色的借喻"四部分，运用确凿的材料，将中国建筑文化符号象征性这一学术课题，作了颇为全面的论述。

4.《中国建筑技术的文化之路》，选自拙著《中国美学思问录》。中国建筑自古以土木为材，这决定了中国建筑的技术道路和结构模式。土木结构与群体组合，为中国建筑技术文化的一贯主题。从史前穴居、巢居到清代大木作与小木作等，其形制不断丰富、发展与完善。中国建筑又以土木之作为主、石作为辅，从夯土、版筑、榫卯、梁架、斗栱，到大屋顶、三段式、立柱、门窗与瓦当等的发展，大致皆可以"土木营构"四字加以概括。本文简略地疏理了中国建筑技术文化的历史发展脉络。

5.《中西建筑文化的美学比较》，选自拙著《中国美学思问录》，由拙著《中国建筑艺术论》第十一章"中西建筑文化比较"重撰而成。从四个方面进行了比较。（一）中国：以土木材料为主；西方：以石材为主。（二）中国：崇尚梁架、斗栱与群体组合的结构美；西方：崇尚建筑空间造型、立面的雕塑感。（三）中国："庭院情结"，无庭不成居，庭院具有私密性，城市如明清北京紫禁城从南至北的空间序列，组织了一个个"庭院"，现存天安门广场，是一个扩大了的庭院；西方：重单体建筑营构，重广场，具有公众、公共性。广场始于古希腊罗马，成为城市居民的露天"客厅"与社交中心。（四）中国：淡于宗教，为"人的营构"。城市、宫殿、陵寝、陵墓、寺观、村舍与民居等，都是人居环境，神性少弱；西方：崇尚宗教，将最伟大的建筑献给上帝，是"神的营构"。欧西建筑技术与艺术水平最高的，为神庙与教堂。

6.《中国建筑文化的时空意识》，原载《时代建筑》1987年第2期。本文据《淮南子·览冥训》"宇宙"①即建筑的经典见解，以为中国建筑文化的时空意识及其理想，在于象法自然宇宙、自然时空，建筑作为人文"宇宙"，不仅为

---

① 按：《淮南子·览冥训》云，"凤凰之翔，至德也。雷霆不作，风雨不兴，川谷不澹，草木不摇。而燕雀佼（骄）之，以为不能与之争于宇宙之间"。高诱注："燕雀自以为能佼（骄，看不起之意——引者）健于凤凰也"；《淮南子·齐俗训》云，"往古来今谓之宙，四方上下谓之宇"。（高诱《淮南子注》，《诸子集成》第七册，上海书店，1986，第93、178页）

"上栋下宇，以待风雨"的人居环境，而且是中国人所领悟和理解的时空哲学及其美学。本文运用有关资料证明了这一点。本文关于"宇宙即建筑，建筑即宇宙"的学术见解，具有原创性意义。

7.《建筑本质系统理解》，原载《新建筑》1985年第3期，原创性学术论文。建筑的本质究竟是什么，我国建筑学界一直争论不断，从这一篇来自"门外"的论文发表以后，尚未再起争论。本文以为，建筑的本质，由材料因、场素与功能质三大相系的因素所决定。材料因，指建筑所特有的庞大、坚固与沉重的材料，通过与材料质地相谐的技术与结构，构成建筑的实体；场素，指建筑所处的地理环境与人文环境，分自然场与社会场及其结合。建筑实体与场素即环境的关系，或亲和或冲突，构成了建筑的实体与空间、空间与空间、内部与外部、自然与社会、传统与当代等复杂的历史与人文联系；功能质，指建筑的物质实用性与意象精神性（心理）功能及其结合。实用性功能，满足人居住与工作的生理性需求；精神性功能，分认知、审美与崇拜三者及其结合。结论：建筑物、建筑及其时空意象，是一个动态而多因素的矛盾集聚，建筑本质不断"向人生成"。

8.《建筑即宇宙——建筑美学小议》，原载《文汇报》1999年7月25日。笔者以为，可将建筑意象、意蕴，归结为"建筑即宇宙"这一命题。在中国文化中，"宇宙"是三重性的：人体为一小"宇宙"；建筑为中"宇宙"；自然界即大宇宙。三者异质同构。由此建构中国人的宇宙哲学及其美学。"有机建筑""以小见大"等建筑美学命题，体现了中国建筑文化的哲学大局观。中国建筑的时空意象，是东方独特的大地文化与大地哲学。

9.《建筑形象的模糊之美》，原载《文汇报》1992年2月25日。在建筑内部空间与外部空间、城市人居环境与自然环境等之间，为建筑、环境的"模糊空间"，又称"弗晰空间"，是一种不黑不白、又黑又白的"灰调子"文化，存在"模糊之美"。

10.《人体美与建筑艺术》，原载《美育》（长沙）1985年第3期。古希腊陶立克柱式，抽象地象征男性人体之美，为阳刚、力量之美；爱奥尼柱式，抽象地象征女性人体之美，是阴柔、秀丽的美。科林新柱式，作为爱奥尼的变体，显得更修长更柔美。三大柱式的创造，皆原于对人体美的锺爱与领悟。

11.《论"建筑意"与诗意、建筑美的关系》，原载《美与时代》2018年第

8期。"建筑意"这一概念，原于梁思成、林徽因《平郊建筑杂录》（《中国营造学社汇刊》，1932年第三卷第4期）一文。建筑并非如文学、绘画、音乐与书法等纯粹审美性艺术，它通常是一种大地文化、空间美术。"建筑意"，由建筑材料及其结构、环境与从其实用性功能中升华而起的抽象之美所构成。往往有文学、绘画、音乐与书法等纯粹性艺术的"诗意"因素附丽其间。建筑意象之美，首先决定于"建筑意"，尔后决定于一些艺术的"诗意"因素与"建筑意"取得和谐的程度。

12.《塔的崇拜与审美》，原载蒋孔阳主编《美学与艺术评论》（第一集，1984），原创性学术论文。笔者第一篇关于建筑美学的长篇论文。作为中国佛教建筑重要类型之一的塔，仅仅从崇拜或从审美角度去研究、解读其文化性格，都是不够的。佛塔文化性格的复杂性及其"美丽"，决定于佛教崇拜与其"建筑意"、艺术装饰的审美之间所构成的关系。从印度佛塔转嬗为中国佛塔，是建筑中国化的逐渐深入与完成。论文论析了中国佛塔的材料、结构、空间造型与环境的关系等中国化的本土文化内涵与特征。从其崇拜与审美两个维度及其动态联系进行解析，论述了佛塔与本土儒、道文化的关系问题。

13.《中国园林文化的道家境界》，原载《学术月刊》1993年第9期，《人大复印报刊资料》全文转载。中国园林文化，有皇家宫苑与陵园、官宦宅园与墓园、寺观园林与文人园林四大类型。作为游憩之所，所有的园林文化，基本崇尚道家哲学与美学诉求，而程度与境趣不一。皇家园林如圆明园、颐和园等，皇权政治的因素强烈；官宦园林有鲜明的政教意味；寺观园林，可能渗透着皇权与政教因素，富于道教与佛教之思是其基本特点；文人园林，主要指江南园林，其园主往往为具有相当文化、艺术修养而从政坛"出走"或退隐之士，其园林渗融着一定的儒、佛的思想意趣，却是道家崇尚自然、与自然相亲和的审美理想的典型体现。文人园林，以江南地区为主，兴盛于明清。其时空意象，作为展现于东方大地的"美的哲学"，"虽由人作，宛自天开"，是其造园的美学总原则；"自然山水式"，是其基本形制；"以小见大"，是其造园的基本方法；可居、可观、可游、可悟，是其生活美学走向精神超越的显著特点；素朴自然，是其审美的独特文化品格；在叠山理水、植树种花、造房筑室，在营构与欣赏自然曲线之美的虚静和意境等方面，大凡不离"道法自然""返璞归真"的道家文化精神。

14.《正本清源：理性地解读"风水"》，长篇原创性学术论文，原载《学术月刊》2011年第8期，《人大复印报刊资料》全文转载。本文专为批判作为文化迷信的"风水"而撰。中国风水，是古人以迷信的命理观念，认知与处理人与环境之关系的一种"术"，体现了古人试图认识、解决人与环境矛盾的努力。风水的人文之原为气；风水的基本模式，原于《周易》先天（伏羲）八卦与后天（文王）八卦方位观念；风水是畏天与知命兼具的一种巫性文化，且以畏天为主；古代风水学与风水术的烦琐与禁忌，使得人们愈是讲究风水，其生活便愈是陷入困难境地，风水是古人对鬼神、居住环境的精神焦虑甚而恐惧的文化样式；风水学，具有一定朴素的生态学与环境学的文化意识，对建筑、园林与绘画等的文化影响，比较深刻。

15.《论海派建筑文化》，原载《复旦学报》（社会科学版）1993年第3期。海派建筑文化，随1843年上海被迫开埠而兴起，为东来的西洋建筑理念与中国传统民族、时代与江南地域建筑文化冲突、调和的产物。在文脉上，海派建筑文化更多是对西洋建筑文化的容受、吸纳、改造和出新。欧风美雨与中国传统与江南建筑的结合，在海关、银行、饭店、花园洋房、商厦与码头设施等建筑大楼上，体现出相当程度的西化特色，以及中国建筑传统的顽强呈现。里弄（里者，居也。弄，英文lane音译）、石库门及其联排式民居等，追求实用、舒适而空间有些窄小。窄小并非海派建筑文化的根本特点，三十年代一些作家因熟悉而其笔下所写的亭子间之类，远非海派建筑全部，直至今日还在给人以海派文化及其建筑"小市民""小家子气"的错觉。海派建筑的规模、种类及其风格的博大、现代、精致、洋气和超前，在国内首屈一指。

16.《城市"设计"的文化理念》，原载《解放日报》"思想者"栏（2006年10月8日）。城市美学的最高境界，在于营造可居、可行、可观、可悟的大地文化及其生态环境，和城市居民的身体兼精神的健康生活。城市文化在本质上，是对生糙自然与乡野的拒绝兼超越；城市建筑与道路等的规划、设计、建造与使用，应当缓解实用与审美之本在的对立与紧张，绽放实用兼审美的灿烂之华。实用由于审美，提升其精神意义，获得优雅高贵的贵族气质；审美因为实用，具有日常品格，步入百姓千众的平凡世界。城市文化包括建筑文化，必须理顺与处理中国与西方、传统与现代、地域与地域、整体与局部之间的

"上下文"的文脉关系。

17.《日本古代传统建筑的文化研究》，本人在2005—2006年日本京都外国语大学讲学时所撰长篇论文，原载日本京都外国语大学《研究论丛》(LXIX，平成19年7月，2007)。本文分四部分。(一)日本古都(以奈良、京都为例)建筑平面的独特"语汇"，大致是对中国唐代长安或洛阳平面的借鉴、移植、模仿和创造;(二)寺塔建筑文化的大和之魂。日本佛教，是中国佛教经古代高丽而入传的文化，始于中国南朝梁代，以中国唐代为盛，以三论宗、法相宗、天台宗、净土宗尤其以禅宗(临济宗)为主。日本现存寺塔的空间造型，一承中国"唐风"，其大屋顶的坡度更为平缓而深远，未见檐角反翘的个例，打破了中国原本的庭院制度、中轴平面和风水观念，其寺院的入口，不一定设在整个寺院的东南隅，用色偏于暗黑色。如京都的金阁寺、银阁寺等，反而以金、银为材;(三)神社建筑文化的祭祀情结。神社(神宫)为日本的"国粹"，一般未受中国建筑文化的影响。除所占琉球群岛外，其本土几乎遍地神社，祭祀"天照大神"及其在人间的代表即天皇，是其不易的文化主题。"鸟居"设在神社入口处，是神、人之间的分界。有如中国牌坊，而中国牌坊的神性意义少弱。许多祭祀节日，一般在神社或神社之域进行;(四)庭院建筑文化的神韵。日本庭院建筑环境，宁静、幽雅、精致、自然、简素而枯寂。"枯山水"作为日本庭院建筑文化的独特创造，其人文观念是传入日本的禅宗文化的产物。

	中国美学史（论文）
捌	中国佛教美学（论文）
	附录
	编后记

一、中国美学史

1.《中国巫性美学：作为文化哲学的美学》，原载《上海文化》2018年第10期。从"作为文化哲学的美学"角度审视，中国巫性美学的研究场域，在于从原始巫性，探问中华民族审美精神的历史与人文原型，不同于从原始神话与图腾的神性角度进行美学原型的研究。巫性，为神性与人性、媚神与渎神、畏天与知命、灵力与人力的结合与妥协，且以前者为主。中国巫性美学，介于中国式的神性美学与人性美学之际。以文化哲学关于巫学的视野与进路，以巫性为主要对象的中国美学的研究主题，在于揭示原始巫性与审美诗性的"异质同构"关系，既二律背反又合二而一。从原始巫性走向审美诗性是可能的。

2.《中国美学究竟有没有范畴体系——与相关学者讨论》，长篇原创性学术论文（未刊稿）。本文认为，中国美学范畴具有其自己独特的范畴体系。这一范畴体系的逻辑结构可概括为：一个原点、两级本体、三大支柱与四重编码及其相互联系，且以中国生命文化、生命哲学为其历史与人文底蕴。（一）无极为逻辑原点，绝对之无，绝对形上；（二）无极相携太极，构成"无极——太极"两级本体。前者为绝对之无、绝对形上的"本在性"的"一级本体"；后者为"次在性"的"二级本体"且为相对之无、相对形上。前者是后者的逻辑本原，后者为前者的"无中生有"；（三）"气、道、象"作为整个中国美学范畴体系的三大支柱，直接上承于太极，太极又直接上承于无极，且下彻于道范畴。道之性近于太极，相系于气、象二者；（四）由气、道、象各自构成中国美学范畴体系相对独立而相互渗融的三大范畴群落，实现为中国美学范畴体系的第四重编码。中国美学范畴体系的历史与人文特质，为诗性的思性化兼思性的诗性化，且以逻辑思性为主导，构成一个以"生"为人文蕴涵的有机网络结构。

3.《诗性与思性：中国美学范畴史的时空结构》，原载《学习与探索》2006年第1期，收入《理论是谦卑的》一书（商务印书馆，2017年版）。从中国文化作为东方独特的生命文化及其哲学审视，美学意义的诗性与思性及其相系，构成中国美学史时空结构的内核与实质。诗性的思性化，思性的诗性化，是中国美学史一系列名词、术语、命题、范畴及其群落之概念、观念与思想、思维的显著特点。（一）艺术审美的诗性，渗融着思性因素，否则不成其为诗性；艺术审美是思性的，在思性中洋溢着诗性因素，否则不成其为思性。（二）中国美学史的酝酿、建构与完成，汲取生命文化的诗性兼思性的不竭源泉，中国美学范畴史，是涵融诗性精神的思性存在。在审美中，思性隐在而诗性显在；在一系列命题、范畴中，诗性隐在而思性显在。（三）任何审美，都是"当下"而"在场"的,是现象直觉"天人合一"的蕴含以思性因素的诗性的心灵图景与氛围;一系列的美学命题与范畴及其群落,本质上是对现象审美的理性领悟与思考,是思性而"天人相分"的。

4.《人类学三路向:原始审美何以发生》,原载《学术月刊》2005年第10期,《人大复印报刊资料》全文转载。从原始神话、图腾或巫术文化进入,都可能探问原始审美的发生机制。原始神话,是叙事性审美的历史与人文滥觞;原始图腾,是错将山川动植之类当作"祖神"的崇拜而引起审美的历史与人文原型;原始巫术,从巫文化的"实用功利"意识,走向审美是可能的。原始巫文化的意识与观念,为审美提供了吉与凶这一对偶性的原生范畴,吉凶是美丑与真假、善恶的历史与人文原型。

5.《龙文化阐释》,选自上海人民出版社编《龙文化与民族精神》(上海人民出版社2000年版)。本文根据有关资料,对中国龙文化考古发现进行了疏理,将龙的原型说归纳为十七种。此即:蜥蜴说、鳄鱼说、恐龙说、蟒蛇说、马说、河马说、闪电说、云神说、春天自然景观说、树神说、物候组合说、以蛇为原型的综合图腾说、源于水牛说、由猪演变说、与犬有关说、源于鱼说与由星象而来说。认为龙是古远中华的第一图腾,亦是中国原古神话的主角和巫性的巨大意象。龙文化对于塑造中华民族精神,起了伟大的历史与人文作用。龙的意象,是人文意义上的中华之魂、中华之根。

6.《郭店楚简〈性自命出〉的美学意义》(主要作者),原载《复旦学报》(社会科学版)2003年第1期,《人大复印报刊资料》全文转载。《性自命出》,先秦儒家心性之说的代表作之一,作为中国美学史从孔子到思孟的一个中介,是儒家心性说的"美学"与"美情"的"美学"。先秦儒家,尤其郭店楚简《性自命出》与孟子,皆从"心"之角度说"性",大致改变了孔子关于礼、仁的思路与言说。以"心"释"性",为心之解放。《性自命出》关于"道始于情,情生于性"逻辑之链为:道,并非《性自命出》一文所言万物与审美之本根,其逻辑之链:性—情—道。性为本生;情为衍生;道为次生。作为原生的"命",实际指"心"。《性自命出》关于"美情"的"美学",是"心"的"美学"。

7.《郭店楚简〈老子〉的美学意义——老子美学再认识》,原载《学术月刊》2001年第11期,《人大复印报刊资料》全文转载。本文据1993年所发现的最古《老子》抄本即郭店楚简《老子》，对《老子》美学进行了再考辨再认识。（一）通行本《老子》即太史儋本《老子》称"道"为"有物混成"，郭店楚简《老子》作"有状混成"，在形上的哲学思维水平上，前者不如后者；（二）作为美之根因根性的"道"，通行本《老子》主要以"玄牝"为比，守雌、阴柔而虚静，郭店楚简《老子》称"道"为"大"，雄伟、阳刚而实动，无"道"为"守雌"之说。两千多年来，学者不识通行本所说之"道""强为之名曰'大'"的"大"究为何指，实际此处的"大"，为太字初文，原始、原初、原本义，指事物本原本体之"道"，故郭店楚简《老子》的"道"，是雄强而刚健的；（三）通过对郭店楚简《老子》与《论语》的比较，认为原始儒家与道家并非"对立"而是"相容"的，推翻学界信是的李泽厚所言儒道"对立互补"的陈见。本文指出，通行本《老子》，由战国中期的太史儋据《老子》原本所编纂，主要从"玄牝"论"道"，又保留了《老子》原本从"大（太）"论"道"的说法，此为战国中期学界"阴阳""乾坤"并提之故。

8.《汉文字文化原型的探讨》，原载《学术月刊》1995年第10期，以笔名"施学之"发表，《人大复印报刊资料》全文转载。本文主要以"士""井"与"大"等汉字为例，对汉文字的文化原型问题进行考辨与阐析，认为主要以象形、指意为构词法的汉字，都可能蕴含丰富而深邃的文化原型信息和意义。本文对以往学界有关"士""井"与"大"等汉字的阐说，提出了言之成理的商榷性意见。

9.《"大音希声"解》，原载陈允吉《古典诗学会探》（复旦大学出版社2006年版）。长期以来，学界对《老子》重要哲学与美学命题的"大音希声"语，一直存在着误读，都解释为"最大的声音，听来反而稀声"之类。误读的原因，是将这里的"大"，解释为大小的大。实际此处所谓大，是太的本字，音泰，与《老子》称道者"强为之名曰'大'"的"大"，为同一汉字，都指万物的本根本性。甲骨卜辞的大字，为成年男性正面双脚分立的象形。原始父系社会的先民，误以为男女生殖仅决定于男性，故表示男性特征的大，具有原始、原生义。转义为哲学，指事物本根、本性的"道"而无疑。《易传》"大哉乾元"，应读为"太哉乾元"；"天地之大德曰生"，应读为"天地之太德曰生"，太德即原德、本德。德者，性也。故"大德"实指原性、本性。《老子》与"大音希声"语并列的"大象无形""大方无隅""大巧若拙""大智若愚"等的大,皆太字初文,大音与大象、大方、大巧、大智等,都指本根、本性意义之道。

10.《"无极而太极"考》,原载《船山学刊》2020年第5期。本文通过考辨指出,语自周敦颐《太极图说》的"无极而太极",并非朱熹所言"无极即太极",而指"自无极而为太极",太极以无极为最终的根因根性,其理据,为《列子·汤问》"无极之外,复无无极"之说。本文考辨《易传》与《庄子》所言"太极"人文蕴涵的不同,前者所言太极为一,并非绝对形上;后者所言太极为○,即为"道"。老子所说的"道","其中有物""其中有象""其中有信",具有思维的"杂质",其哲学思维仅具相对之形上性。

11.《"自然""名教"本末通——魏晋玄学中的儒学因素》,选自上海书店出版社编《玄学十日谈》(1990)一书。本文依次论析五个论题:(一)儒学危机:魏晋玄学的思想动因;(二)魏末正始玄风:"名教"本于"自然";(三)魏末之"玄":"越名教而任自然";(四)元康时期的崇"有":"名教""自然"新释;(五)元康时期的"玄"辨:"名教"即"自然"。从"自然"与"名教"在魏晋玄学中的不同关系与嬗变入手,探讨魏晋玄学中的儒学因素,揭示了"自然""名教"二者既相互冲突又彼此调和即"本末"相通的历史与逻辑真相。

12.《"惟务折衷":〈文心雕龙〉文论思想的文化品格》,原载《求是学刊》2003年第2期,《人大复印报刊资料》全文转载。借用《文心雕龙》"唯务折衷"语,论析《文心雕龙》文论思想的文化品格:亦道亦儒亦佛又非道非儒非佛;其为学的理念方法,体现了刘勰试图站在道儒佛融和的立场,以俯瞰三学与古今"弥纶群言"的精神气度与自创新格的努力,以及兼顾二边而不落二边的"折衷"。论证刘勰的文论思想,具有努力融通道儒佛三学的哲学沉思的品格,走在三学融通却并未最终完成的道路上,体大是实,虑周则未必。

13.《对〈意境探微〉的四点意见》,原载《复旦学报》(社会科学版)2004年第5期,《人大复印报刊资料》全文转载。本文对古风《意境探微》关于"意境"问题的看法,提出四点商榷性意见。本文认为,与意境范畴相系的意象范畴的意义所指,是普泛而具有空间性的,意境范畴为中国文艺审美所特有,富于特异的人文品性与人文深度;意境范畴,源自《周易》与老庄的"象""道"之说。印度佛教的东来,促成意境美学范畴在唐代的最终建构。意境的哲学本体，在无与空之际；唐王昌龄所说的"诗有三境"，指诗有三种品格、层次即"物境""情境""意境"，并非指诗有三种"意境"。王昌龄所说"张之于意，而思之于心，则得其真"的"境"，才是处于无与空之际的意境；意境理论的"现代化"与"世界化"恐难实现。同时，本文分析了审美意境与生活境界二者的关系。

14.《草根性：跨文化美学研究的人文立场》，原载《社会科学辑刊》2006年第5期，《人大复印报刊资料》全文转载。跨文化美学研究的人文立场，关系到两种或以上文化的主体、主体意识与主体性，涉及主体间性。人文学科"边界作业"的跨文化美学研究，与人文立场相系的是"视界融合"。"跨"可能生成新的价值观或达成价值理念的融合，依然从一定之我的人文立场出发而并非"价值中立"。跨文化美学，可能使得各自族群的美学草根性得以历史、人文的陶冶、锻炼与成长。"和而不同"并非文化及其美学的趋同，正是跨文化美学研究有待于实现的一个学术理想。

15.《马克思主义文艺学的中国化——纪念〈在延安文艺座谈会上的讲话〉发表五十周年》，原载中共上海市委宣传部文艺处编《毛泽东文艺思想论文集》1992年版。马克思主义文艺学的中国化，正式始于1942年5月毛泽东《在延安文艺座谈会上的讲话》的发表。"讲话"的思想与理论实质，在于根据中国文艺实践及其现状和发展趋势，达成马克思主义与中国革命实践相结合，在与教条主义文论、伪中国化与旧文艺思想传统的斗争中建构，批判地汲取了中国传统文论的有益滋养。这种中国化的关键，是党对文艺的领导；新民主主义文艺，必须为人民服务、为工农兵服务；作家、艺术家必须深入当下现实生活，以人民大众的社会生活为创作的唯一源泉。

16.《从社会实践看"共同美"》，原载《复旦学报》（社会科学版）1980年第2期，本人所撰第一篇学术论文，《人大复印报刊资料》全文转载，全国第一届美学大会的"关于'共同美'主要观点摘录"。"共同美"原于《孟子》"同美"说，指人类美感的相同、相通。本文以为，处于同一时代、社会生活或不同时代、社会生活中的人群，即使属于不同民族、国家、阶级、阶层或团体，人类总有一系列共同的生命、生存与生活实践及其利益等问题，必须共同面对、处理与解决，社会实践的相对共同性，决定了"共同美"的发生、发展与实现。

17.《生活美与艺术美的辩证关系——学习〈在延安文艺座谈会上的讲话〉》，原载《复旦学报》(社会科学版) 1984年第1期，《新华文摘》《报刊文摘》作主要论点摘录与专文介绍。本文以为，生活美与艺术美的关系，是美学概论与马克思主义美学值得关注、研究的一个重要论题。偏执于"生活美高于艺术美"抑或"艺术美高于生活美"，都是不可取的。从美的自然形态看，生活美高于艺术美；从美的意识形态看，艺术美高于生活美。应当指出，作为艺术美创造的唯一源泉，生活美比艺术美更广博、生动而无限，生活美与艺术美的相互关系，是辩证的。

18.《"人"的再发现：现代主义冲击和现实主义深化》，原载《文艺理论研究》1989年第2期，《人大复印报刊资料》全文转载。本文认为，西方现代主义文学思潮，蕴含着关于"人"的新型"悲观"意识，它标志着文学精神在关于"人"的更高层次的觉醒与解放，促成"人"的再发现，是中国文学关于旧时期人性、人格的否定，同时是新时期人性、人格的肯定。中国新时期文学，由于这一"西学"东渐的冲击，根本意义上是对文学之"人"的文化观念的冲击，它打破了中国传统现实主义文学观的精神束缚，一定程度上为现实主义深化提供了一个契机。

19.《方法与对象的"适应"——与党圣元商榷》，原载《文艺研究》1997年第2期，《人大复印报刊资料》全文转载。本文是对党圣元《中国古代文论范畴研究方法论管见》一文"批评"拙著《〈周易〉的美学智慧》一书的反批评。《〈周易〉的美学智慧》努力运用文化人类学关于巫学及其文化哲学的理念与方法，对《周易》巫性意识与审美意识发生之间的历史与人文联系，进行了力求有理有据、系统而周全的研究，是一种从巫易文化角度进入关于审美意识问题的原型研究。《管见》一文，以其所谓"古代文论"的"研究方法论"削足适履，在对于《周易》象数、义理学及其美学智慧茫然无知的情况下，粗暴地进行没有理据的"批评"。没有哪一哲学、美学范畴在上古时代就有的，它们只是在原始神话、图腾与巫术文化中孕育，仅仅具有神性、灵性与巫性，故以"美学智慧"称之，此指审美意识的原型，指美学范畴的"滥觞""发蒙""建构"与"范型"，并非《管见》所"批评"的所谓"一系列美学范畴"。本文指出，拙著关于"《周易》美学智慧"的文化人类学、文化哲学研究，达到了研究"对象"与"方法"的相互"适应",其学术思维的逻辑是自洽的。

20.《方法:究竟有什么问题》,原载《求是学刊》2006年第2期,《人大复印报刊资料》全文转载。本文系笔者作为主持人所主持的"解放与禁锢:方法论问题再认知"(笔谈)中的一篇。本文以为,方法论决定了学术包括美学等研究的总体理念、径路方式与材料处理的原则与方法,从而影响学术成果的学术质量。研究方法的自洽,便是研究对象与研究方法二者的相互"适应",是一个互相"对话"、同时建构的动态过程。数十年以来的中国当代美学与文学研究关于西方入渐的方法论的运用,存在着盲目崇拜、食"西"不化的不良倾向而亟待改变。学术研究的方法无所谓先进或落后、时髦或过时,最根本而有效的方法论原则,为理念与实证、历史与逻辑的相统一。

21.《中国美学史著写作:评估与讨论》,原载《学术月刊》2012年第8期,《人大复印报刊资料》全文转载。本文是关于中国美学史著写作颇为全面的总结与探讨。认为数十年的中国美学史著,可分美学断代史、通史、门类史、范畴史、宗教史与区域史六大类型,这种"实验、探索的学术路向值得肯定",并逐一加以梳理。其方法论为三类:"马克思主义美学的唯物史观""艺术哲学的理念"与"文化哲学的理念"。本文从"时限""宗旨"与"史料"三方面,评估了中国美学史著写作的得失。讨论三个理论问题:中国美学研究的所谓"困境"与"偏至";现象学美学的所谓"面向事情本身"的理念方法;中国美学史著写作的"文化决定论"与文化哲学的研究方法。凡此,都给予中肯而力求深切的论析。本文是对张弘《近三十年中国美学史专著中的若干问题》一文有关"批评"拙著《中国美学的文脉历程》的反批评。

22.《东方美学史研究的奠基之作——读邱紫华〈东方美学史〉》,原载《光明日报》(2004),本文应邱紫华教授之邀而撰。本文以为,《东方美学史》是邱紫华的"呕心沥血"之作。作为国内第一部东方美学史著与这一学术领域的奠基之作,具有学术上一定的原创性,是"将逻辑放到历史领域去求解"的一种学术新收获,值得肯定。

23.《中国学研究人文主题的转换》,原载《学术月刊》2013年第6期,本人所撰的唯一一篇中国学论文,《人大复印报刊资料》全文转载。中国学,文化传播学的一个特殊学术门类。从"东学西渐"到"西学东渐",是中国学的基本内容与主题。先是中国文化及其人文学说与价值观等，由来华传教士等从东方向西方的传播与研究，纳"东学"于"西说"，其内容大致可分"历史之中国"与"现实之中国"；尔后是洋人对于"中国"的研究，反馈于中国。国内中国学，是站在"东学"立场而对于"西学"的研究，原先"东学西渐"之"西学"的主我，变成了"西学东渐"之"东学"的他者，原先"西渐"的他者，又嬗变为主我。"汉学"（Sinology）由西人所提出，作为西学范畴，其涵盖面较"中国学"为窄。中国学这一学术概念，是对于日、韩学者所谓"东亚学"概念的纠偏。当前国际中国学界的"中国问题"研究，侧重于"现实之中国"。亨廷顿关于中国"儒家文明"必与西方文明相"冲突"的观点，是国外中国学研究的偏至之论，值得提倡的是人类文明的"和合共生"说。

二、中国佛教美学

1.《法海本〈坛经〉的美学意蕴》，原载《复旦学报》（社会科学版）2001年第5期。长篇原创性学术论文，《人大复印报刊资料》全文转载。本文探讨如下论题：（一）法海本《坛经》旨归：般若学抑或佛性论。认为《坛经》的基本佛学思想，为佛性论而非般若学，由惠能得法偈"佛性常清净"一言得以实证。《坛经》将般若学的"毕竟空"，理解为可以执着的佛性，无异于将"般若性空"，误读为玄学的"本无"，再以这一"本无"误读为佛性。（二）佛性：颠倒与夸大的"完美"人性。法海本《坛经》深受《大乘起信论》和儒家思想的影响。其思想主旨，为"真如净性是真佛"。"无念"，是法海本《坛经》关于佛性的典型说法。"法元在世间，于世出世间。勿离世间上，外求出世间"，在世间与出世间之际成佛，可证佛性与"完美"的人性同构。（三）见性成佛，即心是佛，自救自度。能否成佛，关键在于"自心清净"而不必别求他佛，自心归佛，自我觉悟，便是不离世间、此岸的"自度"（"真度"）或曰"智度"，无疑宣告了"他佛"的死亡。（四）禅悟与诗悟：无死无生、无染无净、无悲无喜。《坛经》所说的"自度""真度"，实际是处于世间、出世间之"心"的"顿悟"。佛性顿悟，为南宗禅与《坛经》顿悟说"宗要"，与审美诗悟的关系，是异质同构的。"诗佛"王维的禅诗，是《坛经》的诗体式文本，禅悟与诗悟合一。二者皆为：现象直观，当下即是；突然而至，不假思索；自发自由，自然而然；净观而达于空寂空灵；非世俗情感的"元情感"、非世俗愉悦的"元愉悦"、非世俗审美的"元审美"；无死无生、无染无净、无悲无喜。

2.《唐王昌龄"意境"说的佛学解》，原载《复旦学报》（社会科学版）2006年第2期，《人大复印报刊资料》全文转载。长篇原创性论文。本文提出与论析，中国美学史上的"意境"范畴，首倡于唐代王昌龄《诗格》的"诗有三境"说。"诗有三境"，指中国诗歌审美的三种审美心灵、品格与境界，即"物境""情境"与"意境"。第三种审美品格、境界的"意境"，主要就禅诗而言，其哲学、美学本体与内在心灵机制，在无与空之际，是一种从"无"趋转于"空"、又沾溉于"无"的"元美"境界，一种消解了"物境"（佛教所言"物累"）、"情境"（佛教所言"情累"）的无是无非、无善无恶、无悲无喜、无染无净、无死无生的空灵之境。本文专就构成美学"意境"范畴的"空"这一点，从解析佛学的"境""意"与"三识性"说入手，研究了构成"意境"之空的文化、心灵的结构与实质。认为佛学"三识性"，是佛教境界的三品格、三层次；"诗有三境"，是诗歌审美的三品格、三层次；佛学的"意境"说，为王昌龄美学"意境"说的形成与提出，提供了关于"空"的思想与思维资源。

3.《"格义""六家七宗"的佛学之见及其美学意蕴》，长篇原创性论文。原载《美学与艺术评论》第17集（山西教育出版社2018年版）。"格义"与"六家七宗"的佛学，属于早期中国佛教史的东晋时期，为诸多玄学化中国名僧"误读"东来印度佛学的思想产物。竺法雅、康法朗等僧人的"格义"，以释教与老庄并谈，以"无"释"空"，以"空"会"无"。其思想与思维的特点，为将大乘般若性空之学，改造成当时一般佛教信徒能够接受的佛性之说。"六家七宗"的佛学，是佛教广义"格义"的思想成果。道安"本无宗"、支遁"即色宗"与支愍度等"心无宗"的佛学，为"六家七宗"思想的代表。从逻辑结构看，"本无"义述说世界源于何、其本体如何可能，其中"本无异宗"之义，侧重于世界本原即"无在有先"；"心无"义关注"心"之安在、人"心"何为以及如何解脱，认为唯有"不空外色"，才能得以解脱，为不彻底的"色即为空，色复异空"之论。"本无"义以世界"本空"、从本原本体触及"空"之美学之魂，提供了一种思考美丑的思维深度。"心无"义主张"心空"一切，继承、改造与发展了老庄之无、甚而孔孟心性因素的美学思维；"即色"义将"色"与

"空"对立，显然不符合"色即是空，空即是色"的佛教基本教义。"即色"之言却触及了关于"空"之"审美"的一根神经，无论"有""无"的审美，其实都是当下"即色"的。其余如"识含""幻化""缘会"等宗，与"心无"宗有更多义理的联系。

4.《东汉时期佛教美学意蕴的初始酝酿》，原载《美育学刊》2019年第3期，《人大复印报刊资料》全文转载。本文分四部分。其一，安世高所译介禅数学的禅定"守意"（寂）和支娄迦谶所译介般若学的"本无"（空）之"乐"，成为"中国化"的佛教美学意蕴的初始尝试；其二，随印度佛教东来，佛塔、佛寺与佛像绘塑等佛教"艺术"的新创造，成为得风气之先的佛教审美新品类；其三，从"乐"到"悲"以及"乐""悲"相系的历史与人文转递；其四，"智慧""清净""空"等关乎佛教审美的新名词、新概念与新范畴的拓展。东汉佛教美学意蕴的初始酝酿，通过印度佛学经典的初步译介而逐渐实现。

5.《"解空第一"：僧肇〈般若无知论〉〈涅槃无名论〉的美学意蕴》，原载《学术月刊》2019年第12期，长篇原创性学术论文，《人大复印报刊资料》全文转载。《般若无知论》与《涅槃无名论》，作为"僧肇四论"中尤为重要的佛学名篇，前者论述佛性、佛境的"不可思议"，后者论述佛性、佛境的"不可言说"，同为僧肇"解空"的经典之作。本文对《般若无知论》与《涅槃无名论》二著进行了比较研究，指出二者各自的佛学境界不一。"般若无知"，摒除显性概念、范畴、逻辑、推理与判断，以成"般若中观"，故不可思议，与瞬时发生的审美直觉相通；"涅槃无名"，舍弃名言，故不可言说，与绝对审美理想与审美妙悟之境相融。两者共同拓深了中国美学意蕴的境界。

6.《慧远佛学及其美学意蕴》，原载《复旦学报》（社会科学版）2020年第1期。"法性""涅槃""冥神绝境"与"极乐国土"，为东晋高僧慧远佛学的基本精神，蕴含以名为出世间而实为世间的审美理想。其"形尽神不灭"的"神"，原指佛教"不可说之我"（补特伽罗），作为中国美学"形神"及"重'形神'"之说的佛教根因根性，实现了从佛教崇拜向艺术审美的时代转嬗。

7.《"常乐我净"：〈大般涅槃经〉的美学意蕴》，原载《美与时代》2019年第3期。由昙无谶所译《大般涅槃经》（北本），宣说"善根""菩提"等佛学范畴与思想，有力地灌输了大批崇信涅槃学之善男信女的头脑，涅槃说进一步深入人心，义学沙门关于"因果佛性""智慧""佛性"即"常乐我净"与"大涅槃"诸说的讨论与争辩，趋于严正而深切。《大般涅槃经》的"常乐我净"说，与佛教美学具有更多的内在文脉联系。"常乐我净"说的佛教美学意蕴在于："常"，涅槃性境恒常不易；"乐"，舍弃世俗之乐、臻于涅槃的"根本乐"；"我"，"脱胎换骨"而成就的"大我""本我"，即绝对自由、精神"大自在"之"我"，为与佛合一的"主体"；"净"，"染净不二"之"大净""本净"的佛国本善本寂。"常乐我净"即"大涅槃"，为至臻圆境，一种关于涅槃之"美"的领悟与阐释。

8.《从佛教须弥座到建筑须弥座》，原载香港《内明》209期。中国建筑物如佛塔、佛像的基座筑成须弥座样式，北京天安门广场的人民英雄纪念碑的基座，亦取须弥座式。须弥座即佛座，佛教想象世界而居中者为须弥山，即天帝释所居金刚山，妙高无比，金刚不坏，处于世界中心，其山顶为须弥座。中国建筑基座等采用须弥座形制，具有居中、伟大、神圣、崇高与坚固不朽的人文意蕴。

9.《中国佛塔的文化价值》，原载《佛教文化》1990年第2期。中国佛塔是佛教崇拜的重要名物，又是建筑意象的审美，其文化价值，在崇拜与审美之际。千年古塔，是展现于大地的中国"佛教史"，体现了佛教观念的时代、民族与地域的嬗变，建筑材料、技术与结构的成就，以及艺术、审美与哲思的历史与人文诉求。

10.《〈坛经〉法海本思想因缘》，原载李学勤、吴中杰、祝敏申主编《海上论丛》第一辑，复旦大学出版社1996年版。《坛经》法海本，为现存《坛经》最古本子（其余为惠昕本、契嵩本、宗宝本），基本保存了六祖惠能南宗禅的佛学思想。《坛经》法海本的真如缘起说，为扬弃了般若性空说的涅槃佛性之论，竺道生的顿悟观以及儒家心性之见，为《坛经》法海本禅学思想的直接源泉。本文分"前言"与"佛禅本色：真如缘起""从般若学到佛性论""不容阶级 一悟顿了"和"成佛土壤与儒家'心性'"四部分。

11.《印度原始佛典：〈阿含经〉》，原载香港《内明》第236期。《阿含经》，为印度原始佛典的重要代表作之一。有南传、北传之分，包括巴利文经藏，有《长部》《中部》《相应部》《增支部》与《小部》等五部；北传有《长阿含经》《中阿含经》《杂阿含经》与《增一阿含经》等四部。此经基本的佛学内容，始于印度佛教第一次结集（五百结集），部派佛教形成前后被系统整理，约公元前一世纪写成文本。四圣谛、八正道与十二因缘等说，为《阿含经》的基本佛学之思，奠定了三法印说的佛法基础。《阿含经》的汉译，始于东汉最早传布的《四十二章经》，其辑录了《阿含经》的一些内容。东汉末安世高译四部"阿含"中的"小经"，三国吴支谦、西晋竺法护、法立与东晋西域僧竺昙无兰等，相继译出《阿含经》诸多篇章，北方十六国时，来华的印度与西域译家，曾全文译成整部《阿含经》。

本文集所选学术著论，似以下列诸书、诸论更显重要。

著作：《〈周易〉的美学智慧》《中国巫文化人类学》《中国美学的文脉历程》《中国早期佛教美学史》（原题：《汉魏两晋南北朝佛教美学史》）《建筑美学》与《中国古代文化中的建筑美》等。

论文：《〈周易〉文化思维问题探讨——与杨振宁院士对话》《〈周易〉时间问题的现象学探问》《时间现象学：〈周易〉的巫性"时"问题》《巫性：中华文化的原始人文根性》《灵之研究：中国原巫文化六题》《中国巫性美学在〈周易〉中的四种呈现》《正本清源：理性地解读"风水"》《论崇拜与审美》《郭店楚简〈老子〉的美学意义——〈老子〉美学再认识》《"大音希声"解》《"无极而太极"考》《中国美学究竟有没有范畴体系——与相关学者讨论》《中国美学史著写作：评估与讨论》《"原始'信文化'"说与人类学转向》《法海本〈坛经〉的美学意蕴》《唐王昌龄"意境"说的佛学解》《"格义""六家七宗"的佛学之见及其美学意蕴》《"解空第一"：僧肇"般若无知论""涅槃无名论"的美学意蕴》《东方独特的大地文化与大地哲学》《中国建筑文化符号的象喻》《论"建筑意"与诗意、建筑美的关系》《中国园林的道家境界》等。

下篇　学术之路

本人的学术道路，大致分为两个时段：（一）不自觉的学习与摸索（1964年9月—1973年9月）；（二）逐渐走向颇为自觉的研习（1973年9月—）。经过多次抉择，才成为现在的"我"。

一

本人的出生地，原属江苏省松江专署南汇县，1958年划为上海市辖，改称川沙县，现在属于上海市浦东新区。本人出生贫寒，时在幼季，父因疾去世，年仅三十有五。记得1950年初，我家仍在租种沪上一户小业主遗留于老家的一亩田地。祖上与父母一色文盲，除种田使用的锄头、铁锸之类，家无一书一纸。唯一贴于门楣的"百无禁忌"四字，诚然不识。祖母却信佛教，出入寺院，好似家中唯一"知识分子"。也有一大好处，兄妹抑或本人，七八岁都已下地劳耕，大多干得有模有样，锻炼了能够吃苦的意志品格。浦东有一个乡里俗语，称下地干活为"做生活"。意思是农人的全部生涯，一个"做"（劳动）字便可概括。没日没夜"做生活"，俗话说："从清早鸟叫，做到夜里鬼叫。"王维有诗云，"晨兴理荒秽，带（戴）月荷锄归"，确是如此。一年四季，无论刮风下雨、冰天雪地，几乎都在田头忙累，"农月无闲人，倾家事南亩"是矣。勤奋，农夫的第一秉性。

哥哥快读小学三年级时，本人尚未上学。一天，哥在朗诵语文书上的一首短诗，便好奇地问在读什么，哥说是臧克家的《老马》。他手指课本，一字一句教我念："总得叫大车装个够，它横竖不说一句话。背上的压力往肉里扣，它沉痛地低下头。"全诗浸透了诗人对忍辱负重的农夫的无限同情，其悲剧性意味，启蒙本人一生偏于欣赏悲剧的心智。诗境的沉郁氛围，与所经历的苦难童年以及偏于沉静的个性相契。沉潜与平淡，几乎是本人一贯的心境，而并非凉薄与枯寂。

1951年初秋，母亲送我去离家不远的穗成小学读书。学费从来都是全免的。生活困顿，哥勉强熬到高小，妹妹没上一天学。本人读完初小，也失学一年。辍学是本人的选择。每当我背着书包上学路过田头，总不忍如此年幼的妹妹，在母亲的带领下在田头劳作而十分辛苦，内心的隐痛与负罪感难以排遣。本人便在农业社做了一年小社员。1956年初秋，初小语文老师倪国瑞先生，多次到我家劝说母亲，说我每门功课从来都考第一，失学实在可惜。说得母亲泪流满面。她终于咬咬牙，让我进界沟小学插班续读五年级。成绩仍然是一贯的优秀，不久被选为校少先队大队长。没曾想，从这一次返校读书，竟一口气读到了大学毕业（80年代初复旦在职期间，读了一个文学硕士学位）。在学期间，本人的学习成绩一贯很好，曾经暗暗有些得意。如今想来则深感惭愧。在数十、上百同学中考个第一，考的又是教科书上那一点点可怜的知识，算个什么？教科书外的知识，又是怎样汪洋大海一般！

本人做点儿学术，有诸多先天不足。

启蒙太晚，基础太差。所在小学无图书馆，中学图书馆的藏书也十分可怜，一间小屋只有数百本，都是些破破烂烂没啥知识含量的。最要命的，是自己不知道怎样才是好读书、读好书，本人的心田十分贫瘠。高中一年级时，才读到《水浒》《三国》之类，还是语文老师张为忠先生主动借给我的，令我一生感激不尽，六十余载一直保持着对恩师的爱戴和密切联系。当时，也没啥时间读"闲书"。课余时，不是做家务就是下地耕锄挣工分。一旦从同学那里借到一本小说，便欣喜异常，诚惶诚恐，好比基督徒捧读《圣经》。通宵达旦熬灯油，连饭间边吃边盯着书本，放学回家，常常也在路上边走边看。那时从中学到家，有七里少有行人的乡间小路，"走读"时不用怕撞到别人。《山乡巨变》《暴风骤雨》《青春之歌》《平原枪声》《创业史》《红旗谱》与《红岩》等小说，大多这样如饥如渴读了的。

1964年初秋，本人以第一志愿考取复旦大学中文系，受到老师的悉心指导。老师给每位学生一张长长的中外古今名著书单，《诗经》《楚辞》《论语》《孟子》；柏拉图、亚里士多德、康德、黑格尔，等等，上百本中外经典，没有好好读过，大多闻所未闻。便在课余按照书单，一本本啃，在宿舍、在校图书馆里用功。

第一学期的写作课，由研究西方美学而不善言辞的蒋孔阳先生担任。好在先生勤于板书，尤其注重对学生作文的批阅，把写作课教得风生水起。

有一次，蒋先生要求学生用两节课时间写一篇作文，题目自拟，题材不限。本人便虚构了一篇所谓的小小说《坝》，人物和情节十分单薄，文笔的幼稚与主题的肤浅，现在想来，还会让我汗颜。

岂料第二周写作课上，蒋先生对我这一很不像样的小小习作，给了热情肯定。他亲自用打字机打印出来，发给每位同学，组织大家分组讨论，看看写作上的优长与缺失究竟在哪里，这极大地提高了本人学习写作的自信心。

在孔阳先生担任我班写作课时，以伍蠡甫主编、蒋孔阳副主编的《西方文论选》（上下册）一书刚刚出版。有一次课间，在第一教学楼梯形大教室上写作课，蒋先生特地带我到梯形教室隔壁新华书店设在复旦的一个小书店里，买了一部《西方文论选》（上下册）赠我。先生讷于言，又十分谦虚，只说了一句："小王（先生一直这样称呼我），有空看看。"当时的我，真的受宠若惊手足无措，一句话也说不出来，竟想不到说声"谢谢"，也想不到请先生签个大名。我的木讷、无知与不近人情以至于此。唯有默默而不懈的拜读，回报、感激于先生的启蒙。后来，我读过孔阳先生几乎所有学术著作，却没能成为先生的亲炙弟子。"文化大革命"结束不久，近在咫尺的蒋先生招收研究生时，本人根本没有想到要去努力报考，总觉得自己学业很差，什么都不如人，考研对我而言很不现实。

一年级上学期末，本人在校图书馆即现为校理科图书馆底层东首一个大间的开架书架上，突然看到一套书一共六册，是出版未久、散着墨香的《美学问题讨论集》，《文艺报》编辑部编，作家出版社的版本。"美学"二字，平生第一次不期而遇，不由让我眼前一亮。便在所有课余时间钻进图书馆，一本本逐篇阅读，做过许多抄录和随想性的笔记。蔡仪、朱光潜、李泽厚、吕荧、高尔泰、洪毅然与蒋孔阳等先生的大作，让我读得如醉如痴，又囫囵吞枣，食"美"不化。然而，这是本人第一次感到理性思维和逻辑思辨的无比美丽。每临晚九点从图书馆出来，穿过校园回寝室睡觉时，读书给我内心的充实、幸福和愉悦，真的是难以形容。

比方说，老资格的美学家蔡仪先生主张"美是客观的"，认为黄金光泽的美，在人类诞生前就已在地球上"客观存在"了。批评他的学者就说，美总是对人而言的，地球上那时连人类都不存在，怎么会有黄金光泽的美？蔡先生又说："美是典型。"批评者诘问，比方"这里有一条臭水沟，是水沟中最典型的，能说也是美的吗？"吕荧、高尔泰主张"美在主观""美在自由"，受到"客观"派、"主客观"派与"社会实践"派的轮番问难。如果美是主观的，"萝卜青菜各人所爱"，那么美的客观性、实践性又在何处，普遍适用的审美标准究竟有没有？其实，吕、高二位所说的美，实际指美感。美是美感的现实实现；美感是美的心灵现实。两者一而二、二而一，美与美感同"在"，是同时呈现、发展与消退的。但那时好多的美学论文，都说吕、高宣扬"唯心主义"与"人性论"。朱光潜先生的"美是主客观统一"说，在批评"美在客观""美在主观"说时，显得相当有说服力。他援引苏东坡《琴诗》的四句来加以证明："若言琴上有琴声，放在匣中何不鸣？若言声在指头上，何不于君指上听？"给我印象极深。朱先生后来将其"美是主客观的统一"说，与马克思主义的实践论相结合，是其"自我批判"的思想成果。李泽厚先生曾经认为朱先生的"美学"否定美的社会实践性，说朱先生是"唯心主义"，对朱先生与蔡、吕、高等三位的美学观，都有"批判"，其思想比较敏锐而活跃。李先生主张美是"社会的""实践的""合规律合目的"的，是真与善的意象化和情感化。李先生的美学见解，运用马克思《1844年经济学哲学手稿》中的"人的本质对象化"说，在当时的我看来，是更为雄辩的一方。孔阳先生也属于李泽厚"实践论美学"这一派，他的多篇参与讨论的美学论文，我当时都读过。

所有这一切，本人当时实际是一知半解的。后来稍稍理出些头绪，懂得中国第一次"美学大讨论"主要讨论与争论的，集中于美的本质、美感与自然美等问题。其理性思维，关乎美是主观、客观、主客观统一抑或美的社会性实践性等（后来由孔阳先生撰文总结为美学四派，受到朱光潜先生的肯定）。美学是哲学的诗性部分，关乎世界意象、人类情感与自由意志及其相互联系。本人所以学习美学而孜孜以来，实乃钦羡于其哲学思性兼诗性的美丽与深邃，感悟到人性的理性总是最高贵的，深感理性与理性思维的逻辑，是何等葱郁、深切与美好，而让人神往不已。《美学问题讨论集》一书，给了本人一次美学精神的启蒙与洗礼，培育了我一生对美学、中国美学的极大兴趣，本人一生的读书与研习，一般总是围绕、几乎没有离开美学与中国美学这一学术主题。在研习巫学、易学、佛学与中国建筑文化时，首先努力从哲学或文化哲学角度，去看待与研习美学，主要从原始巫性文化，探析中国美学的意识、思想的原型，试图认知、解答一些美学问题。

二

从1964年初秋入学于复旦算起，在五六十年的学人生涯中，本人读书不多，读过而至今印象稍为深刻些的书，主要是易学、巫学、佛学、文化人类学、中西美学和中西建筑文化方面的，都是凭兴趣而读。现在记得的主要有如下书目。

（一）易学、巫学类

通行本、帛书本《周易》，王弼《周易注》《周易略例》，孔颖达《周易正义》，李鼎祚《周易集解》，朱熹《周易本义》，王夫之《周易内传》，智旭《周易禅解》，陈梦雷《周易浅述》（四册），江慎修《河洛精蕴》，尚秉和《周易尚氏学》《尚氏易学存稿校理》（四卷），袁树珊《中国历代卜人传》，日安居香山、中村璋八辑《纬书集成》（四辑），韩赵容俊《殷商甲骨卜辞所见之巫术》与朴载福《先秦卜法研究》，高亨《周易大传今注》，李镜池《周易探源》，黄寿祺、张善文《周易译注》与《周易研究论文集》（四集），徐志锐《周易大传新注》，孙振声《白话易经》，上海古籍书店版《四库术数类丛书》（九卷），朱伯昆《易学哲学史》（四卷），以及与易学、巫学相关的书，如荆门市博物馆《郭店楚墓竹简》，《上海博物馆藏战国楚竹书》（一）（三），《清华大学藏战国竹简》（肆），《孔子家语》，罗振玉《殷虚书契考释三种》，张政烺《易辨》，武汉大学中国文化研究院编《郭店楚简国际学术研讨会论文集》，张岱年《中国古典哲学概念范畴要论》，林忠军《周易象数学史》（三卷），夏含夷《周易的起源及早期演变》，刘玉建《两汉象数易学研究》，贾连翔《出土数字卦文献辑释》，徐中舒主编、常正光伍仕谦副主编《甲骨文字典》，于省吾主编、姚孝遂按语编撰《甲骨文字诂林》（四卷），王宇信《甲骨学通论》（增订本），李圃《甲骨文字学》，何金松《汉字形义考源》等。

其中，关于通行本《周易》，数十年间读过不下数十遍。由天津市古籍书店影印出版的怡府藏版《周易本义》，因随时翻阅而很是破烂，其封面、书页，自己换过、修补多次。撰写《〈周易〉的美学智慧》和《周易精读》二著前，有关《周易》注本，集中时间反反复复读过多遍，做过许多读书卡片和笔记，领会易学的根本之点，为巫、气、象、数、筮、时、变、生与阴阳等及其相系。研读易学著作，方法是先探象数，再攻义理。反复阅读通行本《周易》，体会到关于易之象数与义理关系的深蕴，《易传》所言"见（现）乃谓之象"，是最关键的一句。读王弼《周易略例》一书，领悟易的时间性在于当下，此即王弼所言"卦者，时也。爻者，适时之变者也"。《周易》阴阳爻、八卦和六十四卦的符号系统，是以卦爻的空间形式，来"言说"易理恒变的时间性，易理的时意识是优先的。朱熹《周易本义》，不免受到理学的些许影响，却是回溯原始易学即易筮的"本义"之学，为王弼"尽扫象数"之反动。陈梦雷《周易浅述》以为，易之义蕴，大抵象、数、占、理四者，此书作者关于易理的阐释，甚为精纯，是一种经宋明理学熏染的易学，而第八卷末所附易图凡四十二，比较浅杂，与全书的学术水准不类。尚秉和《周易尚氏学·总论》云，"易者占卜（筮）之名""说者以简易、不易、变易释之，皆非""简易不易变易，皆易之用，非易字本诂。本诂固占卜也"，可谓的论，抓住了易理的根因根性。读该书时，正值上世纪八十年代中叶，本人同时在集中阅读诸多西方文化人类学著作，大凡都是些有关巫学的著论。读弗雷泽《金枝》、马林诺夫斯基《巫术宗教科学与神话》与《文化论》、列维-布留尔《原始思维》和列维·斯特劳斯《野性的思维》等中译本，1993年读西方"人类学之父"泰勒的《原始文化》，2021年又重读该书修订译本，让我受益匪浅。《原始思维》一书，反复读过多遍，书页留有许多随想式的文字，领会人类原始思维的文化成因、内在机制、结构与功能的特质，对本人从人类学角度研习巫学与易学大有好处。学易仅读《易传》是不够的，也读不通，容易走入歧途。《易传》仅是原始巫学的伦理学、哲学与美学化。可将中国原始易学，归类于文化人类学的巫学部分，以易学的象数、义理学为治学基础，以文化人类学关于巫学的理念为导引，开展对于易学的新的研究，且由传统易学进入巫文化人类学意义的易之美学的研习，试图开拓属于自己的"学术"，便是《巫术——〈周易〉的文化智慧》（1990）、《〈周易〉的美学智慧》（1991）、《大易之美》（2006）、《周易精读》（2007）、《中国巫文化人类学》（2020）、《中国巫性美学》（2021）与《周易通识》（2023）等著作的撰写与出版。

（二）佛学类

读过的佛学著论，主要有：《维摩诘所说经》，《妙法莲华经》，《佛说无量寿经》，《佛说阿弥陀经》，《金刚经》，《般若心经》，《圆觉经》；《大智度论》，《中论》，《肇论》，《大乘起信论》，《佛教经典译释》（心澄大和尚所赠，凡18册）。读过《出三藏记集》，《因明入正理论疏》，《高僧传》，《弘明集》，《佛教造像手印》等。还有《坛经校释》，《佛教名相通释》，《中国佛学源流略讲》，《印度佛学源流略讲》，《成唯识论直解》，《佛学大辞典》，《中国佛教思想资料选编》第一卷，《汉魏两晋南北朝佛教史》上下，《中国佛教》四册，《中国佛教文化史》五卷，《中国佛教史》八卷，《中国佛教哲学要义》上下，《敦煌变文集》上下等，《小乘佛法》（俄），《大乘佛教》（俄），《佛教逻辑》（俄），《中国禅学思想史》（日），《印度佛教史》（英），《印度教与佛教史纲》（英），《人的宗教》（美）等，都认真读过。

比较而言，阅读易学类著作，开始时难在不得其门而入，难在领会易之象数以及象数与义理的文脉联系。易道广大而精微，好似一个"黑洞"，深广难测，佛学亦是如此，其意蕴的深广与精微，一点儿也不亚于易学。

无论易学抑或佛学的研习，本人都是自学，缺少导师的指引，要耗费更多的时间与精力。然而所有佛学著论，都是我的"导师"。先读相对容易些的，再争取由浅入深。最早阅读的一书，为郭朋校释的法海本《坛经》。再读《中国佛教》四册与《大乘起信论》。阅读种种中国佛教史著的好处，初步树立史的概念与线索。读中国佛教协会编《中国佛教》四册这样的书，帮助自己领会中国佛教宗门及其历史演替的大概，理解从印度原始佛学、部派佛学到中国大乘有宗、空宗及中观学派等的历史发展线索、学理分野及其文脉联系。吕澂先生的两部"略讲"，让本人受益良多，其将深奥幽微的佛理，以尽可能通俗的文字写出，且相当准确。读汤用彤先生《汉魏两晋南北朝佛教史》一书，充满了陶然的美感，其文辞古雅，让本人很是受用，作为中国佛教断代史的早期著作，难免有些可以商榷的地方——其实，世上每一部书都是如此的，不必挑剔过甚，而其文辞简确，思性与诗性兼得，仍不失为一部难得的好书。有些佛典堪称难读，如《般若心经》，中译本仅260汉字，为佛典文字最少者。其内容，却是600卷大乘般若经典之佛法心要的极度浓缩，本人借助了心澄大和尚的诠释，才能进而有所读悉有所了悟。《妙法莲华经》与《维摩诘经》等相对好读。本人没有整部纸质木《大藏经》，有些佛典，只得读电子版。感谢学生为我下载了一个电子版《大藏经》，使本人有幸读到书斋未备的更多佛典。当时撰写《中国早期佛教美学史》时，关于《光赞般若经》与《中论》《大智度论》等，读的都是电子文本。本人的电脑操作水平十分有限，遇到有必要记录的佛法言辞，不会直接下载，只得用一笨办法，先将需要的文字资料，一条条抄写于A4纸，要求自己不能抄错一个字一个标点，抄满了数十页A4纸，以备写作中国佛教美学史著时加以引用。就连在澳洲探亲的日子，也在做这件笨事，天天盯着电脑屏幕，看得头脑发昏双目模糊，连脚都肿了。撰写书稿时，再将抄录的有关言叙经过遴选，输入电脑写在电子书稿里。其中辛苦，真的没法述说。如此读书，有时便难以坚持，《大智度论》100卷，本人只读到70卷而半途而废，实在对不起这部佛典名著了。而丁福保《佛学大辞典》，虽则所编条目，有些不甚准确而且芜杂，总体却是一部学术质量上乘的辞典，写作时备在案头，时时翻阅。

（三）中国美学史类

主要读过《诸子集成》八卷，《朱子语类》八卷，《王阳明全集》上下，《王国维遗书》十六卷，《管锥编》四册与《谈艺录》，《山海经译注》，《今古文尚书全译》，《论语译注》，《孟子译注》，《荀子译注》，《老子注译及评价》，《庄子今注今译》，《礼记译注》，《国语译注》，《淮南子译注》，《甲骨文通论》，《汉字形义考释》，《中国小学史》，《东西文化及其哲学》，《中国哲学十九讲》，《心体与性体》上下，《中国青铜时代》，《中国考古学论文集》，《美术、神话与祭祀》，《中国人性论史·先秦篇》，《新编中国哲学史》三卷，《两汉思想史》三卷，《王弼集校释》上下，《中国历代美学文库》十七册等；读过有代表性的文论、画论、乐论与书论等著作材料，如《诗品注》，《文心雕龙注》上下，《历代论画名著汇编》等，以及《中国古代思想史论》、《批评哲学的批判》、《由巫到礼 释礼归仁》与《美的历程》，《中国美学史大纲》，《中国美学通史》八卷；《剑桥中国文学史》上下，《中国文学史》四卷，《中国文学批评史》七卷，《中国绘画史》，《中国儒学史》，《中国道教史》，《中国天文考古学》，《现象学及其效应》，《西方哲学史》二卷，《美学》三卷，《柏拉图文艺对话集》，《诗论》，《纯粹理性批判》，《判断力批判》，《存在与时间》，《西方美学史》二卷，《西方美学通史》七卷，《朱光潜文集》第一卷，《梁启超论清学史二种》，《中国古代宗教与神话考》，《诸神的起源》，《古巫医与"六诗"考》，《中国巫术通史》上下卷，《灰暗的想象——中国古代民间社会巫术信仰研究》上下册，《天神与天地之道：巫觋信仰与传统思想渊源》上下卷等；还有《儒教与道教》，《东方民族的思维方式》，《神学与哲学》，《神秘神学》，《论神性》，《文化的哲学》，《理性的胜利——基督教与西方文明》，《神学美学导论》，《神学美学》一、二册,《科学–神学论战史》上下卷等。其中反复阅读的,为《诸子集成》第一卷刘宝楠《论语正义》、焦循《孟子正义》、第二卷王先谦《荀子集解》、第三卷王弼《老子道德经注》、王先谦《庄子集解》与张湛《列子注》、第六卷的《吕氏春秋》、第七卷高诱《淮南子注》与王充《论衡》与第八卷刘义庆撰刘孝标注《世说新语》等。读《四库术数类丛书》第六卷《宅经》《葬书》,《王阳明全集》上册的《传习录》上、中、下,《朱子语类》八册、《王国维遗书》第一册《观堂集林》卷一至卷十与《王国维遗书》第十五册,钱钟书《管锥编》易学部分与《谈艺录》,梁漱溟《东西文化及其哲学》(载《梁漱溟全集》第一卷)等。一些书籍反复读过,一些并未全部读遍。本人很喜欢读《古文观止》,尤其是《前赤壁赋》与《秋声赋》,喜欢读《离骚》《陶渊明集》与《王右丞集笺注》等。读过《1844年经济学–哲学手稿》等。允吉师赠其九部著作,都读过,其中有的篇章曾反复阅读。本人未读过二十四史,只读过其中的《史记》《汉书》,关于中国史的修习,缺失甚多。

(四)建筑文化、建筑美学类

主要读过《周礼·考工记》,《三辅黄图校证》,《洛阳伽蓝记》,《营造法式》,《宅经》,《葬书》,《园冶注释》,《帝京景物略》,《宸垣识略》,《闲情偶寄·一家言·居室器玩部》,《历代宅京记》,《梁思成文集》一、三,《中国建筑史(中英文对照本)》,《刘敦桢文集》一,《建苑拾英》,《考工记营国制度研究》,《园林谈丛》,《中国历代名园记选注》,《中国城池史》,《中国古代建筑史》,《外国建筑史(十九世纪前)》,《建筑考古学论文集》,《中国古代陵寝制度史研究》,《中国历代帝王陵寝》,《中国历代陵寝纪略》,《长城》,《中国古塔》,《中国古都研究》,《华夏意匠》,《北京古建筑》,《风水探源》,《中国民居》,《明堂庙寝通考》,《平郊建筑杂录》,《太和殿的空间艺术》,《福建圆楼考》,《苏州古典园林》,《园林与中国文化》,《瓦当汇编》,《中国瓦当艺术》,《中国建筑美学》,《造房子》,《文物中国史》八卷,还有黑格尔《美学》第三卷上册,伊东忠太《中国建筑史》,黑川纪章《日本的灰调子文化》,布罗诺·赛维《建筑空间论》等。

读书往往废寝忘食,成年累月。大致从1973年9月之后,本人读书多属中国古籍，于易学与佛学，费时尤多。如读僧肇"四论"，因《涅槃无名论》是否为僧肇所撰有歧义，便再读当时中文系资料室开架书库《大藏经》所收《肇论》。偶而亦读些古籍外的书"换换脑子"。1974年时值"复课闹革命"，中文系资料室已经重新开放（1966年6月起一直关闭），很少有人借阅。趁此机会，本人便几乎天天去系资料室读书，或将一些西方文学名著借出，带到自己宿舍里读，不少书为再读。现在记得的，有《复活》《安娜·卡列尼娜》《欧也妮·葛朗台》《包法利夫人》《简·爱》《神曲》《十日谈》《巨人传》《前夜 父与子》《浮士德》《巴黎圣母院》《悲惨世界》《莎士比亚四大悲剧》《契诃夫短篇小说选》与多部古希腊悲剧与喜剧作品等，有些读得比较匆忙。至于西方哲学、神学与美学等著作，多读或再读于"改革开放"年代。主要有：《柏拉图文艺对话集》，康德《纯粹理性批判》与《判断力批判》，黑格尔《美学》（三卷四册），海德格尔《存在与时间》，西塞罗《论神性》，托名狄奥尼修斯《神秘神学》，潘能伯格《神学与哲学》与安德罗·迪克森·怀特《科学-神学论战史》等。中国学者所撰如朱光潜《西方美学史》上下与蒋孔阳主编《西方美学通史》七卷等，有些章节读过多遍。关于中国现代文学，鲁郭茅巴老曹等的作品，读得不多。唯鲁迅先生的大作，基本读过，深爱先生的《狂人日记》《阿Q正传》《祝福》与《野草》等小说以及一些杂文和《中国小说史略》等。鲁迅先生首先是富于思想深度的哲人与文化学者，为其余现代作家所远不及，真正看透中国文化、社会与人性的，是大先生鲁迅。读鲁迅，可获"哲学诗性"的巨大美感与思想的启迪。有人说，早逝的王小波可与鲁迅比肩，其实这一比较不伦不类，不懂王更不谙鲁。鲁迅的《阿Q正传》、曹禺的《雷雨》和戴望舒的《雨巷》以及徐志摩的《再别康桥》，为中国现代小说、戏剧与诗歌的代表之作。张爱玲的作品，体现了海派文学的长处与缺失，我数度阅读，终未将《张爱玲文集》四卷读完，虽则其语言表达力不差，亦有女性作家的细腻和心灵的敏锐。关于当代文学，本人显得相当隔膜。早年间，仅读过《探索小说选》收录的莫言《透明的红萝卜》和王安忆《小鲍庄》等，觉得莫言写人物的"感觉"如饥饿感是不错的，而其文字缺少锤炼。本人曾多年讲授中文系和新闻系的文学概论课，有一次，一位女生问我对王安忆的《长恨歌》怎么看，逼得我只好去看这部作品。几年前，本人大学时的一个同班老同学，在电话里大骂莫言。本人偶尔在街头书摊上，用10元钱购来一本所谓《莫言全集》盗版书，凡800页，字体极小，倒还清晰，而错字极少。一共五部小说：《蛙》《生死疲劳》《檀香刑》《红树林》与《酒国》。阅读全书，花去整整一个星期时光。才感到为何莫言被西方看中而获诺贝尔文学奖。莫言将中国文化最丑恶、最残忍的一面写出来了。最典型的是《檀香刑》和《酒国》，而不是《生死疲劳》与《蛙》。前者写"千刀万剐"将活人血肉一刀一刀割下，更甚的，是用长长竹片从活人的肛门插入，再慢慢插到人的头顶，将人弄死，真乃残忍无比，惨不忍睹；后者写虚构的"酒国"世界，将婴儿蒸熟了吃。凡此让我惊悚不已，感到心脏颤抖，浑身冒汗。如此写中国"故事"，为作家之"自由"，而在西方人眼里，则更加强了对于中国人、中国文化之所谓"野蛮""无耻"与"残忍"的误解，真乃偏至得很。

本人的读书生涯，偏"古"是不改的嗜好。读易、读佛或读老庄，有一种"理智的快感"。拙著《巫术——〈周易〉的文化智慧》（1990）中，有长长一段话，是本人读易时的真实感受，在此挟要引录：

> "确是一个中华古代文化的'黑洞'，对一系列卦爻符号的'译码'，亦即接受与被接受，是发生在今人与古人之间的一场艰难的'对话'。依稀踏进青泥盘盘、幽静古朴的窄巷小弄，抚摸被悠悠岁月无情侵蚀的残垣断壁，那浓得化不开的古老气息，令人骤感现代生活的快速节奏突然拨慢了，整个心灵因而沉寂宁静下来，好像实现了对中华古代文化一种情感上的'皈依'，也不免有一点苦涩的滋味浮现在心头。因为从文化整体来说，《周易》巫术给我们提供的文化信息毕竟过于陈旧了。而穿过泥泞的沼泽、小径，拂去历史的尘埃，这里是一个伟大心灵的'宇宙'。不只有愚昧和稚浅，有黎明前的黑暗，有撕肝裂胆的痛苦与忧患；也有生的喜悦、爱的挣扎，有诗的韵味，有满天云霞，一泓'微笑'，有长河的奔涌，大地的磅礴，光辉的日出！有天籁、地籁与人籁的交响，有轰轰作响的来自远古的回声"，"更有《周易》原始巫术文化的童蒙智慧犹如晨星闪烁，撩人心魄，它牵引我们上下求索的文化心魂跋山涉水，寻访探问，渐入佳境。"[1]

---

[1] 王振复：《巫术——〈周易〉的文化智慧》，浙江古籍出版社，1990，第6—7页。

三

这里，且再回溯于上世纪60年代中期。

应当说，本人关于美学的读书生涯，是从阅读《美学问题讨论集》（1965年）与孔阳先生赠予的《西方文论选》起步的。多年间一直懵懵懂懂，不得要领。当时比较心仪的，是李泽厚先生的"实践论美学"，孔阳先生的美学，亦属于这一派。那时家里很穷，每个月学校发给我的助学金15.5元，正好可以交齐每月的餐费。当时所有大学生，从来没有课余打工的机会，母亲每月给我2元零用钱，没有余钱购书，不像现在，重要书籍可以自己购买或复印留存。那时只能大段大段抄录在横线条的练习本上。抄了好几本，有一点"荒不择路"的窘迫。那时连几个练习本也买不起，就想尽量节约着用，用铱金笔吸蓝墨水书写，字迹工工整整，字形特别瘦长，一页页密密麻麻，为的是可以多写许多字。有一次在六号楼323寝室，本人的抄录本偶尔被同室吴星才看到了，他就说"呀，瘦金体啊"，他不知道，本人的如此抄写，不过为求节约几页纸而已。

本人的学术研习，首从美学理论进入，可谓有利有弊。理论作为思想与逻辑思辩的"体操"，可能使人的思维深刻而有条理，却将现象、具体和历史裁剪了。一旦理念方法不对头，某些所谓理论，会导致思想与思维的僵化和错失。其实中国语言文学的学习，应从大量阅读中外文学、文字学与语言学的经典开始，同时注重各类史学与哲学著作的学习。思想、理论，可以是舟筏的飞渡，倘然无水，舟筏便成一堆废物。亦如一株柔弱的芦苇，须生长于"污泥"才得"成活"，思想、理论固然"高妙"，作为可能飞入云天的一叶纸鸢，牵拉它的系绳，是时刻紧紧攥在放鸢者手中的。思想、理论，亦如希腊神话中的英雄安泰那般"力大无穷"，而安泰一旦离开大地，便立刻软弱无力而不堪一击。无论学习中文抑或著书立说，首先要遵循的，是阅读哲学、史学、文学、语言与文字之类的经典，遵循"历史优先"的原则，才可能进入历史与逻辑、理念与实证相统一的境地。

本人学业的一点点成长，离不开老师的悉心培养。

大学二年级上学期（1965年下半年），"文学概论"课的任课老师王永生先生，拿了一部新版长篇小说《绿竹村风云》通知我们，说已组织几位同学（本人是其中之一），学写一篇文学评论。大家读了这部小说，各人写了一篇习作。

不久，永生老师把我叫到复旦第四宿舍底楼他的家里，让我先看毛永富综合多位同学所写的稿子，嘱我再改改，主要是增添论说的文字。我弄了几天才交稿，最后由王师修改定稿，发表于《收获》1966年第一期，大约8 000字。文题为："一部值得注意的好长篇——评《绿竹村风云》"；笔名"复中文 陆士杰"，都由永生老师拟定。今天回忆这些，并非证明本人那时如何如何，实际我们所写包括我自己，都幼稚得很。重要的是，学生的每一点点进步，都离不开老师耕耘播雨、悉心指引。

1967年夏，一位同班同学找我，说《文汇报》找他写一篇关于苏联影片《列宁在十月》的评论，他对我说"你来写吧"。本人二话没说，当晚便在四号楼四楼的宿舍里，熬了一个通宵，穿着短裤汗衫，汗流浃背，喂了一夜的蚊子，东方既白，只写了一篇约三四千字的评论，题为"枪杆子里面出政权——评《列宁在十月》"，又随意取了一个现在已经忘了的笔名，发表于1967年7月（具体哪一天也忘了，如查阅当年7月《文汇报》，可以查及）。

从1966年6月到1976年10月，本人没有参加过任何红卫兵"造反"组织及其活动。亦未以所谓"革命串联"之名，在全国各地游山玩水。只是天天窝在寝室里读《毛泽东选集》《马克思恩格斯选集》以及列宁的一些著作。把"老三篇"（毛泽东《为人民服务》《愚公移山》《纪念白求恩》）背得滚瓜烂熟。反复读过《矛盾论》《实践论》《新民主主义论》和《在延安文艺座谈会上的讲话》等，还有《反杜林论》《费尔巴哈与德国古典哲学的终结》与列宁的《国家与革命》等。后来，又读《马恩全集》第四十二卷的马克思《1844年经济学哲学手稿》，这是一部尤与美学相关的马克思主义经典。

1967年秋，一位同班同学问我，愿不愿意去校《红卫战报》编辑部当"记者"。当时本人想，在阅读马列主义、毛泽东思想著作的同时，有点其他事情做做倒也蛮好，就同意了。在那里，除了努力完成派我做的写稿任务，其余活动，我一概不闻不问不参与。

当时复旦大学本科，文理专业都为五年制。我们中文系64级学生，1964年9月初进校，本该于1969年7月毕业，却一直拖延至1970年7月才毕业分配。那时的大学毕业生，没有自己找工作一说，都是"国家统一分配"。1970年7月正值毕业分配季，在没有征求我本人意愿的情况下，被分配在校党委宣传部（当时称"政宣祖")工作，但我总是不能适应，1973年9月，在没有提出任何口头或书面申请经过任何领导同意的情况下，我贸然自行决定，而回到了中文系，当了一名普通教师，一直工作到退休。

这是本人的人生及学业、学术生涯的一个重要转折，是本人一生中主动的职业抉择，从此让我过着自己敬畏、喜欢而清素的书生生活。1981、1992年，校有关方面曾先后两次要我回到校宣传部，本人没有响应。70年代末80年代初在职期间，历时多年，经过多门功课的考试与学位论文答辩，获复旦大学文学硕士学位。本人在中文系任教师近五十年，除了为学生上课等，没有在大庭广众发过一次言。系里曾经两度要我担任中文系文艺理论教研室主任，第一次做了一学期，第二次坚持了两个多学期，终于还是主动提出"不能胜任"而离去，本人是一个不求"上进"的人。连担任系学术委员会、学位委员会委员的许多年间，也没有在会上发过一次言，只是在评审教授、副教授等选票上画○或举手表示同意而已。本人只是觉得，自己能够平静地读读书、写写东西、为学生上上课，默默无闻，自得其乐，就可以了。

四

当年回到中文系任教后，本人在学术上，开始并无明确的学术目标，只是想做美学这一块。至于是美学的哪一领域可以让自己"安身立命"，而值得一生为之奋斗，是茫然无知的。最早发表的一些习作，有评论小说《人到中年》的，解析审美心理方面的，以西方戏剧艺术为论题的，等等，没有一个明晰的学术方向，报纸杂志与出版社约写什么就写什么，无所谓著书立说的志向。在教职的职称上，也不敢有什么"雄心壮志"，只觉得像本人这样没有读过多少书的人，争取将来做一名大学讲师，能够称职地上上课、写写东西而自得其乐就可以了。

真正的中国美学研究的学术生涯，始于1980年。拙作《从社会实践看"共同美"》，作为第一篇在学术上有点儿像样的学术论文，发表于《复旦学报》（社会科学版）1980年第2期。据参加首届全国美学大会的施昌东老师告诉我，拙文的一些见解，为大会所介绍、摘录的关于"'共同美'问题讨论"的主要论点之一，却并非本人思之成熟的。1982年，本人在《复旦学报》（社会科学版）上，读到哲学系周义澄关于"科学美"的论文，便写出《自然科学理论无所谓美丑》一文参与讨论。现在看来，这篇论文的看法，是应当有所修正的。自然科学理论，并非与美学绝然无涉，那些表述真理的定义、定理与公式等葱郁而深致的理性，可以给人以"理智的快感"。快感不等于美感，却与审美相系。科学理性，可以是一种特殊的美，它是过滤干净了人的情感、意志等感性心理之后所呈现的"美"，可能进入哲学诗性的深度。蒋孔阳先生说："美是创造。"凡是创造、凡是发现，都可能是美的。科学真理的发现，也是美的一种。另一篇《生活美与艺术美的辩证关系》，发表于《复旦学报》（社会科学版）1984年第1期。生活美高于艺术美还是相反，当时的学界一直有争论。其实这两种美，各有优长与缺失，就看你从什么角度加以衡量。这三篇早期论文，都曾被《人大复印报刊资料》、《新华文摘》、《美学文摘》与《报刊文摘》等全文转载或摘录介绍，而在学术上，尤其《自然科学理论无所谓美丑》一文，是有所欠周的。《从社会实践看"共同美"》一文，所以选入于"文集"，并非因其有多高的学术价值，无非留下一个早期学术跋涉的足迹罢了。

上世纪80年代初，本人初步接触过一些佛经，主要是法海本《坛经》等，受启于陈允吉老师的佛学概论课。这门课，我听了一个学期。给本人一个启发，开始认真考虑自己一生如何从事学术研究这一严肃问题。佛学，是很感兴趣的学术，作为佛教文化的精神内核，它本质上是一种文化哲学。佛学广博而弥深，精微而烦难，穷毕生之精力与时间，未必能够深知其一二。考虑到本人忝列于中文系教席这一点，或许将自己的学习与研究，定于佛学与美学的关系研究，应当是比较合适的。然而，当看到当时诸多与我同辈或比我年轻些的学人，都跃跃欲试于研习佛学以及佛教与文学的关系课题时，便有些犹豫起来。本人是一个不喜欢"热闹"的人，愿意努力地走自己的路而甘于寂寞，便决定去研习当时比佛学更为冷僻的易学，希望自己能够努力闯出一条学术新路来。思之再三，决定将自己的研究方向，定在易学与美学的关系研究与由《周易》而探讨中国美学原型的研究，便是尔后《巫术——〈周易〉的文化智慧》（1990）与《〈周易〉的美学智慧》（1991）二著的撰写与出版；在此之前，是小书《建筑美学》（1987）与《中华古代文化中的建筑美》（1989）的首先相继问世，成为学界最早出版的《周易》巫文化与美学、建筑美学与中国建筑美学的始创性著作。

现在想来，有关学术著论的写作，对于加深本人关于诸多学术课题的认知、锻炼学术思维，是很有助益的。

《周易重"生"美学思想及其历史影响》（1989）一文，是学界也是本人第一篇关于《周易》美学的论文。发表后，曾被多家文摘、《人大复印报刊资料》转载。然而不久便意识到，将《周易》的生命文化及其哲学、美学理念，称为"思想"是不妥的。《周易》"美学"，仅仅指其美学意蕴、意义或一些理念罢了，并非有什么"思想"。本文所以被选入本文集，因为这是本人有关《周易》美学的第一篇习作。尔后，本人所撰写、出版的《〈周易〉的美学智慧》，以及多篇关于老子、郭店楚简与法海本《坛经》等美学论文，一般都不再称什么"思想"，而改称"美学意蕴""美学意义"等，从而在中国美学史写作中，本人将魏晋之前的"中国美学"，改称为"前美学"，不知道在我之前，是否有人这样做过。

在《周易》文化与巫性文化及其美学研究方面，如今印象较深的有：《〈周易〉文化思维问题探讨——与杨振宁院士对话》（2005），认为《周易》的文化思维，主要是与巫性相系的类比，并非学界一向宣传、坚持的所谓"辩证法"。

《〈周易〉时间问题的现象学探问》（2007），作为学界第一篇运用现象学理念研究《周易》时间问题的长篇论文，指出与论析《易传》"见乃谓之象"，作为《周易》巫筮仪式的关键，是中国"当下立见"的巫性"时间现象学"。

《时间现象学：〈周易〉的巫性"时"问题》（2019），运用现象学关于"假象显现"的理念，进一步揭示《周易》"时间现象学"所"显现"的，是巫性"假象"的"直观"，并未能够指向"事情本身"即真理。这是《〈周易〉时间问题的现象学探问》（2007）一文的续篇。

关于《上博馆藏楚竹书〈周易〉初析》（2005）一文，花去本人许多的时间与精力。此文解读了"数字卦"（"数卦"）与六种特异符号的人文实质，努力揭示易符的发展历程大致为：（一）原始"数字卦"一、六筮数出现最多，兼用五、七、八、九，为阴阳爻的萌芽；（二）湖北江陵天星观战国楚简的筮数，为一、六、八、九，比"数字卦"简化；（三）安徽阜阳简本《周易》的筮数，仅为一、六，进一步简化了；（四）长沙马王堆帛书《周易》的筮数为一、八，六变为八，是崇拜八这个数的缘故；（五）上博馆藏楚竹书《周易》的筮数，为一、八，证明帛书《周易》筮数一、八，是对上博馆藏《周易》的传承；（六）今本《周易》的筮数为九（阳爻）、六（阴爻），以九代一，出于对九的崇拜，六代八，是对六这一筮数的回归，从而努力厘清从"数字卦"到今本《周易》阴（六）阳（九）爻的演替轨迹。

《正本清源：理性地解读"风水"》（2011）一文，为学界第一篇从"易"的角度，理性地批判"风水"的论文，对中国古代"风水"下一定义：古人以命理理念，认识与处理人与环境之关系的文化现象。论证：（一）中国"风水"的历史与人文原型为"气"以及"风水"的理想模式为《周易》先天、后天八卦方位；（二）《宅经》《葬书》的巫性的"迷信"特质；（三）古代"风水"是朴素而粗糙的环境学、生态学。这一篇论文，写得相当艰苦，但自以为对"风水"迷信的理性批判，是比较准确的。

《灵之研究：中国巫文化六题》（2018，第一作者），阐述中国巫文化的灵巫文化特征、实质以及与宗教、科学、审美与政治伦理等的关系。这一论文发表后，获得学界同行的许多肯定与好评。

《中国巫性美学在〈周易〉中的四种呈现》（2016）一文认为，通行本《周易》的文化实质及其结构，为象（数）、生、时、气及其相系，论析《周易》关于象（数）、生、时、气四要的巫性美学意蕴。

《中国巫性美学："作为文化哲学的美学"》（2018），论述中国巫性美学的学科属性，并非一般的美学，而是指其人文内涵为"文化哲学"的诗性部分，是一种中国式的"作为文化哲学的美学"。

与《周易》美学、巫性美学的研究相系，发现与论述神性与诗性、崇拜与审美的关系，撰写、发表了两篇论文：《论崇拜与审美》（1991）与《神性美学：崇拜与审美的人文"对话"》（2013）。前者阐析二者二律背反、合二而一的复杂联系；后者从"美是上帝的临在"这一命题，进而解读崇拜与审美的异质同构性。《原始"信文化"说与人类学转向》（2022）一文，对泰勒《原始文化》有关"万物有灵观"为人类宗教"第一定义"说，提出了理据充分的商榷性学术之见；提倡与"狭义神话"说相应、以中国巫文化为主要研究对象的"本土化研究"，被学界认为是"人类学转向"的新收获。

中国美学史研究方面的论文，可能值得一提的为：

《郭店楚简〈老子〉的美学意义——老子美学再认识》（2001），考辨这一文本与通行本《老子》的关系，认为关于"道"，指"有状混成"而非"有物混成"，更符合"道"的历史原貌。认为楚简《老子》美学所崇尚的，并非通行本所说的"玄牝"即阴柔之美，而是阳刚之美的"大"（太的本字，本指成年男性）。论析"原始儒、道，原本相容"这一见解，以为李泽厚先生关于"儒、道"原本"对立互补"的学术之见值得商榷。

《中国美学范畴史的动态三维结构》（2006），提出、论证"气、道、象"为中国美学范畴史基本结构的见解。由文化学意义上的气、文化哲学意义上的道与人类学美学意义上的象三者所构建，且以这一见解为指导，主编由多位门生共同撰写的三卷本《中国美学范畴史》。

《中国美学究竟有没有范畴体系——与相关学者讨论》（未刊稿），发现、论证始终蕴含以生命哲学、意蕴的中国美学范畴体系的一个网络结构：一个原点（逻辑原点为无极，绝对之无，绝对形上）；两级本体（无极与太极，前者具有绝对形上性，后者为相对之无，相对形上）；三大支柱（气、道、象三者，道与太极直接相系相通，且相系于气、象，气、象二者又相互联系）；四重编码，指原点、本体、支柱与群落。编码的第四层次，为气、道、象三者各自而相系地构成中国美学的三大范畴群落。其中，无极、太极为"上层建筑"，支柱、群落为"下层基础"。此文是《中国美学范畴史的动态三维结构》一文学术所见的发展与完善。

《中国美学史著写作：评估与讨论》（2012），是对张弘"批评"拙著《中国美学的文脉历程》的"评估"与"讨论"。该文有理有据地颇为全面地总结了30多年间中国美学史著写作的基本方面、特质、结构与得失等，是对张弘《近三十年中国美学史专著中若干问题》一文有关本人美学史著批评持之有据的反批评。

本人撰写《塔的崇拜与审美》时，只是一般地论析佛塔文化意蕴的崇拜与审美二者既二律背反又合二而一的关系，尔后领悟到崇拜与审美的关系，实际具有解读宗教崇拜与审美意蕴关系之重要的方法论意义。于是决定撰写《论崇拜与审美》一文。这一论文，写得尤为艰苦而历时漫长，时间从1983年暑期开始，断断续续一直到1990年的冬天（发表于《学术月刊》1991年第7期）。所搜集的资料，不下二三万字。八年间，反复重写与修改了九次，仅仅一个开头，反反复复弄了数十稿，浪费了许多稿纸（当时是500格的手写稿），一直到自己稍稍满意为止。论文的最后一稿，一开头这样写："有些人文范畴的对称、对偶结构，使人立刻想起与审美这一美学范畴相对应的一定还有另一范畴，它其实就是崇拜。崇拜两栖于宗教学与美学。传统美学由于对那些在文化宏观上与审美关系密切的崇拜现象往往缺乏必要的关注，使诸多美学问题的实质，可能变得有点模糊起来或者甚至被曲解了。"由此，思路一下子畅通起来，可谓"众里寻他千百度，蓦然回首，那人却在，灯火阑珊处"。

《中国建筑艺术论》（2001）一书，作为山西教育出版社出版"中国艺术论丛书"之一，曾获"第十三届中国图书奖"，本文集尚未收录。本书作为"中国艺术论丛书"中的一种，只得权且将建筑称为"艺术"（实际指文化）。建筑是与文学艺术相异的一种文化（可以有绘画、诗词、书法、雕塑甚而音乐艺术因素等，附丽于建筑的空间与实体之上）。为了避免可能将建筑等同于一般纯粹审美性艺术的误解，故而不选。

拙著《〈周易〉的美学智慧》的撰写，曾耗费多年的时间和精力，本人一边读《易》，一边把书中精彩而有学术见地的文字做成卡片，把阅读时的新鲜感觉和心得写成卡片。写作时，先拟一个提纲，分出章节，再按章节的先后次序，按文字内容与见解，将所有卡片按所记文字内容一张张归类。

《〈周易〉的美学智慧》出版后，流传于日本、马来西亚与西方学界。有一位西方学者读了此书，不知怎的，竟找到了上海社科院的周山，要求与本人叙谈《周易》美学。周山在社联大楼，为此专门组织了一个座谈会，邀本人出席，倒好像那位洋学者的对话对象不是我。会间，本人讲了撰写《〈周易〉的美学智慧》一书的情况和主要见解，回答了诸多提问。由上海社会科学院邀请的一位英语口语译者做翻译。关于那位学者，本人当时没有想到问其什么名字，来自何国，什么身份，只知道是一位洋学者。有趣的是，座谈会组织者，亦不作任何介绍。本人对这一切总是粗枝大叶。2018年夏天，系领导邀本人出席一个饭局，出席者中，有系主任与副系主任多人，和来自英国一所大学的一位女性学者。据介绍，那位洋学者因为读了流传于英国的本人中国建筑美学的两本小书，而要求相识的。本人当时仅谈了些有关建筑美学的话题，竟连对方姓甚名谁都没问。数十年间，本人曾应邀多次出席国外召开的国际学术会议，都尚未留下什么相片等资料，1993年秋率团出席吉隆坡会议亦如此，只是"享受"当时参会的过程本身。陈思和兄主编《收获》时，向我约稿，不知怎的我未写；王水照先生邀本人为《新宋学》撰写宋代建筑文化方面的文稿，我又未写；2001年，由戚文先生介绍，著名学者陈鼓应先生主动与我通电话，两人在电话里讨论老庄与易学半个多小时，陈先生最后向我约稿（当时他主编《道家文化研究》），结果我又没写。绝对不是本人傲慢无礼不通人情，也并非摆架子（本人非学界名人，没有摆架子的资格。即使为学界名人，亦不必摆架子），都因自己相当自卑，总觉得写得不好，拿不出手。本人一辈子做易学、佛学与中国美学等的学术研究，却连上海美学学会的会员都不是，并非傲视这样、那样的学会，而是想不到自己要去参加。贾植芳先生主动要推荐我加入中国作协，使我为难，觉得自己条件不够而不好意思。后来他推荐我加入了上海作协，而我没有去好好地参加作协的活动。文友周山一再邀我担任了上海《周易》学会的所谓"副会长"，本人却尚未好好发过一次言。凡此一切，并非自己看不起什么人，而总是觉得这些都不重要，唯一重要的是潜心于读书、做自己喜欢的所谓"学问"。

本人在研习《周易》的同时，读过多部西方文化人类学著作。文化人类学关于巫学的理念让我意识到，其实早在上古时期，中华就是一个巫文化十分发达的国度，且源远流长，以甲骨占卜和《周易》占筮文化为代表。遂将易文化及其哲学、美学，放在巫文化的角度，提出"文脉""巫性"与"原始'信文化'"等学术新概念，来加以研习，逐渐形成"中国巫性美学"这一学术见解，导致在本人学术经历的后期，撰成如《〈周易〉时间问题的现象学探问》《"原始'信文化'"说与人类学转向》等论文和《中国巫文化人类学》《中国巫性美学》等著作。

撰写《中国美学的文脉历程》一书时，正值亡妻那时重病。本人每天凌晨起身，一般总是烧好早饭和鸡蛋、蒸了虫草、带了水果等，天蒙蒙亮骑着一辆旧自行车送到医院，服侍病者吃过早餐，在医院照顾到上午九点左右后回家，开始在书房撰写，中午随便弄点吃的，接着写到下午三四点钟，再去医院看护病人，一直到晚上九点左右。在一年八个月的时间里，除了每周两次到复旦上课（一般为周二、周五），几乎天天如此。开始妻住院（一共8次）在中山医院，离家相当的近，后来半年多，病妻入住于华山路上的解放军八五医院，离家四公里多。我便每天早晚两次，来回骑车约十六公里，而最后数月，又不得不住在医院陪护。凡此经历，多少忙累、悲苦与无奈，如鱼在水，冷暖自知。

《中国美学的文脉历程》出版后，学界普遍的反响很好，获"第六届国家图书奖提名奖"。多年之后本人才知道，多位学者撰文称拙著在学术上达到了"理念与实证的统一"。也有的学术评论认为，拙著将context一词，为本人首译为"文脉"一词，以文脉为主题而疏理、阐释中国美学的发展史，在学术上是一个"创见"。"文脉"一词，现已成了报章、书籍甚而政府文件中的热词与常用词，皆由本书而起。

本人对中国美学的认知理解有一个过程。先是将中国美学的文脉史，写到清末为止。在2009年出版的《中国美学史新著》一书中，有四个推进：（一）增设全书最后一章，撰写20世纪的中国美学的内容。这一时代的中国美学，是以马克思主义美学为主的西方所说的"激进主义""自由主义"与"守成主义"三者相系的历史；（二）书中几乎每一章的最后一节，扼要而简略地论述各个时代的主要美学范畴与命题；（三）将魏晋以前称为"前美学"时期，将唐宋称为中国美学的"建构"期，将宋明称为"完成期"，将清代看作中国美学的"终结"；（四）王国维、蔡元培等的美学思想，是中国美学"从古典走向现代"的重要文脉标志。

中国美学史的研究，为本人一生治学的四个主要方向之一，与他人的不同之处在于，将中国美学的历史与人文原型，主要归之于以原始巫性文化及其原始哲学意识为主、伴随以神话与图腾的研究，侧重于文化原型、文化哲学层面的研习。

从复旦退休后，本人曾先后受聘于浙江大学建筑系与上海交通大学人文学院共六年。十余年间，利用以前数十年的读书积累，撰写了《汉魏两晋南北朝佛教美学史》《中国巫性美学》（该书因某种客观原因，被推迟出版三年多）、《中国巫文化人类学》《建筑中国：半片砖瓦到十里楼台》与《〈周易〉通识》等五书。前三部书，皆在书稿已交有关出版社后，由出版社申报、经国家有关机构组织专家评审而列为"国家社科项目"，后二书，应中华书局邀约而撰。

五

正当这一前言接近撰成之际，林少雄（上海大学教授、博导，这一文集的纂编与出版，始于他的两次建议）希望能够借《文集》自序，谈如下四个问题：（一）从小的家庭生活环境与学校教育，对自己为人、为文的影响；（二）学术研究、成果的特异性、开拓性和研究理念、方法的选择；（三）亡妻对于本人学术生涯的影响；（四）学术研究所体现的人文精神。经过努力回忆和思考，这里简答如次。

其一，本人出生于一个贫寒的农民家庭，一贯的生活清苦是不言而喻的，父母与祖上是一色农民，都老实、本分、善良又勤劳，也有一般农人的缺点和不足，不识字是最大的局限。所以对那些说文断字的人尤为尊重。不知怎么回事，祖上的男性往往短命。祖父活了38岁，抛下了妻子（我祖母）和四个孩子（我父亲、叔叔与两个姑母）。父亲病故于1948年，年35。叔父也只活了37岁。家里总是没钱治病，也不懂得生的什么病，可能是伤寒或脑膜炎一类的。曾经听母亲多次说过，父亲亡故前断断续续生了九年的病，每年一次，每次迁延十来天到个把月，不治疗、息养一下，居然也能慢慢好起来。第二年再病倒，直到离弃于人世。

本人小时候体质很弱，长得又矮又瘦，经常感冒，浦东乡下俗称"发寒热"。母亲就拿一枚铜钱，蘸点烧菜的豆油，用力为我刮痧，把我的后背、前胸和头颈，刮得一大片紫黑色，像盘旋在那里的一条条赤练蛇。刮痧，是唯一的疗法，似乎"包治百病"，而几乎一病不治。1956年以后，政府实行"计划供应"，每人每月只二两油。没有油的时候，就在小碟子里放点清水，蘸了水刮，那种痛苦实在难以忍受。要是铜钱的边沿粗糙，刮起来的效果倒是很好，一会儿就刮完了，我的上身和头颈里，全成了紫黑色，甚至隐隐有血渗出。但那就更让我痛苦了，不由得浑身扭来扭去躲避，下意识地不让母亲刮，甚至哭出声来。母亲就心痛地说："侬哪能嘎（这样）怕痛啊？一眼眼（一点点）苦啊吃不起，侬以后哪能活命啊？"这时候，满头白发的祖母，会踮着小脚，摇摇晃晃扑过来教训母亲："做啥（干什么）？侬要弄煞伊啊（弄死他吗）？"护着我不让母亲对我施"酷刑"。祖母信佛，心善。她老人家每天早起就念"阿弥陀佛"，反复念，常在做家务时，嘟嘟哝哝没完没了，每逢初一、十五，还要斋戒吃素到庙里去念经。实际家徒四壁，几乎天天吃素。祖母对我比母亲要"文明"多了。她从灶头上的一只香炉里撮一点点香灰，放在一张长方形锡箔的背面，对着香灰虔诚地念了几句，又拜了几拜，教我将这帖"灵丹妙药"小心地用温开水过下肚。小时候刮痧让我吃尽苦头，也多次吃过香灰，味道苦叽叽的。有的质量好一点，会有檀香木的香味。当然，要说治病，是不可能的。

祖母信佛，却连居士都不是，倒好像比出家人对佛菩萨还要有诚心。她常常肩上斜挎一只姜黄色香袋，里面装了几炷香和一对彤红色小蜡烛，还有几本庙里和尚布施而皱巴巴的小开本佛经（其实不识字，读不懂），她去庙里，可以做到风雨无阻。去的时候往往带着我。记得我五六岁时，对佛教自当毫无概念，无非跟着去佛像前磕磕头罢了。那时我愿意去庙里，有一个"不可告人的目的"，便是有时候，会有和尚将一些供在佛像前即将变质的供品，布施给各位香客带回家，也让我有机会解解馋。什么干巴巴的苹果呀，烂糟糟的香蕉啊，还有经过勾芡吃起来味道已经变酸了的豆腐干、油豆腐或者素鸡啥的，真的很好吃。小时候我去庙里，时间长了，潜移默化受些寺庙氛围的熏染，是可能的。

因为祖母信佛，所以本人后来曾经开玩笑说，祖母是我家的一个"文化人"，一个不识字的"知识分子"。

记得1952年初秋，本人到离家不远的穗成初小报名读书，是祖母带我去的。她踮着一双小脚，走在干硬的泥路上笃笃的响，一路不断叮嘱："侬懂哇（你懂不懂啊）？见到大先生（她对小学老师的尊称），一定要磕头，一日为师，终身为父。""侬要好好读书啊，读好书才有饭吃。懂哇？""侬已经长大了，要好好学会做人，懂哇？做人要实实在在，对人对事，要诚心诚意。""侬勿可以随便要别人家的东西，侬懂哇？"我当时似懂非懂，只是嗯嗯的不断点头。现在想来，祖母的反复叮嘱，都是对的。

我一向佩服我哥。暮春时分，他能嗖嗖的爬上树掏鸟窝，夏暑从高高的桥上不顾一切跳下游水。哥哥十五六岁时，我亲眼看见他右肩挑着一对空水桶，左手握着自行车的左车把（浦东乡下俗称"单脱手"），从我家后面郁家浜的一座窄窄的小木桥上飞逝而过。这些我都不敢的。也不像我哥从小动手能力很强，我啥都不会，只会做些小事情。一见祖母要补衣服了，立刻跑过去帮她穿针，倒是一下子就穿进去了。看见母亲要换鞋，马上把干净的鞋子拿来放在她跟前。

有一次晚饭全家吃红烧小鲫鱼，我哥饥不择食，急吼吼吃得太快，不小心一根小小鱼刺梗在喉咙口，一时间吐不出咽不下，急得满脸通红，冷汗刹那间下来了。我立即想起老人曾经说过的一个"灵验之法"。赶紧拿起一只空碗和一根竹筷，虔诚地放在哥哥的头顶，当当的敲了许多下，一边嘴里学着发出"喵呜，喵呜"的叫声，做得很认真很严肃，想帮哥哥把鱼刺弄出来。一边敲空碗一边学猫叫，大概是猫生性爱吃鱼的缘故吧，属于我后来了解的人类学家弗雷泽所说巫性的"相似律联想"之类。当然这办法是根本不行的，也绝对不懂得原来这是有点巫性的可笑行为。好在鱼刺不够粗大，母亲教哥哥囫囵吞下一大口米饭，终于连饭带刺下去了。

还有一次，我帮母亲摘芹菜叶子，一眼发现芹菜里面混有一根长长的头发，一下子捡起来对母亲说："阿妈你看，一根大头发。"当时，我真的觉得那根头发很大很大。母亲摸摸我的头只是对着我笑，那种欣赏而幸福的表情，至今犹在目前。

那时哥哥尚未上学，却已经跟着母亲和祖母下地劳耕了，我在家照顾一岁不到还不会走路的妹妹。冬天天寒地冻，我穿着哥哥换下来显得很大的破棉袄，两只手背上全是肿胀而黑乎乎的冻疮，抱着妹妹坐在小板凳上，到西墙根那里去晒太阳，觉得稍微暖和些。不知道为什么，我小时候很喜欢看夕阳西下（对旭日东升，倒是不太上心）。那种西沉、彤红而沉寂的景色，令我震撼，直到如今总也描绘不出究竟是一种怎样的内心感受。许多年过去，当我在中学第一次读到毛泽东词《忆秦娥·娄山关》"苍山如海，残阳如血"两句时，不禁想起小时候看夕阳的情景，自我感动不已。家乡浦东没有苍山，残阳的美，却同样让我有些感伤地体会到一抹深沉的辉煌，那是一种沉雄而悲剧性的力量。

我家所在的居室，位于平面为南向凹字形宅屋东北角的小小一间，要说它的所谓"风水"，是很差的方位。冬天小孩子玩"造房子"游戏或者跳绳踢毽子的话，必须到凹字形宅舍三面围合的庭院里去。有一天傍晚，我正在庭院看邻居一群小孩跳绳，忽然一张枯叶打着旋儿、从空中悠悠落下，终于落在庭院的一角不再飘动，不由让我对此忘神地看了许久。晚上睡觉时，还一直牵挂这件小事，总也放心不下。第二天拂晓起的很早，第一件事，便是赶快到那里去，看那片落叶究竟还在不在。

1952年初秋，我读小学一年级，哥四年级。第二年六月天，已经到期末的时候了，许多天不下一滴雨。我家种的小青菜，每天都要浇水，不然会被炎阳晒死的。哥俩便在每天上学前，一前一后扛许多桶水到菜地里浇水。一大桶水大约七八十斤重。扛水的时候，哥在后我在前，他老是把桶绳朝自己身边拉，好让我肩上轻一点。等到俩兄弟浑身泥水，把所有菜地都浇上水，毒辣辣的太阳已经升得很高了。赶快回家洗洗脚穿上鞋，胡乱喝了几口稀粥，一边嘴里嚼着自家腌制的萝卜干，一边抓起书包，俩兄弟分头往自己的学校奔。我到穗成小学一里路的样子，哥上学在龙王庙小学有三里路，真不知道他是怎么一口气奔跑而不迟到的。

这种非常艰苦的磨炼，让本人受用终身。我一生写得还是比较多的，大约不少于900万字吧，也可以说是"做生活"的成果。写得多不一定好，也不一定不好，关键在于怎样写以及写得怎样。我长期研习易学、佛学及其美学等，其难度不可谓不大，深感力怯而难以胜任，常常感到尤为辛苦，然而总算坚持下来了，这可能与小时候在劳动中能够吃苦有关吧。

也可能小时候受些佛寺氛围的影响，以及生活的窘迫和生性淡泊，使本人与佛教似乎本来有缘似的。后来当大学教师兼做佛学这一块，可以说是尤其契合于吾心的。只是由于当年看到与我同辈的许多青年学子大多在学习、研究佛学，觉得不必挤在里面"凑热闹"，于是阴差阳错，回过头来弄在当时更为冷僻的易学，然而本人对于易学，其实并不是最为印心的。

其二，中国的文化、哲学及其美学，可以分"有""无"与"空"三大支，此即儒有、道无与佛空及其三学会通。

儒有即尚经验之有而重入世，孔夫子所云"朝闻道，夕死可矣"的"道"，指忠诚于世间的礼学和仁学及其道德规范与典章制度的精神主题，此即拙著《中国美学的文脉历程》（2002）所说的"做怎样的人以及怎样做人"。诚然，其人文底蕴在于历史哲学、政教哲学，却是始终不离弃于经验之有的。

道无的哲学，试图站在哲学之无的苍穹，俯瞰与处理世间与世俗百姓的生活与思想，以玄无、自然、无为为其精神主题，试图以此改造世俗与人类，虽则出世却同样不离弃于世间。道家所说的"无"，便是叶秀山先生所说的，假设将世间一切的经验之有都拿走，放在"括号"里、"悬置"起来，于是世间只

"存在"一个"无"。"无"作为存在，便是道家所说的哲学本体，在老庄"复归于无极"这一哲学命题中，体现得既充分而睿智。

无疑，道无与儒有的精神世界，是不尽相同的，从两者的精神意义而言，应当属于两大精神层次。

佛空的哲学来自印度。中国、中土的芸芸众生之所以逐渐接纳这一异域的哲学，是因为在哲学上，东来的印度佛教，将中国人的精神世界，由有、无而提升到空，这无疑是精神的新开拓——虽则儒有、道无与佛空相比，其处世意义，无所谓高下。佛教、佛学的中国化本土化，实际上是以中国本土的儒有与道无之哲学，接纳、改造来自印度的佛学，"以无说空，以无会空"甚至"以有说空，以有会空"。东晋时期的"格义"说和"六家七宗"、释道安等的佛学，便是如此。时至唐代南宗禅，基本完成了以佛空为基质、以道无为灵枢、以儒有为潜因的一种中国佛教的新哲学及其美学。直至宋明理学，则重新回归于儒之新的哲学及其美学，其实学主旨在于以儒有为基质的儒道释三学的圆融。

中国学者所崇尚的最佳的精神境界，是三学圆融，实际便是中国式的禅的境界。禅在唐代南宗禅之后，逐渐成了文人学士所追求的一种生活方式和精神境界，不是无缘无故的。就此而言，我本人之所以说，易学对我而言并非最为印心，虽则"易"的"史"文化广大而精微，而其巫筮部分有迷信与芜杂的一面，让我不喜欢，而其易理的烦难倒在其次。

当然，易尤其原易（巫易），是中华文化、哲学及其美学的历史与人文的根因根性之一，假如要对中国美学进行真正的"本土化研究"，无视或企图绕开关于《周易》尔后是巫学的研究，无论如何是不可能的。尽管本人年轻时，最心仪的是佛学与老庄之学，也还是理智地要花大力气，首先努力弄通作为本人学术之本的易巫之学，尔后扩大到同是巫学而更为原朴、古老的甲骨占卜之学，同时不忘释迦与老庄。尽管在学术上，本人主要研究的是易学与巫学，似乎很入世似的，实际在我的心灵深处，是相当地向往佛禅与老庄之学的。这种"道问学"与"尊德性"的"二元"，在我自己，大致还是能够做到彼此相容相契。自己的精神出世些淡泊些即所谓"以出世之心作入世之事"，是我一贯努力实践的"最佳的人生境界与学术境界"。否则，烦难而长期的学术研究，也会经不起漫长而艰苦的写作生涯的磨折。

本人所涉的学术研究领域，包括中国巫易文化及其美学、中国美学史、中国佛教美学与中国建筑文化及其美学等四个方面，给人的印象似乎面广而散，实际有一个学术主题且在同一主题下多次转折的自然发展过程。

上世纪80年代初，本人所以较早地选择研究中国美学，一因认识到美学作为哲学的诗性（这一诗性是广义的，远远超出艺术审美的范围）部分，哲学（或文化哲学）及其思辨，是优先的。有哲学之处未必有美学，缺乏哲学及思辨的所谓美学，实际上是"伪美学"。哲学的美学意蕴和美学的哲学之魂，是同一问题的有机构成。哲学及其思辨，确是本人深感兴趣的一门学科；二则看到了当时复旦中文系的青年教师、蒋孔阳等先生的研究生以及全国许多高校的青年学子，绝大多数都选择了从事西方美学与文论的学习与研究，本人的外语水平一般，认为研习西方美学的话，会受到更多局限可能没有多大发展余地；三是中国美学作为中国本土的学术，必然要阅读大量的中国古文字典籍，觉得自己古汉语阅读能力似乎尚可，觉得研习中国美学可能相对有利些，而且中国学术，比较契合自己的心性。

然而，本人除了想做中国美学这一点心中较为明确外，怎么做以及做到什么程度，当时是深感茫然的。在茫然中摸索、蹉跎了两三年，最后决定从研习中国原始审美意识的发生即探寻中国美学的文化原型这一学术课题入手。不是研习美与审美本身，而是研习中国原始审美意识的历史与人文的由来如何可能。思之再三，觉得在掌握传统易学的象数与义理学的前提下，尝试做"《周易》美学"这一新的学术课题，是可行的。于是耗去多年时光，认真地反复研读《周易》这一特殊的中国文化类典籍。尔后，又意识到比《周易》更原始的，还有盛于殷代的甲骨占卜及甲骨文字等所蕴含的原始审美意识，数十年间曾阅读过多部甲骨文字典，却无力进一步深入。

关于《周易》美学的研究，是本人所倡言的一个新的学术方向，属于"文化易"范畴。拙文《〈周易〉美学何以可能》对此有所总结，这里简述如次：

> 我所理解的《周易》美学是指关于美学与易学的关系研究。《周易》文本并非文艺作品，那些卦爻符号和筮辞基本没有审美意象，要从《周易》中寻找文艺审美那样的美或丑，是不可能的。上世纪80年代中叶，我开始

研习《周易》时意识到，当时与此前的中国美学一般局限在真善美、假恶丑这一学术领域，以美丑为主题，联系于真假、善恶而加以研究。当时考虑能不能尝试在学术上有所突破。人类把握世界的基本方式是求真、求善、求美与求神四种。真假（科学）、善恶（伦理学）与美丑（美学）在文化上必有一个来源。对于《周易》来说，这其实便是巫性的吉凶，青铜礼器、甲骨占卜等亦是。吉是真善美的历史与人文原型；凶是假恶丑的历史与人文原型。这便是说，在《周易》巫筮以及比易筮更为古老的甲骨占卜等的吉凶意识中，早已孕育着可以生成美丑以及真假、善恶的历史与人文因素。因此，将《周易》美学的研究拓展到"作为文化哲学的美学"而追溯其本根、本性，是可能的。

巫性的吉凶，所以是真假、善恶与美丑的历史与人文原型，是因为前者与后者构成了一种"异质同构"关系的缘故。《周易》本经与《易传》也是一种"异质同构"关系。这为《周易》关于"圣学"的美学研究提供了学理上的可能。"《周易》本经大致可以用一个'巫'字加以概括；《易传》大致可以用一个'圣'字加以概括。从本经看，巫处于神、人之间，巫是特殊的神，也是特殊的人，是神与人的结合和妥协；从《易传》看，圣也处于神、人之间，圣是特殊的神，也是特殊的人。不过，这里的神性与人性的历史、人文意义不同于原巫文化罢了。"这就得出一个学理上的结论："圣与巫的文化属性是不一样的，可是两者的结构是相同的。在同一语境中，凡是结构相同的事物，从前者走向后者应该是可能的。"于是得出结论，"《周易》本经和《易传》的有机联系，是从巫走向了圣以及关于圣的文化哲学与美学等。这种逻辑上的推演是符合中国文化的历史真实的。历史上，诸多德性人格意义上的圣原本便是巫性意义的巫师。"

《易传》的主要内容，是圣学以及为圣学作出解释与论证的文化哲学，其主题是做怎样的圣人以及怎样做圣人。从圣人人格的圆成看，它其实便是与审美相系的自由意志。礼指外在的意志整肃，有外在权威的强迫性；适度地将礼转化为人的内在心性的自觉需求，则便可能从礼走向孔子所倡言的"仁"的精神自由境界，这也便是道德作为本体而审美何以可能。因而，《易传》所说的圣人人格，作为自由意志的审美是可能的。"康德说，'有两种东西'令人'惊叹和敬畏'，'那便是我头上的星空和我心中的道德律令'，前者是康德所说的'纯粹理性'，后者关乎其所倡言的'实践理性'。二者的结合便是令人'惊叹和敬畏'的自由意志的审美，它兼于道德和审美的崇高。"

于是本人进而认识到，"异质同构"的理念，也体现于《周易》巫学与《周易》美学关于"象"的动态关系的研究上。在本经中，创卦、算卦与受筮者的接受过程，实际是一个关乎"象"的四维动态转换。例如《周易》晋卦，卦象为坤下离上，坤为地而离为火（日），此即汉字"旦"，指旭日东升之象。从初升的太阳（客观实在之象），到先民崇拜旭日（主观心灵虚象），到画出用以占筮的晋卦这一卦爻符号（客观实在之象），再到受筮者对于占筮结果的信从（主观心灵虚象），是一个"四维之象的动态转换"，"其转换过程是客—主—客—主；实—虚—实—虚。易象的转换在六十四卦的每一卦中都是如此"的。而"文学艺术意象的审美也是如此。从生活源泉（客观、实在），到作者的感发而形成审美心灵（主观、虚在），到作品符号系统的完成（客观、实在），再到投入审美接受（主观、虚在），也是一个客—主—客—主；实—虚—实—虚的关于'象'的动态转换。这可以雄辩地证明：从原始巫性走向审美诗性是可能的。"①

本人最初的《周易》美学研究，见拙著《〈周易〉的美学智慧》（1991），在全国学界是最早起步最早获得成果的，迄今已有30余年历史，其研究的理念与方法，属于巫文化的人类学美学范畴，殊不同于刘纲纪的《周易美学》（1992），主要是本人革新了治学的理念与方法，得益于运用文化人类学关于巫学的理念与方法。上世纪中叶及此后数年，本人在研读通行本《周易》以及多部中外易学著述的同时，曾经研读了弗雷泽《金枝》（上下册），马林诺夫斯基《巫术科学宗教与神话》《文化论》，列维-斯特劳斯《野性的思维》与列维-布留尔《原始思维》（后来又阅读了泰勒《原始文化》）等多部西方文化人类学的代表之作，打开了本人关于易文化与美学研究的学术视野，尝试运用文化人类学关于巫学的理念与方法研习《周易》文化与美学，属于一种"本土化研究"，具有一定的学术上的开拓性与独异性。继尔，有拙著《中国巫文化人类学》

① 王振复：《〈周易〉美学何以可能》，《社会科学报》，2020年12月31日。

（2020）与《中国巫性美学》（2021）等书的问世。

本人关于巫易文化及其美学的研究所以能够取得一点点成绩，走过了学术上的三个阶段：

首先，得益于长期研读《周易》原著，努力老老实实地做传统"阐释易"这一为学功夫，努力弄通有关象数易、义理易及其联系这一基本的特殊学问与知识，这方面的学术成果，便是拙著《周易精读》的撰写与出版。在该书对于今本《周易》逐卦逐爻、逐字逐句的解读中，渗透了对于人类学意义的"原始易学是巫学"的理念与认知，在有选择地汲取古哲与时贤笺注成果的同时，纠正其一些欠妥和疏忽。在解读《周易》本经卦爻辞时，不是以《易传》的政教、伦理思想去代替、裁剪与改造筮辞的古义，而是以巫学的理念去进行解读。如关于"贞"字，多次同时出现于本经与《易传》，本经的贞字义，释为"卜问"；《易传》的贞义，释为"道德正固"。本经乾卦卦辞"元亨利贞"四字，句读为"元亨，利贞"，"元亨"，以"祖神祭祀"（元：祖神；亨，此指享，祭祀义）为释；"利贞"，意为"吉利的占问"。《易传》的"元亨利贞"四字意义，指"乾阳作为事物发生的元始，为一切善美之首。亨通，是乾阳、坤阴两'美'的会通。利和，阴阳对立而调和、彼此适宜。正固，是道德人格的根本"[①]。又如"孚"字，在本经中释为"俘获""俘虏"；在《易传》中释为"诚信"（本经中孚这一卦名中的孚字，有诚信之义，可能这一卦名的设立，是比较后起的）。

同时，得益于学术理念、学术视野的扩大和研究方法的革新，将西方人类学关于巫学的理念与方法引入自己的研究实践，打开了学术思路，体会到王国维先生所说的"学无中西"这一治学方法论的真理性。做《周易》美学研究，不重视《周易》原著以及历代中国易学的研习，仅满足于从《易传》摘取片言只语从而研究其"美学思想"，是极不可取的一种偷懒的"方法"，也可能会在学术理念上，错将《周易》看作与一般哲学著作一样的所谓"哲学"，进而从这一"哲学"进入美学研究，这样做，会在学术上走入歧途。惟有运用人类学关于巫学的理念，在关于"原始易学是巫学"学术认知的前提下，进而认识今本《周易》实际首先是一部中国式的"文化学著作"，其主要体现于《易传》的，

---

① 王振复：《周易精读》（修订本），复旦大学出版社，2016，第57、61页。

实际是一种"文化哲学"，才得以在三十多年前，写出《巫术——〈周易〉的文化智慧》与《〈周易〉的美学智慧》二著。进而，又从文化人类学关于巫学的理念角度，扩大到审视整个中国原始文化的主导与基本面，在注重原始神话与图腾的同时，研究中国巫性文化的根因根性及其历史与人文影响这一学术课题。

这一文化人类学关于巫学的研究思路，不同程度地影响了本人关于中国美学史与中国建筑文化及其美学的研究。如初版于2002年的《中国美学的文脉历程》一书，其第一章凡76页，都在论析"巫史文化与审美初始"这一学术主题，一共五节，其小标题依次为："原始巫文化""中华之'史'""巫史文化的原始审美蕴涵""甲骨文化与审美初始"与"龙文化与审美初始"。又如关于中国建筑文化与建筑美学的研究，渗融着对于古人巫性的"风水"意识、理念与实践的学术认知，长篇论文《正本清源：理性地解读"风水"》和出版于中国台北的《风水圣经：〈宅经〉〈葬书〉》等著述，便是这样写成的。补充一句，在撰写拙著《汉魏两晋南北朝佛教美学史》时，也曾注意到对于巫性文化与"风水"迷信的文化批判。

任何学术研究，如果有效而力图揭示学术真理的，不可不注重读书与研究的方法，努力达到研究方法与研究对象的相互适应。日本美学家竹内敏雄《美学总论·绪言》指出："比什么都应该最先关心的，是选择适应于美学对象本身的方法，把任何方法都在'适应'这种情况下灵活运用。"学术研究方法的采用，首先决定于研究对象的性质，"囫囵吞枣"这一方法所以错误，因为对象与方法不相适应。在方法面前，方法的运用又不是绝对被动的。声称研究同一对象、运用同一方法的两位学人，其研究成果可以很不一样。这是因为，拟议中与实际研究中的对象，以及设想中与实际研究中所运用的研究方法，总是不一致的。对象的性质，决定了与之相系的何种方法的采用，在研究实践中，一定方法的运用，又反哺于研究对象，则会多少改变研究者心目中的对象。这便是说，由于研究者个人的知识、学养、经历、喜好与研究时心境等的差异，任何人的研究方法，与别人相比，总是有所"偏至"的。因此，我们不必因为别人的方法不同于我或者是我所不理解的，就贸然批评别的学者，觉得怎么也看不上眼。当拙著《〈周易〉的美学智慧》问世之初，个别终身从事传统"阐释易"或是根本不懂文化人类学关于巫学的理念与方法的学人，局限于其自己的研究经验与研究方法，起而盲目批评采用新的研究方法的这一著作，没有不失误的。对于学术研究而言，无论古今中西，方法本身没有正确、错误与先进、落后之分。估衡任何学术成果的真理性究竟如何，不是看其运用了多么"先进"或者"落后"的研究方法，而是看其论析是否达到历史与逻辑、实证与理念的统一。惟有达成这样的统一，哪怕运用所谓最"陈旧"的方法比如关于甲骨文字的文字、音韵与训诂方法等，都是必须肯定而可取的。相反，即使声称其论文或著作运用了"信息论""控制论""系统论"或"量子力学"之说等最"先进"的研究方法，只要实际上不能达到这一统一，依然不值得肯定。

一切学术研究包括关于中国美学的读书与研究，理念与方法的选择，无疑是重要的。这种读书与研究的方法，陈子展先生称之为从"博观"到"约取"。"'博观'是手段，'约取'是目的；'博观'是奠基，'约取'是在基础上进行建筑；'博观'是增加感性认识，'约取'要经过理性的思考"，认为"对于一个研究工作者来说，必须具备'才'、'学'、'识'三个方面，而其中'识'是最重要的。"①陈先生的这一总结相当深刻。我以为，这种读书兼研究方法，也可以用一个大写的英文T字来加以表述。凡读书做学问，须如书写大写的T字那样，先横一笔，再竖一笔，才得写成一个T字。横笔，指广泛阅读与披览；竖笔，指深入于某一学术领域的阅读而努力深研之。横为前提，竖则圆成，反之则一事无成。只是凭兴趣广泛阅读，未必皆为好事。坊间亦有一生读书甚多却从未深入者，虽堪称"博学"，而仅仅成了一个"书橱"；或者其所撰写的，往往重复古人、洋人之言而无所创说。因而，在书写T字横一下之后，关键在于如何竖一下，却大有讲究，亦很不易。这里，便是允吉师所说的"识"。"识"指什么？指在具备一定"才""学"的前提下，能够在某一学术领域，做到有所发现、有所创构，做到能够发现与论证问题，从而在一定程度上解决问题。这种读书与研究的理念与方法，可以《论语·子张篇》所言"博学而笃志，切问而近思"②（此亦为复旦"校训"）加以概括。

① 陈允吉：《佛教中国文学溯论稿·附录一》，上海古籍出版社，2020，第382页。
② 《论语·子张第十九》，刘宝楠：《论语正义》卷二十二，《诸子集成》第一册，上海书店，第402页。

无疑，这是一个很高的学术要求，本人为此几乎奋励一生，终难以实现。

其三，本人关于建筑文化与美学的研究，假如没有与亡妻杨敏芝20余年的婚姻生活，便不可能。小著《中国建筑艺术论》（程孟辉主编"中国艺术论丛书"之一，山西教育出版社，2001年12月初版，曾获第十三届"中国图书奖"）"后记"曾经对此有所回忆，这里转述如次：

> 我走上研究中国建筑文化之路，与杨敏芝直接有关。她研究生毕业于上海同济大学建筑学系。记得二十余年前初次结识时，她说要向我从习文学，我便随口说：'那我也来向你学习建筑吧。'岂料，就是这一句平常的话，成了我一生的信言。我因此读了不少古今中外有关建筑文化的书。相信读者诸君不会笑我如此愿在一棵树上吊死的生活态度。

另一小著《建筑中国：半片砖瓦到十里楼台·后记》，亦有所回忆：

> 我学习、研究中国建筑文化有些年头了。1983年，觅得我国著名建筑学家刘敦桢主编的《中国古代建筑史》，初读之时，便觉得很有意思。书中有关中国建筑的一系列技术术语，因没有专业老师的传授与指点，有不少一时难以弄懂，但建筑与文学相比所有的强烈反差，令我倍觉新鲜，它冲击我对文学之类'纯艺术'的偏于狭隘的看法。后来便一发不可收拾，数年间先是反复读了《梁思成文集》《刘敦桢文集》与《中国建筑史》编写组所编写的《中国建筑史》、同济大学等四院校编写的《外国近现代建筑史》和陈志华撰写的《外国建筑史（19世纪末叶以前）》等多部具有一定代表性的著作。再读园林类著作，如陈从周先生《园林谈丛》的文笔之上乘，令我敬佩。进而钻研诸如《周礼·考工记》《洛阳伽蓝记》《三辅黄图》《寺塔记》《长安志》《营造法式》《园冶》《长物志》《历代宅京记》《一家言·居室器玩部》与《清式营造则例》等一系列建筑类书籍。还有如《宅经》《葬书》之类风水内容的著作也看过几本。[1]

---

[1]　王振复：《建筑中国：半片砖瓦到十里楼台》，中华书局，2021，第337页。

虽则陆陆续续读过诸多中外建筑书籍，撰写过十余本有关建筑美学与园林文化的小书以及大约六七十篇相关论文，我将这些微薄的所谓成果，"敬献"于我心中的亡妻——她因病离我而去，已经二十多年了，觉得依然有许多对不起她的地方——正像我永远对不起我的母亲和妹妹一样，可惜年事渐长，早已是暮年的黄昏岁月，无以补报于万一了。记得钱锺书门生、著名翻译家周钰良逝世后，其学生王伟庆为此写了一首悼亡诗，其句有云："听得见远方古老的桨声，一个人坐在黑暗当中，面对自己内心的河流。"此是矣。

其四，正如前述，本人所从事的学术研习，关乎四个领域，而主题惟在中国文化美学。出于持久的爱好与执著，确实没有所谓"成名成家"的功利目的，惟在喜欢学术本身而已。欣欣然于晋人王之猷般"吾本乘兴而行，兴尽而返"的情趣，美哉存养吾心耳！

孟夫子云："学问之道无他，求其放心而已矣。"孟子所谓"学问"，仅指其所心仪的儒家礼乐仁义之说，这里暂且勿论。而"博学而笃志，切问而近思"，是我本人的"兴之所在"，虽则离这一古训相距遥远。学问乃"天下之公器"，人人皆可涉足，而"心"之所"求"，泾渭不一。一心以为有鸿鹄将至，迷执其事功，"人知求鸡狗，莫知求其心者，惑也"。愿求其无尘心、无机心、无分别之心。虽一生之愿景难以圆成，亦并非学问之彻底的探赜索隐，纵然所获寥寥，亦从容含玩，俨然自得其乐。

本人一生所遵循的人生与学术箴言为：人生，须在出世与入世之际。以出世之心做入世之事，是最佳的人生境界和学术境界。这并非人格分裂，而是趋于完善。

本人只是一介书生。虽则入党已近60年，而没有什么宏大的志向，惟愿清清白白做人、踏踏实实读书而已。本人有两个几乎伴随一生的"密友"，一是书籍，二是疾病，遂使极其平素而慎独的读书生涯，可能增添了一点点亮色。

读书与写作，也是很辛苦、很幸福的一件事，因为辛苦而获成果，所以幸福。当其成为一种生活常态与情感方式时，其它就显得很不重要了。而研习学术，惟在持久坚持的三要：读、思、写。读是基础；思是关键；写是落实。假如没有宗教般的强烈兴趣和执著，这一三要，是会落空的。

人格优越，理念正确，方法对头，执著爱好，身心健康，为学术成功的必要条件。

所谓学问，问为第一。为学先求与众不同，能够发现、提出问题，进而加以实证，努力做到"历史"优先，此即胡适所言"大胆假设，小心求证"。

本人推崇"学院派"的治学原则、目标与方法。"学院派"的学术风范、功夫与精神，是本人一贯的追求，可惜做得很不够。《学术月刊》2003年第12期，曾发表了一篇"学术评论专稿"，即本人所撰《提倡"学院派"》。

此文指出，中国"学院派"的治学精神，肇始于古希腊到近现代大学、学院与中国传统汉学到清代"乾嘉学派"之"实学"精神的结合。中国"实学"精神，积淀、造就了"无一字无来历""无一字无精义"的良善学风，以当下话语言之，便是努力追求历史与逻辑、实证与理念的统一。在境界追求上，"学院派"具有强烈的民族、时代和人类的使命意识，其为人、为学之崇高的人文关怀与道德人格的基本素质，是"以天下为己任"之神圣敬畏的理念；其胸襟，是大度而沉雄、目光远大、能献身于学术事业的，且对于俗世现实，具有清醒的反思精神。提倡"学院派"，即提倡为人类、民族、家国与真理而潜学、奋励的精神，提倡学者的道德良知与人文操守，提倡实事求是的科学精神和严谨学风。

该文批评了当今中国人文社会科学学界的种种学术弊端。其表现于四方面：不重读书与思考；为学空疏，大而无当；缺乏正规、健康的学术规范；蝇营狗苟于个人名利。该文指出，当前中国学界有五种人：确有真才实学而出名；真有学问却不出名；有真学问而不求出名；因出了名而显得有学问；实际无学问却相当出名。其中热衷于个人名利者，有的是"学术活动家"，象张天翼小说中的人物形象"华威先生"，成天忙碌，到处出席"学术会议"，每每"发言"，滔滔陈词，俨然"著名学者"；有的为学术寄生者，明明自己没有什么真正的研究，却"灵机一动"，发起、组织什么"学会"，自任"会长"、自封"首席学者"，以此占领"学术高地"，或者弄出这样那样的题目，靠编丛书、任"主编"而出名，实际是剥削其他笔者的劳动成果而据为己有；更有的，是一些学术成果剽窃者，恶意抄袭，企图以别人的光明，来照亮自己的"黑暗"。本人与林少雄教授等，曾多次遭遇严重的学术成果被抄袭、剽窃事件，曾两度诉诸于法律，经起诉、庭审或庭外和解，而判定被起诉人"抄袭""剽窃"的违法之责成立。

最后，本人要借此机会，真诚感谢发起、编辑与出版这一文集的我的所有学生，真诚感谢门内每一位。这是一件历时四年、十分艰巨而烦难的工作。从策划、搜集、选文、转换、输入、编辑、校改、定稿、排版到最后付梓问世，几度反复，倍为辛苦，都为文集的编成与出版，耗费了大量的时间与精力，做出了积极的贡献。特此深致谢忱！

写于二〇二三年三月
二〇二三年七月改定

《周易》的美学智慧

序

蒋孔阳

王振复同志，本来身体不好。康复后，他以惊人的速度，除了完成教学等任务之外，几年之内，出版了三种学术专著。最近，他又继《巫术——〈周易〉的文化智慧》之后，写出了《周易的美学智慧》一书。他把洋洋洒洒三十五万字的清样送给我，要我说几句话。我不能不说：王振复同志，不仅勤学深思，而且思路敏捷，出手甚快。古人说："后生可畏"。像王振复这样的年轻同志，真正令人可敬可畏。中国学术界多一些这样的同志，不仅后继有人，而且必能弘扬光大。

由于时间很紧，我没有办法拜读全书，这是十分遗憾的。但仅就随手翻读的一些章节来看，我就感到了这部书的份量：资料翔实，论证深刻。例如在《前言》中，他指出：我国文化界，曾经出现过两种"热"：一是"美学热"，二是"易学热"。"美学热"，因为失去了一定的社会基础，由昔日的"天之骄子"，变成了而今的"明日黄花"；而"易学热"呢？则由于复古与迷信的暗流，"将《周易》这一本是广阔深邃的文化智慧之海，弄成了一个仅仅'预测'命运的浅薄泥淖"，因而失去了严谨学者的重视。就在这两种"热"消退之中，王振复同志不仅没有对美学和易学感到失望，而且以清醒的头脑、顽强的意志，把美学和易学联系起来，"从文化学角度探究《周易》的美学智慧"，对它们进行深入的科学分析和研究。他找出了中华文化智慧之源是《周易》，而从《周易》本经到《易传》，则体现了"从原始巫学智慧向美学智慧历史、时代和心理的文化转换"（原书50页）。

那么，《周易》的巫学智慧，怎么能转换为中华文化的美学智慧呢？巫术一般应当向宗教发展，可是，为什么中国《周易》的巫术却并没有像基督教和佛教那样，发展成为宗教呢？对于这样一个重大的文化史上的问题，王振复同志根据大量考据的历史事实，以及文化人类学的观点，加以信而有征地分析和阐述，令人信服。他在中外文化比较研究的基础上，论证了《周易》巫术智慧的特点，论证了中华文化之所以没有发展成为宗教，而发展成为美学智慧的原因。在论证中，他还探讨了"吉"与"凶"这样两个巫学范畴，怎样在中国文化的土壤和流变中，转换成为"美"与"丑"这样两个美学范畴。正是在这些转换中，中国巫学智慧完成了向美学智慧的转换。

人说"开卷有益"，我仅仅读了王振复同志著作极小的一部分，就得到很多益处，受到很多启发。因此，我感到他这部书，是有材料、有见解、有所发见的好书。特向读者推荐，不知读者以为如何？

前　言

这里试图加以探讨和研究的，是《周易》的美学智慧问题。

由于《周易》美学智慧与中华美学的文化原型具有尤为密切的历史联系，对《周易》美学智慧宝藏的探究，某种意义上可以看作是对整个中华美学文化之源的采掘，即从中华原始文化背景中，糅用文化人类学的观念与方法，以中华先秦所谓的"东方神秘主义"代表之作《周易》为文本展开论证，意在对蕴含于《周易》中的中华美学智慧的本相与源头进行"探赜索隐，钩深致远"①的发现，并努力追寻《周易》美学智慧广泛而深远的历史影响和现实嬗变。

一

今本《周易》由大致成书于殷周之际的《易经》和大致成篇于战国中后期的《易传》所构成。可以说，它是现存中华最古老的一部"奇书"，是智慧容量比较丰富、深致，且最能体现中华民族文化智慧的一部文化学巨著，其人文意义的深远简直无与伦比。

这部中华先秦文化学典籍的文辞古奥艰深，卦爻筮符一时殊难译读，文辞表达与卦爻筮符之间的文化语义之对接，变化万千又朦胧模糊，这构成了《周

---

① 《易传·系辞上》，朱熹《周易本义》，天津市古籍书店，1986，第315页。

易》文化智慧独特学术魅力的第一个特征。

《周易》原本为占筮之书，它负载了大量的中华原始巫学智慧信息，同时潜隐着处于萌芽状态的美学智慧，使人能领悟到中华童年文化行为的稚憨与文化心情的灵动。而《易传》构建起中华文化智慧的世界模式，是关于先秦哲学、圣学、数学、天文学、史学、文字学、艺术学、美学以及巫学残余的混和交响，将数理、哲理、文理、圣理（伦理）、命理与审美文化心理熔于"易"之一理。并且，从《周易》本经的巫学智慧到《易传》美学智慧的意涵连接与转换，这一切又构成了《周易》文化智慧独特学术魅力的第二个特征。

其三，就《周易》美学智慧而言，中华美学史上的诸多审美概念、范畴、观念与理论，比如精气、阴阳、天人合一、意象、中和、刚柔、动静、神以及中华原始的生命美学智慧、原朴的系统论、符号论美学智慧和形式美论等，都可以在《周易》中找到其文化原型或历史形态。

《周易》是一个巨大而复杂的文化精神现象，一座使人困惑又能启人心智的智慧迷宫。就原始巫学与美学的关系而言，又是崇拜与审美的二律背反与合二而一。原始巫学的文化"阴影"与审美智慧的灿烂光辉，童稚般的混沌初浅意识与先哲的深邃理性，高扬圣理的道德说教与潇洒飘逸的词韵诗魂，以及《周易》美学智慧内核超时空的全人类性与其不可避免的民族、时代、阶级域限性，是怎样奇迹般地整合在一起，典型地体现出吾伟大中华独异的文化心理气质、思维情感方式和文化智慧意蕴。

二

在讨论《周易》美学智慧问题之前，有必要对"智慧"一词的一般文化涵蕴略加分析。

智慧，典出于古希腊神话传说。相传雅典娜作为希腊神话中的智慧女神，是雅典城邦的保护神。雅典城邦以"爱智"闻名于世，这是神话与现实的奇妙对应。又有缪斯是希腊神话中九位文艺和科学女神的通称，她们都是主神宙斯与记忆女神的女儿。其中克利俄管历史，欧忒耳珀管音乐与诗歌，塔利亚管喜剧，墨尔波墨涅管悲剧，忒耳西科瑞管舞蹈，卡利俄珀管史诗，波吕许尼亚管颂歌，埃拉托管抒情诗，乌拉尼亚管天文。这与雅典娜司纺织、制陶、缝衣、油漆与雕刻等技艺一样，她们的智慧都表现为文艺与科学技艺。然而缪斯又是能预知未来的女神，其智慧就是预知未来。这种"预知"，与其说起初并非具有纯粹的文艺与科学属性，毋宁说是远古占卜（巫术）在希腊神话中的诗性反映。因而，其智慧的文化原型无疑具有一定的原始神学性质。维柯在《新科学》中说："缪斯的最初的特性一定就是凭天神预兆来占卜的一种学问。""这种学问就是按照神的预见性这一属性来观照天神，因此从divinari（占卜或猜测——原注，下同）这个词派生出神的本质或神学（divinity）。"维柯接着补充说，"这就说明了拉丁人为什么把明断的星象家们称为'智慧教授'"①。

　　这就雄辩地说明，智慧的原始意义是与原始占卜（巫术）相联系的。

　　荷马在《奥德修记》的一段名言中给智慧下的定义是"关于善与恶的知识"。这正与《圣经》所谓亚当夏娃受蛇的诱惑、偷食智慧树上的禁果因而触犯天条的"原罪"说相合。据《旧约全书》第二章，智慧树亦即"知善恶之树"。可见，智慧最初是一神学范畴，它是属神而非属人的，表明神最为关心的是道德的善恶而不是知识的真假，这种智慧是属神的既定真理。可是，由于任何神不过是被人自己所夸大了的人在天上的侧影，任何神学智慧又是人学智慧的发蒙形态与别一文化方式，或者可以说，在神学智慧中包含着人追求真理，人对自然的感悟、领会、理解、情感、意志等因素。从这个意义上可以说，任何属神的智慧同时也是属人的。

　　随着人的觉醒，智慧跨入了真理的领域而逐渐摆脱原始愚昧的纠缠。如果说任何人试图否认天神具有原初智慧"这种伟大属性，他理应获得的称号就不是智慧而是愚蠢"，那么人的觉醒则意味着，智慧是"主宰我们为获得构成人类的一切科学和艺术所必要的训练"②，而且是在这一切"训练"中所能达到的对真理的把握。管理文艺和科学的智慧女神雅典娜与缪斯九大女神的智慧，具有亦神亦人的文化属性。柏拉图曾经指出，智慧是使人完善化者。它不仅表现

① ［意］维柯：《新科学》，上册，朱光潜译，人民文学出版社，1986，第153—154页。

② 同上书，第154页。

在宗教的崇拜和巫术的观念中，而且体现为人对真理的追求、道德的净化与审美的愉悦。在真善美的绝对文化尺度上，人的最高智慧虽然永远达不到所谓"十全十美"的境界，但对真善美的追求，却是人不断接近的自我完善与自我实现。

由此看来，在神学和人学的意义上，智慧是一个意蕴深刻隽永、诗意葱郁的文化学范畴，以至于维柯干脆称这种智慧为"诗性智慧"，并不惜在其篇幅浩繁的《新科学》中用了近一半的文字来认真探讨。

神学以及人学——哲学、自然科学、政治学、伦理学、历史学、经济学、军事学、文艺学与美学等等所包含的一切智慧汇融成人类智慧的大泽。

可对智慧作广义、狭义理解。

广义之智慧，是人类一切社会生活实践及其成果的精神性总和与聪明结晶；狭义之智慧，仅指人类对真理的追摄及对真理的把握，表现为人对事物认识、辨析、判断处理和发明创造的能力。

这里对《周易》美学智慧的探讨与研究，是从中华原始神学和人学的关联（巫学）意义上来使用智慧这一文化学范畴的，又是从智慧的广义、狭义的相互对接中来建构其文化智慧观的。

从智慧角度来讨论《周易》的审美文化，这是试图运用文化人类学的观念与方法研究中华古代美学的初步尝试。

三

不仅西方古代有"爱智"的文化传统，中华民族自古也是一个"爱智"而充满智慧的民族。孔夫子是以"志于道""闻道""博学"而著称的，此道，就是原始儒学所领悟、追求的最高智慧。孔子说："朝闻道，夕死可矣。"[①]可见其对"闻道"，即探寻智慧的高度执着。孔子论"知"（智）云："务民之义，敬鬼神而远之，可谓知矣。"[②]这种智慧观重在于"义"，即重视人际的伦理关系。对

---

① 杨伯峻：《论语译注》，中华书局，1980，第37页。

② 同上书，第61页。

鬼神的态度是"敬"而"远"之，似乎处于二律背反的两难之境："敬"就不能"远"；"远"就不是"敬"。但在儒家看来，这两"难"是可以完美统一的，做到对鬼神且"敬"且"远"，若即若离，这在当时是一种独特且有一定高度的人生智慧。张岱年先生曾经指出：

> 孔子这句话表现了一种重要倾向，即不从宗教信仰来引出道德，而认为道德与鬼神无关。这是中国古代哲学的基本倾向之一。这确实表现出很高的智慧。①

其实，这也是中华古代文化包括《周易》审美文化的基本倾向之一。

孟子发展了孔子的人生伦理智慧观，他说："虽有智慧，不如乘势。"②认为人之最高智慧表现在审时度势、对客观事物的发展形势的驾驭与把握上。

但中华文化观念中的"智慧"一词最早见于《老子》一书。老子云："大道废，有仁义；慧智出，有大伪。"③意思是说，由于提倡"仁义"，才使"大道"废弃；"仁义"这种"智慧"一旦提倡，才产生原初的伪诈。这是针对儒家的人生伦理智慧所发的议论。自然，老子的文化哲学观念中自有其所推崇的最高智慧，这便是老子之"道"，所谓"有物混成，先天地生……吾不知其名，强字之曰道"也。道者，万物之奥，道常无为而无不为，所谓"人法地，地法天，天法道，道法自然"④。道是万物之本根与始基，道本无为，故人必舍弃一切"礼乐权衡斗斛法令之事"，回归于"道"，与"道"合契，就是人生的深湛智慧，这叫"绝圣弃智""见素抱朴"。庄子以为人生种种束缚系累有如"倒悬"，要求挣脱一切缚滞，提倡"悬解"，也就是回归于"道"之"无为"境界，这与老子的智慧观相一致。

佛家赋予"智慧"这一范畴以绝对的彼岸性。佛教所谓"般若"（梵文

---

① 张岱年主编：《中华的智慧·序言》，上海人民出版社，1989，第3页。

② 杨伯峻：《孟子译注》，中华书局，1960，第57页。

③ 王弼：《老子道德经注》，楼宇烈《王弼集校释》上册，中华书局，1980，第43页。

④ 同上书，第65页。

Prajna的译音）即是"智慧"，它有两层含蕴：一、圆融涅槃境界，《大乘义章》有云，"照见名智，解了称慧"，洞见佛性，烛照本相，是谓智慧；二、指从此岸向彼岸、圆成涅槃的方式途径，所谓"俾解粘而释缚，咸涤垢以离尘，出生死途，登菩提岸，转痴迷为智慧"[1]。这种智慧观，实际是以一切非宗教的人学为虚妄不实、以佛教神学为其圆满智慧的。

儒、道、释这三种文化智慧的意识、情感与意志指向，一在入世、一在出世、一在弃世。儒、道的智慧域限在世间、在此岸；释的智慧域限在出世间、在彼岸。就《周易》美学智慧而言，大致上是以先秦儒学为基本、以先秦道学以及阴阳五行学说为补充的，而与佛智完全无涉。

这不等于说，《周易》美学智慧在其文化底蕴中是彻底摒弃了一定的神灵意识的。事实上，无论先秦儒、道还是阴阳五行之学，它们尽管都是非宗教的人学，却并未彻底斩断与原始中华神灵意识的内在联系。在儒、道与阴阳观念成长为独立的文化智慧体系之前，它们都是与原始神灵意识糅合在一起的，此其一；其二，《周易》美学智慧与《周易》巫学智慧具有毋庸置疑的、非常密切的文化意识联系，以至于笔者认为，这二者之间的"文脉"（context，原译为"语境"，笔者这里改译为"文脉"）或曰文化"关联域"，不仅决定了《周易》美学智慧的独特品性，而且有力地影响了中华古代整个审美文化智慧的建构。这里，其巫学智慧虽然在文化本质上属于人学范畴，因为它的智慧立足点并非在彼岸、在出世间，但既为巫学（巫术），则必有一定的原始神灵意识沾凑其内；其三，随着两汉之际佛学东渐，必在尔后《周易》美学智慧的历史发展中，促使易之美学沾溉一定的佛之"空"性，与佛智相融合。因此，从动态的文化系统论看《周易》的美学智慧，则无法回避这样两个理论难题：从《周易》原始巫学智慧到其美学智慧是如何转换的，汉代以后《周易》美学智慧又是如何与佛学智慧相融合的。

尤其重要的是，尽管《周易》巫学智慧与其美学智慧客观存在着历史与心理的内在文化联系，《周易》美学智慧也确实是从其巫学智慧转换、超越而来的，笔者认为，《周易》巫学智慧是《周易》美学智慧的最终文化母体，同意西

---

[1]　朱棣：《金刚经集注·序》，上海古籍出版社，1985，第1页。

方学界流行的所谓"美与美感源于巫术"说。笔者以为,《周易》巫学智慧与其美学智慧的关系问题要比这种西方传统的"巫术"说复杂得多,其文化意蕴并不是传统"巫术"说所能解释与包容的,《周易》美学智慧与其巫学智慧的内在文化联系具有中华独异的民族特点。

人类美学智慧与巫术智慧的起源,可能是与人之起源相关的;人之起源,意味着属人意义上劳动的起源、工具的发明、人之"自意识"的萌生,同时也是审美智慧、巫术智慧等人之意识、情感、意志的源起。当中华第一个狩猎者第一次懂得拣起一块石头向猎获物作致命一掷时,他必定要选择一块大小、重量与自己体力相当、形状便于人手把握与投掷的石头。这意味着他的这一行为是经过人之大脑初步衡量、思考的,他意识到自己行为的目的。这是劳动的开始、人之"自意识"的萌发,意味着人的巨大身躯从此在地平线上真正站立起来了。此时,人的"自意识"是一种混沌的最原始的智慧集成。首先,他意识到自身的力量、行为目的与捕猎的艰巨性,这是初起智慧的意志之萌芽;其次,狩猎的成功使人意识到自身力量、智慧在自然对象上的实现,必然伴随以原始感情的喜悦,这是美与审美的胚胎;同时,如果狩猎失败,甚至危及人的生命,那么这在人的心灵上必然投下巨大的阴影,产生一种对自然对象(包括猎物、自然天象、自然地理甚至包括工具等)的畏怖心情,这是后代神灵观念之源起的一个心理之因。不仅如此,一旦狩猎成功,由大喜过望所萌生的对自然对象的感激之情,也是原始初民神灵观念的滥觞。此外,无论狩猎者成功还是失败,都可以引起狩猎者对前因后果的思索,那么,这可能就是原始科学智慧的最初发生。

就智慧发生学而言,人的第一次狩猎实践,无疑已经蕴含着属于人的一切智慧的"遗传密码"。后代经过千百万年的缓慢分化而成的实用智慧,哲学、审美智慧,科学认知智慧以及巫术与宗教智慧等,都可以在这破天荒的"第一次"中找到它们各自的文化基因。这种人的"自意识",犹如植物种子,虽未见植物根、茎、叶、花、果之全相,却具有有待于发育成整株植物的一切生命信息。

由于人具有"自意识",他必然第一次培养起对事物形象的审辨力、激起快乐抑或痛苦的情感,使人脑的思维服从于人的目的。

人还通过实践的活动来达到为自己（认识自己），因为人有一种冲动，要在直接呈现于他面前的外在事物之中实现自己，而且就在这实践过程中认识他自己……人这样做，目的在于要以自由人的身份，去消除外在世界的那种顽强的疏远性，在事物的形状中他欣赏的只是他自己的外在现实。[1]

由于人具有"自意识"，他不仅朦胧地意识到自身的力量、目的与欢乐，而且意识到盲目自然力对人的压迫以及人的软弱无力与痛苦，这为后代之原始巫术智慧的成熟准备了基本前提，也为进一步发展成宗教智慧提供了可能。

原始狩猎者的劳动远不像现代人的劳动这样清醒和充满理性。尽管人的劳动实际上正在于改造自然、社会与人自身、发展人的文化智慧，然而有时由于"自意识"的迷失，人却不相信劳动动机、劳动过程和劳动成果（包括工具）是属于人的思维和创造，而宁可相信是某种超自然力量（后来幻化为"神灵"）使然。作为生产力低下、劳动的意外成功和失败的补充，便有了巫术及其文化智慧的发生。

因此，尽管考古学告诉我们，人类大约在300万年前开始制造工具，成熟意义上的巫术的发生大约在10万—14万年前的旧石器时代中期，尽管人在朦胧"自意识"的支配下所进行的第一次狩猎实践在更遥远的过去，但从"自意识"所包容的一切智慧胚芽这一点看，《周易》巫学智慧与其美学智慧的源头，确在人类第一次的狩猎实践及其"自意识"之中。所以说，巫学智慧并非美学智慧最终之"根"，而是同源于人类原始生命力的冲动。

四

这部书以《周易》美学智慧为探讨与研究对象，这在当前似乎正面临着困难。首先，前十数年那种潮涌般的"美学热"已成过去，大批美学追随者、

---

[1] ［德］黑格尔：《美学》，第一卷，朱光潜译，商务印书馆，1979，第39页。

爱好者队伍的急剧缩减，仿佛使美学的进一步发展失去了一定的社会基础。美学，这个昔日的"天之骄子"，大有"明日黄花"、迟暮不遇之叹；美学研究园地的冷寂、近年美学论著发表的日渐稀少，也似乎使得美学研究者的智慧头脑平添出一种"囊中羞涩"般的痛苦感觉；同时，当前的"易学热"确潜藏着某些复古与迷信的暗流，尤其是算卦迷信，播弄所谓"无有不灵"的把戏，将《周易》这一本是广阔深邃的文化智慧之海（当然存在一定的占筮迷信观念），弄成了一隅仅仅预测命运的浅薄泥淖，并且颇有以现代"科学"之外衣混迹于江湖、民间甚或客厅、书房、讲台的势头，大有使得那些严谨治易的笃学君子因缺乏算卦之"灵气"而在大庭广众之中自惭形秽、掩面而过的窘迫。

然而在笔者看来，昔日美学成为"热门"确属幸事，今天美学的相对沉寂却不见得就是美学的末路。凡是大烘大热之事总难以持久。美学的生命与朝气诚然可以表现为场面的热烈和少年任气般的争辩，也可表现为美学头脑的沉思默想。尽管在某些生活领域没有严肃美学的任何立足之地，许多美学头脑却从未停止过执着的思索。中华美学不可避免地会受到时代美学"热情"的催激，中华美学的成熟却尤其需要冷静、认真的沉思与静虑。仿佛波涌浪颠之时，水势汹涌，难免显得浑浊以至于可能给人"昏眩"的感觉，倒是潭溪的澹泊涵溶，能够清澈明净。又如火苗艳丽跃动之时，其实并未达到温度的最高点，须待炉火淡而无色，热得发"冷"，才是纯青境界。

"美学热"中曾经取得的良好美学研究成果，为我们引进了一些西方现当代美学的观念与方法，这对学人前贤的研究成果和"舶来"之学进行科学理性的扬弃与"消解"（deconstruction），无疑提供了良好的条件。在此，笔者愿意相信，现在正是中华美学思虑纷纷、认真沉思的年代。不是生活抛弃了美学，而是美学必须永远拥抱新的时代生活，与时代的脉搏一起跳动。本书试从文化学角度探究《周易》的美学智慧，愿在这一点上作出努力。

同时，当前"易学热"中出现的一些复古和神化、迷信化的不良倾向，是对《周易》文化传统的盲目崇拜所引起的。带着这种崇拜心态去看待《周易》，只是知其如何"伟大"、如何"了不起"，而不知或不愿承认《周易》文化智慧包括美学智慧的时代、民族或阶级的局限。应当清醒地看到，《周易》美学智慧的确是中华古代的"伟丈夫",但也不可避免地具有精神委琐的一面。

俄国汉学家瓦西里耶夫曾经指出,"最好的书一旦从科学研究的主题变成偶像和盲目崇拜的对象,就会成为十分有害的东西"①。"我们不把世俗问题化为神学问题,我们要把神学问题化为世俗问题。相当长的时期以来,人们一直用迷信来说明历史,而我们现在是用历史来说明迷信。"②虽然《周易》往往让人困惑不解,其美学智慧与巫学智慧的意义瓜葛可能玄奥难索,然而并不能将关于《周易》美学智慧的研究变为神学,"易"之"坐标系"应在世间而非出世间。即使宗教神学,也该化作世俗问题来谈,何况《周易》的美学智慧!因此,当本书试图深入《周易》智慧的堂奥之时,其文化学-美学研究思维和情感的天空,是高远、明丽、晴朗而非阴郁、神秘的。

也要注意对《周易》美学智慧抱有的民族虚无主义的不良思想倾向。林语堂先生曾不无讽刺意味地将中华传统文化,其中包括《周易》文化比作一个"垂老的寡妇",说"她静静地啜茗并微笑","在其微笑中我有时窥测到一种对变革的十足懒散,而在别时则是一种含着傲慢气的保守","但是在其身上某些地方潜伏着一种老狗般的狡诈"③,其辛辣、愤激之辞,透露出对中华传统文化,当然也包括《周易》美学智慧的厌恶,而目前对《周易》文化传统及其美学智慧的漠视,可能由于不理解传统并非已死的历史陈迹而是至今仍然活着的文化生命这一道理的缘故。黑格尔曾经指出,"传统并不是一尊不动的石像,而是生命洋溢的,有如一道洪流,离开它的源头愈远,它就漫溢得愈大"④。文化传统,包括《周易》美学智慧的顽强文化生命力就扎根在现实人生之中,并不断地被复制和重构。对《周易》美学智慧抱虚无态度者的困难,在于其总难免生活在文化传统与现代的交接点上,难以彻底摆脱实际存在的《周易》文化智慧、美

---

① 引自《中国传统文化的再估计——首届国际中华文化学术讨论会文集(1986)》,上海人民出版社,1987,第500页。

② [德]弗里德里希·恩格斯、[德]卡尔·马克思:《马克思恩格斯选集》第一卷,中共中央马克思恩格斯列宁斯大林著作编译局译,人民出版社,2012,第425页。

③ 林语堂:《吾国与吾民》,浙江人民出版社,1988,第6—7页。

④ [德]黑格尔:《哲学史讲演录·导言》,贺麟译,生活·读书·新知三联书店,1957,第8页。

学智慧巨大"阴影"的笼罩，因为在任何最现代的文化模式中，都不可避免地融合和潜伏着传统文化智慧的基因和机制。为了要创造一种社会主义现代化的中华审美文化，除了认真消解一切中华传统审美文化，其中包括《周易》美学智慧，同时努力扬弃一切外来审美文化：除了将这种消解和扬弃融合于当代中华审美文化体系的建构之中，你别无选择。

第一章 原始易学是巫学

在探究《周易》美学智慧之前，有必要对原始易学的文化属性问题辨正清楚。这个问题之所以应当首先提出来，是因为原始易学是否真是巫学常常是引起争论的一个文化难题。

有的《周易》研究者认为，"《周易》不是卜筮之书""卦爻辞不是筮辞"[①]。有的研究者持"《周易》是一部讲哲学讲思想的书，卜筮不过是它的躯壳"[②]的见解，并认为这种"躯壳"论肇始于先秦，所谓庄子讲《易》以道阴阳、司马迁说"《易》以道化""《易》本隐以之显"，以及认为魏晋王弼的易学"义理"观和宋代理学家程颐等人的易学观都持这种原始易学之"卜筮""躯壳"论。卜筮既然仅是《周易》的"躯壳"，自然难以得出"原始易学是巫学"的结论。还有的研究者断言："占筮与《周易》本来无缘。但从春秋到现在，研究《周易》的人却几乎无不用占筮讲《周易》。显然，这都远远离开了《周易》本身。因此，我们要弄清《周易》的本来面目，就必须首先摒弃占筮说"[③]。

这类易学之见也许表现出一种共同的文化心理，即认为原始易学——《周易》本经的巫术占筮纯为无稽之迷信，倘若承认原始易学是巫学，担心会使自

---

① 《新华文摘》，1985年第5期，第224—225页。

② 金景芳：《学易四种》（吕绍刚序），吉林文史出版社，1987，第1—8页。

③ 宋祚胤：《周易译注与考辨》，湖南人民出版社，1987，第1页。

己的易学观与巫术迷信划不清界限。这是未从文化学角度看待《周易》巫术占筮的缘故。

著者以为原始易学是巫学。为了"弄清《周易》的本来面目",恰恰必须从探究其巫术占筮着手。因为,尽管《周易》占筮不乏巫术迷信,我们不要迷信,然而其巫学智慧恰恰是《周易》美学智慧的一个文化基础,《周易》美学智慧的文化原型无疑是与其巫学智慧相联系的。

第一节　象数"互渗":原始易学的"阴影"结构

《周易》一书,自汉代始就被尊为"六经之首",刘向(前77—前6)、刘歆(?—23)父子将其编定于《六艺略》之首位。这"六经"是《易》《书》《诗》《礼》《乐》和《春秋》,《乐》经亡佚,实为五经。唐代有"九经"之说,包括《易》《书》《诗》《礼记》《公羊传》《谷梁传》(注:这两传均为《春秋》之"传")、《周礼》《仪礼》和《左传》。唐文宗刻石经,扩充为"十二经",将《孝经》《论语》和《尔雅》列于经部。宋代又追加一部《孟子》,于是成"十三经"规模。直到清代纪晓岚编就《四库全书》,仍以《周易》置"十三经"首位,可见其地位崇高。这是何故?因为《周易》本文的成书年代,一般认为在前11世纪的殷周之际,从中国现存篇幅较大的文化资料看,没有比这更早的了。甲骨文、金文的成文年代自然有许多早于《周易》本文,但都是些十分简短的文辞。而且,在《周易》本文中,保存了大量上古史实和文化智慧材料,其学术地位非同一般。

现在我们所能见到的《周易》通行本是《易经》(《周易》本经)和《易传》(《周易》辅文)的合编,其体例始定于东汉郑玄,实际上包括上古易、中古易(《周易》本经)和下古易(《易传》)。

《易》曰:"宓戏氏仰观象于天,俯观法于地,观鸟兽之文,与地之宜,近取诸身,远取诸物,于是始作八卦,以通神明之德,以类万物之情。"至于殷、周之际,纣在上位,逆天暴物,文王以诸侯顺命而行道,天人之占可得而效,于是重《易》六爻,作上下篇。孔氏为之作《彖》、《象》、

《系辞》、《文言》、《说卦》、《序卦》之属十篇。故曰易道深矣，人更三圣，世历三古。①

　　整部《周易》，就是由所谓"三圣"完成的，时历"三古"。所谓宓牺氏，即伏羲氏通过仰观俯察始作八卦为上古易；周文王重卦六十四并系卦爻辞为中古易；孔子为之作《易传》（十翼）为下古易。

　　这里，我们暂且勿论这上古易、中古易和下古易是否分别确是伏羲、文王和孔子所作，学界一般对伏羲创卦说和孔子作《易传》论已难信是。因为伏羲乃神话传说中的远古东方氏族首领，是否确有其人已是疑问，如何能够断言是八卦的作者？《易传》确有"古者包牺氏之王天下也……于是始作八卦"之记，然而由于年代久远，这一即使是战国时人的记载也只能看作传闻而已。又，《易传》中确记载了孔子关于易学的诸多言论，前面冠以"子曰"。恰恰由于这一点可以证明《易传》的作者不能是孔子。因为如果《易传》为孔子所撰，岂有自称"子曰"的？可能孔子对《易传》贡献过若干观点和意见，《易传》是由孔子后学追记孔子言论，加工、整理、发挥而成的。而所谓文王重卦说，虽则《易传》指出文王被囚羑里、在忧患之中而有此举，但目前易学界对此仍有不同意见。

　　所以，《汉书》所谓"人更三圣"说未必可靠，然"世历三古"的观点是可以成立的。我们首先要指出的是，无论上古易还是中古易，本质上无疑是中华古代盛极一时的巫学，即以占筮为巫术操作方式的巫术之学，这在古代被称为数术。下古易，即《易传》之学，本质卜虽非巫学，却在其间保留了许多占筮甚或龟卜的思想材料，而且在原始巫学基础上，构筑起富于时代特色的文化智慧，包括美学智慧体系。八卦之学是上古易中的基本文化智慧，其原型是一种巫术智慧，它是在基于数的龟卜基础上发展起来的。

　　考八卦之系统符号系统，是为乾☰、坤☷、震☳、巽☴、坎☵、离☲、艮☶、兑☱，分别由阴爻--、阳爻—两个基本符号构成。

　　构成八卦符号系统的阴阳爻，是中华初民在漫长的巫术文化实践中，从对神秘的数的初步感知中创立的。据张政烺研究，12世纪初期湖北孝感出土

---

① 班固撰，颜师古注：《汉书》（第六册）卷三十，中华书局，1960，第1704页。

的"安州六器"中的一件中鼎铭文之末，有两个"奇字"，写作𢎖𢎖，古人未曾译识。近数十年间，这类"奇字"在河南安阳殷墟、西安张家坡、周原凤雏村等处的野外考古中屡被发现。比如，1956年前后，西安张家坡一带发现两片卜骨上各有两个"奇字"，与"安州六器"上"奇字"的形制完全相同。后来，唐兰先生根据这些卜骨，连同铜器铭文，共检索到十三个"奇字"，确认这些"奇字"都由数字组成。1978年冬，张政烺在一次古文字学术会议上首次推断这些奇异的数字都是"筮数"，即都是用以占筮的带有神秘意蕴的数字。比如前述"安州六器"铭文上的两个"奇字"，实际是数字七八六六六六、八七六六六六的有序排列，四盘磨卜骨上的另两个"奇字"，可依次译作七五七六六六、七八七六七六。1980年春，陕西扶风齐家村出土的一片卜骨背面右侧刻有一些符号，依次译作六九八一八六、九一一一六五。对这些"奇字"进行综合分析，即将"奇字"翻译成数字之后可以看出，其中一与六这两个数字出现次数最为频繁，其次为七、八、五、九，而二、三、四这三个数字从未出现。这种现象并非偶然，因为在"奇字"直行书写中，一写作一、二为二、三为三、四为亖、五为Ⅹ或⋈、六为∧或八、七为十、八为八、九为𠃌。其中二、三、亖三个数字都是积画写之，倘这三个数字写在一起，就不易分辨究竟是哪个数字，因此便将"一"归于"一"，"二""四"归于"六"。这样在"奇字"中，"一""六"这两个数字的出现就最为频繁了，而"二""三""四"概无踪迹。

经研究，这种刻镌于殷周甲骨和青铜器铭文之后的"奇字"，就是当时人们进行占筮的筮数、筮符。一、二、三、四、五、六、七、八、九这九个自然数实际上都参加了占筮过程，它们可以分为奇数、偶数两类，其中"奇字"中一、五、七、九为奇数，六、八为偶数。这六个数构成了用以占筮的一卦，是为"数字卦"。但舍弃了二、三、四这三个数，是筮数的初步简化。

但是，如果将一、五、六、七、八、九这六个数中的任何三个数排列为一个八卦时，便有 $C_6^3 = 120$ 种卦形；倘以六个数排列为重卦时，就会出现 $C_6^6 = 720$ 种卦形，其烦琐可想而知。因此，这种"数字卦"还须进一步简化，减少参加占筮的数字。我们从出土的实物看，"数字卦"中一与六两个自然数出现的次数最多，而一与六分属于奇数与偶数，这"已经带有符号的性质，表明一种抽象的概念，可以看作阴阳爻的萌芽了"①。这里一与六已经不完全是自然数序中的普通数字，它们分别是用于占筮的奇、偶数的代表，具有抽象性质。

这种具有抽象意蕴的一与六两个数再进一步演化，就演变为阴爻、阳爻。数字六的"奇字"书写符号 **∧** 为偶数之代表，经垂直截断展平，为阴爻符号 **--**；数字一的"奇字"书写符号 **—** 为奇数之代表，在书写方式上与阳爻符号 **—** 相一致。考唐陆德明《经典释文》将八卦之一的坤卦符号写作 **巛**，显然是殷周"数字卦"书写方式的变形，即坤 **巛** 垂直截断平展就是坤 **☷**。在马王堆帛书《周易》中，坤又写作 **⫶⫶⫶**，显然这也是坤 **巛** 或坤 **∧** 的变形，由此可证阴爻 **——** 是由数字六演变而来的。数字一演变为阳爻 **—** 这一点其实也可从出土实物上见出，比如安徽阜阳双古堆一号汉墓竹简上刻有两个"数字卦"，一为 **⧓**、一为 **⧓**，翻译过来，就是 **☰** (大有卦) 和 **☲** (离卦)。这是汉代遗物，年代比较晚近，说明在汉代，由阴阳爻构建的《周易》卦符早已风行于世之时，时人仍有关于"数字卦"的文化观念与意识。

在用以占筮的八卦创立之前，确有一个"数字卦"的发明与行世的历史时期。考虑到这种"数字卦"比《周易》卦符繁复这一现象以及它与《周易》卦符的对应联系，可以说明"数字卦"是《周易》八卦和六十四卦的原型。

其实这一点在后世方以智的有关易说中也可见出。他说："古五作 **✕**，四交藏旋之象。"② 这里的符号 **✕**，其实就是殷周卜骨、青铜器或汉代墓葬竹简上见到的"数字卦"中的 **✕** 或 **✕** (五) 的另一种写法，由于这"五"总是处于河图、洛书的中央位置 (后详)，且河图、洛书

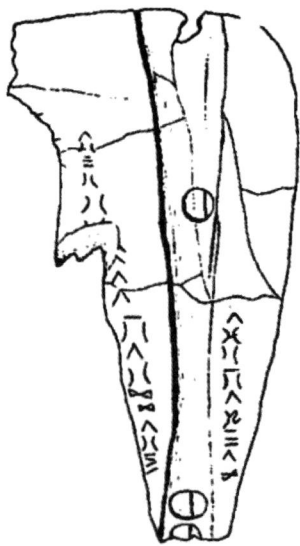

陕西扶风齐家村卜骨

---

① 张政烺：《易辨——近几年根据考古材料探讨周易问题的综述》，《中国哲学》第14辑，人民出版社，1988，第1—15页。

② 方以智：《周易时论合编》卷一，中华书局，2019，第11页。

是表示天时旋转之图象，所以方以智才有"五"是"四交藏旋之象"的说法。

中华古代的一种巫术占筮活动，最初是与数连系在一起的。从一至九这九个自然数，经过古人智慧的进一步抽象简化演变为阴爻、阳爻，构成八卦的基本筮符，说明阴爻、阳爻由数起，这已为有关的出土实物所证明。当然，这种殷周"奇字"（数字卦）是否是最古老、最原始的占筮符号，目前学界尚无定论。最初的占筮符号究竟是什么样子的，也许我们现在仍然一无所知。然而起码可以说，刻镌于殷周甲骨、青铜器铭文甚或见于汉代墓葬竹简上的这种"数字卦"，是目前比较可信的、用于占筮的阴阳爻的前身。

而且，从这种"数字卦"见于甲骨和青铜器这一点，更增加了阴阳爻这种符号原本是筮符这一结论的说服力。因为甲骨是卜具和灵物，与占卜攸关。在中华巫术史，一般认为是先有卜后有筮，卜是渔猎时代的巫术的主要方式，筮是农耕时代的巫术的主要方式。从历史看，自然是占卜这种巫术方式更为古老的，所以古人有"筮短龟长，不如从长"①的说法。占卜是《周易》占筮的前期形态，二者在文化智慧的意识和情感方式上是一致的。从"数字卦"见于青铜器铭文这一文化现象，也可见出阴阳爻原本筮符这一结论。青铜器作为祭祀之器，在古人心目中具有巫术意味，或者狞怖威慑，或者祀福呈祥，说明这类"奇字"刻于青铜器铭文之后就不足为奇了。这是在巫术智慧中，占筮与青铜器的神秘意蕴具有相通之处的缘故。至于"数字卦"见于汉代竹简这一点，虽是比较晚近出现的一种文化现象，也同样是这种阴阳爻的前身用于巫术占筮的一个佐证。古人迷信鬼神，这一点在处理人自身的生死问题上尤其明显。"古人相信宇宙间各种事物，都有鬼神统治的，又相信鬼神对于人们的行动是很关心的，鬼神时时给人以种种指示，叫人们遵照他的指示去做。人们须用种种方法，探测鬼神的意旨，观察祸福的征兆，这就是数术。"②数术就是中华古代巫术的一种，其中包括"蓍龟"。古人将数术（巫术）分为六种：（一）天文；（二）历谱；（三）五行；（四）蓍龟；（五）杂占；（六）形法（风水）③。此六种还可以分

---

① 杨伯峻：《春秋左传注》，第一册，中华书局，1981，第295页。

② 李镜池：《周易探源》，中华书局，1978，第110页。

③ 参见班固撰，颜师古注：《汉书》（第六册）卷三十，中华书局，1960，第1770页。

成天启、人为和半天启半人为三大类，其中，"蓍龟"之"蓍"是一种人为的数术（巫术）。在墓葬中出现"数字卦"是不奇怪的，因为"数字卦"这种孕育着《周易》阴阳爻的筮符具有巫术意义，"尚鬼，故信巫"[①]也。

总之，"蓍龟"是因事情有疑难、求教于鬼神以谋解决而产生的，所谓"汝则有大疑，谋及卜筮"[②]，所谓"定天下之吉凶，成天下之亹亹者"[③]是也。就《周易》占筮看，它是巫术（数术）之一种，无疑与神秘的数相始终，这方面的文献颇多。

> 筮，数也。[④]
> 自伏羲画八卦，由数起。[⑤]

《易传》系辞篇论筮之法，也始终是数的运演，可以反证用于占筮的《周易》阴阳爻的文化基因是数，而这种筮数现象又在在说明《周易》之学原本巫学。所以《易传》称：

> 昔者圣人之作易也，幽赞于神明而生蓍，参天两地而倚数，观变于阴阳而立卦。[⑥]

《易传》又说：

> 极其数，遂定天下之象。[⑦]

---

① 柳诒徵：《中国文化史》，上册，东方出版中心出版社，1996，第101页。
② 孙星衍：《尚书今古文注疏》，中华书局，1986，第313页。
③ 《易传·系辞下》，朱熹《周易本义》，天津市古籍出版社，1986，第343页。
④ 杨伯峻：《春秋左传注》，第一册，中华书局，1981，第365页。
⑤ 班固撰，颜师古注：《汉书》（第四册）卷二十一，中华书局，1960，第955页。
⑥ 《易传·说卦》，朱熹《周易本义》，第346页。
⑦ 《易传·系辞上》，朱熹《周易本义》，第309页。

清代著名易学家陈梦雷论《周易》占筮之法称：

> 全章（指《周易·系辞传》论筮之法这一章——引者注）首论天地之
> 数，次论蓍策之数，末论卦画之数，而终赞因筮求卦之妙也。[1]

王夫之则认为，《周易》本文的卦爻，即"象"与神秘之数的关系是一种相
和相生、不可相拆的关系，是谓"象数相倚"：

> 天下无数外之象，无象外之数。既有象，则得一之、二之而数之矣；既
> 有数，则得以奇之、偶之而象之矣。是故象数相倚。象生数、数亦生象。
> 象生数，有象而数以为数；数生象，有数而遂成乎其为象。
> 象生数，则即象固可为数矣，数生象，则反数固可以拟象矣。[2]

数在《周易》本经的巫学中占有举足轻重的地位，没有数，也就没有《周
易》占筮本身。问题是，数在《周易》巫学中究竟具有怎样的文化智慧性质，
中华古人为何独以数为巫术占筮的文化基因呢？也就是说，为什么数是用以占
筮的《周易》阴阳爻的文化原型呢？

数的观念起于初民对客观世界无数事物种种数量关系的感知。初民的智慧极
其有限，他们对客观事物极为复杂、庞大、多变的数之关系起初是无力把握的，
凡是人所无力把握的东西，必在人的有关鬼神观念的催激下，在人心目中加以扭
曲的复制和重构，促使人对这种事物及其数量关系产生神秘的感觉、意识、情感
与观念。比如，初民有一次见到一个海滩上有大量的鲸集体自杀，其数量不可胜
数，这一奇异的自然现象一定会在初民的心中激起巨大的心理震荡，人们可以由
于不明鲸之死亡的真正原因而被弄得惊恐万状，同时亦可以被死鲸数量之巨（无
法数清）弄得神思恍惚、心魂难安。于是，人们不仅对鲸亡此事本身，而且对死
鲸的数量产生神秘的心理反应，这样，神秘的数的观念就渐渐产生了。并且可能

---

[1] 陈梦雷：《周易浅述》卷七，上海古籍出版社，1983，第42—43页。
[2] 王夫之：《尚书引义》卷四，中华书局，1976。

在此心理基础上，诱发一种以鲸之集体自杀为征兆的巫术或是乞求于某种神灵的原始宗教意识。又如，由于社会生产力极为低下，由于对盲目自然力的抗御力量十分虚弱，初民对生之艰难，即对自身的生产繁衍这一点必然十分关切，某一天忽然领悟到比如鱼的生殖力竟是如此之强，对鱼卵及河泊中游鱼的数量之多真是大为惊讶与欣喜不已，在这种对鱼之数量且惊且喜的文化心态中，可能萌发由于生殖崇拜而引起的关于鱼的巫术智慧，西安半坡"人面鱼纹"文化观念的意义就在于此，它原初并非为了审美，而是一种原始巫术的遗构。

　　从对中华原始巫术的文化考察中不难见出，种种巫术观念往往是与数的神秘观念纠结在一起的，而且这种数的神秘观念并非是一种彻底抽象的、纯粹的"数"，而是始终与某些神秘的事物、物象纠缠在一起的。比如前文所言死鲸之"数"与死鲸现象、鱼卵之"数"与鱼之生殖现象在初民的文化心灵中就是不可分的。这用列维-布留尔的话来说，叫作数的"神秘的互渗"，即神秘的数与事物、物象同时还有事理之间所建立的观念意识中的"互渗"关系。简言之，这种"象数"之间的"互渗"（在中华古代称"象数相倚"）不仅中华古代然，大凡原始初民都可能经历过这一原始智慧、原始思维的发育阶段。比如地尼丁杰族印第安人的计数方法就留有这种思维、智慧的文化遗迹，计数并非纯为抽象地进行，而是与物象（具象）纠缠在一起的："他伸出左手，把手掌对着自己的脸，弯起小指，说1；接着他弯起无名指，说2，又弯一下指尖。接下去弯起中指，说3。他弯起食指来指着拇指，说4；只数到这个手指为止。然后，他伸开拳，说5；这就是我的（或者一只，或者这只）手完了。接着，印第安人继续伸着左手，并起左手三个手指，使它们与拇指和食指分开，然后，把左手的拇指和食指移拢来靠着右手的拇指，说6；亦即每边3个，3和3。接着他把左手的4个手指并在一起，把左手的拇指移拢来靠着右手的拇指和食指，说7（一边是4，或者还有3个弯起的，或者每边3个和中间1个）。他把右手的3个手指碰一碰左手拇指，这就成了两对4个手指，他说8（4和4或者每边4）。接着，他出示那个唯一弯着的右手小指，说9（还有一个在底下，或者差1个，或者小指留在底下）。最后，印第安人拍一下手，把双手合在一起，说10，亦即每边都完了，或者数好了，数完了。"[1] 这种关于计数的手指"操作"，既认真又烦琐，计数者

---

① ［法］列维-布留尔:《原始思维》，丁由译，商务印书馆，1981，第199页。

态度极端虔诚，典型地反映象数之神秘"互渗"的巫术意味。

因此，列维-布留尔进而指出，在初民的原始智慧中，不存在纯粹是数的数，也不存在纯粹是现象的自然现象，二者通常总是被某种神秘的氛围所笼罩着。可以这样说，原始初民对数的智识把握，处于半具象半抽象的智慧发育阶段，并且受某种神秘观念的支配。

> 每当他想到作为数的数时，他就必然把它与那些属于这个数的、而且由于同样神秘的互渗而正是属于这一个数的什么神秘的性质和意义一起来想象。
> 因此，每个数都有属于它自己的个别的面目、某种神秘的氛围、某种"力场"。①

这种"氛围"和"力场"，即神秘的"象数互渗"，笔者将其称之为人类原始文化智慧的"阴影"结构，一种人类文化智慧"黎明"时逐渐消退的"黑暗"，它往往与原始巫术智慧联系在一起。

从中华古代留存下来的文字资料可以看到，中华初民对数的认识，也是在"象数互渗"的原始"阴影"结构中神秘地进行的。别的不说，就说一、二、三这三个自然数吧，在古文字中写作弌、弍、弎，从弋，从中透露出这种数的概念是与远古狩猎以及猎获物之多少这些事物、物象与事理相"互渗"的消息。原始狩猎活动作为一种社会生产劳动，并不如今人所一般理解的那样一开始就是充满理性的，相反，倒往往是与非理性的巫术活动纠缠在一起的。比如古人狩猎之前，想要预测一下朝何方出猎才能捕杀更多的野兽，就随手抓来一条虫，让它随意在地上爬，虫爬的方向就被认定是狩猎的最佳方向，虫爬动距离的长短就指示出狩猎距离的远近。又，古籍中有"予击石拊石、百兽率舞""瓠巴鼓琴而鸟舞鱼跃"之类的记载，其内容显然是与原始艺术融于一体的渔猎前巫术活动的文化遗韵。由于智力低下，中华初民同样在很长一段历史时期内不能认识猎获的动物究竟有多少，无法了知"三"以后的数究竟有多

---

① ［法］列维-布留尔:《原始思维》，丁由译，商务印书馆，1981，第201页。

大、是什么数,或者说,他们根本不知道"三"以后还有什么数,大约他们关于数的概念只止于"三",由此对"三"肃然起敬,充满了神秘感觉也是情理中事。

> 这个数的神秘性质起源于人类社会在计数中不超过3的那个时代。那时,3必定表示一个最后的数,一个绝对的总数,因而它在一个极长的时期中必定占有较发达社会中的"无限大"所占有的那种地位。①

笔者在拙著《巫术:周易的文化智慧》中曾经说过,这就是为什么《周易》要以三个爻符构成一个经卦的缘故了。因为"三"在远古曾被看作是非常神秘的"无限大"的,是中华初民曾经所认知的"最后的数"。《周易》八卦(经卦)自然不是中华最远古的狩猎者的创造,它的制作年代要晚近得多,却有力地反映出中华初民关于"三"的"象数互渗"文化智慧的原始面貌。至于《周易》重卦之每卦六爻,其爻符数是"三"的两倍,就更显得"无限大"了,不过,这是更为后起的关于数的文化观念。

> 在中国,包括数在内的对应和互渗的复杂程度达到无穷无尽。②

比如《易传》所保留的《周易》占筮操作全过程。自始至终都是数的运演,尽管它直接反映的是战国中后期人们的占筮文化观念,仍然折射出中华初民"象数互渗"这一"阴影"结构的文化智慧。

《周易》巫术占筮过程中数的运演并非是在纯粹抽象思维中进行的,也并非是非常理性的思维过程。作为占筮工具的五十根筮策,既是一种物的具象,也是神秘的。它一方面是抽象之数的具象化,另一方面是具象之物的抽象数化。筮策作为"灵物",是神秘之数的具象表达。在中华古人的《周易》占筮意识和观念中,作为占筮这一巫术文化基因的数,决不是孤立的精神性存在,它始

---

① [法]列维-布留尔:《原始思维》,丁由译,商务印书馆,1981,第202—203页。
② 同上书,第212页。

终是与天地人、四时运行等自然现象和社会人事"互渗"的，确是象与数在神秘观念意义上的结合。同时，整个占筮操作过程总是笼罩着一种不可理喻的文化氛围，仿佛其间无处无时不受外在于人力与人智的"灵气"的支配。这"灵气"被认为是神秘"鬼神"所"赋予"的，这便是《周易》占筮法所谓"此所以成变化而行鬼神也"。鬼神观念，正是《周易》本文原为巫学的文化智慧内核。有的治易者认为，这里"鬼神二字，并不是说鬼神去支配变化，而是指明阴阳变化的屈伸往来"①。对"鬼神"二字作哲学意义上的诠解自无不可，《易传》所谓"鬼神"，确有哲学所指"阴阳变化"的意蕴。然而，倘探寻其本义，则是文化学意义上的一个巫学范畴，指古人心目中所虚构的叫人惧怕、力图讨好之的鬼怪神灵，实际上，是那些为人所暂时无力把握的自然与社会本质规律、是盲目的自然力在人心灵中的扭曲反映和虚幻夸大。鬼神当然不可能去支配万事万物的变化，鬼神并不存在。但在巫术智慧中，人们却迷信宇宙万物千变万化的总根源是鬼神，这正是原始巫术的一个基本特点，也是远古处于巫术迷阵中的中华古代智慧的基本特点。

尽管巫术占筮作为一种"伪技艺"，实际上只是中华古人暂时无力改造自然宇宙与社会人事不得已而为之的一种幼稚的"代偿"行为，其预期的目的愿望实际上总是落空，但在巫术迷阵中，古人总以为占筮"灵验"，神哉奇矣，非常了不得。它将万物数化，仿佛这巫术中的数、数的巫术已将大千世界穷尽了，这便是《易传》所谓"当万物之数也"、而"天下之能事毕矣"②的意思。这种极度夸大巫术意义和巫术中数之魔力的文化观念，正可说明《周易》中的占筮之数，其实并非是具备独立文化智慧性格的，而毋宁说是深受巫术智慧"奴役"的中华数学之萌芽。

"因为在人类文明刚刚开始出现时，数学思想绝不可能以其真正的逻辑形态出现。它仿佛被笼罩在神话思维的气氛之中。一个科学的数学的最初发现不可能挣脱这种帐幔。"③这是中肯的见解。

---

① 徐志锐：《周易大传新注》，齐鲁书社，1986，第426页。

② 黄寿祺、张善文：《周易译注》，上海古籍出版社，2007，第388页。

③ 〔德〕恩特斯·卡西尔：《人论》，甘阳译，上海译文出版社，1985，第61页。

第二节 《周易》八卦与河图、洛书的文化对应

在第一节里，我们对构成八卦之基本元素阴爻、阳爻原本于数进而对《周易》象数"互渗"之"阴影"结构问题进行了初步探讨。这里将就八卦与河图、洛书的关系问题展开论述，以进一步论证"原始易学是巫学"这一基本命题。

《周易》八卦与河洛之学究竟有怎样的关系？

关于八卦之缘起，《易传》有四处论及。

一曰："是故易有太极，是生两仪，两仪生四象，四象生八卦，八卦定吉凶，吉凶生大业。"[1]这是说八卦未有之先，已有混沌未分的淳和之气，即处于氤氲状态中的太极存在于宇宙之际，是太极的内在运动裂变，才产生天地阴阳（两仪），两仪生成少阳、老阳、少阴、老阴，也即春夏秋冬四时（四象），四时又成就象征天地雷风水火山泽的八卦，亦即乾坤震巽坎离艮兑。八卦为"圣人"所作，这里却被纳为自然界有序运动的重要一环，突出地说明了八卦以及太极的自然属性。

二曰："昔日圣人之作《易》也，幽赞于神明而生蓍，参天两地而倚数，观变于阴阳而立卦。"[2]这段话前文已有引用，是说明圣人作《易》立卦、揲数占筮，冥冥之中若有神灵相助，从《周易》数筮角度论及了八卦的巫术意义。

三曰："古者包牺氏之王天下也，仰则观象于天，俯则观法于地，观鸟兽之文与地之宜，近取诸身，远取诸物，于是始作八卦。"[3]这是指明了"圣人"伏羲氏（包牺氏）通过"仰观俯察""近取远取"的方法和途径创造了八卦。

四曰："天垂象，见吉凶，圣人象之。河出图，洛出书，圣人则之。"[4]这一点认为，传说中的伏羲氏制作八卦，并非凭空捏造，他所根据的是一种呈示巫术吉凶意义的"天启"，所谓"天垂象，见吉凶"也，这种"天启"就是河图、

---

[1]　黄寿祺、张善文：《周易译注》，上海古籍出版社，2007，第392页。

[2]　同上书，第427页。

[3]　同上书，第402页。

[4]　同上书，第392页。

洛书，就是制作八卦所遵循的原则。

这四点关于八卦缘起的论述，尽管并非一人一时之论（因为《易传》原非一人一时之作），但大体上反映出中华古人对这一问题的综合见解，总的来说，都触及了八卦的文化原型问题，而角度是各不相同的。

第一点侧重谈论的是八卦的自然本质，即将太极看作八卦的文化原型。由于一般认为太极为淳和未分之元气，是始存、弥漫于整个宇宙之中的一种"无"，我们毋宁将其看作一种逻辑意义上的八卦的文化基因（关于太极，待后文再作论述）。而倘如汉代某些易学家那样将太极解释为北极星之类，尽管这一见解是从客观自然角度出发的，由于比较坐实，则将北极星指为八卦之源的观点，也许显得有些牵强了。

第二点主要从《周易》筮法角度论述构成八卦的基本元素阴爻、阳爻的基础是数与数的运演，从而揭示象数"相倚"（互渗）的巫术性，这在第一节中已有所论证。

第三点说的是伏羲氏的制卦方式，但也并非与八卦的文化原型问题全然无涉。按照第一点的看法，既然八卦是由太极运动裂变而来，则这种自然之易的天然"密码"，只有伏羲氏这样智慧卓绝的圣人才能译识，就是说，只有圣人才能与这种八卦的文化原型"对话"，或者说，也只有这样的八卦原型才能启悟圣人的心智从而创立八卦，所强调的是与八卦之文化原型相联系的圣人。关于圣人的人格之美，后文自有论及。

第四点明确指出河图、洛书是八卦的文化原型。这正是本节着重论证的内容。

从这四点论述的任何一点看，都在说明八卦及其原型在于巫术占筮以定吉凶，这正是原始易学是巫学的一个有力证据。需要补充的是，从行文看，这里第三点论述似乎并未谈到八卦与巫术的关系，而实际上伏羲氏的所谓"仰观俯察"之类，是一种原始风水（形法）之法，风水也是与巫术、巫学相联系的（尽管不无迷信）一门学问，是谓堪舆之学。

河图、洛书是两种图象，据黄宗羲《易学象数论》卷一所记，始传自道门中人陈抟，后有刘牧根据河图、洛书著《易数钩隐图》，才为世人所知。宋代朱熹首次将图、书列于《周易本义》卷首，于是自宋以降，易著中图、书愈繁。

而早在朱熹之前，已有周敦颐传陈抟之太极图，一改宋之前《易》注未尝有图的惯例。

这并不等于说，河图、洛书之符号模式纯为宋人虚拟。尽管图、书为宋以前所未见，其文字记载却不绝如缕。

先秦时期，由孔子后学编撰的孔子言论集《论语》称，"子曰：'凤鸟不至，河不出图，吾已矣夫'"①。大约与前引《易传》关于"河出图、洛出书，圣人则之"的言论基本属于同一时代。《尚书》有所谓"大玉夷玉天球河图在东序"②之说。《管子》说："昔人之言受命者，龙龟假，河出图，洛出书，地出乘黄，今三祥未见有者。"③以后在汉代刘歆、孔安国、扬雄、班固以及郑玄的著论中也时有提及。

这种情况，可说明以下两点：

其一，虽然古人有托古、拟古之习气，但从所记颇为众口一辞的言论看，图、书之说可能有所本。又从往往语焉未详这一点推测，这种河图、洛书也许只是传闻而已。可能上古时代确有此图、书，由于时代久远，到春秋战国遂成传说。然而从先秦、两汉典籍对此耿耿于怀的情况看，虽为片言只语的传闻，但也不能说图、书之说纯属虚构。

其二，这种图、书之说发展到汉代，大致上有一种愈显清晰的态势。比如，在孔安国和刘歆那里，前者说："河图者，伏羲氏王天下，龙马出河，遂则其文以画八卦。洛书者，禹治水时，神龟负文而列于背，有数至九，禹遂因而第之，以成九类。"④后者曰："伏羲氏继天而王，受河图而画之，八卦是也。禹治洪水，赐洛水，法而陈之，九畴是也。河图、洛书相为经纬，八卦、九章相为表里。"⑤而扬雄《太玄》则认为："一与六共宗，二与七为朋，三与八成友，四与九同道，五与五相守。"所谓"两两相合，朋友会也"⑥。在该书《太玄数》篇

---

① 杨伯峻：《论语译注》，中华书局，1980，第89页。

② 孙星衍：《尚书今古文注疏》，中华书局，1986，第492页。

③ 黎翔凤：《管子校注》（上），中华书局，2004，第426页。

④ 朱熹：《易学启蒙》引孔国安国，中国书店，1991。

⑤ 班固撰，颜师古注：《汉书》（第五册）卷二十七，中华书局，1960，第1316页。

⑥ 扬雄：《太玄·太玄图》，司马光集注，中华书局，1998。

中，扬雄又说："二八为木，为东方；四九为金，为西方；二七为火，为南方；一六为水，为北方；五五为七，为中央，为四维。也皆两两相配，以成事物。"这说明河图、洛书之说在西汉时期已初具理论框架，因为按扬雄的这一理论说明，可以画出图式。

河图、洛书图式，均不著文字，似给人一种文字发明之前就已有之的古貌。

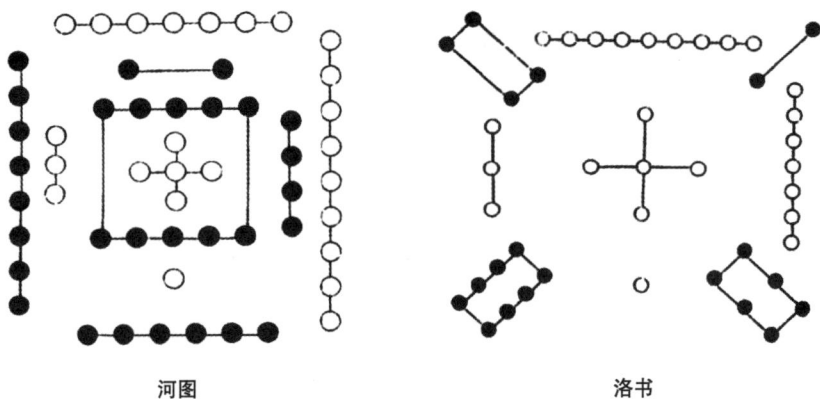

河图　　　　　　　　　　　洛书

河图：其平面为正方形，以黑圆点表示偶数（阴）、以白圆点表示奇数（阳），共有一至十这十个自然数有序地分布于东西南北中五个方位，这在图上看亦即上下左右中五方，为象征天地运行，故以奇数（阳）象征天数，以偶数（阴）象征地数。朱熹释图、书之义尤详："河图之位，一与六共宗而居乎北，二与七为朋而居乎南，三与八同道而居乎东，四与九为友而居乎西，五与十相守而居乎中。盖其所以为数者，不过一阴一阳，以两其五行而已。所谓'天'者，阳之轻清而位乎上者也；所谓'地'者，阴之重浊而位乎下者也。阳数奇，故一三五七九皆属乎天，所谓'天数五'也；阴数偶，故二四六八十皆属乎地，所谓'地数五'也。天数、地数各以类而相求，所谓五位之相得者然也。天以一生水，而地以六成之；地以二生火，而天以七成之；天以三生木，而地以八成之；地以四生金，而天以九成之；天以五生土，而地以十成之。"①

洛书：其思维模式实与河图相一致，平面亦为正方形，亦以黑圆点表示

---

① 朱熹：《易学启蒙》，中国书店，1991。

偶数（阴）、白圆点表示奇数（阳），然只取一至九这九个自然数构成有序排列，也蕴涵着东西南北中的方位概念及其相应的五行观念。其数的布局是：一居北（下）、三居东（左）、五居中、七居西（右）、九居南（上），为四正一中心；又二居西南（右上）、四居东南（左上）、六居西北（右下）、八居东北（左下），为四隅。朱熹说："河图以生出之次言之，则始下、次上、次左、次右以复于中而又始于下也；以运行之次言之，则始东、次南、次中、次西、次北，左旋一周，而又始于东也。其生数之在内者，则阳居下左，而阴居上右也；其成数之在外者，则阴居下左，而阳居上右也。"

洛书有所不同：

> 洛书之次，其阳数，则首北、次东、次中、次西、次南；其阴数，则首西南、次东南、次西北、次东北也。合而言之，则首北、次西南、次东、次东南、次中、次西北、次西、次东北而究于南也。其运行，则水克火、火克金、金克木、木克土，右旋一周，而土复克水也。

虽然河图、洛书之思维模式本相一致，但二者在数的象征意义上仍有差异。

> 圣人则河图者虚其中，则洛书者总其实也。河图之虚五与十者，太极也；奇数二十、偶数二十者，两仪也；以一二三四为六七八九者，四象也；析四方之合以为乾坤离坎，补四隅之空以为兑震巽艮者，八卦也。洛书之实，其一为五行，其二为五事，其三为八政，其四为五纪，其五为皇极，其六为三德，其七为稽疑，其八为庶征，其九为福极：其位与数尤晓然也。[①]

无论河图还是洛书，都蕴涵着盛于汉代的阴阳五行与五方观念，并且与数之观念相融合。这在扬雄《太玄》关于图、书的文字说明中已经可以看得很清楚。这并非偶然。西汉京房易学有五行说，用以解释《周易》卦爻象与卦爻辞

---

① 朱熹：《易学启蒙》，中国书店，1991。

的吉凶观。京房以金木水火土五行解易，比如《周易》六十四卦之一的姤卦，京房这样解释："阴爻用事，金木互体，天下风行曰姤。"姤卦卦体结构巽下乾上，这是以乾为金、巽为木，以金木相遇释《周易·姤大象》"天下有风"之意义，又释震卦曰："属于木德，取象为雷。"[①]京房有八卦爻位说，以八卦配五行。又如东汉郑玄易学有五行五方说。郑玄对《易·系辞》的大衍之数和天地之数这样解说：

> 数者五行，佐天地生物成物之次也。易曰：天一地二，天三地四，天五地六，天七地八，天九地十。而五行自水始，火次之，木次之，金次之，土为后。木生数三，成数八。[②]

> 天一生水于北，地二生火于南，天三生木于东，地四生金于西，天五生土于中。阳无隅，阴无配，未得相成。地六成水于北，与天一并。天七成火于南，与地二并。地八成木于东，与天三并。天九成金于西，与地四并。地十成土于中，与天五并也。大衍之数五十有五，五行各气并，气并而减五，惟有五十。以五十之数不可以七八九六，卜筮之占以用之，故更减其一，故四十有九也。[③]

汉易的这种文化智慧，一方面下启宋易及宋以降的图、书之学，另一方面又直接上承主要保存在《易传》中的先秦战国中后期的易学。《易传》对河图、洛书只说了"河出图，洛出书，圣人则之"一句话，但对八卦的成因、文化本质及其象征意义等则叙说甚详。比如，后世所出之文王八卦方位图即后天八卦方位图，就是根据《说卦传》所谓"帝出乎震，齐乎巽，相见乎离，致役乎坤，说言乎兑，战乎乾，劳乎坎，成言乎艮"[④]的论述而创制的。这一八卦方位图四正位置上的震离兑坎四卦，是与图、书之方位，时令及五行的表述相对应的。

---

① 京房：《易传》，九州出版社，2010。

② 郑玄：《礼记正义·月令疏》，中华书局，1981。

③ 同上。

④ 黄寿祺、张善文：《周易译注》，上海古籍出版社，2007，第431页。

这种两相对应的智慧其实来自《易传》。所谓震为雷、雷始闻于春，震在东方；离为火，以火热之气象征夏，南方气候温热，故离在南方；兑为悦，取秋时稼禾成熟令人喜悦之义，故兑在秋。兑又为西方之象征，《周易正义》："兑西方之卦，又兑主秋也。"兑之方位在《周易》筮法中属少阴之位，位于西方；坎为水，水性下注，其处必陷，水遇寒则冰，北方之卦也。《说文》："水，准也，北方之行，象众水并流，中有微阳之气也。"微阳之气始于冬。又，震为木，离为火，坎为水，坤为土，兑为悦，又为毁折、为刚，故配金。《易传》称："万物出乎震，震东方也。齐乎巽，巽东南也。""离也者，明也，万物皆相见，南方之卦也。""坤也者，地也，万物皆致养焉，故曰致役乎坤。兑，正秋也，万物之所说（悦）也，故曰说乎兑。战乎乾，乾西北之卦也，言阴阳相薄也。坎者，水也，正北方之卦也。""艮东北之卦也。"[1]这里，对后天八卦的方位布置进行了颇为详尽的描述，可根据这种方位设计绘制后天八卦方位图，其体制，实与图、书的配置相一致，潜蕴着阴阳五行与五方的思想观念。

　　《易传》关于八卦方位的智慧包含阴阳五行与五方的思想因素，这种思想因素的出现，又与《易传》时代基本同时的战国邹衍的阴阳五行智慧相一致。邹衍（前305—前240）是战国晚期的齐国人，生年比孟子稍后，其著论有《汉书·艺文志》所录《邹子》四十九篇及《邹子终始》五十六篇，俱已亡佚。其学说重在"谈天""五德终始"。"邹衍之术，迂大而宏辨……故齐人颂曰：'谈天衍。'"[2]"邹衍之所言，五德终给，天地广大，书言天事，故曰谈天。"[3]邹衍所谓"五德"，即《尚书·洪范》所言水、火、木、金、土五种物质，也称为"五行"。《洪范》："五行：一曰水，二曰火，三曰木，四曰金，五曰土。水曰润下，火曰炎上，木曰曲直，金曰从革，土爰稼穑。"《洪范》虽称来自"上帝"传授，是上古之言，所谓"天乃锡禹洪范九畴"，五行乃九畴之一，实际《尚书·洪范》作于战国已有定说。因此，《洪范》篇中的五行思想与邹衍的五行观念出于同一时代当更可信。而据《史记》称邹衍作"《终始》《大圣》之篇

---

① 黄寿祺、张善文：《周易译注》，上海古籍出版社，2007，第431—432页。

② 司马迁：《史记·孟子荀卿列传》，中华书局，2009。

③ 张文虎：《校刊史记集解索引正义札记》，引刘向《别录》，中华书局，1977。

十余万言"之说，推断邹衍为先秦阴阳五行文化智慧之集大成者，并非不实之辞，顾颉刚先生称邹衍是"齐国的一位有名学者，是一个伟大的探索宇宙问题的思想家，一手组织了历史和地理的两个大系统，奠定了后代阴阳五行学说的基础"①。

这说明《易传》八卦文化智慧中渗透着先秦以邹子为代表的阴阳五行观念，但并不等于说在邹衍之前中华古代并无阴阳五行智慧的萌芽，也并不能证明《易传》十文都在邹衍之后。

考五行文化智慧，原始于中华古代对万物相生相胜关系即运动变化关系的原朴理解，它是无尽万物彼此制约、互生形态的一种经过人脑思辨而产生的简化模式。所谓木胜土，金胜木、火胜金、水胜火、土胜水，是将复杂多变的万物关联域大大约简了，以便于思辨理性的逻辑性操作。阴阳五行的这种简化动态流程正是八卦文化智慧所可容纳的，因为《周易》八卦原本于天时之运化。八卦之天地雷风水火山泽八种事物构成自然宇宙的基本事物，也是一种将万物大大约简化了的思辨模式，所以八卦的流转可与动态的阴阳五行相融通。然而据《易传》的见解，八卦之八种基础事物是父母与子女的关系，其中天地为父母，雷风水火山泽为父母庇荫之下的三男三女。而天地之关系也不是对等的，实际是以天为唯我独尊。《周易》六十四卦以乾卦（象征天）为首卦、坤卦（象征地）为第二卦，其意自明。所以，八卦原是崇天的。相比之下，五行之水木火金土虽具相生相胜关系，而古人尤重五者之相胜。在相胜关系中，又在实际上是崇土的，土居八卦之中宫位置，其意亦明。这种思想在后天八卦和先天八卦方位图中是隐潜着的。如果不能看得真切，则这一点在八卦之前身的河图、洛书中显得十分明确。这两个图式都将土居于中央，以数字五象之。土即地，因而可以说，中华古代的五行观是尚地的。关于这一点，清代易学家陈梦雷云："河图洛书，皆五居中而为数"，"在地为五行"，"五者，数之祖也；数始于一，备于五"。②

① 顾颉刚：《邹衍及其后继者的世界观》，《中国古代史论丛》第2辑，福建人民出版社，1981。
② 陈梦雷：《周易浅述》卷七，上海古籍出版社，1983，第1037页。

由此可见，八卦方位图是《周易》崇天思想与五行观尚地思想相结合，以崇天为主、尚地为从所建构起来的，是二者文化智慧的有机拼接。

在五行说中，古人之所以独采水木火金土构成其基本物质转化之链，看来与古代"五材"说有关。殷周冶铜业发达，古人可能从冶炼青铜的实践中，发现从木炭燃火、溶铜矿石为铜液、再凝固为固态青铜的过程，实际包含从木（木炭）、到火（炉火）、到土（加入矿石）、到水（熔化为铜液）、到金（青铜器）的物质转化，经过比附性抽象，可能产生一种素朴的文化智慧，认为万物之生成、转化与相互制约，犹如青铜之熔铸，遂成五行之观念。[①]这种文化智慧的逻辑是，先将万物（百物）约简为五物（五行），再认定"五行"生万物。所以《国语》称："故先王以土与金木水火杂以成万物。"[②]又说："及地之五行，所以生百物也。"[③]这里，春秋时人以"土"为五行之先，又称"地之五行"，可证前文我们关于五行说"尚地"的看法并非妄断。

既然五行文化智慧的发蒙与殷代冶铜业的兴起有关，则其源起时代不能早于殷商。由此不难理解，《周易》八卦关于"五行"观的生成，大约也肇始于殷代。

至于《周易》八卦文化智慧的方位观念，其源起亦古。这种方位观念是一种逐渐累积的中华氏族的集体意识，蒙生于初民在地球东部生活，与地球、太阳、月球所构成的空间位置关系。古人以庐舍为中，向阳为南，背阴为北，左侧为东，右侧为西，实际是以人、人的居住活动地域为中，由此再分出南北东西四方，是人的自我意识、自体保护意识与空间观念的初步体现。从现存甲骨卜辞看，中华初民的方位观念起源甚早，胡厚宣曾发现武丁时的一块牛骨，其卜辞云：

> 东方曰析，凤曰劦。
>
> 南方曰因，凤曰凯。

---

① 参见何新：《论五行说的来源》，载《宇宙的起源：〈楚帛书〉与〈夏小正〉新考》，中国民主法治出版社，2008。

② 《国语·郑语》，上海古籍出版社，1978。

③ 《国语·鲁语》，上海古籍出版社，1978。

西方曰夷，凤曰未。

北方曰伏，凤曰殴。

可见当时已有四方观念，加上"我"之所在地就是五方。其中"析"为
曦、为羲，东方之神；"因"为南方之神；"夷"为西方之神；"伏"为北方之神。
"凤"在甲骨文中通假为"风"，为风神。这反映出初民对东南西北四方远处由
于人力所未达而产生的恐惧心理与神秘观念。后来"人王"观念愈趋增强，亦
成古人心目中一位大神，从而取代作为初民集体之"我"的空间位置，成为中
央之神，此即所谓无所不在、无所不能的黄帝。然而黄帝的加入是较为晚近的
事。先秦易学还保持着四方之神（帝）的古貌，且与四时结合，以数象之，自
成一统。《吕氏春秋》云：

> 其日甲乙（甲乙，木日也——东汉高诱注，下同），其帝太皞（伏羲
> 氏以木德王天下之号，死祀于东方，为木德之帝）……其数八；
>
> 其日丙丁（火日也），其帝炎帝（少典之子，姓姜氏，以火德王天下，
> 是为炎帝，号曰神农；死托祀于南方，为火德之帝）……其数七；
>
> 其日庚辛（金日也），其帝少皞（帝誉之子，以金德王，号为金天氏，
> 死配金，为西方金德之帝）……其数九；
>
> 其日壬癸（水日也），其帝颛顼（黄帝之孙，以水德王天下，号汤氏，
> 死祀为北方水德之帝）……其数六。[1]

显然，这里依次"甲乙"为春、"丙丁"为夏、"庚辛"为秋、"壬癸"为
冬。从"数"看，又是"数八"为春为木、"数七"为夏为火、"数九"为秋为
金、"数六"为冬为水。

这一数序，与河图外围四方所配置的数字依次对应。河图以数纪天地之
化育，有一个天地人的共生结构，王夫之说，河图中外之象，凡三重焉。七、
八、九、六，天也；五、十，地也；一、二、三、四，人也。可见《吕氏春

---

① 《吕氏春秋·十二纪》，《诸子集成》第六册，上海书店，1986。

秋》作者的学术智慧，已有河图之数隐约存矣。该书成于战国末年，可见起码在先秦晚期，学界已知河图数理。《吕氏春秋》的这一条材料，为那种认为图、书纯为宋人虚创的易学见解增添了困难。今有治易者说："河图、洛书的图式，据现在所见到的则是由扬雄在《太玄经》里提出来的。"①我们参照《吕氏春秋》，觉此说不确。图、书之论，并非扬雄首创，而是早在先秦已有端绪。

总之，《周易》八卦的文化原型是蕴涵阴阳五行观念的图、书之数与数的有序排列，故可从河图、洛书推演出八卦方位图式，并以八卦方位的配置表示阴阳五行的流布。

然而更值得注意的，是图、书与原始巫术的关系问题，由此可进一步证明"原始易学是巫学"的观点。

其一，我们可从前文已经引用孔子所谓"凤鸟不至，河不出图"的言论见出，孔子将河图与凤鸟并提。凤鸟是先秦古人心目中的祥鸟，由此可证，河图亦是古人所认同的吉祥之物。吉祥与否的文化观念，正是中华原始巫术的基本观念。这一点也在前引《管子·小匡》中得到证实。《管子》明确地将"河出图""洛出书""地出乘黄"称作"三祥"。"祥"者，祥端之谓也。可见古人将图、书这种所谓自然之易的出现认作吉兆。吉兆与凶兆对举，同样是中华原始巫术的一对基本范畴。传说中的河图是黄河之龙图、洛书为洛水之龟书，实际是指龙（蛇）身上的图式和灵龟身上的纹象。由于对龙、龟的崇拜，原始初民自然会把河、洛中出现的龙、龟之纹式认作吉祥之符，并且将人（尤其是圣人）的智慧创造看作受启于河图、洛书，于是便有"圣人则之"而制八卦的神话。尽管对所谓"河出图、洛出书"两大样机出现于何时在汉易中就有争歧，但是有一点却是争辩双方一致认同的，这便是都以龙、龟为呈现大吉大利的崇拜对象。比如汉代刘歆说："虙羲（伏羲）氏继天而干，受河图，则而画之，八卦是也。禹治洪水，赐洛书，法而陈之，洪范是也。"②这是将河图之出和洛书之出分归于伏羲、大禹两个时代，而《礼纬·含文嘉》则绝口不提夏禹："伏羲德合

---

① 乌恩溥：《周易：古代中国的世界图式》，吉林文史出版社，1988。
② 班固撰，颜师古注：《汉书》（第五册）卷二十七，中华书局，1960，第1315页。

上下，天应以鸟兽文章，地应以河图洛书，乃则以作《易》。"可是，两说在标举龙、龟问题上，是异口同声的，即相信龙、龟是吉象。这一点直到唐代易学，仍未有改变。李鼎祚云："河以通乾，出天苞；洛以流坤，吐地符。河，龙图发；洛，龟书成。"[1]这种陈陈相因的龙、龟观念包含着一个顽强的巫术文化意识，即当中华初民认龙（蛇）、龟为图腾前，已有巫术发明，且将龙、龟看作吉祥之物。发展到商代，才将龙、龟之中的龟（龟甲，还有牛骨之类）用作卜具灵物。

其二，考洛书之数的有序排列，实为龟象，即龟背区域的自然生成与洛书数之区域的人为排列具有同构性，则这种人为之数实乃得启于龟象。洛书的数序分九个区域，即发育为八卦的四正四维与中宫（见下表），这在洛书中可以看得分明，即北1、南9、东3、西7、西南2、东南4、西北6、东北8与中央5。而龟背甲的生理结构，亦依纹路可分为九个区域。龟背中央脊甲为五块，合为一区，中央脊甲四周背甲为八块，分为八区，所以朱熹说：

洛书盖取龟象。故其数戴九、履一、左三、右七、二四为肩、六八为足。[2]

4	9	2
3	5	7
8	1	6

说明中华古人在制作洛书时，其灵感可能来自龟象。而龟为占卜之灵物，素称"宝龟"，殷人尤以龟甲为占卜之物，占卜是比占筮历史更为悠久的中华

---

[1] 李鼎祚:《周易集解》，上海古籍出版社，1989。

[2] 朱熹:《周易本义·朱子图说》，第1—2页。

原始巫术，这是常识，毋庸赘述。由此可见，作为八卦文化对应的洛书原本于巫术。

问题还不仅如此，近年有学者指出，《周易》八卦符号与半坡鱼纹在数字与方位观念上具有对应同构关系[①]。西安半坡新石器晚期彩陶鱼纹具有分别表示从一至九条鱼的数的神秘意蕴，这种鱼纹彩陶是祭器，并设祭场，其数据图也是南九北一、东三西七、东南四西北六、西南二东北八、中央五，实与今日所言洛书相同。这实际上就是一种原始的八卦雏形。这一学术观点倘能成立，则《周易》八卦文化智慧的源起，大约可追溯到新石器晚期。

同时，八卦用于占问、其文化智慧源起于巫术这一点还可从有关出土文物中见出。据《文物》（1978年第8期）报道，在1977年春安徽阜阳双古堆西汉汝阴侯墓葬发掘物中，有一"太乙九宫占盘"，其正面"是按八卦和五行属性（水火木金土）排列的。九宫的名称和各宫节气的日数与《灵枢经·九宫八风篇》篇首图完全一致。小圆盘的刻划则与河图洛书完全符合。"[②]此占盘从圆心向四周划出四条等分线，将占盘划分为八个区域，加上沿圆心四近以及圆心为九个区域。八个区域分别以"一君"对"九百姓"，"三相"对"七将"以及"二"对"八"，"四"对"六"，围绕圆心又刻"吏""招""摇""也"四字，连同圆心为五，这占盘的区域方位及数序排列其实隐潜着一个洛书图式（与河图不符），同样隐藏着龟象。尽管这占盘的刻字内容已经打上了汉人的智慧烙印，仍然从中透露出可能起自新石器晚期的"河洛"文化思维与意绪的原朴古貌，渗融中华原始巫术文化智慧的历史遗韵。

其三，从参与构建河图、洛书文化观念的阴阳五行看，也留存着原始巫术的遗影。西汉京房《易传》曾说：生吉凶之义，始于五行，终于八卦。前文已有提及，数术略之书曾将五行列于古代数术之一、与蓍龟之类并提，数术即中华原始巫术或是与巫术相关的方术，可见阴阳五行本与巫术互纠相缠。水木火金土有相生相胜（克）关系，这种关系与巫术中的顺应和逆对是同构的。相

---

① 参见赵国华：《八卦符号与半坡鱼纹——从印度的六字真言说起》，载《考古学文化论集》第2辑，文物出版社，1989，第274—339页。

② 王襄天：《阜阳双古堆西汉汝阴侯墓发掘简报》，《文物》，1978年第8期。

生即顺应，吉；相胜即逆对，凶，是谓巫术禁忌。古人认为五行相克、出现紊乱而互相触犯，则会发生种种灾变，这一巫术文化观念后来保留在《春秋繁露》中：

> 火干木，蛰虫蚤出雷早行；土干木，胎夭，卵毈鸟虫多伤；金干木，有兵；水干木，春下霜；土干火则多雷；金干火，草木夷；水干火，夏雹；木干火则地动；金干土则五谷伤，有殃；水干土，夏寒雨霜；木干土，倮虫不为；火干土，则大旱；水干金，则鱼不为；木干金，则草木再生；火干金，则草木秋荣；土干金，五谷不成；木干水，冬蛰不藏；土干水，则蛰虫冬出；火干水，则星坠；金干水，则冬大寒。[1]

五行又指天之五星，即金星、木星、水星、火星和土星，有所谓"五星者，五行之精"[2]的说法。中华远古有占星之术，所谓五星占、日占、月占、恒星占等等自古有之，于汉为烈，这又是巫术的表现。《史记·天官书》对占星术记载甚详，认为高辛氏之前掌管天文星象与占星的是重、黎，唐虞时代为羲、和，夏代昆吾氏，殷商巫咸，一直到周代为史佚、苌弘，春秋时宋国有子韦、郑国裨灶，战国时齐国的甘公（甘德）、楚国的唐昧、赵国的尹皋以及魏国的石申等人，都是有名的占星家。《汉书·艺文志》称："天文者，序二十八宿，步五星日月，以纪吉凶之象。"比如占星家指出，木星东方青帝之星、主春，决丰歉。如见木星"赢"（顺行），国事安宁；"缩"（逆行），其国堪忧，将亡国倾败也。火星南方赤帝之星，主夏，定旱涝。如见火星"顺逆无常"，世多暴乱、饥馑、死丧。金星西方白帝之星，主秋，主兵、主刑杀。如见金星出入不定，就是战乱、弑君的征兆。水星北方黑帝之星，主冬，主水、主刑。如见水星"变怪"，水灾不调之象。土星中央黄帝之星，主季夏，主土。如见土星运行失序，则会发生地震、丧国的灾变。还有所谓"望气""风角"之类，都是中华远古流传下来的原始巫术，是以云气之形状、变幻和依据风的方向、强弱、声响

---

[1] 董仲舒：《春秋繁露·治乱五行》，上海古籍出版社，1989。
[2] 瞿昙悉达编：《荆州占》，《唐开元占经》卷十八引，中国书店，1989。

来占验吉凶的一种方术。总之，中华古代的巫术十分发达，古人有云：

> 掌天星以志星辰日月之变动，以观天下之迁，辨其吉凶。以星土辨九州之地，所封之域，皆有分星，以观妖祥。以十有二岁之相观天下之妖祥。以五云之物辨吉凶、水旱、降丰荒之祲象。以十有二风察天地之和，命乖之妖祥。[①]

而五行观渗入于中华原始巫术文化智慧之中，是这种巫术的特色。

---

① 徐正英、常佩雨译注:《周礼》，中华书局，2014。

第二章　转换：从巫学智慧到美学智慧

　　《周易》本经所蕴涵的文化智慧原为巫学智慧，它是一个颇为原朴、混沌的智慧之集成，蕴涵着先秦哲学、自然科学、原始宗教学、历史学、政治伦理学、文字学与美学等文化智慧的萌芽因素。发展到《易传》，各种文化智慧的萌芽因素有的已成参天之巨树，果实累累，如哲学与政治伦理学，这在《易传》中最为灼华繁丽，其文化智慧的思维深度，令后人惊羡；有的大约由于文化土壤与文化气候不宜其长之故吧，比如宗教学，就未能及时地在原始巫学的文化基地上得以生气勃勃地滋长，大致上仍然蹒跚地徘徊在原始巫术文化智慧的历史"阴影"之中。《易传》所谓"神"，远不是西方古人心目中敬畏的上帝，不是创造一切、主宰一切的救世主，在《易传》的神学观念中，没有西方古代基督教那样的"原罪"的感觉、思维和情感。《易传》十篇保存了那么多的巫学智慧材料，就是一个明证，这值得深思。而古代中华的美学智慧，作为众多文化智慧之最"自由"的部分，却风姿英爽、独具一格地成长起来了。从《周易》本文到《易传》，完成了从原始巫学智慧向美学智慧历史、时代和心理的文化转换。这美学智慧的原朴、深沉和激越，无疑是中华美学灿烂而躁动的日出。

第一节　《周易》巫学智慧的基本文化内蕴

　　从《周易》本经的巫学智慧到《易传》美学智慧的文化机制的转换，是一个有待揭开的文化学—美学的理论之谜。可以说这在以往的《周易》研究和美学研究中，基本上是一个被忽略、从未认真加以探讨的课题。而为了努力揭示这种文化智慧转换的历史机制和心理机制，先得看看《周易》巫学智慧的文化内蕴究竟是什么，因为这是讨论这一问题的重要理论基石。《周易》本文（即所谓上古易与中古易）以及《易传》（即所谓下古易）中所保存的巫学资料甚多，可以为我们提出、分析和解决这一问题提供依据。

这里，仅从上古易和中古易看，《周易》六十四卦是用以占筮的，它是一部巨大的中华古代的巫术占筮"机器"，这用《易传》的话来说，叫作"观变于阴阳而立卦"。八卦也原是用以巫术占筮的，其历史自然比六十四卦古得多。八卦所象征的八种基本事物——天地雷风水火山泽，其实是中华古人进行巫术占筮的八种最主要的自然事物，从中可以隐约见出远古进行星占、日月占、望气及风角等巫术的历史遗痕。从文字学角度看，卦字从圭从卜。圭者，土圭，是为探测日影、月影的一种人工土堆。初民在大地上堆起高高的土堆，是谓土圭，以土圭之日夜、一年四时在大地上投影的消长变化，来观察、推断天时的运行，是一种蕴涵着原始天文智慧的原始巫术活动和远古暦景的一种形式。这从卦字、从卜中也可见出，易卦的发明原是进行巫术占筮的。卜者龟卜，意在卜问。

同时，大凡《周易》六十四卦三百八十四爻的卦辞与爻辞，多是经过巫史整理、编排的筮辞，这一点不少易学家早已指明。李镜池指出，"我对于《周易》卦爻辞的成因有这样的一个推测，就是，卦爻辞乃卜史的卜筮记录"[1]，并进而综观卦爻辞记叙之体例，认为人约有六种：

（一）纯粹记吉凶与否之辞。如，乾："元亨，利贞。"恒·六二："悔亡。"

（二）纯粹记叙占事而不记吉凶与否之辞。如，坤·六二："履霜，坚冰至。"坤·上六："龙战于野，其血玄黄。"

（三）先记叙占事而后吉凶之辞。如，乾·上九："亢龙，有悔。"坤·六五："黄裳，元吉。"

（四）先记叙吉凶后占事之辞。如，谦·六四："无不利，扬谦。"颐："贞吉。观颐，自求口实。"

---

① 李镜池：《周易探源》，中华书局，1978，第21页。

（五）记叙占事、吉凶；又记叙占事、吉凶之辞，这可能是两条占筮记录的合写。如，随·九四："随有获，贞凶。有孚在道，以明，无咎。"

（六）无规则的混合式之辞。如，坤："元亨，利牝马之贞。君子有攸往，先迷后得主。利西南得朋；东北丧朋。安贞吉。"

每一卦、爻辞往往都记载一个或两个之类的筮例，只是有的使人看得很分明，有的说得比较模糊罢了。如，乾·九五："飞龙在天，利见大人。"这是一个吉爻，以巨龙高飞长空为吉兆，预示圣贤、伟者的必然出现。小畜·九三："舆说（脱）辐，夫妻反目。"此爻辞说，车轮直木散脱解体，这是夫妻反目离异的凶兆。同人·初九："同人于门，无咎。"刚出门就巧遇同道者，是这次离家远行的吉利之象。豫·初六："鸣豫，凶。"欢乐过甚、自鸣得意，是凶险之兆（真所谓"乐极生悲"也）。损·六五："或益之十朋之龟，弗克违，元吉。"这是说有人进献价值"十朋"的大宝龟，不要推辞，这是好兆头（因为龟为灵物）。灿·九四："鼎折足，复公餗，其形渥，凶"。这是指出，鼎器之足折损，鼎中王公祭品倾复，鼎器及地面沾濡不净，这是凶险之象。这样的筮例在《周易》卦爻辞中俯拾皆是，简直不胜枚举。

不仅如此，《周易》本文卦爻辞中尚有直接谈到巫术占筮的（至于《易传》中直接讲到占筮者就更多了），凡有三处。革·九五："未占，有孚。"意思是说，还未开始进行占筮，就已经相信占验的结果了。蒙："初筮告，再三渎，渎则不告。"这是说占筮的态度，必须绝对恭敬谦信，无论吉凶，只筮一次，不能因为初筮为凶就不信，再筮、三筮一定要筮出个吉来。否则，"神明"受了亵渎，就不告诉、不指示你的命运休咎了。比："吉。原筮，元永贞，无咎。"这是说人的命运与巫术占筮有一种亲比关系，趋吉避凶。人之处事行动应原遵筮告，永远信从贞问结果，就不会有咎害。这便是"卜筮不过三"[①]"不贰问"[②]。由此可见，《周易》占筮是"决嫌疑，定犹豫"[③]的，必问休咎、明吉凶卜筮才保平安。中华古人对巫术占筮何等虔诚与迷信。

---

① 《礼记·曲礼》，中华书局，1989。

② 《礼记·少仪》，中华书局，1989。

③ 《礼记·曲礼》，中华书局，1989。

　　无疑，在《周易》本文及其辅文《易传》之中，储存着极为丰富的巫学智慧。正因为《周易》原本巫术占筮之书，才在信神灵、笃方术的始皇心目中神圣不可侵犯，才得以逃避秦火而后存。其巫学智慧源远流长，直至今日还在影响着人们的头脑。

　　那么，《周易》巫学智慧的文化内蕴是什么呢？

　　首先，《周易》巫学智慧的起始，就在人类与自然之关系这一人类文化母题之中。人改造自然，同时自然也改造人。人在改造自然的实践中使人自身的一切文化智慧得以无穷的启蒙与发展，而自然在人面前将永远设置无尽的难题。在人类诞生之后，人的文化智慧与自然（包括社会）的继续同时"生成"与"发育"，是宇宙人生的一条普遍永恒的规律。人的全部社会实践包括人改造自然和改造自身两大类。在人的社会实践中由于自然的"反作用力"，无疑会时时碰到暂时无力克服的难题和无法逾越的障碍，这一点在原始社会时期尤其如此。当人类在原始社会里由于社会生产力（包括人的体力和智力）的极度低下，而一时无力克服由自然所施加的种种压力与障碍又不愿屈服这种种压力与障碍时，加上原始"万物有灵"文化观念的催激，可能促使原始人类的思维与情感、意志等从人的一般社会实践领域"挪移"，相信可以通过另一种"实践"手段，即后来所谓巫术企图达到人改造自然与人自身的预期目的。这便是巫术的起源。

　　巫术的起源有以下三大文化要素：

　　（一）自然难题暂时无以克服与解答；

　　（二）人盲目相信自己能够解决一切自然难题；

　　（三）人的头脑中存在着"万物有灵"包括鬼神观念等。

　　因而，巫术的文化本质是一种"倒错"的"实践"。在于它是对一般社会实践的一种无可奈何的"补偿"。巫术文化的悲剧性是历史性的、带有全人类的特点。然而由于人迷信自身的力量能够面对自然的一切挑战，这种巫术文化智慧的表层却又呈现出乐观自信的特征。本质上说，巫术是人类童年的一种稚浅的文化行为与文化心智。巫术这部"文化机器"是依靠一定的神灵观念为动力和润滑剂得以运转的。然而人并非在神灵面前彻底跪下，巫术的"力量"与"灵验"，是人对自身的一种神化。这一点正是巫术与宗教的根本区别。

一个完整的巫术行为和巫术过程，大凡应具备以下因素：其一，先兆迷信；其二，预期目的；其三，操作过程；其四，物物、心物、人神之间的神秘感应。人在长期社会实践中的每一成功实践，必启发人智不断发现、思考其成功的缘由，激发起人对事物发展之前因后果的关注的热情，于是便产生了"前兆"这一文化观念，领悟事物在发展变化之前可能会产生某种不应忽视的迹象。正确的前兆观中包含了丰富的知识，比如，中华古人很早就注意到井水的突然上升或是下落、诸种动物的惊恐不安等是地震的前兆，由此化为知识，用以预测地震。大量自古流传下来的农谚保留了许多关于天象变化前兆的农时知识。出海捕鱼的渔民，也掌握了许多天象与海象变化的前兆知识，成为渔业丰收、保障自己生命安全的思想武器。然而，当人在实践中到处碰壁、受到大自然严厉惩罚之时，人们便也胡思乱想，对事物变化的前兆作出神秘的理解和解释，迷信前兆与人的命运之间存在着一个牢不可破的关联域。于是人们对前兆的出现十分关切。何种前兆一旦出现，便据此相信必然会导致何种结果。久之，便形成了一个巫术思维与情感定势，不仅将实践的失败、灾难的降临归之于某种前兆，而且也认为那些成功的实践、好运的到来是出现某种前兆的结果。前兆成了人之命运的权威预示者。这正如费尔巴哈所言，"例如，一只鸟飞过，我跟着它来到了一个美好的水源；这样；这鸟便宣示了幸运。又如，一只猫在我刚要起步时横穿过去而挡住了我，结果这次出门很不顺当；这样，这猫便是不幸的预示者"[1]。这里的"鸟"和"猫"就是这种错误前兆观所误认的前兆，它是人之知识贫乏的表现。

而巫术的诞生基于人的一种企望神迹以求成功的急迫心情：

> 我们越无法倚赖自然和知识，则越会寻求征象，希望神迹，而信托捕风捉影的佳兆。[2]

① ［德］费尔巴哈：《费尔巴哈哲学著作选集》下卷，荣震华、王太庆等译，商务印书馆，1984，第829页。
② ［英］马林诺夫斯基：《文化论》，费孝通译，中国民间文艺出版社，1987，第67页。

巫术的全部文化意义，就在发现或制造前兆迷信，以占验吉凶。巫术的前兆决定占验结果，这是一种错误的因果论。由于在巫术过程中，尽管渗透着神灵观念，但人智并未像宗教那样彻底地屈服于神，所以这种因果决定论大体上仍属于人学而非神学范畴。尽管巫术智慧是对因果律的滥用，仍然不能将占验之"果"统统归之于神这个终极之"因"。在巫术中，仍可明显见出人为的努力，尽管这是一种错误而无效的人为"实践"。正如列维-施特劳斯所言：

> 巫术思想，即胡伯特和毛斯所说的那种"关于因果律主题的辉煌的变奏曲"，之所以与科学有区别，并不完全是由于对决定论的无知或蔑视，而是由于它更执拗、更坚决地要求运用决定论，只不过这种要求按科学观点看来是不可行的和过于草率的。①

对《周易》本文的巫术智慧也应作如是观。

《周易》占筮是在人与自然之原在矛盾暂时无法克服时人与自然之间的一种妥协方式，其中介就是神灵观念，此即《易传》所谓"幽赞于神明而生蓍"。《周易》占筮的全部文化意义，也在于通过烦琐的占筮过程，决定变爻，人为地求得一个前兆，这前兆在《周易》中就是一定的卦象或爻象，从而占验吉凶，达到"趋吉避凶"的目的。

中华原始巫术文化智慧的发展经历过从所谓"天启"到"半天启半人为"再到"人为"的历史发展阶段。

最早的中华巫术被后代称为"象占"或曰"杂占"，这种原始巫术比较原朴、简单。它在人的神灵观念支配下，人的五官感觉到什么，反射到心灵中就占验出吉凶之结果来。人的五官所感觉到的事物和现象就是这种原朴巫术的前兆，它实际上没有巫术行为方式意义上的巫术操作过程，　且前兆出现，就立即在信从巫术者的心灵中完成一次巫术占验过程，因为它不需要通过一定的巫术方式制造一个兆象，前兆是由自然界直接提供的。这类巫术实例在《周易》本文、《山海经》《史记·天官书》《汉书·五行志》以及《唐开元占经》等古籍

---

① ［法］列维-施特劳斯：《野性的思维》，李幼蒸译，商务印书馆，1987，第15页。

中所记甚多。比如在《周易》本经中，前引卦爻辞所载筮例都是属于这一类巫术的。为飨读者，这里再举数例。《周易》大过卦·九二爻辞："枯杨生梯，老夫得其女妻，无不利。"这是说，见到枯杨树生出嫩叶来，反枯为荣，这是老男娶得少女为妻的好兆头。大过卦·九五爻辞："枯杨生华，老妇得其士夫，无咎无誉。"这是说，枯杨树忽发花絮，这是老妇嫁得少年郎的吉兆，虽无过错但无荣誉。又，渐卦·九三爻辞："鸿渐于陆，夫征不复，妇孕不育，凶"。见到大雁停在高平之地上，这是丈夫征战无归、妻子不得孕子的凶兆。这类巫术文化智慧水平的原初性由此可见一斑。当然这不等于它在现当代社会中已经绝迹了，比方有的人忽而眼皮跳，就相信有祸事临头而忧心忡忡；有的家长见小孩洗碗时突然打碎一只碗而认为是好兆头。诸如此类，在当今日常生活中不是常常发生吗？这些都是所谓"天启"巫术及其巫术文化观念的表现。

"半天启半人为"巫术的代表是盛于殷代的甲骨占卜。占卜主要是一种以龟甲、牛骨为材料具有一定操作过程的原始巫术，是通过捉龟、杀龟、灼龟、刻龟等多种操作步骤而完成的巫术过程。占，甲骨文作🔲。《说文》云："占，视问兆也，从卜从口。"故占字实由卜字发展演变而来。甲骨文中"卜"字有六种字形：卜、卜、𠂉、卜、丫、卜。罗振玉《甲骨学文字篇》说：象卜之兆，卜兆皆先有直圻而后出岐理。岐理多斜出，或向上或向下，故其文或作或卜。卜实为形声字。以形象灼龟之裂纹、以声象灼龟之爆裂声。董作宾指出："卜其音同于爆破。余谓不惟卜之形取象于兆坼，其音亦象灼龟而爆裂之声也。"[1]卜之形声，综合构成占卜的前兆。既灼之余，其龟甲（或牛骨）炸然有声，古人称之"龟语"，以为是有"灵气"的。而卜之形亦与爆然之声同时出现，同为征兆。古人就是根据这种占卜的声响之强弱、清浊以及卜形之大小、长短、曲直、深浅、走向等占验吉凶的。这一类巫术兆象的出现是人为灼烧龟骨的结果，但龟甲牛骨之类又是自然长成的，用以灼烧的篝火是自然之火，又经人力的控制，因而从其占卜过程看，具有"半天启半人为"的文化特征。

相比之下，《周易》占筮这一巫术可称为"人为"巫术。尽管《周易》用以占筮的蓍草或筮竹是由自然界所提供的，这一占筮被古人称为"自然之易"，

---

[1] 董作宾：《殷代龟卜之推测》，《安阳发掘报告》，1929年第1期，第59—130页。

然而它与自然之联系较前两类巫术稍弱。最根本的是用以占验吉凶的前兆或称预兆，即卦、爻象，是占筮者通过数的运演而创造出来的，这是人为的创造，其过程要比前两类巫术复杂得多，也"现代"得多。尽管这种巫术智慧始终笼罩在"象数""互渗"的"阴影"之中，它与前两类巫术相比，其理性因素无疑有所加强。当然，任何巫术都有"天启"的一面，《周易》占筮自不例外，它也同样具有所谓来自"天启"的神秘主义文化氛围，不过相对而言，它是偏于"人为"的，故权称"人为"巫术。

其次，从一般巫学智慧与宗教智慧的关系看，《周易》本经的巫学智慧并非宗教智慧，它终于没有发育成为潜隐着易理的、成熟的中华原始宗教。这是中华古代淡于宗教文化性格的典型表现。

很难给巫术下个什么定义，似乎也无此必要。然而将巫术看作人类童年的一种"实践"行为和技艺是大致不差的。人类童年对客观世界和人自身所知尤少而且十分稚浅，迫于生存的巨大压力，人类要求改造这个世界以适于生存发展的原始文化冲动自然是强烈而殷切的。于是用巫术这种所谓"伪技艺"按照人的要求、愿望与意志企图改变自然与历史的进程，巫术是一种实践的"假错"。在巫术中，人的文化心态多半具有盲目自信的特点。人相信这个世界是可以由自己来加以改造的，人迷信自身有限的力量，通过神灵的支配，简直可以呼风唤雨，使河水倒流、大地震动，并不断增强自身的信心，人以为自己就是神。这正如弗雷泽所言，在某些地方巫术与科学似乎颇有相近之处：

> 巫术与科学在认识世界的概念上，两者是相近的。两者都认定事件的演替是完全有规律的、肯定的。并且由于这些演变是由不变的规律所决定的，所以它们是可以准确地预见到和推算出来的，一切不定的、偶然的和意外的因素均被排除在自然进程之外。对那些深知事物的起因，并能接触到这部庞大复杂的宇宙自然机器运转奥秘的发条的人来说，巫术与科学这二者似乎都为他开辟了具有无限可能性的前景。于是，巫术同科学一样都在人们的头脑中产生了强烈的吸引力；强有力地刺激着对于知识的追求。它们用对于未来的无限美好的憧憬，去引诱那疲倦了的探索者、困乏了的

追求者，让他穿越对当今现实感到失望的荒野。巫术与科学将他带到极高极高的山峰之巅，在那里，越过他脚下的滚滚浓雾和层层乌云，可以看到天国之都的美景，它虽然遥远，但沐浴在理想的光辉之中，放射着超凡的灿烂光华！①

弗雷泽的这一论述对《周易》无疑是颇为适用的。巫术占筮与《周易》的数理科学因素的确具有文化亲缘上的联系。《周易》的巫学智慧及其内涵的前科学智慧，笼统地说，二者在以下方面颇为相近：（一）都具有世界可以被改造、人能改造世界的信念和思维定势、情感方式；（二）都承认世界具有客观规律性；（三）都追求知识、憧憬未来。

然而细致分析，科学与巫术的文化本质究竟是不同的：（一）科学改造世界的信念建立在科学理性的基础上，而《周易》的巫术占筮关于所谓"探赜索隐，钩深致远，以定天卜之吉凶，成天下之亹亹者，莫大乎蓍龟"②的信念实乃出于原始情感而非理性的冲动；（二）科学智慧对事物客观规律性的把握是对客观事物进行科学假设、实验、分析和判断，《周易》巫学智慧对事物客观规律性的"承认"，则意味着坚信一切都是命中注定；（三）科学智慧追求知识的真理性，为追求真理而不断修正谬误，而《周易》的巫学智慧则将知识看作已定真理。如果说，科学智慧将追求知识看作一个无限揭示真理的过程从而憧憬未来，并在揭示真理的过程中需要不断研究"一切不定的、偶然的和意外的因素"的话，那么，《周易》的巫学智慧则彻底不承认一切客观事物还有什么"不定""偶然"和"意外"。巫术的所谓"真理"是一次完成的。所以在此意义上可以说，《周易》巫术占筮对未来的憧憬，其实不过是回归于传统。《周易》不承认宗教的"天国"，但这种"天国"之"美景"却被移置在巫术智慧"象数""互渗"的"阴影"结构中。

不过，我们也要看到，正是因为《周易》本经的巫学智慧与科学智慧具有相近性，才能使得二者在"易"这一文化大系统中彼此容受在一起，并使数理

---

① ［英］弗雷泽：《金枝》，徐育新、汪培基等译，大众文艺出版社，1998，第76页。

② 黄寿祺、张善文：《周易译注》，上海古籍出版社，2007，第392页。

这种后世发育成熟的科学智慧成为《周易》巫术区别于世间一切其他巫术的一个标帜。理性的科学智慧与非理性的巫学智慧彼此接近而相安无事，正是《周易》巫术独具魅力之处。这种巫学智慧由于容受知识的存在——尽管它将数理知识神秘化了，而在本质上区别于宗教智慧。宗教智慧的文化本质是信仰。"贬损知识，是为了给信仰开辟地盘。"[①]如果说巫术是由于原始人类心智的蒙昧，而幻想有一种不变的、注定的神灵令人信心倍增、通过一定的心理感应、动作或仪式而达到人之目的的"伪科学"的话，那么宗教则是心情痛苦地力图彻底摒弃知识而独行其"是"，企望独立而狂乱地对世界作出解释和把握。

弗雷泽、马林诺夫斯基、弗洛伊德以及列维·布留尔、恩斯特·卡西尔等西方著名学者都肯定巫术先于宗教的学术见解，在《周易》巫学智慧来说，这种学术观点是经得住检验的。尽管我们注意到，在《周易》巫学智慧中已经潜伏着处于萌芽状态的原始宗教智慧的因素，而且在后代中华道教或外来的佛教仪轨和意识观念中，往往内蕴着原始巫术智慧的遗存，然而，巫学智慧与宗教智慧却是前后不同的两个人类文化智慧的发育阶段。巫术早于宗教，因为一旦古人发现巫术实际上无效时，便陷入了惶恐与悲哀之中，人类对世界的思考和情感会由盲目乐观转入盲目悲观的深渊，并产生精神危机。这种精神危机，促使人类更相信存在着某种强大的超自然的力量（这在巫术中只是半信半疑），可以随意改变自然与社会的进程、主宰人的命运。人为了求得生存，必须取悦于这种超自然力量即神、上帝之类，被迫痛苦而又心诚地向神跪拜。在巫术中，人还想通过人自身的努力，试试自然之强大而地位稳固的权威，待到宗教阶段，则尤其显得无力与软弱，这是人的历史性屈辱。

较为精明的人们到一定时候就觉察出，巫术的仪式和咒语并不能真正获得如他们所希望产生的结果……这是对于巫术无效的重大发现，必然会在那些精明的发现者的思想上引起一种可能是缓慢的却是带根本性质的革命。

---

① ［苏］列宁：《列宁全集》第三十八卷，中共中央马克思恩格斯列宁斯大林著作编译局译，人民出版社，1959，第181—182页。

人们第一次认识到了他们是无力随意左右某些自然力的。

这（宗教）是一种对人类的无知和无力的反思。

如果他觉得自己如此渺小脆弱，那末他就一定会认为控制自然这部庞大机器的神，该是多么巨大而有力量！随着与神平等的旧意识的逐渐消失，他同时也放弃了凭藉自己的力量与智慧，或者更精确些说，凭藉巫术，来指导自然进程的信心。[①]

然而，宗教代替巫术并不意味着人类智慧的历史性倒退，相反，因为宗教所假定的"人格"是人类较高级的文化智慧的表现，人类须有充分的心智才能创造神学体系。信仰是一种崇拜，崇拜是客观事物的神化，同时是主体意识的异化与迷失，但信仰又极大地激发起人的意志与情感力量。宗教信仰意味着人的被"剥夺"，将人之命运交给神去主宰。然而，实际是人以自身的形象来创造神与上帝的，神与上帝是人之力量智慧在天上的倒影，人的主体意识、创造力量在残酷地被神与上帝剥夺殆尽之时，又奇迹般地在神与上帝身上得到了虚幻的实现。这正如梁漱溟所言："宗教可说是一种对于外力之假借，此外力却实在就是人自己。宗教中所有其对象之伟大、崇高、永恒、真实、善美、纯洁原是人自己本具之德，而自己却相信不及。"[②]正如前文已有提及，众所周知，《周易》巫学智慧后来终于未能发展为成熟意义上的中华古代宗教，其文化之因何在呢？

这是一个十分复杂的文化学课题，这里，只能先来提出一些假设。

假设之一，从民族文化智慧中的超越意识看，每一个民族的文化头脑都会产生超越意识。这种超越意识基本可分两大类：一、从世间向超世间即从此岸向彼岸的"超越"；二、在世间即此岸范围内的"超越"。凡是前者就可能构成健全的宗教观念，古代西方的基督教就是典型一例。这种超越意识的特点，是人的文化思维和意志、情感不受此岸所局限，而是幻想出一个彼岸世界来，同时虚构出一个神或上帝之类的崇拜偶像。这种超验的神或上帝全知全能、十全

---

① ［英］弗雷泽：《金枝》，徐育新、汪培基等译，大众文艺出版社，1998，第87、140页。

② 梁漱溟：《中国文化要义》，上海人民出版社，2011，第108页。

十美，它创造一切、主宰一切、抚爱一切，又能毁灭一切。"起初，神创造天地。地是空虚混沌，渊面黑暗。神的灵运行在水面上。神说要有光，就有了光……"①神创造了白昼黑夜、陆地海洋、果蔬草木、天体时空以及人等一切生灵，无所不能。这一宗教超越意识在《周易》本文中当然是没有的。《周易》本经的巫术智慧包含一定的神灵观念，但这神灵并非是宇宙的第一存在与创造者。《易传》中有关于神的文化意识，它可以被看作是《周易》本经的巫学智慧在《易传》中的辐射和延伸，如"神无方而易无体""阴阳不测之谓神"以及"知几其神"等等，这里所谓"神"，并非指造化天地宇宙的彼岸之神，而仅是圣人的一种文化属性，或是与圣人智慧相接的"易"的文化品格，它可以被理解为"易"的奇妙境界或是人之心智所未掌握的客观事物的奥秘。当然，在《易传》中，比如有"与鬼神合其吉凶""是故知鬼神之情状"等说法，此"神"与"鬼"并提，确是《周易》巫学智慧中的神灵观念在《易传》中的反映，然而，这"鬼神"远不是神通广大的，它具有一定的彼岸性，却不是造物主。

因此可以说，《周易》本经巫学智慧中的神灵观念是相对薄弱的，缺乏从巫学智慧的基础出发并发展出一个宗教主神的条件。而没有宗教主神，便不能建立一座神学大厦。无论《周易》本经抑或《易传》，其文化意识中的最高尊奉者是"圣人"伏羲，伏羲仅是一个半人半神的中华远古神话中的主角，却不是宗教之主神。整部《周易》的文化智慧，并没有实现从此岸向彼岸、从世间向超世间的"超越"。

其二，任何民族如果要在原始巫术基础上创立宗教，或是从巫学智慧转化为宗教学智慧，则这种原始巫术作为宗教文化智慧的基础，必须具有充分的非理性基因。因为任何宗教教义、仪轨以及教徒的情感世界，必充满了对神、上帝之类的精神迷狂与激情，而且宗教是由原始巫术发展而来的，从原始巫术到宗教必有一条不容间断的感情之链，所以，倘然原始巫术义化智慧中的情感力量、非理性因素相对而言是不够充分的，那么就有可能缺乏一种从原始巫术推演到宗教的情感内驱力。我们观察《周易》本经的巫术占筮——尽管任何巫术从某种意义上说都是非理性的，然而同样是巫术，其巫术情感还有程度的不同

---

① 《旧约全书·创世纪》，香港浸信会出版部印行，1866。

和方式的差异。一个远古欧洲氏族的农夫，当其为祈求丰年而在田埂上日夜蹦跳直到精疲力竭、昏死过去为止，这个巫术的全过程充满了强烈的激情。一个原始部落青年男子的成丁礼，是用一二百根钝而不锐的骨针满刺全身，最后一根要横穿舌头，其痛苦之巨可想而知。这个巫术仪式的意义，是相信通过这一残酷的巫术操作，让大无畏的魔力灌注到青年的肉体和灵魂之中，其情感之迷纷狂乱令人惊心动魄。而一个希伯来少年的割礼也是神秘而热狂的。这种无比激情的宣泄在《周易》占筮中是见不到的。不是说《周易》的巫术智慧没有非理性情感的亢奋，它既然原本巫术，怎么会没有非理性的因素呢？然则，它比起中华远古诸如文身、凿齿之类的巫术来，尤其与前述某些原始氏族、部落那种要死要活的巫术相比，则一般显得心平气和多了。心平气和自然也是一种情感方式，却并未达到酿成宗教迷狂所需要的燃烧程度。《周易》本文巫术智慧中的情感因素缺乏一种急迫而焦灼的动势。但看其整个占筮过程，真是慢条斯理、温文尔雅，比起火爆火燎的西方古代巫术来，确实要冷峻得多。《周易》巫术占筮是世界上独一无二的巫术方式，其筮数的运演别具一格。尽管这种筮数的运演是在"象数""互渗"的"阴影"结构中进行的，这数的神秘观念同样是非理性的，可是，由于这种筮数的半抽象特点仍然显现出一种偏于原朴理性的思维倾向。总之，《周易》占筮是一种性质偏"冷"的巫术，它多少缺乏的是少年般的任气和情绪的激越慷慨而在虔诚的文化心态中趋于思辨，这一点是值得注意的。

其三，宗教所虚构的彼岸世界，诸如基督教的天堂和佛教净土宗的"西方极乐世界"等等，都是美妙绝伦、幸福无限、快乐无比的地方。这天堂"黄金铺地，宝石盖屋""眼看美景，耳听音乐，口尝美味，每一官能都有相称的福乐"。[①]佛教阿弥陀佛净土所构想的"西方极乐"，也是黄金为地、宝物无数、楼阁接左、花树灿烂，均以金银装饰，又是七宝池荡漾着甘冽，澄美的八功德水，池中莲华净植，大如车轮、清香四溢，诸色微妙；又是舞姿迷眼、伎乐喧天，而且往生者必寿命无量，可谓出离诸苦、乐悦无尽。然而在这"天堂""极乐"的背面，伴随着的是无比的痛苦、黑暗与罪恶。基督教有"原罪"与耶稣

---

① 《彼得前书》第2章，香港浸信会出版部印行，1866。

受难。《旧约全书》描述亚当、夏娃所乐居之伊甸园，有蛇作祟，它居然怂恿"人类之祖"偷食能分别善恶的智慧之树上的禁果，这是远古巫术禁忌文化意识在宗教观念中的遗存。于是善良、慈爱的耶和华神动了恶心。

> 耶和华神对蛇说，你既作了这事，就必受咒诅，比一切的牲畜野兽更甚，你必用肚子行走，终身吃土。我又要叫你和女人彼此为仇，你的后裔和女人的后裔也彼此为仇。女人的后裔要伤你的头，你要伤他的脚跟。又对女人说，我必多多加增你怀胎的苦楚，你生产儿女必多受苦楚……又对亚当说，你既听从妻子的话，吃了我所吩咐你不可吃的那树上的果子，他必为你的缘故受咒诅，你必终身劳苦。①

同样，在佛教教义中，认为人生之系累不是别的，而是一个字：苦。生苦、老苦、病苦、死苦、爱别离苦、怨憎会苦、求不得苦、五蕴炽盛苦等构成了人生无尽烦恼。某种意义上可以说，佛教是讲苦以及苦之解脱的，是谓"苦空之学。"

因此，大凡宗教，具有强烈的苦乐观以及由此而演进的善恶观，而且其"乐""善"之思是建立在"苦""恶"文化意识的基础上的，即在这种宗教中，首先是对"苦""恶"有了深沉而强烈的历史性感觉与领悟，才有可能促进人之思维与情感力图出离此岸之"苦""恶"去向往彼岸虚幻的"乐""善"。就是说，在充满迷乱情绪的宗教梦呓中，其底蕴却有一部分是关于人生"苦""恶"的清醒认识，一般宗教都承认人生之"苦""恶"是历史的一个杠杆，这往往是关于人、人之本体存在的一种忧患意识。

人生之"苦""恶"的忧患意识，其实在作为宗教智慧雏形的巫术文化智慧中早见端倪。比如前文所言《旧约全书》中的"禁果"意识，作为宗教智慧无疑是原始巫术禁忌的嬗变。耶和华神对蛇、亚当及夏娃所说的"咒诅"，是对"苦"与"恶"的"咒诅"，"咒诅"本身就是人类远古传至今日并且会永远承传下去的巫术。

---

① 《旧约全书》第2章，香港浸信会出版部印行，1866。

这就可能形成这样一个假设：大凡由于一般原始巫术与宗教之间在苦乐、善恶问题上实际存在着文化意识中的深层结构，由于一般宗教不能不具有强烈的"苦""恶"观念，因此，如果某种原始巫术或原始巫术群能够发展为宗教，那么一般作为宗教智慧"母体"的原始巫学智慧，必须内涵充沛的关于人生"苦""恶"的文化意识即关于人、人之本体的"忧患"意识。

值得深思的是，由《周易》本经所提供给我们的巫学智慧，却在一定程度上缺乏这一文化意识与文化机制。

倘从作用、功能意义上对巫术加以分类，可将一切巫术分为黑巫术（Black Magic）与白巫术（White Magic）两类[①]。黑巫术即"恶的巫术"，教人怎样行动以达到预期目的，通过运用所谓"同能致同"的"交感定律"、直接"感致"或间接"染触"的巫术方式，使巫术所指的对方遭受灾难、痛苦与死亡，具有积极的攻击性质。比如说"你去死"这一诅咒，就是一种简单的"恶的巫术"。白巫术亦称"善的巫术"，教人不应当怎样做，以避免不希望得到的结果，具有消极的防御性质。这类巫术教人对"痛苦""灾难"与"罪恶"尽量避开，它有巫术禁忌，就是企望将人生之"苦""恶"统统禁绝在人生域限之外，所以具有人生欢乐和从善的智慧情调。

《周易》本经的巫术占筮可以说是一种典型的白巫术、"善的巫术"。它的全部作用意义是所谓趋吉避凶亦即向善去恶。笔者曾对《周易》本文所载筮例作过粗略的统计，其中标明"吉"之类字样者有二百五十多处，"凶"之类者大约七八十处，前者约为后者的三倍有余。这似能证明《周易》本文的巫术占筮观念不能正视人生之"苦"与"恶"，人们占筮的目的大都在于筮问自身的命运休咎而不是去恶意地攻击别人。筮问的范围包括行旅（近百条），战事（八十余条），享祀（二十条），饮食（三十余条），渔猎（十九条），牧业（十七条），婚媾（十八条），居处、家庭生活（二十余条），妇孕（三条），疾病（七条）以及赏罚讼狱（十余条）[②]等，当然这不是一个完全的统计。但从这里我们可以清楚地看到，中华古人对自然宇宙与社会人生的态度是饱含善意的，

---

① 参见梁钊韬：《中国古代巫术——宗教的起源和发展》，中山大学出版社，1999，第25—26页。
② 参见李镜池：《周易筮辞考》，《周易探源》，中华书局，1978。

并且执着追求"善"的"圆满"境界，此之所以趋吉避凶也。阅遍整部《周易》，难见一个"苦"字与"恶"字，这实在不是偶然的。在《周易》本文的巫学智慧中，比较缺乏对宇宙与人生的危机意识。即使处境不佳之时，也能安分随时、从容不迫，将苦难与危亡置于脑后，比如乾卦·九三爻辞云："君子终日乾乾，夕惕若，厉无咎"，《文言》进而发挥道："乾乾因其时而惕，虽危无咎。"这种"虽危无咎"的思想，一方面反映出中华古人对危亡的蔑视、藐视与漠视，表现出对艰难困苦的无畏气概；另一方面在原始巫学智慧中的表现，则是童年中华的自信与乐观。

《周易》文化智慧中确实渗融着一定的忧患意识，"忧患"一词典出于此，但这是《易传》的思想而非《周易》本文所具有。《易传》说："《易》之兴也，其于中古乎？作《易》者，其有忧患乎？"[1]这是说，文王为商纣所囚，居羑里而演《周易》，可证《易》为忧患之作。然而这里的"忧患"，实为氏族之忧、民族之忧以及个人身世、家国社稷之忧，尚不同于基督教的"原罪"之"忧患"、佛教关于人与人之存在本身就是"忧患"的思想。

综上所述，从《周易》乐观向善的巫学智慧土壤中难以开放一般宗教所具有的"苦""恶"之华。

从前述三点假设可知，这就是为什么古代中华"却是世界上唯一淡于宗教、远于宗教、可称'非宗教的民族'"[2]。

但是，淡于宗教、远于宗教、缺乏浓重的宗教意识所留下的空白必须得到填补，历史的天平要求平衡，于是便有发达的哲学智慧和政治伦理学智慧早在春秋战国的百家争鸣时代就大声喧闹着登上历史舞台。《易传》的哲学与政治伦理学智慧丰富而深刻，它们是一般地绕过宗教这一文化智慧的发展阶段而直接从以《周易》为代表的巫学智慧中生发出来的。比如，中华古代哲学中的天人合一思想，是从原始巫术的原始思维中发展起来的；中华古代的阴阳哲学观来源于原始巫术中的"气"（马那）；《周易》本经巫学智慧一往无前的"有为"意识又直接哺育《易传》所谓"天行健，君子以自强不息"的

---

① 黄寿祺、张善文：《周易译注》，上海古籍出版社，2007，第414页。

② 梁漱溟：《东方学术概观》，巴蜀书社，1986，第68页。

哲学；而《周易》本文巫术占筮的实用性及其智慧的偏于理性的特点，又成为先秦儒学所谓"实用理性"的滥觞；至于《周易》本经巫术占筮中的神灵与求筮者之间自然形成的原始等级关系，必然要蜕变成为政治伦理等级关系，衍生为比较完备的中华古代的政治伦理学体系。诸如此类的一系列问题，留待后文加以探讨。

第二节 "诗性智慧"的历史步伐

《周易》本经的巫学智慧，发展到大致成文于战国中后期的《易传》——尽管《易传》保留了许多巫学智慧的材料，总体上却基本完成了从原始巫学智慧向非巫学智慧的转化。其中美学智慧是《易传》非巫学智慧的重要内容，这里借用维柯《新科学》一书的一个文化学概念——"诗性智慧"。

从巫学智慧向"诗性智慧"的转化绝非偶然，它是历史与时代的必然产物，也是社会文化心理的内在机制使然。

这里，我们的分析先从历史开始。殷周之际，是中华奴隶社会的鼎盛期，殷人从盘庚迁都河南安阳之后，一个颇为强盛的氏族奴隶主王国便崛起于中华大地。这个王国由氏族血缘维系。阶级与等级的壁垒森严，进一步造成了社会的分工，必然要促进社会文化的发展，从战争中捕获的战俘，不仅扩充了奴隶的队伍，提高了社会生产力，而且也在一定意义上带来了异族文化的种种因素，这就使得殷商的青铜文化愈显得灿烂辉煌。武王克商以后的整个西周时期，基本仍是中华奴隶制王国的黄金时代。此时社会生产力在克商之时暂遭破坏后再度恢复，青铜文化得到了延续，在礼乐和文物典章制度方面曾经达到了颇高的成就，宗法制得到完善且趋向于定型。从"殷道亲亲"到"周道尊尊"，这无疑标志着周代以奴隶制政治为代表的社会意识形态的发展。

然而，所有这一切的发展仅仅是奴隶制社会意义上的发展，仅仅与殷周之前的社会相比较才能说是一种进步。实际上这一历史时期的中华古人仍未摆脱"童年"的生活，社会生产力的相对低下，使中华古人的文化心智仍在黎明前的黑暗之中摸索，其表现之一是对占卜和占筮的崇信无遗。殷人对占卜是极其虔诚的，至今从地下所发掘的用以占卜的十六万片甲骨就是一个很好的证明。殷人几乎无事不卜，"帝令雨足年，帝令雨弗其足年?"[①] "伐吾方，帝受我又?"[②] "王封邑，帝若。"[③] "我其已方，乍帝降若;我勿已方，乍帝降不若。"[④]这是说，年成的丰歉、战事的胜负、该地宜不宜筑城乃至这个官吏应不应当罢免等等，都需稽疑于占卜。这种占卜之风直到周代仍在沿袭。据考古发现，不仅在殷墟而且在周人的发祥地"周原"也有甲骨出土。占卜之余，周人更发展了一种别一文化型式的占筮，这便是《周易》的原本文化范型。

因此，殷周时期整个社会的文化头脑多半是被卜筮所占据着的。

> 汝则有大疑，谋及乃心，谋及卿士，谋及庶人，谋及卜筮。……汝则从。龟从、筮从、卿士逆、庶民逆，吉。卿士从，龟从、筮从、汝则逆、庶民逆，吉。庶民从，龟从，筮从，汝则逆，卿士逆，吉。龟从、筮逆、卿士逆、庶民逆，作内吉，作外凶。龟筮共违于人，用静吉，用作凶。[⑤]

《尚书·洪范》是后人的伪作，但仍可由此见出古人对卜筮（龟筮）的笃信不疑，龟筮具有近乎绝对的权威性。龟筮是中华古人从事捕猎、采集、耕稼、征战和人自身生殖繁衍等社会行为的重要文化方式，也是文明时代的民族、国家、社会集团举行庆典、用兵、作邑、稼穑，以及人们饮食起居、生老婚嫁、远行、社交等一切行为举措所常具的重要文化内容，这种巫学智慧总与氏族、民族、国家、集团的经济状况、生产力水平、生产方式、其他社会意识形态、风俗习惯、文化传统等联系在一起，也从一个方面反映出人的历史地位、时代风貌、民族文化素质、人的文化形象以及人的历史命运等等，它是中华文化智慧的一种童年形态。

不过，这种笃信龟筮的时代文化气候一到春秋战国时期便发生巨变。春秋战国时期，是中华奴隶制趋于瓦解、逐渐走向封建制的伟大变革时代，这个

---

① 罗振玉:《殷虚书契前编》一、五〇、一，《国学丛刊》石印本，三期三卷，1911。

② 林泰辅:《龟甲兽骨文字》一、一三，日本商周遗文会影印本，1921。

③ 罗振玉:《殷墟书契后编》下，一六、一七。

④ 罗振玉:《殷虚书契前编》七、三八、一。

⑤ 孙星衍:《尚书今古文注疏》，中华书局，1986，第313页。

时代就生产工具而言，是伴随着铁器的发明与广泛运用而来到的。生产工具的发展不仅促成了农业的繁荣，而且由于社会分工的进步而带来了手工业、商业的发展，为文化、意识形态新思潮的出现准备了物质条件。春秋五霸争雄，极大地削弱了周代帝王的地位；战国七雄兼并，使东周近乎名存实亡。政治领域中的周代帝王失去了绝对的权威性，巫学领域中的"神"也就立足难稳了。奴隶的逃亡与解放造就了大批比原先奴隶身份相对"自由"的农民、手工业者或商人，而手工业者与商人（其中一部分来自奴隶主阶层）的生产行为进一步推动了社会自由思潮的发展。这加快了城市的发展、市民力量的增长以及逐渐瓦解农民对土地的依附性。同时，在文化教育领域，以往"学在官府"的陈规受到了新兴私学的冲击，所谓"有教无类"在一定程度上为处于社会下层的劳动者提供了接受教育的机会。战乱迭起也在一定程度上迫使统治者无暇严厉压制"士"（知识分子）的思想自由与知识的传布，相反，比如战国的"合纵"与"连横"反而给"士"提供了大量施展聪明才智的机会，并在此基础上发展了新的哲学、政治伦理学与军事学等等。时代造就了大批专门从事精神生产的先秦知识分子，他与其他社会劳动阶层一起，成为社会的中坚力量，所谓"士农工商四民者，国之石民也"[①]。而且，由于文化眼界的进一步开拓，天命与神权思想受到了冲击。

比如，周克殷之后，处于被奴役地位的殷人本来是相信天命与祖宗神的，现在痛苦地处在"为臣仆"的屈辱地位，尤其是那些有学问、有思想、有智慧者如卜、史、巫、祝等等，必然会在郁郁苦思中逻辑地总结经验，其中一定会有一些"士"将殷之败亡归结为人们对上天或祖宗神的不敬、不忠、不孝，从而更笃信天帝、神灵包括龟筮的所谓"灵力"。但也极易作一逆向反思，从而不信上天与鬼神以及对龟筮之类抱着三心二意的态度。当周统治者对殷之遗民说："尔殷遗多士，弗吊，昊天大降丧于殷，我有周佑命，将天明威，致王罚，敕殷命终于帝。肆尔多士，非我小国敢弋殷命"（大意：我小邦周并非敢于替代大殷国的统治，所以如此，实乃出于上天的意志而不敢违逆）之时，殷之遗民大约只能报以苦笑叹息了。人们自然会想，昊天神灵过去自己不可谓不敬，

---

① 黎翔凤：《管子校注》上册，中华书局，2004，第400页。

却仍旧难逃殷之倾覆的厄运，可见"神"之不灵。在《诗经》中，对上天神灵的抱怨、责难与怀疑可谓俯拾皆是。

> 天之抗我，如不我克。① （上天与我作对，像要将我害死。）
>
> 昊天上帝，宁俾我遹？② （上帝你要逼我走投无路吗？）
>
> 昊天不公！③ （上天不均！）
>
> 昊天不惠！④ （上天不仁慈！）
>
> 昊天不平！⑤ （上天不公平！）
>
> 昊天疾威，弗虑弗图！⑥ （上天滥施淫威，太无理性！）

在此同时，又因深感先祖神灵不保佑我而牢骚满腹。

> 群公先正，则不我助；父母先祖，胡宁忍予？"⑦ （列祖列宗，不佑助我，难道宁愿我忍受苦难吗？）
>
> 先祖匪人，胡宁忍予？⑧ （先祖不是人，难道忍看我苦难深重吗？）

此时，对上天神灵、鬼妖以及神秘龟筮的否定意识愈见强烈起来。《左传》中便有不少这样的记载。楚武王入侵随这个姬姓国，随国少师董成请随之国君发兵追袭楚军，季梁劝阻国君不要盲动，他说："所谓道，忠于民而信于神也。"认为有道无道，要看是否既"忠于民"又"信于神"，这是将"民""神"对举，且先"民"而后"神"。进而提出"民，神之主也"的观点，从往昔相信

---

① 程俊英、蒋见元：《诗经注析》（《诗·小雅·正月》），中华书局，1991，第561页。

② 程俊英、蒋见元：《诗经注析》（《诗·小雅·云汉》），中华书局，1991，第880页。

③ 程俊英、蒋见元：《诗经注析》（《诗·小雅·节南山》），中华书局，1991，第552页。

④ 同上。

⑤ 同上。

⑥ 程俊英、蒋见元注：《诗经注析》（《诗·小雅·雨无正》），中华书局，1991，第581页。

⑦ 程俊英、蒋见元注：《诗经注析》（《诗·小雅·云汉》），中华书局，1991，第880页。

⑧ 程俊英、蒋见元注：《诗经注析》（《诗·小雅·四月》），中华书局，1991，第636页。

神灵主宰一切到喊出"民"为"神"之主宰的口号，这虽然并未彻底否定神，却提高了"民"的地位，是一种"民主"意识。所以，季梁说："是以圣王先成民而后致力于神""于是乎民和而神降之福，故动则有成"①。

楚国大夫屈瑕将领兵同敌军作战，想预卜此战胜负如何，楚国若敖之子斗廉认为不必进行占卜，因为这次战争军事形势有利于楚，在他看来取胜是无疑的，故曰："卜以决疑。不疑，何卜？"②虽未从根本上怀疑占卜的所谓"灵验"，却也不再持"无事不卜"的态度了，说明占卜在人之一切行为举措中的绝对权威性已被削弱。

郑厉公入侵郑地大陵六年前，有内宅之蛇与野外之蛇恶斗于郑南门中而"内蛇"死。鲁庄公听说此事，认为这预兆是妖孽所为。鲁大夫申繻蛉衔"无妖"。他的见解是："人之所忌，其气炎（焰）以取之。妖由人兴也。人无衅焉，妖不自作。人弃常则妖兴，故有妖。"③这是说，所谓妖孽并非鬼神所为，倒是社会生活中那些"兴妖作怪"现象，是人为的，这是一种朴素的无神论，所谓"妖由人兴"，实际上否定了"妖"的神性。

秋季七月，迷信鬼神的人说有鬼神降附于莘地以示休咎吉凶，周惠王询问是何缘故。史嚣由此发表一通议论："国将兴，听于民；将亡，听于神。"④意思是说，国家将要兴盛时，所听到的都是民众的呼声，看到的是民众的力量，国君内心明朗，不会想到鬼神什么的；一旦国家行将衰亡，就内心阴郁，疑神疑鬼起来。可见这鬼神实是心造的幻影。

僖公十六年春，有陨石自天而降，宋襄公问周内史叔兴："是何祥也？吉凶焉在？"叔兴回答说："鲁多大丧，明年齐有乱，君将得诸侯而不终。"叔兴回来却对别人说："君失问。是阴阳之事，非吉凶所在也。吉凶由人，吾不敢逆君故也。"⑤显然，在叔兴看来，陨石是一自然天象，由阴阳二气错逆而产生，无所谓吉啊凶的，国君真不该询问这码事。吉凶是由人定的，人说吉则吉，说凶则

---

① 杨伯峻：《春秋左传注》第一册，中华书局，1981，第112页。
② 同上书，第131页。
③ 同上书，第197页。
④ 同上书，第252页。
⑤ 同上书，第369页。

凶。但在宋襄公面前却将陨石降落解说为"鲁多大丧"之类的凶象，这是周内史自己不敢违逆国君威权之故。可见，即使在懂得所谓卜筮之术、以稽疑解惑标榜于世的周内史叔兴的心目中，对所谓卜筮也是根本不信的。

龙是中国古代传说中的神灵之物，而郑国子产只是不信其神圣。昭公十九年郑国发大水，见龙斗于城门外荥阳密县东南的颍水之中，大家都主张祭龙禳灾，子产不允，他认为："吾无求于龙，龙亦无求于我。"①

而战国时人儒学之徒公孟，虽然我们至今未详其生平事迹，但其明确提出的无鬼神论保存在《墨子》的《公孟篇》中。公孟与墨子就有无鬼神展开论辩，墨子云："夫知者，必尊天事鬼，爱人节用，合焉为知矣。古圣王皆以鬼神为神明，而为祸福，执有祥不祥，是以政治而国安也。"墨翟非命而持有鬼论，对此，公孟要言不繁，断然以"无鬼神"一语作答。由此可见，战国时已有无神论在思想界流行。

总之，春秋战国时代是中华思想智慧史上初步兴起无神论的伟大时代，这无神论的兴起，意味着人的觉醒与人的主体意识的开始确立。必然会形成对建构于一定神灵观念基础上的巫术与巫学智慧的挑战，尽管当时社会上还有大批的人相信巫术占筮与迷信上天、鬼神的威权，然而，这巫术占筮的灵光与上天神灵的"光辉"毕竟比以往有所收敛和暗淡了。

这给《周易》本经的巫学智慧向《易传》之非巫学智慧的转化创造了一定的时代文化氛围和精神条件，或者可以说，从《周易》本文到《易传》两种文化智慧的转换，其本身就是这时风所转的一个有机组成部分。人的觉醒，标志着人的文化智慧努力从传统巫学桎梏中挣脱出来，去开拓一个新的思维天地、情感领域和意志的"寄寓"之所，这便是《易传》所建构的一个新的智慧"宇宙"。在这个"宇宙"中，失去了主导地位的巫学智慧被挤到了一角，而有哲学、政治伦理学、美学等文化智慧灿烂磅礴。在这个"宇宙"中，人试图努力抛弃巫术占筮这种"伪技艺"，愿以主人身份去独立地面对这个充满挑战意味的世界。《易传》中固然未有管仲所谓"神筮不灵，神龟不卜"②的思想，然时

① 杨伯峻:《春秋左传注》第四册，中华书局，1981，第1405页。
② 黎翔凤:《管子校注》(中)，中华书局，2004，第860页。

代新声雄放，以致响彻云霄，建立在哲学智慧基础上的、与政治伦理智慧相联系、以数理智慧为文化底蕴的美学智慧开始迈开历史的步伐。

同时，与《易传》美学智慧取同一历史步调的，是春秋战国时期艺术精神的解放。远古艺术的萌生是与人之起源、人之自我意识的起源同步的，最早的艺术不可能具有神性，因为当时人的文化智慧尚未进化到能够"造神"的历史水平。一旦中华古人的文化头脑中产生了鬼神观念，艺术就不可避免地被笼罩于一定的神秘氛围之中，艺术成了献祭于昊天上帝、祖宗神灵或是其他种种鬼神的祭品。从山顶洞人的石器、骨器之类"妆饰品"看，尽管那时已产生了神灵意识，然而我们一般尚难以从这些"妆饰品"上强烈地感受到一种神的文化氛围，大概这种近于初起的神灵意识尚比较微弱。再看仰韶文化期的人首蛇身壶盖艺术品或是比较晚近的殷商青铜艺术比如人面纹方鼎、兽面纹鼎、枭尊等，就有一种狞怖的感觉，这类青铜艺术及其他青铜艺术的饕餮纹样的神秘性是很强烈的，说明此时的艺术审美意识处于"寄'神'篱下"的历史境遇中。由于不得不忍受神的奴役，此时的艺术尚缺乏独立的"人格"。

这种艺术的偏于"神格"模式发展到春秋时代，时风亦为之一变，且不说正如前文所引证的诸多材料，《诗经》中的许多诗句唱出了对昊天神灵与祖宗神的怨刺之音，且不说战国末年屈原的《天问》以磅礴的气势表达出属于时代的关于"天"的冷峻的思索和深邃的智慧，就说创作于春秋时期的莲鹤方壶吧，"此壶全身均浓重奇诡之传统花纹，予人以无名之压迫，几可窒息"，这确实象征一个"属神"的旧时代的历史遗痕。"而于莲瓣之中央复立一清新俊逸之白鹤，翔其双翅，单其一足，微隙其喙作欲鸣之状"，又"此鹤初突破上古时代之鸿蒙，正踌躇满志，睥睨一切，践踏传统于其脚下，而欲作更高更远之飞翔"①。这真是那个昂扬奋励的新时代精神的艺术写照，它是偏于"属人"的，是人与艺术的初步觉醒。

这里不难见出，从殷商及殷商之前到春秋战国时期中华古代文学艺术的历史发展轨迹，与《周易》从巫学智慧向美学智慧的历史性转换相比较，二者在

① 郭沫若：《殷周青铜器铭文研究》，引自敏泽：《中国美学思想史》，齐鲁书社，1987，第77页。

深层文化结构上实际是同构对应的，即大致都有一个从"神"向"人"的转化过程。

中华古代文学艺术的历史发展，总体上经历三个大的发展阶段。其一，从中华初民开始在这块广袤的东方大地上制造工具、从事生产、繁衍生息到"万物有灵"观产生之前，此时的文学艺术处于萌芽时期，由于未受后世原始巫术、原始宗教观念的"薰染"而具有"原始的单纯"与混沌的特点，处于"元白"和"元黑"状态，原始初民由喉头所发出的简单的音节、语音以及喜怒哀乐情感的表达和借以表达感情意念的形体动作等等，为最原初的口头文学、音乐、舞蹈等的萌生发育准备了条件。工具的制造、使用与改进，无疑培养和锻炼了原始初民对形象、形式的"前审美"感受，人的一切行为、思维、情感与意志等等，都服从于和专注于求生存这一实用目的，所以此时的文学艺术始终受到"原始实用"的羁绊。其二，从"万物有灵"观的诞生经过夏、商、周三代到东周后期春秋战国神灵之文化意识的削弱，这是一个文学艺术和审美意识尤其被神灵之乌云重重笼罩的时代。由于原始巫术、原始宗教观念的介入，文学艺术尽管具有相对独立的审美属性，整体上却是"属神"的神秘符号体系，它的社会属性变得复杂起来，文学艺术观念、审美意识与原始巫术、图腾、原始宗教观念的纠结显得尤其牢固。这是因为"原始人丝毫不象我们那样来感知……不管在他们的意识中呈现出的是什么客体，它必定包含着一些与它分不开的神秘属性"[1]。人们在文学艺术中所表现出来的如欢悦、赞叹、恐惧、痛苦、诅咒等情感，往往都与对神灵的崇拜意绪纠缠在一起。比如，属于母系氏族社会的西安半坡"人面鱼纹"这一陶器绘画艺术，其人面造型以两段直线表示双眼，鼻作倒"丁"字形或垂三角形，嘴角各衔一条小鱼，鱼身周围附以莫名的短线或圆点，两耳部各有一条小鱼（"珥鱼"）纹样，这种人面与鱼纹"合作"在一起的艺术符号，显然具有非现实的神秘意蕴而不是单纯地表现美。即使在后代《诗经》中，也有许多诗篇表现出鸟图腾与鱼图腾的文化观念情绪，这是对远古生殖崇拜神秘意象的朦胧回味和热情讴歌。其三，从春秋战国艺术精神的初步觉醒、经过魏晋艺术精神的真正觉醒而直至以后，这是第三阶段。这一阶段的

---

[1] ［法］列维-布留尔：《原始思维》，丁由译，商务印书馆，1981，第34页。

文学艺术与审美意识，已经一般地挣脱了神灵的羁系而呈示出独立的审美性格，它基本上是属人的，具有关于人的审美主体意识，审美意识的天空变得高远而明丽，但时时亦有关于神、关于崇拜的乌云掠过天边。这一点直到今天，也常常会有崇神或变形的崇神观念意绪闯入艺术审美领域。因此可以说，这一历史时期的中华文学艺术总与诸种神或圣保持着传统联系，组成一个松散的结构。

同样，中华文化智慧也经历过三个历史发展阶段。在第一阶段，中华初民的文化智慧具有初始的特征，即紧紧围绕求其生存的实用目的来组织人的智慧网络。这种求生存具有两方面的意义，就是求温饱以维持人之个体的生命，求繁衍以延续人之群体生命。初民的狩猎、采集等物质生产解决生命个体的温饱问题，初民的自身生产使群体生命得到繁衍。此时，初民的文化智慧尽管内蕴着原始巫术、原始宗教、哲学、自然科学、伦理学以及审美学等智慧因素，却是始终依其"生存目的"而展开的，可称为"生存智慧"或"实用智慧"。在第二阶段，中华先民也曾经由于深受盲目自然力的胁迫而虚构这样那样的神使自己的文化智慧跃上一个新的历史台阶。这神是人的保护者、鞭策者和启悟者，是人的理想之泡影、人之伟大形象颠倒的实现和肯定，却由于人的文化智慧终于未能彻底地向彼岸跨越，尤其由于乐观自信的民族灵魂的基本性格使得中华先民终于未能创造一个超越世间的宗教主神，而没有在原始巫术、原始宗教智慧基础上建构起成熟的民族宗教，这种民族文化智慧的历史性缺损，是这一时期中华文化的基本特点。作为宗教智慧的代偿，便有以龟卜和易筮这些世界上独一无二的巫术智慧来唱主角。这种中华文化智慧由于在凭依"天启"的同时强调"人为"的努力，其神性自然是不充分的，因此，这是一个打上引号的神统治的时代。其间，中华民族的哲学、自然科学、政治伦理学、史学以及美学智慧等，大约由于"神"之统治的相对薄弱而具有某种想要突破神之樊篱的蓬勃态势，因而待到春秋战国时期便迎来了文化智慧的历史性飞跃，这大约就是梁漱溟所谓中华文化智慧的"早熟"与"早悟"。在第三阶段，从先秦诸子的百家争鸣到魏晋时期人的真正发现，构成努力摒弃神学和以人为主题的中华文化智慧的主旋律。两汉之际印度佛学的东渐，曾经使中华本土的文化智慧产生"昏晕"的感觉，这种超世哲学一度几乎促使中华本土文化智慧的双足拔离现世的红尘与"苦海"，却在中印两种文化的剧烈碰撞、冲突与妥协中，最后是前者对后者的消解，其典型代表就是唐代禅宗文化的出现。而其中建立在《周易》本文巫学智慧基础上的战国时期《易传》文化智慧的建构，在中华文化智慧的发展中具有颇为重要的地位，它与先秦诸子百家尤其儒、道两家一样，产生了不可估量的影响。不仅是哲学、政治伦理学而且是《周易》美学智慧，使这一漫长历史时期的中华文化智慧呈现独特的面貌。由于一般地讨厌彼岸说教，它是属于人与现世的，却有时也会与中华本土的此岸之"神"和来自印度佛教的彼岸之神（佛）等携起手来，使《周易》美学智慧的历史沿革和现实嬗变异彩纷呈。

第三节　"诗性智慧"的心理转机

《周易》本文的巫学智慧，在文化心理上是如何转换为美学智慧的呢？这涉及巫学智慧与美学智慧文化心理结构的关系问题。

《周易》巫学智慧与美学智慧之间具有潜在的心理结构联系。自从中华伟大祖先出现在东方地平线上，古老的中华大地、高远的苍穹、灿烂的朝霞或是皎净的月辉，以及奔泻的江河和动植物的生命韵律等等，并不能在一个早晨全都和悦地成为人的审美对象。自然景物与社会情事究竟美不美，决定于人通过社会生活实践改造主客观世界的广度与深度。中华先民社会生活实践领域何其狭小，极大地局限了人们的文化视野，使审美限制在一个极小的区域之中，正如普列汉诺夫所言，原始狩猎者会对其住处四周的遍地鲜花熟视无睹，这是由于他们的社会生活实践领域和文化视野仅限于狩猎之故，当时的文化智慧还未进入与植物鲜花相关的农耕阶段，因而不以花蕾为美丑是不足为奇的。而且，尽管从广义审美范畴来看，即使人类最原初的改造主客观世界的活动，由于总是多少将人的本质对象化、在对象上多少打上了人的烙印而在实际上已经开始了审美。然而，这种审美往往是不自觉的，即不知道自己是在审美。审美意味着人的自我意识在对象和实践过程中得到了确证，但人的自我意识有时却无力感觉到实际存在的审美过程。或者可以说，人的自我意识可以为"他力"所牵引，无法专注于审美对象。因为尤其在中华先人的实践活动中，由于这实践本身，一般尚未分化如后代高度文明社会中比较单纯的科学实践、伦理实践、宗教实践和艺术审美实践等等，是一个复合的整体。由于这种社会生活实践的混沌未分，人所面对的对象也就未能向人显现出其独在的审美属性，人的整个文化心灵同样也是一个混沌未分的复合结构，因而一般未能自觉地意识到在那混沌复合的实践中实际存在的审美因素。比如这里有一棵参天古树，现代社会中一位商人以为其木质优良很值钱，可以砍下来造房子、打家具、造木船、用作各种工艺品的材料，这是对古树这一对象抱有求其实用的文化态度，可称为"向善"；科学家测量古树的高度、树干的粗度与树冠的大小，研究其生长规律，或从其叶汁中提取某种化学成分用以治病等等，这是对对象持一种科学认知的文化眼光，可称为"求真"；艺术家却赞赏这古树的高大形象，遂诗意勃发，写出好诗美文以抒寄情怀，或丹青挥洒、音符独运、舞姿翩跹，聊作人格比拟，这是"审美"；还可能有宗教信奉者或是巫婆、神汉之类迷信这是一棵神树，人不可得罪，必须时时献祭，以求平安，或者迷信人六十岁生日那天只要用手去树身上抚摸三下，就可获长寿好运，那么，这是"崇神"，或是与"崇神"相关的巫术了。向善、求真、审美、崇神，大凡人对现实的关系，就是这四种关系，或是这四种社会生活实践和文化心理的不同组合。当一个现代人在对某一对象进行审美时，其文化态度是很专一的，即专注于对象的美丑形象和美丑属性，其审美过程作为一种实践也显现出单一的性质，以求物我浑一、主客相契的审美境界。这并不是说现代人在审美时，与对象的向善、求真甚至崇神绝然无关，而是这其余的种种文化态度被暂时压抑了，或者可以说，是被消融在审美之中了，成为审美的文化心理背景。

然而，这种情况在中华先民那里一般是难以出现的。那时，向善、求真、审美和崇神因素并未分化为具有独立的文化性格，而是浑整地统一在一个复合结构之中，这是文化智慧的"原始的统一"。而且，当人刚刚脱离动物界、具有人的自我意识之时，在一个社会生产力极度低下的社会里，人们几乎是"靠天吃饭"的，因而对大自然的恩赐和惩罚尤其有切肤之感。这种原始情感一直延续了多少万年而愈显强烈，后来在"万物有灵"原始神学观念的支配与催激下，成为宗教神学对神之感激和恐惧的重要情感基础。自然，在宗教产生之前，还有一个人借助神的力量、人充满自信和努力的巫术文化阶段。在巫术中，人其实并未忘却大自然对人的恩赐和惩罚，只是并未彻底地跪拜在大自然面前，而是采撷大自然的"灵气",来演出神秘巫术的英雄活剧。人的文化心灵对盲目自然力给人的恩宠与严惩是尤其敏感的,这便是为什么往往是那种"崇神"的文化方式(前有巫术,后有宗教),首先在文化智慧上充任主角,而将求真、向善、审美的文化因子包容于其间的原因之一。

因此,在原始社会中,求真、向善、审美和崇神这四种把握世界的基本方式建立在人的自我意识的基础之上,浑整复合于人的原始文化智慧之中。但是崇神这一文化方式(在《周易》中是指巫术占筮)可能较其余三者更为"早熟",这是人类文化智慧萌生与发展的一个普遍现象。因为"求真"(科学认知)是知识的最高形式;"向善"起初具有实用观念,后来发展为在实用观念基础上的道德伦理,成为处理人际关系的自觉文化要求;"审美"是人的本质的对象化,人的自我实现,尤其是人之情感的高级形态。因而,它们不可能首先以其独立、成熟的文化形态成为人类文化智慧的原始模式,而一般以其各自的智慧因素被包容于崇神文化智慧体系之中。蕴涵着原始求真、向善、审美文化智慧因素的崇神文化,之所以较其余三者更为"早熟",是因为原始社会普遍低下的社会生产力恰恰是产生崇神文化的温床,这温床为崇神文化提供了神灵观念,提供了神秘互渗的原始思维,也提供了人对自然(幻化为神灵)的依赖感与人的原始痛苦与欢乐情调,这一切都只能被限制在一个较低的心智水平上。如果说求真、向善与审美一般应当建立在较高的文化理智基础上,那么这一点却不是崇神这一原始文化模式所必须具备的。因此,毋宁说崇神是人之原始非理性支配下的文化观念与文化行为。马林诺夫斯基说:

> 因为在理智的经验中没有出路,于是借着仪式与信仰逃避到超自然的领域去。超自然领域,在宗教有对于鬼、灵、天意底原始预兆与部落秘密底保卫神等信仰;在巫术有对于巫术已在荒古而存在的威力与效能。巫术与宗教都严格地根据传统,都存在奇迹底氛围中,都存在奇迹能力可以随时表现的过程中。[1]

---

[1] [英]马林诺夫斯基:《巫术科学宗教与神话》,李安宅译,中国民间文艺出版社,1986,第75页。

这种非理性的"超自然的领域"只能是崇神的领域而不可能是求真、向善与审美。

当然不等于说求真、向善与审美这三种方式后起于崇神，事实上这四者是同时起源的。仅仅崇神这一文化方式比其他三者成熟较早而已。在此意义上我们认为，崇神即原始巫术与宗教并不是求真、向善与审美最终的文化母体。

然而，又不等于说崇神与求真、向善、审美绝然无涉。这四者既然同时起源于人的原始社会生活实践、是人的自我意识这样那样的表现，那么其关系的密切程度必然是美学研究非常值得注意的一个问题。

这一问题往往为以往一些美学研究所忽略。其思维定势，表现在热烈探讨求真、向善、审美——真、善、美之间的关系中，而一旦某个美学问题触及崇神（崇拜）这一领域，就戛然而止、保持沉默。造成这种学术态势的原因之一，是不以文化学眼光看待美学研究。

事实上，且不说在原始文化智慧中，求真、向善、审美与崇神是一个浑整的智慧整体，即使在近现代、在今天，这四者也存在千丝万缕的联系，并构成一个丰富复杂的文化动态结构。

就求真而言，它是理性认知，是属科学范畴的、对客观真理的追摄，也是文化智慧的最高形式。它在向善领域表现为实践理性；在审美领域表现为自然宇宙与社会人生真实；在崇神领域，是人在神灵面前半跪着（巫术）或跪倒在地（宗教）的一种假性认知。

就向善而言，它是起源于实用观念的道德伦理，是对人际关系规范化的整肃与梳理，属伦理学范畴，是协调人伦关系的文化智慧。它在求真领域可以表现为实践意志，比如科学探索为国争光、为民族而拼搏等；在审美领域表现为道德美、伦理美、心灵美等以及对这种美的肯定与欣赏；在崇神领域，人与神灵之间的渺小与伟大、委琐与崇高等，已经蕴涵着原初的伦理等级意识。

就审美而言，它是人的本质、人格理想自由而完美的实现。求真是审美的理性沉思，审美是求真偏于感性的表现。在向善领域，审美可以是意志的象征，是伦理的超拔与升华。在崇神领域，对神灵的崇拜是一种被扭曲的审"美"形式，在崇神意识中潜隐着虚幻的审美意识。同时，美是合规律（真）与合目的（善）的形象的实现，美感来自对潜藏着的事物规律的求真，合乎一定道德伦理的善之境界的追求，有时甚至是对崇神（崇拜）文化意绪的扬弃与消解。

就崇神而言，无疑表现出更典型的原始文化智慧的特征，属巫学与宗教学范畴。崇神是客观世界的被神化，同时必然是主体意识的无以建立或再度丧失。它是人之精神在错乱状态中的一种"自信"（巫术），又是人之精神在迷狂状态中的一种"自我贬损"（宗教），是理性求真意识的少弱或重新失去。然而某种意义上又是理性求真的历史前导。因为人类的文化智慧，似乎注定要经过一个精神迷误的历史阶段，然后才能比较清醒地跨入理性求真的时代。但一旦理性醒悟，又难以绝然割舍人与神灵的一切精神联系。同样，崇神意识与伦理观念其实只有一步之遥，崇神可以表现为对彼岸之神灵的崇拜，也可以表现为对此岸之"神"的顶礼。须知此岸也有"神"，这便是在伦理观念中被神化的帝王、领袖、英雄、父亲、祖先等等，这可以说是崇神的伦理化、伦理的崇神化，是一种世俗性崇拜。

总之，我们对《周易》美学智慧的研究，是建立在求真、向善、审美与崇神（巫术）四位一体且又具有错综复杂关系的思维框架基础之上的，尤其要注意巫学智慧怎样向"诗性智慧"的文化机制的转换问题。过去我们研究美学，往往在真善美与假恶丑这些基本美学范畴中进行思考，其实就《周易》美学智慧的研究而言，还可以而且有必要引入属于巫学智慧的"吉""凶"这两个文化学范畴，以构成如下这样一个范畴系列：

$$吉——真——善——美$$
$$|\qquad\qquad\quad|$$
$$凶——假——恶——丑$$

这一范畴系列也可简化处理为：

$$吉——美$$
$$|\quad\ \ |$$
$$凶——丑$$

现在，让我们来分析一下，《周易》中的巫学范畴"吉"如何转化为与真善相联系的"美"，"凶"又是如何转化为与假恶相联系的"丑"的。

《周易》乾卦卦辞云："乾：元亨。利贞。"这里，元，即太；亨，即享、祭；利，有利；贞，从卜，占问。该卦辞大意：筮遇乾卦，可举行太享之祭，即在太庙祭祀祖宗。这是有利的占筮，在殷周人的心目中，乾卦是一吉卦。然而在战国中后期的《易传》中，同样是这一乾卦卦辞，却出现了文化意蕴的转型，读作："乾：元、亨、利、贞。"这里，乾，乾卦；元，元始、原初；亨，美、亨通；利，利和之谓；贞，正固之意。这是说，乾作为天的属性，既具有元始、亨美的自然品质，又蕴涵利事和谐、正固不移的人格比拟的道德力量。《易传》说："元者，善之长也；亨者，嘉之会也；利者，义之和也；贞者，事之干也。"①这里所谓"善之长"，即是古代文化观念中的善、美未分，善通美；长，首也。这是指乾天具有元始造物之美，也象征圣人美德的一种极致境界。朱熹云："元者，生物之始，天地之德莫先于此。"②天地同具造物之美德，而乾天尤具"元性"，此即"善之长"。所谓"嘉之会"，连斗山云："两美相合为嘉，众物相聚为会。"③此言乾坤天地为"两美"，而乾为亨通嘉会之元始。所谓"义之和"，义，宜也。朱熹称："利者，生物之遂，物各其宜，不相妨害。"④《说文》曰："和，相应也。"乾坤相和各得其宜，利事和谐。乾坤虽然对立，却宜其相和；相和则万物生而亨通，从而各得其利。这是颂赞乾天之性具有与坤地和谐至美的品德。所谓"事之干"，李道平：《诗诂》云：'木旁生者为枝，正出者为干'。是干有正义。"⑤朱熹："干，木之身，而枝叶所依以立者也。"⑥《周易·乾彖》："贞，正也。"这是说，"贞"作为乾天之一美德，具有正固难摧、正大光明的特性。由此可见，原是作为筮卦的乾，经过《易传》的改造，已由巫学智慧意义上的"吉"，转换成审美文化智慧意义上的"美"。当然，这

① 黄寿祺、张善文：《周易译注》，上海古籍出版社，2007，第7页。
② 朱熹：《周易本义》，第44页。
③ 连斗山：《周易辨画》，中国台湾商务印书馆，1969。
④ 朱熹：《周易本义》，第44页。
⑤ 李道平：《周易集解纂疏》，中华书局，1994。
⑥ 朱熹：《周易本义》，第44页。

"美"同时包容着"善"。

《周易》坤卦·六五爻辞："黄裳，元吉。"从巫学智慧看，周人以黄居五色之中，为显贵之色。古代服饰是上为衣、下为裳，衣裳皆人体之纹饰是吉祥之服。"元吉"是"太吉"之义。故筮遇此爻，好比人之穿黄色裳服，太吉利了。然而在《易传》中，却将"黄裳"解说为人之修洁内美的象征，所谓"黄裳元吉，文在中也"①。古人云："衣，身之章也。"②"裳，下之饰也。"③"以章释衣，以饰释裳，是其证。中犹内也。古人穿长衣，衣掩复下裳，王夫之曰'衣著于外，裳藏于内，故曰在中'是也。传意：爻辞云'黄裳，元吉'，乃以黄裳比喻人有美德在其内心。"④这就完成了从巫学之"吉"向美学之"美"的文化智慧的转换。所以《易传》又说："君子黄中通理，正位居体，美在其中，而畅于四支，发于事业：美之至也。"⑤

《周易》屯卦卦辞："元亨，利贞；勿用有攸往，利建侯。"这卦辞的巫学本义是说：筮遇屯卦，卦象向人昭示出可举行太亨之祭、对占问有利的吉祥信息；又告诫人们不可贸然前往，建立诸侯国的时机到了。待到《易传》，这一吉卦的文化意蕴从巫学层次向美学层次大大发展了。其大意是说，屯卦卦象象征初生，是生命现象至为亨通、守持正固的表现。从"屯"字的造字原型看，甲骨文中的"屯"，写作❤或❤，像植物种子艰难地萌发、破土而出之形。许慎深知其义，释为"屯，难也，象草木之初生，屯然而难"⑥，这一释义为唐陆德明、孔颖达诠解此卦时所采纳。从屯卦卦象看，为震下坎上，依《易传》之解，震为雷、坎为水（雨），是雷雨交作之象。雷电并发，大雨交加，是一元大、亨美之自然景象。先秦时代，有雷雨为阴阳二气相交而生的观念，所谓"阴阳之气……和则雨"⑦。汉代《淮南子》亦说，"阴阳相薄感而生雷"⑧。故《易传》所谓"屯，刚柔始交而

① 黄寿祺、张善文：《周易译注》，上海古籍出版社，2007，第21页。
② 杨伯峻：《春秋左传注》第一册，中华书局，1981，第270页。
③ 杨伯峻：《春秋左传注》第四册，中华书局，1981，第1337页。
④ 高亨：《周易大传今注》，齐鲁书社，1998，第81页。
⑤ 黄寿祺、张善文：《周易译注》，上海古籍出版社，2007，第24页。
⑥ 许慎：《说文》，中华书局，1963，第15页。
⑦ 《大戴礼·曾子天圆》，王聘珍：《大戴礼记解诂》，中华书局，1983。
⑧ 《淮南子·天文训》，《淮南子》，上海古籍出版社，1989，第27页。

难生"的看法并非偶然。然而，如仅从屯卦上下卦结构看，上卦为坎，坎为中男；下卦为震，震为长男，都为阳性之卦与刚性之卦，没有"刚柔始交"的意思，也谈不上"阴阳之气"与"阴阳相薄"。实际上，从互体卦角度分析即可见"阴阳""刚柔"的意思。屯卦卦象震下坎上，而二、三、四爻构成一个新的坤卦；三、四、五又构成一个新的艮卦，坤为女为阴为柔；艮为男为阳为刚，此之谓也。

于是，整个卦象卦义就是雷雨这一自然景象壮美的象征，它是由屯卦的巫术之"吉"转化而来的。而从雷雨之阴阳刚柔相薄相感引申为一切生物始生的艰难，有一种"生之伟大"的审美智慧意蕴。

《周易》泰卦卦辞云："小往大来，吉亨。"意思是说，小的去了，大的来了，这是吉卦，标志着命运亨通。《易传》却作了如下阐释："泰，小往大来，吉、亨，则是天地交而万物通也。上下交而其志同也。内阳而外阴，内健而外顺，内君子而外小人：君子道长，小人道消也。"①依《易传》之解，泰卦卦象结构为乾下坤上，乾为天，坤为地，天气轻扬上腾，地气重浊下降，具两相契合之势态，具有天地阴阳交和、万物生养畅通之"美"。在自然界中，天在上而地在下，这里泰卦卦象结构故意以乾卦在下而坤卦在上，说明古人创卦时已经具有一定的美学思考，即根据天地的轻重属性来建构泰之卦体，抽象地表达"天地交"为自然之大美的美学智慧。同时，乾天坤地相交而象征君臣"志同"，乾为内卦为健，坤为外卦为顺，君子小人判然有别，君子之道增长，小人之道消亡，这又可见出从巫学智慧向伦理之"善"的转化，不过这"善"在古人看来也是一种"美"，即道德之"美"。

---

① 黄寿祺、张善文:《周易译注》，上海古籍出版社，2007，第73页。

以上所举四例，是随意从《周易》中检索到的从《周易》巫学智慧之吉转化为美学智慧之美的一些实例，实际上在《周易》中，这样的实例远不止于四，可以说，由吉而美是《周易》文化智慧转型的一个普遍现象。

同样，由凶而丑也是《周易》文化智慧转型的普遍现象。

如乾卦上九爻辞云："亢龙有悔。"《周易》第一卦乾卦即龙卦本为吉卦，这是我们在前文已经提及的，然而不等于说，乾卦的每一爻都是吉爻。在古人看来，乾卦上九爻就是一个凶爻，所谓"亢龙"，亢者，"极高为亢"，人如见到这种"亢龙"，是要倒霉的，所以不吉利。而属于巫学的这一"亢龙"形象，在《易传》中就是一个"丑"的形象。"上九曰'亢龙有悔'，何谓也？子曰：'贵而无位，高而无民，贤人在下位而无辅，是以动而有悔也'。"① "亢龙有悔，穷之灾也。"② "亢龙有悔，与时偕极。"③ "亢之为言也，知进而不知退，知存而不知亡，知得而不知丧。"④ 这是说，骄横之君王犹如龙之飞到天之极高处，自逞其能，无可再高，位倾天下，孤家寡人，必登高而跌重，衰颓难免，这是"丑"。

旅卦上九爻辞云："鸟焚其巢，旅人先笑后号咷；丧牛于易，凶。"从巫术占筮角度解释，这爻辞的大意是：旅人在旅途中见雷击而鸟巢被焚，先是觉得好笑，后意识到这是旅人自己的居宅被焚、无家可归而不禁嚎啕大哭。这同殷之先祖王亥客居于有易之国，因淫乐过甚而为易之君绵臣所杀，且与在易地丧失牛羊一样，都是凶兆。在《易传》中，这一条爻辞的巫学内容又被"消解"了。从旅卦卦体结构看，为艮下离上之象，旅之上九爻为刚爻，处于极高之位，所谓"最亢者上九也"⑤。而且这里"上九"之凶险，又表现为以居穷高为乐事，所谓"旅上之'笑'，乐其穷也"⑥。大凡阳刚高亢过其皆遭咎危，何况这里以穷骄为乐而不知忧患，这是最危险的。这种"穷骄"之性，实则为丑。人生有如

① 黄寿祺、张善文：《周易译注》，上海古籍出版社，2007，第10—11页。

② 同上书，第11页。

③ 同上。

④ 同上书，第14页。

⑤ 李光地：《周易折中》，巴蜀书社，1998。

⑥ 李志钧等点校：《阮籍集》，上海古籍出版社，1978。

行旅，在其转折关头，处危而不知危，这是丑。

豫卦初六爻辞云："鸣豫，凶。"从巫术占筮角度看，其意是说人欢淫过甚自鸣得意，这是要倒霉的凶险之象。豫卦以"鸣豫"为"凶"，在今天看来也是有道理的。所以在《易传》中，这种巫学智慧直接转换为与人之精神气质相联系的审美智慧。《易传》称："雷出地奋，《豫》。先王以作乐崇德，殷荐之上帝，以配祖考。"①这里，"奋，动也。殷，盛也。荐，进也"②。高亨认为："崇犹尊也。崇德谓尊崇其德而歌颂之也。配犹献也。""《豫》之上卦为震，下卦为坤。震为雷，坤为地。然则《豫》之卦象是'雷出地上'而'奋'动也。《易传》对于雷有不科学之谬说，认为大陆地区，天暖时雷出于地上，天寒时雷返于地中。雷出地上，震动万物，时为春季，万物皆欢乐，是以卦名曰《豫》。雷声可以震动万物，音乐可以感动天神人鬼。先王观此卦象，从而创作音乐，歌颂功德，洋洋而盛，进之上帝，献之祖考，以娱乐之。"③这是以"乐"释"豫"，这里的"乐"包括音乐与欢乐两重意思。因而所谓"豫"，是受感于雷而由人所创造的乐，它献祭于上帝、祖考而歌功颂德，但人不可欢悦过度、自鸣得意，否则，便有悖于作为自然天则的雷，有悖于自然天则的神化即鬼神，也违逆于社会人则的祖考了。倘然如此，不仅"志穷凶也"④，也是一种与谦德相背的"豫"之丑。

自然，从以上所举数例可见，由巫术之凶转化而来的丑，一般是一个与伦理之不善与恶相联系的审美范畴。

那么，从《周易》巫学智慧到美学智慧的心理转机又是怎样呢？

我们在前文已经说过，尽管巫学智慧在文化本质上不同于美学智慧，然而二者之间并没一条不可逾越的文化智慧的鸿沟，人类的文化智慧是历史地分阶段的、分层次的，又是一条不息流泻的河流，它环环相扣，组成了智慧之链。

从文化心理角度分析，巫术智慧作为人类文化智慧是比较初起的智慧模式，

① 黄寿祺、张善文：《周易译注》，上海古籍出版社，2007，第101页。
② 李鼎祚：《周易集解》引郑玄注，上海古籍出版社，1989。
③ 高亨：《周易大传今注》，齐鲁书社，1979，第187页。
④ 黄寿祺、张善文：《周易译注》，上海古籍出版社，2007，第102页。

包蕴人类高级智慧，其中包括美学智慧的胚胎、萌芽和因子。美学智慧的基本文化心理要素比如感知、想象、情感和理解等等，在巫术智慧中已见端倪，它们以扭曲的文化模式存在于巫术中，或是以"前审美"方式存在着，也就是说，《周易》巫学智慧中储存着使其转化为美学智慧的基本文化心理要素。

一、感知

这是从事巫术活动也是从事审美活动、审美体验的文化心理基础。在巫术活动中，最重要的，也即第一步，是对世界、对周围生活环境的感知（包括感觉以及在感觉前提下的知觉），亦即捕捉前兆或人为地创造前兆（事物因果链中的前期现象）。为了预卜吉凶、推验未来，中华古人对前兆是非常注意的，如果暂时没有前兆表现出来，就采用各种人工手段——龟卜、占筮等迫促前兆的显现。列维-布留尔说：

> 原始人所居住的那个世界却包含着无穷无尽的神秘联系和互渗。其中一些是固定的和已经知道的，如个人与其图腾的互渗，某些动物和植物的彼此的联系，等等。但是，又有多少其它这类联系发生着和消失着而为人所不知，其实它们又是值得最大的注意，对它们的认识又是极为重要的呵！假如这些联系自己不表现出来，那就有必要迫使它们表现出来。这就是占卜的来源，或者至少是它的主要来源之一。①

这里所谓"无穷无尽的神秘联系和互渗"，指各种前兆及前兆所预示的结果、命运之间的"联系和互渗"。这种"联系和互渗"在古人心目中尽管是神秘的，对它的观察与感知却极大地培养和锻炼了中华初民对客观事物感性形象的心理感受力，促进了先人关于自然形象、社会形象以及人自身形象的文化智慧的启蒙与开发。它一方面发展了中华初民的巫术智慧，另一方面又促进了审美智慧的文化心理因子在巫术行为中潜生暗长。

举例来说，大过卦·九二爻辞云："枯杨生梯，老夫得其女妻，无不利。"

---

① ［法］列维-布留尔：《原始思维》，丁由译，商务印书馆，1981，第280页。

其大意是说，枯老的杨树从根部长出嫩枝来，这是老头子娶小媳妇的吉兆。这里，从巫术角度看，"枯杨生稊"是前兆，在这前兆与"老夫得其女妻"之间存在着"神秘联系和互渗"。"枯杨生稊"作为巫术前兆，是人们实际观察、关切、感觉的对象，不管这一巫术本身怎样神秘虚妄，人们对"枯杨生稊"这一自然现象的凝注却是真实的，尽管这一自然现象在这里被扭曲地复制为巫术前兆，可是其形态、长势、色彩、风致等形象因素却感性地在人的心灵上打下了烙印，这为可能出现的审美打下了其中一个心理基础。同时，与这爻辞相关的，还有古人所创造的大过卦象。大过·九二爻是人所创造的与这爻辞相对应的前兆。大过卦象结构为巽下兑上䷛，其九二爻处于下卦巽之中位，初六承九二，九二虽与九五无应，总体上却维系了阴阳刚柔的统一。李光地引王申子曰："大过诸爻，以刚柔适中者为善。初爻柔居刚、二以刚居柔而比之，是刚柔适中，相济而有功者也。其阳过也，如杨之枯，如夫之老；其相济而有功也，如枯杨而生稊，如老夫得女妻。言阳虽过矣，九二处之得中，故'无不利'。"[①]这里，九二爻象与九二爻辞这两个前兆得到了迭加。而九二爻象的创立，则意味着蕴涵于爻象与爻辞对应中的感觉进入了知觉层，这又为可能出现的审美打下了别一心理基础。因为从"枯杨生稊"这一自然物象到九二爻象这一人为创造的形象，虽然都是作为巫术前兆而出现的，虽然都是被巫术心理所扭曲了，然而二者共同为审美提供了活生生的形象因素和心理感知。

又如渐卦·九三爻辞云："鸿渐于陆，夫征不复，妇孕不育，凶。"其大意是说，大雁飞渐高平之地，这是丈夫远征无归、妻予不孕育的凶兆。这里，"鸿渐于陆"作为巫术前兆，又是相信巫术占筮的人们所极关心的一种自然现象，而九三爻象居渐卦䷴之阳位，九三为刚爻且居阳位，急于上进难守渐进之道，又与六四爻（象征妇的爻象）成逆比关系，说明这种夫妇关系并不圆满，所以"夫征不复"导致"妇孕不育"，为凶险之象。这种爻辞与爻象的对应，由于在人们心目中储存着形象感知因素，为可能转化为审美准备了心理条件。

总之，巫术占筮由于总是首先要与"象"打交道，必然极大地发展了人的

① 李光地:《周易折中》，巴蜀书社，1998。

感觉与知觉，这种感知并非就是与形象相对的审美心理，却是萌生审美心理感知的必不可少的一个心理条件。任何时代的任何种族、氏族、民族的人的文化心理总有一个相对稳定的文化模式，这一文化模式决定了人对外界事物、物象的复制趋势与复制心象的特征。冈布里奇曾经发现，同一个外界物象，比如同一狮子星座，不同部族、具有不同文化心理模式的人可以据此复制成关于这星座的不同心象，有的说该星座似白羊、有的将其看作狮子、有的以为像龙虾，也有的甚至感觉这好像是一头公牛或一只蝎子。这些视觉的"错觉"虽极不一致，却极大地发展了人的感知心理能力，成为形成审美心理的一个基础。《周易》巫术占筮的心理模式是"万物有灵"观，是物象（兆象）与占验结果之间的"神秘联系与互渗"，所以在《周易》巫术观中，一切自然形象、社会形象与人自身的形象只能分为吉、凶两类。而一旦这种文化心理模式被破除，那么积聚在人们心灵中的对于形象的感知就会自由地释放出来，此时，离审美大约只差一步之遥了。

二、想象

想象是审美必不可少的一个心理因素，分再造性想象与创造性想象两种。如果说感知为审美奠定了一块心理基石，那么想象就是立于基石之上审美心理大厦的画栋雕梁，是飘浮于屋角之上的云彩。

巫学智慧的启蒙、发育对人类想象的心理能力不是扼杀而是一种催激。在《周易》的巫术占筮中，想象这一心理因素十分活跃。我们知道，在巫术占筮的兆象（前兆）与占验结果之间，存在着一个中介和空白，这一中介就是想象，这一空白需靠心理想象来填补。比如前引大过卦·九二爻辞的"枯杨生稊"这一巫术前兆与占验结果"老夫得其女妻"之间就存在这样的中介与空白。试问人们是怎样在巫术观念中将"枯杨生稊"这种自然现象与"老夫得其女妻"这一社会情事联结在一起的呢？主要就是靠类比性想象（严格而言，这种想象是联想），即将"枯杨"比之于"老夫"；"生稊"比之于"得其女妻"，才能使巫术思维从这一自然现象向彼一社会情事滑行。想象是人之心理能量最自由的部分，它是连接巫术前兆和占验结果之间的心理纽带，想象使巫术占筮具有魅力，当然，它是沿着巫术轨迹飞行的。然而，一旦这种巫术想象历史地挣脱巫术的文化心理羁绊，就有可能向审美以及比如求真、向善等其他领域漫溢，尤其能使得审美展开飞翔的翅膀。在巫术占筮中，想象的作用在于，前兆作为刺激物，它触发了想象，想象推动前兆之文化意蕴向占验结果这一巫术目的地挪移。在这一心理过程中，想象起了传递和意义由前兆意蕴向占验结果意蕴变异的作用，想象建立起二者之间的"神秘联系和互渗"。在审美中，想象同样是由某一自然景物或社会情事所触发的，想象又推动自然景物或社会情事的意蕴向被想象的审美主题推移。"白发三千丈，缘愁似个长"，这是审美想象。将"白发"想象为一腔愁绪，"三千丈"比喻愁绪之"长"，从人自身之"白发"现象到绵长的愁绪之间有一大段心理空白，是靠想象来填补的。想象，同样成为审美的一个心理中介。

由此可见，巫术想象和审美想象在心理功能上是异质同构的，因而从巫术想象到审美想象的转换则无疑存在着一种心理契机，巫术想象在某种意义上可以说是审美想象的前导。

三、情感

情感是人对客观事物、环境的一种情绪性的心理反应，它基于一定的理性，又具有冲决理性、某种非理性的心理特点。不用说，任何巫术都具有丰富的情感因素，它是巫术这部古老的文化机器得以运转的润滑剂。中华原始初民在东方大地上生活，想必通常是十分艰难的，然则有时也可能意外地舒适（原始意义上的舒适），这必然促使初民非常关注天象、地理、周围环境的变迁，情感也随之起伏波动。他们一忽儿惊恐万状、满腹狐疑；一忽儿大喜过望，只是一心念叨天和鬼神的恩德；一忽儿又突然被推入绝望的深渊，生活之极端不安定必然导致情感转换频率的加速和情感变化的剧烈，这使得企图以人之努力去抗击盲目自然和社会力量的巫术充满了情感因素。试想一想，当那老头子见到"枯杨生梯"这一自然现象时该是何等喜悦；而当大喊"其亡，其亡，系于苞桑"（否卦·九五爻辞，意思是说：要断子绝孙了，要断子绝孙了，我们的命运就看桑树能否抽出嫩芽、嫩枝来！）时，其心绪又是怎样忧郁、惊怖与不安！这种巫术情感是人类童年的典型心态，它在文化本质上不是审美心态，却与审美心态相比邻，在一定的历史契机中有可能发展为审美的。巫术情感具有两个相契的"力场",即作为前兆现象的物理之"力场"与作为占验结果的心理之"力场"的相对接。占验结果的"力场"之所以是心理性的,是因为任何占验结果其实都是心造的幻影,是一种未必能实现的心理愿望,仅仅巫术占筮者相信其能够实现而已。由于这种巫术愿望,所以巫术占筮者一旦见到某一兆象,不仅对立刻推知的占验结果充满了情感,而且迅速波及兆象,也使兆象染上了同样的感情色彩,所以,这里的两个巫术"力场"实际是同构对应的。在审美的心路历程中,也存在两个同构对应的情感"力场":审美对象的情感"力场"与审美主体内在情感的"力场",这两种"力场"虽然质料不同,前者凭借一定的物质形象以显现,后者则内在于人的心灵之中,然而二者本质上都是"力的结构",所以一旦进入审美过程,会在大脑生理电力场中达到融合与浑契。此时,审美对象的物理属性与审美主体的心理界限就会被打破而模糊起来,达到物我浑一境界。此时,对象即我之情感,情感亦是对象,审美对象与审美主体心理之间也达到了同构对应。

由此不难看出,就巫术情感与审美情感的运动轨迹而言,二者都达到了物我、主客浑契的境界。只是前者建立在以非理性为主的心理基础上,后者建立在以理性为主的心理基础上,前者实际是主体意识的贬损,后者则是人之主体意识的实现。然而从前后二者的情感运行的心路过程看,它们又是同构的,不过是异质同构而已。凡是同构的心理情感,只要具备一定条件,比如一旦使巫术占筮的"万物有灵"观瓦解,就可能出现从巫术智慧向审美智慧的质的转换。

四、理解

理解是审美智慧中的理性因素,它是其余各种审美文化心理的基础,并不以赤裸裸的形式逻辑出现,而是"溶解"于其间,好比蜜中花、水中盐,体匿性存,无痕有味。理解作为审美智慧中的理性基础,对于审美来说无疑是重要的,如果感知中没有理解,这种"感知"至多不过是一种动物性的信号反射,"只有理解了东西,才能更好地去感觉它"[①]。人对对象的审美感觉尽

---

① 毛泽东:《实践论》,人民出版社,1975,第7页。

管是瞬时直觉的，却是一种蕴涵着隐性思维的感觉，这种隐性思维就是"溶解"于审美感觉、审美经验的理解。如果想象中没有理解，就无法使心灵完成从此事物向彼事物的组接、传递与飞越，也就根本不会有想象。如果情感中没有理解参与，情感就会丧失其运动方向、强度和对其性质的规范，成为动物式的情感流露或是歇斯底里（癔病）的发泄。当然，审美智慧中的理解也并非离开审美感知、想象与情感而孤立存在，否则就是冷静、理智的逻辑推理而非审美了。

在巫术智慧中，也同样存在一定的理性因素即理解。首先，尽管巫术在文化本质上是一种非理性的"实践"行为，但就巫术之起源而言，却是建立在人的自我意识基础之上的，即一定程度上理解地意识到自身所处自然与社会环境的恶劣或温馨，意识到自己需要通过一定努力改变或保持这一处境条件。这种意识就是一种初起的理解。其次，就每一巫术观念而言，其间包含一定的理解因素。每一巫术的前兆迷信与占验结果之间都是两相同构对应的，没有关于这一点的一定的认识即理解，就无法建立这一同构对应，也就根本不可能发明巫术这一文化方式。比如中华古人是靠什么将"枯杨生稊"这一前兆与"老夫得其女妻"这一占验结果在思维中联接起来的呢？靠理解，即理解到这一前兆与占验结果之间具有一定的同构性；因为同构，所以可将二者人为地对应起来。在巫术智慧中，一定的理解因素同样起到了支配巫术感知、想象与情感的作用。如果巫术感知中不具有人的一定的自我意识，那么这种感知只能是自然性的、被动的与动物式的，人便无法从无数自然现象、社会现象与人自身生命现象中检索到他所需要的现象以作为巫术前兆，也就是说，尽管这种前兆观本身是迷信，然而如果没有一定的理解，就连这样错误的前兆观也产生不了。如果巫术想象没有一定的理解，这想象就会失去一定的思维指向，变得漫无边际、杂乱无序从而无法想象。同样，如果巫术情感失去了一定理解因素的规范，这情感到底是悲是喜、是忧是恐、是轻松还是沉重等等同样会失去一定的定性。总之，整个巫术智慧的内核是倒错的因果联系，就因果本身而言，是错误与迷信的，但人们在巫术中对这种因果律的滥用，却是建立在人们意识到天人之际存在着因果联系这一理性基础之上的，否则便谈不上巫术对于因果律的滥用。

　　于是我们由此可以看到，在巫学智慧与美学智慧中，理解这一理性因素都是存在而且重要的，仅仅在二者中的地位不同罢了。从理解与感知、想象、情感之关系看，巫术与审美过程中的理解也具有一定的同构关系，当巫学智慧中的"万物有灵"观有朝一日历史性地瓦解之时，其理解因素就有可能从巫术的坚壳中解放出来，成为美学智慧的文化心理基础。

第三章　气:《周易》美学智慧的文化哲学

在力求颇为全面地论述《周易》美学智慧本身的文化内涵之前，除了前两章已经论及的论题以外，还有一个重要问题必须进而提出:《周易》美学智慧的文化哲学是什么?

文化作为"人类'生活'和'存在'的特有方式"[①]，它是自然的人化、人的本质的对象化，构成了"人类在自身的历史经验中所创造的'包罗万象的复合体'"[②]。这"复合体"一般而言包括三大层次：一、物，人类所创造的、累积着一定文化心理因素的物质产品；二、心物，人类所创造的精神产品，具有丰富的文化精神内容，又表现为一定的物质形式，包括社会制度、经济模式、宗教仪轨、伦理规范、风俗习惯以及文学艺术等等；三、心，社会意识、文化观念、科学思想、宗教信仰、伦理意志、审美智慧与哲学思维等等，属于整个社会文化形态中最深与最高的层次。而任何人类智慧都具有一定的、高度抽象的文化哲学，都以一定的文化哲学为其基础，《周易》美学智慧也不例外。因为文化哲学所研究与揭示的是自然宇宙与社会人生的一般本质和普遍规律，它所涵摄的，是关于自然界、人类社会、人脑思维及其相互动态联系的总体性智慧，美学智慧作为整个文化智慧的重要构成，同样也将自然宇宙与社会人生的本质规律作为自己所观照的对象，不过它是"诗化"的。所以在智慧领域，文化哲

---

① ［法］维克多·埃尔:《文化概念》，康新文、晓文译，上海人民出版社，1988，第9页。
② ［英］爱德华·伯内特·泰勒:《原始文化》，连树声译，上海文艺出版社，1992。

学与美学所关注的往往是宇宙人生的同一课题。在宏观文化意义上，文化哲学智慧与美学智慧具有两相迭合的一面，哲学智慧的美学意蕴与美学智慧的哲学意蕴，共同统一在人类文化智慧的总体之中。美学智慧的最高、最深的文化层次，其实就是其文化哲学，它是美学智慧的文化内核与灵魂，自然也是《周易》美学智慧的基本文化哲学基础，也是其文化基因。

《周易》美学智慧文化哲学的基因是"气"。

第一节　气是古代中华的"马那"

中华古代哲学关于"气"这一哲学范畴源远流长，它在《易传》中有时被称为"精气"。《易传》一方面说"同声相应，同气相求"[1]；另一方面又有"精气为物，游魂为变，是故知鬼神之情状"[2]的见解。这里的"气"与"精气"，在文化范畴的内涵与外延上应当是基本同一的。

当然，"气"这一范畴的提出，并非初始于《周易》的"传"文，早在西周末年，伯阳父在解说地震之起因时就提出了"天地之气"这一命题。

> 夫天地之气，不失其序。若过其序，民乱之也。阳伏而不能出，阴迫而不能烝，于是有地震。[3]

这一关于"天地之气"的概念与观念包含着天"气"为阳气、地"气"为阴气的智慧因素，就是说，从现存资料气论提出之时起，"气"与"阴阳"这两个范畴就是互为涵容的。

春秋时期，医和将西周"天气"观加以阐释，使气这一范畴初次具有气之凝聚生成万物和宇宙演化的哲学意蕴，所谓"天有六气，降生五味。……六气曰阴阳、风雨、晦明也"[4]。天"气"本具"阳"性，这里又云天气之中又具阴

---

① 黄寿祺、张善文：《周易译注》，上海古籍出版社，2007，第10页。

② 同上书，第379页。

③ 《国语·周语》，邬国义、胡果文、李晓路：《国语译注》，上海古籍出版社，1994，第21页。

④ 杨伯峻：《春秋左传注》第四册，中华书局，1981，第1222页。

阳，这是初起的阴阳裂变智慧。味是古代中医学范畴，医和认为辛、酸、咸、苦、甘五类药味由六气所生，又包蕴着关于"气化"的智慧萌芽。

以气为宇宙演化之始因、中介的文化智慧当属老子。

> 道生一、一生二、二生三、三生万物。万物负阴而抱阳，冲气以为和。①

这是将道、气两个范畴结合起来对宇宙演化之始因、中介所作的哲理思考。其意是说，道绝对无偶，以数表示则为"一"，它先天地而存，"道之在天下，莫与之偶者。莫与之偶，则一而已矣，故曰："道生一"②。这里的"一"，指阴阳未分之时的混沌之气；混沌之气的内在矛盾运动裂变为阴阳二气；阴阳二气的相激相荡又产生第三者，即所谓"和"气，而万物之生都是阴阳二气的"冲"动之"和"。这里，老子既将气看作从道到生成万物的始因和中介，又认为气是道的一种形态表现。

管子对气的哲学界定进一步开拓了关于气的思维空间，他指出：

> 凡物之精，化则为生。下生五谷，上为列星；流于天地之间，谓之鬼神；藏于胸中，谓之圣人，是故名气。③

该气论引入精这一范畴，诚如《易传》有"精气"这一概念的运用，并且使关于气的学说从宇宙哲学向人生领域推进，使气与化生、流变、鬼神、圣人等后代重要的哲学、美学、伦理学以及古代巫学范畴相纠结。

庄子则又从气看人之生死问题，对人生表现出豁达、潇洒的哲理气质。

> 生也死之徒，死也生之始，孰知其纪！人之生，气之聚也；聚则为生，

---

① 楼宇烈校释：《老子道德经注》，《王弼集校释》上册，中华书局，2008，第117页。
② 焦竑：《老子翼·庄子翼》，王元贞校，中国台湾新文丰出版公司，1978。
③ 黎翔凤：《管子校注》中册，中华书局，2004，第931页。

散则为死。若死生为徒，吾又何患！故万物一也，是其所美者为神奇，其所恶者为臭腐，臭腐复化为神奇，神奇复化为臭腐。故曰："通天下一气耳。"①

生死、美恶非它，不过气之聚散而已，正如春秋代序、冬夏交替一般寻常，这是庄子的生死淡漠、"至乐"观。《易传》亦说"原始反终，故知死生之说，精气为物，游魂为变"也，生秉"精气"，死则"游魂"，生死不外乎阴阳二气的聚散、离合罢了。二者均以气解生死之理，其智慧观是基本一致的。

由于老子道论认为道与气有相重合的一面，后来道家门徒在气的基础上又发展出"元气"这一概念范畴，此《鹖冠子》所谓"天地成于元气"，指元气为天地之本。这一智慧又为儒学所阐发。

元是什么？恩格斯曾说："有一个东西，万物由它构成，万物最初从它产生，最后又复归于它，它作为实体，永远同一，仅在自己的规定中变化，这就是万物的元素和本原。"②元即宇宙万物的"元素和本原"，故"元者，气也。无形以起，有形以分，造起天地，天地之始也"③。

正因如此，东汉刘歆又将元气与《易传》首先提出的太极相联系，称为"太极元气"。他说："太极元气，函三为一。极，中也；元，始也。"④

这种气（元气）论，显与易理相纠缠。

夫有形生于无形，乾坤安从生？故曰：有太易、有太初、有太始、有太素也。太易者，未见气也。太初者，气之始也。太初者，形之始也。太素者，质之始也。气形质具而未离，故曰浑沦。⑤

① 陈鼓应:《庄子今注今译》，中华书局，1983，第559页。

② ［德］恩格斯:《自然辩证法》，中共中央马克思恩格斯列宁斯大林著作编译局译，人民出版社，1974。

③ 《公羊传》隐公元年。

④ 班固撰，颜师古注:《汉书》（第四册）卷二十，中华书局，1960，第964页。

⑤ ［日］安居香山、中村璋八辑:《易纬·乾凿度》，《纬书集成》上卷，河北人民出版社，1994，第10—11页。

气是未成形质之"有",是成就形质的"本始材朴"。依汉人易学观,太易、太初、太始、太素之后就是太极,它们共同构成了宇宙生成、演化的序列,所以郑玄说:"极中之道,淳和未分之气也。"①"淳和未分",是气的原型。

这种气论经唐代发展到宋代,则有张横渠集气论之大成。他以气为宇宙人生之究竟本根,以太和之气为道,以气之散而待聚、无形可现的本然为太虚,提出气摄虚空,万殊以及人之性、理、神的学说。张子以为凡存在皆气,气是涵摄一切的:"凡可状者有也,凡有皆象也,凡象皆气也。"②"太虚不能无气,气不能不聚而为万物,万物不能不散而为太虚。"③这正如司马光所言,万物皆祖于虚,生于气。气之论的思维模型,大凡仍宗于先秦以《易传》"精气为物"为代表的"气"说智慧。

宋明理学以"理"为其基本范畴,仍然采撷先哲前贤的气之学来构建其理论大厦。比如二程的门生杨龟山云:"通天地一气耳。天地其体,气体之充也。人受天地之中以生,均一气耳。"④理学家多持理气一统观。王阳明《答陆静原书》说:"理者气之条理。"刘宗周《语录》则断言:"理即是气之理,断然不在气先,不在气之外。"黄宗羲是刘宗周的学生,他继承师说,认为:"天地之间,只有气,更无理。所谓理者,以气自有条理,故立此名耳。"⑤王廷相也提出了"理载于气"的著名哲学命题,可见,"气"仍是理学的元范畴。

直到清代,著名哲学家王夫之、戴东原等也主张气为宇宙之元的观点。前者说:"言心言性,言天言理,俱必在气上说,若无气俱无也。"⑥后者言"气",尤为强调气为生命现象,"易曰天地之大德曰生,气化之于品物,可以一言尽也,生生之谓欤!"⑦"在天地则气化流行,生生不息。"⑧这显然是对《易传》"生

---

① 萧统编:《文选注》李善注引,上海古籍出版社,1986。
② 张载:《正蒙·乾称》,《张载集》,中华书局,1978。
③ 张载:《正蒙·太和》,《张载集》,中华书局,1978。
④ 杨龟山:《孟子解》,《潜虚》,《潜虚先生文集》,中国国家图书馆出版社,2014。
⑤ 黄宗羲:《明儒学案》,中国书店,1990。
⑥ 王夫之:《读四书大全·说·孟子》,中华书局,1975。
⑦ 戴震:《原善》,上海古籍出版社,1956。
⑧ 戴震:《孟子字义疏证》,《戴震集》,中华书局,1982。

生之谓易"基本易学观的阐发。

以上笔者只是就中华古代的气论作一匆匆回顾，难免挂一漏万，未能全面。然而从中不难见出，这种关于气的学说见解，是中华哲学史基本的哲学思潮之一，它一以贯之，不绝如缕，以至于在某种意义上可以说，古代中华哲学是一种气学，是气学提出、阐释的历史。可以见出，气是中华哲学的中心范畴、元范畴，此其一。

其二，与气、精气这些哲学范畴相联系的，是《易传》。中华哲学史在对气的诠释、发挥中，好像是怕人遗忘似的。人们屡屡提到《周易》，这说明《周易》的影响深巨，它的巨大的智慧结构有种统摄作用，后代不少哲学思考是在易理基础上进行的阐发、归纳、提高、升华与超越，因此难以绕开《周易》而另起炉灶。这种精神现象颇值得思考，说明在中华哲学头脑的显意识与潜意识中，起码是将部分哲学基础归之于《周易》的。

其三，就整个《周易》文化智慧包括其美学智慧而言，气（精气）实际是一个元范畴，围绕这一元范畴，构建了一个以气为中心文化命题的智慧网络。《周易》美学智慧体系中的诸多范畴，比如太极、阴阳、生死、中和、形神、意象以及刚柔、动静等等，没有一个不与气有着直接、间接的内在的深层联系，它们或是与气对摄并列，或是气的派生范畴。太极为一片淳和未分之气；阴阳是气的既对立又互补的属性；生死者，气之聚散也；中和是气的融合浑一；形神的根元是气，形乃气之外在表现，神则气之精神升华；意象的底蕴又无疑是气，因为意象作为一个动态性的审美境界，必有灌注生气于其间，又是气之融合流溢与气之充沛的缘故；而阳气性质刚健，阴气性质柔顺；阳气者动，阴气者静。总之，气是《周易》一系列审美范畴的底蕴。

然而，这里有一个问题值得注意，我们在前文对中华古代关于气论的匆匆回顾中已经见出，就目前所能见到的史料看，历史上首先提出气的，是早于《易传》的《国语·周语》，怎么能说气与易理相纠缠、实际也是易之根本的一个元范畴呢？或者可以说，气作为中华古代的哲学元范畴之一，究竟是否是易理之本涵，从而也是《周易》美学智慧的文化哲学基础呢？

假如仅从提出气这一范畴的西周末年作为中华古代气论的源头，那么显而易见，一般认为成文于战国中后期的《易传》虽有关于气、精气的论述，却在中华气论的智慧史上绝没有独领风骚的资格。但是，西周末年伯阳父关于地震起因于气以及《易传》关于气与精气的见解，却不是突然凭空而起的，研究《周易》美学智慧的文化哲学意蕴，如果仅从气这一范畴提出于何时而不去注意这一范畴提出之前的某种前期文化现象，这在方法论上是不可取的。

依笔者之见，这种哲学之气的前期文化现象，在《周易》本经的巫术占筮中。一般认为成书于殷周之际的《周易》本经虽然并未在理论上提出气这一范畴，但在其巫学智慧中却真正地涵蕴着一种关于气的文化精神，不妨称之为巫学之气，它就是《周易》美学智慧的文化哲学精神原型，这种巫学之气，用西方文化人类学关于巫学的术语来说，就是所谓的"马那"（mana）。

据梁钊韬《中国古代巫术——宗教的起源和发展》一书所言，"马那"一词来自美兰尼西亚语，这在澳洲部落称为"阿隆吉他"，美洲印第安人叫作"瓦坎""欧伦达"或"摩尼图"。"最原始的民族与一切落后的野蛮人，都信仰有一种自然的力量作用于一切事物，支配世界上的一切东西，这种力量就是马那。"①

"马那"不是什么别的，就是列维-布留尔在《原始思维》一书中所反复论述的事物之间以及物我之间的"神秘联系和互渗"，用中华古代的巫学或哲学术语来说，就是"气"。

气即是巫术之"马那"，《大英百科全书》"mana"词条称之为普遍存在于宇宙之间的"神秘的力量"，《周易》又称为"感"。《周易》巫术占筮的前兆即卦象、爻象，与占筮结果之间总是具有对应相感的关系，在前兆与占验结果之间存在一个中介，此即气（感）或曰"马那"。气是充塞于宇宙人生的，这句话一般人总愿对其作哲学意义上的理解与诠释，殊不知这里气的文化原型是指巫学意义上的"马那"；气为万物之元，这是哲学也是美学的理解，然而中华先民头脑中关于气的观念，首先是指气为巫术的一个基本要素；气是永恒地流变演化的，这种哲学智慧因承认气作为一种物质具有永恒运动的性质而包含着素朴的辩证法，然而当初它的智慧源头，却在巫术思维中人为地构建的巫术前兆与占验结果之间的一种动态联系。人们总是有一种错觉，以为人似乎生来就是

---

① 梁钊韬：《中国古代巫术——宗教的起源和发展》，中山大学出版社，1999，第33页。

头脑清醒、智慧超绝的而不该有智力低下、意识朦胧的童年时代，其实巫术智慧就是人类童年稚憨的文化心胸。这里藏纳着以巫术方式出现的、中华先民关于宇宙人生本质规律稚浅甚或歪曲的文化意绪，藏纳着关于宇宙人生普遍联系的、以"气"为智慧纠结点的原朴理解。

《易传》说"同声相应，同气相求"。这句话前文已有引述，可对其作出心理学、哲学或是生理学意义上的解说，然而不要忘记，它的智慧原型应是属于巫学的。汉代董仲舒的"天人感应"说很著名，现当代的读者对此往往会作哲学意义上的理解，这自然不错，可是其智慧原型是巫学智慧。这位汉代大儒说：

> 今平地注水，去燥就湿；均薪施水，去湿就燥。百物去其所与异，而从其所与同。故气相同则会，声相比则应，其验皦然也。试调琴瑟而错之，鼓其宫则他宫应之，鼓其商则他商应之。五音比而自鸣，非有神，其数然也。美事召美类，恶事召恶类，类之相应而起也。如马鸣则马应之，牛鸣则牛应之。
>
> 物固以类相召也。①

天人感应，同类相动，犹如"五音比而知鸣"、美事恶事"类之相应而起"，一句话"气相同则会"。这是在讲哲学、讲美学，也是在讲巫学。西方著名文化人类学家弗雷泽对巫术深有研究，他发现了"同能致同"的巫术定律与"交感巫术"的文化实质，这种实质也就是气——中华古代的巫术"马那"。

在中华先民的巫学头脑中，世上决没有两样东西、两个事物是相互隔绝的，只要具备一定条件，就能彼此感应，中间存在着一种极具魔力的媒介物，这便是"气"。

> 夫物类之相应，玄妙深微，知不能论、辩不能解。故东风至而雨湛溢，

---

① 董仲舒：《春秋繁露·同类相动》，赖炎元：《春秋繁露今注今译》，中国台湾商务印书馆，1987。

蚕咡丝而商弦绝，或感之也；昼随灰而月运阙，鲸鱼死而彗星出，或动之也。①

显然，这是讲的巫术，其间有气的流转演化。然而气有得失、顺逆、清浊、美恶、常与不常之分。"得之者吉、失之者凶"；"顺之者利，逆之者凶"；清者上之为天，浊则下降成地；美者呈祥，恶之则祆；常气天运不紊乱颠倒、四时流渐均衡，不常之气是自然灾异的祸根，如《易纬》所谓"缪乱之气"也。

所以，"凡易八卦之炁（气）"，倘然"应验各如其法度"，"则阴阳和、六律调、风雨时、五谷成熟、人民取昌"②。倘失于法度，在古人看来便是阴阳不和、六律难调、风雨未时、五谷无熟、人民遭灾了。

这是从巫术角度论气。无论"白"巫术还是"黑"巫术，气都是其基本要素。巫术是一种"伪技艺"和迷信，从文化心理上说，其操作过程就是气的运用，亦即首先是心理感应。就是说，巫术是否"灵验"，是由那些相信巫术"灵验"的人心理上引起感应而决定的。"鬼是什么东西呢？人们心里有鬼，就会闹鬼；心里认为鬼已走了，镇定下来，鬼也就没有了。从根本上说，这完全是一种心理作用。"③巫术之气是神秘的。

然而，这种原始巫学之气随着历史的推渐与人之理性的觉醒，必然会被非神秘的哲学之气所替代。在巫术中，气原是弥漫于宇宙自然和人间社会的"神秘的互渗与联系"，发展到哲学阶段，气就被认为是万物之元及其中介了。这不是说原始巫学一变而为哲学，而是说在原始巫学中已经蕴涵着有待于从巫学发展到哲学的文化基因。同时，在这哲学基因中还包蕴着一定的美学意蕴，就是说，原始巫学之气尚有待于发展为哲学之气，且其中包括美学之气。我们这样说并非承认美学是从属于哲学的，自从1750年德国鲍姆嘉敦创立美学以来，美学已具有其独立的文化属性。然而从文化渊源来看，却不能否认美学与哲学之间尤为密切的联系。所以说，不仅是巫学与哲学，而且哲学与美学之间存在

---

① 《淮南子·览冥训》，高诱《淮南子注》，上海古籍出版社，1989，第64页。

② 同上。

③ 梁钊韬：《中国古代巫术——宗教的起源和发展》，中山大学出版社，1999，第55页。

着一个文化"关联域"。正因如此，在巫学与美学之间也客观存在着一种常为时人所忽视的"文脉"关系。这种文脉关系实际是靠气来维系的。不过这里尤需指出，气，在原始巫学那里是纯粹心理性的，是指我与物、我对物的心理感应，而且具有神秘性；气发展到哲学阶段，在唯心派哲学那里是指客观存在的逻辑性"实在"或指主观精神，在唯物派哲学看来则是一充塞于宇宙、弥漫于虚空而且永恒演化的物性；气是艺术审美智慧经过哲学智慧的发育而使巫学之气得到扬弃与消解，又在审美智慧中存留着巫学智慧之气的"遗传密码"。比如英语art（艺术）这个词，源自古代拉丁语ars，指的是"技术""技巧""技艺"，又指"法术""魔术""巫术"，这可以说明艺术审美与巫学智慧的文脉关系。直到晚至文艺复兴时代，art这个词的词义依然是双重的；在莎翁的历史剧《暴风雨》中，普罗斯庇罗脱下自己的法衣时有这么一句台词："Lie there, my art."（躺在这里吧，我的法术。）这是说，他的法衣是具有巫术意味的，这也同时就是艺术。中华古代，也有将阴阳占候卜筮幻化之术称为"艺术"的，如《晋书·艺术传序》所言："艺术之兴，由来尚矣。先王以是决犹豫、定吉凶、审存亡、省祸福。"这又一次证明艺术审美与巫术的一种文化智慧意义上的亲比关系。这种亲比关系是气的"粘连"。又如"我们今天每每看见耍弄魔术把戏的人，惯用手来招挈天空，很象取得了不可见的神秘力量。魔术师向道具吹一口气，道具里面似乎就会感应这种气而发生什么幻变。无疑这是魔术师的手法，但我们不能不承认这是原始巫术的遗留"[1]。魔术是一门艺术，属审美范畴，却以"手来招挈天空"（采气）或是"向道具吹一口气"来增加魔术的艺术魅力，这种艺术手法显然来源于原始巫术关于气的文化观念。

正如前述，宇宙只是一气，却有阴阳、得失、顺逆、有常与无常等不同，气的这种随机性使得"灌注生气"于万物时，促成万物具有各异的属性。它"依于天地，则有上下之分；依于男女性别，则有刚柔；色泽，则有五色；味，则有五味；声，则有五声；人体性情，则有动静；天地开辟及人与动物之生长，则有清浊；伦理美感的观念，则有善恶、美丑"[2]。这种随机性即气的内在演化

---

[1]　梁钊韬：《中国古代巫术——宗教的起源和发展》，中山大学出版社，1999，第52页。

[2]　同上书，第46页。

活性，自然也推动了从巫学之气向审美智慧之气的转化。

中华古代有所谓卦气说，其基本观点是说《周易》巫术占筮中的易理，本之于气，得之于气；认为人们对《周易》卦象与爻象这些巫术前兆的捕捉与创制，是对卦气的感应，可称之为"得气"；可以将《周易》六十四卦配一年四时、十二月、二十四节气、七十二候，将《周易》文王八卦方位图中的四正卦即坎、震、离、兑共二十四爻象（每卦六爻）与一年二十四节气（每一节气半个月，分初候、次候与末候，每候为五天）相配应，用以占验吉凶。汉人孟喜创卦气说："得易候阴阳灾变书。"①从时令、节气变化的常与不常推断人事的顺逆。孟喜作易章句，已失传，其部分易学思想保存于唐代名僧一行的《卦议》之中。唐僧一行曾据孟喜卦气说，制一卦气图解，现引述如下，可能对我们进一步理解巫术之气向审美之气转换具有参考意义。

卦气表

常气	月中节 四正卦	初候 始卦	次候 中卦	末候 终卦
冬至	十一月中 坎初六	蚯蚓结 公中孚	麋角解 辟复	水泉动 侯屯内
小寒	十二月节 坎九二	雁北乡 侯屯外	鹊始巢 大夫谦	野鸡始鸲 卿睽
大寒	十二月中 坎六三	鸡始乳 公升	驾鸟厉疾 辟临	水泽腹坚 侯小过内
立春	正月节 坎六四	东风解冻 侯小过外	蛰虫始振 大夫蒙	鱼上冰 卿益
雨水	正月中 坎九五	獭祭鱼 公渐	鸿雁来 辟泰	草木萌动 侯需内
惊蛰	二月节 坎上六	桃始华 侯需外	仓庚鸣 大夫随	鹰化为鸠 卿晋

---

① 班固撰，颜师古注：《汉书》（第十一册）卷八十八，中华书局，1960，第3599页。

常气	月中节 四正卦	初候 始卦	次候 中卦	末候 终卦
春分	二月中 震初九	玄鸟至 公解	雷乃发声 辟大壮	始电 侯豫内
清明	三月节 震六二	桐始华 侯豫外	田鼠化为䴔 大夫讼	虹始见 卿蛊
谷雨	三月中 震六三	萍始生 公革	鸣鸠拂其羽 辟夬	戴胜降于桑 侯旅内
立夏	四月节 震九四	蝼蝈鸣 侯旅外	蚯蚓生 大夫师	王瓜生 卿比
小满	四月中 震六五	苦菜秀 公小畜	靡草死 辟乾	小暑至 侯大有内
芒种	五月节 震上六	螳螂生 侯大有外	鵙始鸣 大夫家人	反舌无声 卿井
夏至	五月中 离初九	鹿角解 公咸	蜩始鸣 辟垢	半夏生 侯鼎内
小暑	六月节 离六二	温风至 侯鼎外	蟋蟀居壁 大夫丰	鹰乃学习 卿涣
大暑	六月中 离九三	腐草为萤 公履	土润溽暑 辟遁	大雨时行 侯恒内
立秋	七月节 离九四	凉风至 侯恒外	白露降 大夫节	寒蝉鸣 卿同人
处暑	七月中 离六五	鹰祭马 公损	天地始肃 辟否	禾乃登 侯巽内
白露	八月节 离上九	鸿雁来 侯巽外	玄鸟归 大夫萃	群鸟养羞 卿大畜
秋分	八月中 兑初九	雷乃收声 公贲	蛰户 辟观	水始涸 侯归妹内

续表

常气	月中节 四正卦	初候 始卦	次候 中卦	末候 终卦
寒露	九月节 兑九二	鸿雁来宾 侯归妹外	雀入大水为蛤 大夫无妄	菊有黄华 卿明夷
霜降	九月中 兑六三	豺乃祭兽 公困	草木黄落 辟剥	蛰虫咸俯 侯艮内
立冬	十月节 兑九四	水始冰 侯艮外	地始冻 大夫既济	野鸡入水为蜃 卿噬嗑
小雪	十月中 兑九五	虹藏不见 公大过	天气上腾地气 下降辟坤	闭塞而成冬 侯未济内
大雪	十一月节 兑上六	鹖鸟不鸣 侯永济外	虎始交 大夫蹇	荔挺生 卿颐

　　这卦气表解释，见自《旧唐书》卷二十八（上），具有巫学意味。比如从这表解可知，坎震离兑四正卦中坎震为阳卦，离兑为阴卦，依次代表冬春与夏秋，在《周易》文王八卦方位图中又依次代表北东与南西。这里阳卦坎、震揭示阳气的生息，这阳气始生于坎（冬）、渐长于震（春）而后极盛于离（夏）；这里阴卦离、兑又揭示阴气的生息，这阴气始生于离（夏）渐长于兑（秋），而后极盛于坎（冬）。而居于文王八卦方位图中正北方的坎（冬）是阴气极盛之时，同时也是阳气始生之机；居于文王八卦方位图中正南方的离（夏）为阳气极盛之时，同时也是阴气始生之机，由这四正卦的交替运行象征一年四季时令、天气的流转变化，无非是阴阳两气的连续消长过程。它的智慧原型是巫学，因为古人最初是以巫术的眼光去看待天气运转的常或不常，天气运转正常即表解中所谓"常气"，对人事而言是"吉"的象征，许多物候比如"蚯蚓结""水泉动""鹊始巢""东风解冻""蛰虫始振""草木萌动""桃始华""雷乃发声""苦菜秀""腐草为萤""寒蝉鸣""菊有黄华"以及"草木黄落"等等成了吉的征兆，这是巫术。但是，人们的智慧并不是仅以巫学为其域限的，而正是这种神秘的巫术占筮实践，在寻找一年四季、十二月、二十四节气、七十二

候巫术兆象的过程中，培养起人们对种种自然现象细致观察关注和品评的历史嗜好，由巫术兆象的吉凶蜕变为审美对象的美丑，这里在"常气"情况下的一年七十二物候，由于它们在巫术占筮中是"吉"的征兆而可能成为古人心目中的自然美，所以可以说，在某种意义上，《周易》的巫学智慧对美学智慧的生成起了催化与激活的作用。

当人们的智慧从神秘的巫术氛围中挣脱出来时，在他们面前突然展现的是一个美的自然，而这美的自然的底蕴，正如吉的自然一样，是中华古人所认可的"常气"。这"常气"之所以被称之为"常"，在古人看来是因为它是符合《周易》文王八卦方位的运转规律的，或者毋宁说，是《周易》八卦（在这里是四正卦）的卦气成了永恒运行的自然"常气"的智慧模型。这无疑开拓了中华古人的审美视野与审美境界，是从巫学之"马那"向美学之"气"的智慧领域的超越。

第二节　时间型的哲理沉思

气是古代中华巫术的"马那"，是感通于巫术前兆和占验结果之间的一种神秘力量。关于这一点，李约瑟说得好：

> 它（气）虽然在许多方面类似希腊的空气，我还是宁肯不进行翻译，因为它在中国思想家那里的含义是不能用任何一个单一的英文词汇表达出来的。它可以是气体或水气，但也可以是一种感应力。①

这种"感应力"（气）作为巫术的根本动因、作为巫术前兆与占验结果之间逻辑性的"中介质"，并且它被观念地设想为具有神秘莫测的运动演化之属性，使得它在发育为美学智慧的文化哲学基础时，不仅成了自然宇宙与社会人生的本原，而且被认可"气"的属性是永恒地流转演变的，进而揭示了整个世界运动发展的本质。

---

① ［英］李约瑟：《中国的科学与文明》，引自程宜山：《中国古代元气学说》，湖北人民出版社，1986。

《周易》美学智慧文化哲学的本涵又是什么？

一言以蔽之：时。

时，是从气发展而来的，气的流动就是时，气是在时中发展流变的。

《周易·乾彖》：

> 大哉乾元！万物资始，乃统天。云行雨施，品物流形。大明终始，六位时成，时乘六龙以御天。

其大意是说：原初而伟大的乾元阳气，它是开创宇宙万物的根源；宇宙万物得以资始，大自然为乾阳所统制。风雨滋润，各类生物发育壮大、流布成形；太阳辉映、反复运转，这都表现为时的流转演进，《乾》卦六爻就是按照不同爻位构成的，这爻位就是时运的象征，就好像乾元阳气把握时机乘着六条巨龙驾驭大自然一般。

这里，所强调的是时与时的运行。

> "潜龙勿用"，阳气潜藏；"见龙在田"，天下文明；"终日乾乾"，与时偕行；"或跃在渊"，乾道乃革；"飞龙在天"，乃位乎天德；"亢龙有悔"，与时偕极。①

这一段话在于解说《乾》卦六爻随时变化的意义。乾之初九爻象征阳气潜藏于下，犹如龙潜未见；九二爻象征普天下文章灿烂，好比龙见于大地；九三爻象征乾阳终日健强振作，这是与时运相同步的；九四象征乾阳腾跃上进或退处于渊，这是天道的转化随时、变革自如；九五象征巨龙高飞在天，意味着乾阳正当天时，充分体现出天的美德；上九登爻位之极，乾阳发展到极限，好比巨龙高飞于天之最高处，无可再进，必随时而穷，向坤阴转化，这是时间流变的缘故。

显然，这里所强调的仍是一个时字。

---

① 黄寿祺、张善文：《周易译注》，上海古籍出版社，2007，第11页。

关于时的论述，在《周易》中可谓俯拾皆是。比如《周易》论易理之广大，说"广大配天地，变通配四时"①，"变通者，趣时者也"②；论乾之美德，认为美在"与四时合其序"③；论坤道之柔美，有"承天而时行"④之说，并且要求君子见机察变，"待时而动"⑤等等，都念念不忘这"时"。又，《易传》释大有卦义时称，"其德刚健而文明，应乎天而时行"⑥；释随卦卦义时又称，"而天下随时，随时之义大矣哉"⑦；释观卦卦义还是不忘这一个"时"字，所谓"观天之神道，而四时不忒"⑧；对贲卦卦义的分析，有"观乎天文，以察时变"⑨的见解；对大过卦义的分析以"时大"论之，所谓"大过之时大矣哉"⑩，此谓时值"大过"，则事必反常，极需整治，此时君子正可一展抱负，故称"时大"；《周易》坎卦象征重重险陷，"天险不可升也，地险山川丘陵也，王公设险以守其国，险之时用大矣哉"⑪。天地之险令人难以逾越，然而危机之时也正是生机之时，"王公"善用险时以自守，此之谓"王公，君人者，观《坎》之象，知险之不可陵也。故设为城郭沟池之险，以守其国，保其民人，是有用险之时，其用甚大，故赞其'大矣哉'"⑫。《周易》遯卦象征退避。"遯，亨。遯而亨也；刚当位而应，与时行也。小利贞，浸而长也。遯之时义大矣哉。"⑬这大意是说，人遇险阻之时必须退避，先作退避然后可致道路通达，好比遯卦之九五刚爻下应六二柔爻，施行退避利于柔弱者守持正固、保存实力，才能渐渐生长壮大，这叫审时度势，可见顺应时势的意义太宏大了。《周易》睽卦象征乖背违逆及其双方的相互转

---

① 黄寿祺、张善文:《周易译注》，上海古籍出版社，2007，第383页。
② 同上书，第400页。
③ 同上书，第14页。
④ 同上书，第22页。
⑤ 同上书，第408页。
⑥ 同上书，第90页。
⑦ 同上书，第105页。
⑧ 同上书，第121页。
⑨ 同上书，第132页。
⑩ 同上书，第165页。
⑪ 同上书，第171页。
⑫ 同上。
⑬ 同上书，第192页。

化，所谓"天地睽而其事同也，男女睽而其志通也，万物睽而其事类也，睽之时用大矣哉"①。天地、男女乃至万物性质各异，此之谓"睽"，然还有"合睽"之"时"，抓住这一"时"机就进入了和合境界。程颐说："天高地下，其体睽也，然阳降阴升，相合而成化育之事则同也；男女异质，睽也，而相求之志则通也；生物万殊，睽民，而得天地之和，禀阴阳之气，则相类也。物虽异而理本同，故天下之大，群生之众，睽散万殊，而圣人为能同之。处睽之时，合睽之用，其事至大，故云'大矣哉'。"②《周易》损卦说的是减损之道，这以什么来体现呢？"二篇应有时，损刚益柔有时，损益盈虚，与时偕行。"③这是说，比如用两篇淡食能否奉献于神灵、尊者，就看你是不是应合其时。减损其刚性、增益其柔质也要适时适度。总之，万物万事的减增满亏，并非人力的随意所为，而是由人力随合客观时势自然进行的。其他比如"蹇之时用大矣哉""解之时用大矣哉""姤之时义大矣哉""革之时义大矣哉""动静不失其时""天地盈虚，与时消息""天地节而四时成'"④等论述比比皆在，雄辩地证明《周易》的作者对时问题何等耿耿于怀！

没有一部先秦古籍的论述像《周易》这样对时如此执着。时在这里最显在的意义是指天文学上的时令、四时；其次是指巫学意义上的人的时运、命运；而最深层的意蕴是属于文化哲学层次上的时机、时势，是中华民族文化思维中最独有的时间观念和时间哲学，它揭示了伟大的中华文化头脑对时间的哲理沉思。

中华文化思维对时间充满了偏爱。尽管在人们的传统宇宙观与人生观中不是没有深沉的空间意识，其宇宙观本身就包蕴时空两个层面及其二者的相互转化。时间、空间的运动方式；空间、时间的存在方式。时空是相互依存的。尽管中华古人在观念地构建其宇宙观时当然不会无视与抹杀空间的存在，但更偏重于对空间之运动方式即时间而不是对空间存在本身的思考。尽管中华古代不是没有人生有涯的人生观支配着一部分人的头脑，人生有涯即将人生看作是有

---

① 黄寿祺、张善文：《周易译注》，上海古籍出版社，2007，第219—220页。

② 同上书，第220页。

③ 同上书，第238页。

④ 同上。

尽头的，实际上每个人的人生都是有限的，因为人生的空间是有限的。但是，一种更为深沉的哲理沉思自古有之，即将人生看作是无限的。先秦儒学看到了人之个体生命的有限，于是尤其追求人之群体生命的延续，尊祖、重嗣，"老吾老以及人之老，幼吾幼以及人之幼"，都是为了追求人之群体生命的延续。儒家提倡孝慈，出于对人之群体生命与血缘的珍爱，希望子子孙孙无有尽时。孟子有句名言："不孝有三，无后为大。""无后"，最令人不能容忍，因为它残酷地斩断了族门中人之生命的延续。人之群体生命的延续是人生无限的基础，这在儒家文化哲学中是很被看重的。同时，儒家还追求精神生命的无限，热衷功名、讲究道德文章，以垂训后世万代，也在于企盼无限的人生。

先秦原始儒家的奠基者孔子曾经对宇宙人生的流逝发出过深沉的叹息："子在川上曰：'逝者如斯夫'。"儒家偏重于苦苦追索人生之无涯，证明其首先是从时间哲学角度来思考人生问题的。比较起来，先秦道学不重祖宗子嗣，也舍弃功名，不愿在朝堂之上热切地追求精神的无限；但是道家却热衷于追求人之个体生命的永生，否则后世与先秦道学相联系的道教中人为什么要执着于炼形、养生甚至所谓羽化登仙呢？人之个体生命固可有所延长，永生实际上断不可能，但蕴涵于其间的文化哲学观念却是执拗地要求人生无限的。不过儒家的追求在入世的家国社稷之中，道家的追求在出世的田园山林之间罢了。道家在文化精神上向往人之精神与自然的合一境界，逍遥于山川、坐忘在林泉、拥入自然，与自然相亲和，必求人与自然同在，化自然之无尽生命为人生精神生命的无垠，这同样也首先是从时间哲学角度来思考人生问题的。老子论"道"，"道"为万物之本根，无臭无味复为无形，"视之不见名曰夷，听之不闻名曰希，搏之不得名曰微。此三者不可致诘，故混而为一"①。这"一"便是"道"，这"道"虽是"物"，却"是谓无状之状，无物之象，是谓惚恍。迎之不见其首，随之不见其后"②什么缘故？因为"道"是无形的，看不到、听不见、抓不住、摸不着，在"形"这一点上"不可致诘"，但分明可以被人体悟得到，道，首先是一种时间性的存在，而并非空间性存在。因为是时间性的存在，"道"总是处于永恒的

---

① 王弼：《老子道德经注》，楼宇烈《王弼集校释》上册，中华书局，2008，第31页。

② 同上书，第32页。

运动之中，永无休止地向对立面转化，"有物混成，先天地生。寂兮寥兮，独立不改，周行而不殆，可以为天地母。吾不知其名，字之曰'道'，强为之名曰'大'，大曰逝，逝曰远，远曰反"①。可见道之时间属性是很明显的。《庄子》有"时为帝"这一著名哲学命题，非常重视时间的流变。《庄子》所谓"卵生毛""鸡三足"的哲学观也是典型的时间哲学。这种哲学观初看不易理解，"其实，只要在其中加上时间的因素予以考虑，一切就都豁然而通。在时间中，卵会变成鸡，鸡当然有毛；鸡会跑，跑动中就会给人'三足'的印象；所以不能把'卵'和'鸡'孤立起来看待，不能只知道它们是空间地存在的（即不变的），而不同时也是时间地存在的"②。所言甚是。在庄子及其后学看来，空间中存在着的一切都不是独立自足的，"空间的内涵也在时间之中，存在的一切只有配合着时间才有可能'自足'，而存在与非存在都只不过是时间问题"③。运动的本质是时间，空间固然是一客观存在，但归根到底是依时间的运行而存在，这是中华古代典型的宇宙观，亦即时空观。

由此便不难理解为何《周易》关于时的论述如此之繁多了。在《周易》中，宇宙人生的本涵是时，时就是气的运动方式与存在方式，运动就是世界之第一存在。时是易理之根本。易理是由卦象符号所表达的，而正如王弼所言，"夫卦者，时也"④。在八卦中，八卦方位的往复流变首先是一个时的问题。坎卦为水为北为冬，阴气极盛而衰阳气始生之时；震卦为木为东为春，阳气渐长之时；离卦为火为南为夏，阳气极盛而阴气始生之时；兑卦为金为西为秋，阴气渐长之时。这文王八卦方位中的四正卦是自然四时运行的卦符模式，它将世界万物的发展运动归结为时。在《周易》巫学智慧中，时的适或不适往往是与筮之吉凶观念联系在一起的。从卦之爻位看，每卦六爻之第二爻位与第五爻位，被称为"中"，因为二者分别处于每卦之下卦与上卦的中间，如果阴爻处于第二爻位或阳爻处于第五爻位，便称为"得中"。此时"得中"之爻则往往为吉爻。而"得中"之爻位不仅是一个空间性概念，更重要的其也是一个时间性概念。

---

① 王弼：《老子道德经注》，楼宇烈：《王弼集校释》上册，中华书局，2008，第63页。
② 赵军：《文化与时空》，中国人民大学出版社，1989，第29页。
③ 同上。
④ 王弼：《周易略例》，楼宇烈：《王弼集校释》下册，中华书局，1980，第604页。

《周易》的六十四卦方位图、八卦方位图以及每卦之六爻方位，一般学者误以为它们都是卦爻的空间模式，其实，它们所表示的首先是世界万物运动的时间模式，其每卦之爻位所象征的是事物运动的时序而不是物序，所谓吉爻就往往是适时之爻，凶爻就因为于时不合。《周易》巫学智慧中的"时中"观，所谓"以亨行时中也"（《彖传》），指的就是"得中"之爻的吉象。比如，乾卦·九五爻"飞龙在天，利见大人"、坤卦·六二爻"直方大，不习无不利"、需卦·九五爻"需于酒食，贞吉"以及讼卦·九五爻"讼，元吉"等爻都是"时中"之吉爻。有些爻位，虽然并非阴爻居下卦之中位、阳爻居上卦之中位，也就是说并非"得中"，但是由于下卦之中、上卦之中都表示时序极好，即使阳爻居下卦第二爻位（阴位）、阴爻居上卦第五爻位（阳位），在占筮中也往往是吉利之爻，比如暌卦·九二爻虽是阳爻居于阴位，但由于这二爻居于下卦之中位，也是吉爻；解卦·六五爻虽为阴爻居于阳位，又由于这五爻居于上卦之中位，又是一个吉爻。有些卦爻，虽然并非处于"时中"之最佳状态，由于爻与爻之间具有应比关系，也是"时"序极佳的吉爻，比如遁卦"刚当位而应，与时行也"；损卦"损刚益柔有时，损益盈虚，与时偕行"；艮卦"时止则止，时行则行，动静不失其时，其道光明"，都是适时之卦爻。王弼说：

> 夫卦者，时也。爻者，适时之变者也。夫时有否泰，故用有行藏。卦有大小，故辞有险易。一时之制，可反而用也。一时之吉，可反而凶也。故卦以反对，而爻亦皆变。是故用无常道，事无轨度，动静屈伸，唯变所适。故名其卦，则吉凶从其类；存其时，则动静应其用。寻名以观其吉凶，举时以观其动静，则一体之变，由斯见矣。[1]

"时中"之爻、处中位之爻以及爻与爻之间具应比关系的爻往往为吉，但这也不是绝对的，因为爻际关系非常复杂多变，所谓"用无常道"和"唯变所适"，时永远是一个变量，只有"变"是无休无止的。我们领悟《周易》关于时的文化哲学观念时，千万不能持机械、滞碍的态度，思路须圆融才是。

---

[1] 王弼：《周易略例》，楼宇烈：《王弼集校释》下册，中华书局，1980，第604页。

时在《周易》文化哲学中的意义十分重要，它作为《周易》美学智慧的文化内核与灵魂，其重要意义表现在它建构起中华古代的时间美学观，即尚"变"美学观。尽管易理之意蕴无穷，但变为其基本易理。古人云，易者，变易、简易、不易也。《周易》认为世间一切都在变化流迁，整个宇宙是一个变化无休的大历程。《易传·系辞下》云，"易穷则变，变则通，通则久"，变然后不穷而通，通乃久而无息，这里的"久"就是一个"时间"范畴。在宇宙时间的大流程中，宇宙与人未有穷时。"穷"者，极限之时，并非意味着"世界的末日"和人之穷途末路。正如《周易》乾卦变坤卦、坤卦变乾卦、泰变否、否变泰以及坎变离、离变坎之类。所以《易传》称，在天成象，在地成形，变化见矣。变易是旧的流逝、新的创生。富有之谓大业，日新之谓盛德，生生之谓易。易之为书也不可远为道也屡迁，变动不居，周流六虚，上下无常，刚柔相易，不可为典要，唯变所适。这种"变"在《周易》看来当然是有序而有规律的，言天下之至动而不可乱也，"易简而天下之理得矣"①。天下之变虽繁，而贞（正）于一，这是"简易"。就变动言，天下是至繁的，就变动之有常而不乱言，天下又是至简的，所以"简易"中又蕴涵着"不易"，即是说，变本身是不变的。由此可见，《周易》对自然宇宙和人类社会的运动抱着进化的文化观，认为美在变易之中，美就是变。

《周易》对时和时机的企盼总是抱着巨大的审美热忱，对处于不断变易之中的自然美的关注则表现为，与其说是欣赏这美的静态，倒不如说是从这美的静境深入，去品味动的自然生命流溢的意蕴。朝晖晚霞、风云变幻、沧海桑田，不是将审美观照固置在这些物形的静止特征上，而是赞赏其时间的流动。王夫之说："天地之德不易，而天地之化日新。今日之风雷非昨日之风雷，是以知今日之日月非昨日之日月也。""江河之水今犹古也，而非今水之即古水；灯烛之光昨犹今也，而非昨火之即今火。水火近而易知，日月远而不察耳。爪发之日生而旧者消也，人所知也。肌肉之日生而旧者消也，人所未知也。"②由此可见对"时变"的重视。中华古人对过去、现在和未来尤其持有纵深的历史感觉与

---

① 《易传·系辞上》，朱熹：《周易本义》，第287页。
② 王夫之：《思问录·外篇》，中华书局，1956。

体悟，无论是在民族、国家、家庭还是个人处于顺利或危难之际，好回忆过去和展望未来或是人伦关系中的尊祖崇宗、望子成龙等等，都说明了中华民族具有对时间的顽强与自觉的审美意识。我们伟大民族非常重视历史，这一点与古希腊人相比是不同的，古希腊的著名历史学家希罗多德在其历史著作中对400年之前的史实语焉未详，这主要并非历史知识的贫乏，而是觉得没有必要多加记载。伯洛赫在《希腊史》中说："在5世纪以前，希腊人没有人想到要记下或报告历史事件。"据说在一块记载两个城邦之间条约的碑刻上，只说该条约"从今年起100年内有效"，而没有写明"今年"是何年[①]，这种对历史的健忘与疏漏，是对时间的漠视。所以斯宾格勒说，希腊"古典文化并没有记忆，没有这种特殊意义的历史器官"[②]。古印度的历史十分悠久，但是这个民族留下来的关于印度上古时代的历史著作却出奇地少，这个民族巨大的文化精力，更多地投注于对神、梵天的创造虚构和宗教的膜拜，而对祖先的过去缺乏足够的热情。但中华民族的"历史器官"是尤其发达的，世界上没有一个民族如吾伟大中华这样为后代留下了如全部二十五史这样浩繁的历史著作，从其字里行间可以强烈地领悟到"龙的传人"对时间的钟爱。这种特殊的历史嗜好早在《周易》本文的巫学智慧中就播下了种子，而后在《周易》的审美智慧中得到光大，放射出奇丽的美。

在《周易》看来，无论自然史还是人类社会史，都是时间的流动。古代易学研究中有"十二辟卦"即"十二消息卦"之说，即以十二卦分主一年四时十二月，象征阴消阳长、阳消阴长、盛极而衰、周而复始的"时"之变化规律，其排列如下。

复 卦	䷗	一阳息阴	建子	十一月	冬
临 卦	䷒	二阳息阴	建丑	十二月	冬
泰 卦	䷊	三阳息阴	建寅	正 月	春
大壮卦	䷡	四阳息阴	建卯	二 月	春

① 赵军：《文化与时空》，中国人民大学出版社，1989，第15页。
② ［德］斯宾格勒：《西方的没落》上册，商务印书馆，1963，第21页。

夬	卦	䷪	五阳息阴	建辰	三	月	春
乾	卦	䷀	六阳息阴	建巳	四	月	夏
姤	卦	䷫	一阴消阳	建午	五	月	夏
遯	卦	䷠	二阴消阳	建未	六	月	夏
否	卦	䷋	三阴消阳	建申	七	月	秋
观	卦	䷓	四阴消阳	建酉	八	月	秋
剥	卦	䷖	五阴消阳	建戌	九	月	秋
坤	卦	䷁	六阴消阳	建亥	十	月	冬

十二卦的阴阳消息表示出时序的周期性变化。从复卦的阳始生于下到临卦二阳息生、泰卦三阳息生、大壮卦四阳息生、夬卦五阳息生、乾卦六阳息生而达到阳气极盛，再到姤卦一阴消、遯卦二阴消、否卦三阴消、观卦四阴消、剥卦五阴消、坤卦六阴消而达于阴气极盛，坤卦之后，一切又从复卦开始。如此周复，循环不已，是一种关于自然时序的思维模式。

《周易》又以卦的推移运动象征人类社会的进化。古代有"六经皆史"说，史者，时也。《周易》作为"群经之首"，其中某些卦的排列被认为是社会时序的表现。

章太炎曾说：

> 至于《周易》，人皆谓是研究哲理之书，似与历史无关，不知《周易》实历史之结晶。
>
> 乾坤代表天地，《序卦》云：有天地然后有万物。故乾、坤之后，继之以屯。屯者，草昧之时也，即鹿无虞，渔猎之征也。匪寇婚媾，掠夺婚姻之征也。进而至蒙，如人之童蒙，渐有开明之象也。其时娶女，盖已有聘礼，故曰见金夫不有躬，此谓财货之胜于掠夺也。继之以需，则自游牧而进于耕种，于是有饮食燕乐之事。饮食必有讼，故继之以讼。以今语译之，所谓面包问题，生存竞争也。于是知团结之道，故继之以师。各立朋党，互相保卫，故继之以比。然兵役既兴，势必不能人人耕种，不得不小有积蓄，至于小畜，则政府之滥觞也。然后众人归往强有力者，以为团体

之主，故曰：武人为于大君，履帝位而变疚。至于履，社会之进化，已及君主专制之时矣。泰者，上为阴，下为阳。上下交通，故为泰。否者，上为阳，下为阴，上下乖违，故为否。盖帝王而顺从民意，上下如水乳之交融，所谓泰也。帝王拂逆民意，上下如冰炭之不容，所谓否也。民为邦本之说，自古而知之矣。自屯至否，社会变迁之情状，亦已了然。①

胡朴安氏则对《周易》六十四卦逐一以"古史立场而解说之"，最后得出结论："乾、坤两卦是绪论，既济、未济两卦是余论。自屯卦至离卦，为草昧时代至殷末之史；自咸卦至小过卦，为周初文、武、成时代之史。"②

尽管章、胡两氏统以中华古史流变解说《周易》六十四卦卦序排列，因过分执着于此解而难以避免给人某种捉肘之感，但由此折射出来的历史哲学确是以时的文化智慧为其纠结点的。这也许不能不说是《周易》关于时的文化哲学启动了他们说易的灵感。

正如前述，《周易》文化哲学的哲理沉思是时间型的。时间、变化、运动、反复等构成了《周易》美学智慧文化哲学基础的概念丛，简称为时。本书后文将要着重论述的一系列《周易》美学智慧的基本范畴，其实都是以时为其文化哲学底蕴的。比如阴阳这对范畴，无论在哲学还是美学中，都并非首先实指两个性质相反的物，而是指两物的两种互对、互补、互动的随时态势，阴阳相互涵摄，各以对方的存在运动为存在运动之条件、随时而变，此即《周易》所谓"一阴一阳之谓道"。阴、阳两极各不自足，都不能孤立存在，阴、阳的互动好比钟摆，向左摆动的势能转化为向右的势能；向右摆动的势能转化为向左的势能，是一种对待交接状态，由此达到动态的均衡。当然，这种阴阳的互逆互顺、互对互补运动之所以是永恒的，乃是因为在《周易》文化哲学观念中被假定为没有任何"摩擦力"，所以是一种"超稳定结构""超稳定"的美。与阴阳这对范畴成系列的，是刚柔、动静、虚实等等，这些范畴在中华古代审美智慧体系中都是些基本范畴，显得很是活跃，其中每一范畴的两极也并非独立自足，而

① 章太炎：《历史之重要》，《章太炎卷》，山东文艺出版社，2006。
② 胡朴安：《周易古史观·自序一》，上海古籍出版社，1986。

是相互涵摄的，其范畴的内在机制在于其不息的运动，是一种流动的气蕴。中华古代审美智慧并不执着于其中之一极，而是在相互之涵摄中放射出智慧的光芒。唐君毅先生指出：

> 易中表现物之相涵摄与实中皆有虚，以形成生化历程之思想，则随此可见。如地自表面观之，明为纯粹之坚固物质，天体之日月星辰，希腊人或以为只是火光，无物体之实质性者，或视为超越之神所居住。而依易教，则地之德为坤，坤之德曰柔，乃以三表之。据易所言，天之功为贯入地中，以引出地中之植物者，其德为乾为刚，此即表示一种"于地之坚固之实质中，识取其虚涵性，而于天之运行作用及其与地感通中，认识其实在性"之态度。故在易经之思想中，一物之实质性、实在性，纯由其有虚能涵摄，而与他物相感通以建立，而不依其自身以建立。①

天地、阴阳、刚柔、虚实等等，都是你中有我、我中有你，相互感通，此之谓涵摄。涵摄这一范畴的内蕴，首先是时间性的，然后才是指空间意义上的相互包容。所以《周易》所推崇的美之境界，是时间甚于空间的。《周易》六十四卦以乾坤两卦为最重要。所谓乾坤，易之门户也。乾坤是为父母之卦，然而关于这天地之易理，也首先是时间型的。

《易传》说："天行健，君子以自强不息。"②天之刚健之美，在于其"行"，天之空间位置的变化是在时间流程中进行的。《周易》本经之复卦卦辞称："反复其道，七日来复。"《易传》进而解说为"天行也"③，这是说由姤卦到遯、否、观、剥、坤、复卦，即从姤卦之一阳消到复卦之一阳来复，历七变，这是一个天道运行的消息盈虚过程，故曰"天行"。这分明是将天体的运动纳入时间的流变中，而并不注重天体空间位置的改变。这种哲学思辨赋予天之阳刚的美以及君子"自强不息"的美以流溢的意蕴。《易传》诠释坤卦卦义时有"坤厚载物，德合无

---

① 唐君毅：《中国文化之精神价值》，中国台湾正中书局，1953。

② 黄寿祺、张善文：《周易译注》，上海古籍出版社，2007，第5页。

③ 同上书，第6页。

疆"①之解，这是从地之空间角度入手的，然而终于又说"坤道其顺乎，承天而时行"②，将坤道的展现归结为对"天行"的依随，注重其时间属性。因此，尽管中华古代有来自易理的所谓"天高地厚"之语，其中传达的是关于天地的空间意识，不过比如"天长地久""天经地义""地老天荒"等等，其语义都是关于天地运转的时间意识。邵雍说："易之数，穷天地终始。"③这是说易理也是易之美学智慧的根本。古今中国人有句家喻户晓的俗语，叫作"天时、地利、人和"，这是说，欲成功一事，必具天、地、人三要素，而推天时为第一。王夫之也不无深刻地指出："天地之可大，天地之可久也。久以持大，大以成久。若其让天地之大，则终不及天地之久。"④久即时也。古今中国人所谓宇宙观即时空观，其中宇宙之宙，通久即时间。《尸子》称，"四方上下曰宇，往古来今曰宙"，《淮南子》说，"往古来今谓之宙，四方上下谓之宇"⑤。宙，是指宇的时间运动。

那么，《周易》所反复强调的时、运动、变易之类的终始根源与文化本质是什么呢？是气。这问题又回复到了前文的论述。

西方古代的朴素唯物论从其一开始就试图从某种具有固定形体的物质中寻找自然现象的本质，将万物以及万物之美视作不可分割的粒子性物质单位的凝聚，古代希腊的原子说是其代表。古代西方的哲学家、美学家与艺术家的文化眼光，首先加以严重关注的是物质的实体，这实体首先被看作是空间存在，英文universy（宇宙）就是指的实体性的空间存在。然而，中华古人以《周易》为代表的"气"（"精气"）论，则试图从某种未成形质的物质中寻找自然现象无限多样性的统一，这便是"氤氲"之"气"，便是太极。"气"是未成形质的、连续性的物质存在与时间存在。如果说西方古代所谓原子是粒子性的基本物质元素，那么源自《周易》巫学智慧，继而上升为哲学、自然科学与美学的"气"则弥漫于一切、浸润于一切，它无间隙、无中断、无头无尾、无形无体、无有一刻静止。

---

① 黄寿祺、张善文：《周易译注》，上海古籍出版社，2007，第17页。

② 同上书，第22页。

③ 邵雍：《皇极经世·观物外篇》，《四库术数类丛书》，第一册，上海古籍出版社，1990。

④ 王夫之：《周易外传》卷四，中华书局，1977。

⑤ 《淮南子·齐俗训》，陈广忠：《淮南子译注》，吉林文史出版社，1990，第514页。

希腊哲学家有以水为万有本根者，有以火为万有本根者，而在中国则似
无有。此即由于中国哲学家认为水火等都是有形之物，皆不足以为本根。[①]

《周易》以气为万有以及美之本根，这本根亦即"一阴一阳之谓道"的道。
所以"阴阳虽是两个字，然却只是一气之消息，一进一退、一消一长；进处便
是阳，退处便是阴；长处便是阳，消处便是阴，只是这一气之消长"[②]。气之运
动屈伸往来，气是宇宙空间依随时间的演变。"屈伸往来者气也，天地间无非
气。"[③]"二气交感，化生万物……气之流行，充塞宇宙。"[④]

这种肇自《周易》巫学智慧所认可的气，经过哲学、自然科学与美学的升
华蜕化，有点"接近于现代科学所说的场"[⑤]，这场（field）是"波"。现代自然
科学有"波粒二象"学说，是说自然万物由在空间中存在的基本粒子、原子、
分子构成，而且由在空间中连续分布，在时间中连续运动的电场、磁场、引力
场等物质构成。前一类物质构成物质实体，后一类物质构成虚空，前为粒子性
物质，后为非粒子性的"波"。在一定条件下，这两类物质可以转化，如"波"
与别物相互作用可呈示量子效应而具有粒子性，粒子性物质由于运动而呈现如
电子衍射那样的波动效应。因而波粒相依相存相转，《周易》之气、形观与此类
同。吕坤说：

> 形者，气之橐囊也；气者，形之线索也。无形，则气无所凭借以生；
> 无气，则形无所鼓舞以生。形须臾不可无气，气无形则万古依然在宇宙间
> 也。[⑥]

然而，如果说"第一个把希腊人系统思想的注意力吸引到自己身上来的物

① 张岱年：《中国哲学史大纲》，中国社会科学出版社，1982，第64页。
② 黎靖德编：《朱子语类》第五册，中华书局，1994，第1879页。
③ 黎靖德编：《朱子语类》第一册，中华书局，1994，第34页。
④ 朱熹：《楚辞集注》卷三，上海古籍出版社，1979。
⑤ 何祚庥：《唯物主义的"元气"学说》，《中国科学》，1975年第5期。
⑥ 吕坤、洪自诚：《呻吟语》卷四十一，岳麓书社，1991。

理现象，是'实体'，也就是在一切现象的变化中那种'不变的东西'"①的话，那么"在古代中国关于物理世界的构思中，连续性、波和循环是占优势地位的。在这里，'精'（气——引者按）有时差不多可以翻译为辐射能"②。李约瑟这一气为"辐射能"的论断值得深思。

德国古代著名数学家、哲学家，第一个将易之八卦与数学二进位制相联系的莱布尼茨也曾指出：

> 气，在我们这里可以称之为"以太"，因为物质最初完全是流动的、毫无硬度、无间断、无终止，不能分为部分。它是人们所想象的最稀薄的物体。③

所以，对中国古代科技史深有研究的李约瑟还同时指出：

> 中国和欧洲之间最深刻的区别也许是在于连续性和非连续之间的重大争论方面，因为，正如中国的数学都是代数而不是几何学一样，中国的物理学忠实于一种典型的波动理论，而一贯对原子加以抵制。
> 他们先验地倾向于"场"论。④

要之，中华古代的气论，不仅严重地影响了中华自然科学的文化思维模式，而且在一定意义上奠定了中华哲学与美学的智慧基础。气是《周易》审美文化智慧的文化哲学之根，它一方面根植于《周易》的巫学智慧之中，另一方面又与西方近现代的科学"波动"论相接近。关于气的时间哲学以及由这哲学所范定的《周易》审美智慧，既是古老而悠远的，又与近现代的西方审美智慧相联

---

① ［德］海森伯：《海森伯论文选》，上海译文出版社，1978，第21页。

② ［英］李约瑟：《中国的科学与文明》，引自程宜山：《中国古代元气学说》，湖北人民出版社，1986。

③ ［德］莱布尼茨：《致德雷蒙的信：论中国哲学》，《中国哲学史研究》，1981年第4期。

④ ［英］李约瑟：《中国传统科学的贫困与成就》，载《科学与研究（研究资料）》第1辑，1982年。

系，这便是《周易》文化哲学及其审美智慧的伟大、动人之处。成中英曾在一次来华学术演讲中讲到中国哲学的原点是《易经》，它构成了儒道释哲学内在发展的生命和逻辑结构；它揭示了中国传统辩证思维的特点是对立—>变化—>统一，是整体化、定位化、内部沟通化、应变化、创新化的思维方式；它是中国古代生活世界、变化世界、价值世界（及其审美世界——笔者注）的总结；它的多元一体化和一体多元化的思维方法，为调整欧洲和英美哲学流派的诠释互融的关系也提供了方法论前提。因而，《易经》这个原点也是中西哲学的原点。①这一见解值得深长思之。

---

① 见［英］成中英：《西方哲学发展趋势与中国哲学世界化》，《文汇报》，1987年8月18日。

第四章 符号美学智慧的源起

从这一章开始，我们要对《周易》美学智慧的一些基本内容直接地逐个进行理论上的解析，并尽可能探讨其巨大而深远的历史和现实影响。《周易》美学智慧是一个有机的文化系统，其卦爻语辞符号以及由卦爻语辞符号所传达的数理智慧、意象氛围、生命冲动、阴阳变易、中和境界、人格理想以及太极氤氲美学内容，彼此交融激荡、互补互合，构成了中华古代独特的美的旋律与美学天地，累积着深沉的美学思考。《周易》美学智慧的独特性，首先是与其特有的卦爻符号系统以及卦爻符号系统与语辞之间所构成的动态联系分不开的，我们的论述须从这里开始。

第一节 符号之美的奇风异韵

没有一部中华古籍，甚至还没有发现世上有哪一部著作，像《周易》那样具有神奇的语词符号，这些符号本始用以巫术占筮，继而发育为数理科学、哲学、伦理学以及美学等的卦爻体系，它是与众不同的符号体系。西汉末年学坛巨子扬雄所作《太玄》，虽曾以奇（-）、偶（--）、和（---）三个基本符号构建四重"八十一首"的学术文化图式，颇多创造，然而其总体性的文化与美学思维，大致上并未超越《周易》卦爻符号思维的域限。《太玄》是拟易之作。班固云："（扬雄）实好古而乐道，其意欲求文竟成名于后世，以为经莫大于易，故作太玄……皆斟酌其本，相与仿依而驰骋云。"①可谓得论。可以说，《周易》的卦爻符号体系独一无二。正是这卦爻符号及其与语词符号所构筑的复杂联系，使《周易》具有独异的文化面貌和美风流韵，其洋溢的美学智慧之大泽令人神驰心撼。

首先，《周易》以阴爻、阳爻、八卦、六十四卦等符号建构起一个具有美学意蕴的符号"宇宙"与世界图式。构成这"宇宙"的基础材料是阴爻、阳爻。正如前述，据学者考辨，阴爻、阳爻的文化原型是"数字卦"，是从原始巫术占筮的实践中发展起来的。从"数字卦"到阴爻、阳爻的确立再到最终被社会广泛认同，是一个漫长的历史过程。它大致上经历过这样几个文化思维阶段。一、中华先祖由于原始社会生产力极度低下，人的文化智慧来不及展开与深化，他们在远古巫术占筮活动中只得将人的吉凶命运归结为神秘的"数"，并由此发明了"数字卦"即所谓的"奇字"，产生以"数"为操纵人之命运的无时无处不在的异己力量的朦胧的文化思维。二、这种文化思维在漫长的巫术占筮活动中由于千百年中一再地被重复，导致思维的进化与自觉，人们先是误以为神秘的数是世界的本质，继而由于社会实践的反复磨炼与生活实践中计数的需要，数的神秘面纱被不断地揭除，最终在原始哲学与美学意义上，萌生了数为世界万物之本原的文化意识，这便是《易传》所谓的"当万物之数也"②。此时，人的文化思维处于在神秘的非理性中涵容原始理性、在非神秘的理性中渗以原始非理性因素的互逆互补境地，关于"数"的文化思维既是非理性的，又是理性的。当人的原始理性之剑奋而斩断非理性的神秘巫术意识时，他倾向于原始哲学思维的明智与美学思维的明丽；当人的非理性的巫术神秘迷雾遮掩理性智慧之光时，则并非意味着原始哲学与美学思维因素的绝灭，而是被包容与压抑。二者的涵摄既产生了巫学智慧的诡谲，又增添了原始哲学与美学思维的神奇。前者是"信以为真""信以为美"；后者则是"真然后信""美然后悦"。三、前述两个阶段实际上是以"数"为基本思维范畴、以"数"为万物本原，将世界数化的一种主观心理形式阶段。它是客观世界的心理

① 班固撰，颜师古注：《汉书》（第十一册）卷八十七（下），中华书局，1960，第3583页。

② 朱熹：《周易本义》，第307页。

化，其心理内容必然要求寻找或创造一种适当的表达方式，即通过符号加以表达。这便是数符。正如前文所述，据考古发现，《周易》"数字卦"中数的图形作为符号，它原本应该有九个，表示一到九这九个自然数，依次写作一、二、三、三、⋈、∧、十、八、❤。由于中华古人有直行书写的习惯，刻在西周青铜器铭文之后、竹简铭文之后以及殷周甲骨上的"数字卦"从目前所发现的卦例看，都是一卦六个数字中一与六两个数字出现最多，而二、三、四三个数字不见，这推想是因为倘将前述表示一、二、三、四四个数字直书在同一卦中不易区别其所表现的是哪几个数，从而剔除二、三、四而留下一。从数的奇偶角度看，"一"这个数除了表示它自身，还可表示"三""五""七""九"；"六"这个数亦然，除了它自身，还可表示"二""四""八"，因此，"数图形卦"中的"一""六"出现最多就不是偶然了。这种省略二、三、四数字的做法符合思维简化的原则，世界的万物是"多"，本质则"一"。思维的简化表明了人的思维运动从现象到本质、从万殊到实一的追摄。张政烺指出："殷周易卦中一的内涵有三，六的内涵有二、四，已经带有符号的性质，表明一种抽象的概念，可以看作阴阳爻的萌芽了。"[①]但是这种符号的抽象"进化"并非到此结束。从出土的西周中期之后的甲骨卦例看，其中有新出现的"九"这个数，这种情况可能意味着"数以九为纪"的周人崇"九"文化意识的渗入。这种"数图形卦"对数的进一步简化、调整和选择，使最后的卦数定型为：以"九"代替"一"进而代表前述所有奇数；以"六"代表前述所有偶数。所以在《周易》中，"九"是阳爻的别称，不管老阳、少阳都称"九"，是阳爻的一个共名；"六"是阴爻的别称，不管老阴、少阴都称"六"，是阴爻的一个共名。比如六十四卦之☰（乾卦），自下而上依次读作初九、九二、九三、九四、九五和上九；又如☷（坤卦），自下而上依次读作初六、六二、六三、六四、六五和上六。"九"和"六"分别代表性质相反而相谐的阳爻和阴爻。在中华古人心目中，不仅世界的本质是数，而且万物之美丑本质也在于数，"九""六"这两个具有共名意义的数是吉是凶进而也是美是丑，在六十四卦中的关键是它们是

---

① 张政烺：《易辨——近几年根据考古材料探讨周易问题的综述》，载《中国哲学》第14辑，人民出版社，1988。

否奉时，奉时者，则吉则美；不奉时者，则凶则丑。而"九""六"这两个数的美丑本质，在八卦和六十四卦中又不可能赤裸裸地呈现在人们面前，凡本质都是隐在的，作为万物美丑之本质的符号显现，便是构成八卦、六十四卦的基本符号阴爻阳爻。两个爻符具有至简至繁的美学特征：纷繁复杂多变的宇宙万物在《周易》中只用这两个符号表示，归结为"九""六"两个数，此外别无其他，这是至简；阳爻阴爻（九、六）又象征宇宙万物及其运动，它们包罗无遗，这是至繁。至简至繁是其美学之抽象具象、本质现象、"浓缩稀释"意蕴的同"时"并存、同"时"对应。而这里的"时"，依《周易》看来是时间的变动进而所引起的空间的变动，所以《易传》说："爻也者，言乎变者也。""爻也者，效天下之动者也。"

阴爻、阳爻的美学本蕴是斯。然而由于年代的久远、考古发现的时代的局限等因素，阴阳爻的美学智慧原型数千年间而为数的文化意识观念湮没。这种情况导致了人们对阴爻、阳爻美学智慧原型的种种猜测性解析。在所处时代美学思潮的催激下重构关于阴阳爻的种种美学意蕴，比如根据《易传》"悬象乎日月"的易学观，从汉代直至今天，一直有以"日月为易"的思想解释阴爻、阳爻，阳爻是日的象征，阴爻为月的象征，认为日月自然之美就体现在这两个爻象符号之中。有的《周易》学者认为，"易卦的基本组成成分'▬'阳爻和'⚋'阴爻，也应该是来源于日、月、五星的星象。这就是说，'▬'阳爻渊源于日象；'⚋'阴爻渊源于月象，原始氏族社会的人们，观察到太阳呈圆形，将它画成◉形，这就是后来演化而成的'日'字。原始氏族社会的人们，还观察到月亮呈☽形，这就是后来演化而成的'月'字。古代的人们将成◉象的圆圈展平拉直，就构成了'▬'阳爻；将☽象的两划平列连画起来，就构成了'⚋'阴爻"[①]。这自成一说，虽然阴阳爻源自日月星象的见解可能并未揭示阴阳爻的文化原型，但在美学上，将阴阳爻与日月自然相联系，可以说是一种不自觉的将易与自然美相结合的美学思考。又如，根据《易传》"天一，地二"的易学观，有的易学家以为阴爻、阳爻这两个符号是天地的象征："古人为何以'▬'象阳，以'⚋'象阴？窃谓：最初乃以'▬'象天，以'⚋'象地。盖古人目

---

① 乌恩溥：《周易：古代中国的世界图式》，吉林文史出版社，1988，第13页。

睹天体混然为一，苍苍无二色，故以一整画象之；地体分水陆两部分，故以两断画象之。《系辞》上论天地之数曰：'天一，地二……'天数所以为一，因天体为一，象天之爻亦为一画也；地数所以为二，因地体分水陆两部分，象地之爻亦为两画也。足证'▬'本象天体，'--'本象地体。古人又认为天为阳类之首，地为阴类之首，因而扩展之，以'▬'象阳类之物，以'--'象阴类之物，于是'▬'成为代表阳性概念之符号，'--'成为代表阴性概念之符号。"①易之阴阳爻符到底是否源自古人对天地阴阳的认识与表现，这需要进一步讨论。但其美学思维的价值，是与前述所谓阴阳爻象征日月的观念相同的，都体现了一种以自然宇宙为观照对象的宏观的美学视野。再如，是所谓的"阴阳爻象征男女生殖器官"说，这是20世纪20年代弗洛伊德精神分析学说传入后所引起的一种易解。郭沫若曾经指出："八卦的根柢（指阴阳爻——引者注）我们很鲜明地可以看出是古代生殖器崇拜的孑遗。画▬以象男根，分而为--以象女阴。"②这一关于阴阳爻文化原型的见解，由于它与《易传》所具有的颇为强烈的生殖崇拜文化观念与生命美学意识在一定程度上相吻合而值得引起重视。但是，这是战国时代的美学智慧与文化观念，尚不能成为《周易》本文之阴爻、阳爻是男女生殖器象征这一易之美学观的佐证。所以，张政烺主张阴阳爻符源自数图形说，认为："二十年代，弗洛伊德心理学盛行，许多学者用男女生殖器解释阴阳爻，风靡一时，现在有了考古材料，知其说全不可信。"③然而，这并不等于说整部《周易》中没有关于性的生命美学智慧，相反却很丰富深刻，这个问题待后文论述。

阴爻、阳爻源自日月、天地与男女性器等三说，由于纯粹建立在哲学推理的逻辑基础上，缺乏"数字卦"一般有力的实证而可能说服力较弱。不过这种猜想又与《易传》所载伏羲氏创卦"近取诸身，远取诸物"相遥对。阴阳爻与男女之性相联系是"近取诸身"；与日月、天地相联系是"远取诸物"。"诸身"与"诸物"，都首先是《周易》巫术占筮所关注的对象，然而也是《周易》哲

---

① 高亨：《周易大传今注》，齐鲁书社，1998，第30—31页。

② 郭沫若：《中国古代社会研究》，人民出版社，1964。

③ 张政烺：《易辨——近几年根据考古材料探讨周易问题的综述》，载《中国哲学》第14辑，人民出版社，1988。

学与美学所思考与观照的对象，它们都是自然与自然之美。

尽管在阴爻、阳爻的美学智慧原型问题上，对爻符源自数的感悟与理解以及爻符象征日月、天地、男女诸说未可一视同仁，可是这阴阳爻符的建构，确是中华古人对宇宙万物（包括社会人生）试图作出的哲学概括与美学描述，即是对纷繁复杂的自然现象与社会现象之两种品类、性质、时态、趋势的观念性把握，开始朦胧地意识到这世界从浩瀚的时空到草芥细末既一分为二又合二而一，其间渗透着哲学的思辨与美学的意绪。读者将会看到，随着本书的展开，全部《周易》美学智慧每一对范畴的基本框架，其实都在讲"一"如何分为"二"，"二"如何合为"一"。关于这一点，当代读者也许会嫌这过于肤浅，但在殷周之际，中华古人已能以性质相反相成、互对互补、互逆互顺的阴爻阳爻这两个符号表达对宇宙万物的某些本质见解，是了不起的。人们也许对《易传》所谓"一阴一阳之谓道"之类的哲学与美学智慧不以为然，认为这是比较后起的思想（一般认为《易传》写于战国中后期），但是，我们应该看到，这种智慧的前期思维因素却早已存在于阴爻、阳爻的符号模式之中，在时代上要比《易传》之写成早约五六百年，它对整个中华民族美学智慧的建构及影响真是不可估量。《周易》泰卦·九三爻辞说："无平不陂，无往不复。"假如我们承认中华古人发明爻象符号在前而写作、编撰卦爻辞文在后，则可以将这泰卦·九三爻辞看作是受阴阳爻符意义的启发而对这基本易理，也是《周易》基本美学智慧的一种文辞表达。在阴阳爻符发明之后，中华美学智慧史上便不断有关于"一分为二""合二而一"的美学命题的提出。如春秋时期，史墨说"物生有两"，比如"体有左右，各有妃耦（配偶）"[1]；晏婴以羹之和作比，认识到了"清浊、大小、短长、疾除、哀乐、刚柔、迟速、高下、出入，周（《说文》云："周，密也——引者注）疏，以相济也"[2]。在先秦时代的《老子》一书中，曾经提出过比如生死、祸福、善恶、美丑、贵贱、主客、大小、上下、长短、体用、正奇、难易、静躁、张歙、与夺、兴废、强弱、刚柔、有无与盈虚等许多对具有美学意蕴的范畴，所谓"天下皆知美之为美，斯恶矣；皆知善之为善，

---

[1]　杨伯峻：《春秋左传注》第四册，中华书局，1981，第1519页。

[2]　同上书，第1420页。

斯不善矣。故有无相生，难易相成，长短相形，高下相倾，音声相和，前后相随"。所谓"将欲歙之，必固张之；将欲弱之，必固强之；将欲废之，必固兴之；将欲夺之，必固与之"①。真乃不胜枚举。在解说《周易》本文的《易传》中，有如天地、乾坤、阴阳、尊卑、刚柔、动静、损益、盈虚、美恶（丑）、意象、形神、往复、进退、生死、方圆、远近、天人以及天文人文之类具有一定美学智慧因素的范畴也比比皆是。至于此后中华美学智慧的发展，还有许多新的对应互摄的美学范畴放射出智慧的光芒（这里从略），它们共同构成了中华美学澎湃不息、奔腾向前的大潮。而考其源头，大约就是这渗融着一定数理意蕴的阴阳爻符。

《周易》八卦也是具有一定美学智慧因素的特殊符号。

八卦是在阴爻、阳爻基础上经过三重迭合而建立起来的一群整合的卦符，所谓八卦者乾坤震巽坎离艮兑，其基本卦性又影响六十四卦美学智慧的建构。《易传》说："乾，健也。坤，顺也。震，动也。巽，入也。坎，陷也。离，丽也。艮，止也。兑，说（悦）也。"②在这八卦的卦符卦义中，包蕴着一定的美学智慧因素。

乾，从倝从乙。倝音全，日出光芒万丈、朗朗白昼之形象；乙，到达之义。太阳照临，万物资生。阳明发达，光辉璀璨，刚健之阳气沛然流溢，这是阳天之大美。古人云，"乾卦本以象天，天乃积诸阳气而成"③。阳气是宇宙之本元，"大哉乾元！万物资始，乃统天。云行雨施，品物流形"。其美不可名状。太阳给人以温暖与光明，自然可能成为原始初民最早的审美对象，对太阳的乾德即刚健之美很早就有所领悟，这是必然的；同时，尽管光华普照的太阳给人以生命的热力，尤其一年之际寒冬过去、春回大地、万物葱茏，或者一日之际黑夜过去、旭日东升，中华原始初民对太阳的感激钟爱之情自不待言，然而太阳有时又使酷热难忍、河流干涸、土地旱裂、植物枯萎、人畜灾难重重。所谓"逮至尧之时，十日并出，焦禾稼，杀草木，而民无所食"④。人们又必然对太阳怀

① 王弼:《老子道德经注》，楼宇烈:《王弼集校释》上册，中华书局，2008，第6、88页。
② 黄寿祺、张善文:《周易译注》，第435页。
③ 同上书，第436页。
④ 《淮南子·本经训》，《淮南子译注》，第352页。

有怨恨与敬惧的心情，于是有拜日的心理和拜日的活动，太阳同时又是原始初民的崇拜对象。《周易》八卦以乾卦为第一卦，说明这是中华古人对天、对太阳既审美又崇拜的一种复杂的文化心态和智慧结构；以"乾"为第一，又说明了人们对阳天的密切关注，无论就审美还是崇拜意义而言，人们对此既持有热烈而深沉的智慧意识，又满怀着喜忧参半、真挚虔诚的感情。

坤，从土从申。土为大地，涵养万物。土者，吐也，万物如同从大地吐出，土地是为万物之母。《易传》说："坤厚载物，德合无疆；含弘光大，品物咸亨。"①这是对大地的赞美诗。大地宽广沉厚，万物受其滋养而亨通无限，堪与乾美相媲美。然而与乾美相比较，乾之美以"统天"为本，则坤之美从顺承天为前提，"至哉坤元，万物资生，乃顺承天"②也，所以坤性为"顺"。"坤"之本性既然为土为吐为顺，蓄弄万物，则必为含蓄之美。"阴虽有美，含之以从王事，弗敢成也。"③这里，乾卦既为阳天，则坤卦为阴地，"王"，指乾阳之天，因而可以说，如果乾阳之美是主体美，则坤阴之美为依存美。从卦象符号看，坤卦☷不同于乾卦☰，以六短画象征，取"虚则含之"之象。再从这八卦中的坤卦两相重叠成为六十四卦中的坤卦卦象䷁看，其依存美的特点显而易见。坤卦六爻之六二爻得中而谦处于下卦，六五爻虽居上卦之中位，却无居尊之傲。这是从坤卦六五爻辞"黄裳，元吉"中看出来的。这里稍作解释：在古代五行五方五色五味等的文化智慧对应模式中，"黄"与"五行"中的"土"、与"五方"中的"中"相对应，与"土"相对应符合坤理，与"中"相对应符合坤卦六五"中"位之易说，说明坤卦六五爻以柔顺居上卦之"中"，地位显赫，然而，爻辞所谓"黄裳"之"裳"却象征坤卦六五爻的廉下之美德，因为古代服装是"上衣下裳"之制，裳在下也。古人在解释六五爻辞时说："黄是中之色，裳是下之饰。坤是臣道，五居君位，是臣之极贵者也；能以中和通于物理，居于臣职，故云'黄裳，元吉'。"④这种"黄裳"之爻符，在《周易》看来首先是大吉大利（元吉）的，同时又是一种美善之德。《易传》说得很明白，"黄裳元

---

① 黄寿祺、张善文：《周易译注》，第17页。
② 同上。
③ 同上书，第23页。
④ 同上书，第20—21页。

吉，文在中也"①。这里的"文"，按《周易正义》之解，是"既有中和，又奉臣职，通达文理，故云文在其中，言不用威武也"。"威武"者，乾之阳刚；柔顺处下，坤之阴柔。因为坤性柔顺，它是依存于乾的，这种美学智慧渗融着一定的伦理观念。但是，这并不意味着坤阴绝对没有其相对独立的美，坤阴是否是美，就看其能不能奉时，此之所谓"坤至柔而动也刚，至静而德方。后得主而有常，含万物而化光。坤道其顺乎！承天而时行"②。坤性本自柔顺，但并非绝对柔而无力，它奉天时而变动导致柔中含刚，极为安静但柔美之德生气流溢播于四方，坤阴含吐物华、依天时而运行发舒，确是不同于乾阳的另一种意蕴丰富复杂的美。而正如前述，坤不仅"从土"而且"从申"，申者，神也。这"坤"之字义中隐伏着的"神"性透露着一个信息，即中华古人在对天进行审美兼崇拜的同时，还对地抱着审美兼崇拜的文化态度，对于中华古老的农业文化而言，除了天时，土地是其重要命脉。因而自古祭祀地神之风一向很盛，"地载万物者，释地所以得神之由也"③。东方大地广大无垠，万物人类，皆赖地以生，因而人们对于土地，实在也是很感激的。但大地上又常常江河横溢、火山爆发、地震频作，人则死于非命，故中华古人对于大地又时时惧怕，既感激，又恐惧。对大地的崇拜便在所难免。既审美，又崇拜，这种对大地、坤阴的美学观照与美学思考同样也是复杂的。

震，从雨辰声，震者动也，雷震而雨，万物萌动。震为雷，雷始发于春，极盛于夏而渐衰于秋。"震为雷。雷，动物之气也；雷之发声，犹人君出政教以动中国之人也：故谓之震。"④"震，动也，此象雷之卦，天之威动，故以震为名。"⑤震是令人畏怖的自然现象，所谓"震来虩虩"是也。然震又是富于生气的自然现象，它是乾阳为坤阴所迫、阳气突然发舒的象征，清代易学家陈梦雷说，"震卦，一阳动于二阴之下，动而震惊，故为震"⑥。震卦☳是阴阳两气冲突

---

① 黄寿祺、张善文：《周易译注》，第21页。

② 同上。

③ 班固：《白虎通义》，上海古籍出版社，1992。

④ 李鼎祚：《周易集解》引郑玄注，上海古籍出版社，1989。

⑤ 黄寿祺、张善文：《周易译注》，第299页。

⑥ 陈梦雷：《周易浅述》三，上海古籍出版社，1983，第791页。

而相激相荡相和的象征，所以有震惊、警策的涵蕴。《易传》说，震"恐致福也；'笑言哑哑'，后有则也"①。这里具有人处恐惧之境而自我警惕的意思，告诫人们需"恐惧修省"，这是道德说教，也是一种哲学、美学智慧的反映。古人云："震之为用，天之威怒，所以肃整怠慢，故迅雷风烈，君子为之变容；施之于人事，则是威严之教行于天下也。故震之来也，莫不恐惧，故曰，'震来虩虩'也。物既恐惧，不敢为非，保安其福，遂至笑语之盛，故'笑语哑哑'也。"②恐惧警省致福是一伦理圆满境界，由于此中寄寓着处"危"而后"安"、惕惧修持内美的辩证哲理而与美学智慧相沟通。人处于危难之际，虽有如履薄临深之可惧，有内忧外患之交乘，但只要惕励修洁，必能处危而后安、绝处而逢生，这也是一种美的人生境界。而且"震"作为象征自然界雷震现象的八卦符号，隐寓了人对这种大气磅礴的自然现象在畏怖中升腾起来的崇高之感，与乾、坤两卦一样，震卦之符号也是富于美学意蕴的。

巽，象风之卦，其义为"入"，"巽为风"。③风之本性通行于天下无孔不入。古人云："巽者，卑顺之名。《说卦》云，'巽，入也'，盖以巽是象风之卦，风行无所不入，故以入为训。若施之于人事，能自卑巽者亦无所不容。然'巽'之为义，以卑顺为体，以容人为用，故受'巽'名矣。"④巽之卦符为☴，两卦相重为六十四卦中的巽卦☴。根据《易传》"阳卦多阴，阴卦多阳"的原则，与震卦性质为阳相反，巽卦一阴二阳，故为阴卦。根据易理，阳主阴从，故而巽卦有"卑顺"之义，这是伦理学意义上的注释。但是，我们倘以八卦之巽放入六十四卦之巽中去考察，其美学思维的关注点，正如前述坤卦"至柔而动也刚"的美学思路一样，也在于辩证地指明巽卦之美学特性，并非一味强调"卑顺"而往往以"刚健"之美为上。黄寿祺、张善文先生说："如初六勉以'武人之贞'，六四嘉以'田获'之功；两爻均须柔而能刚则美；九三以刚屈柔而生'吝'，上九以阳顺极而有'凶'；两爻均因丧失刚德致危。至于二、五之吉，

---

① 黄寿祺、张善文:《周易译注》，第299页。
② 同上书，第300页。
③ 同上书，第439页。
④ 同上书，第332页。

前者以刚中之道顺事神祇，不屈于威势；后者以中正之德申命行事，居一卦之尊。可见，六爻关于'顺从'的义理，无论是下顺乎上，还是上被下顺，均不离两项原则；（一）'巽'之道在持正不阿；（二）'巽'之时在有所作为。因此，所谓'顺从'，当本于阳刚气质，与'屈从'之义格格不入。"①这是中肯之见，也是深知易理美论的表现，确实可与邵雍《传家易说》所谓"巽之为道，岂柔弱畏懦之义哉"之说相对应。

坎，陷也，坎为水为雨，水性在于流动陷落。坎卦符号为☵，对照金文"水"字写作"𝄞"，可见是由坎卦符号演变而来，这符号是水流的象形。从坎卦符号看，八卦之坎一阳陷于二阴之中，"阳实阴虚，上下无据，为坎陷之义"，六十四卦之坎，在卦序中紧随大过卦之后，"过极必陷，坎所以次大过也"。然而，与涵蕴于震卦之中的美学智慧一样，虽然坎险重重，凶危不迭，只要内心不失诚信、刚厉充实，就可以排险解难，前路光明通达。陈梦雷说："坎卦全象取一阳在中，以为内实有常，刚中可以有功，时世有险而此心无险，故虽险而亨。此全卦之大旨也。"②其实这也是坎卦美学智慧的"大旨"。在重重险阻中"内实有常"，这种人格之美的光辉何等灿烂！而人之处险之所以能够做到不乱、不虚自己的胸襟抱负信念，实是内心已经把握了事物发展的总趋势即"时"之发展趋势的缘故，即在处险之时，能看到铲平坎坷、取得通途、到达胜利在即的那时（那天），这用《易传》的话来说，叫作"险之时用大矣哉"③！叫"大"在何处？危机之时亦即生机之时。

离，丽也。离为火，火焰光明跳跃，金文"火"字写作𝍝，象离卦一阴藏于二阳之间。八卦中的离一阴丽于上下两阳之间，有附丽之义。"附丽者，明也。于象为火，体虚丽物而明者也。又为日，亦丽天而明者也。"④这便是《易传》所云："日月丽乎天，百谷草木丽乎土"⑤。丽者，美丽，离是美。离之美包含自然美与人工美两大类，日月与野生的百谷草木只要成为人的审美观照对象，

---

① 黄寿祺、张善文：《周易译注》，上海古籍出版社，1989，第474页。
② 陈梦雷：《周易浅述》二，第502页。
③ 《易传·彖辞》，朱熹：《周易本义》，第158页。
④ 《周易浅述》二，第513—514页。
⑤ 《易传·彖辞》，朱熹：《周易本义》，第161页。

可以是自然之美，经过人之劳动实践实际改造、创造的百谷草木之类可以是人工之美。《周易》六十四卦以乾坤两卦为首，既济、未济两卦为终，体例上分上下两经且上经终于坎离，故坎离两卦乃天地之心、造化之本也。在河图中，天一生水而地二生火，坎藏天之阳中，受明为月。离藏丽地之阴中，含明为日。坎为水而司寒，离为火而司暑，坎为月而司夜，离为日而司昼，这是坎与离的时机性。所以，在先天八卦方位图中乾南坤北、后天八卦方位图则离南而坎北，所以坎离是乾坤的继体，坎与坤相对而离与乾相对。乾卦象征天，包括天空与天体（以太阳为代表），实际指整个宇宙，乾是宇宙（天）的美德；离卦象征日，有时也指象征日月，其实这两种说法并不矛盾，因为月华之美实际是阳光的照射所致；离卦既仅仅象征日（月），其美学视野相对乾卦而言要微观些，至于象征百谷草木之类则更显得微观了。而说离是附丽之美，其意并不是说日（月），百谷草木之类的美是附着于他物，没有独立自性的绝对意义上的依存之美，而是说这些美都处于种种美的关系之中，就如日月之于宇宙、百谷草木之于大地那样，并且是依时而行、依时而生灭的。18世纪法国启蒙学者狄德罗创"美在于关系"说，提出一个事物美不美决定于它所处的不同关系的见解，认为美取决于其所处关系的动变，中华先秦《周易》之离卦以"附丽"为美，这实际上也指的是以"关系"为美，"附"者，构成了此物与彼物之关系，因"附"而"丽"（美），这不能不说是一种颇为深刻的美学思想。

　　艮，依《说文》之解："从匕目，匕目犹目相比不相下也。"金文写作🦵，为怒目相视之象，转义为"山"，山有静止严峻的象征性意蕴，所以《易传》说，"艮为山"，艮，止也。艮有"止"义。人的心理、行为动止应随时而定，此则"时止则止，时行则行；动静不失其时，其道光明"①。这是说人的心理欲念和行为举止是否美，就看人能不能审时度势，因时而决定自己的行止。杨万里说："大哉止乎！有止而绝之者，有止而居之者，有止而约之者。'艮其背'（艮卦卦辞。引者注），所以绝人欲而全天理。此止而绝之也；'时止时行'，必止乎道，此止而居之也；'思不出其位'，而各止其分，此止而约之也。"②这里杨氏所谓

----

① 《易传·象辞》，朱熹：《周易本义》，第240—241页。

② 杨万里：《诚斋易传》，上海古籍出版社，1990。

"三止"，实为一"止"，即"止"心。抑止心欲，斩断妄想，行为举措合乎正道（有点类似佛教八正道中的"正思维""正定"），安于本分，这是"绝人欲而全天理"，这种对"艮"义的易解，立刻使人想起了宋明理学那个"存天理、灭人欲"的老命题，未必契合《周易》原旨。从其美学智慧看《周易》之艮卦以山为象征，是象山之卦，山岿然静止，有岿然不动、冷峻之静美。从艮卦符号☶看，它与震卦☳互综、震卦阳动而进，阴动而退，一阳爻生于二阴爻之下；震卦之一阳爻再进而成坎卦☵，此时一阳陷于二阴之中而成陷险之象；一阳之更进变坎卦而为艮卦，直待一阳爻高居于二阴爻之上无可再进便停止运动归于静止，这是动极而静。这静止是山的形态，更是山的时态，山之静美是因时而变的。

兑，悦也。正秋之卦，秋天万物成熟，令人愉悦。兑卦在文王八卦方位中为西方之卦，与四时中的秋时相对应，孔颖达说，"兑，西方之卦，取秋物成熟"[①]之义。这是关于秋时的美与美感。兑卦又象征泽，兑为泽。《易传》说："丽泽，兑。"正如前述，丽者为美，可见泽因美而令人喜悦，从六十四卦中的兑卦符号☱看，为兑下兑上之象，丽者，又通俪，有并偶之意，俪之原义指两头美鹿并偶。所以王弼说"丽"者"犹连也，施说（悦）之盛，莫盛于此"[②]。此深谙兑卦上下兑为并连泽象之易理。宋代程颐由此加以发挥："丽泽，二泽相附丽也。两泽相丽，交相浸润，互有滋益之象。"[③]六十四卦中的兑卦犹如两潭泽水并连而相辉映，同增其美。《易传》说："兑，说也。刚中而柔外，说以利贞，是以顺乎天而应乎人。"[④]这里，说，即悦，是对卦符的诠解。兑卦的九二、九五爻各处于内、外两卦的中位，故云"刚中"，刚阳居中象征天之内质为阳健、人之内心实诚而不虚弱无力虚饰夸伪。六三、上六爻各为柔爻，各处于下兑、上兑之上位，所以称为"柔外"，象征秋天之时阳气渐衰、阴气渐长以及人之对外接人待物柔美和悦，这种愉悦是既顺乎天道又应含人情的。"纵观全卦天旨，无非说明：阳刚不牵于阴柔，禀持正德，决绝邪谄，才能成欣悦

① 孔颖达：《周易正义》，上海古籍出版社，1990。
② 王弼：《周易注》，楼宇烈：《王弼集校释》下册，第505页。
③ 程颐：《周易程氏传》，中华书局，2011。
④ 《易传·象辞》，朱熹：《周易本义》，第261页。

之至美；反之，偏离正德，曲为欣悦，则不论是取悦于人，还是因人而悦，均将导致凶咎。"①这一易解，是偏于道德伦理的，说的主要是道德和美善与道德的愉悦。然而，这种道德之美善与愉悦，是既顺乎天则又应乎人情的，是道德人情的天则化、天则的道德人情化，"天""人"双方的相互对接涵摄，一方面是"天"成了道德之美的符号，另一方面是"人"之道德入情升华到天则之美的高度。所以毋庸置疑，在这道德人情之善中渗融着一定的美学（哲理）意蕴。

前文仅是对阴爻、阳爻与八卦结合六十四卦中的有关卦符的美学智慧所作出的初步论述。由此不难看出，《周易》美学智慧的文化起点是它那独具魅力的卦爻符号。这符号"宇宙"是中华古人的独特创造。西方当代符号学美学的代表人物恩斯特·卡西尔曾经指出：人之作为人出现在地球上，则意味着他处于两个"宇宙"之际。人不仅必然地处于物理宇宙即自然宇宙之间，这是一般的动物也是如此的；而且也不可避免的、更重要的是处在他自己所创造的符号"宇宙"之间。符号是人、人性、人之形象以及各种文化的表征和提示。

> 人不再生活在一个单纯的物理宇宙之中，而是生活在一个符号宇宙之中。语言、神话、艺术和宗教则这个符号宇宙的各部分，它们是织成符号之网的不同丝线，是人类经验的交织之网。②

因而这位德国当代著名的哲学家进而指出：

> 所有这些文化形式都是符号形式。因此，我们应当把人定义为符号的动物（animal symbolicum）来取代把人定义为理性的动物。③

这是一个关于人，从而也是关于文化、美学的著名定义。的确，人不仅是

---

① 黄寿祺、张善文：《周易译注》，上海古籍出版社，1989，第480页。

② ［德］恩特斯·卡西尔：《人论》，甘阳译，上海译文出版社，1985，第33页。

③ 同上书，第34页。

"理性的动物"，人还具非理性的文化心灵，有想象、情感、意志、宗教意识等等，这一切都不是"理性的动物"这一定义所能概括的，而倒是"符号"这一范畴所可包容的内容。因为首先是"符号化的思维和符号化的行为是人类生活中最富于代表性的特征"。在恩斯特·卡西尔看来，只有用"符号的动物"这一定义来取代关于人的原有文化见解，"我们才能指明人的独特之处，也方能理解对人开放的新路——通向文化之路"[①]。

假如我们剔除卡西尔以及苏珊·朗格、罗兰·巴特符号论美学的历史唯心主义因素，把符号理解为客观存在的自然宇宙、社会人生的能动表现，同时又是人的主观文化心灵、思维、情感、意志等的综合展示，那么这种符号论美学倒好像是特意针对《周易》美学智慧而言的。《周易》卦爻系统是中华古人所创造的文化符号"宇宙"。这个"宇宙"图式，一方面是客观自在的物理宇宙（自然）、社会人生的能动反映；另一方面又是人的文化心智与情感等心理因素的表现，而且这文化心理本身就是客观世界的人化。在这符号"宇宙"中，首先是用以占筮的卦爻，尽管不无神秘、神圣的神灵观念，但其文化本质却是人企图通过巫术"作法"（法术），对自然、社会与人心加以安排和控制，这种卦爻符号的文化意义是人的盲目意志的"强加"，它的实际功效具有不可验证性。不过，这占筮符号毕竟是中华古人企望把握自然以就人事的文化表现，它不是哲学与美学却存在着通向哲学与美学境界的文化内驱力。这种文化意味在《周易》本文中早已存在着。在《易传》中，保留了不少原先作为巫术占筮符号的文化意义与文化特征，总体上却大致由战国时人将这符号"宇宙"进行哲学、伦理学、美学等文化意义上的改造，由阴爻阳爻、八卦、六十四卦所构成的符号"宇宙"没有改变，然而其符号的意蕴却在一定程度上得到了更新，这便是罗兰·巴特所谓符号的"能指"没有改变，而符号的"所指"却改变了。被改变的"所指"就是包括《易传》美学智慧在内的新的符号意义。关于这一点，在高亨的易解中常常被特别用力地指出来，即区别《周易》经、传的不同符号意义。如果说《周易》本文中的符号是巫术吉凶的象征，那么《易传》中的符号虽然还是老样子，却在一定程度上被美学化、艺术化而成了美丑的象征。这

---

① ［德］恩特斯·卡西尔：《人论》，甘阳译，上海译文出版社，1985，第35页。

种从《周易》本文之巫术吉凶向《易传》美学之美丑的转移是《周易》美学智慧的一个常见的现象。

比如晋卦䷢，为坤下离上之象。《周易》本文（经部）晋卦卦辞说："康侯用锡马蕃庶，昼日三接。"这条卦辞大意：初封于康地的周武王之弟（故称康侯）在异国征战得胜，虏马众多（蕃庶），昼夜之间多次将战利品（马）进献给武王。这条卦辞，实际是以周初故事表示晋卦符号象征吉利，其"所指"在于巫术。然而在《易传》中，同是这一卦符，却被赋予了新的美学意义。《易传》说："晋，进也。明出地上，顺而丽乎大明。"从卦符看，晋卦坤在下而离在上，坤为大地，离为火，火的自然原体是太阳，即这里所称的"大明"。整个晋卦，象征太阳从地平线喷薄而出、冉冉上升而普照大地，其自然景象何等之美，不仅太阳美而且由于坤地在离（日）下是坤附丽于离，大地也显得光辉灿烂了。又如剥卦䷖，坤下艮上之象。其主卜辞云："不利有攸往。"显然是个凶卦。《易传》却据其凶险之意进一步引发出其相应的美学智慧来，即"丑"。"剥，剥也，柔变刚也。"① 剥卦之所以象征丑，那是因为剥是剥落的意思，象征万物剥落、凋零之时的丑态。从符号看，剥卦五个阴爻聚居于下，阴势尤盛；一个阳爻孤处在上，阳气衰微，是破败衰颓之象。李鼎祚云："阴气侵阳，上至于五，万物零落，故谓之'剥'也"。② 显然，在《周易》看来，阴盛阳衰就不是一种美。

苏联当代著名美学家鲍列夫说："符号的功能造成了符号关系场、要领会一个符号，必须首先知道它所代表的那个对象（符号的对象意义），并理解符号本身的意义（符号的涵义）。"在美学与艺术中，"符号就是思想的具体感性基础的袒露"③。而卡西尔则直截了当地指出，美学与艺术"可以被定义为一种符号的语言"，"美必然地而且本质上是一种符号"④。我们对照《周易》觉得所见不差。不仅美，而且丑以及崇高、滑稽、悲、喜等美学范畴本质上也可以以符号来象征。

① 《易传·彖辞》，朱熹：《周易本义》，第179、139页。
② 李鼎祚：《周易集解》，上海古籍出版社，1989。
③ ［苏］鲍列夫：《美学》，乔修业、常谢枫译，中国文联出版公司，1986，第486、485页。
④ 引自朱狄：《当代西方美学》，人民出版社，1983，第122、124页。

第二节 "符号关系场"——数的"宇宙秩序"

前文已经简略地指出，由《周易》阴爻阳爻、八卦与六十四卦所构成的"符号关系场"的内在文化机制是数，数为世界万物的本原，所谓"当万物之数也"，数不仅是卦爻符号"宇宙"的巫术文化之魂，而且也是其审美文化（美学）之魂。这里，笔者想就这一论题加以进一步的论述和展开。

其一，《周易》中的数，首先表现在整个巫术占筮操作过程，都是数与数的运演，巫术占筮操作就是"算数"，在这"算数"中包蕴着关于数的原始审美意识。

《易传》说：

> 天一，地二；天三，地四；天五、地六；天七、地八；天九、地十。天数五、地数五，五位相得而各有合。天数二十有五，地数三十，凡天地之数五十有五，此所以成变化而行鬼神也。[1]

这里所谓"大地之数"即"大衍之数"，是用以占筮的基本和原初的演算之数，中华古人以"天地之数"自一至十作为占筮的基数，其本意在于得天地自然之灵气，依靠"天启"增加巫术的灵力。然而在这巫术的虔诚意绪之中，却有原始审美意识在潜生暗长。这主要以自一至十的所有奇数为天数，偶数为地数，天奇地偶，建构起天地对应的数的宇宙框架。在思维方式上，为以后的中华美学智慧提供了美学范畴必相对应的思维模式，即一对六、三对八、五对十、七对二、九对四，构成五个数群，每一数群都是天地、奇偶的有序对应，它们各自与蕴涵着八卦原理的河图之数相一致，即河图之五个方位：北，一对六；南，七对二；东，二对八；西，九对四；中，五对十。在美学上，显示出天地自然及其相互关系的均衡之美，这是本然如此的自然内在的美，用清代著名易

---

[1] 《易传·系辞上》，朱熹：《周易本义》，第303—304页。

学家陈梦雷的话来说，叫作"此皆天地之自然，非人力所能损益也"。①这种"天地之数"的有序对应，在中华古人的原始思维中真是神秘莫测，故以"鬼神"两字名之，它原本说的是巫术的神秘和迷信，却与后代关于"鬼神"的审美意识相联系，比如，说某一建筑艺术、雕塑或工艺美术品艺术成就之登峰造极，其美难以言状，就称之为"鬼斧神工"；言人之才华出众、出人意料，美其名曰"鬼才"；唐代著名大诗人李贺之诗善于状"鬼"，其风格诡谲奇丽，以"鬼诗"之美称颂于后世，以及中华古代诗论中的神奇、神似、神韵诸美学范畴，其实都与这《周易》之"鬼神"观念相勾连。在《周易》中，"鬼神"原本是人们巫术崇拜的对象，凡被崇拜者，都在人们的观念中被认为是完美无缺的，这种观念发展到审美领域，它一方面破除了对鬼神的迷信，另一方面却以"鬼神"去形容艺术、人格或自然之完美。

《易传》说：

> 大衍之数五十，其用四十有九。分而为二以象两；挂一以象三；操之以四以象四时；归奇于扐以象闰，五岁再闰，故再扐而后挂。②

这是说的以蓍草（策）进行巫术占筮的过程，其间都是数的运演。我们在前一段引文中看到，所谓"大衍之数"之和为五十五，这里却说"五十"，证明在"五十"之后转写脱去'有五'二字③，也证明《易传》的这前后两段引文当初并非出自一人之手，还证明这脱文遗漏早在《易传》成书时已经形成。这一点这里暂且不表。占筮之初，取蓍草五十，随意取出一根不用，象征太极；随意将四十九策分成两份，象征天地；再在象征地的一份中随意取出一策以象征人、象征大地为人之母亲，此时天地人"三才"齐全，称为"挂一以象三"。再以四策为一组，一组一组地分象天象地两份筮策，象征四时。这样分策必有余数，一共可有四种情况：或余一、或余二、或余三、或余四，这称为"归奇

---

① 陈梦雷：《周易浅说》四，上海古籍出版社，1983，第1243页。

② 黄寿祺、张善文：《周易译注》，上海古籍出版社，2007，第387页。

③ 金景芳：《学易四种》，吉林文史出版社，1987。

于扐"。"奇",指余数,象征闰月,由于中华古历法五年之内必有两次闰月,故称为"五岁再闰,故再物而后挂"。此时,象天象地两份筮策之余数必成对应,即天数余一,地数余三;天数余二,地数余二;天数余三,地数余一;天数余四,地数余四。必定只有这四种情况,没有其他可能,此时,余数之和或是四、或是八。加上象征人的那一策,不是五,便是九。再以四十九策减去五或九,此时剩下的总筮策数不是四十四,便是四十。这是筮策运演的第一步,称为"一变"。第二步,以剩下之筮策总数四十四或四十重新开始演算,操作规程一如第一步。经这样的"三变"之后,所剩筮策总数必有四种情况:三十六、三十二、二十八、二十四。再分别用四去除,分别得出商数为九、八、七、六。九、七为奇数,八、六为偶数,分别九为老阳,七为少阳;八为少阴,六为老阴,可定出一爻(初爻)。再以相同程序求得第二、三、四、五、六爻,由于每爻需"三变"才能求得,一卦需经"十八变"才能给定,这叫"是故四营而成易,十有八变而成卦"①,然后再根据余数与象征人的那一策之和究竟是多少,定出多数与少数,进而定出变爻或不变爻,再参考有关卦爻辞之类对占筮结果进行解说,整个占筮过程方告完成。

从这占筮操作全过程中,我们同样可以领悟到蕴涵其间的若干美学智慧,即宇宙时序的无穷变化之美。随着占筮操作过程的逐步展开,宏观意义上宇宙的总体面貌也得以展现,先是太极混沌、继而化生天地、接着天地生人。同时四时运行且在四时运行中五年二闰。尽管客观时序的变化以及宇宙的模式并非这般机械,比如说天地生人之时才有四时运行,这是违背自然界运行规律的,然而中华古人对宇宙时序的这种描述,却反映出中华童年的稚朴和童趣。尤其在"十八变"的占筮过程中,包含着丰富、深刻的"时变"智慧,在中华古人看来,人的吉凶命运取决于宇宙时序的千变万化,从而与吉凶相对的人生之美丑境界也是由宇宙时序之恒变而造成的。宇宙是一个变易不息的大流,这变易是有序的。中华古人的文化观念中并非没有空间观念,仅仅认为宇宙之空间是依时间而存在、而运行、而变化不息的,空间是时序变化中的一个"瞬间",所以吉凶之轮回、美丑之明灭、善恶之交替是非常迅速的,美其实是宇宙时变大化的一瞬间所激发出

---

① 《易传·系辞上》,朱熹:《周易本义》,第307页。

来的光华，它是"符号关系场"中无限时变可能性中的一种最佳时机。

其二，宇宙秩序的均衡之美及其原始审美意识，也可以从八卦的图式中见出。八卦图式，无论先天八卦方位图抑或后天八卦方位图，都为宋人所绘制，但其思想之源来自《易传》。《易传》说："天地定位，山泽通气，雷风相薄，水火不相射。"①根据这一论述，可以画出先天八卦方位图即伏羲八卦方位图，其方位配置为：乾（天）南、坤（地）北——"天地定位"；艮（山）西北、兑（泽）东南——山泽通气；震（雷）东北、巽（风）西南——雷风相薄；坎（水）西、离（火）东——水火不相射。从卦符看，八卦构成了四对交错之卦，即它们按爻序正好阴阳互逆，乾☰与坤☷交错；艮☶与兑☱交错；震☳与巽☴交错；坎☵与离☲交错，表现出严格的有序性。如果说阴爻、阳爻象征秩序及其流变运行的两种对立、对待、对应、统一的万物之时态，那么先天八卦方位图作为宇宙秩序及其运动的基本思维模式，则传达出客观宇宙秩序在永恒运动中所具有的对称和均衡之美。整个客观宇宙，从星系太空、宏观的天地自然与人类社会到微观的人之心理，物质的分子、电子、中子、质子、基本粒子，看似杂乱无章、千头万绪、变化无穷，却在无限丰富的客观自在中保持着动态的均衡，八卦图式的美，正是宇宙秩序均衡之美的基本而真实的描述。再从八卦方位图的方位次序看，自乾一、兑二、离三至震四，向左旋，称为"顺布"；自巽五、坎六、艮七至坤八，向右旋，称为"逆布"，顺逆相对应。以乾对坤（一加八）、艮对兑（七加二）、震对巽（四加五）、坎对离（六加三），其和都等于九。从卦符数量看，这四组对应的卦符数之和，各自都为三阳爻三阴爻，可以说，宇宙秩序的均衡动态之美在这里被表现得淋漓尽致。先天八卦方位图虽然实为北宋末年邵雍托名伏羲所绘，其智慧来源却始于先秦，先秦时，人们已有关于宇宙均衡的美学智慧之萌芽，这是了不起的。

同样，后天八卦方位图即文王八卦方位图也具有美的均衡智慧。《易传》说："帝出乎震，齐乎巽，相见乎离，致役乎坤，说言乎兑，战乎乾，劳乎坎，成言乎艮。"②可据此画出后天八卦方位图。《易传》的这一论述，其大意为：震

———————

① 《易传·说卦》，朱熹：《周易本义》，第348页。

② 同上书，第349页。

卦象征东方和春分，此时大自然生机元气催发草木抽叶萌蒂（帝，蒂之初文，王国维《观堂集林》称"帝者，蒂也"）。巽卦象征东南方和立夏，此时万物一齐蓬勃生长，生机盎然。离卦象征南方和夏至，此时万物正在长成，其生态美相交互辉映。坤卦象征西南方和立秋，此时万物依凭地气致养，继续成长催熟。兑卦象征西方和秋分，此时万物终于成熟，皆令愉悦。乾卦象征西北方和立冬，西北为阴地，乾为纯阳，阴阳交结，自然之生机已是潜伏在此。坎卦象征北方和冬至，此时万物已经归藏，有如陷落劳倦。艮卦象征东北方和立春，此时万物旧体已亡、新机复萌。该八卦方位图自震卦始，按顺时针方向依时旋转，将阴阳交感的坎离、震兑配置于四正方位，将阴阳不相交感的乾巽、坤艮配置在四维方位上，体现了"乾坤退居，六子用事"的原则。从其象征性卦义看，描述了一年四时植物终始的整个历程，是一个万物衰长、生灭的时态模式，它不是直接模拟宇宙秩序及其运变，却是宇宙动态秩序在万物随时生长链上的体现。古人云："先天为体，后天为用。"先天与后天体现了体用关系。先天八卦方位图传达出宇宙均衡之美，后天八卦方位图则是这种美的分摄。先天为美之共相，后天为美之殊相。

同时，古人以为八卦之原型的河图、洛书也以数的和谐排列，象征宇宙秩序的均衡。比如洛书（图示）是一个自一至九这九个自然数的有序排列图，以阳数一三五七九、阴数二四六八的变演象征一年四时阳（天）气、阴（地）气的消长历程。阳数以圆圈象征，阴数以圆点象征，阳数排列在四正与中位，阴数排列在四隅。

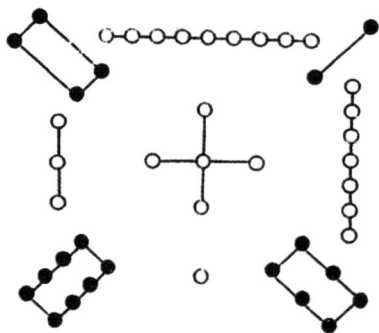

4	9	2
3	5	7
8	1	6

阳一在北,象征冬至之阳气始生;阳三在东,象征春分之阳气渐增;阳九在南,象征夏至之阳气极盛;阳七在西方,象征秋分之阳气渐消。阴而在西南,象征立秋之阴气已起;阴六在西北,象征立冬之阴气渐增;阴八在东北,象征立春之阴气极盛而衰;阴四在东南,象征立夏之阴气渐衰。其美学思维模式在于"戴九履一,左三右七,二四为肩,六八为足"[1]。这九个数的和谐排列,实际是一个"魔方"和数学矩阵,古人称为"纵横图",即该图纵横任何一行以及两对角线的三数之和都是十五(见表),它是世界上最早的矩阵图,具有严格的数理均衡的美感。洛书之数序也称九宫数矩阵,是中华古贤的发明与发现。后来南宋数学家杨辉在此三行矩阵基础上发展出四、五、六、七、八行矩阵,其数理即由1到n^2个自然数排列的几阶矩阵,其排列要满足这样一个公式,即各行各列和主对角线数字之和$\frac{1}{2}n(n^2+1)$[2]为它又一次以数的完美排列显示了宇宙秩序的和谐,折射出八卦方位图这些"符号关系场"的美的数理意蕴。

其三,从《周易》六十四卦的卦符总体看,六十四个卦构成了三十二对交错关系,显示了完美的对称性,而且还完美地显现出六十四卦的全部交综、自综和错综关系。[3]从图示可以见出,在此图的一条对角线上,依次排列着坤、小过、坎、大过、颐、离、中孚和乾八个自综卦,另一条对角线上,又排列着泰否、归妹渐、既济未济、随蛊四对错综卦。从这六十四卦方图之每一卦的上下体卦符看,也显示出精彩的有序性。从横列看,所有八个横列每列每卦的下卦都是一样的,第一列每卦下卦均为坤,第二列均为艮,第三列均为坎,第四列均为巽,第五列均为震,第六列均为离,第七列均为兑,第八列均为乾;其上卦在每一横列中都依次为坤、震、坎、兑、艮、离、巽、乾。从直行看,每一直行的上卦又都是一样的,第一行每卦上卦均为坤,第二行均为震,第三行均为坎,第四行均为兑,第五行均为艮,第六行均为离,第七行均为巽,第八行均为乾;其下卦在每一直行中又依次为坤、艮、坎、巽、震、离、兑、乾。综观六十四卦全图,十分富于美感。

---

① 朱熹:《周易本义·图说》,《周易本义》第2页。

② 参阅钱宝琮主编:《中国数学史》,科学出版社,1981,第122页。

③ 参阅董光璧:《易图的数学结构》,上海人民出版社,1987,第48—49页。

假如对这六十四卦方图符号进行二进制数学翻译，其严格的对称均衡之美也可以从有序的数字排列中领悟到（见表）。

000000	000100	000010	000110	000001	000101	000011	000111
001000	001100	001010	001110	001001	001101	001011	001111
010000	010100	010010	010110	010001	010101	010011	010111
011000	011100	011100	011110	011001	011101	011011	011111
100000	100100	100010	100110	100001	100101	100011	100111
101000	101100	101010	101110	101001	101101	101011	101111
110000	110100	110010	110110	110001	110101	110011	110111
111000	111100	111010	111001	111001	111101	111011	111111

（注：以阴爻为0，阳爻为1）

以上仅从三方面初步探索《周易》卦符的数理之美，揭示宇宙秩序动态的均衡。其实《周易》中的数理及数理之美学意蕴远非仅仅表现在前文所论及的这些内容中，它深邃的智慧是需要以专著的形式来论述的，这里只是择其基本以窥探一二。当然，我们仍需再一次指出，这种数理原本与巫学智慧非常牢固地纠合在一起。在远古时代，数的聪明智慧是注定要遭受巫术这种愚昧文化方式的奴役的，那时，数具有既是抽象又是具象、既是非理性又是理性的原朴文化意蕴，这与科学昌明时代人类关于数与数之观念是不同的。在《周易》巫术中，数一方面具有理性因素并由这原朴理性因素趋向于纯粹理性抽象的心智功能；另一方面数又总是与种种巫术兆象与迷信纠缠在一起，从而平添了中华巫术的神秘性和文化魅力。然而正是因为有数这种《周易》巫学智慧的心智内核，才使得《周易》巫学有可能发育为成熟的数学、科学、哲学、伦理学与美学等等。一旦《周易》的美学智慧等等撕下巫术神秘的面纱而独立地面对宇宙时，我们发现整个世界突然明朗、灿烂无比，而原本渗融在巫学智慧中的数，以其冷峻的沉思与和悦的微笑，以其独特的美之光辉，突然照亮了整个宇宙，照亮了人心。是的，数的觉悟，是民族智慧的真正觉悟，是人类理性的大觉醒。

笔者发现，将古希腊毕达哥拉斯学派关于数的文化与美学智慧同《周易》卦爻符号的数理意蕴稍作比较，是十分有意思的。罗素曾经说过，毕达哥拉斯是古希腊最有趣味而又最难理解的人物之一，关于他的传说几乎是一堆难分难解的真理与荒诞的混合。我们不知道此公是否是古希腊的巫术家，但是毕达哥拉斯学派内部施行的种种"规矩"，却分明是巫术的禁忌："1.禁食豆子。2.东西落下了，不要拣起来。3.不要去碰白公鸡。4.不要擘开面包。5.不要迈过门闩。6.不要用铁拨火。7.不要吃整个的面包。8.不要掐花环。9.不要坐在斗上。10.不要吃心。11.不要在大路上行走。12.房里不许有燕子。13.锅从火上拿下来的时候，不要把锅的印迹留在灰上，而要把它抹掉。14.不要在光亮的旁边照镜子。15.当你脱下睡衣的时候，要把它卷起，把身上的印迹摩平。"①多少这样的禁忌沉重地压在心上，可见心灵是怎样的不自由，可是，正是在这种巫术意绪的痛苦纠缠中，心灵的沉思却奇迹般地了悟宇宙的本质，将数看作世界与美的本质。

> 毕达哥拉斯派思想家们最早把数设想为一种无所不包的真正普遍的要素。它的用处不再局限在某一特殊的研究领域以内，而是扩展到了存在的全部领域。当毕达哥拉斯作出他的第一个伟大发现时——当他发现音调的高度依赖于震动弦的长度时，对哲学和数学思想的未来方向具有决定意义的并不是这种事实本身，而是对这种事实的解释。毕达哥拉斯不可能把这种发现看成是一种孤立的现象。最深奥的神秘之——美的神秘，似乎在这里被揭示出来了。对希腊精神来说，美始终具有一种完全客观的意义。美就是真，它是实在的一种基本品格。如果我们在音调的和谐中发现的美可以被还原为一种简单的数的比例的话，那么，正是数向我们揭示了宇宙秩序的基本结构。②

---

① ［英］罗素：《西方哲学史》上卷，何兆武、李约瑟译，商务印书馆，1977，第57—58页。
② ［德］恩特斯·卡西尔：《人论》，乔修业、常谢枫译，上海译文出版社，1985，第267—268页。

毕达哥拉斯的头脑一方面与荒诞的巫术禁忌相联系；另一方面他的思维触须又毫不犹豫地伸出宇宙秩序与美的底蕴，从而以整个心智去愉悦地拥抱真理。这种西方古老的精神现象与东方更为古老的《周易》的"数文化""数巫术""数美学"遥相呼应。《周易》巫术"数学的符号从一开始就被某种巫术的气氛所环绕"，后来在《易传》的哲学与美学中，"数不再笼罩在神秘之中。相反地，它被看成是理智世界的真正中心，它已经成了找到一切真理和可理解性的线索"①。当然，毕达哥拉斯所理解的宇宙秩序和谐之美，是客观自在，而《周易》所揭示的宇宙秩序之均衡的动态美，实际上是包括人与人心的和谐以及宇宙与人、人心之亲和关系在内的。在中华古人看来，宇宙并不外在于我，我亦不在宇宙之外，宇宙与我并非对立，而是物我浑契、天人合一。所以宇宙秩序的均衡则意味着主客观的统一。同时，正因为古希腊美学注重美的客观性，正如卡西尔所言，"美始终具有一种完全客观的意义""美就是真"，而《周易》所认可的宇宙秩序之美，是包括人文在内的，尤其与人文中的道德伦理有更多的联系，美在许多意义上实指道德的善和人格价值。所以，在《周易》中，"数学理性是人与宇宙之间的纽带，它使我们能够自由地从一端通向另一端，数学理性是真正理解宇宙秩序和道德秩序的钥匙"②。

第三节 线之美

宇宙秩序包括统摄于自然宇宙的社会人生以及人格模式的美学意蕴，是《周易》所揭示的数符关系场。这数是在《周易》美学智慧的萌动时期早就孕育着了，这便是用以巫术占筮的"数图形卦"，它是数的符号。古人云："筮者数也。"《周易》占筮恰是一种独具一格的"数巫术"，而这种数理意蕴的符号表现，是象征偶数、奇数的阴爻、阳爻。尽管《周易》八卦、六十四卦是庞大的巫术占筮"机器"，以及由科学、哲学、伦理学、美学等所构成的巨大智慧体系变化无穷，但是基本的符号只有这两个。而阴爻、阳爻的符号形态是线条。所以，我们的论

---

① ［德］恩特斯·卡西尔：《人论》，乔修业、常谢枫译，上海译文出版社，1985，第275页。
② 同上书，第22页。

述又需重新回到对阴爻、阳爻这种基本线之符号的观照与分析上来。

这线之符号来自《周易》卦爻符号的前身"数字卦"。它是动态的、自由的，其特有的空间造型（线形是空间存在、视觉对象），非常朴素，简洁地作用于我们的感官，而实际上却是时间流变在空间中留下的轨迹。这源自巫术占筮的线之符号的文化底蕴是数，它在科学、哲学、伦理学尤其在美学中得到了净化和升华。

> 净化了的线条如同音乐旋律一般，它们竟成了中国各类造型艺术和表现艺术的魂灵。[1]

要问中华传统艺术类的基本特点是什么？它无疑是多方面的，就其符号形态来说，是以线造型、以线表现。《易传》云："上古结绳而治，后世圣人易之以书契。"[2]上古结绳为的是记事、记数，后来发展为书写、镌刻，阴阳爻成了中华汉字与书法艺术美的萌芽，虽然这是传说，却揭示了书法艺术以线造型与阴阳爻符之间的历史联系。

中华汉字以线象形指事达意、以点画结构，是线条符号的有机集成。6 000多年前陶器上刻划的线条符号，是一种"前文字"形式，它是以线造型的；3 000多年前殷周之际的甲骨文，书体细劲挺直，笔划无顿挫轻重，也是以线造型的。此后逐一出现的书体无一例外，如殷周时期的庄钟鼎、货币、兵器等青铜器上的金文即钟鼎文，其书体齐整、风格浑朴圆转、字形变易多姿；春秋战国时期刻在石簋、石鼓上的文字石鼓文（亦称籀文）结体略呈方形，风格雄强而凝重；前221年秦始皇统一天下，实行"书同文"政策，废止六国异体，由丞相李斯具体统一简化字体以创小篆（秦以前称大篆），其书体略呈长形而规整，点划圆匀秀丽；相传秦末程邈在狱中所整理、发明的隶体，字形简化、变圆就方，笔划改曲为直，改连笔为断笔，使结构趋于扁平，用笔精巧工整，发展到东汉运笔注意轻重顿挫，有波势之美。这些字体无一不是以线造型的。后

---

① 李泽厚:《美的历程》，文物出版社，1984，第44页。

② 《易传·系辞下》，朱熹:《周易本义》，第326页。

来，一种新体楷书盛于六朝，到唐代达到巅峰，书体平整规矩，减却了原先汉隶的波势而给人以齐肃之美感，颜真卿的恢宏博大、柳公权的挺拔刚劲、欧阳询的坚韧劲险以及元代赵孟頫的秀逸婉约，这历来所公认的四大楷书名家将书法的线之符号艺术发挥得淋漓尽致。而行书以东晋王羲之《兰亭序》为"天下第一"，其俊逸潇洒、雄强飘举、神完气足之美撩人心魂，又有草书点画连绵、偏旁假借，行笔流畅。其中章草是隶书体的简写急就，字字独立，内含隶意；今草为楷书体的快写急就，笔势牵连，点画飞动，更兼唐代张旭、怀素的狂草用笔放纵奔宕、飞腾灵动、气贯如虹。总之，所有书法艺术的美都是线条之美，是线与线的拼接与迭加，是点画按一定科学与美学规律的有机构连，而其智慧原型，是《周易》的阴爻--与阳爻—。

这两个符号是最简单不过的了，然而其实是一切汉字书体的基础材料，凡基础，正如真理一样，总是简易朴素的。这两个相对应的线之符号，从其"数字卦"中所分别象征的奇数、偶数看，确是两个；从奇数、偶数都是数这一点看，又可归结为一个。这里，我们不妨可以将阴爻--看作是阳爻—的线条之"断"；将阳爻—看作是阴爻--的线条之"连"，二者互为异体，由此，我们又毋宁将阴阳爻看作"一画"。既是一分为二，又是合二而一的。所以宗白华先生说得好：

> 中国画家在万千绘画的形象中见到这一笔画，而大书家却是运此一笔以构成万千的艺术形象。
>
> 千笔万笔，统于一笔，正是这一笔的运化尔。[1]

我们观照每一个汉字，其实都是一画或一画的演变。横竖是一画，横折、竖折、钩、撇、捺、挑等等，是一画的变体，它们在美学意蕴上，是自然宇宙与社会人生的人格体验在一定空间形式上所刻下的时间运动的轨迹。在此意义上，我们可以进一步领悟到，汉字中的点，其实象征自然宇宙与社会人生运动流迁的瞬时。

---

[1] 宗白华：《美学散步》，上海人民出版社，1981，第141页。

阴爻、阳爻这两个线之符号，实由象形而来。在"数字卦"中，一的符号是━，表示孤零零的一件东西；二的符号是＝、三的符号是☰、四的符号是☷，分别象征两件、三件、四件东西。只是前文已经说过，代表二、三、四的这三个符号由于直书，写在同一卦中不易分辨，才在"数图形卦"中一概不见，但其以线之符号象征事物及其数量的智慧与观念确是存在的，它们都是蕴涵数理意义的象形符号。而五这个数是五件东西的象形符号，在"数字卦"中写作 ✕ 或 ✕，实际是 ✕，表示前后左右、东南西北与人之站在中央为五方，✕ 这一符号两条直线交叉将空间划分为四个领域，其交叉点就表示人站中央的位置。考"五"这个汉字，实由"数图形卦"中的 ✕ 转化而来，既象形又指意。其余前述一、二、三、四这些汉字也都是象形兼指意的。而由阴爻、阳爻所构成的八卦符号，正如前文所述，也具有象形兼指意的性质，比如坎卦符号是水之象征（ ☵ ），离卦符号是火之象征（ ☲ ）等等，一看便知。

这种《周易》爻符及卦符的线之符号的象形、指事与会意性质，影响到汉字及书法艺术美的建构。东汉大书家蔡邕说：

> 凡欲结构字体，皆须象其一物，若鸟之形，若虫食禾，若山若树，纵横有托，运用合度，方可谓书。
>
> 或象龟文，或比龙鳞，舒体放尾，长翅短身，颉若黍稷之垂颖，蕴若虫蚊之岌蹴。[1]

然而，汉字只是从象形始而并非终于象形，这不同于某些如实再现物象的绘画艺术。"从一开始，象形字就已包含有超越被模拟对象的符号意义，一个字表现的不只是一个或一种对象，而且也经常是一类事实或过程，也包括主观的意味、要求和期望。这即是说，象形中即已蕴涵有指事、会意的成份。"[2]汉字以及书法艺术由此成了抽象的线条符号，这种被升华与净化了的线条符号象征世界的流变、生命的流韵，由于它的抽象性意蕴而成为"有意味的形式"。这

---

① 蔡邕：《篆势》，人民美术出版社，1984。

② 李泽厚：《美的历程》，文物出版社，1984，第40页。

形式说复杂也复杂，千变万化，横竖、点捺、挑钩，姿态各异；大小、上下、倚正、虚实、主从、续断、枯润等等，其线条的流动飞扬或顿挫凝仁，绝不是程式化、模式化的死形式，而是流动着生命的神韵；这形式说简朴也简朴，只是一画一笔而已，整个宇宙人生均在一画一笔中现出光辉，这有点像佛家所谓从一滴水见大千世界。在这一画一笔中生气灌注、人情流溢而哲理美韵隐逸其间。

> 所以中国人这支笔，开始于一画，界破了虚空，留下了笔迹，既流出人心之美，也流出万象之美。①

罗丹也说：

> 一个规定的线（文）通贯着大宇宙，赋予了一被创造物。如果他们在这线里面运行着，而自觉着自由自在，那是不会产生出任何丑陋的东西来的！②

值得注意的是，这种可以说是源自《周易》卦爻符号（线）的艺术美的灵感，不仅表现在汉字与书艺中，而且也表现在中华传统绘画中。中华民族的艺术头脑自古对线条何等执着，以至于在创造种种艺术之时，总愿以线条来构建艺术形象、表现情态物理、抒寄心志胸襟，以线来传达他们对宇宙与人生的理解和领悟，绘画只是其中之一。传统书学画理总说"书画同源"，此"源""同"在何处？一句话，源于对客观事物现象的象形，进而指事、会意而同以线条来表达。其历史先声，自是十分古老。从今天能见得到的史料看，也许可能以《周易》本文的爻符为最早。因为阴爻、阳爻相传为神话传说中的人物伏羲所首创，距今约四五万年，这固然不能作为信史来看待，伏羲也并非实有其人，然

---

① 宗白华：《美学散步》，上海人民出版社，1981，第143页。
② ［法］海伦·罗斯蒂兹：《罗丹在谈话和书信中》，引自宗白华：《美学散步》，上海人民出版社，1981，第139页。

而伏羲作为远古发明爻符、具有聪明智慧的"共名"，却在中华智慧发育史上无疑反映出十分古老的历史面貌，目前所发掘的"数字卦"，是比较晚近的东西，但不等于说这种数符仅仅发端于比较晚近的时代。相反，其源起一定是十分遥远的。"数字卦"的源起是一个漫长的历史过程，并非一蹴而就的，在"数字卦"之前一定还有一个漫长的成形期。考虑到这一点，笔者毋宁认为，在所谓《周易》爻符创自四五万年前的伏羲时代之说中，必定存留着若干真实的史影，这种以线造型、以线表现的爻符的文化之根必埋在深深的历史土壤之中，它们既是字的雏形，也是画的雏形，是书画同一的符号。

比如从与《周易》美学智慧关系尤为密切的"日"这一线之符号看，它既是字符，又是画符，曾经经历过从具象象形到抽象表现的漫长历史阶段（图示）[1]。

这里所列出的"日"之线形演变的九个阶段，大致都是线条的流变，是书画合兼的线形符号。这些符号多见于新石器时代的文化层中，在商周甲骨文和金文中也时常出现，只是越到晚近，其符号愈见简化罢了，一直到写为"十"。"十"这个符号其实并非是数字"二五得十"的"十"，它在《周易》卦爻筮符之前身的"数字卦"中被识为数字之"七"（见前文）。从书画之象形角度看，是对太阳光辉的简化造型，是一种光芒四射的美的形象；从其所含寓的意义看，是表示太阳的刚阳之性，这在"数图形卦"中是以"七"这个奇数来表示的，"七"是"日"的象征。早在大约于殷周之际写成的《周易》复卦卦辞云："复：亨。出入无疾，朋来无咎；反复其道，七日来复。"这大意是说：复卦讲的是天体运行的阴阳反复之道，阳气剥尽复为阴；阴气剥尽复为阳，其出入、来往、消长无疾害、无咎弊，以"七"为一周期是天行的规律。所以《易传》作解云，"反复其道，七日来复，天行也"。[2]可见"数字卦"中的数字"七"（写作十，

---

① 参见何新：《诸神的起源》，生活·读书·新知三联书店，1986，第9页。

② 《易传·彖辞》，朱熹：《周易本义》，第142页。

后来在《周易》中转变为少阳），与"日"这个线之符号在意义上是相对应的。这种文化现象既能说明书画同源（像汉字与书法艺术一样，中华传统绘画是以线造型表现的），又可由此见出，这种线的艺术实与《周易》爻符相联系；《周易》爻符与其前身符号体系"数字卦"一脉相承，而这种数符又与更为原始古老的事物之象形符号相勾连，它们都是线性的，这种线之符号又反映出中华传统绘画展现于空间的时间意识。

线之美曾经受到西方古代和近代不少美学家与艺术家的关注。古希腊的柏拉图曾经说："我说的形式美，指的不是多数人所了解的关于动物或绘画的美，而是直线和圆以及用尺、规和矩画出的直线和圆所形成的平面形和立体形。"[①]18世纪的威廉·荷加斯则以蛇形线为美，他在将蛇形线与直线相比较后指出，"蛇形线是一种弯曲的并朝着方向盘绕的线条，引导眼睛去追逐其无限多样的变化，能使眼睛得到满足"。因此，可以将它"称之为富于魔力的线条"[②]。而席勒在其《论美书简》中也曾对线之美发表过见解。不过，西方关于线之美的认识，一般仅将其看作是一种形式美，认为仅是一种形式意义上的轮廓线，这可从文艺复兴时达·芬奇的言论中见出，"太阳照在墙上，映出一个人影，环绕着这个影子的那条线，是世间的第一幅画"[③]。

可是，中华传统画论对线的认识却是富于深刻的美学意蕴的，这种深邃的精神气质可以说是由《周易》所奠定和赋予的。就线条之缘起这一点上说，《周易》本经的阴阳爻符提供了中国画的线条模式的基础，而且发展到《易传》，从阴阳爻符中升华出哲学与美学层次上的阴阳观念并提出了"一阴一阳之谓道"这个命题，以阴阳两类线之符号的对立、对待、对应以及互融互转而在智慧中扪摸到宇宙与人生的本质规律，这便是"道"。正如前文所述，就阴阳爻之合二而一态势看，阴阳爻两个符号实则"一画"。一画是生气灌注的浑然整体，清代大画家石涛云：

---

① ［希腊］柏拉图：《柏拉图文艺对话集》，朱光潜译，人民文学出版社，1963，第298页。

② ［英］威廉·荷加斯：《美的分析》，杨成寅译，人民美术出版社，1988。

③ ［意］列奥纳多·达·芬奇：《笔记》，引自伍蠡甫：《中国画论研究》，北京大学出版社，1983，第40页。

太古无法，太朴不散。太朴一散，而法立矣。法于何立？立于一画，一画者，众有之本，万象之根，见用于神，藏用于人。……一画之法，乃自我立，立一画之法者，盖以无法生有法，以有法贯众法也。[①]

太古时期自然宇宙鸿蒙混沌，此时"太朴"未分天地阴阳，自然无法可立。有待太朴裂变而生天地阴阳，其变易的法则也就显现出来了。《周易》以阴阳爻符象之。就阴阳爻符内蕴太朴之道而言，只是"一画"罢了。所以这"一画者，众有之本，万象之根"。而绘画之笔墨线条，都是从太朴道之根上来的，它朴素得不能再朴素，却在画中可以状山川人物之秀错，鸟兽草木之性情，池榭楼台之气度以及表心理胸臆之幽微，极尽其妙。否则，则笔墨线条剥离支破，神形未备，气滞理碍。

中华传统画论强调，能否掌握这源自《周易》的一画之道是创造画之意境的关键。意境来自画家对一画之道的领悟并善于将这领悟转化为美的笔墨线条。意境的创造是在笔下线条的运行、往复、曲折、盘旋过程中进行的，笔下线条的千变万化均不能离开此道。道之本体一切俱足，故以悟道为本旨的中国传统绘画尤其文人山水画以线布形，不重色彩多变而仅以水墨贯之，这用古人的话来说，叫做"意足不求颜色似"。因为线条之墨法仅为水墨之一色（只具浓淡、干湿、枯润种种变化），一色是与线条之一画相对应的。一色等于"无色"，而无色至色。一画之道永无休止，因而当体道之一画化作具体笔墨线条时，便须时时体现其运化的美感。比如山水画在笔墨技巧上常用皴法，无论披麻皴还是劈斧皴，都是线条的流变。披麻皴以若干线条的大致平行运笔状物传情，造成画之形象舒缓的节奏，传达淡泊、澹和的意境；劈斧皴以短线、断线相构，不是细气长吁，而是粗息短促，如斧劈般有力而节奏加频，给人以浓丽、冲动的感受。同时，以《周易》一画之道为美学底蕴的中国传统绘画，其笔墨线条的运力亦颇讲究，它体现了道的生命韵致和画之艺术风格："从线条的动力看，其力内蕴，可见于古雅一格；其力外露，则近乎奇倔一格；其力似乎不足而实有未尽，常带含蓄，耐人寻味，多半属于生拙一格；其力一发而不可

---

① 石涛：《画语录·一画章第一》，人民美术出版社，1959。

收，奔腾弗息，而又始终饱满不衰，则为纵恣一格的特征。至于落笔之际，线条的动力、动势、动率三者皆若不经意，却又相互配合得恰到好处，则偶然一格有之，而在文人画艺术风格中，如能达到这一情境，要算是最为难能可贵的了。"①

书与画艺中的线之美令人目不暇接，这线与线的观念情趣来自《周易》象征时变的爻符与卦符，这卦爻符号还同样寄寓着数理概念与观念。

《易传》云："上古穴居而野处，后世圣人易之以宫室，上栋下宇，以待风雨，盖取诸大壮。""宫室"者，古代实指建筑。原始初民本野处在无遮无掩的自然界中，后来穴处而居，不过仍是很不舒适的，后来有智慧超群者发明了建筑物，栋柱直立而屋宇向两边下垂，以躲避风雨。《易传》说，这在《周易》大壮卦象中已经可以见出。所以古代时以"大壮"为宫室建筑的代用词，《艺文类聚》称，"太极殿者，资两仪之意焉，大壮显其全模，土圭测其正影"，"创兹秘宇，度宏观于大壮"②等等，都反映出大壮卦与建筑艺术的意义连接。大壮卦☳，为乾下震上之象，乾为天，震为雷，是天上雷震、大雨滂沱之时的自然景象。这景象本来对中华古人来说是很恐怖的。现在有了宫室，人安全地住在家里，见风雨雷震才深感壮美无比。大壮卦符自然是以诸个阴阳爻符构成的，这些爻符都是表示时变的线条，所以这些爻符的集合象征雷雨之时建筑物岿然屹立于大地的景象以及人心的自豪。因此，尽管古代易学家有将大壮卦象解释为宫室的象形，认为其上卦为震，《易传》称震卦象征"苍筤竹"为"萑苇"，象征以竹、苇为建造材料的建筑物，其下卦为乾，乾一般象征天，这里据《易传》之解，又可解为君、为父，引伸为人。竹、苇覆盖于栋柱之上，是古代"茅茨不翦"之屋，而人君居其内，真是豪迈得可以。这是从建筑之空间意蕴角度解此卦象，自亦言之成理，然而却不可忽略其间的卦时、爻时意义。第一，上古之时无有宫室，直待宫室发明之时人才进入"大壮"的生活境界，此种境界是依时而出现的；第二，雷雨大作之时的人之"大壮"生活境界又不同于平时，它比平时更令人有壮美与崇高之感。可见中华古人在审视建筑艺术的美时，不

---

① 伍蠡甫:《中国画论研究》，北京大学出版社，1983，第51页。

② 司义祖编:《宋大诏令集》卷一七九，中华书局，1962。

仅将其看作一种庞大的空间存在，而且更进一步体会到其时间运动的美感，人们称建筑是"凝固的音乐"，建筑是"凝固"不动的空间造型，却在这空间的"凝固"中渗融着时间流动的美，这美，早在《周易》的大壮卦符中已经深深地孕育着。当然，中华古代建筑艺术中的线条之美同样是丰富的，如鲜明的中轴线就是一个显例。

第五章　意象美学智慧的滥觞

在中国古代美学史上，意象这一美学范畴所包蕴的意义丰富而深邃，意象美学智慧源远而流长。它对建构中华美学的总体智慧而言地位重要、作用巨大且影响深远，也从一定角度和层次反映了中华民族独特的文化心理、美学思维和艺术情趣。

意象这一美学智慧的源头在哪里？中外学界的一些见解颇不一致。20世纪20—30年代，随着西方现代主义美学思潮初次入传中土，作为西方现代主义美学思潮之一的西方意象主义（imagism）的东渐，在一些学人头脑中曾经造成这样一个错觉——以为意象美学智慧是西方的舶来品，直到现在，还有人认为意象美论原是欧风美雨。其实，20世纪初叶在英、美文坛上名噪一时的意象派诗歌思潮，尽管在美国至今犹存未尽，然而作为一场文学运动，从其创始者庞德宣告成立到销声匿迹，也只有五六年的短暂时间。西方意象派诗歌艺术的美学之根，除了中世纪的欧洲哲学、近代柏格森的美学之外，却又是以中华古代的注重意象的诗歌为其精神渊源之一的。在我国五四前后，由于新美学原则的崛起而对传统文学进行口诛笔伐之时，西方却在大量译介和学习中华古典诗歌的传统，一时间汉诗英译著作竞相出版。西方意象主义诗歌从中华古典诗歌中深深地领悟到意象的美，那流溢充沛的意象气韵令人叹服，由此推动西方意象主义美学的理论建构。所以应当说，尽管属于西方现代派的意象主义曾经在20世纪20—30年代的中国文坛流渐，然而，我们毋宁可以在一定程度上，将这种意象主义的东来看做中华古代的意象美学智慧西去欧、美，经过改造而得到的反馈。尽管中华古代的意象美论由于历史的力量而与西方现代的意象主义相牵连，但二者在历史源流和范畴的内涵、外延上并不是同一个东西。中华古代的意象美学智慧其源甚古。闻一多曾经指出："《易》中的象与《诗》中的兴……本是一回事，所以后世批评家也称《诗》中的兴为'兴象'。西洋人所谓意象，象征，都是同类的东西。"①说"西洋人所谓意象，象征"和"《易》中的象与《诗》中的兴""都是同类的东西"，尚欠推敲，但我们可以从这一论述中见出《易》之象、《诗》之兴与西方现代主义所谓"意象"的联系。

的确，中华意象美学智慧的源头在《周易》。

第一节 《周易》意象观的内在美学结构

笔者在第四章已经谈到，《周易》巫学也是其美学的基点是阴阳符号，由阴爻、阳爻、八卦、六十四卦所构成的"符号关系场"，构建了一个涵蕴着一定数理文化内容的"宇宙秩序"。《周易》文化与美学智慧的特异性首先是由其独一无二的符号体系所决定的。这种符号体系可用一个字来概括，就是"象"。

《易传》中关于"象"的论述俯拾皆是。

> 是故夫象，圣人有以见天下之赜，而拟诸其形容，象其物宜，是故谓之象。
> 是故易者，象也。象也者，像也。
> 在天成象，在地成形，变化见矣。
> 变化者，进退之象也。
> 成象之谓乾，效法之谓坤。②
> 八卦成列，象在其中矣。
> 古者包牺氏之王天下也，仰则观象于天，俯则观法于地，观鸟兽之文与地之宜，近取诸身，远取诸物，于是始作八卦。

① 闻一多：《闻一多全集·甲集》，生活·读书·新知三联书店，1982，第118—119页。
② 《易传·系辞》，朱熹：《周易本义》，第318—319、326、284、288、295页。

　　极其数，遂定天下之象。①

　　"象"是圣人"见天下之赜"的媒介与工具。象的功能意义是象征，象是对天时而言的，天象与地形相对，地形是天象的派生，二者成其形象，可显现自然宇宙的变化，有"成象"为乾、"效法"为坤之称，坤是由乾所决定的；天象地形的变化，又决定了人事的进退；而八卦使爻符成一个系列，这是象的集成；伏羲氏始作八卦，是对天象、地形仰观俯察，对鸟兽之文、诸身诸物远近观取的结果；这种象的文化底蕴就是数。

　　从"圣人设卦观象，系辞焉而明吉凶"②可知象是《周易》本经巫学智慧的一个元概念，指爻象、卦象，爻符、卦符，它原初是显现人的吉凶命运的种种预兆。王弼注云"兆见曰象"，可谓一语中的。这种象与象的观念自然是具有一定神秘意味的，孔颖达作疏云："象，言物体尚微也。"③老子曰："视之不见名曰夷；听之不闻名曰希；搏之不得名曰微。"④可见《周易》巫学智慧观中的"象"，原是能显现神秘对象那无力搏握的微性，能显示人之吉凶命运的蛛丝马迹，它是与形有所不同的，象是已见踪迹却尚未真正成形的巫术前兆。

　　虽然在一般认为成书于殷周之际的《周易》本经卦爻辞中始终未见一个象字，然而，《周易》本经庞大（在古人看来非常神秘）的卦爻"符号关系场"，就是后来《易传》所说的"象"。这足以证明，在中华古人的原始思维中，起码在殷周之际，已有关于象的文化意识。

　　由此可以扪摸到《周易》巫学智慧关于象的内在结构，它有四个层次。

　　其一，指神秘物象，即巫术前兆。从其客观自在性而言，它不依赖人的主观心理而独立存在和运动发展，是人的意志所不能左右的。比如山崩地裂、无云而雷、白牛产黑犊、乌鸦怪叫以及狮吼虎啸狼嚎马嘶猿啼犬吠等等，都可能在中华古人的巫术神秘模式中成为前兆物象。《周易》卦爻辞中所记载的诸如枯杨生稊、枯杨生华；舆说（脱）辐；剥床以足，蔑（梦）；羝羊触藩，丰其蔀，

① 《易传·系辞》，朱熹：《周易本义》，第314、322—323、309页。

② 同上书，第287页。

③ 孔颖达：《周易正义》，上海古籍出版社，1990。

④ 王弼：《老子道德经注》，楼宇烈：《王弼集校释》上册，中华书局，2008，第31页。

日中见斗；鸣鹤在阴，其子和之；月几望，马匹亡；密云不雨以及小狐濡其尾等等自然现象和社会现象都是这样的巫术神秘物象。

其二，由这神秘物象所投射到中华古人心头的心象，即巫术前兆迷信意绪。从文化心理机制上看，中华古人在其漫长而艰难的实践中，由于对客观事物的本质规律常常"搏之不得"，由于意外地获得实践行为的成功或失败，却不明其因，必然会在大喜悦或大恐惧中产生一种心理趋势与心理要求，既注意与人的实践行为有关的客观事物发展链条中的种种前期现象，又渴望预知人之实践行为的后果。人对这种前因后果是非常关心的。并且，为了满足这种预知实践后果的渴望，愈加专注于客观存在与发生发展的种种事物前期现象，认为其后果是由前因所决定的。不幸的是，由于知识的贫乏，导致了对因果律的滥用，明明是两种或两种以上在因果链上毫不相干的事物，可以在巫术前兆迷信观念的驱使下加以对接和重构，指鹿为马，张冠李戴，得着风便是雨，将它们看作是永恒地具有神秘联系的，从而使得人们执着地去完成整个巫术过程。这种物象在神秘心灵中的映射，成了整个巫术行为的心理内驱力。

其三，指爻象、卦象。这里又分两个层次：（一）当中华古代还没有利用《周易》卦爻符号进行巫术占筮之前，人们通常用以占卜的工具与方式是各种物占与龟卜等等，由于深感自然或社会物象的神秘，在前兆迷信意绪支配下，于是发明了爻象、卦象的占筮符号体系；（二）后人利用先人发明的《周易》卦爻符号进行占筮，在占筮过程中所出现的、能预卜人之命运吉凶休咎的变爻、变卦，这两种爻象、卦象都是前述受前兆迷信意绪所支配的信从巫术的心灵虚象的外化，它以符号形式展现，即所谓的"见乃谓之象"。这种象是客体物象通过心灵虚象这一中介而获得的文化符号体现，不同于客体物象，不是客体物象一般的实象，然而相对于心灵虚象而言，由于它是心灵虚象通过一定物质媒材（线条）的外观，可以说是另一种实象，一种打上引号的"实象"。

其四，这种实象一旦外现，则意味着人的命运就此注定了。它在更进一层次上映射、回归于受筮者的心灵，表现为信从《周易》巫术占筮的魅力和信从占验的结果，进一步复制与重构对《周易》巫术占筮的迷信，它又成为未来新的巫术占筮的文化心理基础和心理内驱力。这是受前述实象即卦爻符号刺激而生的一种新的心灵虚象。

要之，整个《周易》巫术占筮过程，是一种象的运动与转换，它有四个阶段、四个层次，往复循环，以至于无穷，可用图示：

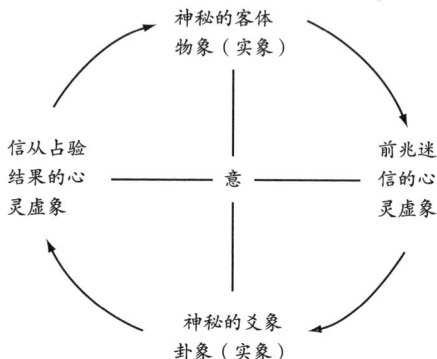

这里值得注意的是，从《周易》卦爻符号系统的发明，以及利用《周易》进行巫术占筮的全过程看，这四个层次是象在实虚之际的连续运动与转换，同时也是意伴随着象的连续运动与转换。第一层次固然是客体实象，就其本身而言是客观自在的，无"意"可言。可是这客体实象一旦进入巫术占筮过程，就被蒙上了一层神秘的意之色彩，是一定的人"意"促使客观自在的物象纳入巫术占筮过程。意促成了对一定物象的发现。"枯杨生稊"原是客观自在的，无所谓神秘与否，一旦作为巫术前兆，则必有一定之意渗融其间。第二层次是客观自在的物象在一定神秘巫术之意的催化下所形成的心灵虚象，由于此意既是一定客观物象的心理映射，同时这心理映射绝不可能将象之因素过滤干净而成为赤条条的抽象之意，因而，心灵虚象实际是一种意象。第三层次是将这心理意象还原为实象，却并不是客观物象的模拟再现，而是抽象的表现，卦爻符号是线条的有机集成，不是客观自在物象的再现，而是涵溶着一定巫术意义（意）的抽象符号，这种实象其实也是意与象的统一。而第四层次作为信从占验结果的心灵虚象，自然还是一个不离开一定象之因素的巫术占筮之意的意象结构。

因此可以断言，《周易》巫术占筮的象，指客观自在的作为巫术前兆的象，以及爻象、卦象（人工创造和在占筮过程中所出现的巫术前兆）。所谓意，是人对巫术前兆的神秘感觉、领悟、体验与判断。这是《周易》巫术关于意象的内在结构。

那么，这种关于意象的巫术内在结构，对于我们解析《周易》意象美学智慧的内在结构有些什么意义呢？

在笔者看来，这不仅有意义，而且意义重大。实际上，《周易》意象美学智慧与其关于意象的巫学智慧是异质同构的。

《周易》美学智慧的意象之美也具有四个层次，也是意与象的相互连续运动与转换，其美学内在结构，包括客观自然与社会物象，客观物象的审美心理意象，具有一定审美意蕴的爻象、卦象（与艺术形象相通）以及人在爻象、卦象接受过程中所产生的审美心理境界。

一、《易传》云，中华古人仰则观象于天，俯则观法于地，观鸟兽之文与地之宜，近取诸身，远取诸物，这可以概括为"观物取象"。目的为了"以通神明之德，以类万物之情"①。这里，所谓神明指神灵，在具有巫术迷信的中华古人看来，神则明，人则暗，因称神灵为神明。因为神灵的德性是"明"，所以人要通过巫术这一文化方式使神人的德性相通。所谓"万物之情"，在巫术中原指无数的巫术前兆。然而在《周易》美学智慧中，由于八卦、六十四卦是一种宇宙秩序与世界模式，所以将"神明之德"解说为阴阳变化的美德，将"万物之情"解说为通于人性的万物之情状，则大致是可以的。孔颖达云："俯仰远近，所取不一，然不过以验阴阳消息两端而已。'神明之德'，如健顺动止之性；'万物之情'，如雷风山泽之象。"②在《易传》看来，"健顺动止"是乾坤震兑之性以及雷风山泽之象，在一定条件下是美的，比如乾卦就具有元亨利贞之美，而客观物象便由巫术之兆象升华为审美对象。这种对象可从两层次上去加以认识。首先是客观自在的自然与社会物象。此时，主客之间的审美关系并未建立，审美过程并未开始，这物象的客观自在性意味着它游离于审美关系与审美过程之外，可称为对象A；其次是进入了审美关系和审美过程的自然与社会物象，可称为对象B。对象A是就事物本体论而言的，对象B是就事物认识论而言的，因为尽管审美活动是一种关系认知、情感、想象和意志等心理因素的复

① 《易传·系辞下》，朱熹：《周易本义》，第323页。
② 孔颖达：《周易正义》，上海古籍出版社，1990。

杂过程，但其主要还是一种认识活动。所以说，对象B是对象A的审美化。就审美而言，《周易》意象美学智慧所直接涉及的物象，是"观物"之物，而不是自在之物，也就是说是作为审美对象的物象。此时，一切自然对象或社会对象都离开其自在形态，进入审美关系，也意味着它们都已不是外在于人的物理实体和物理实象，而是被灌注了一定人之心理意绪的审美对象。它们或是美的对象，或是丑的对象。美丑对象就对象A意义而言，是客观存在的；就对象B而言，是在审美关系中所建构起来的一种对象的审美属性。此时，尽管对象B是一种客观存在的物之实象，但由于这对象，与主体之间建立了审美关系而使这实象着我之意绪色彩。然而这主观心理意绪归根结底是由客观存在的物象所触发、所规定的，客观物象是审美的起点。

《周易》的"观物取象"是一重要的巫学命题，通过"观物"而"取"万物之兆象，这必然培养锻炼了中华古人对万物形象的审辨力和悟解力，从取象到判定命运之凶吉，从凶吉到生成爱憎之感情和愉悦痛苦等情感，再由这种巫术情感意绪反射到相应的万物之象上，从而建构起客观物象之美丑以及美感丑感。于是"观物取象"就历史地升华为一个重要的美学命题了。这一美学命题有两点是值得注意的；第一，审美过程是以物为出发点而不是从心开始，首先是大自然和社会的万有实象和形态撞击着主体的心胸而不是相反，通过观这一中介令物我建立审美关系，有如郑板桥所谓的"眼中之竹"；第二，"观"的注重点是"象"，而不是物之物理、化学或生物学之类的属性，是谓"取象"，是心灵首先通过视觉捕捉对象的整体形象而不是理智上的条分缕析，不是意志上的厚此薄彼，而是充满情感的整体观取。这正是巫术捕捉兆象的过程，也是审美捕捉美丑形象的开始，仅仅二者的暗暗操纵"观物取象"的"意"不同罢了。也正因为巫术首先观取的是物象而非其他，由于客观物象是审美关系得以建构的关键和客观基元，因此，作为巫术兆象的物象，必然会升华为审美对象，因为这巫术兆象是历史地开启了通向审美的门户。

二、"观物取象"是一个过程，它可以是一瞬间的，也可以持续一个时段，不管怎样，都会在主体心灵引起反响、留下痕迹，生成由审美对象所投射的心灵虚象。它是审美对象的心灵内化，也是客观审美实象虚化为内心审美意象的过程，是主体领悟、味象的过程。所以应当说，《周易》"观物取象"之所谓象，不仅包括客观审美物象，而且包括其相应的审美心灵虚象。这种虚象实际是主体审美心灵对客观物象的受纳、反射、激动、沉思和心领神会，《易传》称之为"感"（咸）。"观其所感，而天地万物之情可见矣"①孔颖达云："'咸'道之广，大则包天地，小则该万物。感物而动，谓之'情'也。天地万物皆以气类共相感应，故'观其所感，而天地万物之情可见矣'。"②在《易传》看来，这里的"天地万物"自然包括人皆有气流贯其中，故"共相感应"，实际可指审美过程中物我、主客之间的心灵契会。这是意象审美内在美学结构的第二层次，用《乐记》的话来说，叫作"感于物而动"，郑板桥则称之为"心中之竹"。无论对自然现象或社会现象的审美还是艺术欣赏，都有这内心体验和应意味象的过程，是应象而起的意的激荡、凝伫、流溢和净化，是因味象而澄怀，游目而静虑，观物而涤神的灵府澡雪。

三、《周易》意象观的另一个著名命题是"立象以尽意"。这里，暂且不论"立象"是否能够"尽意"，这是另一个论题，留待后文评说。"立象"在巫术中原是为了明断吉凶，却又揭示了意象观美学内在结构的第三层次，即是郑板桥所谓的"手中之竹"的层次。当"观物取象"，即客观物象心灵化之后，审美心灵虚象往往是一个骚动不安的心理因素，由于主体原在生命力的冲动，由于人的本质力量总是期待着获得全面实现和自我肯定，因而，它渴望外在的表达，导致为求"见意"而"立象"。立象，是一种创造。中华古人认为，"见意"的最佳方式是立象，立象是对客观物象经过心灵虚化之后的直观整体把握，所以象已不是天地自然与社会人事之象，而是"人心营构之象"。经过"人心营构"，富于生命意蕴，它是多义而动变的。居六十四卦之首的乾卦，其卦象既是用于巫术占筮的兆象，有巫术意味；又具哲学意蕴，表示中华古代阴阳哲学观中的事物之阳性意识；又是阳刚之美的符号象征，包蕴着阳刚美意识；而且还具有伦理意蕴，它象征君与父，如此等等，不一而足。其实《周易》六十四卦的每一卦象都是意蕴多兼的，蕴含着丰富的智慧，卦象以及构成卦象的爻象的智慧覆盖面是很大的，象、意无穷。钱锺书说：

① 《易传·彖辞》，朱熹：《周易本义》，第165页。
② 孔颖达：《周易正义》，上海古籍出版社，1990。

　　象虽一著，然非止一性一能，遂不限于一功一效，故一事物之象可以
子立应多，守常处变。①

　　此论深谙"象"之三昧。冯友兰也曾经以另一种表述方式表达过大致相同
的见解，他认为，易象是一个"空套子"，"似乎什么都可以填进去，解说得
通"。这正是易象这种古代东方智慧模式的无穷魅力。说不尽的《周易》！由易
象所传达的易道之广大，正如《易传》所言：

　　范围天地之化而不过，曲成万物而不遗，通乎昼夜之道而知，故神无
方而易无体。②

　　这种由"人心营构"的易象相对于潜藏在人之心灵的意念与意绪而言，由
于它以线条造型，具有"见"的形象特征而是一种"实象"。相对于客观物象，
由于它是人之意蕴流溢于其间的而实与客观事物的实象不同，实际是人之心意
的载体，是意与象的结合。象不仅是意的媒介，而且直接就是意的感性显现与
外射。这里，象的重要地位与巨大功能表现为拟范围备天地之化育，囊括万物
而无有遗漏，使阴阳晦明的道理互为贯通，所以，易象虽简，只是阴爻、阳爻
两个符号以及两个符号的不同组合，它所表现的神韵奥妙无尽而不泥于一隅，
易理的万千变化也不胶柱于一体。

　　这种易象的智慧模式，自古就塑造了中华的美学智慧与艺术精神，它道出
的就是艺术形象的全部真谛，易象的智慧包括了对艺术审美、艺术形象的悟解，
又远远超出了艺术的域限，而这里所谓艺术形象，实际指的是艺术意象。中华
艺术自古重神似而贬形似，不是在艺术中模拟一个自然，而是再造一个宇宙，
这用王夫之的话来说是"造乎自然"。

　　在中华古代美学史上，意象观的美学思潮一直奔流不绝，然而考其智慧源
头，则无疑始于易象。固然不能将《周易》的爻象、卦象等同于艺术审美意象，

---

① 钱锺书：《管锥编》第一册，中华书局，1986，第39页。
② 《易传·系辞上》，《周易本义》，第293页。

然而在艺术审美意象中却深蕴着易象的文化基因。易象有以小见大、以简寓繁、以有限启无限、乘一总万的特点，这也便是艺术符号、艺术审美意象的特点。易象与艺术之象有相通之一面，所以闻一多曾发表过"易中的象和诗中的兴""本是一回事"的见解。意象是整体浑成的"意象应曰合，意象乖曰离"①。合则生、离则死，必"意象衡当"，即外足于象，内足于意才为上乘。

《周易》易象的智慧模式，还一直"遥控"着中华古代文学主流——抒情诗体、写意画体以及书法艺术中的草书等的美学性格。易象熔裁物我，以抽象线条及其组合表现易理（意），成为在中华古代美学、艺术史上蔚为大观的表现性而不是再现性艺术审美思潮的历史先河。其实《周易》卦象对客观物象的表达反映都是抽象地表现，没有一个卦象是具象性的，比如泰卦卦象䷊为乾下坤上，象征天地交合，天气轻扬、地气重浊，故成交合之势，是抽象性表现天地的感应。倘具象地再现天地的空间位置，倒是应该画为坤（地）下乾（天）上才是。又如颐卦卦象䷚，钱锺书先生说它像人之口腔，但这易象也并非严格具象意义上的口腔之形。中间四阴爻状牙齿，上下两阳爻为上下颚，也是被抽象简化了的。倘以具象再现的要求，则实在难以阴阳爻符画出卦象。

这一点对艺术的影响非同小可，由此刺激了一般不重物象之再现、崇尚情感之宣泄的抒情诗的勃发，而使状事状人的赋体（直陈其事）诗的发展受到阻抑，像《孔雀东南飞》《琵琶行》《石壕史》这样杰出的偏重于赋陈其事的诗作是比较少见的。《诗》三百首赋、比、兴三体齐备，而以比、兴为后人所推重。《离骚》的传统也是抽象表现诗人的忧愤之情，抒情气质极浓的。明清小说如《水浒》《三国演义》《金瓶梅》等写人状事惟妙惟肖确实可称为再现性艺术，但它们都起于民间，是市民审美意识的反映，这种美学风格在古代一般的迁客骚人看来非文学艺术之正宗，在所谓正统的美学头脑中，它们视"小说"为"街谈巷议"之末流。《红楼梦》代表中华古代小说艺术的顶峰，但它是充分诗化的。元代杂剧以及明清的京、昆戏曲等，尽管都有一个故事情节作框架，但一般也都具有强烈的抒情意味。白朴的《梧桐雨》、汤显祖的《牡丹亭》，以及诸多京、昆戏曲都有大段的"唱"，其实都是强调抽象表现人物情感的抒情诗在

---

① 《何大复先生全集》卷三十二，《明代论著丛刊》，中国台湾伟文图书公司，1977。

戏剧中的体现。戏曲中四个龙套表现雄兵百万、一根马鞭在空中挥舞表现策马奔驰、演员台步三二表现行遍天下等等，都是以龙套、马鞭、台步之类作为符号，对相应剧情进行抽象处理。这种艺术风格和手法尽管在漫长的历史中转换多姿，使人不大想到它们的文化原型究竟是什么，但细辨之，不能不说是《周易》以抽象卦爻符号表现易理（意）留存至今的历史影响。又如，且不说唐代张旭、怀素的狂草，明末清初朱耷的大写意画受易象观念影响尤深，以宋代张择端的《清明上河图》论，不用说它是在力求具象地再现汴梁清明时节的人物风光，但这一长卷画作又与西方古代要求严格形似于客观物象的画作仍有不同，它的散点透视不同于人在实际生活中见到的汴梁人物风光。在此意义上可以说，这幅名画不是如西方再现性艺术那样按照生活的本来面目去再现生活的，它已经作了抽象和约简处理，可以由此隐约见出《周易》"立象"以"见意"的意象观在画家深层意识中的影响。

由此不难见出，虽然我们不能武断地将中华古代的美学思潮一概归结为"表现"，因为实际情况并非如此，但要是从《周易》美学智慧所开启的传统及实际历史影响来看，认为中华古代的艺术审美理想偏重于"表现"，则大致是平实之论。叶朗说："《易传》讲'观物取象'，显然也不是重'表现'的美学。"[1] 依笔者之愚见，《易传》的"观物取象"，"立象"以"见意"，恰恰是讲"表现"和"象征"的，是关于"表现"的美学。《易传》仅将宇宙万物与社会人事的至繁至深，仅仅概括为阴阳爻两个简单符号及其有序复合，这难道还不是高度抽象、高度"表现"？

四、在《周易》巫术占筮中，易象得以建构之后，即通过占筮，问蓍于神灵，详知人之吉凶命运之后，必进入一种生活境界，人或安宁、或恐惧，且喜悦、且忧伤，这种心理境界是作为命运前兆的爻象、卦象刺激而生的，此时人又重新沉浸在由易象所激起的意中，意是易象的象外之旨。就审美而言，在"立象"之后，一旦象被投入接受领域，由于美之象与象之美都是意蕴灌注的，作为一种审美意义上的召唤结构，必然召唤美与艺术的接受者，使接受对象的外在意象与接受主体的内在审美心态因素对撞融契，从而重新建构一种新的审

---

① 叶朗：《中国美学史大纲》，上海人民出版社，1985，第11页。

美境界。这境界不是接受对象之意象结构的机械复演，也并非是接受主体原发的内在审美心态因素的无羁激荡，而是对象意蕴与主体心灵之间的浑契和感发。接受对象召唤接受主体的审美心灵创造力，起而弥补、开拓、创造一个不离物我的新的艺术与审美之境，此之所谓"境生于象外"。它是又一个审美心灵虚象，不过已经不同于在审美酝酿、艺术构思阶段属于审美者与艺术作者个人的心灵虚象，而是以接受主体内在审美心态为心理依据而熔炼接受对象意象结构之后的再创造，它是意象的迭加，犹如中华古代抒情诗的意象，"在一种互立并存的空间关系（同时还有时间关系，而且主要是时间关系——引者按）之中，形成一种气氛，一种环境，一种只唤起某种感受但不将之说明的境界，任读者移入境中，并参与完成这一强烈感受的一瞬之美感经验"①。接受者以个体的灵心独运，应接受对象的召唤而开拓了新的审美意象。这种境界的开拓不以明晰的逻辑为心理起点，而同样是以象为基元的。所以中华古代的艺术和美的欣赏与批评，一般强调的都是不离象的品味、体悟、领悟和顿悟，发展的是一种点悟式的感性化批评。这并不是说，点悟式的欣赏与批评在审美心理层次上一定是很肤浅的，而是将审美判断渗融在"味象之中"。中华古人有一个历史与民族致思表理达情的"嗜好"，就是当他们面对美与艺术世界需要表情达理之时，一般总携象而行，而不能是赤裸裸的意独行。这不能不说是《周易》意象美学智慧打下的民族与历史烙印，意象是一整体，意与象永不分拆。所以，后人根据《周易》意象美学观所发展的'"境生于象外"这一命题中，所谓境也仍然是一个审美意象。我们今天读刘勰的《文心雕龙》，这部文学理论大著理论深度（意）在古代可堪称代表，但字里行间，意象迭出，宛若诗章。如刘勰认为宇宙间一切有文采的事物（包括文学）都根源于道，都是道的显现，这个道理如让古希腊柏拉图、亚里士多德写起美学论文来，必条分缕析"形而上"得很。而我们的美学前辈写出来的，却是一系列留在纸上的意象运动轨迹。且看刘勰的论道之文："文之为德也大矣，与天地并生者。何哉！夫玄黄色杂，方圆体分，日月叠璧，以垂丽天之象；山川焕绮，以铺理地之形，此盖道之文也。"又"傍及万品，动植皆文，龙凤以藻绘呈瑞，虎豹以炳蔚凝姿。云霞雕色，有逾画工

---

① 朱良志:《"象"——中国艺术论的基元》,《文艺研究》, 1988年第6期。

之妙；草木贲华，无待锦匠之奇。夫岂外饰，盖自然耳。至于林籁结响，调如竽瑟；泉石激韵，和若球锽"①。顺便说一句，刘勰的美论大文首先在内容见解上受《周易》的影响很大，比如这里所征引的论"道之文"的观点，除了明显留有老庄关于"自然之道"的哲理思维烙印外，还熔裁着《周易》关于"天文"（后详）的识见。而这种思维、识见的表达，确是熔意循象而出的，这样的实例在《文心雕龙》中比比皆是。唐代司空图的诗论将诗分为二十四品，即雄浑、冲淡、纤秾、沉着、高古、典雅、洗炼、劲健、绮丽、自然、含蓄、豪放、精神、缜密、疏野、清奇、委曲、实境、悲慨、形容、超诣、飘逸、旷达、流动。每一品都用两句四言诗加以描述，目的在于启发读者了悟其中深意。如论雄浑——"具备万物，横绝太空。荒荒油云，寥寥长风"；论高古——"月出东斗，好风相从。太华夜碧，人闻清钟"；论豪放——"天风浪浪，海山苍苍。真力弥满，万象在旁"。可谓美象灿烂、妙意连涌。读这样的文论，不仅可获理智的快感，而且可享葱郁的美感。光凭知性的解析似还不够，还必须靠直观的悟觉。

中华古代文学艺术重意象的创造与传达，它是《周易》所开启的意象美学智慧的发扬光大。尽管"意象"一词最初是由王充《论衡》提出的，但是意象美学智慧的思想萌芽无疑要追溯到《周易》本经。《易传》提出的"象"，尤其易象的发明与运用，都是隐融着一定之"意"的。所以起码在《易传》中，《周易》意象美学智慧的内在机制实际上已经形成。在《周易》看来，有象无意或有意无象都是不可思议的，象中必包含意。意，就是象的底蕴，《周易》称之为"几""神"："夫易，圣人之所以极深而研几也。唯深也，故能通天下之志；唯几也，故能成天下之务；唯神也，故不疾而速，不行而至。"②几即机，事物发展的机微奥玄，神在这里可解为神奇难测的事物的本质规律，它们是人之"心意"通过"象"所洞察、把握的自然宇宙与社会人事的"真"，而真不是一些纯粹抽象的柏拉图式的"理念"，而是与象始终不可分割的东西。

---

① 刘勰：《文心雕龙·原道第一》，范文澜：《文心雕龙注》，上册，人民文学出版社，1958，第4页。

② 《易传·系辞上》，朱熹：《周易本义》，第311页。

要之，我们可以将《周易》意象美学智慧的内在美学结构归结为如下图式。它所揭示的，实际是美与艺术从客观物象的审美"观取"、融冶于心、"立象"以"见意"到被接受而再创造意象的循环往复过程，是意与象的矛盾与融合。

第二节 "立象"能否"尽意"

从《周易》意象美学智慧结构的内在层次，我们一般地见出了意与象之间的关系，意是象的内化，象是意的外化；或曰意是象的内在心理现实，象是意的外在物质现实，意、象相互对应。然而，这种对应，难道是同构的吗？

这就涉及《易传》提出的一个关于"书、言、意、象"的著名美学命题。《易传》云：

> 子曰："书不尽言，言不尽意。"然则圣人之意，其不可见乎？子曰："圣人立象以尽意，设卦以尽情伪，系辞焉以尽其言，变而通之以尽利，鼓之舞之以尽神。"[①]

这大意是说：孔子认为书面文字不能完全表达人的言语，言语不能完全表达人的思想。然而圣人的思想意绪，难道就无法体现了吗？不是的。孔子还说，圣人创立了卦爻符号这独特的易象来尽行体现人的思想意绪，设立阴阳爻、八卦、六十四卦这易象体系来完美地表现自然万物的本在性质和社会万物的人为性状，以"系辞"这种书面文字方式来完全地表达圣人的言语，以整个卦爻象体系的变化会通穷尽万物的功能，于是人们受到鼓舞，以为《周易》立象能尽意实在神奇。"书所以记言，言有烦碎，或楚夏不同、有言无字，虽欲书录，不可尽竭于其言，故云'书不尽言'也。""意有深邃委曲，非言可写，是'言不尽意'也。"[②]可是易象则不然，它是能尽意的。陈梦雷说：

① 《易传·系辞上》，朱熹：《周易本义》，第317页。
② 孔颖达：《周易正义》，上海古籍出版社，1990。

言之所传有尽，象之所示无穷。立象尽意，指伏羲所画之卦爻，包含变化无有穷尽，虽无言而吉凶同患之意悉具于中，所谓尽意也。

六十四卦之中，善恶真妄无所不具，所谓以尽情伪也。①

尚秉和说：

意之不能尽者，卦能尽之；言之不能尽者，象能显之。②

"鼓之舞之以尽神"一句，说易者众说纷纭，笔者认为采如下之说比较稳妥。

此一句总结立象尽意、系辞尽言之美。圣人立象以尽其意，系辞则尽其言，可以说化百姓之心；百姓之心自然乐顺，若鼓舞然，而天下从之，非尽神其孰能与于此？③

显然，在《周易》看来，立象是完全能够尽意的，因为卦爻象原是远古圣人伏羲所缔造的。这种源自《周易》本经的意象观，涉及"书、言、象、意"四范畴之间的错综联系，实际上"书、言、象"都是所谓"能指"的符号，可概括为"象"；"意"为"所指"，即符号的意义，所以可将它们简化为意与象的结构关系。

象，究竟能不能尽意呢？

我们认为，无论普通人还是所谓"智者圣人"所创造的象，一概都是不能尽意的，即"言不尽意"。

从客观物象到这物象的心理储存即审象心理虚象（心理意象），从这心理虚象到饱蕴一定意义的美与艺术之象的表达，是三个彼此连接又不同的系

---

① 陈梦雷:《周易浅述》四，上海古籍出版社，1983。

② 尚秉和:《周易尚氏学》，中华书局，1980。

③ 孔颖达:《周易正义》，上海古籍出版社，1990。

统。三者的动态联系是，客观物象是"意"的唯一源泉与根据；主体审美心理是作为审美对象的客观物象的能动反映；美与艺术之意象又是主体审美心理的客观表现，其三者的联系有如郑板桥所谓"眼中之竹""心中之竹"和"手中之竹"。

《周易》所谓"立象"能"尽意"这一命题如果能够成立，则意味着美与艺术之象（其原型是卦爻之象）能够绝对传真，它提供了主体审美心理感受与领悟的准确而完整无遗的信息图景，美与艺术的接受者作为译码者，能够从象这一客观符号中严格反演与其唯一对应的立象作者的意（即心理意绪）。而要做到这一点，首先是当客观物象映射于美与艺术创造者的心灵时，其心理虚象（意象）也是绝对传真的。简言之，客观物象→审美心理虚象→美与艺术之象的表达，亦即"眼中之竹"→"心中之竹"→"手中之竹"。换言之，这三个系统即客观、主观、表达必须完全同构对应、同态对应，这是"立象"能够"尽意"的必要条件。否则，必然是"立象"未能"尽意"（"言不尽意"），显然，在人类文化思维与美学智慧的发展史上，"立象""尽意"的事从未发生过，"立象""尽意"是违背人类思维也是违背审美规律的。

原因在于，任何客观物象的心理储存、心理储存的符号感性外现即审美物我意象的传递转换，都只能是一种简化同态关系而无法做到同构同态对应与绝对传真。因为客观物象作为审美对象一旦进入审美主体的审美心理领域，为心灵所感觉、悟对与知解，从而构成审美客观原型的心理模型，是必然要经过一定的理性抽象的，否则客观物象无法进入心理领域，无法构成相应的审美心理模型。而由这种审美心理模型"翻译"为外在的感性符号即美与艺术之象时，又必然有所选择、有所集中概括，必然会遗漏许多主体认为不重要、不必加以注意的东西。就是说，这外在感性符号（表达）不可能是心理模型，更不可能是客观原型的绝对复现。对于某一客观物象而言，主体对它的审美心理反映只能取某一个或某几个角度与层次，不可能包罗其所有的角度与层次。偏偏任何客观对象的角度与层次都是无限的，是主体的心理所无法穷尽的。尽管在审美活动中，人因某一具体客观物象的刺激所构成的审美心理模型，看起来比原在物象可能增加了许多东西，因为一旦将这一审美心理模型复现为外在的审美感性符号即美与艺术之象时，人们常常发现这已"立"之"象"是何等想象奇特、虚构夸张，然而实际上这想象、虚构、夸张的成分，只是通过审美心灵这一中介，接通并复现出这一客观物象与自然宇宙、人类社会中其他客观物象的部分内在联系而永远不可能是一切联系。由此可见，无论内蕴怎样丰富深刻的美与艺术之意象，它与其客观原型及心理模型之间永远不是同构对应关系，"立象"不能"尽意"，即"言不尽意"是颠扑不破的美与艺术真理。

我们欣赏李白的《望庐山瀑布》："日照香炉生紫烟，遥看瀑布挂前川。飞流直下三千尺，疑是银河落九天。"非常惊叹于此诗的艺术虚构与何等丰富奇特的想象。然而仔细想来，这首诗实际所写到的，只是客观物象庐山瀑布与无数宇宙事物、社会事物本来就客观存在的无数联系之中的某些联系，即它与宇宙银河的联系，其他一切联系都被舍弃了，也不得不舍弃，是将瀑布想象为银河，又将银河想象为自天而落的飞瀑，是两种意象的迭加与组接。所以表面看来，这首诗写庐山瀑布似乎是由于审美心灵的创造而增添了原先瀑布所没有的意象，实际上这种心灵的创造与意象的增添，只是形象地凸现了瀑布与宇宙、社会间无数联系中的某些联系罢了，它没有也不可能写尽庐山瀑布的一切方面与层次。就是说，人们对庐山瀑布的观照与领悟是无穷无尽的，庐山瀑布在各人心目中的审美虚象各不相同，如果大家来写庐山瀑布，有多少人就会有多少种写法，绝不会雷同。而不管有多少骚人墨客来写这瀑布，也不用担心会把它写尽；同时，即使是同一个人来写庐山瀑布，其所吟所诵、形之笔墨的也只是作者对这客观物象感悟中的一部分，有许多感觉与悟解只可会意、不可言传。

"立象"不能"尽意"是普遍规律，其实一切美与艺术的创造都是"立象"不能"尽意"的。客观物象所集合的元素最为丰富无限；审美心理意象次之。因为，就审美个体而言，其实践的广度与深度是极有限的；就审美群体，甚至整个人类而言，其实践的范围是远为深广的，然而与宇宙之浩大及悠远相比，人类的历史还是短暂的，其实践领域仍然是有限的。因此，无论个人还是群体，作为审美心理储存，其通过社会实践，从自然宇宙与社会生活中所采集到的信息元素，其实也只是其无限总量中的一部分。对人而言，宇宙与社会的奥秘与未知领域是永远存在的。因而可以说，人的审美心理所集合的元素又较客观现实为少；而在人的审美心理储存总涵之中，有许多下意识、无意识、潜意识的因素实际上已积淀在心理领域中而可能未被审美主体所自觉地"感觉"到与"意识"到。因此，当人们运用一定外在的审美感性符号来表达这审美心理元素时，这一部分心理元素往往会被"遗忘"和忽略，而且人在运用外在审美感性符号表达审美心理元素之时，也并非总是得心应手的，"辞不达意"的情况常常发生，人的苦恼是"心"有余而"言"不足。于是，这外在审美感性符号所能表达的心理元素必然显得更少了。《周易》"言不尽意"这一美学命题就揭示了这一规律。

这自然不等于说，《周易》意象美学智慧观关于"立象"能否"尽意"问题的美学见解是彻底悲观的。《易传》一方面引用孔子言论说"书不尽言、言不尽意"；另一方面又指出由圣人所立之"象"是可以"尽意"的，这固然有抬高"圣人"之嫌，而更重要的，是揭示了"象"在传达人的心理信息因素进而反映客观物象方面的特殊功能，即所谓"尽意"的功能。在《周易》巫术占筮中，卦爻符号这种易象是"尽意"的，因为在信从卜筮的古人心目中，巫术世界其实就是人之心灵所营构的整个宇宙，这种心灵宇宙是现实宇宙与现实社会投射于人之心灵的神秘意象，所谓"大衍之数五十、其用四十有九"的"十八变"占筮操作的"神奇"，表现在"此所以成变化而行鬼神也""触类而长之，天下之能事毕矣"。[①]就审美而言，在某种意义上，"立象"又确是可以"尽意"的，只是我们不能将"尽意"的"意"思理解得太实。

这里的"尽意"之"尽"，其实是"不尽之尽"，这真是审美意象的真谛所在。因为作为人类析理表情达意的符号——象，虽然不能与客观物象、主观心理做到同构对应，因而"立象"不能"尽意"。但是，这种通过人心所营构的外在感性之象，由于人在创造它之时，已被认同为它是整个自然宇宙与社会人生的整体的凸现，具有广泛而深刻的象征意蕴，它固然不能与客观物象、主观心理做到同构对应，却是客观物象与主观心理的同态对应的模式与范型，它那葱郁而灿烂的感性特征，恰恰能在审美意义上涵摄一切的一、一的一切，这正是美和艺术之意象的底蕴所在。

这种意象观，正如《易传》所言，"其称名也小，其取类也大；其旨远，其辞文；其言曲而中，其事肆而隐"[②]。关于这段美学名言，韩康伯注云："托象以

---

① 《易传·系辞上》，朱熹：《周易本义》，第303—304、307页。

② 黄寿祺、张善文：《周易译注》，上海古籍出版社，2007，第412页。

明义,因小以喻大。"①"象"虽"小"而由于它是整个世界(包括客观、主观世界)的模态,故"取类""大","因小以喻大"。孔颖达疏:"其旨远者,近道此事,远明彼事,是其为意深远。若'龙战于野',近言龙战,乃远明阴阳斗争,圣人变革,是其旨远也。其辞文者,不直言所论之事,乃以义理明之,是其辞文饰也。若'黄裳元吉',不直言得中居职,乃云黄裳,是其辞文也。其言曲而中者,变化无恒,不可为体例,其言随物屈曲,而名中其理也。"②关于这段疏文,这里稍作解说,以明其意。这里所言"龙战于野",是《周易》上六爻辞。坤卦发展到上六,坤阴即将转化为乾阳,这种转化的内在依据,是坤阴与蕴涵于坤阴之中的乾阳因素的相互斗争冲突而引起的,因为乾为龙,故称"龙战"。"野",蔡渊云:"野者,极外之地。上居极外,故称野也。"这是说,坤阴与乾阳之战发生在上六爻,所以说,"龙战于野"作为称名"近"的"象",却揭示了其意深远的阴阳之理。又,"黄裳元吉"为坤六五爻辞。黄,坤地正色,古人有"天玄而地黄"之说。裳,人上体之服称衣,下体之服称裳。衣在上,代表乾;裳在下,为坤。所以"黄裳"是坤阴的象征,由于坤六五爻意味着此时坤阴处于尊位,但还没有上升到上六爻位,故虽临尊位而自守其坤,所以称为"元吉"(大吉)。由此可见,《周易》析理表情达意,并不"直言",而用喻象,若"黄裳元吉"然,其效果是"言曲而中""名中其理"。这正好揭示了审美意象的特征,这也便是司马迁论《离骚》审美特征时所说的:"其文约,其辞微,其志洁,其行廉,其称文小而其指极大,举类迩而见义远。"③"象"虽"约""微""小""迩",但它的审美涵盖面却是"极人"的。

正如前述李白《望庐山瀑布》一诗所揭示的那样,这种审美心理意象的感性外化,尽管它实际所描述的只是庐山瀑布与自然宇宙、社会人生所构无数联系中的一两种联系,也远远没有写尽诗人本人以及人们对庐山瀑布的种种感受和体悟,但是由于这审美感性的外化之象与客观审美对象以及审美心理模型是同态对应的,作为美与艺术的审美召唤结构,却能调动接受者的审美心理功能,

① 黄寿祺、张善文:《周易译注》,上海古籍出版社,2007,第413页。
② 同上。
③ 司马迁:《史记》卷八十四,中华书局,2006,第505页。

从而填补它原先所留下的大量空白。在审美观照中，使人深感这首诗意象丰富、饱满、深邃，具有无穷的意蕴，它体现出诗人非常宏观的审美观照，表现出诗人壮阔博大的审美胸襟，给人的感受是仿佛诗人的心灵拥抱着整个宇宙。

既是"立象"不能"尽意"，又是"立象"能够"尽意"，这是《周易》意象美学智慧所馈赠给我们后人令人费解又韵味无穷的"二律背反"，它深刻揭示了美与艺术意象在"尽"与"不尽"之间的美学属性。由此，我们不难感悟到《周易》美学智慧的深邃与伟大。尤其当我们想到这种意象美学智慧萌于久远的《周易》巫术占筮意象体系时，便不能不为此而深受感动。

在历史长河中，《周易》意象美学智慧曾经不断地开拓了中华民族的美学思维。

先秦时期老子论道，称"道可道，非常道；名可名，非常名"①。道作为形而上的宇宙的实存者与一般规律，作为社会人生的准则与典范之精髓，它是"有物混成，先天地生，寂兮寥兮，独立而不改，周行而不殆，可以为天下母"的，然则"吾不知其名，字之曰'道'"②。虽"道之为物，惟恍惟惚。惚兮恍兮，其中有象；恍兮惚兮，其中有物。窈兮冥兮，其中有精；其精甚真，其中有信"③，却又"视之不见名曰夷；听之不闻名曰希；搏之不得名曰微"④。道是这样一种东西，它客观实存，是自然宇宙与社会人生的本质与底蕴，由于不能用感官去把握它，也就只能用心灵去体悟它。虽然其中有物、有象、有精、有信，却因它总是处于恍惚窈冥状态，所以对"道"称名立象固不能，对它进行言表描述更不能了。但又必须以一定的文字、语符对它进行描述言说，于是只好勉强取个名字为"道"。这里，悟道之人总是处于两难之境中，无可名说又要强为之说，于是只能"言不尽意"，"立象"难以"尽意"。我们不知道老子建构他的"道"论之时，是否从一般认为起于殷周之际的《周易》卦爻筮符中受到启迪，老子不仅以为道之本体无可言说，而且认为就连为明道而立象也是不可

---

① 王弼：《老子道德经注》，楼宇烈：《王弼集校释》上册，中华书局，1980，第1页。

② 同上书，第63页。

③ 同上书，第52—53页。

④ 同上书，第31页。

能的，既无以"立象"，也不能通过"立象"来"尽意"，这是与《周易》的言意、意象观不尽相同的。《周易》则认为，虽然"书不尽言，言不尽意"，但并没有彻底否定文字（书）、语言这些广义的象符表情达意的功用，而且认为卦爻符号这种狭义的象符由于不同于一般的"书"和"言"，而同时得出"立象"可以"尽意"的结论。然而，从《周易》本文的意象智慧萌芽到《老子》无可言说的道论之间却有可通之处。在老子看来，正因为道之本体无可言说，这"道"才具有一种永恒的魅力，它无限地催迫着人类对它的探索与象征，由此创生出无尽的哲学、美学与艺术等等，企图穷尽永远无法穷尽的"道"，人类的智慧包括美学智慧就在这对"道"的无限追索中得到锻炼、建构、提高与净化。人真"傻"，他自觉地"强迫"自己永远追寻那个永远无法达到的终极目标，却在对"道"这一自然宇宙与社会人生终极目标的追寻中，不断地完善自己、肯定自己、实现自己的本质力量。这正是科学、哲学、美学与艺术的智慧真谛！老子的尴尬与痛苦，表现在他一面声言道无可言说，一面又以"五千言"不得不勉强地向人诉说他所体悟的"道"。其实这也是一切人的尴尬与痛苦，同时也是人的智慧的奇妙、深邃与伟大。人总是在这二律背反中塑造自己的。而《周易》的意象美学智慧，则通过《易传》在一定程度上综合了先秦儒、道的意象观，它一方面认为"书不尽言，言不尽意"，这颇通于"道"；又说圣人"立象"可以"尽意"，由于肯定圣人，将圣人之"立象"看作对所谓终极真理的把握（尽意）而又具有"儒"的特色，但就其审美意义而言，这"尽意"之"尽"，实是"不尽"之"尽"，又与"言不尽意"说以及先秦道家的"道"论互相勾连。

庄子的"言意""意象"观显然是老子"道"论的继承与发展，又深受《易传》意象美学智慧的影响。庄子是读过《易传》中某些篇章的，这可以从其著作中看出来。《庄子》云："夫尊卑先后，天地之行也，故圣人取象也。""天尊地卑，神明之位也。"①这是对《周易·系辞传》"天尊地卑，乾坤定矣；卑高以陈，贵贱位矣"思想的引用，尤其"圣人取象也"一句，说明庄子是懂得易象之理的。庄子对《周易》意象美学智慧的发展，主要表现在他提出

---

① 陈鼓应：《庄子今注今译》，中华书局，1983，第342页。

了"得意而忘言"这一命题。

> 荃者所以在鱼，得鱼而忘荃；蹄者所以在兔，得兔而忘蹄；言者所以
> 在意，得意而忘言。①

"荃"为捕鱼之具；"蹄"，兔网。庄子这一命题的逻辑是，既然"言不尽意"，可见此"意"难得，说明"得意"的重要，所以"得意而忘言"重"意"而轻"言"就是必然的。这一美学命题，启引了后世诸如注重文学艺术内容，重神轻形，推重风骨、神韵等美学智慧的建构，构成了"得意"之美学观：对魏晋人物品鉴，即对人自身内在之美的审美也具有深远影响。当时人物品鉴是朝廷取士、臧否人物的重要途径，然而倘片面倚重人物容貌，以貌取人，往往会失之偏颇，有如《抱朴子》所言："汉末之世，灵献之时，品藻乖滥。英逸穷滞，饕餮得志；名不准实，贾不本物。"②真是糟糕透顶。怎么办呢？重"神"而轻"貌"，推重人的内在气质、学养与精神而不执滞于人的外在容颜皮相。后来就发展为对人物神韵气质风度的审美。"时人目王右军，飘如游云，矫若惊龙。"③"有人叹王恭形茂者，云：濯濯如春月柳"④"裴令公目……山巨源，如登山临下，幽然深远。"⑤这可以看作"得意而忘言"的审美观在人物品鉴中的活用。

魏晋玄学的开山祖王弼又从《周易》和老庄意象美学智慧中发展了他的玄学意象美学观，他的见解建构在"言、意、象"三者的互动联系中。

> 夫象者，出意者也；言者，明象者也。尽意莫若象，尽象莫若言。言生于象，故又寻言以观象；象生于意，故可寻象以观意。意以象尽，象以言告，故言者所以明象，得象以忘言，象者所以存意，得意以忘象。⑥

---

① 陈鼓应：《庄子今注今译》，中华书局，1983，第725页。
② 葛洪：《抱朴子·名实》，杨明照：《抱朴子外篇校笺》，中华书局，1980。
③ 刘义庆：《世说新语·容止》，刘孝标注，《诸子集成》第八册，第163页。
④ 同上书，第164页。
⑤ 刘义庆：《世说新语·赏誉》，第109页。
⑥ 王弼：《周易略例·明象》，楼宇烈：《王弼集校释》，下册，中华书局，1980，第609页。

　　这是融合易理，对庄子"得意而忘言"说的诠解与发挥。在王弼看来，在"言、意、象"的三者结构中，"意"即主体对客观物象的观感与悟解是根本的。因为有"意"在心，故立象以尽意；因为"象"之难解，故托言以明象。意生象、象生言，故寻言以观象、寻象以观意。而既然"言"是明象的中介工具，"象"是存意的中介工具，那么忘言、忘象而独存其"意"就是必然的。这"意"，就是易理，就是老庄之道，就是玄学之"无"。这"无"，就是在《周易》之道与老庄之道基础上所开放出来的灿烂智慧之花，同时受到佛学之"雨露"的滋润。

　　魏晋是人与美学大觉醒的时代。此前的前汉自武帝始"独尊儒术"之风盛炽，一直到后汉学界说易言多象数、死守章句、谶讳横行，故王弼以"无"破除世人对易象的迷恋执着，是冲破经学的传统思想牢笼而另创天地之举，《周易》的意象是同态对应的，故一意可以多象，一象可以多意。比如"刚健"这个"意"，既可以"龙"这一象来象征，也可以"马"或《周易》大壮卦九三爻辞所说的"羝羊"来象征，这是一意多象；又如"柔顺"这个"意"，既是大地之性状的心理反映又可以"牝马"来象征，这也是一意多象。再如乾卦这一卦象，其意蕴具有巫学、伦理学、自然科学与美学等多侧面、多层次，这又是一象多意。所以意、象二者既是同态对应而非同构对应，那就是一个松散的结构。由此可以见出，卦象虽为原有，阴阳爻、八卦、六十四卦这一易象体系千古依然，不可更变，却通过"象"而时出新意，不可穷尽。王弼的"忘言忘象得意"说是对思想自由的启悟，开了不拘泥于易象而使新见迭出、独领风骚的新风气，正如汤用彤所言：

　　　　吾人解《易》要当不滞于名言，忘言忘象，体会其所蕴之义，则圣人之意乃昭然可见。王弼依此方法，乃将汉易象数之学一举而廓清之，汉代经学转为魏晋玄学，其基础由此而奠定矣。[1]

　　《周易》意象美学智慧曾经给魏晋时代陆机的文论以不小的启迪。陆机说，

---

[1]　汤用彤：《汤用彤学术论文集》，中华书局，1983，第216页。

作文"恒患意不称物，文不逮意，盖非知之难，能之难也"①。"意不称物"，指作者的审美心理元素对有关审美物象的反映必然是不完全的；"文不逮意"，指作者所创造的外在审美符号（这里指文章，包括文学作品）对审美心理元素的表现又是不完全的，所以陆机要求作者尽可能地感于物而志于学，为的是使文章尽可能地称物、逮意，这是《周易》"立象"不能"尽意"的新表述。陶潜《饮酒》诗云："结庐在人境，而无车马喧。问君何能尔，心远地自偏。采菊东篱下，悠然见南山。山气日夕佳，飞鸟相与还。此中有真意，欲辩已忘言。"此诗写出了诗人面对南山，东篱采菊，"目既往还，心亦吐纳，情往似赠，兴来如答"的审美意趣，妙在"言不尽意"，诗象有限而诗意无穷。刘勰也是认为"立象"不能"尽意"的。他认为，创作构思之初，往往因受客观物象的刺激而创作欲显然十分强烈，一旦提起笔来写作品，又为未能尽吐心曲而遗憾，"方其搦翰，气倍辞前；暨乎篇成，半折心始。何则？意翻空而易奇，言征实而难巧也"②。范文澜注云："言语为表彰思想之要具，学者之恒言也。然其所以表彰思想者，果能毫发无遗憾乎？则虽知言善思者，必又苦其不能也。思想上精密足以区别，而言语有不足相应者；思想上有精密之区别，言语且有不存者。无论何种言语，其代表思想，虽有程度之差，而缺憾则一也。据此，知言语不能完全表彰思想，而为言语符习之文字，因形体声音之有限，与文法惯习之拘牵，亦不能与言语相合而无间。故思想发为言语，已是一层障碍，由言语而著竹帛，又受一次朘剥，则文字与思想之间，固有不可免之差殊存矣。"③这使我们想起当代西方的语言哲学观，由于语言（象）不能完全表达思想（意）而主张淡化甚至主张消解语言的逻辑功能，从而直观被语言所掩盖的世界，这也使我们想起唐代禅宗的美学，禅宗不见文字，提倡机锋，当头棒喝，妙在顿悟，要求跳出语言文字这一障围，直观悟入，有如世尊拈花，迦叶微笑。由于"言不尽意"，便索性彻底打烂语言文字这劳什子，直观本心；然则丢弃了语言文字这"象"，又不得不捡起"世尊拈花"式的"象"。一边是"言不尽意"，一边又须"立象"以"尽

---

① 陆机：《文赋·小序》，张少康：《文赋集释》，人民文学出版社，2002。
② 刘勰：《文心雕龙》卷六，范文澜：《文心雕龙注》，下册，人民文学出版社，1958，第494页。
③ 刘勰：《文心雕龙》卷六，范文澜：《文心雕龙注》，人民文学出版社，1958，第500页。

意"，仍然陷落在《周易》意象美学智慧所建构的二律背反之中。唐释皎然说："不睹文字，盖诗道之极也。"①这是禅学对诗学的渗透，也是《周易》意象美学智慧通过庄子、王弼的"得意而忘言"说所留下的思想痕迹。司空图要求"不著一字，尽得风流。语不涉难，己不堪忧"②。我们重温这样的唐人旧文，犹如品味当代西方语言哲学的新篇，也看到了《周易》意象美学智慧的历史遗影和庄禅的无言心声。晚唐杜牧以诗著称，认为"凡为文以意为主，以气为辅，以辞采章句为之兵卫"③。为文是否"以气为辅"，暂且勿论。所谓"以意为主"，正如宋代苏轼评说王羲之的书法艺术"萧散简远，妙在笔墨之外"④那样，是将《周易》"言不尽意"的意象美学老命题翻为"意"主"象"从的新表述。宋明理学大师杨时说："学诗不在语言文字，当想其气味，则诗之意得矣。"⑤雪峰义存对其徒众有言："吾若东道西道，汝则寻句逐句，吾若羚羊挂角，汝向什么处扪摸？"⑥羚羊挂角，无迹可求，这正是舍象存意的圆融无碍境界。就中华传统画论而言，也深受《周易》意象美学智慧的浸染。早在唐代，张彦远就指出，画艺重在"骨气"，"皆本于立意而归乎用笔"⑦。明清之际的画家王昱指出，"写意画落笔须简净，布局布景，务须笔有尽而意无穷"⑧。写意画尤其惜墨如金，寥寥数笔，已是构象在前，旨在宁少笔墨之"象"的羁系而追摄意蕴的幽远。

总之，从《周易》"言不尽意"初始，到庄禅舍象取意、以意为主的美学见解，意象美学智慧随着中华古代美学史的展开而萌生、继承、发展与开拓。在此期间，有以西晋欧阳建《言尽意论》为代表的"言尽意"说另标一派，认为名、言不仅是"辩物""畅志"的符号工具，而且指出"辩物""畅志"直接就是名、言的内在性能，所谓"理得于心，非言不畅；物定于彼，非名不辩""欲

---

① 皎然：《诗式》卷一，李壮鹰：《诗式校注》，人民文学出版社，2003。

② 司空图：《二十四诗品》，浙江古籍出版社，2013。

③ 杜牧：《樊川文集》卷十三，上海古籍出版社，1978。

④ 苏轼：《经进东坡文集事略》，卷六十，中华书局，1979。

⑤ 杨时：《龟山语录》，国家图书馆出版社，2003。

⑥ 道原：《景德传灯录》，顾宏义：《景德传灯录译注》，上海书店出版社，2010。

⑦ 张彦远：《历代名画记》卷一，人民美术出版社，1963。

⑧ 苏轼：《东坡论画》，沈子丞编：《历代论画名著汇编》，文物出版社，1982，第403页。

辩其实，则殊其名；欲宣其志，则立其称"①。这可以看作是对《周易》圣人"立象以尽言"之思想的片面承传。欧阳建自称"违众先生"，他的"言尽意"论由于排斥了《周易》"言不尽意"这另一侧面层次的见解，不免跌入从字面解易的窠臼，须知就《周易》意象美学智慧的整体而言，"立象以尽意"（"言尽意"）应与"言不尽意"命题"活参"起来看，其真义在于"不尽"之"尽"。因而归根结底，"立象"能否"尽意"呢？在"尽"与"不尽"之间。

第三节　从意象到意境

中华意象美学智慧，源自古人对《周易》本文卦爻符号体系的创造，以及其融通着人对自身命运、境遇的企盼与悟解，已如前述。现在要问，这意象与"就中国艺术方面——这中国文化史上最中心最有世界贡献的意境的特构"②究竟有何关系？又是怎样从《周易》美学智慧的意象说转化为意境说的？

有一种观点认为意境与意象无涉，认为中华古代美学史上意境说的孕育成熟，是由于汉魏印度佛教的东渐与佛经的翻译。而明确提出"意境"这一美学范畴的是唐人，它首见于王昌龄的《诗格》，作为美学范畴，是在唐之后才得到普遍运用与发展，并由清末王国维发展到极致。又有一些外籍华人学者如黄国梁及外国汉学家等，反以为所谓意境即意象，因而不承认从意象说到意境说美学智慧的传递与嬗变。

笔者认为，不可以将意象与意境人为地分拆，或任意混淆这两个美学范畴内涵与外延的差异，美学智慧的积累是一个漫长的历史过程。美学智慧的发蒙、发展与成熟首先表现为民族文化心理的长期创造，尔后发展为一定的理论形态。对中华美学智慧中的意象、意境及前者向后者转化应作如是观。

在笔者看来，与西方美学典型说一起，堪称中外美学智慧双璧的中华美学的意境说，尽管在其发展过程中不可避免地接受了老庄文化智慧的濡染和佛学的影响，但其文化心理基因，仍可从《周易》本文的巫学智慧、经由意象智慧

---

① 欧阳询:《艺文类聚》卷十九，上海古籍出版社，1982。
② 宗白华:《美学散步》，上海人民出版社，1981，第58页。

这一中介窥其一二。

什么是意境？意境有时被称为境界。宗白华曾说：

> 人与世界接触，因关系的层次不同，可有五种境界：（1）为满足生理的物质的需要，而有功利境界；（2）因人群共存互爱的关系，而有伦理境界；（3）因人群组合互制的关系，而有政治境界；（4）因穷研物理，追求智慧，而有学术境界；（5）因欲返本归真，冥合天人，而有宗教境界，功利境界主于利，伦理境界主于爱，政治境界主于权，学术境界主于真，宗教境界主于神。但介乎后二者的中间，以宇宙人生的具体为对象，赏玩它的色相、秩序、节奏、和谐，借以窥见自我的最深心灵的反映；化实景而为虚境，创形象以为象征，使人类最高的心灵具体化、肉身化，这就是"艺术境界"。艺术境界主于美。①

宗白华在这里实际是将艺术境界看作人生的第六境界。我们可以将这六个境界再归纳为四个境界，即将功利境界、伦理境界和政治境界合并为求善境界，包括求人之生理的满足和求人际关系的和谐，再加上求真境界（学术境界、认知境界）、崇拜境界（宗教境界）和审美境界（艺术境界）。

大凡人生就在这求善、求真、崇拜与审美四境界中出入往来、俯仰自得。人生境界，正如钱锺书所言，它犹如围城之内外，城里的人要逃出去，城外的人要冲进来，事业也罢，婚姻也罢，艺术也罢，大抵如此。由此演出壮丽缤纷的人生话剧，或愉悦或悲苦、或圆融或滞碍、或此岸或彼岸、或处顺境或堕逆境。这四种境界的形成，是人之各个侧面层次的人生需求的实现或肯定，且往往呈交错态势。美国心理学家马斯洛曾将人生需求归纳为生理需求、安全需求、归属和爱的需求、尊重需求、对认识和理解的需求、美的需求和自我实现的需求②，虽然这主要是从个人、个性的自我完善角度立论的，但大体上与宗白华的

---

① 宗白华：《美学散步》，上海人民出版社，1981，第59页。
② 参见［美］弗兰克·戈布尔：《第三思潮：马斯洛心理学》，上海译文出版社，1987，第40—47页。

六境界说以及这里所归纳的四境界说相通。马斯洛未明言人的宗教崇拜需求，实际上在"归属和爱的需求"中就包含了这一点，其文化实质是人的心理行为归属于宗教之神及其变体世俗之神。

宗白华将艺术审美境界建构在介于求真的学术境界和崇拜的宗教境界之间，对于我们解译中华古代的艺术审美意境智慧何以起自《周易》本文的巫学智慧以及它何以通过意象智慧得以建构，具有启发意义。

中华古代美学智慧的意象和意境以及从意象说到意境说，其文化原型，确是建立在《周易》原始巫学智慧所包容的原始科学认知（学术境界，数与数的运演）和"原始宗教崇拜"（这里指巫术）这二者的基础之上。

我们已经说过，《周易》本文所建构的卦爻符号体系，是一个由象数浑契于其间的"阴影"结构，是神秘的符号"宇宙"、世界模式与世界秩序。所以称为"阴影"结构，是因为这一符号"宇宙"包蕴着原始科学、原始巫术、原始艺术审美等萌芽因素，是一个原始文化智慧的意象体系，数的原始智慧和崇拜神灵的原始智慧都溶涵在巫术占筮的"阴影"之中，这"阴影"实际上就是我伟大中华先祖原始意象整体的外化，它将后世一切人生境界的智慧基因都容纳其中，包罗无遗却并未昭然若揭，故称为"阴影"结构。艺术审美意境与原始科学认知境界、原始巫术崇拜的关系尤为密切，因为原始科学认知发展了人的求真心理，而原始巫术崇拜的神灵意识则刺激了人的宗教想象，从而也刺激了人的艺术审美想象，并且伴随着人之情感的波动震荡，这恰好为艺术审美意境的形成准备了必要的"意"这一心理条件。在此意义上可以说，《周易》巫术占筮的"阴影"结构，成了在种种原始意象基础上，发展出艺术审美意境的温床。

笔者在拙著《巫术：周易的文化智慧》中曾经指出，不能将巫术等同于宗教。然而巫术中包含着原始宗教的神灵观念。处于巫术神秘氛围之中的人，其历史地位有点不同于处于宗教秩序中的人。尽管根本上巫术占筮与宗教崇拜，都是人愚昧无知的表现，但是人在巫术占筮中对神灵的态度只是跪倒了一条腿。这当然并不说明人在神灵面前三心二意，而是说人在巫术占筮中除了肯定神灵的智慧和力量，还肯定了人本身，或者毋宁说人就是神。《周易》用以进行巫术占筮的一整套筮符系统无疑具有神性和灵性，但又相信这是人的智慧可以把握的。比如河图、洛书由"天"所授，却是圣人可以掌握的；六十四卦的筮符体系为通于神灵的圣人所创制、所推演，但这卦爻智慧的神奇奥秘，又是凡夫俗子所可以领会的。不像宗教境界那样神人、天人之间的内在对立和人彻底地向神跪下，从而剥夺了人的主体意识，在含有原始宗教神灵观念的巫术占筮中，存在着原始意义上的神人、天人合一，这正如《尚书》所谓"八音克谐，神人以和"，其实《周易》八卦模式就是一个"八音克谐，神人以和"的境界。在这境界中，取得了原始意义上神人、天人、物我的浑契，这正是从巫术原始意象即"阴影"结构走向艺术审美境界的历史必由之路。巫术智慧在肯定神灵的同时肯定人的尊严，既仰仗神灵威力，又不全盘否定人为作用；既是关于神灵的迷误，又是人智的清醒；既使"数"无可奈何地受巫术"愚昧"的奴役，又使"数"映照出"前科学"的理性晨曦；巫术"伪技艺"据说是由神灵启悟而来，但巫术趋吉避凶这一目的本身，却是为了人而不是为了神；巫术中种种先兆据称是神灵的警示和预告，却使人通过对自然、社会种种兆象的观察和领悟，获得构成艺术审美境界所必须的对意象的审辨和表现力。在某种意义上可以说，作为人之"无效的劳动"，巫术占筮为人创造原始艺术审美意境打开了文化思路，准备和开拓了一个"天人合一"的思维框架，它是主客、物我的浑一。巫术智慧还为艺术审美意境的创构、经过原始意象的陶冶而积聚了人的原始情感。随着吉凶兆象的呈现，人的情感一会儿惊恐莫名、一会儿欣喜若狂；一会儿忧患深重，一会儿又觉得"旁行而不流，乐天知命，故不忧""安土敦乎仁，故能爱"。而从总体功能看，巫术给人以盲目乐观的向往，使人似乎能够满怀希望安度难关。巫术总是给人以人自己深知一切事物的起因和后果、料事如神的错觉。弗雷泽说，巫术将人的情感和精神境界"带到极高的山峰之巅，在那里，越过他脚下的漫漫浓雾和层层乌云，可以看到天国之都的美景，它虽然遥远，却沐浴在理想的光辉之中，放射着超凡的灿烂光辉"[1]。巫术情感的律动是与艺术审美意境中的情感因素相联系的。

艺术审美的意象与意境的相同之处表现在，二者都有一个主客、物我协调的浑契结构。"意象是诗人从感觉向他所采取的材料的拥抱，是诗人使人唤

---

① [英]弗雷泽：《金枝》，上册，赵昍译，陕西师范大学出版社，2010，第55页。

醒感官向题材的迫近。"①一般而言，这一对意象的解说，用于对意境的注解也是可以的。明人王廷相说："夫诗贵意象透莹，不喜事实粘著，古谓水中之月，镜中之影，可以目睹，难以实求是也。"比如《诗》三百篇比兴迭出，意象流溢；《离骚》引喻借譬，不露本情，这用佛家之语说，叫作"色韫本根，标显色相，鸿材之妙拟，哲匠之冥造也。"王廷相进而批评杜甫的《北征》、韩愈的《南山》、卢仝的《月蚀》以及元稹的《阳城》，说它们"漫铺繁叙，填事委实，言多迂贴，情出辐辏，此则诗人之变体，骚坛之旁轨也"。这样的诗一旦投入接受领域，必"言征实则寡余味也，情直致而难动物也"。所以要"示以意象，使人思而咀之，感而契之，邈哉深矣，此诗之大致也"②。一般而言，王廷相这一长段论"意象"之文用以论评"意境"也是不错的。因为意象说与意境说都反对机械地模拟实象，都忌直露，都要求情志含蓄隽永，都应该富于暗示性和象征性，这都是从易象发展而来的。这是意象的"大致"，也是意境的"大致"。

　　然而，如果我们在讨论意象与意境二者的相同之处时，抹煞二者的显著差异，那么中华古人为什么在意象说之外又创意境论、唐以后文坛竞言意境而少提意象，以至于直到今天还有人误以为意象说是舶来品这一现象就变得不好理解了。实际上，意象与意境的智慧底蕴差别必须辨明。

　　其一，就二者的主客、物我浑契结构而言，意象和意境所达到浑契的层次与深度不同。如果说意象主要是就艺术审美所涵摄的广度而言的，那么所谓意境主要是指艺术审美所达到的深度。所以我们平时通常不说"意象深刻"或"意境广大"而言意象壮阔或意境深邃。有意境之作一定显得意象丰富，而意象万千之作未必意境幽远。从"意象"到"意境"，是以"境"代"象"而韵味不同。"象"是空间的、外在的，而"境"是审美主体"心意"与"象"的悟对契合而达到的深致程度，是由"味象"而来又超越于"象"之域限的一种境界。我们欣赏屈原的《离骚》，深感其想象丰富奇特、意象瑰丽且意境深邃。《天问》诚然是有意境之作，但它主要以意象取胜，使人深感诗人的胸襟横绝太

①　艾青：《诗论》，人民文学出版社，1980。
②　王廷相：《与郭价夫学士论诗书》，《王氏家藏集》，第二十八卷。

空，与宇宙同其博大。相比之下，杜子美的《北征》、韩昌黎的《南山》之类固然是好诗，但其"正言直述则易于穷尽而难于感发"[1]，意象俱足而意境少欠，如说其"骚坛之旁轨"则并非苛评。相传李白所作的《菩萨蛮·平林漠漠》和《忆秦娥·萧声咽》"二词为百代词曲之祖"[2]，其中《忆秦娥》一曲浩歌啸吟云："萧声咽，秦娥梦断秦楼月。秦楼月，年年柳色，灞陵伤别。乐游原上清秋节，咸阳古道音尘绝。音尘绝，西风残照，汉家陵阙。"王国维称："太白纯以气象胜。'西风残照，汉家陵阙'，寥寥八字，遂关千古登临之口。"[3]其实这首"伤别"之作不仅以意象胜，而且以意境胜，妙在意象、意境两浑。

其二，正因为意境是"意"超越了"象"而达到"境"的深致程度，它不仅"意"与"境"浑，而且"境生于象外"。在这关乎主客、物我浑和的美学智慧结构中特别强调"我"之"心意"的感性显现，是一种因"心意"突破景象域限所再造的虚灵、空灵境界。这艺术审美之尤为虚灵、空灵的境界，虽肇自易象及其象征，确也是经过庄学的滋润与佛禅的激发而来的。

境界，原指时空。许慎云，境的原字是竟，"乐曲尽为竟"，从竟从土。界者通介，《说文》曰："界，竟也"。但在许慎之前，古籍已屡有境、界二字出现，都用作空间范畴。《诗》云："无此疆尔界。"[4]《战国策》："楚使者景鲤在秦，从秦王与魏王遇于境。"[5]《庄子》："定乎内外之分，辩乎荣辱之境，斯已矣。"[6]这里的境、界二字，指空间意义上的疆土和界限，显与《说文》中将境、界解作时间范畴不同，所以后来段玉裁在为《说文》作注时，就将这两说统一起来，认为境界指时间、空间："曲之所止也。引伸之凡事之所止，土地之所止皆曰竟。""竟俗本作境。今正。乐曲尽为竟。引伸为凡边界之称。界之言介也。介者，画也。画者，介也。象田四界。"从这里也可以看出，最初的"境界"含义，多具空间意义，转而指时间，终而时空同备。最早古籍中

---

① 李东阳：《怀麓堂诗话》，《怀麓堂诗话校释》，人民文学出版社，2009。

② 黄升：《唐宋诸贤绝妙词选》，国家图书馆出版社，2011。

③ 况周颐、王国维：《蕙风词话 人间词话》，人民文学出版社，1984，第194页。

④ 程俊英、蒋见元：《诗经注析》（《诗·小雅·思文》），中华书局，1991，第951页。

⑤ 《战国策·秦策》，何建章：《战国策注释》，中华书局，1990。

⑥ 陈鼓应：《庄子今注今译》，中华书局，1983，第14页。

的"境界"指实境实界，后来便渐渐由实境实界向虚灵的心理和艺术审美境界转移。庄子的所谓"荣辱之境"，其实已指虚实兼备的境界，既指实在的生活境况、境遇、处境，也指这种荣辱相与的生活实境在心灵中的反映，它是虚灵的。早在先秦原始道学中，虽然老子并未直言"境界"，但他指出的"道"，其实就是一种源自自然宇宙的人生境界，"道"者，"大象无形"，所谓"无状之状，无物之象""惟恍惟惚"，这是虚灵境界。因为它是虚灵的，所以通于艺术境界。庄子进而提出"象罔"，认为仅以视觉、言辩和理智均得不到道之玄奥境界，必须"象罔"才能得之，所谓"乃使象罔，象罔得之"①。"象罔"境界在有形无形、虚与实之际。古人云："象则非无，罔则非有，不皦不昧，玄珠（道）之所以得也。"②宗白华进而加以阐发："非无非有，不皦不昧，这正是艺术形相的象征作用。'象'是境相，'罔'是虚幻，艺术家创造虚幻的境相以象征宇宙人生的真际。真理闪耀于艺术形相里，玄珠的烁于象罔里。"③这种"虚幻的境相"，正如庄子的"心斋""坐忘"一样，它是艺术审美意境说的一个前奏，盛于唐之后的意境说中确有老庄尤其庄学"象罔"说的"遗传"因子。

艺术审美意境的内在结构虽在有无、虚实之际，但古人其实并不以为这有与无、虚与实是平分秋色，只要折中起来看就行的，而是偏重于对无与虚的悟解。因为道之本涵是无、是虚。庄子说"虚室生白""唯道集虚"，此之谓也。所以中华古代艺术如要创造出意境来，必须十分重视和表现诗境、词境、画境、书境和乐境等的虚灵时空。王夫之云：

> 论画者曰，咫尺有万里之势，一势字宜着眼。若不论势，则缩万里于咫尺，直是《广舆记》前一天下图耳，五言绝句以此为落想时第一义。唯盛唐人能得其妙。如"君家住何处，妾住在横塘，停船暂借问，或恐是同乡"，墨气四射，四表无穷，无字处皆其意也。④

————————

① 陈鼓应：《庄子今注今译》，中华书局，1983，第302页。
② 宗白华：《美学散步》，上海人民出版社，1981，第68页。
③ 同上。
④ 王夫之：《薑斋诗话》第四十二，《清诗话》，上海古籍出版社，1999，第19页。

"无字处"是虚是无，却是"其意"所在，意境在此构成，笔墨未到而灵气推荡于其间，洋溢于艺术形象之外而"墨气四射，四表无穷"。因而可以说，意象与意境都强调有无、虚实相生，但意境更注重"虚""无""空""远"的表现，更注重艺术形象的心理与哲理意蕴，更注意开拓中国人的宇宙意识和心理境界。

在此意义上我们的确可以说，老庄尤其庄学对中华艺术审美意境说的形式，起了助推的作用。

而印度佛学的东渐、佛经的翻译又有力地影响了中华艺术审美意境这一美学范畴的最终完成。

佛教有"六根"说。眼耳鼻舌身意是谓六根，意为六根之一。佛教认为，眼耳鼻舌身前五根是"四大所成之色"。色者，指一切事物现象，属于感性层次，是感官所可把握的对象，称为"色境"；而意根为心法，意是一种"心境"。小乘佛教所谓意，指"前念意识"；大乘佛教又指所谓八识之第七"末那识"。意由"思量"而起，《成唯识论》卷五云："薄伽梵，处处经中说心意识三种别义。集起名心、思量名意、了别名识"。"集起"是佛教所谓阿赖耶的别名，一切现行法于此识薰其种子之义为"集"；由此识生一切现行法之义名"起"。"思量"，是思虑量度事理的意思，指静虑沉思。"了别"，指对佛法、事物本相的了悟。所以"心意识"三者虽有分别，实为一体。《俱舍论》四云："集起故名心，思量故名意，了别故名识，心意识三名所诠义虽异，而体是一如。"《止观》二云："对境觉知，异乎木石，名为心，次心筹量，名为意。"又，境者，"心意识"所游履攀缘之境界也，"意"之所游履谓之法境，事物实相为妙智游履而被了悟谓之有境界。《华严·梵品行》："了知境界，如幻如梦。"《杂譬喻经》："神是威灵，振动境界。"《无量寿经》上："斯义弘深，非我境界。"《入楞伽经》九："我弃内证智，妄觉非境界。"尽管佛经有时称境界为"境土"，可能给外道之人以"境界"指实在区域的错觉，实际佛教所谓境界亦即意即境，是指心理氛围，指对佛法、佛之本相的神秘直觉了悟，佛教境界是一种智慧的"内证"，有如所谓西方净土与涅槃境界之类，都是这样崇佛的心理"内证"，所以倘弃"内证"，就是"妄觉"，就是"非境界"。

这种"内证"境界或曰意境说，为中华艺术审美意境这一美学范畴的最终建构提供了新的智慧因素，它主要表现在以下两个方面。

一、它使中国人所体悟的艺术意境更虚静、更空灵。佛教的沉思静虑进一步开拓了中华艺术的东方静美境界，从而倡言品诗如参禅、品画如悟道的审美境界。我们知道，在《易传》中已有"静"这一范畴，《老子》亦有"致虚极，守静笃"的哲学见解，但由于易老所倡言的"静""虚"只在世间而非出世间，常不免系累滞碍，在佛家看来是并不彻底的。只有佛之静虑沉思，因所观悟的对象在出世间，实际上是无实际对象，只是一种心的幻相、意的幻相，是彻底的"静"、彻底的"虚"，它一尘不染，圆融无碍，是一种宇宙精神意趣。它促成了中华艺术审美境界建构在出入于易老和庄禅、往还于世间与出世间之际，从而显得风光无限，意味无穷。可以说，这种宇宙精神意趣，是自然本根通过佛教这一神秘文化方式的超拔升华，在艺术意境的创造与欣赏中，又通过艺术对自然、社会生活的观悟，使这种精神意趣得到回归与复还，因而脱尽了神秘的氛围而使意境深邃。"古磬清霜下，寒山晓月中。诗情缘境发，法性寄筌空。"[1]这是易、老（庄）、佛三者的共生和融，取景在世间而悟境在景外。景者，象也，诗涉象而不为象滞，是谓有意境。这便是唐人司空图所谓的"象外之象，景外之景""不著一字，尽得风流"[2]，不粘著于一字，便意境自生。刘禹锡说"境生于象外"[3]，有如孙楚诗"晨风飘歧路，零雨被秋草"，诗的意境缘象而生却在象外流溢。宋代大文豪苏轼的意境说也是深受佛禅影响的："欲令诗语妙，无厌空且静；静故了群动，空故纳万境。阅世走人间，观身卧云岭。咸酸杂众好，中有至味永。"[4]这就是说，欲诗之妙而不要怕"空"与"静"，却是愈"空"愈"静"而愈"妙"，因为"空"境可以收纳宇宙万象，"静"境可以涵摄宇宙"群动"。"空静"之境亦即"虚静"之境，意与境合，思与境偕也。另一宋人方回有《心境记》存世，他认为意境之"境"是一心理境界，与客观之"象"与"景"不可混同。故境存乎心，艺术创造与欣赏欲治其境莫如治其心。方回举陶潜《饮酒》诗为例："结庐在人境，而无车马喧。问君何能尔，心

---

① 皎然：《皎然集》卷一，《诗僧皎然集注》，汲古书院，2014。

② 司空图：《二十四诗品》，浙江古籍出版社，2013。

③ 刘禹锡：《董氏武陵集纪》，上海古籍出版社，1979。

④ 苏轼：《送参寥师》，《四部丛刊》，《集注分类东坡先生诗》卷二十一。

远地自偏。"人人结庐在世间，而独渊明感到"无车马"与"喧"，什么缘故？人与人"心境"不同。"顾我之境与人同，而我之所以为境，则存乎方寸之间，与人有不同焉者耳。"因而方回的结论是："心即境也，治其境而不于其心，则迹与人境远，而心未尝不近；治其心而不于其境，则迹与人境近，而心未尝不远。"①这诗的"心境"，因缘象（以庐、车马、山气、东篱、飞鸟之类为诗象）而发，深埋着易之根，又受老庄之学的濡染，终而融渗着佛理因素。

佛教"境界"说又提高了中华艺术审美意境说的悟性因素。佛教重悟性，尤其唐代禅宗的顿悟、妙悟说对艺术意境这一美学范畴的建构影响深广。顿悟，是对佛法、本相凝神观照、沉思静虑、不加思索的了悟，是瞬间的直觉悟对。艺术审美意境的构成少不了顿悟、妙悟心理机制。就艺术创作而言，"学诗浑似学参禅，竹榻蒲团不计年。直待自家都了得，等闲拈出便超然"②。写诗倘入"世尊拈花，迦叶微笑"式的顿悟、妙悟境界，便好诗自裁而成。禅诗悟对的对象与目的自是不同，但都需直觉、灵感、悟对则是相通的。严羽曾说："大抵禅道惟在妙悟，诗道亦在妙悟。且孟襄阳学力下韩退之远甚，而其诗独出退之之上者，一味妙悟而已。惟悟乃为当行，乃为本色。"③从"悟"这一点而言："说禅作诗，本无差别。"所以学会悟对，便能出入诗禅自如，"禅，心慧也；诗，心志也。慧之所之，禅之所形；志之所之，诗之所形。谈禅则禅，谈诗则诗"④。北宋大诗人黄庭坚自称"是僧有发，似俗无空，作梦中梦，见身外身"⑤，他先后与当时名僧法秀、祖新、惟清等习禅，从而参透禅机，也便熟谙诗理，使其诗变前体，妙脱蹊径，富于意境，在此意义上可以说："说禅作诗，本无差别。"⑥正如清代王原祁所言，"作画，于搦管时，须要安闲恬适，扫尽俗肠，默对素幅，凝神静气""自然水到渠成，天然凑泊，其为淋漓尽致无疑矣"⑦。就艺

① 方回:《桐江集》卷二，江苏古籍出版社，1988。

② 魏庆之:《诗人玉屑》卷一，中华书局，1959。

③ 严羽:《沧浪诗话·诗辩》，郭绍虞:《沧浪诗话校释》，人民文学出版社，1961。

④ 释绍嵩、亚愚:《江浙纪行集句诗·自序》，国家图书馆出版社，2006。

⑤ 吴曾:《能改斋漫录》卷八，上海古籍出版社，1979。

⑥ 李之仪:《姑溪居士前集》卷二十九，上海古籍出版社，1987。

⑦ 王原祁:《雨窗漫笔》，西泠印社，2008。

术欣赏而言，其意境的传达与再创造也是在顿悟、妙悟中完成的。禅者讲究机锋，参活句，含蓄凝炼而启人悟对，诗家亦在心悟。"识文章当如禅家有悟门，夫法门百千差别，要须有一转语悟入。"①"说诗如说禅，妙处在悬解。"②中华古代士大夫一向深受易老观象悟理、"以神遇不以目视""无听之以耳而听之以心"哲学智慧的熏染，大抵魏晋之后又深受禅悟，尤其禅宗顿悟、妙悟观的培养，从而使唐以后的中华艺术意境说更重"心境""内证""悟入"，不仅在艺术创造，而且在艺术欣赏中，将意境的有无推为审美之第一要素，这是必然的，正如王国维所言："词以境界为最上。有境界则自成高格。"③

前文我们简略地论证了意象与意境的差别，由此可以看出意象说又是如何转化为意境说的。在这转换过程中，老子、庄子和佛学智慧对中华艺术审美意境说的建立，都曾贡献了许多智慧。

不过，笔者仍想强调指出，倘鉴于前述内容，便认为"从理论上说，老子和庄子的这个思想，就成了意境说的最早的源头"④，或认为中华意境说的建构仅是佛学的馈赠，是颇值得商榷的。因为艺术审美意虽然重虚静、空灵、顿悟、妙悟，但这一切艺术之心境的出现，又是始终离不开物象之实在、实有的，且须以源于实有的艺术之象来表现。

当我们强调艺术审美的"意"时，可以而且应该像庄子、王弼那样"得意而忘象"，但是倘要追寻意象、意境的内在结构，则"得意"之余却不能"忘象"。因为"象"实际是意象，从而也是意境的物质支架，在"象"的物质基础上才能产生意境，意境作为审美心理境界，是在"象外"，可是艺术对意境的表现与传达，又是始终不能离开"象"的。老庄确曾屡次谈到"象"，其年代大致与《周易·系辞传》论"象"年代相仿，但是《易传》关于"象"的思想智慧其实早已储存在大致成书于殷周之际的《周易》本文之中。中华艺术审美意境说的文化源头，其实不在老庄，更不在佛学。而是《周易》本文的筮符即卦爻象及其象征的意义，其年代自然比老庄、佛学更为悠远古老。

① 魏庆之：《诗人玉屑》卷十五引，上海古籍出版社，1978。
② 张扩：《东窗集》卷一。
③ 况周颐、王国维：《蕙风诗话·人间词话》，人民文学出版社，1984。
④ 叶朗：《中国美学史大纲》，上海人民出版社，1985，第131页。

这并不是说可将意象及其意义混同于艺术审美意境。前文已经谈及，意象和意境都有象征性、暗示性，二者相通。可是，意象及其意义之间的结构关系，是比较松散的，同一个"意"可用不同的卦象来象征、暗示，如"阳刚"既可用乾卦也可用大壮卦来表现。而艺术审美意境的构成则意与象、意与境互谐更其紧密，其象不能随意更改，更改必导致意境的改变或丧失。钱锺书有云：

> 易之有象，取譬明理也。"所以喻道，而非道也。"（语本《淮南子·说山训》）求道之能喻而理之能明，初不拘泥于某象，变其象也可；及道之既喻而理之既明，亦不恋着于象，舍象也可。到岸舍筏，见月忽指，获鱼兔而弃筌蹄，胥得意忘言之谓也。词章之拟象比喻则异乎是。诗也者，有象之言，依象以成言。舍象忘言，是无诗矣，变相易言，是别为一诗甚且非诗矣。故易之拟象不即，指示意义之符（sign）也；《诗》之比喻不离，体示意义之迹（icon）也。不即者可以取代，不离者勿容更张。①

易象是"意"的寄宿之遽庐，而诗象是"意"的归宿之菀裘，一在"寄宿"，意、象可以"不即"；一在"归宿"，意、象"不离"，这是二者之差别。"不即"者易之境界，"不离"者诗之境界。诗之境界包括整个艺术审美意境，更多地表现为主观（我、意）对客观（物、象）的拥抱，它一天人、齐物我、统主客、融意象于"心"之一"境"。

---

① 钱锺书：《管锥编》，第一册，中华书局，1979，第12页。

第六章 生命美学智慧的发蒙

本书第四章、第五章,仅仅论述了《周易》卦爻符号本身的美学意蕴及意、象之美学关系,还来不及对所谓"言不尽意""立象以尽意"的"意"究竟包含什么美学智慧进行颇为深入的探讨,从这一章开始,我们试图涉足这一理论领域。

笔者以为,《周易》卦爻符号及卦爻辞作为信息载体所表现和传达的"意",大致可用一个"生"字来概括,其生命美学智慧涵蕴于整部《周易》之中,后文将要论证的"阴阳""中和""太极"等等美学范畴,都是生命美学智慧的变体、流迁和旨归。

《周易》是一部兼容先秦道家智慧和阴阳五行学说的先秦儒学经典,儒学的一个基本思想就是重"生"。梁漱溟云:

> 在儒家思想中,这一个"生"字是最重要的观念。……孔子没有别的,就是要顺着自然道理顶活泼流畅地去生发。[1]

这可谓一语中的。其实先秦道学也是重"生"的。不过,儒家重视人的氏族群体生命,道家则重视人的个体生命,因而两家的生命美学智慧也就不同。在《周易》中,这成对立互补态势的两家并非各执一端、分庭抗礼,而是在基

---

① 梁漱溟:《东西文化及其哲学》,《梁漱溟全集》,第一卷,山东人民出版社,1989,第448页。

本具有儒学文化性格的生命美学智慧中熔铸了"道"的因素。同时，有阴阳五行智慧渗透其间，构成了一种非常美妙的生命美学智慧的奇观。

这种《周易》生命美学智慧对整个中华美学智慧和艺术智慧的建构影响深巨。在中华审美文化史上，《周易》是最早触及"生"这一永恒的美学主题的。正如苏渊雷所言：

> 综观古今中外之思想家，究心于宇宙本体之探讨、万有原理之发见者多矣。有言"有无"者；有言"始终"者；有言"一多"者；有言"同异"者；有言"心物"者，各以己见，钩玄阐秘，顾未有言"生"者，有之，自《周易》始。①

> 故言"有无""始终""一多""同异""心物"，而不言"生"，则不明不备；言"生"，则上述诸义足以兼赅。易不骋思于抽象之域、呈理论之游戏，独揭"生"为天地之大德，万有之本原，实已摆脱一切文字名相之网罗，而直探宇宙之本体矣。②

第一节　生殖崇拜的原始冲动

尽管正如前述，据考古发现，《周易》卦爻符号的文化原型是"数图形卦"，而并非生殖崇拜的象征，这不得不使诸如"八卦的根柢我们很鲜明地可以看出是古代生殖崇拜的孑遗。画—以象男根；分而为--以象女阴"③的学术见解面临着困难，但这不等于说，在《周易》本文（《易经》）和《周易》辅文（《易传》）中不存在生殖崇拜的文化观念及其生命美学智慧。恰恰相反，关于这方面的智慧内容显得既丰富又深刻。恩格斯曾经说过："根据唯物主义观点，历史中的决定性因素，归根结蒂是直接生活的生产和再生产。但是，生产本身又有两

---

① 苏渊雷：《易学会通》，中州古籍出版社，1985，第62页。
② 同上书，第65页。
③ 郭沫若：《中国古代社会研究》，人民出版社，1954，第25页。

种。一方面是生活资料即食物、衣服、住房以及为此所必需的工具的生产；另一方面是人类自身的生产，即种的蕃衍。"① 人类的整个生活、文化包括审美等等，其实都建立在这两种生产基础之上，生活资料的生产解决人的衣、食、住、行，借以延续人的个体生命；人自身的生产即种的繁衍自然是与生活资料的生产同时进行的，为的是传种接代、延续和发展人的群体生命。考整部《周易》的智慧内容，包括其巫学智慧与美学智慧，其实都与这两种生产及其关系有关。关于人自身生产这一永恒的文化与美学主题，可以说在《周易》中是被思考和阐述得最多的，其间和渗着智慧的沉思和情感的激动。而其作为生命美学智慧的文化前奏，是关于人的生殖崇拜原始意识的自然表露。黑格尔曾经指出：

> 在讨论象征型艺术时我们早已提到，东方所强调和崇敬的往往是自然界的普遍的生命力，不是思想意识的精神性和威力而是生殖方面的创造力。②

在古代印度，生殖崇拜之风盛炽于世，其突出表现是对男性性器官的炫耀，称之为"林加"崇拜。古代印度原始宗教湿婆神的创造就是生殖崇拜的象征。诸多艺术门类掺和着原始宗教的狂热都描述和表现了这方面的文化内容，如印度塔的文化原型是一些像塔一样上细下粗的石坊，是对男性器官的象形，其建造时的唯一目的是象征男性生殖供人崇拜。古希腊著名历史学家希罗多德曾经在其史学著作中谈到，源自古代印度而后扩展到埃及、希腊的生殖崇拜仪式，是在酒神祭典歌舞中，由女性提着一种长达一肘（古尺名，约长三分之二米）的东西代替男性器官游行③。"印度人所描绘的最平凡的事情之一就是生殖，正如希腊人把爱神奉作最古的神一样。生殖这种神圣的活动在许多描绘的形象里是很感性的，男女生殖器是看作最神圣的东西。"④大量的裸体雕塑艺术，包括佛教雕塑艺术如《持拂药叉女》《树神药叉女》，作为印度古代的"维纳斯"形象，其实部在崇拜与讴歌生殖的伟丽。印度古人认为，种姓的贵贱是由人之肉

---

① ［德］恩格斯：《家庭、私有制和国家的起源·第一版序言》，人民出版社，1972，第3页。
② ［德］黑格尔：《美学》第三卷上册，朱光潜译，商务印书馆，1979，第40页。
③ ［希腊］希罗多德：《历史》第二卷，陕西师范大学出版社，2008，第110页。
④ ［德］黑格尔：《美学》，第二卷，朱光潜译，商务印书馆，1979，第49页。

体的再生所决定的,梵我合一的最高的自然宇宙与社会人生境界,就充分体现在人的生殖中。因而对生殖的崇拜,就是对梵天、毗湿奴和湿婆的崇拜。黑格尔在其《美学》中,曾经引用印度伟大史诗《罗摩衍那》的一个著名传说来说明这一点。他写道:"湿婆和乌玛交媾一次就达一百年之久,中间从不间断,使得众神对湿婆的生殖力感到惊惧,替将来的婴儿担忧,就央求湿婆把他的生殖力倾泻到大地上去。……湿婆听从了众神的央求,不再进行生殖,以免破坏了整个宇宙,就把精液倾泻到地上;经过火炼之后,这堆精液就长成了白山,把印度和鞑靼隔开。乌玛对此勃然大怒,就诅咒世间一切当丈夫的。"①黑格尔在叙述这个神话传说时说:"这些描绘简直要搅乱我们的羞耻感,因为其中不顾羞耻的情况达到了极端,肉感的泛滥也达到难以置信的程度。"②以至于《罗摩衍那》的英译者许莱格尔没有勇气按照原有文字将这一神话传说加以直译,因为这一描绘是近现代人的贞洁感和羞耻感所难以承受的。其实,这在当时不能算是污秽的笔墨,它真实地反映出处于性炫耀文化期的远古印度人那种稚朴、直率的原始生殖崇拜心态。

这种文化心态同样以不同程度、不同方式表现在《周易》之中。《周易》六十四卦和卦爻辞及《易传》十篇,对人之生殖也可谓"耿耿于怀",一往情深。它强烈地躁动着一种共存于生殖崇拜观念的生命美学精神,可以说,没有哪一部中华先秦古籍像《周易》这样对人"生"倾注了如此巨大而虔诚的热情,蕴涵着独特而深邃的美学思考。

《周易》本经以乾卦为第一卦,它象征龙。故这第一卦又称龙卦。龙,首先是中华古人所创造的用以进行巫术占筮的卦象,乾卦六爻辞记载了龙从潜到现、从跃到飞的过程。"初九:潜龙勿用。""九二:见龙在田。""九四:或跃在渊。""九五:飞龙在天。"传说龙是中华民族的远古图腾,即在"万物有灵"观念支配下,将龙认作本氏族、本民族的"老祖宗",并且对之殷殷崇拜。而对祖宗的崇拜,不是崇拜祖宗的亡灵,而是崇拜其生殖力③。因此,关于龙的远古图腾,其文化智慧的基点实际是崇拜人自身的生殖。

① [德]黑格尔:《美学》第二卷,商务印书馆,1979,第57页。

② 同上。

③ 周予同:《孝与生殖器崇拜》,朱维铮编校:《周予同经学史论》,上海人民出版社,1983。

中华古代以伏羲为传说中的先祖之神。《竹书纪年》指出，这伏羲氏系统都是龙族，有长龙氏、潜龙氏、居龙氏、降龙氏、上龙氏、水龙氏、青龙氏、赤龙氏和白龙氏等。龙的形象综合了许多动物的特征，罗愿说龙"角似鹿、头似驼、眼似龟、项似蛇、腹似蜃、鳞似鱼、爪似鹰、掌似虎、耳似牛"①，但这是后人心目中的龙，最早的龙像基本为蜥蜴形。在甘肃甘谷县西坪出土的母系氏族社会晚期的文化遗存中，有一个彩陶瓶，上面绘有龙像，是蜥蜴形的。这蜥蜴俗称"马蛇"。王充在《论衡》中说："世俗画龙之象，马首蛇尾。由此言之，马蛇之类也。"长沙马王堆中出土的西汉帛画"龙凤导引升天图"中的龙，也是蜥蜴形的。而龙的文化原型所以为蜥蜴形，关键是由于蜥蜴的头部可状人体男根之形的缘故，寄托着中华古人对男性生殖的崇拜。难怪在中华古代神话传说中，伏羲是什么"人首蛇身"，原来这伏羲就是传说中具有伟大生殖力的东方华夏之祖，伏羲就是东方之龙。后人心目中的龙，又融渗了龟、蛇之类形象特征，也是因为其头部像人体男根而成了龙体的一部分。今天，民间还有舞龙的盛典，这种龙灯的挥舞，实际是人对自身生殖力的炫耀，象征对祖宗的崇拜，其意蕴有如印度古代女子在祭典歌舞时手中提着的那个"林加"。

恩斯特·卡西尔指出："中国是标准的祖先崇拜的国家，在那里我们可以研究祖先崇拜的一切基本特征和一切特殊含义。"②德·格罗特《中国人的宗教》一书也说："我们不能不把对双亲和祖宗的崇拜看成是中国人宗教和社会生活的核心。"这种特征和含义表现在对龙的崇拜中，由此就将诸多美的品格赋予龙，这便是乾。乾者刚健，有"元、亨、利、贞"四性。《易传》云："元者，善之长也。亨者，嘉之会也。利者，义之和也。贞者，事之干也。"③这是说，祖先的生殖力亦即龙的生命力，是生物之始，美中之美；乾与坤相交，使生命亨通、万物嘉美；龙的生殖则意味着"生物之遂，物（指乾坤）各得宜"④的生命和谐境界；而这种乾坤相交的和谐境界是人间正道、事理的本体。《周易》以乾为首卦，可见对龙这一男性祖宗的生殖力何等推重。汉字"祖宗"的"祖"，其本

① 罗愿：《尔雅翼》三，商务印书馆，1939，第297页。

② ［德］恩斯特·卡西尔：《人论》，甘阳译，西苑出版社，2003，第138页。

③ 《易传·文言》，朱熹：《周易本义》，第44页。

④ 朱熹：《周易本义》，第44页。

字为"且"，是男性器官的象形，后加一偏旁"示"，表示对"且"的崇拜。据考古发现，在华县护村早期龙山文化遗址和西安客省庄龙山文化遗址中，都有由泥土塑造烧制的陶祖出土，后来有的民族将石祖或木祖供奉在村口或屹立于岩洞之中，以供人膜拜。四川木里俄亚乡卡瓦村供有一个石祖立在山洞里，作为女子膜拜的对象，供求育之用。这说明这种崇"祖"遗风与《周易》乾卦的设立均出于同一原始文化心态。

与乾卦关系尤为密切的是坤卦，构成了阴阳、刚柔、动静、虚实互对、互应的态势。乾坤犹如男女，所谓"乾道成男、坤道成女"①。乾坤又如父母，所谓乾坤者，大父母也。乾坤正而八卦正矣，六十四卦俱正矣。"乾坤，其易之门邪。"所谓"乾，阳物也。坤，阴物也。阴阳合德，而刚柔有体。以体天地之撰，以通神明之德"②。"乾坤，其易之蕴。"王夫之云："要之缊缊升降，互相消长盈虚于大圆之中，则乾坤尽之，故谓之'蕴'，言其充满无间，以爻之备阴阳者言之。又谓之'门'，言其出入递用，以爻之十二位具于向背者言也。"所以乾坤构成了一个"并建"宇宙的结构。王夫之云："乾坤并建而统易，其象然、其数然、其德然。"③乾坤的象、数、德其实均与生殖崇拜攸关。"大哉《周易》乎！乾坤并建，以为大始，以为永成，以统六子（指震、巽、坎、离、艮、兑六卦）以函五十六卦之变；道大而功高，德盛而与众，故未有盛于《周易》者也。"④乾坤的关系有如男女和合。《周易》坤卦上六爻辞云："龙战于野，其血玄黄。"这是说，龙在原野上交合，流出黑黄相杂的鲜血。这里，"战"可训为"接"。许慎云："易曰'龙战于野'，'战'者'接'也。"⑤朱骏声也说："'战'之为言'接'也，阴阳交接和会，大生广生。"⑥陈梦雷云："阴宜从阳者也。纯阴在上，盛于阳矣，故与阳皆有龙象。盛则必争，故有战象。上动不已，进至于外，故有战于野之象。阴虽极盛，岂能独伤阳哉，故有两败俱伤之象。气

---

① 《易传·系辞上》，《周易本义》，第285页。

② 《易传·系辞下》，《周易本义》，第334—335页。

③ 王夫之：《周易内传》卷五，九州出版社，2004。

④ 王夫之：《周易外传》卷五，中华书局，1977。

⑤ 许慎撰，段玉裁：《说文解字注》，上海书店出版社，1992，第630页。

⑥ 朱骏声：《六十四卦经解》，古籍出版社，1958，第18页。

阳血阴，阳衰于阴，故与阴皆有血象。"①从这里"战"与"血"两字不难见出《周易》作者对人之生殖行为的描述与悟解。

　　《周易》"上经"部分三十卦以乾坤两卦为始，寄托着中华古人生殖崇拜的意念；"下经"部分三十四卦以咸恒两卦为首，同样寄托着生殖崇拜意绪。咸䷏，艮下兑上之象，艮为少男、兑为少女，取少男少女相悦交感之意。咸卦六爻爻辞描述了少男少女的整个相感过程："初六：咸其拇"；"六二：咸其腓"；"九三：咸其股"；"九四：……憧憧往来，朋从尔思"；"九五：咸其脢"；"上六：咸其辅颊舌"。这里，"拇"，"足大指也"②。"腓"，《说文》云："腓肠也。"段玉裁注"腓肠谓胫骨后之肉"③，俗言小腿肚。"股"，大腿。"憧憧"，心意活跃无定、情感亢奋。"脢"，"背脊肉"④位于，"心之上，口之下"，何楷认为："脢在口下心上，即喉中之梅核。今谓之三思台是也。动而迎饮食以咽，思则噎。"⑤"辅"，牙床。这大意是说，"初六"，以大足指受感而欲动，象征少男少女彼此始起爱意；"六二"，以小腿肚受感而想抬腿迈步，象征男女彼此开始接近；"九三"，以大腿受感象征男女的实际追随；"九四"，此时少男少女之间已是感情交融热烈，所谓"朋从尔思"，即以你思为我思，彼此心心相印了；"九五"，这是说由于感情过分激动而如喉头哽塞说不出话来；"上六"，最后是相感之道已成，少男少女结为夫妇，故以面颊口舌相感来形容其亲昵程度。咸卦以"近取诸身"的方式立卦，以人体部位自下而上取象表现男女情爱的由浅入深，颇为模式化却也颇为严肃地道出了男女情爱的自然相感过程。荀子云："易之咸，见夫妇"，"咸，感也"⑥陈梦雷说："咸卦，下艮上兑。取相感之义。兑少女、艮少男也。男女相感之深，莫如少者。又艮体笃实，兑体和悦。男以笃实下交，女心说而上感，感之至也。故名为咸。"⑦咸卦表现男女的彼此追慕爱

①　陈梦雷：《周易浅述》卷一，上海古籍出版社，1983，第93页。
②　陆德明：《经典释文》上海古籍出版社，2012，第35页。
③　许慎撰，段玉裁：《说文解字注》，上海书店出版社，1992，第170页。
④　孔颖达：《周易正义》，北京大学出版社，1999，第142页。
⑤　何楷：《古周易订诂》，中国台湾商务印书馆，1986。
⑥　《荀子·大略》，《诸子集成》第二册，第326、327页。
⑦　陈梦雷：《周易浅述》卷四，上海古籍出版社，1983，第527页。

悦，恒卦䷟取巽下震上之象，有如震男巽女的结合，象征夫妇关系的专一和恒久，这种情爱观自然是比较后起的，而同样内蕴着生殖崇拜观念，因为在古人看来，倘这种结合不是恒久不衰的，必对人之生殖不佳，所谓"振恒，凶"也。这里的"振"，依郑玄解为"摇落"①。

其余如屯蒙渐归妹豫颐解泰否诸卦，其"意"均与生殖崇拜的文化意识有关，在此勿一一赘述。惟否卦九五爻辞有"其亡，其亡，系于苞桑！"的动人呼喊，读来更令人感叹。这一句的大意是说：要断子绝孙了，要断子绝孙了，人之生存的命运都系在苞发的桑树身上。古人在巫术中，以桑树含苞吐叶为家族子嗣兴旺的吉象，反之为凶。故一见桑树，精神就顿时紧张起来，因为笃信桑树的荣枯预示了家族的兴亡。桑树在远古被尊为生命之树、生殖之树，就是所谓的"社木"，崇拜生殖的对象。"立成汤之后于宋，以奉桑林。"②而崇拜的目的，是要借其"灵气"，繁衍子孙，故桑林在远古为男女自由野合之所。关于这一点在古籍中时有记载。"燕之有祖泽，当齐之社稷，宋之桑林……此男女之所乐而观也。"③此以桑林与祖泽、社稷并提，对桑林佑"生"的钟爱之情自不待言，故"男女""所乐而观"之是必然的。难怪在汉乐府中，与情爱相关的罗敷绝伦之美与陌上之桑相连。相传桑林曾是大禹与涂山女的交会之处，屈子曾云："禹之力献功，降省下土方。焉得彼涂山女，而通之于台桑？"④王逸注云：这是说大禹治水途中，与涂山女"通夫妇之道于台桑之地"。传说殷代"三仁"之一的"伊尹生于空桑"。伊尹之母"居伊水之上，孕。梦有神告之曰：'臼出水而东走，毋顾'。明日视臼出水，告其邻。东走十里，而顾其邑，尽为水。身因化为空桑。便有莘氏女子采桑，得婴儿于空桑之中……故命之曰伊尹"⑤。这则在桑林受孕，以桑为母的神话，明显地具有生殖崇拜的观念痕迹。故《诗》云："维桑与梓，必恭敬止。"⑥

① 陆德明：《经典释文》上海古籍出版社，2012，第35页。

② 《吕氏春秋·慎人》，高诱注，《诸子集成》第六册，上海书店，1986，第160页。

③ 方勇译注：《墨子·明鬼》，中华书局，2011，第255页。

④ 王逸撰，黄灵庚点校：《楚辞章句·天问》，上海古籍出版社，2017，第70页。

⑤ 《吕氏春秋·本味》，高诱注，《诸子集成》第六册，第139页。

⑥ 周振甫：《诗经译注》，中华书局，2002，第314页。

《周易》的生殖崇拜意绪，也可以从"姓"这一汉字中见出。"姓"的本字是"生"，甲骨文中的"生"，像一株树：𡴋，蕴涵着人之生于桑林的原始意象。甲骨文中的"姓"字，写作：𡞴，像一个女子对生命之树即桑林的跪拜，是祷求多子、崇生的符号表现，也是远古母系氏族社会以女性为长为姓的历史遗影。

在《易传》中，这种源自《周易》本文的生殖崇拜观念，得到了进一步的表达，并且升华为哲学、伦理学与美学智慧。

《易传》云："夫乾，其静也专，其动也直，是以大生焉；夫坤，其静也翕，其动也辟，是以广生焉。"这是什么意思呢？尚秉和说："远谓乾天，迩谓坤地。复阳动北，南行推阴，左传谓之射。故曰其动也直，直故大。姤阴动下，下虚，虚则能容，故曰其动也辟，辟故广。"[1]这以复、姤两卦的消息盈虚解说乾坤的动静专翕直辟，虽可备一说，实不得要领。高亨说："天静而晴明，其形为圆；天动而降雨雪，其势直下。圆形则无不包，直下则无不至，是以能大生。"又云："地静而不生草木，则土闭；地动而生草木，则土开。唯其能闭能开，是以能广生。"[2]这是将乾坤释为天地，动静专翕直辟成了天地的属性，似难自圆其说。唐人李鼎祚则云："乾静不用事，则清静专一，含养万物矣。动而用事，则直道而行，导出万物矣。一专一直，动静有时，而物无夭瘵，是以大生焉。""坤静不用事，闭藏微伏，应育万物矣。动而用事，则开辟群蛰，敬导沉滞矣。一翕一辟，动静不失时，而物无灾害，是以广生也。"[3]这一解说，将乾坤之属性与万物随时而变联系在一起，富于哲学意味。然而，这里"乾坤"的意义其实并非如此广泛，它实际专指人的生殖和合。

我们在前文已有引述，"乾，阳物也；坤，阴物也"，乾坤即指男女人体的"阳物"和"阴物"。这里，"专"，《经典释文》作"抟"，通"团"。"翕"，李鼎祚引宋衷言："犹闭也。"[4]"辟"，《经典释文》释为"开"。因而这一段《易传》名言的大意是说：阳物处静之时，其形团团；处动之时，直遂不挠，其功能在于"大生"，即太生、原生；阴物是静闭而动开的，其功能在于"广生"。

① 尚秉和：《周易尚氏学》卷十八，光明日报出版社，2006，第188页。
② 高亨：《周易大传今注》，卷五，齐鲁书社，1979，第517页。
③ 李鼎祚：《周易集解》，上海古籍出版社，1989，第214页。
④ 同上。

所以还是陈梦雷善解《易》之原意："乾坤各有动静。静体而动用，静别而动交也。直专翕辟，其德性功用如是。"[1]

这里，《易传》以直率、淳朴无邪的语言所庄严地描述的两性行为，在古人看来，决不是轻佻、油滑和淫邪，而是神圣无比的，有如前述印度史诗《罗摩衍那》的有关描述，其直露程度真令现当代人深感残酷，却正因不加任何道德的修饰而让人直感生殖意识的原始风貌。

理解了这一点，我们才能真正领悟到，何以《易传》说"生生之谓易"[2]的道理。"生"是易理的根本，"生"是《周易》的重要范畴，《周易》是讲变通而非滞碍的，但这些思想都是"生"这一范畴派生出来的。"阖户谓之坤，辟户谓之乾，一阖一辟谓之变，往来不穷谓之通。"《周易》对"生"的关注可谓刻骨铭心。

第二节　生命美学智慧的意义层次

《周易》生命美学智慧是建构在生殖崇拜原始文化基础之上并且与其相纠缠的，它有三个意义层次：

（1）肯定与讴歌人之生殖的原初与伟大品格；

（2）以人的生殖观念领悟"天文"（自然美）与"人文"（人工美）的原初生成与本质；

（3）以生命美学观界说"天人合一"之美的最高境界，从而完成了从形而下的人"生"向形而上的自然宇宙、社会人生本体美学智慧的升华与超越。

首先，《周易》"庄严地纯洁地描写本体的两性"[3]，认为人的生殖繁衍是宇宙间原初与最伟大的美，这种美学意绪具有稚朴、原古的文化风韵。

《易传》在生殖崇拜观念的诱导下，对乾坤即男女两性的"生"关注执着，并且发出由衷地赞叹："大哉乾元！""至哉坤元！"[4]这由于直探人的生命本始而

---

[1] 陈梦雷：《周易浅述》卷七，上海古籍出版社，1983，第1014页。

[2] 黄寿祺、张善文：《周易·系辞下》，上海古籍出版社，2007，第392页。

[3] 周予同：《周予同经学史论著选集》，上海人民出版社，1996，第80页。

[4] 《易传·彖卦》，朱熹：《周易本义》，第40、55页。

在先秦美学史上显得不同凡响。当人们接触那些卦爻符号及其文辞诠释时，可以深深感受到古人关于人的原在生命律动意蕴。

《易传》所谓的"乾元""坤元"，是阴阳两性生命底蕴的别一说法。分别而言，刚健的"乾"与柔顺的"坤"各具有作为生命之"元"的潜能与亲合力。生命之元，即《易传》所谓阳物、阴物之精，指人体内存的生生不息的"精气"，是宇宙间所有生命形态中最高级的人的生命潜核与精华，其功能在于为了延续人类群体生命本有各向对方亲合的"动"势，具有原初、伟大（大）而且至极（至）的美质。当《周易》的美学审视目光首先注视着具有"大"美与"至"美的人的生殖之元而不是人的精神时，人们对这一朴素唯"物"的美学智慧印象深刻。《周易》将乾坤二元认作人"生"的原初性状，由此涵渗其尚"生"美学智慧的物质基础与逻辑原点，体现出中华古代朴素生命美学智慧的文化底色。

综合地看，"乾元""坤元"由于彼此亲合的"动"势为生命本身所固有，断非外力所致，必然使二者趋向自然结合。王夫之云：

> 感者，交相感；阴感于阳而形乃成，阳感于阴而象乃著。[1]
> "物"无不相感应之理。[2]
> 有阴则必顺以感乎阳，有阳则必健以感乎阴，相感以动而生生不息。[3]

如果说《周易》上经的乾坤两卦是对生命之元的颂歌，那么其下经的咸恒两卦是对乾坤二元自然相感的赞美。前文已经说过，咸是感的本字。"因为感字去掉心，成为咸，以象征无心的感应，这是异性间自然、必然的现象。"[4]首先从男女两性的生理而非心理角度看待这一点，显示了《周易》生命美学智慧的本色。

---

[1] 王夫之：《张子正蒙注》卷一，古籍出版社，1956，第12页。
[2] 同上书，第24页。
[3] 王夫之：《张子正蒙注》卷九，古籍出版社，1956，第275页。
[4] 孙振声：《白话易经》，中国台湾星光出版社，1981。

从乾坤二元自然相感境界分析，最美的是《周易》所谓"保合太和"境界。这里的"和"，我们在后文将设专章论述，它不是先秦史伯、晏婴提出的、直接与音乐美相关的"和"，也并非泛指不同事物协调统一的那种相对平衡状态；而是如东汉荀爽所指——"阴阳相和各得其宜"。这一见解可谓深谙《周易》以两性相感为"和"的真实。乾坤二元以"精气"为一源，呈示生命氤氲状态；"氤氲"发展为成熟的、性别各异的生命个体，此即《易传》所谓"乾道成男，坤道成女"；而男女相感则意味着成熟的生命个体在新的生命意义上又回归于生命氤氲的"动"态层次，这便是"和"。宇宙间人的生命历程重新开始了，因生命氤氲的自然相"合"而创造人"生"原初的"大和"境界，这是现实人生"光辉的日出"！《周易》对这种"生"之境界推崇备至，以纯朴、神圣和大言不惭的态度，将人之生殖认作美的底蕴。

进而，《周易》将人"生"这一范畴从人自身生殖角度推移扩大，从对人"生"的朴素领悟去推演自然美（天文）和人工美（人文）的原初生成与本质，这在中华古代美学史上可谓独具一格。

这可由联系文辞分解贲卦卦象见出。《易传》云：

> 贲亨。柔来而文刚，故亨。分刚上而文柔，故小利有攸往，天文也。[1]

贲卦☲卦象离下艮上。它由三阳爻、三阴爻对应穿插构建，彼此文饰，象征阴阳往来亨通；贲卦下卦为离☲，离即火，火可指太阳，太阳为天体，天为乾，因而离的原初本体是乾☰。离的生成是坤卦的一个柔爻来就于乾☰，促成乾体"九二"变异为"六二"。离者，丽，美也。离的美无疑是乾坤（男女）相感，即"柔来而文刚"所创生的；贲卦上卦为艮☶，艮为山，山属大地的一部分，大地即坤，因而艮的原初本体为坤☷。艮的生成又显然是坤卦的变演，是乾的一个刚爻来交于坤☷的结果，坤的"上六"被乾卦的"上九"所替代而生成艮，故云"分刚上而文柔"。

由此我们可以清楚地见出，由于贲卦下卦离☲的本体是乾卦，上卦艮☶

---

① 《易传·彖辞》，朱熹：《周易本义》，第135—136页。

的本体是坤卦，因此，贲卦的卦体原型其实是乾下坤上之象，即泰卦。泰是什么？《易传》说："天地交，泰。"可见，泰的美学意蕴仍然执着于乾坤二"元"自然相感这一逻辑基点之上。

总之，无论从贲卦下卦离、上卦艮还是贲卦的原型泰卦来看，都呈示出乾坤相感"大和"的、关于人之生殖的素朴理解。这就是中华古人心目中的"天文"即《周易》所认可的自然之大美。试问，还有什么比"天地交"这自然之大美以及由于"天地交"而派生万物这种自然美更美呢？以人的生殖来比附、界说自然美原初生成与本质的美学智慧，具有人本意义的生命美学的观念烙印。

人工美（人文）是相对于自然美（天文）而言的。这也可从贲卦的分析中见出。《易传》说："文明以止，人文也。"[①]

从贲卦的象征意义看，贲卦下卦为离，离为火，火即光明。如前所述，由于其下卦离是坤的一个阴爻"文"饰乾的结果，因而光明就是"文明"，火就是"文明"。而贲卦上卦为艮，艮为山，山性齿然静止，因此，整个贲卦就具有"文明以止"的意义。

然而这里所谓"文明"，不仅指色彩与动态美丽的自然火象，而且进一步可指人类对火的发现与运用。"文明以止"的"止"，《易传》指山（艮）的静止，有的《周易》研究者据此认为"就外卦（上卦——引者按）说是艮体，艮为山，同时又是指人有文明礼仪则能各止其所当止"，指"礼仪上的分寸不可逾越"[②]。"止"转义为伦理规范。笔者以为尚可作进一步引伸。因为，以儒学为基本文化品格的《易传》是强调人为的，具有强烈的伦理价值取向又远远不限于伦理。"止"，有人为举止、停止、阻止、禁止、人迹所至等等涵蕴，它应是一个包括伦理内容的"人为"范畴。"止"就是包括审美实践在内的"人为"。

就审美而言，人类文明的东方曙光是从对火的发现与运用时升起的，人从对火的把握进而发现与欣赏火的美，从而导致了对一切"人为"的文明之美的领悟。这种"文明"，按照主体求真向善审美的内在尺度对客体加以积极的改造，不限于"礼仪"。因此，凡是合规律、合目的的人为实践及其创造成果，都可以

---

① 《易传·象辞》，朱熹：《周易本义》，第136页。
② 徐志锐：《周易大传新注》，齐鲁书社，1986，第146页。

说是"文明以止"即"人文"的，人在对象上肯定性地、形象性地实现人的本质，这是自然的人化、人工美。而我们在分析"天文"时早就指出，贲卦是离与艮的结合体，即火（文明）与"止"（人为）因素的相契。这种相契恰好不无诗意地描述出人工美（人文）的主客浑一境界，犹如阴阳和合，契合无间，这说明《周易》仍以人的生殖观念去解释人工美（人文）生成的深层根源与本质的。

那么，与"天文""人文"相联系的天人关系又是如何呢？《周易》又进一步将人的生殖观念作了宇宙与人生本体意义上的概括抽象，认为天人本如人的男女生殖那样合一，天人合于"生"，天人合一境界是《周易》所推崇的最高层次的美的和谐。

在西方古代，一般认为天人关系原本是对立的。当西方古代由于痛感天的压迫，导致对天的敬畏与感激而衍生出发达的宗教意识之时，古代中国人却淡于宗教，认天人关系为亲和关系。这一学术见解已为学界所普遍接受，然而天人合一于何处？这"合一"的底蕴又是什么？却是一些可待进一步探讨的问题。就《周易》美学智慧而言，人们一般从"本文"的原始巫术观念中挣脱出来，通过《易传》的理论建构，在世间而非出世间发展天人合一的美学智慧；当西方古代由于接受基督教的影响，据说由于尝够"原罪的苦果"，企图通过人为努力改变人的困境，以便重新回到上帝怀抱，一旦"上帝死了"，便全力向自然进击，由此发展了近现代的科学思维。古代中华却一般没有这种原在的罪恶感，在这里通过对《易传》的阐发，观念地采摘古代东方美学智慧之树上的"快乐之果"，主要以基于人的生殖观之上儒家的政治伦理说去化解天人之际的原在对立，同时实现政治伦理的天则化与天则的人情化，实际上认定天主要是人间政治伦理的"符号"。同时，与作为"五经之首"的《周易》成对立互补态势的老庄之说，主张在寂寥、虚静、独与天地精神往来的人生中体悟"道"的完美，实质上仅将天看作审美观照的"符号"。先秦道家的根本智慧也是生发于生殖崇拜观念的。《老子》云：

> 谷神不死，是谓玄牝。玄牝之门，是谓天地根。[1]

---

[1] 王弼：《老子注》，《诸子集成》第三册，第4页。

"谷",虚空。"神",变化难测。"不死",喻变演无尽。"玄",幽深无穷。"牝",母性。严复云:"以其虚,故曰'谷';以其因应无穷,故称'神';以其不屈愈出,故曰'不死'。"[1]这是说,虚空而玄秘的母性的生殖永不停息,这母性的生殖之门,是生成天地万物的总根源。这里,所强调的是"玄牝",是从"玄牝"的生殖所悟出的"道"理,进而将天地万物之"根"归于"玄牝之门",是从人之女性生殖出发去作哲学逻辑上的推演,进而认为天地万物始于"玄牝"。"玄牝"是属于"人"的,天地万物是自然,可以一个"天"字来概括,所以老子的谷神、玄牝之论不仅是从人的生殖观念出发的,而且符合"天人合一"的中华传统文化思维模式。所以,无论先秦儒、道,都在热衷于建构古代东方版的天人合一的美的世界图式,使现实人生温馨、亲和地陶然于天人本自合一的美的境界中。当然,如果说先秦儒家的美学是尚雄的美学,那么恰恰相反相成,先秦道家的美学则是守雌美学。

依《易传》所言,《周易》六十四卦每一卦的六爻重叠结构都是天人合一的象征性图示。其中上两爻象征天道;下两爻象征地道;中两爻象征人道。天(这里之"天,指自然宇宙,包括《易传》所说的天地)人之际构成了美学智慧中亲密的世界统一体,不是彼此隔绝而是相互变通的。《易传》所谓"是以立天之道曰阴与阳,立地之道曰柔与刚,立人之道曰仁与义,兼三才而两之,故《易》六画而成卦",所谓"六爻之动,三极之道也"[2],所言其中包含着这个意思。这里的"三才"即"三极",指天地人,实际上指的是天人,即自然宇宙与社会人生之两"极",属"天"的阴阳、柔刚与属"人"的道德仁义在"六爻之动、三极之道"的每一卦中得到重合。这种"动"态的卦象结构,依"时"而运转,是天人之际相摩相荡生命运动的简化形式,天人合一境界就呈显在卦爻恒变之中。

在《周易》所建构的天人合一的世界模式中,其天人关系与地位是对应、对等的。我们知道,先秦儒家智慧一般强调"人为",认为宇宙浩大而人具有卓越力量,从而热衷于对天下的伦理性改造。孔夫子固不必言,他奔波于诸

---

① 严复:《老子道德经评点》,引自陈鼓应:《老子注释及评介》,中华书局,1984,第85页。

② 黄寿祺、张善文:《周易·系辞上》,上海古籍出版社,2007,第376页。

侯列国之际，为的是"克己复礼"，重在"人为"；孟轲心目中人的形象，以其"浩然正气"立于天地之际；成书稍晚于《易传》的《荀子》说："水火有气而无生，草木有生而无知，禽兽有知而无义，人有气有生有知亦且有义，故最为天下贵也。"①又说："不可学不可事而在人者，谓之性；可学而能可事而成之在人者，谓之伪。"②所以，"性者，本始材朴也；伪者，文理隆盛也。无性则伪之无所加，无伪则性不能自美。性伪合，然后圣人之名一，天下之功于是就也"③。这里，"伪"，人为的意思。人为需以"性"为基础，但"无伪则性不能自美"。事物之美不美固然起自"本始材朴"的"性"，却以人为为转移。先秦儒家所追求的天人合一之"美"，是以"人为"为中介、使"天"合于"人"的美，往往将"人为"的实践局限于政治伦理领域，旨在使天则向道德化的人事相合；先秦道家也追求天人合一的现实人生境界，但正如一般认为成书于《易传》之后的《庄子》所言，"吾在天地之间，犹小石小木之在大山也"④。宇宙浩大，人却渺小，人是自然的有机部分，人的精神只有消融于自然才算找到了归宿，"无为而无不为"意味着返朴归真，这便是天人源自一"道"又归于一"道"的天人合一的最高境界，人的精神"逍遥"于天则之中，是人回归于天、无挂无碍的悦乐。自然，先秦道家虽然一般地认为人力渺小，主张"无为"哲学，由于同时认为人的精神超俗境界就是自由无羁的"道"这一本体，天人合一于"无为"之"道"，因此并非主张人向天的宗教皈依，而是"人"合于"天"的审美境界。

《周易》的天人合一美学智慧起自巫学，以先秦儒学精神为其基本质素，又不完全等同于儒学，热衷于伦理却不等于其审视目光仅仅专注于伦理，它也往往越出"儒"的伦理界限，向先秦"道"的境界眺望。《周易》也讲"道"，如"一阴一阳之谓道"⑤。此"道"是指自然宇宙永恒大化的本涵，自然宇宙及其变演社会人生的大美，是在阴阳对立、对应、对待的永恒时间的历程中得以生成与

---

① 《荀子·王制》，王先谦：《荀子集解》，《诸子集成》第二册，第104页。
② 《荀子·性恶》，《荀子集解》，第290页。
③ 《荀子·礼论》，《荀子集解》，第243页。
④ 《庄子·秋水》，王先谦：《庄子集解》，《诸子集成》第三册，第101页。
⑤ 黄寿祺、张善文：《周易·系辞上》，上海古籍出版社，2007，第381页。

展现的。显然，关于道的哲学与美学敏思，是与老庄之道具有相通之处的，它吸取了早期道家老子关于自然宇宙与社会人生之本质形而上的逻辑思辨，具有老庄的思维因子而少有其道的玄虚色彩和对超功利自由的追求。在此天人合一的结构中，一方面重"人"，如前所述，《周易》卦象的天道、地道、人道三者以人道居中，所谓"有一物必有上下……则必有中，中与两端则为三矣。"尚中即是尚人；这种推崇"人"的尚中思想，基于儒而有背于道。另一方面，又如汉人所言，六十四卦每一卦象的二、五爻位处于下卦、上卦的中位，往往由"得中"而为吉爻，如"乾·九五""坤·六二"等都是完美之至、神圣之极的吉爻。正如前述，由于二、五爻位又是象征地道与天道的，因此，这里的尚中观念又是对"天"的肯定，这就多少蕴涵着道家学说重"天"，即重自然的智慧因素。既以人为尊，又推崇"天"的完美，既重"人"又尚"天"，天人在伦理与审美上互不偏废，这是《周易》天人合一美学智慧的特别之处。

而且更重要的，在《周易》看来，天人是同构的。从《场传》行文的显在逻辑看，这种天人之"同"，"同"在"人"为"天"所"生"。《易传》说："有天地然后有万物，有万物然后有男女。"天地（"天"）犹如人之亲父母，不仅"生"万物，而且"生"万物之灵长的"人"。既然人为天地所"生"，则凡是天地所具备的品格特质与美，人亦应具备，反之亦然。董仲舒云：

> 人之（为）人，本于天，天也人之曾祖父也，此人之所以乃上类天也。[1]
>
> 人副天数。……天以终岁之数成人之身，故小节三百六十六，副日数也；大节十二分，副月数也；内有五脏、副五行数也；外有四肢，副四时数也；乍视乍暝，副昼夜也；乍刚乍柔，副冬夏也；乍哀乍乐，副阴阳也。[2]

在"生"这一点上，天人本不二，简直不必言合。但隐藏在这种显在逻辑之下的潜在逻辑恰恰在于，实际上《周易》还是从人的生殖角度去理解天人关

---

① 董仲舒：《春秋繁露·为人者天》，《春秋繁露集解》，广益书局，1936，第97页。
② 董仲舒：《春秋繁露·人副天数》，《春秋繁露集解》，第117页。

系的，是将人的生殖之"生"这一"物"的概念普泛化、抽象化达到形而上的思辨境界之后，用来解说天人关系及其和谐。

> 天地絪缊，万物化醇。男女构精，万物化生。①

这不是说"男女构精"使"万物化生"，而是相信"万物化生"犹如"男女构精"，天人在"生"这个问题上所遵循的是同一规律。这是将万物看作与人一样是具有生命的，而且认为万物生命的延续，是因为阴阳彼相感应交合之故。

> 天地不交，而万物不兴。
>
> 凡物之精，此即为生，下生五谷，上为列星。流于天地之间，谓之鬼神；藏于胸中，谓之圣人。②

天地与人一样，均以交合而生，无"生"则不成世界，无"生"则不布万物。因而王夫之将其归结为：

> 天地之间，流行不息，皆其生焉者也。③

来知德则称为：

> 摩荡者，两仪（阴阳——引者按）配对。气通于间，交感相摩荡也。惟两间之交感相摩荡而后生育不穷。
>
> 泰者，通也。天地阴阳相交而和，万物生成。
>
> 天地以气交，气交而物通者，天地之泰也。④

---

① 《易传·系辞下》，朱熹：《周易本义》，第333页。
② 《管子·内业》，北京燕山出版社，1995，第339页。
③ 王夫之：《周易外传》，卷六，中华书局，1977。
④ 来知德：《周易集注·系辞上》，上海古籍出版社，1990。

陈梦雷以不同的语言说出了同一个意思：

> 天气上升，地气下降，则不交而物不生。地气上升、天气下降，则相交而物生。相交者，天交乎地，地交乎天也。其不交者，天与天"交"而地与地"交"也。不交乎此，则交乎彼矣。不交，则天地或几乎息矣。相交而生物者，天地之用也。不交而不生物者，天地之体也。[①]

注意这里所谓"天地之体"的"体"，即前引陈梦雷"静体而动用"的"体"，实际是指天地、乾坤二元的相对静止状态。

由此可见，在《周易》文化与美学审视中，只有一个大写的生字，生是易理的根本，从自然宇宙到社会人生是一个生生不息的大系统。

《周易》诸多卦象都涉及生这一美学智慧母题。《周易》如此推重人的生命现象与生命境界，一定是因为凡是人总难免一死，是因为个体生命过于短暂，炎黄祖先生得过于艰难，活得过于艰难。对生与死的重视，以及生的欢乐与死的悲哀，某种意义上决定了人们关于宇宙与人生的种种哲学与美学思考、价值取向。倘人可以无死，则人的生死荣枯以及由此引起的悲欢离合还有什么关心的必要？这个世界上悲天悯人的宗教，渗透着人生深重忧患意识的哲学、美学与艺术也就失去了绚烂的光彩或者根本不可能存在，人的精神生活也就可能有如清汤寡水、淡而无味。

《周易》由于十分重视人的生殖、生命以及生命境界，不是无视死，却忌言死。翻遍整部《周易》，言生者俯拾皆是，仅一处偶见一个死字，这就是《易传》所谓的"原始反终，故知死生之说"[②]。但也只是认为，人生"死生"之道，从代代相继的生殖繁衍角度看，生，人生之原始；死，个体生命之终，却断非人生之灰色的否定，而是新一代生命历程的开始，反其终，又是生。在《周易》看来，人的个体生命可以衰灭，而群体生命长存，子子孙孙未有穷时，生命群体绵绵不绝。在这生命意识中，蕴涵着对时间智慧的悟解。恩斯特·卡西尔指出：

---

① 陈梦雷：《周易浅述》卷七，上海古籍出版社，1983。

② 《易传·系辞上》，朱熹：《周易本义》，第291页。

即使时间，最初也不是被看作人类生活的一个特殊形式，而是被看作有机生命的一个一般条件。有机生命只是就其在时间中逐渐形成而言才存在着；它不是一个物而是一个过程——一个永不停歇的持续的事件之流。在这个事件之流中，从没有任何东西能以完全同一的形态重新发生。

有机物绝不定位于一个单一的瞬间。在它的生命中，时间的三种样态——过去、现在、未来，形成了一个不能被分割成若干个别要素的整体。①

无论人的生命还是宇宙、社会之天地万物，都是有机整体，是在时间历程中永生的大化之流，生是时间运动的文化内涵，而时间是生的运化方式。显然，《周易》作为其美学智慧的独特视角是执着于生的。王夫之说得好，"《易》言往来，不言生灭"②。人之生死犹如往来，有往则必有来。它强调一个"新"字，这便是卡西尔所谓的"从没有任何东西能以完全同一的形态重新发生"。即使偶言死，"由致新而言之，则死亦生之大造矣"③。

《周易》从讴歌与肯定人之生殖的原点出发，将生看作自然宇宙与社会人生（天人）合一的纠结点，对现实人生始终抱着纯真而乐观的审美态度，不知道也不承认什么是死、什么是痛苦、什么是绝望与"世界的末日"，对生死问题持一种豁达而潇洒的人生态度，而"生生不息"的美学智慧成了中华民族的精神脊梁，它折射出我伟大中华无限生命力的光辉。《周易》用一只巨手，奋力地将人生现实"死"的阴影推到历史后面去，执着于向往生的原朴、生的伟大、生的"刚健、笃实、辉光、日新其德"④。

不过，《周易》的生命美学智慧又是被包惠在严实的原始巫术的硬壳之中的。以生为大吉，以死为大凶，正因死之凶险才忌言死，其美学生死观是与巫术吉凶观紧紧纠缠在一起的。吉凶观念体现出人对死的恐惧与对生的企望，蕴藏着人既崇拜死、又崇拜生的原始意识。并且，由于对死这种自然之恶的恐惧

---

① ［德］恩斯特·卡西尔：《人论》，甘阳译，上海译文出版社，1985，第63页。

② 王夫之：《周易内传》，卷五，《船山全书》，第一卷，岳麓书社，1988。

③ 王夫之：《周易外传》，卷二，中华书局，1977。

④ 《易传·象辞》，朱熹：《周易本义》，第149页。

与无可奈何，更加重了对生这种自然之"善"的崇拜。中华古人重视人之生的观念有两个相关的意义：由于深受死的巨大威胁，又尚不理解生究为何物何事，惶惶然地祈求实际上的种族繁盛、人丁兴旺并寻找对生的精神寄托。而崇拜生，可在精神上达到对死的超越，由此铸造乐生的民族文化与美学性格。在崇生的沸腾而冰冷的原始意识中，内涵着乐生的审美意识。这个问题后文还将论及，这里勿赘。

总之，《周易》从人的生殖发展到具有宇宙与人生天人合一文化内容的美学智慧，就其人生层次而言，半是糊涂、半是清醒地对两性的生殖繁衍之美一往情深；就其以人生为底蕴的自然美与人工美观念而言，是将现实人生这两大类美的创生与本质看成如人之生殖一般崇高而神圣的；就天人合一的美的最高和谐而言，它无意中猜测到了天人之际在时间历程中的有机联系，却留下了过于浓烈的血缘气息。《周易》诗意般葱郁地将活蹦乱跳的人生属性赋予自然，却把天地为父母那种畏天的说教撒向人间。当天被人格化、父母化时，圣人也随之被天则化、权威化。当天人关系被血缘化时，它缔造了中华美学智慧的生命意蕴，发展了丰富的艺术想象，而这种天人合一美学智慧的熠熠闪光，又可能在一定程度上阻塞基于天人对立的科学思维。《周易》中不是没有科学思维，但这种科学思维一般未曾经受宗教的洗礼，却遭到了原始巫术与伦理思维的双重扭曲与奴化，作为一种精神"补偿"，便有准宗教的伦理智慧起而填补因缺乏正常的科学思维而留下的空白。天人合一的"美"，也就显露出时而严厉、时而和蔼，时而清晰、时而模糊的面容，使人在半是梦境、半是现实中享受生的欢愉，其美学情思的历史天平奇妙却令人不无遗憾地向乐生恶死的一边倾斜，由此在一定意义上奠定了古代中华美学智慧的内在文化生命基础，《周易》重视人的生殖，是其灿烂而暗淡的序幕。

第三节　生之美论的历史洪流

《周易》生命美学智慧巨大而深远的历史影响不容低估。当我们试图把握中华古代美学智慧发展跳动的脉搏时，感到有一股宏大的以人生为深刻意蕴的美学思潮在历史的长河中汹涌澎湃。当《周易》将人生观念发展、提高到关于宇宙与人生的本体观念时，它便在传统中华文化的大泽中四处漫溢、渗透。在美学领域中，以"形、神、气"为一组有机的中心范畴，演化出一系列重要的美学观念与审美理想。尽管它们的内涵外延因时代流迁而在历史的自律中往复摆动，但其文化原型大凡可以追溯到《周易》。

《易传》之前，形、神、气作为个别概念已在诸多古籍中见出。《左传》所谓"盐虎形"、《尚书》之"偏于群神""神人以和"、《国语》之"天地之气"等记载时见于篇什，《论语》中"神"字凡十七见，《老子》者凡七见。但形、神、气上者并未形成对举互摄的概念群，仅仅具有事物性状、神灵以及天气、地气等内涵。尤其未从人的生命现象与底蕴深度去加以理会，而偏重于人所崇拜的对象性态。

在《易传》中，已可隐约见出"形、神、气"这一概念范畴拼构成了"生"之美论的大致框架。

关于"形"，《易传》云：

> 在天成象，在地成形，变化见矣。
> 见乃谓之象，形乃谓之器。①

形是与"象"相对、相类的一个范畴，天象远、地形近；天象明灭可见，而地形器具可触。地形器具不仅指大地形状，而且指在大地上生活的一切具有生命的动植物，其中也包括人及人的形体。韩康伯说："象，况日月星辰；形，况山川草木也。悬象运转，以成昏明；山泽通气，而云行雨施，故变化见矣。"②朱熹认为，形指"山川动植之属"③。这里的"云行雨施"一语，引自《周易·象传》：

> 云行雨施，品物流形。

---

① 黄寿祺、张善文：《周易·系辞传》，上海古籍出版社，2007，第392页。
② 孔颖达：《周易正义》，北京大学出版社，1999，第258页。
③ 朱熹：《周易本义》，天津市古籍书店，1986，第285页。

这是说，大地万物由于天象变演，风云变幻而雨露施降，促使个别事物萌生、发育，不断改变其形状，其中也包括人之形体的生长。"云行雨施"又被古人简化为"云雨"一词，如宋玉赋中即可见出，是一个中华特有的男女相感的隐语，它始于《易传》。男女相感意味着新生命形体的诞生，故反转来可以说，在《易传》关于形的范畴中，已包含着由男女相感（云雨）而孕生的人之生命形体的悟解。

关于神，《易传》云：

> 阴阳不测之谓神。
> 知几，其神乎。[①]
> 神也者，妙万物而为诸也。[②]

这里所谓的神，指阴阳变化的神妙。阴阳亦指男女，男为阳、女为阴，古人以为男女交感而生子嗣是神妙莫测之事。"神也者，变化之极，妙万物而为言，不可以形诘者也，故曰'阴阳不测'。"[③] "天下万物，皆由阴阳或生或成，本其所由之理，不可测量之谓'神'也。"这"神"，就是"几"（机）。"几者动之微，吉之先见者也。"[④] "几"呈"动"态实为人的盎然"生机"，它是神奇而不可以形诘求的，是"形"的属性，隐藏在"形"背后的东西。

关于气，即《易传》所谓的"精气"。

> 精气为物，游魂为变，是故知鬼神之情状。[⑤]

朱震认为："气聚为精，精聚为物。反终则魂升魄降散而为变。鬼、归。

---

① 《易传·系辞》，朱熹：《周易本义》，第295、332页。

② 《易传·说卦》，朱熹：《周易本义》，第351页。

③ 孔颖达：《周易正义》，北京大学出版社，1999，第272页。

④ 黄寿祺、张善文：《周易·系辞下》，上海古籍出版社，2007，第409页。

⑤ 同上书，第379页。

神，伸。"①阴阳之精气交合意味着人之形体始生，魂升魄降，阴精阳气之散亡又意味着人之形体的死，故生为神而死为鬼。虞翻云："精气谓之神，游魂谓之鬼。"②"精气为物者，为阴阳精灵之气，氤氲积聚而为万物也。游魂为变者，物既积聚，极则分散，将散之时，浮游精魂，去离物形，而为改变；则生变为死，成变为败，或未死之间变为异类也。"③

由此可见，《易传》虽未明确地以"形神""形气"与"神气"作三者范畴的对应互融，但关于"形、神、气"这一概念群，一般是从人生角度加以规范的。形，正如前述，不专指人的形体却又包括人体在内；神，即人的精神，指人体生命的升华、功能及其令人赞叹的意蕴；气，是人体的原初生命物质。形因气而生、因神而活；神是建立在人之气、形物质基础上的神妙的精神现象；气作为人体的原初生命物质，是形神的生机（几），气因几而神。气作为生命的原初物质升华到神的境界必以几动为中介。这种神的美妙境界，曾经激起中华古人心灵深处的欣喜与惶恐，几虽然因其形"微"而难以作为视觉对象，"不可以形诘求"，却是人的审美心智愫可以加以领悟的对象。古人以为，人生变幻莫测、出神入化、微妙之美不可言状。这里，《易传》论"几"时，虽并未直言与人生之气、神相对应的"几"之形，却并非误以为人生之"几"根本无"形"，仅仅认为形微而无法加以表象观照罢了，因而可以说，《易传》在论及气、神和几这些范畴时，实际上仍包含着对形的领悟，即在对人生崇拜兼审美中孕育着以气为人生底蕴的"形神"关系论。这在中华美学史上开启了"重神轻形"的历史先河，后代重神似、轻形似的美学智慧都肇始于此。

这一生之美论发展到汉代，先由高诱所谓的"旨近老子"而采纳《周易》之学的《淮南子》建构起一组颇为完整的"形、神、气"审美范畴。

> 夫形者，生之舍也；气者，生之充也；神者，生之制也。一失位则三者伤也。④

---

① 朱震：《汉上易传》，上海书店，1984，第703页。
② 李鼎祚：《周易集解》，上海古籍出版社，1989，第211页。
③ 孔颖达：《周易正义》，北京大学出版社，1999，第267页。
④ 陈广忠校注：《淮南子·原道训》，中华书局，2012，第49页。

人的外在形体（形）、内在精神气质才识智慧（神）与人的生命底蕴（气）三者统一构成一个完美的人的形象，缺一则其美自损或无美可言。但三者关系不是对等的，分别呈现人"生"进而是人生之美的三层次、三境界：外在形体之美是"气"（精气）的完满的物质性外化；内在精神气质之美是"气"的心灵升华；"气"则是外在形体、内在精神（形神）两美的根元，这是人的本质之美。如果说古希腊推崇的完美的"人"，是由柏拉图所谓的"理式"之"上帝"所创造（生命底蕴）、体魄强健（形）而且智慧超拔（神），那么东方中华所倾羡的"人"，则是以"气"为本始、生气勃勃、神采奕奕、形神兼备的祖先生殖力的"杰作"。

《周易》的生命美学智慧尤其重气，将天地万物都看成如人一般地具有"生气"，这直接启发了魏晋时代曹丕"文以气为主"的美学智慧。

曹丕作《典论》，全书已佚，其中《论文》一篇因被选入《文选》而流传至今。曹丕指出："夫阴阳交，万物成。"①这正如东汉王充所言"天地合气，万物自生，犹夫妇合气，子自生矣"②"人之所以生者，阴阳气也"③一样，都是直接从《周易》生命智慧中承传下来的思想。在中华美学史上，曹丕第一个将"文"与"气"相联系，提出"文气"这一美学命题。在此之前，有《乐记》首先提出了"乐气"的观念："地气上齐，天气下降，阴阳相摩，天地相荡，鼓之以雷霆，奋之以风雨，动之以四时，暖之以日月，而百化兴焉。如此，则乐者天地之和也。""乐"之"和"，因采天地之气而成之，故又称"乐气"。《乐记》说："德者，性之端也；乐者，德之华也；金石丝竹，乐之器也。诗，言其志也；歌，咏其声也；舞，动其容也。三者本于心，然后乐气从之。"因此，李泽厚、刘纲纪认为"乐气"观念是"后来的'文气'说的重要渊源之一"④，并认为曹丕"文以气为主"的美学观可以上溯到孟子的"浩然之气"说。其实，无论《孟子》《乐记》还是《典论·论文》的气论，都导源于《易传》的"精气"说，而《易传》

---

① 曹丕:《典论·论文》，郭绍虞:《中国历代文论选》，第一册，上海古籍出版社，1984。

② 王充:《论衡》，上海人民出版社，1974，第277页。

③ 同上书，第347页。

④ 李泽厚、刘纲纪主编:《中国美学史》第二卷上，中国社会科学出版社，1987，第29页。

的"精气"说又导源于《周易》本文关于巫术之"气"的观念。曹丕云：

> 文以气为主，气之清浊有体，不可力强而致。[①]

这是第一次将"文"（文章，包括艺术）看作如人一般具有内在生命意蕴的整体，从此中华文论、美论均坚持有机生命观。又将"气"看作能够决定"文"之内在美学品格的艺术作家的自然禀赋，推重的是撰"文"者的天生才气，并以有无生命之"气"为评判艺术的尺度。曹丕遍评建安七子，认为"孔融体气高妙""公干（刘桢）有逸气""应玚和而不壮""孔璋章表殊健"以及"徐干时有齐气"[②]等等，时而以阳刚之"清"气说之，时而以阴柔之"浊"气说之，反映出以《周易》生命美学智慧了悟文学艺术现象的一种意识的自觉。而关于"气"有"清浊"的观念，发展为一种文学艺术的风格论，正如葛洪所言，"气"有清浊，使"才有清浊，思有修短，虽并属文，参差万品"，故"文贵丰赡，何必称善如一口乎？"[③]

《周易》生命美学智慧的进一步被扬弃，将"气"这一范畴改造为"生气"是合乎逻辑的。因为"气"必"生"，"生"必依存于"气"，"生""气"不能互拆。按《易传》所见，"生"是"气"的功用，"气"本具"动"势，于是顺理成章，由"生气"又演化出"生动"这一重要的美学范畴。"气"的流溢是"生动"，"生动"之至、"生动"而至于"神"必进入"韵"的境界，"韵"是"生气"的波动流转与人生内蕴，于是又有"气韵"这一美学范畴应运而生。

徐复观说，曹丕《典论·论文》所说的"气"，"多是统体的说法，综合性地说法。而魏晋南北朝时代，则多作分解地说法。综合性地说法，是把一个人的生理的生命力所及于文学艺术上的艺术性的影响，及由此所形成的形相，都包括在一个气字的观念之内。从这一点说，气韵的'韵'，也应当包括在气的

---

① 严可均：《全三国文》卷八，商务印书馆，1999，第83页。

② 同上。

③ 葛洪：《抱朴子·辞义》，上海书店出版社，1986，第182页。

观念之内。但若分解地说，则所谓'气'常常是由作者的品格气概，所给与于作品中的力地、刚性地感觉。"① "气"从《周易》指人之生命的原初物质，发展到《典论·论文》指艺术作者之刚性的"品格、气概"，此时的"气"，实指艺术作者基于生理基础上的旺盛的内在生命力，演变为一个审美心理学范畴，同时由于审美主体生气灌注，必然会使其所创作的艺术形象神完气足。所以实际上曹丕所言的"气"，已是包含"韵"味在内的，只是未说而已。"气"的流转圆融是"韵"。"韵"的古字是"钧""均"，其古义指调音之器，成公绥注"音均不调"之"均"，《晋书·啸赋》称"古韵字也"。"韵"原为音乐之美的境界，这境界是"和"，故曹植有《白鹤赋》"聆雅琴之清韵"的咏叹，嵇康《琴赋》有"改韵易调，奇异乃发"的歌吟②。"韵"指生气盎然的音乐的律动谐调。一切艺术都与音乐相通，所以"气韵"这一审美范畴也就适用于一切艺术。明唐志契云："盖气者有笔气、有墨气、有色气，俱谓之气；而又有气势、有气度、有气机，此间即谓之韵。"③有"气"而倘若未达到一定的圆融程度则未必有"韵"。南朝谢赫首创绘画六法，其一云"气韵，生动是也"。这是从作为视觉艺术的绘画中"观悟"到了音韵之美的境界。日人金原省吾由此解悟为："谢赫之韵，皆是音响的意味，是在画面所感到的音响，即是画面的感觉，觉得不是由眼所感觉的，而感到恰似从自己胸中响出的一样，是由内感所感到音响似的。"④中国绘画以线条造型，这是《周易》卦爻符号给其留存的历史传统，这一点前文已有论及。但绘画之线条用墨有生死之别，线条流贯、气机充沛，才成气韵之境。这气韵是超越线条用笔的精神意境，实是老子"大音希声"的境界。

这"境界"恰与唐人所推重的"意境"相融汇。发展到宋代的书学画论，"气韵"之"韵"这一范畴尤为时人重视。黄庭坚主张"凡书画当观韵"。

> 观魏晋间人论事，皆语少而意密，大都犹有古人风泽，略可想见。论

---

① 徐复观:《中国艺术精神》，春风文艺出版社，1987，第140—141页。
② 徐复观:《中国艺术精神》，春风文艺出版社，1987，第144页。
③ 唐志契:《绘事微言》，人民美术出版社，1985，第12页。
④ ［日］金原省吾:《支那上代画论研究》，日本岩波书店，1924。按：支那系对中国的蔑称。

> 人物要是韵胜，为尤难得。蓄书者能以韵观之，当得仿佛。[①]

这是以"韵"为最高审美尺度，是品人也是品文，由人及文，其美学思路肇自《周易》。

然而宋人对"韵"的倚重，由于"意境"的戟刺而尤其追摄人生与艺术境界的幽远。范温在《潜溪诗眼》中提出，"不俗之谓韵""潇洒之谓韵""生动之谓韵"以及"简而穷理之谓韵"这四说，其实均未及"韵"之旨归。范温认为："有余意之谓韵。"有如"尝闻之撞钟，大声已去，余音复来，悠扬宛转，声外之音"，故"韵者，美之极"。"凡事既尽其美，必有其韵；韵苟不胜，亦亡其美。"[②]韵是一种深远无穷之味，这又在后代美学中启示出"韵味"说，明祝允明又将"韵"与"象"对接。这均在此勿赘。从《周易》的"精气"（气）到魏晋南北朝倡言"气韵"的美论，经唐代"意境"说的濡染而到宋代独标其"韵"，这可以看作传统易学与庄禅之道的融合。笔者早在本书第五章说过，正是中华美学智慧的"意境"说，是易老、庄禅汇融的精神产品，中华生命美学智慧发展到后代的书画理论而尤重韵格，这正可说明意象美学与生命美学这两股智慧之潮的交融。

而《周易》所谓"精气"（气）的品质是永恒流动的、内在的，气流为生，生者为动，气韵生动；气滞为死，死则无动，无韵可言。又生为刚，死为柔，故凡是人与艺术之内在生命力相对于死而言是刚性的。正是基于这一对易理的领悟，才在古代"骨相""骨法"基础上，以曹丕之"文气"说为中介，从《周易》所言之"气"，衍生出刘勰的"风骨"说。刘勰标举"风骨"，尤其体现出对《周易》生命美学智慧的深刻理解和发展。

"骨"是由"气"这一范畴所派生出来的，在内在性、刚性这一点上颇相一致，但刘勰更进一步地看到了"气"性流转而"骨"无流动的品性，所以从《毛诗序》采一"风"字、合创"风骨"这一美学范畴来看，可谓深谙易理。《广雅·释言》云："风，气也。"《庄子》也说："大块噫气，其名为风。"这

---

① 《豫章黄先生文集》卷二十八，上海书店出版社，1989。
② 钱锺书:《管锥编》，第四册，中华书局，1979，第1362—1363页。

"风"是自然界大气的流动，自然不同于《周易》所言生命之"气"，但生命之"气"与风都具有流动的特性，所以可以"风"代"气"。从字面上看，"风骨"无有"气"字，似乎离易之"气"已远，实则这里以"风"喻"气"，似不失为易学本色。刘勰有云："辞之待骨，如体之树骸；情之含风，犹形之包气。"可见"风"与"气"相对待，文章、艺术如人一般，既要有刚健的形体，又要内在精神充沛飞扬。

《文心雕龙》对"风骨"说释义甚详。

> 结言端直，则文骨成焉；意气骏爽，则文风清焉。
>
> 故练于骨者，析辞必精；深乎风者，述情必显。
>
> 若能确乎正式，使文明以健，则风清骨峻，篇体光华。①

"风骨"是《周易》所推崇的刚健生命力的"活参"说法。如果说刘勰所谓的"神思"指艺术的想象及内在气韵，那么"风骨"则尤重于体现文章、艺术及艺术家人格内在气韵的刚度。这是生命的顽健与雄强。"缀虑裁篇，务盈守气；刚健既实，辉光乃新。"②不仅旨接易理，而且连语言也是从《周易》有关言辞中脱胎而来的，《周易》大畜卦卦辞不是曾云"刚健笃实辉光日新"吗？

《周易》"生"之美论都从这"气"字上来。"气"是生命的原朴状态，这一点不知启悟了后人多少充满智慧的头脑。比如明代李贽的美学"童心"说，以倡导个性解放、冲破理学樊篱、回归于本心为特征。人之本是"气"，归本返朴，就是回到"童心"境界，这是易也是老庄给他的启迪。李贽认为学"六经"使"童心"泯灭、误人子弟，使人成"假人"、言成"假言"、事成"假事"、文成"假文"③，惟"匹夫无假，故不能掩其本心"④。要求以"童心"写至文而表现童心、童趣。

---

① 刘勰：《文心雕龙·风骨》，范文澜：《文心雕龙注》，下册，第513页。

② 同上。

③ 李贽：《焚书》，卷三，岳麓书社，1990，第98页。

④ 同上书，第89页。

且夫世之真能文者，比其初皆非有意于为文也。其胸中有如许之状可怪之事，其喉间有如许欲吐而不敢吐之物，其口头又时时有许多欲语而莫可所以告语之处，蓄极积久，势不能遏。一旦见景生情，触目兴叹，夺他人之酒杯，浇自己之垒块，诉心中之不平，感数奇于千载。既已喷玉唾珠，昭回云汉，为章于天矣，遂也自负，发狂大叫，流涕恸哭，不能自止。宁使见闻者切齿咬牙，欲杀欲割，而终不忍藏于名山，投之水火。①

这是说，为人为文须以"童心"处之，写"真性情"为第一要旨。这便是"童心"之论。"夫童心者，绝假纯真，最初一念之本心也。"②这"本心"其实就是《周易》所言的"童蒙"。《周易》有蒙卦，蒙者，生命之初，气运之始，绝假纯真，一尘不染。而后世之教化即是启蒙，《易传》称之为"蒙以养正"。李贽并非一概反对"蒙以养正"回归到无知无欲的蒙昧状态去，而是要求挣脱传统礼俗偏见虚伪而返其本真，这不能不说是易学关于"童蒙"之说，同时也是老庄之道给他的启发。

又有明公安派独拈"性灵"二字来作文学旗帜，这也可以看作是《周易》生命美学智慧的历史遗韵。袁氏兄弟认为文学之至美在于表现"性灵"。文学"大都独抒性灵，不拘格套，非从自己胸臆流出，不肯下笔"③。这里所谓"性灵"，正如前文已有论述，性者，本始材朴，无需"学"、无需"事"为人生而有之，指人未经社会教养所"污染"的生命原始；灵者，其繁体为靈，从巫，显然原指巫术灵气，此指"天地间一种慧黠之气"，天生才气。"性灵"说旨在要求文学发乎真"性"、感于"灵"动，表现人的原初而非矫饰的生命意蕴，主张文学回归于现实人生的原初境界并使精神得到升华。这自然也是受启于《周易》"生"之美论而产生的一种文学审美理想。因为袁中道曾经说得明白，文学之"趣韵"不是别的，"凡慧则流，流极而趣生焉"④。"慧"即"慧黠之气"，即原初生命的灵气，该灵气之流动构成"趣韵"，所以袁宏道也说：

① 李贽：《焚书》，卷三，岳麓书社，1990，第97页。

② 同上。

③ 袁宏道：《袁中郎全集》卷三，上海古籍出版社，1981。

④ 袁中道：《珂雪斋全集》卷一，《珂雪斋集》上册，上海古籍出版社，1989。

"夫趣之得之自然者深，得学问者深。当其为童子也不知有趣，然无往而非趣也。"①孟子所谓不失赤子，老子所谓能婴儿，盖指此也。"趣之正等正觉最上乘也。"而"年渐长，官渐高，品渐大，有身如桎，有心如棘，毛孔骨节俱为闻见知识所缚，入理愈深，然其去趣愈远矣"②。这种见解是与李贽"童心"说相通的，在袁氏看来，易学之"元气""童蒙"、老庄之道以及佛学之"正等正觉"，可以"性灵"一词来沟通，它是一种无牵无挂、无滞无碍的人生和艺术境界。

清代石涛的画论依易理提出"蒙养"之说，更见易道广大深微。石涛有云：

> 写画一道，须知有蒙养。蒙者因太古无法，养者因太朴不散。不散所养者无法而蒙也。未曾受墨，先思其蒙，既而操笔，复审其养。思其蒙而审其养，自能开蒙而全古，自能尽变而无法，自归于蒙养之大道矣。③

如前所言，这种美学智慧也得悟于《周易》蒙卦。蒙人之初始，混沌氤氲，有如童蒙，因教化未开、少智少欲，是人生最接近于生命原始具有自然天趣的境界，石涛称之为"天蒙"。石涛认为，作画作为后天之"养"，自是"天蒙"的逆反开展，故"务先思天蒙""未曾受墨，先思其蒙"，使思趣先回归于蒙境。倘仅囿于笔墨技法，则必为法所缚，未得自由。如果理趣情思执着地追求"蒙"的境界，立意在"蒙"，技法得心应手，那么自能以画作回归于生命本体的"蒙"境和"无法"至法的自由。这即"以我襟含气度，不在山川林木之内，其精神驾驭于山川林木之外。随笔一落，随意一发，自成天蒙"④。这种"蒙养"观，实际上是源自《周易》"生"之"气"论，表现在中国古代画论中的"童心"说和"性灵"说。

《周易》"形、神、气"三维结构的生命美学智慧，还与老庄之学一起，消

---

① 袁宏道：《袁中郎全集》卷三，上海古籍出版社，1981。

② 同上。

③ 石涛：《清湘大涤子题跋》，汪释辰辑，上海神州国光社印行，1936。

④ 同上。

解了传统"骨相"之学，并在魏晋时期促成了对人体美和自然美的发现。

传统"骨相"之学起自上古而盛炽于汉世，原为巫术，颇与《周易》本文的巫学同类。它以人体形貌及骨相为占，即以其为兆象，占验人的吉凶命运。古人以为，虽则人命难知，其一生前程未卜，却可以预先从人的骨相看出来，所谓"人命禀于天，则有表候于体""表候者"，"骨法之谓也"。比如相传黄帝等"十二圣"之所以为"圣人"，其形貌长相就不同于一般。"传言黄帝龙颜，颛顼戴干，帝喾骈齿，尧眉八采，舜目重瞳，禹耳三漏，汤臂再肘，文王四乳，武王望阳，周公背偻，皋陶马口，孔子再羽"①，真正是"贵贱在于骨法，忧喜在于容色"②，"相人之形状颜色而知其吉凶、袄祥"③。

虽然"骨相"之学具有浓重的迷信成分，却在《周易》"生"之美论的催激下，首先在汉代，形成了一套从人之骨相入手，注重德才、选贤择能的人伦品鉴的方法与原则。

刘劭著《人物志》上、中、下三卷，要求品人必从其形、探其骨、悟其神，认为人之形体是内在精神气质、道德涵养的表现，故品人须从形入神。刘劭兼用"象"与"生"之易理，指出人之精神"著乎形容、见乎声色，发乎情味，各如其象"。比如人之"心质"是与"仪表"相对应的，"心质亮直，其仪劲固；心质休决，其仪进猛；心质平理，其仪安闲"，认为"夫容之动作，发乎心气。心气之征，则声变是也。夫气合成声，声应律吕"。容貌颜色是心理气质的表征："夫声畅于气，则实存貌色。故诚仁必有温柔之色，诚勇必有矜奋之色，诚智必有明达之色。"而心神显于目，"征神见貌，则情发于目。故仁目之精，悫然以端；勇胆之精，晔然以疆"。总之，刘劭云：

> 物生有形，形有神精，能知精神，则穷理尽性。性之所尽，九质之征也。然平陂之质在于神，明暗之实在于精，勇情之势在于筋，强弱之植在于骨，静躁之决在于气，惨怿之情在于色，衰正之形在于仪，态度之动在

---

① 王充：《论衡》，上海人民出版社，1974，第36页。

② 司马迁：《史记·淮阴侯列传》，《史记》，中华书局，2006，第551页。

③ 荀子：《荀子·非相》，中华书局，2011，第53页。

于容，缓急之状在于言。①

从这里，我们可以很清楚地见出，这种人伦品鉴的方法、原则内涵着易理的影子，由于《周易》尤重人"生"，这就在上古承传下来的"骨相"之学基础上，促使世人对人体自身、人体与内在精神气质关系的关注与发现，在这种人伦品鉴中蕴涵着《周易》关于人"生"的文化智慧。同时，《周易》在论及"气"这人之"生机"时认为，"气""几微"而不可以形诘求，但可以卦爻之象来表现。这一易理又启发了后人，即认为既然"象"能够象征人之内在的"气"以及超乎象外的"神"，那么人的形貌仪表则直接就是其心气、心神、心质这内在精神意蕴的表征。外在形体是内在气质的符号，它们共同统一于"生"。

这种人伦品鉴思想发展到魏晋时代，又在易学、老庄尤其庄学的进一步熏染中演变为人物品藻的美学智慧，这便是对人体美的发现与肯定，但它不同于古希腊关于人体美的审美理想，古希腊推重人体的骨骼的匀称、肌肉的发达、面容的娟好以及人体曲线的丰富、刚健或柔美等等，偏重于欣赏人体直露的形象，而中华魏晋时代的人物品藻对人体美的审美则相对含蓄，它从"形"切入又偏重于"神""气"，神完气足是人体及内在精神审美的最高理想。

> 嵇康身长七尺八寸，风姿特秀，见者叹曰："萧萧肃肃，爽朗清举。"或云："萧萧如松下风，高而徐引。"山公云："嵇叔夜之好人也，岩岩如孤松之独立，其醉也，傀俄若玉山之将崩！"
>
> 人有叹王恭形茂者，曰："濯濯如春月柳"。
>
> 裴令公有俊容仪，脱冠冕，粗服乱头皆好。时人以为玉人。见者曰："见斐叔则如玉山上行，光映照人。"
>
> 时人目王右军，飘如游云，矫若惊龙。②

---

① 刘劭:《人物志》,《人物志注》,宗教文化出版社,1996。
② 刘义庆:《世说新语·容止》,刘孝标注,《世说新语》卷五,《诸子集成》第八册,第159、164、160、163页。

这里所欣赏的，一般并不是直接的人体，而是人体容神之美，气质高雅、风神飘举、胸襟清朗，与古希腊的人体相比，属于别一层次。它在美学上，踏破传统经学荆棘，却熔裁易老，体现出玄学思远尚无的本色，启悟了人们对洋溢着内在神、气的人体形相举止的审美意识，进而思考人的外在形相与内在心神之间的联系，一般从人之外部形象与内在精神气质的对应中发现与肯定人生之美，构成了魏晋"人的自觉"美学智慧的重要内容。《周易》原本对人的形体之美基本不加注意，但是倚重内在的"气""几"和"神"，这为魏晋人物品藻的美学重视人的精神骨气开了历史先河，然而又通过人之外在形体容止的观照与描述传达出人物的内在风度，这既是对《周易》"生"之美论的发展，也是继承。先秦儒家崇尚人的内在道德之"美"（实质是"善"），却忽视人的形相之美；魏晋的人物品藻美学追求固然重在人的精神气蕴，但借助老庄的玄思，已突破了道德樊篱，而使对人的审美域限从人伦品鉴发展到对人从形到神的颇为全面的观照，不仅使人"生"的巫术阴霾开始消退，而且使人生的伦理精神得到净化，真正开始显露出品人的审美晨曦。由于承认人物形相之美是内在神、气之完满体现而确证这种美的相对独立的审美价值，这是萌于《周易》"形、神、气"一组美学范畴扬弃了人物"骨相"巫术内容、融合庄学的历史发展。在这里加以肯定与讴歌的是人健美的形体、富于魅力的举止、潇洒的风度与高蹈的气质神韵。这一切仍是《周易》崇尚人"生"内在血气旺盛健康观念的表现与发展。古人云，凡有血气者，莫不含"元一"以为质，这里所推重的"元一"，仍是一个"生"字。

人物品藻美学智慧的横移与外溢，促进了以"生"为审美理想的对自然美的发掘与肯定。既然在《周易》看来，天人、天文与人文本是合一，二者合一于生，那么《周易》对人"生"之美的关注，必然会导致对自然美的关注，将自然界及其美看作如人一般，也是富于勃勃生气的。

王充曾说："天地合气，万物自生，犹夫妇合气，子自生焉。"[①]这最好不过地导出了天地自然之美与人"生"之美的同构性，原来在古人看来，天地自然与人"生"一样，都同于"合气"。《易传》曾在实际上以离南坎北、震东兑

---

① 王充:《论衡》，上海人民出版社，1974，第277页。

西之八卦模式（这里仅举出其中的四正卦）象征人"生"的时空，这便是《易传》所言"离也者，明也，万物皆相见，南方之卦也"；"坎，水也，正北方之卦也"；"震，东方也"；"兑，正秋也"①。这东南西北加上实际存在的中为五方，配以春夏秋冬四时，后来又应以五行金木水火土与五色青赤白黑黄，成为自然宇宙与社会人生的文化模式。汉易在原始易学基础上进一步丰富了八卦的含义，以南方为离为火为夏为赤为朱雀、北方为坎为水为冬为黑为玄武、东方为震为木为春为青为苍龙、西方为兑为金为秋为白为白虎以及中方为土为黄，这已经不仅将人"生"内容而且将自然美的生成与表现囊括在内，用曹丕的话来说，叫作"体五材（五行）之表仪"："有奇章之珍物，寄中山之崇冈。禀金德之灵施，含白虎之华章；扇朔方之玄（黑）气，喜南离之炎阳；歙中区之黄采，曜东夏之纯苍。苍五色之明丽，配皎日之流光。"②在这里，曹丕以《周易》八卦方位（空间）尤其结合时间的观念，来解说自然美的生成与审美特征，由于这八卦模式同时又是人"生"模式，所以实际上是从人"生"角度来看待自然美的生成及其审美特征。

于是，当人"生"观念拓展人的审美眼界之时，人们突然发现自然山水原是满目生机、生意盎然，自然山水之美作为人"生"与人生之美的符号与语汇，是通过"生"融合一体的。"其地坦而平，其水淡而清，其人廉且贞""其山崔巍以嵯峨，其水㳠㳠而扬波，其人磊砢而英多"，③自然成了人格的比拟；而人格在自然的映照下亦愈显其"生"的光彩："太尉神姿高彻，如瑶林琼树，自然是风尘外物""王公目太尉，岩岩清峙，壁立千仞""山巨源，如登山临下，幽然深远"。④自然人之故乡，自然入我胸襟；宇宙，伟大、磅礴而原初的人"生"之域。人爱山水而山水自来亲人，可谓人杰地灵，天人合一。

这种对自然美的审美观念恰与《周易》以"生"为文化原型的天人合一境界说遥相呼应。从人物品藻发展到对自然美的审美，这是将自然山水人格化、

<hr />

① 《易传·说卦》，朱熹：《周易本义》，第350、350、349—350、350页。

② 严可均：《全三国文》卷四，商务印书馆，1999，第41页。

③ 刘义庆：《世说新语·言语》，中华书局，2011，第81页。

④ 同上书，第400页。

人情化、人"生"化了，同时也将人的外在形相与内在精神之美溶渗于自然，放在包括人"生"在内的自然大系统中去加以考察。

同时，《周易》"生"之美论也影响到对艺术美的评判，必然会将艺术美看作人的生命力的美好象征。比如就中华古代书论而言，书法艺术的美，究其底蕴是一个"生"字。宋代著名词家与书画鉴赏家姜白石，曾经将书法基本笔画比拟为人体部分，认为点如顾盼有神之眉目，横竖要有匀正之骨骼；撇捺要如伸缩有度之手足；挑要如行走之步履①。唐人张怀瓘《书断》说："字之体势，一笔而成，偶有不连，而血脉不断。"②苏东坡说："书必有神、气、骨、肉、血、五者缺一，不为成书也。"③黄庭坚："肥字须要有骨，瘦字须要有肉。"④刘熙载云："书要兼备阴阳二气。大凡沉着屈郁，阴也；奇拔豪达，阳也。""北书以骨胜，南书以韵胜。然北自有北之韵，南自有南之骨也。"⑤书体作为人之生命气蕴的象征，须自骨老血浓、筋藏肉洁、一气呵成，才成美的境界。

总之，美在于人的生命，美的本质关系到人的生命形态、生命活力、生命底蕴与生命的情感冲动。任何东西，凡是显示人的生命或使人联想到人的生命的，都可能是美的。

> 在我看来，如果说艺术是用一种独特的暗喻形式来表现人类意识的话，这种形式就必须与一个生命的形式相类似……⑥

"你愈是深入地研究艺术品的结构，你就会愈加清楚地发现艺术结构与生命结构的相似之处，这里所说的生命结构包括从低级生物的生命结构到人类情感和人类本性这样一些高级复杂的生命结构（情感和人性正是那些最高级的艺

---

① 姜夔：《续书谱》，江西美术出版社，2017，第169页。

② 张怀瓘：《书断》，《历代书法论文选》，上海书画出版社，1979。

③ 苏轼：《论书》，《东坡题跋》上卷，于民：《中国美学史资料选编》，复旦大学出版社，2008，第287页。

④ 黄庭坚：《论书》，《黄庭坚书法史料集》，上海书画出版社，1993。

⑤ 刘熙载：《艺概》，浙江人民美术出版社，2017，第40页。

⑥ ［美］苏珊·朗格：《艺术问题》，滕守尧译，中国社会科学出版社，1983，第50页。

术所传达的意义）。正是由于这两种结构之间的相似性，才使得一幅画、一支歌或一首诗与一件普通的事物区别开来——使它们看上去像是一种生命的形式"。①

我们平时习惯以"生动传神""栩栩如生""像活的一样"之类的语词表达对艺术美的审美感受与审美判断时，其实是在无意中以《周易》生命美学智慧的审美标准评判对象。这颇能说明，这种古老而又永远年轻的美学智慧已经成了民族美学头脑中的"集体无意识"。我们伟大中华的更"生"、恋、"生"心魂，就是一种生生不息、顽强奋斗、一往无前的民族精神。

---

① ［美］苏珊·朗格:《艺术问题》，滕守尧译，中国社会科学出版社，1983，第55页。

第七章　阴阳美学智慧的建构

　　这一章将要加以讨论的《周易》阴阳美学智慧，实际是其生命美学智慧的变体与发展，它包含三方面的内容：一、"阴阳"与"生"的意义关联；二、与阴阳美学智慧相涵摄之天地（父母）观中的崇天（父）意识与恋土（母）情结；三、阳刚、阴柔与刚柔相济美学范畴的建构。

第一节　阴阳与生

　　首先，让我们对"阴阳"这一范畴与人"生"的意义关联问题略加论述。

　　中华古代哲人论"阴阳"甚详，可以说历代未废，"阴阳"这一对偶范畴一直是古代哲思所深切关注的对象。根据目前出土资料，所见甲骨文中未见"阴"字，或尚有而未及译识；甲骨文中有"阳"字，刻作🔆。金文"阴"字作🔆（见《平阴币》）、🔆（见《大阴币》）或🔆（见《古钵岳阴都司徒》）；金文中亦有"阳"字，写作🔆（见《农卤》）或🔆（见《虢季子白盘》）。许慎释"阴"："闇也，水之南山之北也，从阜，侌声。""阳"："高明也，从阜，昜声。"① "阴阳"两字的繁体写作"陰陽"，可见，均从阜。阜者，山，窿起之陆地。"侌昜"是"阴阳"的原字。段玉裁认为，后世由于"阴阳"两字流布于世而废弃"侌昜"不用，这是言之成理的。后世由"陰陽"代替"侌昜"这两个原字，首

---

① 许慎撰，段玉裁注：《说文解字注》，上海书店出版社，1992，第731页。

先是从字形上凸现了"阴阳"两字所表达的地理意义。而既然"水南山北"为"阴",那么作为对偶范畴,则"水北山南"为"阳","阴阳"原指山的向背。既然"山北"为"阴"、"山南"为"阳",而所谓山的向背,实际是由山的位置走向与太阳运转所构成的关系决定的,那么可以肯定,所谓"阴阳",原是关于天时地理的一对范畴。同时也可说明,可能在甲骨文甚或钟鼎文时代,中华古人的"阴阳"观念,还没有与人的生殖观念联系起来。

学界一般认为成书于殷周之际的《周易》本文中有"阴"字,仅一见,即中孚卦九二爻辞"鸣鹤在阴,其子和之"之"阴"。这"阴"字取古义,指背阳之处。《周易》本文夬卦卦辞有"夬于王庭"之说,扬,"飞举也,从手,易声"①。因为"陽"与"揚"均从"易",字根同一,可以看作是"陽"(易)字的派生字,有"光明正大地公布、宣扬"的意思。所以在20世纪70年代湖南马王堆出土的《帛书周易》中,原《周易》通行本中的"揚于王庭",在这里写作"陽于王庭",看来不为无由。这"陽"(易),取义已从天时地理域限向社会人事范围推移,但一般尚未与人的生殖观念紧密地挂起钩来。

一般认为成篇于战国时期的《易传》,论"阴阳"之处甚多。

> 潜龙勿用,阳气潜藏。②
> 履霜坚冰,阴始凝也。③
> 阴疑(凝)于阳必战,为其嫌于无阳也。④
> 乾,阳物也;坤,阴物也。⑤
> 阳卦奇、阴卦偶。⑥
> 分阴分阳,迭用柔刚。⑦

---

① 许慎撰,段玉裁注:《说文解字注》,上海书店出版社,1992,第603页。
② 黄寿祺、张善文:《周易译注》,上海古籍出版社,2007,第6页。
③ 同上书,第19页。
④ 同上书,第25页。
⑤ 同上书,第412页。
⑥ 同上书,第407页。
⑦ 同上书,第429页。

阴阳合德，而刚柔有体。①

《易传》所论"阴阳"，已是一对偶范畴，其间富于哲理美蕴，其智慧底蕴已从指天时地理发展为专指男女两性，并由这男女两性而上升为哲学、美学意义上事物两极的对立互补范畴，建构起一个既指天时地理又指男女父母等一切事物两极的互对互补性质、功能与态势的易之世界模式。

我们根据前文的论证已经知道，《周易》的基本美学智慧，是以卦爻符号所象征的"生生而有条理"，它所建构的符号"宇宙"，是永远充满生机、生生不息的世界。在这世界之中，一切事物之间及每一事物内部，一定条件下都存在着两相对立、对应、互为转化的性质、功能与态势，处于永恒运动变易转换之中。这概括起来便是"阴阳"及其流转。自从"阴阳"这一对偶范畴概念和观念进入《周易》审美文化视域，它就将始为人"生"、继而是人生的审美世界条理化了。"阴阳"，是生命运动中两种互为涵摄的力量，是生命的互对、互应、互动与互根，构成了"生"之易理的双向流动模式和观念底缊。这正如古代先哲所云：

易以道阴阳。②

阴阳一太极之实体，惟其富有充满于虚空，故变化日新，而六十四卦吉凶大业生焉。阴阳之消长隐见不可测，而天地人物屈伸往来之故尽于此。知此者，尽易之蕴矣。③

"阴阳"这一对偶范畴，高度概括了"大地人物屈伸往来"之理，"天地"者，自然也；"人物"者，男女、父母也。"天地"指自然宇宙；"人物"指社会人生。"屈伸往来"，指二者的双向流转，这是《周易》阴阳美学智慧的根本。

---

① 黄寿祺、张善文：《周易译注》，上海古籍出版社，2007，第429页。
② 《庄子·天下篇》，河南大学出版社，2008，第427页。
③ 王夫之：《张子正蒙注》卷一，古籍出版社，1956，第8页。

这种双向流转关系是"生"之关系。不仅"阴阳"与"生"构成关系，这主要是说"阴阳"从天时地理范畴向人"生"与人生领域的意义转换，指从人的生殖角度，将自然宇宙与社会人生这整个世界看成互逆互顺的两元、两极，而且认为"阴"与"阳"之间也是互"生"关系，这正如陈梦雷所指明的："阴生阳、阳生阴，其变无穷，易之理如是。"①

远古巫术世界中，人的文化头脑也许原来只知有所谓"吉凶"，"阴阳"这一对偶范畴的生成与介入，揭开了古代中华智慧进化史上的光辉一页。人们试图以理性思维来否定巫学思维与情感中那些非理性思维因素，试图以"阴阳"论来廓清巫术的迷雾，这是原始哲学、美学思维对原始巫术迷信形成的挑战。《说卦传》云："观变于阴阳而立卦。"这里的"阴阳"，实是战国时人的文化及其美学观念，而不是远古中华"立卦"之时的思想。根据已经出土的"数图形卦"资料，古人"立卦"之初，是只有"吉凶"而无"阴阳"观念的，立卦为的是占验人的命运吉凶，而不可能去进行关于"阴阳"的哲理与美理思考。因此，与其说当初"观变于阴阳而立卦"，倒不如说"观变于吉凶而立卦"。

然则，既然远古中华先祖对其自身的命运总是深感把握不住，那么在关于生命、生活的危机与生机的吉凶观中，必然会滋生命运多"变"而捉摸不定的文化意识。"易穷则变"②，但等时机；时来运转，"变化见矣"③。所以应当说，不是先有"阴阳"观念，再从这观念中衍生出关于"变"的生命智慧与美学智慧；而是先有由此及彼、由彼及此的"变"的意识，才在文化与美学观念中建构起"阴阳"这一对偶范畴。中华古人必然曾经领悟到，既然人的命运吉凶可以因时而"变"，那么推而广之，则一切事物都是"变动不居"④的，而"变"总是在两个不相同的事物中进行的。

因此是巫学的吉凶观，为后代基本属于哲学与美学思维层次的"阴阳"观念，提供了关于自然宇宙与社会人生"变"幻无定的思维"种子"。以"阳"

---

① 陈梦雷：《周易浅述》四，第1008页。
② 黄寿祺、张善文：《周易译注》，上海古籍出版社，2007，第429页。
③ 同上书，第374页。
④ 同上书，第417页。

对应于"吉"、"阴"对应于"凶","阴阳"观是对"吉凶"观的超越与升华，可以说，"阴阳"受胎于"吉凶"，又脱胎于"吉凶"。这是原始巫学的解体，是哲学与美学智慧的醒悟。

中华原始巫术的覆盖面极广，举凡与人相关的种种自然现象与社会现象，都可能是人的巫术占筮对象，几乎达到了"无事不占"的地步。其中尤其自然现象的生灭运化和人的生殖繁衍，由于是中华古人生活的"命根子"，自然成为巫术占筮所极为关注的领域。而本书前文已经说过，华夏先民的生殖崇拜观念又是极强的，别的暂且勿论，仅属于新石器时代发现具有男性生殖器模型的文化遗址就有多处，它们为我们留下了父系社会早期人的生殖崇拜观念的强烈信息。这些遗址主要有：陕西西安客省庄遗址、陕西铜川市李家沟遗址、河南郑州二里岗遗址、河南淅川下王岗仰韶文化遗址、河南信阳三里店遗址、甘肃甘各灰地儿遗址、甘肃怡夏张家嘴遗址、广西坛楼矿遗址、广西钦州独料遗址、山西万茶县荆村遗址、山东潍坊鲁家口遗址以及湖南安乡度家岗遗址等。① 应当指出，正是在这种漫长而强烈的古代生殖崇拜的文化氛围与熏陶之中，升华出关于"生"的哲理思考与美学描述，而言"生"则不能离开"阴阳"这一对偶范畴，或者可以说，"阴阳"生殖观念，是由"生"之观念裂变而来的，"阴阳"便在人的文化观念中成为"生"之二元。进而便对"阴阳"这一对偶范畴进行普泛的理解和阐释，不仅成为对男女、父母、牡牝，而且成为对自然天地、大小、有无、形神、生灭、虚实、动静、刚柔、真假、善恶以及美丑等一切对偶范畴的高度哲学概括和美学提炼，就是说，这里的"生"是一元范畴，从"生"派生出先是属于人之生殖观念的"阴阳"，进而是对"阴阳"生殖观念的超越，建构起属于哲学与美学智慧层次的"阴阳"观。换言之，一切事物之间及事物内部两相对立、对应、对流的性质、功能和态势，都可以用"阴阳"来概括。而"生"是"气"的流转，"气"是"生"的物质基础。这世界无处不是"生"，也无处不是"气"，"气"虽然摸不着、看不见，却是实实在在地弥漫于自然宇宙和社会人生领域的，这便是前引王夫之所谓"阴阳"之"实体"（生气），"惟其富有充满于虚空"的意思。而到处是"生"、到处是"气"的世界，

---

① 宋兆麟：《原始的生育信仰》，《史前研究》创刊号，1983。

总是既分为"阴"与"阳"两部分，又是"阴中有阳""阳中有阴""阴生阳，阳生阴"的，是一个生生不息的浑整的世界。中华古人对这个美好的世界非常执着，在"生"和"阴阳"如此简洁的言辞中，蕴涵着对这一美的世界的全部美感和本质的把握。

因此，当《易传》说"乾坤，其易之门邪！乾，阳物也；坤，阴物也"①之时，我们须知这里所谓"物"，就不是指一般的"物"，而是指所谓"男女构精"的"精气"。在《易传》作者看来，理解了这一点，就找到了入"易"的"门"径。由此我们才知道，原来《易传》所谓"天地纲缊，万物化醇，男女构精，万物化生"②的哲学与美学思维的所取角度，是"近取诸身"而后才"远取诸物"的，是由近及远、由人及物。《易传》所谓的"天地不交，而万物不兴"③"天地之大德曰生""生生之谓易"④，始终包含着对"生"之"阴阳"的深刻理解与审美观照，是将"阴阳"看作"生"这一范畴的展开。

虽然考"阴阳"学说之缘起，并非始于先秦儒家，先秦诸子中首先倡言"阴阳"哲学与美学观的是道家始祖楚人老子，关于这一点，曾经令梁启超深感惊讶，他说："最奇者，《易经》（引者注：当指《周易》本文）一书，庄子所谓，'易以道阴阳'者，卦辞、爻辞中仅有'中孚'九二之一条单举——'阴'（引者按：并无哲学、美学意蕴）字。"《彖》《象》两传中，刚柔、内外、上下、大小等对待名词，几乎无卦不有；独'阴阳'二字，仅于此两卦（指乾卦、坤卦）各一见，可谓大奇。"⑤然而，一旦《易传》援"阴阳"观入易并加以改造发展，才真正从人"生"和人生角度，建构起辉煌的阴阳美学智慧，这是先秦诸子其余学派所难比肩的智慧，将"阴阳"学说与儒家一贯推重的"生"（这最典型地表现在《周易》之中）之文化观念对接，形成独具风采的"生"之"阴阳"美学智慧，这是《易传》对中华美学的杰出贡献。周予同曾经指出："儒家的根本思想出发于'生殖'崇拜，就是说，儒家哲学的价值论或伦理学的

① 黄寿祺、张善文：《周易译注》，上海古籍出版社，2007，第412页。
② 同上书，第409页。
③ 同上书，第316页。
④ 同上书，第381页。
⑤ 梁启超：《阴阳五行之来历》，顾颉刚：《古史辨》第五册，景山书社，1935，第348页。

根本观念是'仁'，而本体论或形而上学的根本观念是'生殖崇拜'"。^①由于其本体论是"生"，因而它的美学智慧也无疑生发于"生"之"阴阳"，并且围绕着"生"之"阴阳"这一基本框架展开，"阴阳"观成为先秦儒家关于"生"之智慧的哲学与美学解析，这在《易传》中表现得很充分、很鲜明也很纯朴。"一阴一阳之谓道"，这"道"就是"生"，易理之根本，"是故易有太极，是生两仪"^②。这"两仪"指"阴阳"，指天地。"云行雨施，品物流形"^③，这里"云"为阳，"雨"为阴，"云雨"一词起于《易传》，是中华古代特有的一个男女交感隐语。这都说明，"在这些文字里，我们一目了然地知道儒家是在用哲学而又文学（美学）的笔调，庄严地纯洁地描写本体的两性"^④，歌颂本体之两性的化育。尔后这关于"阴阳"两性的哲学与美学，成为思考的中心和沸腾的思潮。

比如，荀子论自然美，"列星随旋，日月递炤，四时代御，阴阳大化，风雨博施，万物各得其和以生"^⑤。这自然宇宙的流渐，是"阴阳大化"之美的展现，这"美"由阴阳交合而生。这用荀子的话来说，叫作"阴阳接而变化起"^⑥。这里的"接"，交合之意，显然是由《易传》所谓"阴疑（凝）于阳必战"^⑦的思想脱胎而来的。魏晋玄学鼻祖王弼也看出了这一点，"夫阴之所求者阳也，阳之所求者阴也"^⑧，阴阳之互求，就是《周易》所谓交感，"相切摩也，言阴阳之交感也"^⑨。交感是两性生命之"战"、之"接"。所以自然美的生成与本质，在古人看来就是始于《周易》的"生"之"阴阳"。

又如人工美，《礼记》论礼乐之源时说："乐由阳来者也，礼由阴作者也，阴阳和而万物得。"礼乐是"阴阳"在社会人生领域的特殊表现，乐由阳来，礼自阴作，乐阳礼阴，乐统和、礼辨异，礼乐是阴阳的对立统一。就乐而言，也

---

① 周予同：《周予同经学史论著选集》，上海人民出版社，1996，第77页。

② 《易传·系辞上》，朱熹：《周易本义》，第314页。

③ 《易传·彖辞》，朱熹：《周易本义》，第41页。

④ 周予同：《周予同经学史论著选集》，上海人民出版社，1996，第80页。

⑤ 荀子：《荀子·天论》，《荀子集解》，《诸子集成》第二册，第206页。

⑥ 《荀子·礼论》，《荀子集解》，《诸子集成》第二册，第243页。

⑦ 黄寿祺、张善文：《周易译注》，上海古籍出版社，2007，第25页。

⑧ 王弼：《周易略例》，楼宇烈：《王弼集校释》下册，第591页。

⑨ 韩康伯：《周易注·系辞上》，孔颖达：《周易正义》，上海古籍出版社，1990。

是阴阳的互对互应，其十二律分阴律、阳律两类，其数各为六，称六律、六吕，此即阳律（六律）：黄钟、太簇、姑洗、蕤宾、夷则、无射；阴律（六吕）：大吕、夹钟、仲吕、林钟、南吕、应钟。阴阳交响、律吕协调，乃成和声。就绘画而言，中华传统山水讲究虚实布局，便是虚为阴、实为阳，阴阳之易道入于画理。其余诸如画之艺术形象的前后、大小、倚正、聚散、浓淡、枯润、续断、收放、远近、疏密等艺术之美，其实都是"阴阳"之完美的感性显现。这用唐人张彦远的话来说，叫作"阴阳陶蒸，万象错布"，其间生气灌注、生气流溢，"玄化无言，神工独运"[①]。就书法艺术来说，中华历来有"一画"之论，这"一画"起于易理，是"蒙"的原朴境界，其间已存阴阳之胚素，这是本书前文论《周易》意象美学智慧时已经说过的。而就书法艺术意象、风格而论，也是阴阳的对应调谐，如相对于元人赵孟頫书法的秀丽婉约而言，唐人颜真卿的书艺属于"阳"性；而相对于颜体之恢宏博大来说，则赵孟頫的书艺属于"阴"性。有的学者论书艺又将褚遂良与颜真卿相比较。

> 褚书用笔极为敏感，一落笔即向上提，提到几乎要离纸而去，复缓缓下落，愈落愈低，到达笔划末端一顿煞住，或以一波荡开。有人说"颜字入纸一寸，褚字离纸一寸"，这描写很切当。诚然颜字用笔好象铧犁耕田，吃入大地，翻起湿上，掘成犁沟；而褚字用笔好象舞者脚尖轻盈的飞跃和下落，点出严谨而优美的节奏。
>
> 颜字笔划粗实，结构严密，字与字，行与行，缀扣紧密，"有"与"无"相对立，而"有"以优势把"无"排斥、征服。在褚帖中，"有"和"无"相容纳，相辉映，相渗透，造成一片空阔与宓静。[②]

不用说，褚笔褚字为"阴"；颜笔颜字为"阳"。而无论是"阴"还是"阳"，倘要入于化境，都须"生气"充盈，取"真"于"自然"。这正如宋代书画论所言，世之评书画者，专重一个"自然"之"生"字，"妙于生意能不

---

① 张彦远:《历代名画记》卷二，上海人民美术出版社，1964，第37页。
② 熊秉明:《中国书法理论体系》，四川美术出版社，1990，第116页。

失真，如此矣，是能尽其技，尝问如何是当处生意？曰：'殆谓自然。'"这"自然"，实阴阳"天地生物，特一气运化尔"[1]。

总之，"阴阳"之易理弥漫于自然宇宙与社会人生领域，渗透在自然美与人工美全部"生气"意境之中。

> 天下之万声，出于一阖一辟；天下之万理，出于一动一静；天下之万数，出于一奇一偶；天下之万象出于一方一圆；尽起于乾坤二画。[2]

而这"乾坤二画"，就是《周易》的阴爻、阳爻，就是阴阳。阴阳构成世界的两极框架，一切都是阴阳及其演化。

> 凡论必以阴阳大义。天阳地阴，春阳秋阴，夏阳冬阴，昼阳夜阴。大国阳，小国阴；重国阳，轻国阴。有事阳而无事阴，信（伸）者阳而屈者阴。君阳臣阴，上阳下阴，男阳女阴，父阳子阴，兄阳弟阴，长阳少阴。贵阳贱阴，达阳穷阴。取（娶）妇姓（生）子阳，有丧阴。制人者阳，制于人者阴。客阳主人阴。师阳役阴。言阳黑（默）阴。予阳受阴。诸阳者法天……诸阴者法地。[3]

试问，这个世界上还有什么东西不能概括在"生"之"阴阳"的观念之中？"阴阳"以生命的本体内蕴，成为中华古代朴素的哲学矛盾论、美学智慧观与艺术辩证法。

"阴阳"与"生"之"形气"的关系尤为紧密，它一方面触及"生"这一易理的根本，另一方面又与本书前文所论证的"气"这一《周易》美学智慧的文化哲学基础相勾连，所以王廷相首先从"生"之"形气"角度，对"阴阳"作

---

[1] 董逌：《广川画跋》卷三《书徐熙牡丹图》，何立民点校，浙江人民美术出版社，2016。

[2] 张介宾：《类经图翼》，人民卫生出版社，1965，第399页。

[3] 《黄老帛书·称》，马王堆汉墓帛书整理小组：《马王堆汉墓帛书（壹）》，第二册，文物出版社，1974。

了明确的理论界定。

> 阴阳在形气，其义有四：以形言之，天地、男女、牝牡之类也；以气言之，寒暑、昼夜、呼吸之类也；总言之，凡属气者皆阳也，凡属形者皆阴也；极言之，凡有形体以至氤氲笼苍之气可象者皆阴也，所以变化、升降、飞扬之不可见者皆阳也。①

这"阴阳"有"形""气""总""极"四个层次，一切事物的"阴阳"属性、功能与态势之美丑、悲喜、壮美与优美、崇高与滑稽等等，均可纳入这四个层次之中。总之，对于自然美与人工美而言，"凡人、物者，阴阳之化也"。②

可以将这一节所论《周易》"阴阳"与"生"之关系以及阴阳美学智慧的生成，概括为这样一条发展线索：

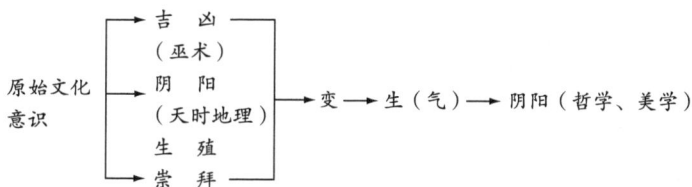

第二节　崇天（父）意识与恋土（母）情结

学界在讨论《周易》阴阳美学智慧问题时，有一种"崇阳抑阴"之说，认为《周易》在阴阳、乾坤、天地、男女、父母这一系列两相对待互补的关系问题上，是重前者而轻后者的。这一见解不是没有一点道理，比如《周易·系辞传》开篇第一句就说："天尊地卑，乾坤定矣。卑高以陈，贵贱位矣。"这最明确不过地传达出"崇阳抑阴"的文化伦理观念。

---

① 王廷相：《慎言·道体篇》，冒怀辛译注，巴蜀书社，2009，第246页。
② 《吕氏春秋·知分》，廖名春、陈兴安译注，巴蜀书社，2004，第570页。

不过就总体意义上的《周易》阴阳美学智慧而言，与其说它是"崇阳抑阴"的，倒不如说"崇阳恋阴"更为准确。这一《周易》文化学从而也是其美学命题所关涉的阴阳，正如前述，"以形言之，天地、男女、牝牡之类也"。与"阳"相对应的，是乾、天、父、男；与"阴"相对应的，是坤、地、母、女。正如《易传》所云：

> 乾，天也，故称乎父；坤，地也，故称乎母；震一索而得男，故谓之长男；巽一索而得女，故谓之长女；坎再索而得男，故谓之中男；离再索而得女，故谓之中女；艮三索而得男，故谓之少男；兑三索而得女，故谓之少女。①

这里，"索"，据唐陆德明《经典释文》引王肃云："求也。"犹言"索求""求合"，指阴阳相求。《周易》八卦乾坤、震巽、坎离、艮兑，以乾坤为父母，其余六卦为父母相求所生的男女六子。从卦符看，震、坎、艮三卦的卦爻结构皆为一阳爻而二阴爻，为阳卦，象征长男、中男、少男；巽、离、兑三卦的卦爻结构皆为一阴爻二阳爻，为阴卦，象征长女、中女、少女。所以说，整个八卦是一个阴阳结构，是乾震坎艮四阳卦对应于坤巽离兑四阴卦，构成乾坤、天地、父母、男女这阴阳互求、天人合一的易之世界图景。所以庄子云："至阴肃肃、至阳赫赫。肃肃出乎天，赫赫发乎地，两者交通成和，而物生焉。"②管子云："是故阴阳者，天地之大理也。"③扬雄云："阴阳杂厕，有男有女。"④《黄帝内经》亦说："阴阳者，天地之道也，万物之纲纪，变化之父母；"⑤"阴阳者，血气之男女也。"⑥凡此种种见解，都采自《周易》阴阳观及其发展。

---

① 黄寿祺、张善文：《周易译注》，上海古籍出版社，2007，第437—438页。
② 《庄子·田子方》，王先谦：《庄子集解》，《诸子集成》第三册，第131页。
③ 管仲：《管子·四时》，吴文涛、张善良注，北京燕山出版社，1995，第302页。
④ 扬雄：《太玄·玄图》，范望注，上海古籍出版社，1990，第102—103页。
⑤ 《黄帝内经·素问·阴阳应象大论》，人民卫生出版社，1963，第31页。
⑥ 同上书，第363页。

无疑,《周易》是崇阳亦即崇天、崇父、崇男的。《周易》六十四卦以象征阳性的乾卦为第一卦,其间所熔裁的意识,不同于传说所谓以艮为首卦的夏代"连山易",也与传说所谓以坤为首卦的殷代"归藏"易不同。这种易之智慧天平呈现一定程度的倾斜,很显明地反映出父系社会典型的崇阳、重男、尚父与拜天的文化意识与审美理想。本书前文所论《周易》崇拜男性生殖功能之强烈意绪,就是一个明证。由于崇拜男性生殖,《周易》文化意识中含有不少崇拜男性祖先的思想因素,它是构成其阴阳美学智慧的重要部分,主要表现为祭祖,如《周易》萃卦卦辞云:

萃:亨。王假有庙,利见大人,亨利贞,用大牲吉。

亨,亨祭之意。假,王弼《周易注》:"至也。"这是说君王以"大牲"为祭品,到宗庙以至诚之心去"感格"祖先神灵。

萃卦六二爻辞云:

引吉,无咎。孚乃利用禴。

禴,古时四时祭之一,殷代称春祭为禴,属于祭品相对微薄的一种祭式。"禴,殷春祭名,四时之祭省者也。"[①]这是说,只要儿辈诚心诚意,即使春祭祭品微薄,也能感动祖宗神灵,可引获吉祥,不致受害。升卦六四爻辞云:"王用亨于岐山,吉,无咎。"

"用",其字形、含义,据《说文》解,"可施行也,从卜从中。"写作𠙵。这"用"字的构造是卜字与中字重叠,其意涵显与卜筮相关。"卜",卜问、占问之意。"中",原指古人用以测日影(即古代所谓"晷景")的一种装置,写作𠁁或𠁗,这"中"的中间一竖表示测日影的标杆,中间一竖连同"匚"表示测影的装置;"≋"表示随时而具有方向性的变移的日影;"用"是一个与《周易》卜筮相关的汉字。亨,同于前释,有"亨祭"之义,而非"亨通"之

---

① 李鼎祚:《周易集解》,上海古籍出版社,1989,第150页。

"亨"。《经典释文》云:"亨,祭也。"岐山,在今陕西岐山县东北之境,周族始祖古公亶父曾率族自豳迁于山下周原,为周族发祥地。这条爻辞的意思就很清楚,是说周王来到岐山祭祖,占问其自身的命运,所得结果大吉大利,无有咎害。归妹卦上六爻辞云:

> 女承筐无实,士刲羊无血,无攸利。

这是记述新婚夫妇到宗庙祭祀祖先以佑生儿育女的一条爻辞。郑康成《易》注:"宗庙之礼,主妇奉筐米""《士昏礼》云,妇人三月而后祭行。"古代婚俗,女子嫁到夫家,三个月后随夫同去宗庙祭祖,以筐盛米、宰羊取血为祭品。而这一条爻辞则记述说,这女子手捧的筐里无米,其夫宰羊也没有采到羊血,这是祖宗无以佑助,"后嗣以绝"的凶险之兆。从卦象看,这上六爻处于归妹卦之终,因全卦第三爻位为"六三"而非"九三",这"上六"与"六三"没有构成"应"之关系,这是不吉利的爻象,好比女子承筐却无实,男子宰羊而无血,也就无法献祭于祖宗。来知德云,"今上与三,皆阴爻,不成夫妇,则不能供祭祀矣。'无攸利'者,人伦以废,后嗣以绝,有何攸利?"[1]睽卦六五爻辞云:

> 悔亡,厥宗噬肤,往何咎?

这大意是说,要是我的祖宗神灵在冥冥之中享用了我供献的祭品,则必能保佑我,懊恼也就没有了,往后还有何害呢?这里"厥",其也,可引伸为"我"。"噬,啮也。肤,皮也。"[2]可分别引伸为"享用"和"肉"。震卦卦辞云:

> 亨。震来虩虩,笑言哑哑,震惊百里,不丧匕鬯。

---

① 来知德:《周易集注》,上海古籍出版社,1990。
② 蔡渊:《易象意言》,商务印书馆,1939。

震卦卦象结构为☳、一阳爻生于二阴爻之下，二阴爻压迫一阳爻，阴阳互为激荡而必为雷震。这里，"亨"，享也，祭祀之意。虩，《释文》释为"恐惧貌"。"哑"，《释文》解作"笑声"。"匕"，羹匙；鬯，香酒。这是说，祭祖之时，恰逢惊雷滚动，令人威怖恐惧，而祭祖者由于对祖宗内怀精诚，深信祖宗神灵的保佑，也就似乎不闻雷声，内心欢愉，做到用羹匙取香酒奉献于祖宗神灵时，镇静若定。这样的儿辈长子（震为长男），真正是祖业王位的合格继承者。所以《易传》在解说这一条卦辞时说："'震来虩虩'，恐致福也。""'震惊百里'，惊远而惧迩也。出可以守宗庙社稷，以为祭主也。"[①]

以上仅是从《周易》卦爻辞中随意检索到的有关祭祖的一些内容，从这里，读者不难理解中华古人对祖宗的崇敬。祖指男性家长，属阳，祭祖即崇阳、崇父。从原始宗教观念看，这是以祖宗为偶像；从原始审美意识分析，这是以祖宗为人生之大美，是以父亲、阳性为美之至。既以父亲为偶像，又以其为大美，这构成了先秦儒家以"仁"为伦理之善的核心。

祖字从示从且。据郭沫若及汉学家高本汉解说，"且"字本义象征阳具及其生殖能力。甲骨文中的"祖"字写作🔲，其字形，象征人对"且"（"祖"之本字）的崇拜与赞美。古代与"且"（祖）字义相近的，有"苴"字。这是一个与崇父、祭祖意义相关的字。《仪礼·士虞礼》有"祭于苴三"之说；《五经异义》称："祭有主者，孝子以主系正、夏后氏以松，殷人以柏，周人以栗。""苴"从且从艸，象征男性家长坟头之草。另有一个"俎"字，《说文》云："俎，礼俎也，从半肉在且上。"有以"肉"（祭品）祭祖之意。

可见，从"祖""苴""俎"三字字形看，都有祭"且"、崇"且"的意思，这除了在原始宗教意义上崇祖之亡灵以外，还在这崇祖中培养了对男阳的原始审美意识，是对"且"之直接的讴歌。《周易》所赞美的"并不是祖先已死的本身，而在祖先的生殖之功；也可以说，而在纪念祖先所给与我们的生命"[②]。这似乎说得有点粗俗，却正言中了《周易》阴阳美学智慧的原朴特点。

"宗"字从宀从示，原指祭祀先祖的建筑物，即祖庙。《说文》云："宗，尊

---

① 黄寿祺、张善文：《周易译注》，上海古籍出版社，2007，第299页。
② 周予同：《周予同经学史论著选集》，上海人民出版社，1983，第78页。

祖庙也。""宗者，尊也。为先祖主者，宗人之所尊也。"①由于"宗"是崇祀祖先的场所，后来便转义为宗族血亲的意思，宗族由血缘维系，是谓"亲亲"。"人类之抟结，族而已矣。"②《礼记》云："人道，亲亲也。亲亲故尊祖，尊祖故敬宗，敬宗故收族。"③

尊祖敬宗，不仅是一原始巫术、宗教与原始伦理文化观念问题，也是中华古代影响深巨的一大美学命题。它的底蕴，就在于对"阳"，对父亲伟大人格和对天的审美，这是《周易》美学智慧，也可以说是整个中华美学智慧最深层的文化原型之一。学界同仁有将"尊祖敬宗"仅仅理解为人伦基本模式的，殊不知这一理解，可能忽略了这一命题广博而深刻的美学内容。比如，以阴阳对偶文化观念看待先秦道儒两家的基本美学品格，显然，先秦道家的美学智慧是阴性的，是"至柔""虚静""守雌"的美学；先秦儒家的美学智慧是阳性的，是至刚、实动、恃雄的美学。然而，如果不从积存在《周易》本文中生殖崇拜、尊祖崇宗的"亲亲"思想观念原型出发，那么所谓的道"阴"、儒"阳"就难觅其文化之根。学界有主张儒、道同源的，比如胡道静先生就认为如此，这是一个值得注意的见解。而以笔者的理解，儒、道、阴阳文化观念之源的"同"，其实从现存的文字资料看，大约就"同"在《周易》本文文辞所表达的崇祖拜宗的文化意识之中。

> 盖古代社会，抟结之范围甚隘。生活所资，惟是一族之人，互相依赖。立身之道，以及智识技艺，亦惟恃族中长老、为之牖启。故与并世之人，关系多疏，而报本追远之情转切。一切丰功伟绩，皆以傅诸本族先世之酋豪。④

这"先世之酋豪"，就是氏族、民族的父亲、始祖，他是团族、家国的核

---

① 陈立撰，吴则虞点校：《白虎通疏正》，中华书局，1994，第393页。
② 吕思勉：《中国制度史》，上海教育出版社，1985，第378页。
③ 孙希旦：《礼记集解·大传》，中华书局，1989，第916—917页。
④ 吕思勉：《先秦学术概论》，云南人民出版社，2005，第4页

心和灵魂。尊祖崇父，既是原始巫术、宗教的内在结构，也是伦理观念的独特之处，更与中华原始审美意识相关连。在这里，原始巫术、宗教、伦理、哲学与美学原是同构的。其各自的区别只是在于：原始巫术与宗教的尊祖崇父意识在于"介乎神与人之间，以情谊论，先世之酋豪，固应保佑我；以能力论，先世之酋豪，亦必能保佑我矣"[1]；原始伦理偏重于意志，而原始审美则偏重于情感。中华古代社会一切关系的文化原型是家庭。家庭既是"亲亲"结构，也是"尊尊"结构，它首先是崇父、崇阳的。"家"又与"国"相维系、相同构，"家"是微型之"国"；"国"为宏观之"家"，家国不能分拆。家国之际讲究的是忠孝、是伦理、是政治，也是关于人与人格的审美。这种审美情感，也就成为与冷峻的人伦、政治关系对立互补的"人情磁力场"。钱穆曾经对中华古代、古希腊（欧洲古代）和印度古代民族的情感类别作过比较。

中国主孝，欧洲主爱，印度主慈。[2]

这言之成理。然而在这家庭"主孝"结构中，也同样渗融着"慈"与"爱"。比如就"爱"而言，指人伦关系之间相互的爱恋，就不能不说是属于美学范畴的。"所谓爱是人之性灵所特有的功能，乃是指对于至美至真之仰慕，而力求与其所仰慕之对象合一的过程。"[3]这种"爱"是基于两性也是超越于两性的。当然，这"爱"首先是献给祖宗与父亲的。父亲是政治的权威、伦理的表率，也是美的巅峰。从政治与伦理角度看，"在中国家庭里，典型的父亲可期待完全的尊敬，并且不受直接的批评，以报答他为一家的幸福与团结所作的努力。全家都接受这样的观点，即父亲的'丢脸'或出丑是对每个人的侮辱，因此，他作为一家的象征理应对批评极度敏感"[4]。从美学角度看，则被看作是对社会人生之美的最大亵渎。

---

① 吕思勉：《先秦学术概论》，云南人民出版社，2005，第4—5页。
② 钱穆：《钱宾四先生文集·文化与教育》，中国台湾联经出版事业股份有限公司，1998，第3页。
③ 贺麟：《哲学与哲学史论文集·辩证法与辩证观》，商务印书馆，1990，第230页。
④ 卢西恩·W·派伊：《亚洲权利与政治》，哈佛大学出版社，1985，第66页。

从积极意义上来说，《周易》阴阳美学智慧中的崇阳、崇父意识，由于子嗣对阳性、对父亲的"爱"达到了崇拜地步，它更加肯定的是宇宙和人生之间乾阳的顽强生命力，是民族的生生不息和伟大的团聚力，它所发展的，是以父亲为核心、灵魂的民族的审美群体意识，这群体意识，可以看作是整个中华民族自立于世界之林的民族主体意识。

从消极意义上来说，"中国是一个血缘根基深厚的国度，血缘意识的包容性在文化冲突的近代，已让位给它的排它性，就是说血缘根基外推时的狭隘性和有限性"。"它对超越血缘意识的人道感情常常表现出陌生和不理解，往往把人的问题回归到一个具体的小圈子内来审视，用血缘亲情来代替阻止普遍人格的问题的提出，因而就在新的历史条件下回避了现代化过程中的重要问题——人的问题。"①

然而，现代化过程中的"人的问题"，不仅是一个关于人的个性、个体意识的问题，也是关系人的群体意识和民族集体意识培养和塑造的问题。固然可以说，《周易》阴阳美学智慧中的崇阳、崇父意识，在建构人的个体意识方面具有一定的时代和民族的局限性，但如果看不到或低估其在民族群体意识的形成过程中所起的巨大作用，也是不公允的。

西方（欧洲）古代关于父子关系的美学思考一般是排斥血缘的。古希腊最著名的神话传说，是俄狄浦斯的杀父娶母，并将这一点看作天意如此，因而是人所不可违逆的命运。黑格尔也曾指出，"罗马并不是什么以古老的种族传下来的"，它"没有天然的家长制的维系"②。这种祖宗观念的淡薄，是与西方古代对历史及时间流程缺乏应有的关注相一致的。

基督教《圣经》曾作如此记载，有一位青年信徒想要在掩埋他的亡父之后，再来对耶稣行弟子之礼，基督却对他说：

"让死者去埋葬他们的尸体吧，你自跟随我来！"③

---

① 复旦大学历史系编：《中国传统文化的再估计》，上海人民出版社，1987，第343页。

② ［德］黑格尔：《历史哲学》，王造时译，商务印书馆，1963，第327页。

③ 《马太福音》第八章，《新约圣书》，上海圣书公会印行，1925。

这是对崇父、亲子之情的断绝拒绝。基督又说：

> "要知道谁奉行我的天父的意志，谁就是我的兄弟。"
>
> "你们不要称呼地上的人为父亲，你们只有一个父亲，就是天父。"①

基督甚至说：

> "我要使儿子疏远他的父亲，女儿疏远她的母亲，并使媳妇疏远她的翁姑，而去亲近他们的仇人。那爱父母胜过爱我的人，决不是我的追随者。"②

这清楚不过地表明：古希腊给予欧洲巨大影响的基督教文化与审美意识的一个显著特点，就是世间的父亲不像父亲，更谈不上儿子对世间与之具有血缘联系的父亲的崇拜。在文化观念中，所有人只承认一个"父亲"，便是在彼岸的、与一切人都没有血亲联系的上帝。这实在可以称之为"逆子"文化或"杀父"文化。正是在这种深层文化意识的熏染与笼罩下，西方自古以来的美学与艺术智慧偏重于追求历史的"断裂"和否定，一种逆反的文化意绪常常在时代、民族的心中激荡、沸腾。剧烈的反传统，是西方美学与艺术时髦而经久不衰的话题。从古希腊、古罗马、中世纪、文艺复兴、17世纪的古典主义、18世纪的启蒙主义、19世纪的批判现实主义，直到20世纪的现代主义美学思潮与艺术思潮，尽管每个历史时期的美学与艺术不可避免会对前一历史时期的美学与艺术有所继承，可是，西方美学与艺术之所以具有如此清晰的历史阶段性，恰恰是因为有一种顽强的"杀父"文化潜意识，或曰"集体无意识"在不断发挥作用的结果，这种美学与艺术思维的立足点，是对"父亲"的否定。这种思潮的出发点，一般是对"父辈"文化、美学与艺术的断然否定。西方美学的思维定势与情感流向，尽管决不可能真正做到一切从零开始，它必然是在前人、"父辈"成就基础上创立起来的，然而其美学观念，却重在宁可不要任何历史的系累也

---

① 《马太福音》第二十三章，《新约圣书》，上海圣书公会印行，1925。
② 同上书，《马太福音》第十一章。

要主张自创一格，其美学与艺术的价值取向，往往在于对创新与未来的肯定，犀利的目光常常关注着对传统的剧烈破坏。因而，西方美学与艺术的历史发展态势，一般表现为大起大落、左冲右突，其发展轨迹，犹如向前行进的锯齿形的曲折的直线。倘从"文脉"（context）观加以概括，则呈现出一种典型的"逆势文脉"趋向。

　　相比之下，由《周易》所开创的中华古代的"崇父"的文化、美学与艺术观却不同。有的研究者说，"如果西方文化可以算是一种'杀父的文化'的话，那么，中国文化就不妨被称为'杀子的文化'"①。这一观点固然有待商榷，因为中国文化自古以来源远流长，支派纷呈，具有许多层次与侧面，未可以"杀子"一概而论，然而就《周易》阴阳文化美学观而言，说其具有"崇父"（重父轻子、重过去轻未来）的特点则大致是不错的。据神话传说，驰名遐迩的古代大贤舜就曾遭到其父瞽叟的妒恨，由此舜遭受了其父多次无故的毒打。而舜总也逆来顺受，终于为躲避父亲的棍子而逃到荒野里去，仰望苍天号啕大哭。舜的这份"崇父"的"大孝"使其贤德名扬天下，这"完美"的人格使其成为帝尧的王位继承者，尧还将两个女儿娥皇、女英嫁给他。而这更加剧了瞽叟的痛恨，并多次设计要杀害舜。舜则以"孝"感天动地，幸免于难，并且维持着家庭的宁静与血缘的亲恋。这则神话传说使舜成为"二十四孝"之首，在浓重的伦理道德理想中重叠着关于社会人生的审美理想。这一点在《周易》中早已种下了根子。如果说西方古代的文化与美学观将死亡留给了父亲，那么中华古代的文化与美学观则将死亡留给了儿子。这种属于父亲而非属于儿子的"美"，具有"一种偏重依恋过去事实的思维倾向"。"倾向于从过去的惯例和周期性发生的事实中，建立一套基准法则，即以先例作为先决模式。换言之，古代人昔日经验的成果在中国人的心理上唤起一种确实感。"②

　　《周易》对乾阳，也就是父之"美"是推崇备至的。

　　"乾：元、亨、利、贞。"③《易传》云："元者，善之长也。亨者，嘉之会

① 孙隆基：《中国文化的深层结构》，华岳文艺出版社，1988，第233页。
② ［日］中村元：《东方民族的思维方法》，林太、马小鹤译，浙江人民出版社，1989，第126、127页。
③ 黄寿祺、张善文：《周易译注》，上海古籍出版社，2007，第1页。

也。利者，义之和也。贞者，事之干也。"①这里，"元"指原初、"善"训为美、"长"训为首，是说乾阳是父亲的生理属性，是生命之"元"，美之首。"亨"，亨通。"嘉"，连斗山云："两美相合为嘉。"②这是说乾阳（男、父）、坤阴（女、母）为世之两美，乾阳有与坤阴相感相合之美，这就是生命的亨通与繁茂。"利"，荀爽云："阴阳相和各得其宜，然后利矣。"朱熹云："利者，生物之遂，物各得宜，不相妨害。"③这是说乾阳在生命流程中的意义在于和坤阴各得其宜的和谐，"干"，李道平："木旁生者为枝，正出者为干。是干有正义。"④这里训为"正"；"贞"，这里亦可训为"正"，不是"贞问"的意思。这是说乾阳作为生命的原始，其美正固，乾阳与坤阴的交和之"事"体现了人间正道。这从四个方面讴歌了乾阳亦即父之美德，是从崇父角度对人之生命元气的肯定。

然而，在中华古人"天人合一"观看来，天人本是同构，自然与人事原本对应，"天人本无二，不必言合"⑤，故崇父意识必与崇天意识合拍，或者从崇父必然导致崇天。苍天高高在上，渺渺茫茫，一望无涯，其形象之高大无可比拟，其威仪，其美状，正可拿来作为人间父亲的象征，这正是《易传》不言父但言天或先言天后言父却实质在于大歌人间父亲的缘故。《周易》乾卦为了达到对父亲乾阳之气的美的肯定，不仅以自然天象为象征，以"天"喻"父"，而且在其爻辞中取"龙"为象，以"龙"喻"父"，其大旨无非在于揭示父亲乾阳之气内在的至德至美。关于龙，目前学界的见解颇不一致，有的认为是华夏先民的原始图腾符号，是在雷电云水基础上想象而成的；有的认为是远古中华大地上实存过的一种动物；有的从古人之说，"龙者，鳞虫之长。王符言：其形有九似。头似驼、角似鹿、眼似兔、耳似牛、项似蛇、腹似蜃、鳞似鲤、瓜似鹰、掌似虎是也。其背有八十一鳞。具九九阳数。其声如戛铜、盘口，旁有须髯。颔下有明珠。喉下有逆鳞。头上有博山，又名尺木。龙无尺木，不能

---

① 黄寿祺、张善文：《周易译注》，上海古籍出版社，2007，第7页。
② 连斗山：《周易辨画》，中国台湾商务印书馆，1969。
③ 朱熹：《周易本义》，天津市古籍书店，1986，第44页。
④ 李道平：《周易集解纂疏》，上海古籍出版社，1994，第1页。
⑤ 程明道：《语录十一》，《二程遗书》卷六，上海古籍出版社，2000。

升天。呵气成云,既能变水,又能变火"①。实在神异得可以,但从不否定龙之美,在龙具有可羡的乾阳之美这一点上总是众口一词的。在古人的审美眼光中,无论潜龙在渊、见龙在田还是飞龙在天,都是阳气充盈、活力无限、美不可言的,否则为何时至今日,中华大众还有舞龙灯之类的审美悦乐呢?本书前文已经谈到,这种龙的美,实际是人"生"之美。而这里想进一步强调,这人"生"之美,实际又是乾阳之气的美、父之美。因为关于龙的文化原型,在于人的生殖崇拜,这一点也是前文曾经论述过的。同时,按照《周易》的意思,虽然龙之美令人可羡,却并非无论何时何地的龙之像一样美,比如乾卦上六爻辞云"亢龙有悔",这龙像就有点不妙,因为它已飞至天外。唯有如乾卦九五爻辞所言"在天"的"飞龙",才是最美满无比的,因为它体现了父之乾阳至盛至美的境界。

由此可见,作为乾阳之美的象征性符号,龙与天同在、龙与天同样崇高、博大,龙之美与天之美,其实都是以父之美为其文化原型的,或者说,龙、天之美的符号实际只是父亲乾阳之美的象征。这种美学智慧的文化本质在于,为了人在审美意义上对人自身的自我肯定与自我欣赏,他宁愿将目光转向天上去寻求有力的证明,从而使这种美学观初具自然哲学的特色。恩斯特·卡西尔指出:"为了组织人的政治的、社会的和道德的生活,转向天上被证明是必要的。似乎没有任何人类现象能解释它自身",而要借助于"天"这一"充满魔术般的、神圣的和恶魔般的力量"。"如果人首先把它的眼光指向天上,那并不是为了满足单纯的理智好奇心。人在天上所真正寻找的乃是他自己的倒影和他那人的世界的秩序。"②审美亦然。《周易》将父之美,也就是乾阳之美的尺度无限放大,以至于达到"天"的程度,从而为这种始为人"生"、继而人生的美奏出了一首响彻云霄的颂歌。

《周易》美学智慧的崇天(父)意识已如前述。同时应当强调指出,在《周易》美学智慧中,又纠缠着一种恋土(母)情结。尽管《周易》以乾卦为第一、坤卦为第二,以坤阴与乾阳相比,自然是坤在后而乾在前,然而要论坤阴之美,

---

① 罗愿:《尔雅翼》三,商务印书馆,1939,第297页。

② 〔德〕恩斯特·卡西尔:《人论》,甘阳译,上海译文出版社,2003,第84页。

倒是与乾阳之美平分秋色的。

《易传》在论及乾元时，称"大哉乾元"。这里的"大"，"太"之本字，有原初、原始的意思，其原义并非指"伟大"，"伟大"仅是"原初、原始"的派生意义。《易传》在论及坤元时，又说"至哉坤元"。这里，至，至极无以复加，转义则与"原初、原始"相契，"至"与"大"相对应。一定意义上可以这样说，"至"与"大"是两个对等的范畴概念，乾元与坤元、阳气与阴气及其所象征的天地、父母等等，在《周易》中大致是一视同仁的。《周易》六十四卦，凡三百八十四爻，其中阳爻、阴爻各为一百九十二，各占一半，这种爻符总体上的对称、对等也说明了这一点。

同时，《易传》盛赞乾德、坤德，一般并无偏废与偏爱。《易传》一方面称乾"云行雨施，品物流形""乾道变化，各正性命，保合太和"；另一方面又称"坤厚载物，德合无疆；含弘光大，品物咸亨"。①在《周易》本文中，乾卦卦辞说乾阳具有"元亨利贞"四德；坤卦卦辞亦说"元亨，利牝马之贞"。乾卦以"飞龙在天"喻乾阳之至美；坤卦以"牝马行地"喻坤阴之至美，乾坤共同成为六十四卦之纲。

还有一个现象值得注意，就是尽管《周易》乾为首卦，不像传说中的"归藏"易那样以坤为首卦，《周易》确是崇阳的。然而自古至今，中国人以阳与阴并提时，但称"阴阳"，是阴在前而阳在后，倘然位置颠倒，则未免拗口。这种语词结构现象，可能说明关于女为阴、男为阳的文化与美学观念，首起于"重"女"轻"男的母系氏族社会。《周易》所传达的文化与美学意识无疑具有"父系"性格，却残留着远古"母系"文化的遗韵，并且直到如今，在中华民族的文化与美学心理中，仍然积淀着远古那种阴（女）为主、阳（男）为从的意识。这种民族的"集体无意识"，正可说明那种恋母、恋土情结的顽强性，从一个侧面，表现出我中华民族（主要是汉民族）对昔日所谓"阴文化"，亦即"女文化""母文化""土（地）文化"的留恋。

《周易》本文对大地、母亲之美一往情深。这首先表现在坤卦六二爻辞中，其辞云："六二，直方大，不习无不利。"关于这一爻辞的解说，易学界一向歧

---

① 《易传·象辞》，朱熹：《周易本义》，第41、56页。

义纷呈。唐人李鼎祚引荀爽之论云："大者阳也，二应五，五下动之则应阳，出直，布阳于四方。"又引干宝之说云："阴气在二，六月之时，自遁来也。阴出地上，佐阳成物，臣道也，妻道也。臣之事君，妻之事夫，义成者也。臣贵其直，义尚其方，地体其大，故曰'直方大'。士该九德，然后可以从王事；女躬四教，然后可以配君子。道成于我，而用之于彼，不方以仕，学为政；不方以嫁，学为妇，故曰'不习无不利'也"。①这是从爻位说对该爻辞作政治伦理学意义上的诠释。今人高亨另辟一说，"大字疑是衍文。直读为《诗·宛丘》：'值其鹭羽'之值，持也。方，并船也。习，熟练也。爻辞言：人操方舟渡河，因方舟不易倾复，虽不熟练于操舟之术，亦无不利"②。此说虽能自圆，只是与该卦的坤义无涉，故不取。以笔者之浅见，这一爻辞是对大地（土），从而也是对人间母亲的赞美。坤卦六爻皆为阴爻，坤为地为母。从爻位看，六二处于全卦下卦之中位，又是阴爻，故是中正之爻，最吉也最美。坤卦最为纯粹，六五虽处尊位，却是阳位，而未得正，四重阴而不中；三又不正，只有此爻得中正，所以称"直方大"。"直方大"正是大地（土）美之属性。

> "直"言其正也，"方"言其义也，君子主敬以直其内，守义以方其外，敬立而内直，义形而外方。③

而大地"不假营修而功自成，故，'不习'焉而'无不利'"④。这是说，大地宽厚柔顺肥沃，自然天成，无需人力营修而其美自生，用《易传》的话来说，是"地道光也"⑤，"坤至柔而动也刚，至静而德方。后得主而有常，含万物而化光。坤道其顺乎！承天而时行。"⑥这大意是说：大地极为柔美但随天时变动时却也有刚直的一面；极为峭然安静而柔丽博大的美德充盈于四方。与天相比，其恒常的

---

① 李鼎祚：《周易集解》，上海古籍出版社，1989，第23、24页。

② 高亨：《周易大传今注》，齐鲁书社，1979，第79页。

③ 朱熹：《周易本义》，第62页。

④ 孔颖达：《周易正义》，北京大学出版社，1999，第28页。

⑤ 黄寿祺、张善文：《周易译注》，上海古籍出版社，2007，第19页。

⑥ 同上书，第22页。

美德是顺随天行之后，大地含吐万物、普载万物，于是化出一片光华、满目灿烂，大地之美善的本质多么柔顺！美在承天时而运行。清代易学家陈梦雷亦云：

> 唯六二柔顺而中正，得坤道之纯者也。正则无私曲而内直，中则无偏党而外方。内直外方，其德自然盛大。不假修习，而自无不利也。不揉而直，不矩而方，不廓而大，故曰"不习"。不待学习，自然"直方大"，故曰，"无不利"。①

这是中肯的易解。根据《易传》坤阴为"地道也，妻道也，臣道也"②的观点，又，"天"之文化原型既然为"父"，那么这里"地"则相应地为"母"，是谓理所当然。中华古代一向有"地为母"③的文化与美学观念。地，"凡土之属皆从土。地，元气初分，轻清阳为天，重浊阴为地"④。地与天相对，地阴而天阳。土，"地之吐生万物者也"⑤，土者，吐也。《白虎通》云："土，吐含万物，土之为言吐也。""土"（吐）原是地的属性。"土"与"后"古时连用，是谓"后土"。"后"字在甲骨文中写作𠨱，从"后"字字形看，从女从子。所以王国维云："后字皆从女，或从母、从子，象产子之形。"⑥而"土"的派生词为"社""土"，在甲骨文中又写作𝝮，这是地乳的象形，也是"地为母"在文字学上的见证。社，从土从示，象征对土、地，也是对后土亦即地母的祭祀、崇拜，《礼记》云："冬至祭天曰郊，夏至祭地曰社。"⑦中华古代关于社稷、土地的观念是二位一体的，"社"也是祭土、祭地母之所，有如今日遗存于北京的社稷坛。据有关古籍记载，古时"社"为一方坛，这是应"地方"之故。方坛之上

① 陈梦雷：《周易浅述》一，第86—87页。
② 黄寿祺、张善文：《周易译注》，上海古籍出版社，2007，第23页。
③ 范晔：《后汉书·隗嚣传》，浙江古籍出版社，2000，第139页。
④ 许慎：《说文解字》，中华书局，1963，第286页。
⑤ 同上。
⑥ 王国维：《殷卜辞中所见先公先王续考》，《王国维遗书》第一册，上海古籍出版社，1983，第17页。
⑦ 孙希旦：《礼记集解·郊特牲》，中华书局，1989，第684页。

堆土起一石冢，或曰冢土，实为甲骨文"土"字的变形。地乳实际也是母乳的象形。所以《礼记》说："社，祭土而主阴气也。"①"社"的文化与美学意蕴耗于恋土，恋土亦即恋母。"社"的古体字又写作"𥙍"，从土从示从木，"社"字古音读为是shè，同"叶"，为树叶，以象征女阴。这揭示了上古祭社不仅堆土为冢，而且植树以象征生殖的古风。难怪后世建社必须植树，"社"别称"丛社"，祭社有桑林之祭、郊梅之祭、郊棠之祭的区别，然而要旨均在崇拜地母、女阴。"社"，又称"春社"，即所谓的"社会"，常在桑林中进行，是谓男女幽会。俞正燮云："聚社会饮，谓之社会。同社者，同会也。"②《周礼》又云："以仲春之月，会合男女。于是时也，奔者不禁。"③"社"不仅成为恋母、恋土之所，而且由于恋母、恋土，也成了人之繁衍生殖、阴阳和会的吉祥之地、美满之地。

这便是起于《周易》本文坤卦的恋土（母）情结，它与乾卦的崇天（父）意识相辅相成，建构起《周易》阴阳美学智慧的二元结构。乾坤就是阴阳，阴阳就是天地，天地就是父母。

> 乾坤者，阴阳之根本，万物之祖宗也。④

这正如王夫之所言，"乾坤并建"，构成了《周易》美学智慧非常鲜明的民族特色：它一方面是人的审美心灵充满了对"天"的虔诚与敬意，这是一种受父亲关怀与警励的美学精神；另一方面又脚踏实地、依偎在大地母亲温馨的怀抱，中华自古以来关于"大地母亲"的美学精神肇始于《周易》。从父母看天地，天地犹如父母，美与审美意识就在这二元框架中相推相荡，在对天地、父母的敬畏与爱恋之中往复回旋。"是以尊天而亲地也，故教民美报焉。"⑤

从这崇天（父）意识看，《周易》的阴阳美学智慧在一定程度上也体现了自

---

① 孙希旦：《礼记集解·郊特牲》，中华书局，1989，第684页。
② 俞正燮：《癸巳存稿》卷八，商务印书馆，1937，第243页。
③ 《周礼·地官》，陈戍国点校，岳麓书社，1989，第38页。
④ 《易纬·乾凿度》，萧洪恩今译今注，武汉大学出版社，2006，第35—36页。
⑤ 孙希旦：《礼记集解·郊特牲》，中华书局，1989，第686页。

身的哲学超越精神，它从"近取诸身"的崇父出发，走向了"远取诸物"的崇天境界。因为这"天"，已经不完全是属于自然科学范畴的天空、苍穹，而是有意志的、有灵性的、具美善的，它是一种笼罩于自然宇宙与社会人生万事万物、是人所无法抗拒的巨大精神力量，是中华古人对自然运行和社会人事的存在或发展至高无上的一种理性偶像，也是人间父亲的异化符号，然而这种超越又与真正宗教性的哲学超越不同。《周易》阴阳美学智慧中的"天"，并不是超越于世界之上的"上帝"，并不是彻底超验的，它只是属于世间域限的《周易》"天人合一"超越境界的构成因素之一，它不在出世间。

西方传统超越意识中的"上帝"至真至善至美，它是出世的唯一"造物主"，是个体"灵魂"归属的对象。

> 我们信独一上帝，全能的父，创造有形无形万物的主。我们信独一主耶稣基督，他为拯救我们世人而降临，成了肉身的人，受难，第三日复活，升天。将来必再降临，审判死人活人。我们也信圣灵。①

中华古代传统超越意识的精神性偶像，是"天"，也是与"天"绝对浑契的"大人"，它们是乾阳之气贯通于天人之际互对、互补的两极。《易传》云：

> 夫大人者，与天地合其德，与日月合其明，与四时合其序，与鬼神合其吉凶。先天而天弗违，后天而逢天时。②

"大人"自然是十全十美的，但它不是上帝，也并非耶稣基督。与这"大人"品格相关联的，是属于此岸时空范畴的"天地""日月"与"四时"，而不是彼岸世界。"大人"已经超越到"天"的程度，却由于这"天"基本上仍是经验之"天"，因而"大人"的精神境界并没有向宗教天国作彻底的飞升。"大人"不是"天国"的代表，因而就美学而言，这"大人"的乾阳之美，也就始

---

① ［美］穆尔：《基督教简史》，郭舜平等译，商务印书馆，1981，第85页。
② 《易传·文言》，《周易本义》，第53页。

终扎根在现实的大地上。"大人"虽"与鬼神合其吉凶",然而这"鬼神",还不是一个成熟意义上的宗教学范畴,而仅是中华古代的巫学范畴。巫术是宗教的文化前奏却不是成熟的宗教,这是为西方文化人类学所一再论证过的。在印度佛教入传中土之前,在中国也只有非常成熟的巫术以及隐含在巫术中的原始宗教意识,但还没有成熟的宗教。整个《周易》美学智慧,并非建构在民族宗教而是建构在巫术文化的基础上,因而,《周易》的"大人"观与"天"观,尽管与"鬼神"观念具有一般的意义联系,却并不能说明它已经受到了宗教精神真正严重的濡染与熏习。这里,"大人"精神之美的最高境界确实是高高在上的"天",然而这"天",包括后来宋明理学所尊崇的"天理",不过是现实人生在崇天同时又恋土基础上的投射与折光。如果说西方式的"上帝",就是个人"灵魂"以及现实人生之美善所狂热认同的对象,这是因为"上帝"及"天国"之美的观念性存在,为西方传统美学观念从世俗现实向上提升与拔高提供了一个拉力,那么《周易》阴阳美学智慧中的"大人"与"天",却更多地具有恋土的文化特性,它缺乏这样一种向上的拉动力量。

既崇天又恋土,既尊父又亲母,成为《周易》阴阳美学智慧的基本内核。"大人",亦即贤人、君子、帝王、父亲的代称,他既翘首向"天",同时又匍匐在地,这是只有中华古代才有的奇特文化现象与美学现象。在《周易》本文中,他以"飞龙"自比,追求的是"飞龙在天"的至美境界,却决不愿意走极端"飞"到"天外"去。这用《周易》本文的话来说,叫作"上九:亢龙有悔"[①]。这是凶,也是丑。因为在《周易》美学智慧的固有模式中,如果要使美突破"天",亦即"大人"(贤人、君子、帝王、父亲)的精神域限而呈现"亢"之极端,这是不可设想的。难怪儒家之传统诗教,提倡的是"温柔敦厚""平和"。中华古代艺术风格绚烂,难以一一述说,但缺乏一种西方艺术那样狂热的酒神精神,是人们所公认的吧。原来,这种美与艺术之"亢",由于它超越到中华古人所认同的"天"外去了,早在《周易》那里就被作为异端而否定。由此不难见出,这种原生的文化与美学意识具有多么深巨的影响。

所以应当说,对于此岸之"天"、此岸之"大人",《周易》是尊崇与礼赞

---

① 黄寿祺、张善文:《周易译注》,上海古籍出版社,2007,第3页。

的，对于彼岸之"天"、彼岸之上帝，却不是《周易》美学头脑所思考的对象。

"在中国文化里，现实的世界就是眼前的这个人的世界，个人得救的方式就是能够养活以及安置自己这个'身'，使得人不朽的方式也是用传宗接代来获得'身体化'的延续，或者，用'立德、立言、立功'的方式使自己在'后世'中获得'心'的不朽。"①

其实这何尝不是《周易》阴阳美学智慧的特点之一。它从人"生"出发，进而升华到人生境界，是从"人身"到"人生"，却不愿向人生之外的彼岸超拔。《周易》阴阳美学智慧具有鲜明的回归于现实大地的精神。用《易传》的话来说，这叫作：

安土敦乎仁，故能爱，范围天地之化而不过。②

"安土"，朱熹释为"随寓而安"，其实通于"恋土"。"敦乎仁"，朱熹又释为"不失其天地生物之心也"③。"仁"者，从人从二，这"二人"，首先指生我养我的父母，"仁"是对父母而言的。所以孟子说："仁之实，事亲是也。"④以父母就是天地，对父母、天地的"爱"即"事亲"之"仁"。"爱"必关涉美。这美虽则化成天下，却被天地、父母所"范围"而不可逾越。这是《周易》阴阳美学智慧的基本精神之一。它在天、父的俯视下，也在地、母的襁褓之中。它是尤其富于人情味的。它的恋土（母）情结表现在后世中华美学与艺术中，使美与艺术特别具有亲地的倾向。比如就文学而言，不少诗作的取材与主题往往体现出恋上、恋母的强烈诗情。《击壤歌》："日出而作，日入而息。凿井而饮，耕田而食。帝力于我何有哉。"《伊耆氏猎辞》："土反其宅，水归其壑，昆虫毋作，草木归其泽。"《弹歌》："断竹，续竹，飞土，逐宍。"《禳田者祝》："瓯篓满篝，污邪满车。五谷蕃熟，穰穰满家。"以上所引，可以说是中华古

---

① 孙隆基：《中国文化的深层结构》，华岳文艺出版社，1988，第475—476页。

② 《易传·系辞上》，朱熹：《周易本义》，第292、293页。

③ 黎靖德编：《朱子语类》第五册，中华书局，1994，第1735页。

④ 《孟子·离娄下》，何晓明、周春健注，河南大学出版社，2008，第175页。

代诗坛上初起的田园诗，其节奏，其韵律，充满了对大地的淳朴恋情。由于恋土、恋母，又激发出感人至深的故乡诗情。《大风歌》："大风起兮云飞扬。威加海内兮归故乡。安得猛士兮守四方。"《古诗一首》："步出城东门，遥望江南路。前日风雪中，故人从此去。我欲渡河水，河水深无梁。愿为双黄鹄，高飞还故乡。"《颢东西门行》："鸿雁出塞北，乃在无人乡。""田中有转蓬，随风远飞扬。长与故根绝，万岁不相当。""冉冉老将至，何时返故乡？""狐死归首丘，故乡安可忘？"《别诗》："朝云浮四海，日暮归故山。行役怀旧土，悲思不能言。悠悠涉千里，未知何时旋。"《杂诗》："朔风动秋草，边马有归心。""人情怀旧乡，客鸟思故林。"这些都是随意从《古诗源》（清人沈德潜选）中检索到的恋土、思乡之作，处处透露出对大地母亲、故里家园的殷殷眷恋情怀。这样的诗作在作为中华古代诗歌顶峰的唐代诗歌中更是多见。如大家所熟知的贺知章的名篇《回乡偶书》："少小离家老大回，乡音无改鬓毛衰。儿童相见不相识，笑问客从何处来。"诗中传达出浓烈而愉悦的乡土之情，此情是专一而永恒的，虽时过境迁而"乡音无改"、矢志不渝。王维《杂诗》："君自故乡来，应知故乡事。来日绮窗前，寒梅着花未？"诗中末句这轻轻一问，非常自然地表现出诗人对故土梦牵魂萦的恋情。李白《静夜思》："床前明月光，疑是地上霜。举头望明月，低头思故乡。"这一名作，其乡恋之浓在此无须赘述。崔颢《长干曲》："君家何处住？妾住在横塘。停舟暂借问，或恐是同乡。"因为"或恐是同乡"，虽则陌路相逢，立即感情相通，这是中国人才有的"人情"。而孟郊《游子吟》云："慈母手中线，游子身上衣。临行密密缝，意恐迟迟归。谁言寸草心，报得三春晖？"这首诗对慈母与故乡之恋的意象是重叠的。

由于恋土、恋母，同样激发出对故国的热爱，且不说苏武持节、昭君幽怨，在他们本人留存下来的诗作中得到了淋漓尽致的表现，在屈原、辛弃疾、文天祥以及岳飞的诗篇中也表现得情深意切。

总之，大地母亲生我、养我，人生于斯、长于斯、老于斯，故土难离，叶落归根，家国不容侵犯，这是中华民族尤其是汉民族最美好的传统民族感情和美学心态。这种感情和心态的文化美学原型，是《周易》坤卦的恋土（母）情结。这种美的苦恋，是《周易》阴阳美学智慧的重要构成部分。《周易》坤卦为中华传统的阴阳美学智慧建构起大地般博大、含蓄、深沉的美学胸怀。《易传》

云，坤阴"德合无疆""行地无疆""应地无疆"①。这渗融着伦理观念的关于大地的审美意识，是东方古代农业文化的产物，土地是农业的命根与母体。难怪如中华古代建筑文化一直盛行土葬艺术。既然人子生养于大地坦荡的胸怀，死后掩埋于土，这是对"母体"虔诚的回归。中华上古还曾经盛行过残酷的"人殉"和"牲殉"，这在殷墟墓葬艺术中比比皆是。如殷墟第三期建筑艺术遗址，"有一个'奠基墓'，埋小孩1；有'置础墓'9，埋人1，牛33，羊101，狗78。""乙七基址，埋人1，牛10，羊6，狗20，七个'安门墓'埋人18，狗2。"②夯土台基的建造，"经常用人'奠基'。一般是在台基上挖一个长方形竖穴，把人用席子卷好，填入穴内，再行夯实"③。这在《诗经》和《史记》中也有记载，秦穆公死而建陵，殉葬者凡一百七十七人，其中包括奄息、仲行与缄虎子等三大贤人④。而近年所发掘的西安秦公大墓，虽然其建造年代晚于穆公墓，但殉人竟达一百八十二。原来这"人殉""牲殉"也是一种艺术，除了表现残酷的伦理观念，还在于表达人对大地母亲执着的亲恋，此乃"以血祭祭社稷"⑤也。

同时，《周易》坤阴的恋土、亲地观念不仅受制于崇天（父）意识，而且反作用于乾阳之美，仿佛坤阴有一种磁力，它吸引人的文化与审美目光注视并且安附于人间大地，而难作形而上的宗教灵动与飞越。这在诸多文学作品中也有表现。中国文学史上，屈子的《离骚》是公认的中华古代的浪漫主义杰作，它想象奇特，极度夸张，艺术视野十分开阔，意象恢弘，真乃"心飞扬兮浩荡"（《九歌·河伯》），诗人上下求索："饮余马于咸池兮，总余辔乎扶桑，折若木以拂日兮，聊逍遥以相羊"（《离骚》），然而其深深依恋的，决不是尘世之外的天池、天国，而是"长太息以掩涕兮，哀民生之多艰"（同前）。虽然在艺术表现手法上采神话传说中的"天"象入诗，但其审美视角却在民生大地、"内崇楚国之美"。晋陶渊明作桃花源、乌托邦之奇想，有避世、出世之构思，但没

① 《易传·象辞》，朱熹：《周易本义》，第56、57页。

② 邹衡：《夏商周考古学论文集》，文物出版社，1980，第79—80页。

③ 中国社会科学院考古研究所编：《新中国的考古发现和研究》，文物出版社，1984，第225页。

④ 按：《诗·黄鸟》："彼苍者天，歼我良人！如可赎兮，人百其身。""良人"，即指奄息、仲行、缄虎子三大贤人。

⑤ 《周礼·大宗伯》，陈戍国点校，岳麓书社，1989，第53页。

有上升到宗教的天国境界。诗人所构想的至美至乐境界，不过是老子"小国寡民"与"大同"世界的一个地上乐园："土地平旷，屋舍俨然，有良田、美池、桑竹之属，阡陌交通，鸡犬相闻，其中往来种作，男女衣著，悉如外人，黄发垂髫，并怡然自乐。"注者曰："纯然古风。"（《桃花源记》）在唐诗中，李白诗歌的艺术想象力当为数一数二，"故人西辞黄鹤楼，烟花三月下扬州。孤帆远影碧空尽，唯见长江天际流"（《黄鹤楼送孟浩然之广陵》）。别以为这里写到了"碧空"与"天际"，就不是一种表达与恋土相联系的诗情，其实诗人极目的只是远处的地平线。"日照香炉生紫烟，遥看瀑布挂前川。飞流直下三千尺，疑是银河落九天。"（《望庐山瀑布》）想到了"银河"世界，却最终还是落实到地上来。李商隐的一首《嫦娥》这样写道："云母屏风烛影深，长河渐落晓星沉。嫦娥应悔偷灵药，碧海青天夜夜心。"连月中嫦娥也后悔当初不该偷盗灵药、犯下天条，被罚在天上独守清孤，那么这样的"天"，还值得谁去向往、企盼吗？难怪民间传说、戏曲中的七仙女思凡、下凡，要那般执着地来下嫁董郎，而孙猴子也不愿在天上做他的"弼马温"，图的是在水帘洞活得自由自在。住在地上的水帘洞又自封"齐天大圣"，可见不是天统地，而是地统天。孙悟空确实跟随唐僧到西天去取过经，终于还是回到了"东土。"

这一切文学艺术恋土（母）观念的展现，都由《周易》坤卦对坤阴的美的留恋作了它们文化学与美学上的原型。世人读易、究易，指出《周易》如何崇阳、崇天、崇父，这自然不错，然而以笔者浅见，恋母、恋土、恋阴也是易理及其美学智慧的深层结构之一。从传统儒学观点看《周易》美学智慧，其智慧具有一个显在的父-母、天-地、阳-阴结构，以父、天、阳为主；从另一文化角度看《周易》美学智慧，则无疑具有另一隐在的母-父、地-天、阴-阳结构，以母、地、阴为主。这两个结构互逆互顺、互对互应，构成了《周易》阴阳美学智慧的美妙意蕴。

第三节　阳刚、阴柔与刚柔相济

阳刚、阴柔这一对美学范畴及其观念，实际是由《易传》所提出的。阳刚与壮美相对，阴柔与优美相对，后代称阳刚之美与阴柔之美。这一对美学范畴的提出，在中华古代美学分类学上具有重要贡献。尽管阳刚、阴柔的美学观念直接肇始于阴阳观念，尽管根据前述"数图形卦"思想，这阴阳观念并非《周易》本经所固有，尽管阳刚、阴柔的美学智慧，一般认为是战国时期才有的、比较后起的思想，它比《周易》本经的问世起码要晚五六个世纪，然而，既然阳刚、阴柔美学观的形成，是一个漫长的历史过程，那么我们为什么不应去注意在其形成过程中的前期现象呢？

笔者在前文已经多次说过，当中华先民的原始巫术观念开始建构，在意识朦胧之中"吉""凶"两大原生文化观念的滋生，则意味着中华先民开始意识到，他们所面对的混沌世界是可分的。漫长的实践活动与思索，使人慢慢领悟到，原来这错综复杂、一团乱麻似的自然宇宙与社会人生，都普遍存在着两相对应的关系"场"，而不仅仅是巫术的吉与凶。实践范围的扩大与深入，必然导致人类思维的敏明与文化眼界的开拓，也许受到巫术吉凶观念的戟刺，人们注意并且理解到，宇宙与人生之际的天地、雷风、水火、山泽以及男女、生死、寒暑、昼夜、大小、动静、刚柔等等都呈现出二元态势，于是便将原指日光向背的阴阳观念哲理化与普泛化，建构起具有朴素辩证观的原始哲学阴阳论。这种哲学的启蒙同时是对美学的呼唤。

在《周易》本经中，"一""--"这两个抽象符号是数的图形，前者指奇数，后者为偶数。乾坤等六十四卦也是数的象征，它们用于巫术占筮，共同构成了筮符"宇宙"。发展到《易传》，同样是这些卦爻符号，已经在原有巫术占筮意义的基础上，生发出哲学、美学、伦理学等多种文化意蕴，同时残留着一定的巫术文化因子。现在很难确知什么时候人们将那两个基础爻符称作阴爻、阳爻，也许是在一个相当长时期内《易传》作者解易的创造吧。一旦有意识地将爻符与阴阳观念相对接，由于这爻符本身已经具备了数之抽象的文化秉性，便自然促成了阴阳这对范畴，从原指日光向背较为具体的意义向形而上的哲学与美学智慧的高度升华，阴阳成为男女、父母、天地、刚柔、动静、生死等一切事物二元的哲学与美学"共名"。

由于在整个自然宇宙中，天地、日月、四时等同然现象的变演与人的生命及生活关系尤为密切，由于男女性别关系到氏族、民族的繁衍生存，是当时社会存在与发展的头等大事，因而在《易传》作者将爻符与阴阳观念的对接中，必然首先会将阴爻、阳爻认作男女、天地的象征，并且从人的生殖现象中概括出阳刚、阴柔这一对非常纯粹的美学范畴。目前我国美学界同仁论述阳刚、阴柔，一般注意到了阴阳与柔刚之间的对应，却忽略了阳刚、阴柔美学观念与整部《周易》生命美学智慧之间的内在联系。其实，虽然阳刚、阴柔观的文化基因即阴阳观，原始启动于远古的巫术吉凶观、《周易》巫术占筮中数的智慧和关于日光向背的天文地理观，然而，关于刚柔的美学意识，却是《易传》从人的生殖现象中概括、提炼出来的智慧。

在《易传》中，男阳而女阴、男刚而女柔的观念，首先不是指关于男女、父母、天地、日月、四时等的心理、伦理、美理、天理等意义特征，而是属于性生理学上的概念。所谓阳刚、阴柔，首先是在性生理学意义上，指两性即乾元、坤元的不同性状，同时在此基础上发挥为美学智慧。

《易传》结合阴阳论刚柔之处甚多。首先我们应当注意这一论述：

乾，阳物也；坤，阴物也。阴阳合德而刚柔有体。[1]

这里的"阳物""阴物"，是指既为乾元又为坤元的人的生殖、生命"精气"，"阴阳合德"就是《易传》所谓的"男女构精"。这里的"德"，通"得"，"阴阳合德"即"阴阳合得"，指男女性的交感。而刚、柔则指交感时的两种性状。所以阳刚、阴柔原指人之生命的原始，这种生命原始在《易传》看来是美。从人的生命现象之阴阳、刚柔生发开去，建构起关于阳刚之美、阴柔之美的美学智慧，先"近取诸身"，再"远取诸物"，将自然宇宙与社会人生的一切美归纳为壮美（阳刚）和优美（阴柔）两大类。

大哉乾元！刚健中正，纯粹精也。[2]
坤至柔而动也刚，至静而德方。[3]

① 黄寿祺、张善文:《周易译注》，上海古籍出版社，2007，第412页。
② 同上书，第4页。
③ 同上书，第22页。

这里分别指天的阳刚之美与地的阴柔之美，是将自然美分作两大类，而且将刚柔与动静相联系。以天与地相对应，天动而地静，天刚而地柔。然则阳刚与阴柔这一对范畴的意义是相对的，我们不能将其理解得太死、太生硬，需圆融一点才是。以天与地对，前者阳刚、后者阴柔。而就地而言，静则为阴柔，动则为阳刚。其余万物万事，均可作如是观。其实不仅刚、柔，而且阴、阳这两个范畴也是相对的，以天与地相对应，是天阳地阴。而就天本身而言，又自有其阴阳，这正如《易传》所言："是以立天之道曰阴与阳，立地之道曰柔与刚。"这是富于辩证法的。

阳刚、阴柔这一对美学范畴，也对社会美作出规范，将其分为两大类。在《易传》看来，社会美是与政治伦理观念纠结在一起的，"天尊地卑，乾坤定矣"，而"乾道成男，坤道成女"，[1]从纯粹美学的角度看，乾男的阳刚之美与坤女的阴柔之美彼此无分高下；从社会政治伦理角度看，则属天的阳刚之美为尊而属地的阴柔之美为卑，这里的美是有等级的。男女、父母、父子、夫妻、母子、君臣等等，以前者为阳刚，后者为阴柔。而就男或女、君或臣等自身所作所为而言，又有阳刚、阴柔之别，所以《易传》说，"君子"应当"知微知彰，知柔知刚"，才不负"万夫之望"[2]。

阳刚之美与阴柔之美不是孤立存在与发展的，它们相摩相荡，在一定条件下相互转换。

> 是故刚柔相摩，八卦相荡。[3]
> 刚柔相推而生变化。[4]

八卦指天地雷风水火山泽，以天雷火山为阳刚、地风水泽为阴柔，推之于人伦，则父与长男、中男、少男为阳刚，母与长女、中女、少女为阴柔。然而只要具备一定条件，这种阳刚之美与阴柔之美是可以转化的。如果从地球（大

---

① 黄寿祺、张善文：《周易译注》，上海古籍出版社，2007，第374页。
② 同上书，第409页。
③ 同上书，第374页。
④ 同上书，第376页。

地）看天穹（包括天穹中的诸多星体），是天阳刚地阴柔；假设有朝一日人类登上宇宙中的另一星球，从那星球看宇宙，那么本是作为"地"的地球就上升为"天"，作为"天"的那一星球就降格为"地"，由于立足点和视角的不同，岂不是原先所谓的"天"（人类登上的那一星球）为阴柔、原先所谓的"地"（地球）为阳刚么？在夫妻、父母、父子关系中，以夫、父为阳刚，以妻、母、子为阴柔，然而就母子关系而言，则母为阳刚，子为阴柔，这是指子幼小之时；而一旦子长大成人，则又子为阳刚，母为阴柔了。

《周易》阳刚、阴柔美学智慧的真正意义，是对于艺术美基本品类的规定与开拓，从而给予艺术美的创作与接受以巨大影响，成为中华艺术美学的一对独具民族文化智慧内蕴的美学范畴。如果说，《易传》关于阳刚之美与阴柔之美的美学观念主要是就自然美与社会美而言的话，那么，大致到了魏晋及之后，这一对美学范畴就日益为艺术家、文学家所认可，成为分析艺术美现象的一对基本范畴。正因为阳刚、阴柔首先是指自然美、社会美的两种基本类型和风格，所以，当进而用以规范艺术美时，就显得更为深刻、贴切，因为艺术美是自然美和社会美的能动反映，是在自然美与社会美基础上的艺术创造。美是人的本质力量的对象化，在对象化过程中包含着具象兼抽象因素，而对于阳刚之美与阴柔之美而言，那种被对象化了的人的本质，尤其与人的生命（生殖）力量相联系，所以这两种艺术美的基本类型与风格，实际是经过哲理化与审美化过程人的生命力量与意蕴在艺术与艺术观念中的表现。人的生命分阴分阳、分柔分刚，艺术美也就具有刚性美与柔性美这两种基本品类与风貌，艺术的壮美与优美成为从人"生"到人生、扩而至于自然宇宙（天阳地阴）的象征。而依《易传》所见，"精气为物，游魂为变"[1]，天地万殊，其底蕴无非一"气"而已。就自然而言，"成天地者，气也"[2]。"虽有万形，冲气一焉。"[3]就社会而言，亦则"气"贯其际，比如在社会道德领域，"我知言，我善养吾浩然之气。……其为气也，至大至刚，以直养而无害，则塞于天地之间。其为气也，配义与道；无

---

① 黄寿祺、张善文：《周易译注》，上海古籍出版社，2007，第379页。

② 杨泉：《物理论》，翟江月等点校，山东人民出版社，2018，第97页。

③ 王弼：《老子道德经注》，《王弼集校释》，上册，第117页。

是，馁也"①。这指的是社会人生的精神气候，实际上指的是道德精神性气质。这"气"，与道德之"心""志"相浑契。"不得于心，勿求于气，可；不得于言，勿求于心，不可。夫志，气之帅也；气，体之充也。夫志罕焉，气次焉；故曰："持其志，无暴其气。"②虽"气"与"心""志"相契，但后者为前者之帅，后者却是前者的道德精神性衍化。就人而言，人是社会文化的动物，又是自然与社会的中介，人是自然与社会的"明灯"与"火炬"，是人的存在，划出了自然与社会。人是宇宙的精华，万物的灵长。荀子云："水火有气而无生，草木有生而无知，禽兽有知而无义，人有气有生有知亦且有义，故最为天下贵也。"③引伸一句，人有气有生有知有义而且有美，人之美是统摄自然与社会万物的原生之美、原型之美。因为人之"生气"是冠表万美的。气轻扬者为天、重浊者为地，粗者为物、精者为人。人既属于自然，又属于社会，是"气"之精华。而艺术美是人性、人格的象征，是人心情感的审美流溢，所以艺术美是"气"之精华的精华。而气分阴阳、人分阴阳，遂成阳刚、阴柔之美。生命的底蕴是气，人生与人格的底蕴也是气，气是人的本质力量，气也是阳刚、阴柔之美的底蕴。阳刚、阴柔的自然哲学基础是人的生命之"气"，这一对美学范畴受到人生道德的濡染，而在艺术领域光灼千秋，这光华是由《周易》"点燃"的。

在中华古代文学艺术史上，具有阳刚与阴柔风格的作品迭相竞美。以灿烂的殷周青铜艺术为例，殷二里岗期的兽面乳钉纹方鼎、兽面纹鼎、兽面纹壶和兽面纹斝；殷墟中期的夔纹扁足鼎、殷文丁时代的司母戊方鼎、殷墟早期的龙虎尊；西周成王时期的何尊及铭文以及春秋晚期的牺尊等艺术造型，一般具有狞厉的阳刚之美。相比之下，商粗、战国时期的矢镞、殷墟中期的黄瓿、春秋早期的齐侯匜及鱼龙纹盘、春秋晚期的莲鹤方壶、战国中期的错金银龙凤方案以及西汉早期的长信宫灯等④，一般具有娟好的阴柔之美。以雕塑艺术为例，富于阳刚之气的，可以仰韶文化期的人像陶塑、殷代的虎食人卣、秦始皇墓的武士俑、汉代霍去病墓前的"马踏匈奴"石雕、荆轲刺秦王

① 《孟子·公孙丑上》，何晓明、周春健注，河南大学出版社，2008，第127页。
② 同上。
③ 《荀子·王制》，方勇、李波译注，中华书局，2011，第127页。
④ 参见马承源：《中国古代青铜器》，上海人民出版社，1982。

画像石、北魏云岗"露天大佛"、唐代乾陵的坐狮石塑、唐代四川的"乐山大佛"、唐代的木雕迦叶头像与元代浙江杭州灵隐寺飞来峰大肚弥勒像等为代表，其艺术造型趋于巨硕，线条粗犷有力；而比如出现于战国燕乐画像的浅刻艺术品，西汉的彩绘木俑，东汉的牛郎织女刻石、朱雀浮雕、敦煌的飞天女伎及思惟菩萨，隋代的的陶塑女俑以及历代常见的观音像和微雕艺术等，都富于阴柔之美。以绘画为例，倘以"吴带当风"为阳刚之美的一种典型风格，其艺术形象疏放自如，风神飘举，那么相对而言，则"曹衣出水"具有阴柔之美蕴。曹仲达的画风受印度犍陀罗艺术影响，状人体如从水中乍出、湿衣沾体，给人以紧窄、内敛的精神气质的美感。而吴道子的地狱变虽以佛教所谓的阴间地狱情状为题材，用笔恰如"挟风雨雷电之势，具神工鬼斧之奇，语其坚则千夫不易，论其锐则七札可穿"①。假如与《韩熙载夜宴图》相比，其阳刚以至于狰怖的风格是很明显的。王维的《袁安卧雪图》"有雪中芭蕉，此乃得心应手，意到便成"②。正如其诗的意境风格一样，禅味澹泊，阴柔之气妍美流便。元"四大家"有以赵孟頫（松雪）为首者，正如其书法艺术大有阴柔逸韵之美那样，徐复观认为，赵画"得力于一个'清'字；由心灵之清，而把握到自然世界的清，这便形成他作品之清；清便远。所以他的作品，可以用清远两字加以概括"③。而李思训崇尚风骨奇峭，挥扫躁硬之美，笔格遒劲，有阳刚之气。张彦远说，李画"笔格遒劲，湍瀬潺缓，云霞缥缈"④。近例又如徐悲鸿的《奔马》、齐白石的《虾》，前为阳刚、后则阴柔。以书法艺术论，刘熙载所论可谓精当。

　　　　书要兼备阴阳二气。大凡沉着屈郁，阴也；奇拔豪达，阳也。⑤
　　　　书，阴阳刚柔不可偏陂，大抵以合于《虞书》九德为尚。⑥

① 沈宗骞：《芥舟学画编》，李安源、刘秋兰注释，山东画报出版社，2013，第19页。
② 沈括：《梦溪笔谈》卷十七，岳麓书社，1998，第135页。
③ 徐复观：《中国艺术精神》，春风文艺出版社，1987，第383—384页。
④ 张彦远：《历代名画记》卷九，俞剑华注释，人民美术出版社，1963，第180页。
⑤ 金学智：《书概评注》，上海书画出版社，1990，第232页。
⑥ 同上书，第244—245页。

高韵深情，坚质浩气，缺一不可以为书。[①]

这是从阳刚、阴柔相辅相成的高格调上来论书艺，对于具体书家的作品美学基调来说，则往往偏胜于阳刚或阴柔。如果说唐代颜体恢宏博大、健壮有力，创阳刚高格，那么同具骨力的欧阳询的书体，其坚韧峻峭，相对而言又可归于阴柔一类；如果说张旭的狂草多阳刚之气，那么孙过庭的草书"用笔破而愈完，纷而愈治，飘逸愈沉著，婀娜愈刚健"[②]，似可以"刚柔相济"论之，但与张书相比，则又以阴柔取胜。以建筑艺术言，中华古代的宫殿建筑艺术风格，一般以雄浑、高大、巨硕、色彩强烈见长，有如秦之阿房宫、汉之麟德殿、唐之长安宫城、明清北京故宫，阳刚之气十足；而一般民居以开间趋于小型、色彩淡雅、空间封闭含蓄为基本美学特征，有如明清北京四合院、江南民居等有阴柔之美。即使是同一个建筑物单体或建筑群，也有阳刚、阴柔之美的比较。就以北京故宫论，总体上有阳刚之美，而以三大殿与左右配殿相比，则前为阳刚，后为阴柔，以三大殿与御花园比较，又前为阳刚，后为阴柔。说到中华古代的园林艺术，它与建筑艺术相比，则无疑前为阴柔，后为阳刚。中华园林艺术是世界三大园林艺术流派之一，其优美风韵为世人瞩目。园艺曲线丰富，尤忌平直；以含蓄称佳，特恶直露；有亭翼然，小桥卧波；山石峥嵘、曲径通幽；洞门掩映、云墙徘徊，是典型的东方园艺的阴柔之美。然而，以古代皇家林苑与文人园、北方园林与南地园林相比，则又有阳刚、阴柔之别。比如南北两曲园林，就有"北雄南秀"之称，而世称古代扬州园林艺术风格，则集"北雄南秀"于一地。

可以说，所有中华古代艺术的美学品类，均可以阳刚、阴柔称之，它们都是阴阳、刚柔易理的审美形象化。这一易理的美学概括力是很强的。再就文学而言，其艺术美学风格千姿百态，其基本分类仍是阳刚与阴柔，它们首先指不同个人的艺术风神，曹操《观沧海》："秋风萧瑟，洪波涌起""老骥伏枥，志在千里"的咏叹，苍郁雄浑，发阳刚之声，这不同于陶潜"采菊东篱下，悠然

---

① 金学智：《书概评注》，上海书画出版社，1990，第232页。

② 同上书，第162页。

见南山"式的吟唱，其闲适、静穆，人在田园而心寄之，有阴柔之气。辛稼轩的"左牵黄，右擎苍，千骑卷平岗""马作的卢飞快，弓如霹雳弦惊""金戈铁马，气吞万里如虎"的沙场呐喊，写尽"上马击狂胡，下马草军书"式的英雄气概，可与苏东坡"大江东去，浪淘尽，千古风流人物；乱石穿空，惊涛拍岸，卷起千堆雪"的豪迈高歌相比美，而李清照的"寻寻觅觅、冷冷清清、凄凄惨惨戚戚""帘卷西风，人比黄花瘦"、柳永的"执手相看泪眼，竟无语凝噎"等内心独白和缠绵悱恻，可谓柔情万踵。当然，同一作家、诗人的艺术美学风格不是单一的，又有一种主导风格。虽然比如陶渊明有"刑天舞干戚，猛志固常在"的"金刚怒目式"，总体上仍不失为田园旨趣，"晨兴理荒秽，带月荷锄归""结庐在人境，而无车马喧，问君何能尔，心远地自偏"。辛弃疾词以廉颇自比，其词充满了铿锵音调，以豪放、阳刚惊绝于世，这是其主导风格，却也有"大儿锄豆溪东，中儿正织鸡笼。最喜小儿无赖，溪头卧剥莲蓬"的田家乐和低吟小唱。李清照词以阴柔名闻词坛，偶尔也写得英风万里，慷慨多气："生当作人杰，死亦为鬼雄。至今思项羽，不肯过江东。"这一切都说明，艺术、文学的阳刚、阴柔美之间具有不能绝然分拆的"血缘"联系。

文学、艺术的阳刚之美与阴柔之美也是时代的产物，其演变、转换多随时代推移。比如汉代、唐代艺术，总体上尺度巨大、视野开阔，崇尚力量和刚度；自宋开始，艺术渐趋小型化、细腻化、糯化与女性化，比如佛教造像手法细腻、流丽、光滑，再也没有"乐山大佛"那样的恢宏气度了，书法上也不会有第二个颜真卿。宋代设画院，画风追求工笔，绘花鸟尺度变小，在细节上刻意推敲，所谓"孔雀升高必举左"。诸如马远、夏珪的南宋文人画小品，常以归牧、独钓、琴趣、暝泊之类为题材、为寄托，即以唐代诗歌为例，初唐、盛唐、中唐与晚唐诗的格调也不相同。初唐"四杰"之一的陈子昂唱道："前不见古人，后不见来者，念天地之悠悠，独怆然而泣下。"其诗之意境主题所表达的，犹如少年英气却涉世未深，誓与过去作彻底决裂，又一时不知未来究竟怎样，于是不免酿成少年般的孤独与痛苦，这诗境阳刚之气勃发、在内心酝酿冲突，未蔚为大观却预示着前路无量，是时代精神的真实映照。盛唐诗以李白为代表，豪放、飘逸、恣肆，无拘无束，自由自在，其诗阳刚之美洋溢，快悦明丽，天才极致，"盛唐之音"也。中唐诗由于安史之乱的戟刺而呈现凝重、沉雄、顿挫的阳刚风格，可以杜甫后期诗作为代表，其"三吏""三别"气势磅礴悲郁却有音律节奏严格工整之特色，再也不是李白那样的风流潇洒却思虑深沉，虽属阳刚之美却已在向阴柔暗转。所以诗到晚唐，便有李贺的想象奇特，诗才超拔，不同凡响而"阴"风四起，这是时代的阴盛阳衰和痛苦在诗之美学心灵中的折射。而发展到李商隐，则吟出了一种典型的"阴柔"心境："相见时难别亦难，东风无力百花残。春蚕到死丝方尽，蜡炬成灰泪始干。"杜牧也唱道："停车坐爱枫林晚，霜叶红于二月花。"有一种日暮黄昏与秋期之叹。胡应麟说："盛唐句如海日生残夜，江春入旧年；中唐句如风兼残雪起，河带断冰流；晚唐句如鸡声茅店月，人迹板桥霜，皆形容景物，妙绝千古，而盛、中、晚界限斩然。"①。

也可以由实际上为《周易》所开创的艺术美的阳刚、阴柔观去看待不同哲学、美学思想影响下的艺术。中国古代美学的发展流变的基本框架，是儒、道、释及三派的冲突融合，其他流派的哲学、美学思想固然对中国古代美学的总体智慧有影响，却是有限的，倘以阳刚、阴柔看儒、道、释三家及其艺术，则儒阳刚道阴柔、道阳刚释阴柔、儒阳刚释阴柔而道是儒释之间的中介。《周易》本经的巫学智慧是儒道之源；《易传》是崇儒恋道亦即崇阳刚恋阴柔的，当然，其间还掺和着阴阳五行学说。《易传》崇阳崇刚已如前述，比如大畜卦云"刚健、笃实、辉光，日新其德"②，大壮卦也充分肯定自然宇宙、社会人生与艺术（比如此卦所象征的建筑艺术）的"大壮"之美即壮美，除了前文一再提及的乾卦，整部《周易》的崇阳崇刚之旨是明显的，这确实显示了儒学的精神气质。同样，《易传》又是恋阴恋柔的。关于坤卦，我们在前文曾作过许多分析，它在《周易》阴阳美学智慧结构中，一方面显示了儒学在崇天（父）的同时，具有恋土（母）的另一层面；另一方面又与道学精神暗合，老子云："谷神不死，是谓玄牝。玄牝之门，是谓天地根。"③"玄牝"是母体，道学精神在于"守雌"、阴柔、虚静。通之于艺术，比如文人山水、园林小筑，尤具道学的阴柔之美蕴。郭熙画论有"三远"之说，谓："山有三远。自山下而仰山颠，谓之高远；自山前而

① 胡应麟：《诗薮》，上海古籍出版社，1958，第59页。
② 黄寿祺、张善文：《周易译注》，上海古籍出版社，2007，第154页。
③ 王弼：《老子道德经注》，楼宇烈：《王弼集校释》，上册，中华书局，1980，第16页。

窥山后，谓之深远。自近山而望远山，谓之平远。"① "远"是文人山水的一种艺术意境，是山水形质的延伸，艺术想象的拓展，从有限向无限的"无"境"远"去，这乃是与宇宙相通相感的一片化机。"远"就是"无"，"无"是魏晋玄学的基本精神，而这"无"，实际是玄学鼻祖王弼熔裁易老渗以佛理所创造的一个哲学与美学基本范畴，它是易之阴柔（包括儒的恋土恋母恋阴）、道之守雌和佛之空幻所熔铸的思想精神"混血儿"。比较起来，受佛学精神所濡染的文学艺术及审美理想是重阴柔之美的，它与庄学结合，开拓了中华古代的艺术意境观。如唐代是中华佛学的鼎盛时代，它也意味与老庄之学相融洽的中华佛学对艺术领域的普遍深入，唐代意境说的成熟，说明了庄禅阴柔之美观念意绪对文学艺术的熏习。笔者在本书前文论《周易》意象美学智慧时已经谈到，意境说是从意象说发展而来的，一般而言，意象具阳刚之气而意境多阴柔之美，如何缘故？因为意境构成，则更多地到庄禅阴柔之质的影响。唐及以后，中华古代的文坛、艺坛多以澹泊、平淡、婉约、优丽、圆融之审美理想相倡导，比如唐司空图分诗格为二十四品，以"冲淡"为高格；宋人黄休复提倡"逸格"；欧阳修云"萧条淡泊，此难画之意"②；严羽要求诗有别趣，"羚羊挂角，无迹可求""大抵禅道惟在妙悟，诗道亦在妙悟"③等，都可看作是文学艺术对庄禅阴柔之美论的消解、融契。这大大不同于魏晋南北朝时代刘勰所标举的"风骨"说。

要之，阳刚之美，动美也，神健、骨拙、质刚、味浓、气盛、象巨；阴柔之美，静美也，神清、骨秀、质柔、味淡、韵适、境灵。它们分别是生命以及生命力体现在自然美、社会美与艺术美中的健康品格。

而中华古代关于阳刚、阴柔之美的最高审美理想是刚柔相济。《易传》云："一阴一阳之谓道。"此"道"的健全状态就是"阴阳合德"、刚柔相济，《易传》将此比喻为人之"相求相爱"："阴遇阳则相求相爱。阳遇阳、阴遇阴，则相敌相恶，爱则吉，恶则凶。"④这里再引申一句——爱则美，恶则丑。在《周

① 郭熙：《林泉高致》，郭思编，山东画报出版社，2010，第51页。

② 欧阳修：《欧阳修全集·试笔·鉴画》，张春林编，中国文史出版社，1999，第917页。

③ 陈超敏：《沧浪诗话评注》，生活·读书·新知三联书店，2013，第6页。

④ 黄寿祺、张善文：《周易译注》，上海古籍出版社，2007，第381页。

易》看来，刚性美和柔性美并不是绝对的，犹如"阳卦多阴，阴卦多阳"①，即使是乾坤两卦，似乎是纯阳、纯阴之卦，实际乾之上升到"上九"、坤之上升到"上六"，都各意味着乾阳中含坤阴、坤阴中含乾阳，乾坤、阴阳可以互转。所以刚柔相济的美学智慧认为刚中含柔、柔中含刚是合情合理的。刚中如果无柔，艺术的生命就缺乏弹性，就会陷入僵滞状态；柔中如果无刚，艺术的生命就缺乏内在的骨力与刚度，显得萎顿不振。阳刚也并非粗俗或是虚张声势，阴柔并非轻佻媚俗，它们都是内在生命力的适度表现。刘熙载论王羲之书艺，认为"右军书，'不言而四时之气亦备'"，春夏秋冬阴阳刚柔之气兼而得之。"右军书以二语评之，曰：力屈万夫，韵高千古。"②这评说可谓慧眼独具，点出了其刚柔互融、俊拔伟丽又潇洒飘逸的独特神韵。

本来，要达到刚柔相济的境界殊非易事，艺术实践中则往往该阳者不阳、该阴者不阴，不阴不阳、无刚无柔，这是对《周易》阴阳刚柔美学智慧的曲解。因为刚柔相济不是取阴阳、刚柔之间的一个平等值，所以对阴阳、刚柔的血缘联系作任何人为的肢解都有可能衍生一种病态的"中性"，亦即"非性化"的美学观。比方说，在传统戏曲艺术中，尤其在京昆剧种和越剧中，角色常男扮女装或女扮男装，颠鸾倒凤，似乎有点刚柔相济的味道。鲁迅曾指出，京剧曾有男扮女装戏，在男性观众看来，剧情中的"她"是女性；在女性观众眼中，演员的"他"是男性，男女相悦，岂非两全其美？其实，除了个别艺术家由于高超的艺术素养与演技使其"反串"角色达到乱真之外，更多的是给观众留下了演员与角色之间阴阳男女刚柔相支离的不良感觉。京昆剧中的小生运腔歌唱以真假嗓迭用，真嗓露出男子阳刚之本相，假嗓又意在捏造潇洒柔美的声乐形象，然而假嗓能否如意地传达出青年男子的英姿流韵，而且真假嗓之间在唱技上如何衔接，这是艺术方法也是艺术审美观上的问题。正如越剧中以女演员扮演小生角色，往往显得阳刚之气不足一样，人们也有理由对京、昆剧中男演女角显得生硬感到不是滋味。刚柔相济是易理的一种圆融模式，人为地以阳刚代阴柔，或者相反，都是对这一圆融之美境界的破坏。刚柔相济的原型既然与

① 黄寿祺、张善文：《周易译注》，上海古籍出版社，2007，第407页。
② 金学智：《书概评注》，上海书画出版社，1990，第101页。

人"生"即人的"性"攸关，那么只要艺术主题、典型化的需要，艺术就不该人为地故意排斥关于"性"的艺术表现，像当年京剧"样板戏"那样一概去描写"中性"的人、"中性"的生活，而且树为艺术的"样板"，这是违背艺术规律，也是违背易理的。当然，在反对艺术"非性化"的同时，也应注意不要陷入"性"的泥淖。而《周易》的阴阳美学智慧包括阳刚、阴柔观，虽然一般地从人"生"出发，却实现了对"性"的超越而升华到哲学与美学高度。

第八章　中和美学智慧的范型

中和，作为中华古代美学智慧体系中的基本范畴之一，已经而且仍将引起美学界较多的理论关注。目前，学人关于中和美学思想的讨论已颇深入、著论甚丰。有的认为，"中和之美指的是一种内部和谐的温柔敦厚型的特定艺术风格"；有的指出，中和是"我国古代艺术追求的最高艺术境界"；有的从对以《乐记》为代表的中和美学思想的研究中得出结论："中和是一种以正确性原则为内在精神的、具有辩证色彩和价值论色彩的普遍和谐观。"[①]还有的注意到了"中"与"和"的内在联系，认为"'和'是把杂多与对立的事物有机地统一起来，而'中'则是指在'和'的基础上所采取的居中不偏、兼容两端的态度。就主张将矛盾的各方面统一起来说，二者具有同一性，但'和'偏重事物的调和统一，而'中'则推崇事物所达到的最佳状态，所以它一方面指客观事物的存在形态，另一方面又指人的处事准则、立场、原则和方法。"[②]

这些关于中和的、具有一定代表性的学术见解，一般地从艺术美、美学、伦理学与哲学层次揭示了它的深刻内蕴，创获良多。

但是，它们似乎忽视了一个不应忽视的方面，即《周易》对中和美学智慧所作出的理论贡献以及《周易》中和美学观的文化学意蕴。

笔者以为，尽管在《周易》一书中，中和作为一个完整的美学范畴尚未明

---

① 张国庆：《论中和之美》，《文艺研究》，1988年第3期。

② 袁济喜：《和——中国古典审美理想》，中国人民大学出版社，1989，第19页。

确提出，然而确已洋溢着葱郁的中和美学智慧，它根植于中华民族丰厚的民族文化土壤。中和，首先是一个文化学范畴，同时又是一美学、哲学、艺术学和伦理学范畴。只有首先从文化学角度对中和加以审视，才能进一步揭示其深邃的美学智慧意蕴。

第一节　中华民族主体意识的光辉体现

每一个民族都具有一定的主体意识。中华民族的民族主体意识究竟是什么？对这一问题的回答似乎比较困难。这是因为我们伟大民族的主体意识结构具有许多侧面与层次，令人一时难以全面把握。然而其主体意识的核心部分，笔者以为可以用两个字来概括：中和。

中和，伟大中华文化灵魂的"主心骨"和"脊梁"，民族群体意识的自觉。它在美学上，体现为深巨而持久正固的民族凝聚力和向心力，是意识到自身的存在、信心、力量和价值的象征，是中华民族伟大生命力与创造力的自我实现，是一种和谐地磅礴于东方大地、自立于世界民族之林的美。

《周易》中和美学智慧的文化精神的实质正在于此。《周易》关于中和美学智慧的范型，是在"中"与"和"的文化意识、观念的交和对应中显示出来的。

一、关于"中"

在《周易》本经卦爻辞中，"中"字凡十三见。它们大致具有三个层次的意义。

其一，指中间，是一空间范畴。如屯卦六三爻辞："即鹿无虞，惟入于林中。"屯卦六三爻以阴爻居于阳位，其爻性与爻位不统一，是凶险之爻。《易传》云："屯者，物之始生也。"屯象征生命之初，正值产难之时。好比古人逐鹿狩猎、本必由虞人入林驱出野鹿，方始有效，但这一次却无虞人在林中驱逐，因而打不到猎物。这里，"林中"之"中"，显然是一个表示"中间"的空间、地理概念。

其二，指中位、中正之道，是一伦理学范畴。如泰卦九二爻辞："包荒，用冯河，不遐遗，朋亡，得尚于中行。"包，包容广大；荒，《周易集解》释为

"大川"；冯，凭，通"淜"，涉水渡河，《说文》段玉裁注："淜，正字。冯，假借字。"从卦象看，泰卦乾下坤上，乾为天而坤为地，天能包容广大的地（大川），象征君子具有天一般广阔的胸襟，犹如涉越长河大川，远贤毕至，不结朋党而崇尚中正之道。九二爻处于泰卦下卦的中位，故这里"中行"的"中"，有中位之意，引伸之，则为中正之道。这是从空间范畴向伦理学范畴的转换。中正，就伦理学而言，是人格之善；就美学而言，是人格之美，这是从伦理学向美学的转型。因而这"中"，美得光辉灿烂，正如《易传》所言："'包荒得尚于中行'，以光大也。"①

其三，指人内心之"诚气"，是一审美心理学范畴。如讼卦卦辞："有孚，窒惕，中吉，终凶。"唐陆德明云："讼，争也，言之于公也。"②讼卦坎下乾上，坎为险陷而乾性刚健，险而欠健或健而不险都不成争讼，但这里讼卦的内（下）卦为坎、外（上）卦为乾，构成了内怀险陷之心又外行刚强之态势，则必成争讼。争讼之起常由于诚信被塞阻、心存惧厉之故。持中不偏则吉，争讼不息的结果则凶。正如王申子所言："孚者，中实而无妄也。窒者，塞其争忿之心也。惕者，谨畏而不敢轻也。中者，不过于刚而和平为尚也。处讼之道如是则吉。"③这里的"中"，即指人的内心实诚而无妄，"中"、衷，即"孚"，"孚"即诚信。所以《周易》本文"中""孚"连用，另设一卦，命名为"中孚"。这"中"，是一个包容情感、意志等心理因素、具有一定伦理内容的审美心理学范畴，是以伦理为中介的自然空间之"中"（中间、中位）向人格审美转型的心灵内化，亦即审美心理"空间"之"中"道。

《周易》本经关于"中"的三层次意义大致如此。

在《易传》中，谈到"中"的地方更多。如《文言传》所谓的"重刚而不中""刚健中正"；《彖传》《象传》所谓的"中正""正中""得中""时中""刚中""中行""使中""在中""中""中直""大中""积中""中心""中道""行中""刚而过中""中无尤""未出中""中未大""久中""中不自乱""中节""中心为志""中未变""中有庆""中心有实""位中""不中"以及"中心

---

① 黄寿祺、张善文：《周易译注》，上海古籍出版社，2007，第75页。

② 陆德明：《经典释文》，上海古籍出版社，2012，第27页。

③ 王申子：《大易辑说》，上海古籍出版社，1990。

为正"等论述，比比皆是。《易传》作者对"中"可谓耿耿于怀、一往情深，内心深处洋溢着一股倾羡难抑的激情。

进一步分析这些"中"字，可以发现一个现象，凡是涉及"中"字的卦爻，往往都是吉卦吉爻，并由这吉转化为美。如乾卦九二爻辞："见龙在田，利见大人。"乾卦九二处于乾之下卦中位，是一个中爻，同时也是吉爻。《文言传》对乾卦九二有"龙，德而正中者也"的赞美，乾卦为龙卦，乾卦九二龙象之美，是"正中"之"德"的美。又如坤卦六五爻辞："黄裳，元吉"，也是一个吉爻。坤卦六五爻居坤之上卦的中位，又是中爻。周人以黄居五色之中，为显贵之色，故爻辞"黄裳"之"黄"恰与坤之六五爻位相对应。古代服饰上为衣、下为裳，裳为黄色，太吉利了，这是《周易》本文的巫学本意。在《易传》中，"黄裳"进而成了人有修洁内美的象征。古人穿长衣在外，衣掩复下裳，所以"黄裳"被掩于长衣之内，是人有内美的象征性符号。王夫之云："衣著于外，裳藏于内，故曰在'中'是也。"这里的"中"与"内"相通。这是一种"中"的美，即内在的美、含蓄的美。

考《周易》全文论"中"甚繁甚切，由此可见中华古人关于"中"的文化意识多么强烈。其中蕴涵着相应的哲学、美学与伦理学的思想因子。

如果我们的分析仅仅到此为止，则难以见出作为"群经之首"的《周易》关于"中"的文化智慧到底有什么特别之处。实际上，与其他一些中华古籍相比较，《周易》关于"中"的文化智慧，与"中"的原型意义可能具有更为密切的联系。

笔者在本书前文已谈到，"中"的文化意义原型，是远古测天仪的象形。远古测天仪，原以八尺标杆垂直立于大地以测日影风向，继而在标杆上配以一定装置，这整个测天装置在文字学中的表现，就是象形字——中，古人所谓晷影是也。标杆为股，日光照于标杆在地面留下的阴影称为勾，斜射的日光为弦。标杆即股又称髀，《周髀算经》有云："周髀长八尺。……髀者股也，正晷者勾也。""中"在甲骨文中作 𤴓 或 𤰔 ，其中间一竖表示标杆（股）、中间一竖与方框"口"表示整个测天装置，"≈"表示具有方向性的移动的日影（勾）。远古中华有关于太阳神（日神）的神话传说，据《山海经》所记："东南海之外，甘水之间，有羲和之国，有女子名曰羲和，方日浴于甘渊。羲和者，帝俊之妻，生十日。"①《淮南子》则说十日并出、苦害人类，"焦禾稼、杀草木，而民无所食，尧乃使羿……上射十日"②。这些神话传说返照出中华远古对太阳的原始恐惧心理以及企图通过人为努力影响日照的幼稚而勇敢的愿望。所谓后羿射日当然并非人的实际有效的实践行为，而只是一种通过一定"作法"（法术）、企望改变日照的原始巫术。今天我们已经无从详考这种原始"射日"巫术究竟如何进行，但有理由相信这种巫术确曾存在过，否则就不会有关于后羿射日神话传说的诗意奇构。而在《周易》本经中，这种类似"射日"、以人为努力企图影响日照、利用日光的巫术观念也得到了一定的反映，这便是从测天仪之测日影去选择吉辰良时以决定人该做什么或不该做什么，《周易》丰卦卦辞云："亨，王假之，勿忧，宜日中。"这是说，王最好在测天仪所指示的正午时分（日中）到祖庙去祭祀祖宗，不必担忧错过这吉利时光。这一条卦辞恰好可以证明远古所谓测天之举（立中），不是纯粹科学意义上对日光运行的探知，而是包含一定科学因素的、总体上仍属崇日迷信的一大巫术。这巫术的所谓"中"，既是测天之巫术装置，也是测天之所在（空间位置）；既是对日神的崇拜，也是对人力的赞美与肯定。中，象征着神人杂糅、天人合在。前文已经谈到，测天之标杆在地面投下的阴影称作勾，而阴影在远古文化观念中又称魂，人们在大地上"立中"以测探日影，则等于通过人为努力将日光的"魂""勾"住了。后代所谓"游魂"卦正好揭示了一年之内日光南北游移的规律。日光射于地面，一年往返赤道两次，前为春分，后为秋分，夏至日游极北，至北纬二十三度半，为北回归线；冬至日游极南，至南纬二十三度半，为南回归线。如是往来循环，可以《周易》有关卦符表示，是为"游魂"，而这"游魂"之说，其原型实乃测天的"立中"。这"中"，不仅意味着人对日神的敬惧，更是人企图控制、驾驭日神的大胆努力，是人利用"立中"这种巫术方式在观念中对太阳这一盲目自然力的"胜利"。

同时，测天之"中"还具有观风的巫术功能，学界有人认为甲骨文"中"字上的象形符号"≋"是测风飘带的象形。李圃认为，"中"者，"实物当作

---

① 《山海经·大荒南经》，郑慧生注说，河南大学出版社，2008，第218页。

② 《淮南子·本经训》，陈广忠校注，中华书局，2012，第393页。

垂直长杆形 ┃，饰以飘带以观风向，架以方框以观日影（中）"①。自可备一说。卜辞有"立中，允凶风"②与"立中，凶风"③之说，可为佐证。又，胡厚宣曾于20世纪40年代发现武丁时期的一大块牛胛骨上有关于四方风名的卜辞，其辞云：

> 东方曰析，凤曰脋。
>
> 南方曰因，凤曰凯。
>
> 西方曰夷，凤曰耒。
>
> 北方曰伏，凤曰殴。

这里，凤即风，甲骨文中凤、风音义相同，王国维曾对此作出论证，已成为共识。郭沫若云："古人盖以凤为风神。"④可见，远古中华所谓四方之"凤"亦即占人所崇信的四方风神。风神亦即风伯："凤禽，鸢类。越人谓之风伯。飞翔，则天大风。"⑤在古人看来，自然界中四方来风并非是纯粹的自然现象，因不可索解而深感神秘畏怖，遂将其归之于神力使然，故有测天仪这一"立中"之举，目的在测窥风神旨意也。自然之飓风摧枯拉朽、风暴所向披靡，给人造成巨大危害。远古中华对风力尚谈不上科学利用，微风、凉风之类还没有真正进入审美视野，所以远古中华的文化心灵所虚构的风神一般都是凶神恶煞。人们对"喜怒无常"的风神常在祈求它的宁息，或利用巫术手段强制其"息怒"。关于此，卜辞有诸多所谓"息风"巫术的记载。

> 其𡧍（宁）飌（风），大飌。（"粹编"827）
>
> 𡧍于风。（"燕"558）
>
> 𡧍风，北，巫犬。（"明续"45）

---

① 李圃编：《甲骨文选读·自序》，华东师范大学出版社，1981，第4页。

② 罗振玉：《殷虚书契续编》四、五，中国台湾艺文印书馆重印，1970。

③ 王襄：《簠室殷契徵文》，天津博物院石印本，1925。

④ 郭沫若：《卜辞通纂》，《郭沫若全集》，科学出版社，1982，第82页。

⑤ 《禽经》，引自《诸神的起源》，北京工业大学出版社，2007，第70页。

甲戌卜，其**巫**风，三羊三犬三豕。（"续"2、15、3）

巫巫风。（"下"42、4）

这里，颇值得注意的是一个"巫"字，从中不难见出以"宁风"为目的的甲骨占卜是一远古巫术，否则就不会被记载在卜辞之中。同样，在殷墟卜辞中也有关于"立中"占风的记载（如前文所引《殷虚书契续编》《簠室殷契徵文》两条卜辞），有力地证明远古"立中"测天占风也是一种巫术。这种巫术的遗韵流响，就是汉书所谓"风角"方术。"风角谓候四方四隅之风，以占去凶也。"[①]《史记》则有占验"八风"以测年成之丰歉的记载："风从南方来，大旱；西南，小旱；西方，有兵；西北，戎菽成；小雨，趣兵；北方，为中岁；东北，为上岁；东方，大水；东南，民有疾疫，岁恶。故八风多与其衡对，课多者为胜，多胜少，久胜亟，疾胜徐。"[②]《唐开元占经》说，占风的操作程序是，在土山上立杆五尺，用鸡羽编成"羽葆"风信，吊在杆端让风吹拂，以此测试风向、风力来进行占卜，[③]这是远古中华测天"立中"的后代嬗变。

从以上关于远古中华晷影的简略分析，可以得出如下结论：一、晷影是中华古人企图通过"立中"方式控制日影（魂）和风向、风力（气）的一种原古巫术；二、在这巫术观念中渗融着原初的天时和地理方位意识；三、这种原始时空意识具有巫术文化意蕴，不仅与原素的神灵意识相联系，更重要的还体现出中华先人那种原生的朴素人本意识，"立中"的"中"以及"立中"行为本身，是中华先人体现在时空观念中原朴的主体意识与自我意识的确征。尽管"立中"这种巫术本身充满原始迷信与困惑，并且总是没有实效，然而却由于这巫术，催发出中华先人对时空、方位、天时、地理的原始觉悟，由此意识到人自身在天地之际所处的地位、力量、目的和信心。"立中"的"中"，一定意义上正是原始巫术与原始科学认知（其中包含审美）因素的结合。

《周易》关于"中"的美学智慧，首先是与巫术相联系的，这不仅可以前

---

① 范晔：《后汉书·郎顗传》注，浙江古籍出版社，2000，第292页。
② 司马迁：《史记·天官书》，《史记》，中华书局，2006，第160页。
③ 瞿昙悉达编：《唐开元占经》卷九十一，中国书店，1989。

述圭卦所谓的"日中"之说作为证据，"日中则昃"、日中见斗、"日中见沫"，这些爻辞所谓的"日中"，是巫术的晷影观念在易学中的反映，而且，我们还可以从"用"这一汉字的结构意义中窥知一点消息。《周易》本经在乾卦上九爻辞之后有"用九：见群龙无首，吉"，在坤卦上六爻辞之后又有"用六：利永贞"的说法，"用九""用六"是什么意思，常令人费解。唐人李鼎祚云：乾卦六爻纯九，故"用九"。坤卦"用六，妻道也，臣道也。"①宋儒朱熹云："言凡筮得阳爻者，皆用九而不用七。""言凡筮得阴爻者，皆用六而不用八。"②清代易学家陈梦雷说："九变而七不变，凡筮得阳爻皆用九""坤之用六，以凡筮得阴爻六变而八不变也。然凡阴爻皆用六。"③当代易学家高亨指出："用九，汉帛书《周易》作'迵九'。按用当读为通。迵，通也。'用九'是乾卦特有之爻题。……用九犹通九，谓六爻皆九也。""用六，汉帛书《周易》作'迵六'。……用六犹通六。"④诸如此类的解说，一般是从巫术占筮着眼的，并且高亨之说还指出了乾坤互转这一易之底蕴，但总嫌不够分明。其实以笔者看来，《周易》乾坤两卦之所以独标"用九""用六"而其余六十二卦概无此种现象，是因为乾坤是整个六十四卦体系的主卦，"九""六"分别是阳爻、阴爻的数字代称。这里所谓"用"，按许慎《说文》的解释："可施行也，从卜从中。"其字形写作𤰔，这"用"字的构造是卜字与中字重叠，其文化意涵显然与卜筮相关。用，就是卜中，利用"立中"方式来进行占卜，所以"用九""用六"是对《周易》本文卜筮文化智慧的隐喻与概括，也与远古中华的"立中"晷影观念相联系。

远古中华的人之时空意识，是人在漫长社会实践中所把握到的客观时空属性在头脑中的反映。"人类空间观念的最初形成，是从对空间的分割开始的。混沌的空间，只有当它被分割为不同的个别部分以后，才是可以辨认的。""由于人类的生活和生产活动，总是在一定的地域环境中进行的，所以在人类意识中

---

① 李鼎祚：《周易集解》，上海古籍出版社，1989，第26页。

② 朱熹：《周易本义》，第40、60页。

③ 陈梦雷：《周易浅述》一，上海古籍出版社，1983，第25、95页。

④ 高亨：《周易大传今注》卷一，齐鲁书社，1979，第59—60、82页。

首先发展起来的必然是地域——空间观念。"①同时，晨昏的交替、日光的强弱与照射角度的推移等等也必然会在人类的实践中培植起一定的时间意识。而原本具有巫术功能的"立中"，使中华先人在意识中将混沌的空间与时间变得有条理了。当晷影之测天装置（中）第一次垂直树立于大地之时，则意味着我们的老祖宗在茫茫天地的存在（空间）与运动（时间）中找到了一个属人（在某种程度上也是属神）的"坐标"，这"坐标"就是"中"，它是一个符号的象征，象征人对一定时空的把握，象征我中华先人通过生产与生活活动使人的文化智慧达到一定区域与一定程度。这就是原初与测天仪相联系的、通过一定社会实践初步"人化"（一定意义上也是神化）了的"中"。由此，在中华先人意识中，便由这测天器物之"中"转化为时空之"中"。

这种关于时空意识的"中"，实在可以说是远古中华作为一个族类的人性与人的主体意识的一次历史性启蒙。中华先人通过"立中"，在茫茫宇宙中分出前后左右、东南西北以及春夏秋冬，而"中"，正是人之所在、"我"之所在，某种意义也是人的自立、自尊的表现。于是，虽然那时的中华先人对浩浩宇宙基本上是无知的，却在文化心灵上滋生了一种自己处于天地之"中心"的自信。这种自信心态自然具有盲目的一面，但某种程度上确是中华先人自我与主体意识的表现。这并不是说中华先人主体意识的萌生，完全始于"立中"这一文化方式，实际上远古中华的社会实践是非常多方面的，而历史又是非常漫长的，当然远远不止"立中"这一种实践方式。从根本上说，远古中华的生产实践（包括维持个体生命的、解决衣食住行的物质生产和维持群体生命、传种接代的人自身的生产）是中华先人培养主体意识的根本条件，但一切原始的生产实践则往往包含着巫术。所以，我们在这里试以测天的"立中"这一巫术方式为原型进行解剖，则不应受到误解。

相传中华民族的伟大建构，肇自炎、黄。经过残酷的氏族部落之战，黄族胜而炎族败。黄族据胜之地就被尊崇为天下之"中"，这是"中"的区域的极大扩展，也是"中"之意识的超拔升华，即从中华先人的"立中"发展到氏族主体意识的确立，进而奠定了中华民族主体意识的基础。历史上有"中土""中

———————————

① 王钟陵:《我国神话中的时空观》,《文艺研究》,1984年第1期。

州""中原""中国"之说。商已有"中央"的观念，甲骨文有"中商"之记。《周书》："王来绍上帝，自服于土中"；《逸周书》："作大邑成周于土中。""土中"，即"天下土地中央"①的意思，又，所谓"正中冀州曰中土"②"其国则殷乎中土"③"事在四方、要在中央"④以及"世有大人兮，在乎中州""中州，中国也"⑤之类记载，真是太多了。这种尚"中"意识，正是华夏自我中心意识的表露，《说文》云："夏者，中国人也。"我们伟大祖国以"中华""中国"自命，洋溢着民族的自豪。

这种尚"中"的民族主体意识，就储存在《周易》之中。前文已经说过《周易》关于"中"，具有三个层次的意义，其中关于"中间"（中位）的意义是基本的，后世关于"中国"的地域、民族、政治、美学及尚"中"等伦理观念的文化基因是"立中"之"中"。《周易》六十四卦每卦六爻以五、六两爻象天，一、二两爻象地，三、四两爻象人，象征我们中国人及其祖国处于天地之"中"。正如宋代石介所言：

> 天处乎上，地处乎下，居天地之中者曰中国。⑥

《周易》的卦符结构，是一种顶天立地的"中国"的形象范型。这种"中国"观，倘然不是中国封建社会后期那样的夜郎自大、故步自封与不思向外，则是值得加以肯定与发扬的中华民族意识的主体精神。这也不应是狂妄自大的大国沙文主义，而是民族独立意识应有的自觉，是关于中华民族的人种、地域（山河大地）、文化历史传统、制度，总之是一种物质与精神文化的审美与自我肯定，是"联合世界上一切平等待我之民族，共同奋斗"，特立于世界民族之林的必要精神条件，也是当今实现现代化、振兴中华所必具的重要文化心态。

---

① 贺业钜：《考工记营国制度研究》，中国建筑工业出版社，1985，第56页。

② 《淮南子·墜形训》，陈广忠校注，中华书局，2012，第194页。

③ 范晔：《后汉书·西域传》，浙江古籍出版社，2000，第859页。

④ 韩非：《韩非子》，秦惠彬校点，辽宁教育出版社，1997，第14页。

⑤ 《司马相如·大人赋》及其注，长春出版社，2008，第83页。

⑥ 石介：《徂徕石先生文集》卷十，《中国论》，中华书局，1984。

其实，世界上一切民族往往都是尚"中"而"自大"的。如古代印度佛教所幻想的须弥世界，具有崇高的"中心"意识。据佛经说，凡器世界之最大为风轮，其上为水轮，其上为金轮即地轮，其上有九山八海，而须弥山就是处于这一妙高世界"中心"的山，是所谓"天帝释"所住之处。这种宗教幻想，实在是古印度民族尚"中"主体意识与审美理想的颠倒反映。必然是因为古印度民族文化观念中具有一定的尚"中"意识，才有佛教须弥世界的虚构。又如，鸠摩罗什原籍天竺、生于西域龟兹（今新疆库车），当他于后秦弘始（401）由姚兴派人迎至长安译经时，曾有"边国人未有经"之说，可见在这位高僧心目中，实际是以天竺为"内"、为"中"，以中原、中国为"边国"的。再如，中华古代神话传说以"扶桑"为日出之所、日为宇宙的中心，由于日出又在东方，故这种观念传至日本，《日本历史大辞典》认为"扶桑国，古代中国人观念中的东方国名"，指的就是日本。日本者，"日"出之"本"所也。日本有些学者以"扶桑"指日本，实乃以日出之所自况，含有自大处"中"之意，这也是日本民族尚"中"主体意识的体现。

因而，大凡一切民族每每具有一定的尚"中"意识是不足为奇也是正常的，只是中华民族的尚"中"意识显得尤为强烈。中华民族很早就具有这一文化主体意识，这在《周易》中是多有反映的，它是中华民族尚"中"文化智慧与美学智慧的早熟。

二、关于"和"

关于"和"这一中华美学史上十分重要的审美范畴和美学思想，近年诸多美学论著已经谈论甚多，学人论"和"之美的意义，一般集中在如下几点。

其一，认为"和"是指与人的口味、音声相联系的生理和谐状态与生理性快感。《说文》："美，甘也。从羊从大。羊在六畜主给膳也。"《说文》："甘，美也，从口含一。"甘者，口味之甜也，味甘则美，因而常与"美味"连用。《左传》云："为六畜、五牲、三牺，以奉五味"[①]，五味调和则美。这是"和五味以

[①] 《左传·昭公二十五年》，杨伯峻：《春秋左传注》，中华书局，1983。

调口"①的生理性快感。日本笠原仲二《古代中国人的美意识》一书，也从许慎《说文》"羊大为美"的见解，认为中国人的原初美意识，始于口味之"和"。同时，认为"和"原指音声的和谐及其适度的生理感受。据《国语》所记，周景王要求铸造一口音律为无射的钟，又要求在无射律钟前加制一口音律定为"大林"的钟，懂得易理、乐律的单穆公认为："且夫钟不过以动声，若无射有'林'，耳弗及也。夫钟声以为耳也，耳所不及，非钟声也。"这说得有理。因为十二律（六律六吕）是一个有序的排列，它是以三分损益法将一个八度分为十二个不完全相等的半音的一种律制；各律从低到高依次为黄钟、大吕、太簇、夹钟、姑洗、仲吕、蕤宾、林钟、夷则、南吕、无射、应钟。这里，奇数各律称阳律，偶数各律称阴律，是一种阴阳律相调和的音制模式，十二律配以五声"宫商角徵羽"，构成一个完美和谐的音律体系。周景王要求在十二音律中加入一口音律为"大林"的钟，必然破坏了十二音律原初的"和"，此之"若无射有林，耳弗及也"。这里所谓的"耳不及"，其实并非《中国美学史》第一卷所谓"大林"发音太高，人的听觉受不了的意思，而是指拟制的"大林"钟在原先十二律制中所无，倘硬要插入十二律之中，则必然造成音律上的不和谐，故云："非钟声也。"

其二，认为"和"指人的审美心理的和谐与美感。无论口味之"和"还是音声之"和"，都需在无害于人的生理健康的基础上进入审美心理适度的境界，不追求生理官能的巨大刺激，必然相应地会在审美主体的心灵上激起和谐的反响、洋溢着和谐的涟漪。这审美心理之"和"，首先是客观审美对象之"和"的能动反映和内化，也是客观审美对象属性的对立统一。"和"，不是客观审美对象内部诸因素的"同"，"声一无听，物一无文，味一无果，物一不讲"②。《左传》云："齐侯至自田，晏子侍于遄台。子犹驰而造焉。公曰：'唯据与我和夫？'晏子对曰：'据亦同也，焉得为和。'公曰：'和与同异乎？'对曰：'异'。和如羹焉。水火醯醢盐梅，以烹鱼肉，燀之以薪。宰夫和之，齐之以味，济其不及，以泄其过。"③和，"一气、二体、三类、四物、五声、六律、七音、八风、九

---

① 《国语·郑语》，时代文艺出版社，2009，第336页。

② 同上书，第337页。

③ 《左传·昭公二十年》，杨伯峻：《春秋左传注》，中华书局，1983。

歌，以相成也。清浊、小大、短长、疾除、哀乐、刚柔、迟速、高下、出入、周疏，以相济也"①。这说明"和"这一范畴，已从科学意义上的生理层次进入了美学意义上的心理层次，从粗野的生理感官享受上升为文明的品味辨音的审美心理的愉悦，有一种"口内味而耳内声，声味生气"的美，"若视听不和，而有震眩，则味入不精，不精则气佚，气佚则不和"②。

其三，认为这种基于口味、音声的审美之"和"，经过哲学的熔裁与提炼，升华为普遍的宇宙观与人生观，从而使其更具美学意蕴。先秦儒家有礼乐之"和"，《乐记》云："大乐与天地同和""乐者，天地之和也。"先秦道家提倡"和以天倪"，所谓"道"，就是自然之"和"的原初本性，社会返朴归真于道，也就是回归于"天和"境界。而阴阳家标举阴阳五行杂错之"和"，认为金木水火土，万物之本基也，万物基于"和"，万物的发展总趋势也是"和"，"夫和实生物，同则不继。以他平他谓之和，故能丰长而物归之。若以同裨同，尽乃弃矣。故先王以土与金木水火杂，以成百物"③。这三家关于"和"的代表性见解，其实都是从自然之"和"出发的，由于自然是社会的母体，社会是自然的进化形态，因而自然之"和"也便成为社会人生所追求的一大境界。

其四，"和"是社会人伦与人格的理想。就政治模式而言，"夫政象乐，乐从和，和从平"，君惠臣忠，国泰民安是"和"；就家庭伦理模式而言，父慈子孝，序男女、别尊卑、明内外，是异，也是和，是礼，也是乐；就为人之道而言，不走极端、执中平和，和为贵、温柔敦厚，是以"和"为人生境界的人格模式。这种"和"，可以说是审美的伦理化，伦理中融渗着审美因素。

所有这一切关于"和"的美学探讨，都是有价值的，它们一般地扪摸到了关于"和"的多层次的美学意蕴。可是，这些见解的不足，表现在往往忽略《周易》这一中华最古老的奇书对"和"的深刻悟解。

《周易》对"和"持有独特的文化眼光。尽管前述关于"和"的一般学术见解，比如音律之"和"，与易理相勾连，然而《周易》所谓"和"，其最重要的文化及其美学意蕴，是指人的生态、生命之"和"，阴阳交合之"和"，"和"

---

① 《左传·昭公二十年》，杨伯峻：《春秋左传注》，中华书局，1983。
② 《国语·周语下》，时代文艺出版社，2009，第66页。
③ 《国语·郑语》，第336页。

是人之生命的大美。

从原始易学是巫学角度看，巫术是讲吉凶的。巫术所谓吉，就是《尚书》所谓的"神人以和"，神与人处于和谐关系之中，这对人来说是大吉大利的；反之，所谓凶，就是神人不和。神与人相对抗、相冲突，这对人而言就很凶险。占筮或吉或凶，是神人之际或和或不和的表现。人之命运的吉凶，是由神人关系的和谐与否所决定的。《易传》云："吉凶者，言乎其失得也。"①在中华先人的巫术观念中，人"得"到神灵的佑助为吉、为和；人"失"去神灵佑助为凶、为不和。而所谓神灵，是未被人力所把握的自然力的神化与幻化形式，实是通过人的心灵、被夸张与变形了的自然，所以，《周易》巫术占筮所谓的"吉"，蕴涵着一定的人与自然相亲和关系的意识因子；所谓的"凶"，又蕴涵着人与自然相对抗关系的意识因子，这里，无论人与自然相亲和还是相对抗，实际已经触及了基本的美学母题。同时，根据对《周易》全部卦辞、爻辞的分析，所谓吉卦、吉爻大大多于凶卦、凶爻，前者与后者大约为四比一，这足可证明，《周易》的总体巫术观，是趋吉避凶、崇尚"和"的。"和"是易的基本道理和基本境界，而"生"即强调生殖、生命与生发，也是易之根本。所谓"生生之谓易"也，因而吉则和、和则生；凶则不和、不和则死，《周易》是尚吉、尚和、尚生的。

从《周易》卦爻符号体系看，其卦符的原型是数图形卦，如前所述，数图形卦的文化基点是筮数，起初使用自一至九这九个自然数，继而以一与六两个数为常用筮数，再以九代替一而保持六这个数不变，形成以九代表奇数、六代表偶数的易筮框架，最后以阴爻、阳爻这两个专门符号代替数的图形卦符，阳爻别称"九"、阴爻别称"六"。《周易》六十四卦凡三百八十四爻，以一百九十二阳爻（奇数）对应于一百九十二阴爻（偶数），尽管具体到每一卦的阴阳爻数并非个个相对应，在这符号"宇宙"中充满了错杂与变化，然而六十四卦的总体范型，却是均衡和谐的。其间阳爻与阴爻相对待、对应，象征生命、生态基质的平衡与调和；阳卦与阴卦的对应与流转，象征生命之流的大化。整部《周易》的卦符体系，是对宇宙生命大化历程的观念性界定，其间有常与变易、冲变与调和、不齐与均衡、虚实与动静，实际却是以生命"絪缊"为逻辑起点、

---

① 《易传·系辞上》，朱熹：《周易本义》，第290页。

以生命"和兑"为人生终极的。生命絪缊是大朴浑沦、生命和兑是人生所追求的最高、最美的境界。生命的"感而遂通"正是易符所象征的易理的根本。

《周易》的错卦与综卦集中体现出生命的对应与和谐。所谓错卦，指两个爻序阴阳相反的卦；所谓综卦，指两个阴阳爻序互相颠倒的卦。全部《周易》六十四卦有四对错卦，如乾坤二卦。

乾　坤

《周易》又有综卦二十八对，这里略举数例。

震　艮　临　观　剥　复　谦　豫

在四对错卦、二十八对综卦中，又有既为交错又为交综的卦，称错综卦，一共四对，即泰与否、随与蛊、渐与归妹、既济与未济。

泰　否　随　蛊　渐　归妹　既济　未济

这种易卦的数符错综结构在美学上具有鲜明的特点：从其个体、局部看，充满了参差、变化、摇荡与节律；从其总体看，则又是均齐、对应、对称与和谐的。《周易》卦符即奇偶数的排列组合，是"不齐之齐""不和之和"，可以看作生命和谐观在易卦上的表现。

生命关乎阴阳。阴阳，就《易传》所言，其基本的意义是指男女两性。《易传》云："天地之大德曰生。"[1]德者，性也。"大德"即"大性""太性"，原初、原朴之性。生者，天地之本性，实则从人的生殖推及天地自然。八卦乾坤象征父母，以震坎艮与巽离兑象征由父母而生的三男三女，这是一个人伦和谐的家庭范型，也是生命和谐的世界模式。这家庭、这世界之所以必然

---

[1]　黄寿祺、张善文：《周易译注》，上海古籍出版社，2007，第400页。

是和谐的，乃是因为作为其原型，即人类诞生之始本是和谐的缘故。在《易传》看来，作为生命原始物质的"精气"是原朴的"和"、男女交合是生命动态之"和"，整个社会、家庭是建立在人"生"之"和"的血缘基础上的，因而它是本应和谐并且终究要趋于和谐的，这是《周易》的伦理学，也是它的美学。《易传》："乾道变化，各正性命，保合大和，乃利贞。"①这意思说得挺明白。乾者，男之阳性，其本身由阴阳交感而生。乾性与坤性的交合必引起生命的变化，这变化生成意味着人之群体生命的正固持久、繁荣昌盛。生命的根本起点则在于男女的"保合大和"，所以在《易传》看来，人之生命的"大和"是最伟大、最神圣、最美好的。中华古代关于"和"的美学智慧是多方面的，而《周易》之论"和"直探人之生命本源，并且从生命"大和"观出发，界定、看待与分析自然宇宙与社会人生的和谐，建构艺术和谐观和人生的最高审美理想。这与那些所谓人的口味、音声之"和"相比，是不能不说更具美学意蕴的。因为实际上，所谓人的口味、音声之"和"，仅是建立在生命"大和"基础上的派生现象，它们不是人的生命之源而是流。

可以这样说，我们在《周易》中，找到了中华和谐美学智慧的文化源头。

《周易》有兑卦，其卦辞云："兑：亨，利贞。"其大意是说，阴阳感而亨通，是生命的愉悦，是有利于人生的正固之道。兑卦初九爻辞又云："和兑，吉。"这里的"和"，即"保合大和"之"和"。"和"是生命的最佳状态与最佳境界，自然是令人愉悦的。之所以令人愉悦，是因为它是从生命的交和本源中生发与升华而起的。"和兑"，是与生命本身相联系的巨大的物质力量与精神力量。

> 兑，说也。
> 说以先民，民忘其劳。说以犯难，民忘其死。
> 说之大，民劝矣哉。②

"说"即悦。《说文》："先，前进也。""劝，勉也。"人生因"和"而悦，

---

① 黄寿祺、张善文：《周易译注》，上海古籍出版社，2007，第4页。
② 《易传·彖辞》，朱熹：《周易本义》，第261页。

"兑",作为一种快乐的宇宙精神与人生境界,可使人们忘其辛劳、乐观前行;不避艰难困苦、忘死而勉力赴危,因为人们坚信,基于"大和"的人生所向披靡,能战胜一切,故赴汤蹈火,万死不辞。所以,"说之大",即人生最原朴、最大的欣悦,是阴阳"感而遂通"的"大和"。"和兑"是生命的自然现象,借用老庄的美学概念来说明,是谓"天和""天乐"。

这种关于"和兑"的文化智慧,是具有原朴意蕴的文化学见解,它开启了中华古代乐观主义哲学与美学的智慧之门。

三、关于"中和"

"中和"作为一个完整的美学范畴,是由《乐记》首先提出来的。《乐记》通篇论中和之美,这在中华美学史上树起了一块关于"中和"的里程碑,然而它不是中华中和美学智慧的源而是流。而据前文分析,中华中和美学智慧的文化之源在《周易》当不容怀疑。

从表面上看,《周易》论"中",是与远古晷影、测天相联系的,从而培养了中华民族的主体意识;《周易》说"和",实际又是从人的生殖角度出发的,似乎这"中"观与"和"观相互支离。然而,在这"中""和"之间是有内在联系的。揭示这内在联系的文化机制,就能抓住《周易》中和美学智慧的内核。

恩格斯指出:

> 根据唯物主义观点,历史中的决定性因素,归根结蒂是直接生活的生产和再生产。但是,生产本身又有两种。一方面是生活资料即食物、衣服、住房以及为此所必需的工具的生产;另一方面是人类自身的生产,即种的蕃衍。一定历史时代和一定地区内的人们生活于其下的社会制度,受着两种生产的制约:一方面受劳动的发展阶段的制约,另一方面受家庭的发展阶段的制约。劳动愈不发展,劳动产品的数量,从而社会的财富愈受限制,社会制度就愈在较大程度上受血族关系的支配。①

---

① [德]恩格斯:《家庭、私有制和国家的起源》,1884年第一版序言,人民出版社,1972,第3页。

这就是著名的"两种生产"论。所谓"两种生产",即物质生活资料的生产和人自身的生产。前者使人的个体生命得以生存延续,通过人对自然的实践改造来解决;后者使人的群体生命得以传宗接代,通过人自身的生殖繁衍来解决。在任何社会形态中,两种生产总是相互结合的,人的物质生活资料的生产是在人的自身生产的基础上进行的;人的自身生产,又必须处于一定的物质生活资料生产的现实关系中才能得到保障与实现。一切社会和人的存在与发展都建立在这两种生产及其动态关系之上;一切社会意识形态,包括宗教、科学、哲学、伦理学、美学与艺术等等,都是建立在这两种生产及其动态关系之上的,并且能动地反映、表现这两种生产及其联系;一切文化智慧及其美学智慧,归根结底,是这两种生产及其联系的肥壤沃土中所开放出来的思想与精神之华。因此,任何美学范畴的文化之根,都可以直接或间接地追溯到两种生产及其联系上。

《周易》的中和美学智慧自无例外。

《周易》,所谓"中",是晷影、测天,尽管不无原始巫术的迷信与迷误,然而通过"立中"这一实践方式,启动了中华先人关于天文、地理、时空以及关于人在时空流变中的地位、力量与目的的朦胧智慧,并且,这种"立中"方式又是与中华古人的农业生产、狩猎采集等活动相联系的,它意味着人对自然的控制与改造。神秘的自然犹如"黑箱","立中"及巫术占筮之类是一把企图打开这个"黑箱"的钥匙,虽然自然的奥秘尚未被揭破,然而,"立中"及巫术操作过程并且就连这一把钥匙本身的发明,一定程度上都是人的主体意识的体现。而关于人的自身生产,同样有一个从不自觉到自觉的过程。当人有意识地崇拜兼赞美人的"阴阳相和"这一生命现象与境界时,则意味着一定程度上体现出人的自觉、人对自身繁衍的关注与热衷。因此,如果说"中",是人、种族、氏族与民族主体意识的光辉体现从而富于美学意蕴的话,那么"和"则是其血缘、血亲意识的哲学、伦理学与美学意义上的表露,同样蕴涵着一定的民族主体意识。"中和"是两种生产的结合在文化观念上的表现,也可以说是民族精神的反映。

自古以来,中华民族非常热衷于"中和"境界,"中"与"和"的融渗与对接,就是"天人合一"。天者,自然;人者,人力,中华民族就是在漫长的对自然的改造和追求团族自身生命力的繁衍发展中昌盛起来的。"中和",是中华民族的地上乐园和现世理想国，试问，其间多少丰富、深邃的美学意蕴值得细细体味？

这地上乐园与现世理想国以"中"为"国"、以血亲为"和"（注：或者诸多社会人群实际虽无血亲联系，在文化观念中却将它看作是有血亲联系的）。"国"者，繁体写作"國"，从"或"，"或"者，"域"也。在东方大地的方域之上，世代生息繁衍着尚中不移、以血缘及血缘观念为纽带的炎黄子孙，这便是吾中华民族意识所认同的"中国"与"中和"。这是一种独立持中而不偏、悦乐和美而亲仁的生存之境，正如荀子所云：

> 四海之内若一家，故近者不隐其能，远者不疾其劳，无幽闲隐僻之国，莫不趋使而安乐之。[①]

战国时期的阴阳家邹衍有九州之说。据《史记》所载："儒者所谓中国者，于天下乃八十一分居其一分耳。中国名曰赤县神州，赤县神州自有九州，禹之序九州是也，不得为州数。中国外如赤县神州者九，乃所谓九州也。"顾颉刚《秦汉统一的由来和战国人对于世界的想象》[②]一文有"邹衍大九州图"。作为想象中的世界，自然不是现实世界的真实面貌，然而真实反映出中国居天下之中且乐融无碍的文化心态。有意思的是，这种想象中的天下时空模式，正与《周易》八卦方位图相对应。八卦方位图的文化及其美学观念，不仅是尚中（以中国为天下之中）的，而且象征时空宇宙以及生命的阴阳调和与运化无穷。《淮南子》关于传统"中国"及"中和"观记述甚详，其图式以冀州为天下之中心，蕴含着崇尚、肯定"中和"之美善的《周易》八卦方位、时空模式。这里，冀州是中和的象征。"冀州，九州中，谓今四海之内"[③]。《淮南子》又有"女娲氏杀黑龙以济冀州"之说，称"正中冀州曰中土"。冀州即齐州，齐者，脐也。脐在人体中位，故齐州即指"中国""中和"。

---

① 荀子：《荀子·王制》，方勇、李波译注，中华书局，2011，第124页。
② 顾颉刚编：《古史辨》第二册，上海古籍出版社，1982，第7页。
③ 《淮南子·览冥训》，陈广忠校注，中华书局，2012，第323页。

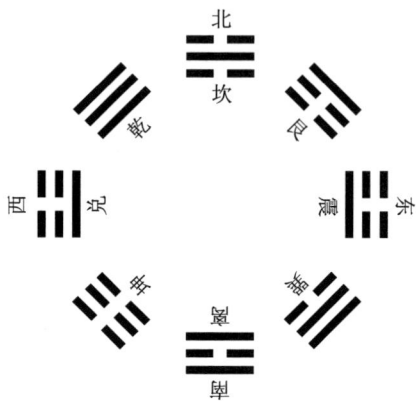

《周易》文王八卦方位图

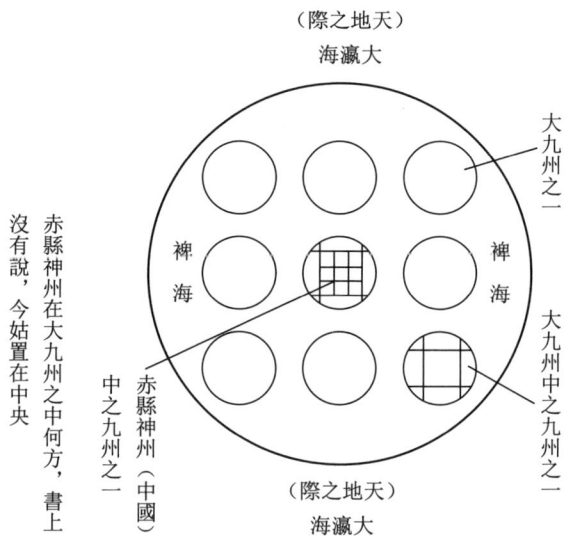

邹衍大九州图解

南

巽	离	坤
震	中	兑
艮	坎	乾

东 （左）　　西 （右）

北

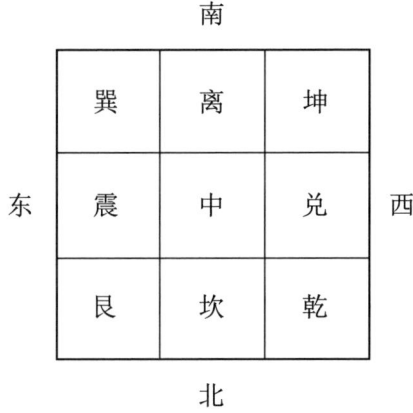

《周易》文王八卦方位简解

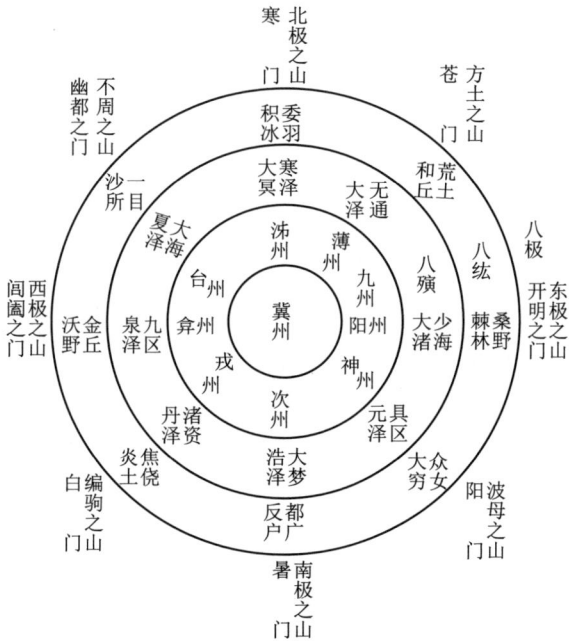

外圈：寒门·北极之山　方土之山·苍门　不周之山·幽都之门　东极之山·开明之门　西极之山·阊阖之门　波母之山·阳门　白编驹之门　南极之山·暑门

中圈：积冰·委羽　荒土·和丘　沙所·一目　桑野·棘林　沃野·金丘　众女·大穷　炎土·焦侥　都广·反户

内圈：大冥·寒泽　无通·大泽　夏大泽·大海　少海·大渚　八殥　八紘　八极　元泽·具区　泉泽·九泽　丹渚资　浩泽·大梦

九州：泲州　薄州　九州　阳州　神州　次州　戎州　弇州　台州　九区

中央：冀州

《淮南子》关于"中国""中和"的图解

炎黄子孙对"中国"的钟爱之情溢于言表：

> 中国者，聪明睿知之所居也，万物财用之所聚也，贤圣之所教也，仁义之所施也，诗书礼乐之所用也，异敏技艺之所试也，远方之所观赴也，蛮夷之所义行也。[①]

"中国"是一个关乎"聪明睿知""万物财用""圣教仁义""诗书礼乐""异敏技艺"的共名。"中国"这一共名的文化学、哲学、伦理学与美学的实质是"中和"。

如前所述，《周易》六十四卦每卦六爻以中间两爻（三、四爻）为中爻，象征人；以初、二爻象征地，五、上爻象征天，这不仅在中华传统文化及其美学观念中树立起一个顶天立地的人的形象，而且中爻介乎"天""地"之际，使整个卦符构成了天人合一的"中和"之象。"中和"之美，不仅对人也是对中国的自我肯定，"中"，关乎人以一定的实践方式所欲把握或已把握到的那个时空领域，"中"，首先是与人及人的行为相联系的。《周易》以六十四卦体系每一卦的下卦第二爻和上卦第二爻为中位，如为六二、九五，即"得中""得正""得位"之爻。从表面看，"得中"之爻，似与"和"无涉，似乎仅得其"中"而未得其"和"。事实上，"得中"之爻，处于六十四卦每卦六爻的第二、第五爻位之上，分别象征地与天、象征自然，因而"得中"之爻又是人力与自然合一的象征，人力与自然合一，是"中和"，是"中"之"和"、"和"于"中"。

> 中也者，天下之大本也；和也者，天下之达道也。致中和，天地位焉，万物育焉。[②]

"中"所以为"天下之大本"，乃因为这中华天下始于中华先祖为获得物质生活资料而对自然所进行的改造，这是自然的人化、人的本质的对象化，这为

---

① 《战国策·赵策二》，关树东编，吉林人民出版社，1996，第304—305页。
② 朱熹：《四书章句集注·中庸》，中华书局，1983，第18页。

"中"之美的诞生与建构奠定了实践基础，"和"之所以为"天下之达道"（"达道"者，根本之道也），是因为男女阴阳之媾合是人之生命、人伦与人生之美的开始，阴阳相和意味着人的自然生命的新生，人的本质，除了体力与智力，更原在的是其生命力，所以"和"也是人的本质的表现，"和"之美是人的新生命的创造。"中"与"和"互渗而不能分拆。

总之，从《周易》的巫学智慧来看，"中和"是一"神人以和"的境界，"中"，又有卜得筮中的意思。由于先民生产力极低下、智慧初启，而不得不艰难地面对一个混沌的宇宙，这也便是自然的原和状态。然而，人的生命阴阳之和却集中地体现出自然生命的盎然生机，它"刚健、笃实、辉光，日新其德"，所以巫学所谓的"中和"，一方面是人与神灵的和谐的"对话"，另一方面也是人力图揭去自然神秘的面纱，在人的主体意识的萌发中，去迎接审美的喷薄的日出，迎来中和之美灿烂的早晨。

恩斯特·卡西尔曾经指出：

> 人总是倾向于把他生活的小圈子看成是世界的中心，并且把他的特殊的个人生活作为宇宙的标准。但是，人必须放弃这种虚幻的托词，放弃这种小心眼儿的、乡下佬式的思考方式和判断方式。①

尽管关于"中和"的"狭小眼光、乡下佬式的思考方式和判断方式"，在正在走向现代化的社会里并非不存在，我们不能将它误认为"宇宙的标准"，然而这并不等于说，中华民族至今已发扬光大并且愈加辉煌的民族主体意识，原初不是从有限的"生活的小圈子"里起步的。我们的美学并不因炎黄祖先曾经有过一个稚浅的童年"中和"观而自惭形秽。在发扬《周易》中和美学智慧的今天，必须打破那种自我禁锢、自我迷恋的物理"宇宙"、心理"宇宙"（美学视野），中华民族，将不再作为一个被禁闭或自我禁闭的有限的物理"宇宙"和心理"宇宙"的囚徒那样生活在这个充满挑战的世界上。《周易》的中和美学智慧也许有独守其"中"、夜郎自大、排斥异端的一面，而且显得血缘气颇重

---

① ［德］恩斯特·卡西尔：《人论》，甘阳译，上海译文出版社，2003，第26页。

（这为我们所不取），然而我们的美学，同样需要对那种否定与失去民族自我与主体意识的不良倾向，进行必要的批判。

第二节　中和美论的历史辐射

《周易》中和美学智慧的历史形态与历史辐射，实际是一个包容着中华传统文化哲学、伦理学、美学及艺术美论等多种智慧因素的综合的思维运动与思想运动。不存在那种所谓孤零零的中和美论。离开对《周易》中和美学智慧的文化哲学基础、伦理学规范以及艺术精神等的综合性探讨，则难以扪摸其历史发展的轨迹。文学艺术是中和美学智慧情感洋溢的形象历史与符号象征，因而对中和美论历史辐射问题的进一步探讨，不能绕开文学艺术这一重要环节。

《易传》云："六爻之动，三极之道也。"①这是笔者在前文已经涉及的易理命题，言简而意赅，这里再作解析。六爻自成一卦，是一动态的时空模式，是自然宇宙与社会人生的亲和流转。"三极之道"即"三才"之理。三极者，天地人也。唐人陆德明云："三极，三才也。"②三极之道，以爻符象之，易学史上大凡有三种意见。其一，以五、上爻象天，初、二爻象地，三、四爻象人。人居天地之"中"且与天地相互亲和。这是前文已经说过的。朱熹说："初、二为地，三、四为人，五、上为天。动，即变化也；极，至也。三极，天地人之至理。"③其二，以五爻为天道、二爻为地道、三爻为人道，这是郑玄在释乾卦六爻易理时首先提出且为李鼎祚所认可的易解。李鼎祚说："五于三才为天道，天者清清无形而龙在焉，飞之象也。""二于三才为地道。地上即'田'，故称'田'也。"（引者按：乾卦九二爻辞有"见龙在田，利见大人"之言）"三于三才为人道，有乾德而在人道，君子之象"④。其三，以三、上爻为天极（上极、

---

① 《易传·系辞上》，朱熹：《周易本义》，第288页

② 陆德明：《经典释文》，上海古籍出版社，2012，第45页。

③ 朱熹：《周易本义》，第289页。

④ 李鼎祚：《周易集解》，上海古籍出版社，1989，第7、6、7页。

天道），初、四爻为地极（下极、地道），二五爻为人极（中极、人道）。

如上所列三解各有差殊，然其所蕴含的文化思维模式则一，都是一个由天地人所建构的"中和"结构。尚秉和云："六爻之动，以此为法。随时通变，不偏不倚。胥合其'中'，故曰三极。"[①]

《周易》"三极"中和观，是中华艺术美与艺术精神的一种范型。从某种意义上说，中华传统艺术美与艺术精神的本质不是什么别的，它就是以"中"为人学内容，综合天地之理，以"和"为圆融境界的中和之美。

徐复观曾经指出："中国文化的主流，是人间的性格，是现世的性格。""中国文化，毕竟走的是人与自然过分亲和的方向。"[②]这里，有三点值得注意。一、徐复观所言"人与自然过分亲和的方向"是"中国文化的主流"，并不认为全部中华文化概莫如此。其实这也是中华美学、艺术美与艺术精神的主流，以其在《周易》中的表现最为典型。二、这一文化与美学的主流方向，尽管其起始阶段曾经具有"神人以和"的文化品格，这就《周易》而言是巫术占筮，但终于没有彻底走上严格、成熟意义上的宗教道路。它是人间的、现世的，整个文化与美学并没有真正实现向彼岸的精神性腾挪，这在《周易》的元文化与元美学中已经隐伏着它的基因。三、《周易》的元文化与元美学基因并非是一般的"中和"，而是"过分亲和"的。"亲和"者，血亲之和也。人与自然本不存在什么血亲之缘，《周易》却将其看作具有血缘联系的，这正是《周易》中和美学智慧及其艺术精神的独特之处。

人与自然，即人与天地之关系，是文化学、美学与艺术学的基本母题。《周易》的"三极"说，是在天地结构的对应中以人为居"中"的亲和观念。八卦的时空运演和六十四卦每一卦的"六爻之动"，不仅是中华大地、中华天界时空动变的象征，而且是人与天地互对、互应与互亲的象征。为了人的伟大存在与发展，不仅在观念上人自信地肯定自己居于"土中"（中国）、与大地母亲作血缘意义上的认同，而且将人的价值转向天上被证明是必要的。"天"作为一种观念"上极"，成了美学而不是宗教学意义上的终极关怀。《易传》云："仰则观

---

① 尚秉和:《周易尚氏学》卷十八，中华书局，1980，第289页。

② 徐复观:《中国艺术精神·自叙》，春风文艺出版社，1987，第1页。

象于天，俯则观法于地。""以通神明之德，以类万物之情。"①这便是与天地相"中和"的人。用《吕氏春秋》的话来说，这是一种"上揆之天，下验之地，中审之人"②的"中和"宇宙图景。

在中华远古流传下来的神话艺术观念中，"天"的地位自然是极重要的。高高在上的天宇以北极帝星居中，以三垣、四象、二十八宿为时空构架。北极星居于整个天区中位的紫微帝垣，有诸"太子""三公""后钩"三星及"四辅星"佐治，其四周有二十八宿镇守东西南北四方天区（每方七宿），东方为苍龙、西方为白虎、南方为朱雀、北方为玄武（一种龟蛇合体的灵物），这实际是《周易》八卦方位、宇宙运演模式的艺术嬗变。这种艺术精神，固然以天为终极，实际却是以地上之人极为转移的。因为只有居于"土中"的人意识到其自身的存在价值与美，创造了人间的美，才能对天宫的"美"加以审视，天宫秩序是人间秩序的翻版。天极之美实际是与地极相勾连的人极之美在天上的侧影。它在精神上和形态上都像人极一样，只是巨大得无可比拟罢了。在神话艺术精神中，"似乎没有任何人类现象能解释它自身，它不得不求助于一个相应的它所依赖的天上现象来解释自身"③。神话艺术"解释"的结果，使得人自己以及人所创造的美显得无比神圣、崇高与伟大。这是天地人相合的"中和"之美。又如，也许因为中华初民生活于亚洲东部的温带地域而得天独厚，自然条件的相对美好折射于人的文化心灵造成初民在神话思维中文化心理的倾斜，人们赋予伏羲、女娲、盘古、神农、黄帝、西王母等神话主角以善美之性，从而返照人与自然的亲和关系。为《周易》所推崇的中华始神伏羲，就是这样一位半神半人、亦神亦人的"中和"（亲和）之美的象征，他画卦结绳、初造王业、为百王先，善美盖世。古老的盘古传说亦创造出盘古的"中和"形象，流传于秦汉间的神话有云："盘古头为东岳，腹为中岳，左臂为南岳，右臂为北岳，足为西岳。"④不仅盘古形象本身的艺术意识是神（未被把握天地自然规律的幻化）、人之间的"中和"而且在空间方位上，盘古的巨大形象也是以"中

① 《易传·系辞上》，朱熹：《周易本义》，第322—323、323页。

② 《吕氏春秋·序意》，廖名春、陈兴安译注，巴蜀书社，2004，第458页。

③ ［德］恩斯特·卡西尔：《人论》，甘阳译，上海译文出版社，1985，第62页。

④ 任昉：《述异记》，吉林大学出版社，1992。

和"为美的。这从盘古"腹为中岳"之艺术想象中尤可见出。腹部，人体脐之所在，处人体中位；脐者，齐也。齐州即中岳、中州、中国，这是前文已经说过的。因而，其余东西南北四岳与中岳是一巨大有机体，此乃中国者，美之亲和之国也。在这盘古形象中，我们又见到了一个以四正一中为框架的《周易》八卦方位图。至于中华大名鼎鼎的黄帝，为中华人文初祖，《五帝本纪》说他"生而神灵，弱而能言，幼而徇齐，长而敦敏，成而聪明"[①]。虽说黄帝形象最终成于战国，但其美之原型又与《周易》相联系。《周易》坤卦六五爻辞有"黄裳，元吉"之说。黄者，中之色、显贵之色，为五色之中之首，所以人世间的人王冠以黄帝之名，有尊显、伟美之意。黄帝土德，土色为黄，在《周易》八卦方位、阴阳五行观念中，土德实乃"中和"之德。土为万物之母体，与生殖相联系。黄帝实为"土"帝、"地"帝，是制驭四方大地的帝，与天帝相对应，是统摄天地又浑契于天地的居于"土中"的代表。诸多古籍，在论阴阳五行以土为"中和"时称："水火者，百姓之所饮食也；金木者，百姓之所兴生也；土者，万物之所资生，是为人用。地之五行，所以生殖也。"[②]"以土与金木水火，杂以生万物。"[③]这是黄帝为"亲和"之美的佐证。

《周易》中和美学智慧在先秦儒家的美学与艺术观中得到过淋漓的发挥。相传《易传》为孔子所作，自非确事。《易传》为孔子后学所撰，其中包含若干孔子的思想是可能的。《易传》云：

> 君子体仁足以长人，嘉会足以合礼。[④]
>
> 一阴一阳之谓道。继之者善也，成之者性也。仁者见之谓之仁，知者见之谓之知。百姓日用而不知，故君子之道鲜矣。[⑤]
>
> 天地之大德曰生。圣人之大宝曰位。何以守位曰仁。[⑥]

① 司马迁：《史记·五帝本纪》，《史记》卷一，中华书局，2006，第1页。

② 《国语·鲁语上》，时代文艺出版社，2009，第86页。

③ 同上书，第336页。

④ 黄寿祺、张善文：《周易译注》，上海古籍出版社，2007，第7页。

⑤ 同上书，第381页。

⑥ 同上书，第400页。

这三段引文的大意是，君子言行体现仁道足以成为人们的尊长，男女美好的亲和足以符合礼的规范。一阴一阳、阴阳调和就是《周易》所谓的"道"，传承此"道"为"善"，成就此"道"者，是原本的"性"。"道"之意义丰富而深邃，所以仁者见仁，智者见智。普通老百姓日常不离此道，却不知其所以然，所以君子的仁道知道的人不多了。天地的原初的、根本的性德在于生命及生命的繁衍。贤圣之人最可宝贵的，是体现仁礼的"位"。如何守持"位"则需推行仁道。

三段引文大意与"中和"艺术观无涉，实际是在儒家伦理观念中隐潜着关于"中和"的艺术审美理想。此二者都谈到了"仁"，"仁"的伦理学与美学实质，是将礼看作人之内心的自觉欲求而非外力所强制。就其伦理内容而言，是中庸而不走极端、执中而不偏。这里的"中"，是在一定社会人伦关系中做人的标准与表率；就其美学内容而言，所谓"中"，是追求与衡量人伦关系之和谐、人格完美的审美标准与审美尺度。"中"在伦理与美学的双重意义上，都是人间实践关系的协调，它与人的生活物质资料的生产这一原型相联系。至于"和"，显然是指生命阴阳之和。这三段引文实际都谈到了"生"（按：第一段所言"嘉会"者，即阴阳交会也），"生"即"和"。"和"始于男女生理与心理的亲情，同时向伦理学与美学辐射。就伦理学而言，"和"是以"中"为规范、标准的人伦和谐；就美学而言，"和"又是在一定标准的人伦关系中所建构的完美人格的显现。

《易传》所体现的"中和"观首先是重视人伦礼乐之"中和"的，它牢牢地建立在"生"的基础上，所谓"有天地然后有万物，有万物然后有男女。有男女然后有夫妇，有夫妇然后有父子。有父子然后有君臣，有君臣然后有上下，有上下然后礼义有所错"[1]；同时又将这伦理之"中和"升华为美学。这是伦理的审美化，美学的伦理化。就天地人之"中和"境界而言，又是人伦、人格的天则化，天地的人格化、人情化。"中和"既是伦理美德，又是一大审美理想。孔子对《诗·关雎》的评价是"乐而不淫，哀而不伤"，认为《诗》三百篇，一言以蔽之，曰：思无邪"。这同时是讲伦理学与美学意义上的"中和"境界：

---

① 《易传·序卦》，朱熹：《周易本义》，第361页。

"礼之用，和为贵，先王之道斯为美。"①所谓"温柔敦厚"，既是诗教，又是美育，是伦理被诗化了，诗美被礼制了。荀子云："先王之道，仁之隆也，比中而行之。曷谓中？曰：礼义是也。道者，非天之道，非地之道，人之所以道也，君子之所道也。"②又说："诗者，中声之所止也。"③礼义伦理重于理，诗歌审美重于情，中声是情理适中相契，不使流淫。这里，天地人本非对立，或通过人为努力而达到中和一致，不知何为天道、何为地道，天地人只是一道，君子圣人之"道"也。这是所谓"礼之敬文也，乐之中和也"④。

总之，先秦儒家所推崇的礼乐合一，就是仁，就是《周易》所谓的"中和之气"，就是中，是人在物质生活资料生产过程与生活实践中的人伦协调关系；乐是和，它的文化原型是基于男女交会的生命的悦乐，升华为哲学、美学与艺术学，一指艺术、二指美、三指美感。礼与乐的对应，也就是中与和的对应。礼是乐的伦理基素，乐是礼的审美超越。中是和的生命骨骼，和是中的生命血肉。由乐、和以生命之交会为元素，这无异于说，它是生命、人性所天生与固有的，这在先秦儒家看来，与生命之和所合契的礼，即一切道德规范与做人标准，决不是外力强加于人的东西；由于礼、中所揭示的是人伦的标准与尺度，所以乐与和就不是"同"，艺术、美与美感的和谐境界决不是杂凑的混同，而是均衡且有条理、柔美且有刚度的，这正是易理所辐射的艺术真谛与中华艺术所特具的艺术光辉。在这里，可以隐约见出天人合一、美善合一、美学与伦理学合一的思维特点。礼的教育因为有"和"之因素蕴涵其间，决不应当是强制性的，而是意味着启悟人的善美天性。道德既然是人生而有之的、自觉的内在要求，那么，这种礼的实行，就是社会群体与个体自身价值和本质力量的自我肯定，而不应使人的自由本质蒙受道德伦理（礼、中）这外力的奴役。这里不存在对道德教条违反人性的屈从以及人的自由本质的牺牲。

由《周易》所建构的中和美学智慧，在"中"与"和"双重意义上，是先

---

① 《论语·为政第二》，刘宝楠：《论语正义》，《诸子集成》第一册，上海书店，1986，第21、16页。

② 《荀子·儒效》，方勇、李波译注，中华书局，2011，第95页。

③ 同上书，第7页。

④ 同上书，第8页。

秦儒家所提倡的礼与乐、善与美的重合。

如果说《周易》的中和美学智慧，是将审美降格为伦理，那么它恰恰同时又把伦理提高到了审美的高度。

《周易》中和美学智慧的范型，表现在从先秦到汉魏的音乐美论中，形成了独特的音乐中和美学观。

《吕氏春秋》云："昔葛天氏之乐，二人操牛尾，投足以歌八阕：一曰《载民》、二曰《玄鸟》、三曰《遂草木》、四曰《奋五谷》、五曰《敬天常》、六曰《建帝功》、七曰《依地德》、八曰《总禽兽之极》。"[1]这里所记，当是原始巫术歌舞的情景，葛天氏"投足以歌"，意在祝祈农牧年丰也。为何所歌恰是"八阕"？这与远古传承下来的所谓"八音克谐，神人以和"的观念相关。葛天氏是传说中的远古帝号，在伏羲之前。伏羲是传说中的中华东部的氏族首领，据《周易》所言，八卦就是他创立的。中华东部的远古氏族于数尚"八"，依此传说，这尚"八"的文化智慧其实在早于伏羲的葛天氏时代就已经产生了，因而葛天氏"投足以歌八阕"与伏羲画卦为"八"的观念是相应的。八卦是一个"中和"观念的符号"宇宙"集成，由此上推，传说中所谓葛天氏的"八阕"，也是渗透着原始"中和"音乐观的，不仅"八阕"之间相"中和"，而且作为巫术歌舞，神人之间也是"中和"的。中华古人认为音乐有一种魔力，它可以协调天人，即自然（神）与人的关系，如古希腊神话传说所谓奥尔菲斯弹起七弦琴，立刻使木石之美循其音律在空地上突起幢幢建筑物，从而使建筑成为"凝固的音乐"一样。在《周易》八卦中，已经储存着美妙的音风乐韵。所以八卦不仅是八方、八风之类的象征，也是八音中和的象征。所以以歌八阕、八音克谐，就能风调雨顺，人寿年丰。古人云："立春至，天曰'作时'；地曰'作昌'；人曰'作乐'，是以万物应和。"古人为了祈求丰收，对八阕"常好之。爰命鳣先为倡，泊蜚龙称八音会八风之音，以为圭水之曲，以召而生物"[2]。中华先秦亦有"九歌"之说，大诗人屈原曾据楚地祭神之歌作诗篇《九歌》，不管这九歌是指九天十神歌还是指其他什么也罢，反正九歌之九，又与《周易》

---

[1] 《吕氏春秋·古乐》，廖名春、陈兴安译注，巴蜀书社，2004，第404页。

[2] 罗泌：《路史》，中国台湾商务印书馆，1983。

八卦观念直接攸关。《周易》八卦方位以东西南北、东南西南、东北西北为八方，又以八卦之中位（中宫）为第九方位。所以，八卦与中宫是宇宙空间的九方中和，九歌也是一统天下、天人感应、神人相谐的中和之音。所谓"八，年之中；九，合诸侯。如乐之和，无所不谐，诸与子乐之"[①]。

先秦荀子继承《周易》中和美学观，关于音乐艺术中和论，也曾贡献过值得注意的见解。他从《周易》所谓"气"出发，认为中和之音气顺，非中和之音气逆，从而抨击墨子的"非乐"思想。"凡奸声感人而逆气应之，逆气成象而乱生焉；正声感人而顺气应之，顺气成象而治生焉。"[②]奸声、非中和之音应于逆气，乱之气象；正声、中和之音应于顺气，治之气象。而"气"在《周易》中又称精气，它应之于巫术，是谓"马那"；应之于美学，是谓美感的生理基因、生命的种子，其本身就是氤氲中和的，这也便是荀子所谓血气。血气平和意味着气顺，气顺则音乐中和境界生成。"故乐行而志清，礼修而行成，耳目聪明，血气和平，移风易俗，天下皆宁，美善相乐。"[③]如此美善的中和之音，使"乐在宗庙之中，君臣上下同听之，则莫不和敬；在族长乡里之中，长幼同听之，则莫不和顺；在闺门之内，父子兄弟同听之，则莫不和亲。故乐者，审一以定和，比物以饰节，节奏和以成文，所以合和父子君臣，附亲万民也。是先王立乐之方也。"[④]

根据《汉书·艺文志》记载，成书于汉代初期的《乐记》，则以音乐为中心论题，进一步发挥《周易》的中和美学智慧。在笔者看来，这主要表现在进一步深化了关于音乐艺术本质的看法，而仍然不离《周易》中和美学智慧的范型。

> 乐者，天地之和也；礼者，天地之序也。和，故百物皆化；序，故群物皆别。乐由天作，礼由地制。[⑤]

---

① 《左传·襄公十一年》，中华书局，1990，第993页。
② 《荀子·乐论》，方勇、李波译注，中华书局，2011，第329页。
③ 同上。
④ 按：《汉书·艺文志》："武帝时河间献王好博古，与诸生等共采《周官》及诸子言乐事以作《乐记》。"
⑤ 《礼记·乐记》，杨天宇：《礼记译注》，下册，上海古籍出版社，1997，第637页。

这一见解揭示了《乐记》音乐艺术中和观的三重结构。一、音乐之美，由天地阴阳和气所生。表面看，这里只论天地而未涉于人。而实际上音乐作为一门艺术，是人工的创造，上感于天、下应于地、中在于人，这是《周易》天地人合于一的卦爻符号观念的音乐诠释。二、礼制之善，由天地秩序所定，这是《易传》"天尊地卑"思想的延续。天上地下，群物有别，这是礼。礼虽由外作，却是要有人去执行的，礼中也包含着人的因素。因而所谓礼，实际上也是一个天地人相和的结构，不过"和"得有条有理罢了。礼是天经地义的，这和，是有序的和，从而也是和的有序。三、乐为中和、礼为中和。前者偏于和而不失其中；后者偏于中而不失其和。而礼乐统一，则意味着由偏于中的天地结构与偏于和的天地结构重新组合。不仅乐也中和、礼也中和，而且礼乐协调亦是中和。这关于音乐艺术的中和观，诚然是从礼乐相谐的角度来立论的，却又提高到天地的哲理高度来论音乐的中和，这使中和美论具有一定的自然哲学光辉。并非否认音乐艺术的中和境界乃人工所为，却将这一境界看作天设地造，"虽由人作，宛自天开"[1]也。

同时，从哲学宏观看，正如庄子所言，音乐实乃"天和""天乐"，从心理学微观看，音乐之美又是人心的精神产物。

> 音之起，由人心生也。人心之动，物使之然也。感于物而动，故形于声。声相应，故生变。变成方，谓之音。[2]

音乐是审美化了的人心的音声显现。人心受到了审美感动才有音乐的诞生，但人心审美的客观源泉是物。问题是，并非所有客观存在之物都能激起人心的感动，也并不是任何情感的激动、形之于声都是音乐的美。那些自然而未经艺术处理的人声不是音乐。声必须具有节奏、韵律与和谐的调性才成其"音"。所谓"声成文，谓之音"。"成文"，就是合乎审美规律与审美尺度（方），方者，矩也，就是准则、法则，也便是"中"。在"中"制约与指导下音乐艺术的和谐，便是中和境界。而且，"中"者，衷也。衷是人心被审美对象深深的感

---

[1] 计成：《园冶》，陈植注释，中国建筑工业出版社，1988，第51页。

[2] 《礼记·乐记》，《礼记译注》，下册，第627页。

动，是一典型的音乐审美心态，有如孔夫子听韶乐，"三月不知肉味"；有如伯牙操琴，知音弥珍；有如"手挥五弦，目送归鸿"，中和之至也。

魏晋时期玄学大盛，是人的觉醒与解放的时代，文人学子作为社会、时代与民族的智慧头脑、社会良心，以老庄为原，旁采易、佛，铸宇宙观、人生观与美学观之新型，"其期望在超世之理想，其向往为精神之境界，其追求为玄远之绝对，而遗资生之相对，从哲理上说，所在意欲探求玄远之世界，脱离尘世之苦海，探得生存之奥秘"①。这便是玄学所倡言的"无"的境界。"无"，平淡无味，澹远淡泊，是魏晋士子所意会的人生"中和"之境。如刘劭所云，"凡人之质量，中和最贵矣。中和之质，必平淡无味。"②这证明，《周易》中和美学智慧已溶于玄学之大泽中。阮籍著《乐论》用语颇类易说而精神意蕴已起变化。他说："夫乐者，天地之体，万物之性也。合其体，得其性则和，"这是《周易》阴阳交和的传统思想，"故定天地八方之音，以迎阴阳八风之声；均黄钟中和之律，开群生万物之情气。故律吕协，则阴阳和"。这也是《周易》中和乐论陈说，然而又云：

> 乾坤易简，故雅乐不烦，道德平淡，故无声无味，不烦则阴阳自通，无味则万物自乐；日迁善成化，而不自知，风俗移易，此自然之道，乐之所始也。③

这里，阮籍所谓"无声无味""乐之所始"的见解，颇类老子的"大音希声"，重点在于倡"无"。"无"就是原朴的"中和"。从音乐审美所期待的精神之"无"出发，通过音乐的创作与接受历程之"有"的阶段，最终达到"无"的审美境界，都可以说是"中和"的。"中和"者，冲和也。这便是音乐的自然之道，不同于《周易》所谓的"中和"。《周易》中和美学智慧尽管具有形而上的品格，却是处处不离"有"的，是在"有"的意义上、不离轴心的思维与情

① 汤用彤：《魏晋玄学论稿·魏晋玄学和文学理论》，上海人民出版社，2015，第219页。
② 刘劭：《人物志》，黄山书社，2010，第9页。
③ 阮籍：《乐论》，《魏晋南北朝卷》上，叶朗总主编：《中国历代美学文库》，高等教育出版社，2003，第74页。

感的圆转运动。玄学关于音乐中和美学智慧（无）的思维与情感运动自然也是圆转的，然而它断然拒绝了《周易》关于"礼"的纠缠，让乐从礼的传统束缚中挣脱出来，自成一"中和"境界。所谓"无声"至声、"无味"至味，正如嵇康所言，"声无哀乐""以大和为至乐""以恬淡为至味""至和无声"玄学的音乐"中和"观，大致上已从原先《周易》所倡导的灼华尘世氛围中退出，此时所谓的"中和"之"中"，已无浓重的伦理内容，而成了以"无"为宇宙本体，因而也是以"无"为人格、审美之标准的内在依据。如此说来，魏晋音乐中和美学观是否与《周易》绝然无涉呢？当然不是。因为从中华古代中和美学智慧的历史矛盾运动看，正是先有《周易》尚"有"的中和美学观构建于前，才能在一定意义上促使我中华民族文化头脑作一逆向性思维，促使历史产生一种否定性的内驱力（当然，这种逆向性思维与内驱力的产生，还因老庄之学与入传之印度佛学的盛行，根本原因是时代使然）。从而在对易之"中和"的否定中铸冶出这种以"无"为圭臬的新的音乐"中和"观。有一位伟大先哲曾经说过，历史是以一个否定另一个的形式彼此联系着的。这种逆势的否定性联系，就是扬弃与消解。正如魏晋玄学鼻祖王弼恰从对《周易》的研究著述同时也包括对道、释之学的研究中创立"以无为本"的玄学体系那样，魏晋音乐美学的"中和"智慧与易理具有一定的间接、隐在联系是不奇怪的。

《周易》中和美学智慧的范型，表现在唐代诗论中，又形成了独特的诗之中和审美理想。

这里试以唐僧皎然诗说为例。皎然援儒（易）入禅、博采道旨，虽遁入空门，但于心灵深处对儒（易）、道亦不免有所回眸与依恋。

> 且夫文章关其本性。识高才劣者，理周而文窒；才多识微者，句佳而味少。是知溺情废语，则语朴情暗；事语轻情，则情阙语淡。巧拙清浊，有以见贤人之志矣。抵而论属于至解，其犹空门证性有中道乎？何者？或虽有态而语嫩，虽有力而意薄，虽正而质，虽直而鄙，可以神会，不可言得，此所谓诗家之中道也。①

---

① 皎然：《诗式》，李壮鹰：《诗式校注》，人民文学出版社，2003，第376页。

在皎然看来，关乎文章（诗）本性的诗家中道，就其诗人审美心理而言，犹如佛门证性的中道观。佛教中道观的创始者，是3世纪印度大乘中观学派的代表人物龙树。在龙树之前，印度部派佛教中的"一切有部"持万法"实有"的观点；另有佛教空观学派针对万法"实有"观提出物无自性、因缘所生、一切皆空之说。龙树所言"中"，既不认为万法皆"实有"，又不认为所谓一切皆空是"实有"之空、实在之空（即将空看作客观存在），要求对佛法的观想离开"空""有"两边，从"中道"去领悟体味，所谓"众因缘生法，我说即是空，亦为是假名，亦是中道义"①。万法（一切客观事物现象）既然因缘和合而生，一切皆变皆流，自然是"空"的；而这"空"本身并不客观存在，所谓"空"，不过是一个"假名"，"可以神会"而"不可言得"，因而中道观要求既不执"有"也不执"空"而取"中道"之观。然而，对离开"空""有"两边的"中"，其实也不能执着。龙树从对"空""有"的无所执着推导出他的中观，这无异于承认，"中"就是对万法本相真实的另一种执着，是对无所执着的执着，这是二律背反。因而，佛教倡言"破执"，追求圆融。"空假本来非为别物，空即假，假即空也。然则离此空假相待之绝待之中，亦非在相待之外。相待即绝待也，绝待即相待也。故空假中之三者为一法之异名，即假即空即中也。空之外无假，假之外无空，空假相待之外，无中之绝待，中之绝待外，无空假之相待，是为圆教至极之中观。"②从佛教"破执"而言，这里所谓未沾溉于"空""有"的"中"，就是无所执着，然而无所执着就是圆融，就是"和"。可见，印度大乘佛教所谓"中"，实则包容了"和"的思想，是佛教思辨与幻想中既无以执着而又执着的"中和"境界，这境界具有彼岸性。

皎然诗之中道观，固然从佛教中观采撷灵感玄思，要求诗思、诗情唯"中"是执，关乎才识、理文、情语以及巧拙清浊等等无所偏至、滞累，然而其视野基本是在此岸，仍然不离《周易》中和美学智慧的基因、"慧根"，只是其"中和"诗论由于佛理的濡染、薰习，在理论上更显得空灵、深至罢了。

---

① ［印］龙树：《中论·观四谛品》，青目释，吉藏疏，上海古籍出版社，1994，第62页。

② 丁福保：《佛学大辞典·中观》，文物出版社，1984，第341页。

在《诗式》以及《诗议》《诗论》中，皎然对那些非中和的诗之倾向提出批评，称其为诗之"六迷"："以虚诞而为高古，以缓慢而为澹泞，以错用而为独善，以诡怪而为新奇，以烂熟而为隐约，以气少力弱而为容易。"诗之迷，便是偏执，非中和之诗境也。中和之诗境须做到"二废"："虽欲废巧尚直，而思致不得置；虽欲废言尚意，而典丽不得移。"又须做到"四离"："虽有道情，而离深僻；虽用经史，而离书生；虽尚高逸，而离迂远；虽欲飞动，而离轻浮。"还须追求诗之"四不"境界："气高而不怒，怒则失于风流；力劲而不露，露则伤于斧斤……"所有这一切诗论，都在于推重"中和"之诗美，追寻适度的诗风歌韵。

《周易》中和美学智慧的范型，又对比如盛于唐代的格律诗体深有影响。《周易》六十四卦的卦爻符号系统整体齐正，正如前文已涉，其每卦凡六爻，爻分阴阳，错卦、综卦、错综卦及自综卦偶合对应；而在这齐正的整体内部，又充满了参差、变化与流动态势，有如整个宇宙或生命，总体浑整，其内却千姿百态、错综、倾动，创造出"不齐之齐""不正之正""不动之动"的审美意境。正如周行易《易经与毕达哥拉斯数学美学比较》（载《文艺研究》1990年第5期）一文所分析的那样，中国格律诗体的音乐之美在求平仄四声的节奏韵律："宫羽相变，低昂互节，若前有浮声，则后须切响。一篇之内，音韵尽殊；两句之中，轻重悉异。"[1]这是诗之音律上的中和之美境。笔者以为，除此之外，比如七律诗体，凡八句，分作四联，首联与尾联分别为第一、二与第七、八句，中间两联（三、四，五、六句）必须对仗。这样，整首七律实际是由上中下三个单元构成的，这是《周易》六十四卦每卦六爻结构在诗体审美观上的反映。《周易》一卦六爻以五、上爻象天，初、二爻象地，三、四爻象人。七律诗格上中下三单元结构并无象征天地人的意义，然而其三元层次显然是易卦结构的诗意复现。《周易》中充满了对偶思想，对偶是中和的特殊型式，诸如乾坤、泰否、损益、剥复、既济、未济以及晋与明夷等卦符的对偶，蕴隐着在对偶中求均衡的艺术精神。所谓"半逗律"，即在咏诗时七言律诗的音节在语气上"逗"为四三，而五言律诗为二三。周行易说，这种音节之"逗"，"即阴阳对分；'二三'或

① 沈约：《宋书·谢灵运传论》，吉林人民出版社，1995，第1027页。

'四三'音节，即奇数、偶数的参差交错"。这确为中肯之见，这种诗之音节的划分，是阴阳对偶参差之中和易理在诗学中的表现。

最后，《周易》中和美学智慧的范型，表现在明清建筑文化中，同样是值得一提的。

试看明清北京紫禁城，始建于明永乐帝朱棣迁都北京之后，是一以宫城为中和空间观念的宫殿建筑群体，它自南向北、纵向发展，沿着一条长约7.5千米的中轴线有机而和谐地组织在一起，这中轴空间序列以最南端的永定门为起始，以景山向北的地安门到钟鼓楼为终了。其间建筑空间序列鳞次栉比、有序而和谐统一，是《周易》中和之易理美学在大地上的展现，尤以三大殿及其附属建筑艺术最富中和之审美特色。且不说这里诸如"太和"（大和）、"中和""保和""体仁""乾清""坤宁"等建筑物的命名观念，直接来自《周易》，仅从三大殿及有关附属建筑的平面布局看，那种在严格对称中发展的纵深序列，将《周易》中和美学智慧发挥得淋漓尽致（图示）。这一中轴线观念犹如紫禁城三大殿及有关附属建筑群体的"脊梁"与"心脏"，造就了中和的审美态势。从图示可见，天安门、端门、午门、太和门、太和殿、中和殿和保和殿等故宫重要建筑物，其中心均在中轴线上呈纵深有序排列，其余建筑拱卫于两旁，呈对称、对偶呼应气势。

群体建筑文化是中和的象征，单体建筑之"间"（室）也是一个中和的空间领域。中华古代一般称平面为正方形或长方形、其四角立以四柱、四周砌墙、辟有门户的基本建筑单位为"间"，即《周礼·考工记》所谓的"四阿"之屋。"间"的内部空间划分，实为一个简化了的《周易》八卦方位图。段玉裁《说文》注："古者屋四柱，东西与南北皆交复也。"中华古代直至明清时期，其建筑之"间"以矩形（或正方形）为常式：其内部空间平面，划分为西南、西北、东北与东南四部分，此即《周易》八卦方位的"四隅"。清人王国维云，"室"之"西南隅谓之奥，西北隅谓之屋漏，东北隅谓之宧，东南隅谓之窔"[1]。中华传统建筑之"间"，一般以南向为通例。

---

① 王国维：《明堂庙寝通考》，《观堂集林》卷三，《王国维遗书》第一册，上海古籍书店，1983，第1页。

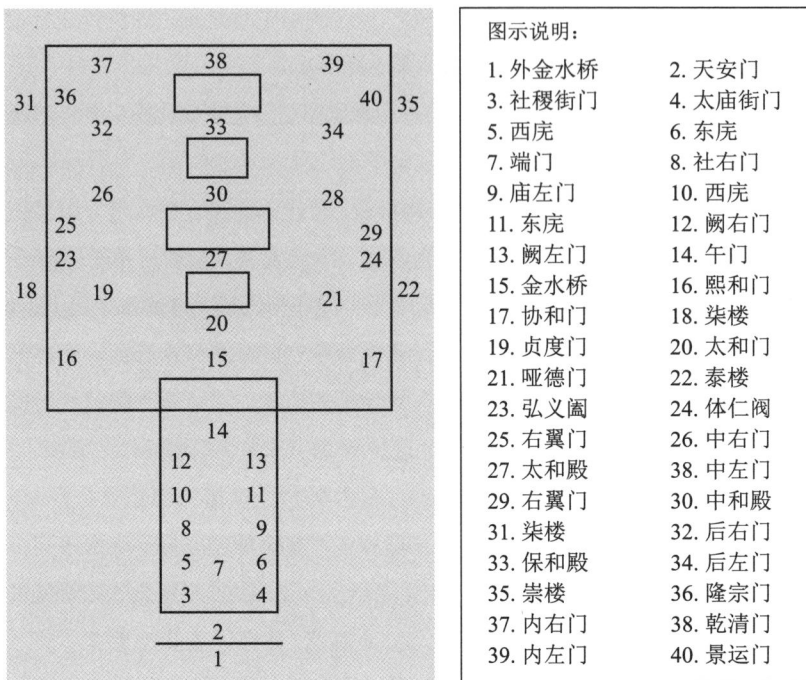

图示说明:	
1. 外金水桥	2. 天安门
3. 社稷街门	4. 太庙街门
5. 西庑	6. 东庑
7. 端门	8. 社右门
9. 庙左门	10. 西庑
11. 东庑	12. 阙右门
13. 阙左门	14. 午门
15. 金水桥	16. 熙和门
17. 协和门	18. 柒楼
19. 贞度门	20. 太和门
21. 哑德门	22. 泰楼
23. 弘义阁	24. 体仁阀
25. 右翼门	26. 中右门
27. 太和殿	38. 中左门
29. 右翼门	30. 中和殿
31. 柒楼	32. 后右门
33. 保和殿	34. 后左门
35. 崇楼	36. 隆宗门
37. 内右门	38. 乾清门
39. 内左门	40. 景运门

故宫三大殿及其附属建筑平面简示（转引自拙著《中华古代丈化中的建筑美》）

门户常设于"间"之东南一隅，这在《周易》文王八卦方位图中属于巽位，典型的明清北京四合院，处于东震与南离之间，震为雷，一阳始生于下，雷为动，可谓生机勃勃；离为火，象征太阳，又震象征春，离象征夏，二者在时空上都是吉利的，又处于东南之巽，位在震雷、离火之际，巽为风为入，在文王八卦方位与风水观念上显得十分吉美，所以筑室设门户于东南巽位，可谓深契易理。当大门洞开，"户不当中而近东，则西南隅最为深隐，故谓之奥"[1]。这里是设祭或尊者安寝之处，属于《周易》文王八卦方位的坤位。所谓"堂奥"之说源出于此。"室"之西北隅称"漏入"，乃一旦门户开启，早晨日光必斜射于西北一隅，这里在文王八卦方位中属乾位，正与日光为乾相应。东北隅称"宧"，是因这里在文王八卦方位中属于艮位。艮为一阳二阴，为阳卦。阳者，

---

[1] 李学勤主编：《尔雅注疏·释宫》，北京大学出版社，1999，第125页。

养也。所以《尔雅》云："东北者阳，始起育养万物，故曰宧。宧，养也。"①古代庖厨食阁，常设于室之东北一隅，此为举火养命之处，在风水观念中称为命门。而所谓"窔"，原意为风吹入洞穴之声，"窔"从穴，此可见建筑之"室"（间）实由地穴发展而来（远古建筑始于穴居），人可出入、风可出入的洞穴之日，后来发展为"室"（间）的门户。它处于八卦方位东南之隅的巽位。如此之"间"，自然具有为八卦方位观念所限定的空间秩序，它实际上是富于中轴线与中和审美意识的，这一中轴线，垂直于奥、窔与漏入、宧连结直线，为通过两条直线的中点。

这一中和建筑时空，反映出宇宙中和意识。因为在中华古人心目中，建筑文化虽为人工创造，却是效法宇宙的，建筑即宇宙。宇宙就是一所"大房子"，所谓"天宇苍苍，笼盖四野"是也。而建筑就是人工的宇宙，它是伟大的自然宇宙的艺术体现。建筑宇宙实际是自然宇宙的文化象征。建筑的中和之美，正是自然宇宙中和之美的光辉体现。从《周易》八卦方位观念分析，整个自然宇宙的存在与运化，以及建筑宇宙的存在与空间布局，已在八卦方位的高度概括之中。自然宇宙与建筑宇宙是同构的。人从自然宇宙进入建筑宇宙，这是从原朴中和之境进入人工中和之境。所以可以说，建筑文化是天地人合一的中和区域。《山海经》有"内别五方之山，外分八方之海"说，这与《周易》五方、八卦方位的中和观相印契。屈原《招魂》诗篇呼唤"魂兮归来"："魂兮归来，东方不可以托些""南方不可以止些""西方之害，流沙千里些""北方不可以止些"②，立刻使我们想起这一章开头所论及的"立中"晷影，那日光照射于晷影之"中"在地面投下的阴影就是"勾"、就是"魂"，所谓"勾魂揶魄"是矣。建筑（包括技术与艺术）是人改造自然宇宙的一种方式，"魂兮归来"，即将"魂""勾"住以随从人意，这可以是"中和"的生活境界，自由的人生境界。正如"魂兮归来，反（返）故居些"③的屈子歌吟，"故居"者，建筑亦即宫室也，"反故居"，可以是对"中和"的回归。

---

① 李学勤主编：《尔雅注疏·释宫》，北京大学出版社，1999，第125页。

② 屈原：《招魂》，董楚平《楚辞译注》，上海古籍出版社，1986年，第246、247、248、249页。

③ 同上书，第252页。

第九章　人格美学智慧的超越

在中华古代文化智慧总涵中，人格问题首先是一个伦理学而非美学问题，或者可以说，人格问题的基本内涵属于伦理学范畴。这是因为，全部伦理学所讨论的，是做人的标准以及如何做人，从而追求人格的完善。它所能及的主要命题，当然首先是善而不是美。

然而，每一范畴所揭示的每一事物质的规定性，必然是在与他事物的有机联系中建构起来的。从文化智慧的历史形态看，尽管善与美、求善与审美、伦理学与美学不能相互等同，却也难以人为地彼此分拆。大致在孔子之前，中华古代关于人格的智慧见解是善美不分的。这固然在逻辑上尚未严格区分善与美各别的"质"，却正好猜中了二者之间原在、浑朴的内部联系。孔子第一次将善与美作了逻辑意义上的区分，"子谓《韶》尽美矣，又尽善也。谓《武》尽美矣，未尽善也"①。可见善不等于美，却并非无视伦理与审美的内在统一。而从审美角度看，任何人的审美过程一旦进入物我浑契、无挂无碍的移情自由境界，则意味着主体的审美心灵暂时"忘却"柴米油盐、荣辱得失等人生扰攘，但实际上并未能彻底斩断审美与伦理潜意识的隐在纠缠。没有哪种美、美的观念与审美意识，不与一定的伦理智慧客观地有直接或间接、显在或潜在的勾连。

保存在《周易》之中关于人格的丰富思想，无疑具有强烈的伦理色彩，却也典型地体现出中华古代伦理学与美学互相包容、统摄的特点。它一般地具有

---

① 《论语·八佾第三》，《论语正义》，《诸子集成》第一册，上海书店，1986，第73页。

"儒"的基本文化性格与精神意蕴，是美的伦理学或伦理的美学，也是关于求善兼审美的人学、人格学。

这里所谓"人"，并非指一般意义上的人，而是就《周易》本经而言，指"巫"；就《易传》而言，指"圣"，亦即所谓"大人"。因而这里所言人格，实乃"巫格""圣格"。《周易》的人格审美智慧，是在从《周易》本经到《易传》、从巫到圣的文化转型中形成的。它是基于巫术占筮、与一定伦理观念相依相谐的哲学意义上的超越，由此历史地塑造了所谓圆型人格与方型人格这两种基本人格模式。

第一节　从巫到圣：在神与人之际

《周易》本经（《易经》）与《易传》之间的深层结构联系究竟是什么？对此，有人避而不论，有人语焉未详，有人认为从《周易》本经到《易传》由于与巫术占筮"本来无缘"[①]，也就谈不上从"经"到"传"的意义递进；而一般都注意到经、传两部分之间的意义关连，认为无论经、传，都有"义理"贯穿于其间，就是一种哲学精神，并指出《易传》之所以是一部"独具体系的哲学著作"，是因为"《周易》的'经'部分，虽以占筮为表，实以哲学为里"[②]，进而断言"'经'是占筮书"，"《易传》是哲学书"[③]。

笔者以为这些易解只是一般地触及《周易》本经与《易传》之间的意义关系，却没有真正回答二者之间的关系结构到底怎样。以笔者之浅见，尽管在《周易》本经的原始巫学中包含哲学智慧的萌芽因素以及哲学是《易传》文化智慧集成的灵魂，然而整部《周易》却不能称之为哲学著作，而毋宁称其为文化学著作更为确当。从《周易》人格美学智慧的生成与发展角度看，经、传两部分无疑是同构对应的，是从"巫"到"史"的典型代表。

《周易》本经以巫学为其基本文化内涵，它所推崇的是巫，巫既通于人又通

①　宋祚胤：《周易译注与考辨·自序》，湖南人民出版社，1987，第2页。

②　黄寿祺、张善文：《周易·前言》，上海古籍出版社，2007，第13页。

③　李镜池：《周易探源》，中华书局，1978，第154页。

于神，是神与人之际的一个中介。

《易传》，以圣学为其基本文化内涵，它所推重的是圣，圣亦既通于人又通于神，也是神与人之际的一个中介。

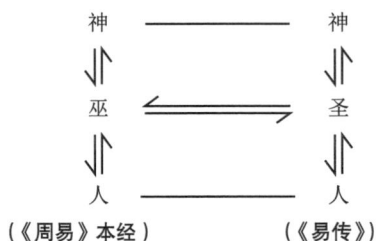

（《周易》本经）　　　　　（《易传》）

从巫到圣，正好揭示了从《周易》本经到《易传》之间深层结构的意义连接。

这里所谓"人"，自然指普通人、老百姓。就《周易》本经的巫学而言，巫是人的升格与神的降格；就《易传》的圣学而言，圣也是人的升格与神的降格。

从巫到圣，经历了不少当代西方哲学家和文化人类学家所说的"哲学的突破"（philosophic breakthrough）或言"超越的突破"（transcendent breakthrough），由此升腾起人格美的光气华韵。

一、《周易》本经的巫

《周易》本经内容的巫学性质毋庸赘言。

《易传》有云，巫"设卦观象，系辞焉而明吉凶"，巫"以卜筮者尚其占"，又云"探赜索隐，钩深致远，以定天下之吉凶，成天下之亹亹者，莫大于蓍龟"，为的是"以通天下之志，以定天下之业，以断天下之疑"。卜筮以蓍龟为"灵物"，以决疑惑，是中华古代两大巫术品类，而易筮据其一。巫术的施行，自然是由巫来执掌的，巫是施行巫术的主角。《说文解字》云：

　　　巫，祝也。女能事无形，以舞降神者也①。

① 许慎：《说文解字》，中华书局，1963，第100页。

　　从这一解说可以见出以下几点。其一，巫原指女巫，历史上从事巫术的大约首先是女性。巫术作为"断天下之疑"的法术，可能早在母系社会就已存在。其二，历史进入父系社会，女性"宗主"地位的丧失，促成了巫的职能由女性向男性的转移。这不是说，从此便把女性从巫术王国中彻底驱逐出去，而是男性成为施行巫术的主角。尤其一些重大巫术活动，则非由男性主持而莫属。于是便有觋的出现。觋者，男巫之尊称也。中华远古时代巫风大炽，巫术成了远古部落、氏族与个人从事狩猎、采集、耕稼、征战以及人自身生殖繁衍等社会行为的重要文化方式。中华先人曾经怎样虔诚地相信巫术的"灵验"，热衷于通过巫术祈福祀祥、趋吉避凶，人的精神世界颇多巫术的意念，由此而激起情感的跃动与意志的执拗。其三，巫术的目的是为了人的利益而"降神"。"降神"的方式是"舞"。"舞"的象形文字写作 🜊，"巫"的小篆体写作 🜋，显然是"舞"的简化。舞者，巫也，象征通神、降神的巫手持牛尾或鸟羽之物手舞足蹈。舞是巫降神、娱神作法的方式。本书前文所引"葛天氏之乐"所谓"三人操牛尾投足以歌八阕"，正是作法之巫的生动写照。《尚书》说："敢有恒舞于宫，酣歌于室，时谓巫风。"有疏云："巫以歌舞事神，故歌舞为巫觋之风俗也。"其四，这里，尤其值得注意的是所谓"女能事无形"的那个"无"字。"无"，繁体写作"無"，甲骨文作 🜌，是巫也是舞。巫、無及舞三字共同揭示了巫术主体、巫术方式与巫术本质。这里的"无"在《说文》中又被隶为 🜍，秦时始以蕃橆之"橆"为有无之"無"，李斯推行"书同文"政策，变"橆"之下部"林"为四点，构形成"無"。"无"一字而三义：就巫术主体而言，是巫术的施行者，巫；就巫术方式而言，是舞，一种事神、降神、娱神的手段；而就巫术本质而言，"无"是巫术活动中一种看不见、摸不着然而在中华先人看来确是存在的东西，"无"是似无而实有，是巫术活动中神与人以及人与神之间的一种"感"（感应，《周易》有"咸"卦，咸者，感也），为神、人交和之场，也就是本书第三章笔者曾经论述过的巫术之"马那"（灵气），是升华为整个《周易》美学智慧之哲学基础的"气"。这里顺便再说一句，气，就《周易》本涵而言，为易（变易、不易、简易）之根元；就《周易》符号美学智慧来说，是由符号所传导与象征的意韵（意象）的流转；就《周易》生命美学智慧来看，它是基于生理学基础同时升华为哲学与美学的"精气"（生之气）。气的原型，归根结底是《周易》本文所说的"巫"。老子论"道"凡五千言，道即无，已经进入了哲学与美学境界。而"道"既别言为"无"，则点破了"道"之原型亦为"巫"的天机。由此可见，易老同源。而魏晋玄学、美学以"无"为本题，正可见出老子之旨与易理浑和合流，同时旁采佛义的特点，其深层结构自然与巫相涉。

《周易》本经是一部巫术占筮之书。《左传》云："周史有以《周易》见陈侯者"，又说"孔成子以《周易》筮之"①，是为确证。始皇焚书，"所不去者，医学、卜筮、种树之书"，因《周易》本文为巫书，才免遭秦火。《汉书》称："及秦燔书，而《易》为卜筮之事，传者不绝。"此又为一证。故近人尚秉和说："易者，占卜之名""说者以简易、不易、变易释之，皆非""简易、不易，变易皆易之用，非易之本诂，本诂固占卜也"②。实非无根之谈。

《易》既原为巫书，而创《易》者亦为"巫"也。相传伏羲始作八卦，"仰则观象于天，俯则观法于地，观鸟兽之文与地之宜，近取诸身，远取诸物"，仰观俯察、近取远索之举，实是关于巫术兆象的采撷，是根据先兆之象来占验吉凶。八卦符号分别表示天地雷风水火山泽八种基本兆象，这是对原始巫术万千兆象的综合，可证传说中这远古中华东方氏族首领的伏羲氏实为"巫"者。伏羲氏将原始巫术中的无数兆象，归结为概括力极强的八卦符号模式，这是对自然兆象的简化与提炼，提高了中华远古巫术的品位，增强了巫术的可操作性。相传与"易"卦有关的夏禹也是一位"巫"者。据汉代扬雄《法言・重黎篇》所记："巫步多禹。"这是什么意思？注："禹治水土，涉山川，病足而行跛也，而俗巫多效禹步。"《广博物志》卷二十五引《帝王世纪》亦说："世传禹病偏枯，步不相过，至今巫称禹步是也。""俗巫"又何以仿效"禹步"？"大约因为禹治水涉历山川，知鬼神情状，故摹仿'禹病偏枯'的那特殊步调来禁御鬼神。"③这"特殊步调"其实就是所谓的"舞"，也就是御神、降神的"巫"。殷代巫风极盛。《世说》中说巫咸是殷中宗宰相，其子巫贤，据《尚书》所记，又

---

① 《左传・庄公二十二年》，《左传・昭公七年》，杨伯峻：《春秋左氏注》，中华书局，1990。
② 尚秉和：《周易尚氏学・总论》，中华书局，1980，第1页。
③ 中国《山海经》学术讨论会编：《山海经新探》，四川省社会科学出版社，1986，第233页。

为殷祖乙之相。《山海经》作为一部"古之巫书"①，记述了以巫咸为首的十巫升降于灵山的盛况："有灵山，巫咸、巫即、巫盼、巫彭、巫姑、巫真、巫礼、巫抵、巫谢、巫罗十巫，以此升降。百药爰在。"②这传说中的十巫是周族的神巫。屈原《楚辞》有"巫咸将夕降兮"的歌吟，正与《山海经》之传说相对应。与《周易》关系尤为密切的周文王亦善巫事，他被拘羑里而演易重卦，实于忧患之中以易卦占验命运，是一巫术专家。周鼎铭文有所谓"文王遗我大宝龟，绍天明"的记载。看来周文王不仅善易筮，而且善龟卜。周武王伐商纣时也施行巫术，"武王伐纣，至于商郊，停止宿夜，士卒皆欢乐歌舞以待旦"③。这种歌舞，是巫术，或者起码是具有巫术因素的。庞朴认为在文化本质上颇类于原始人的狩猎舞。"它举行于胜负未分、生死未卜的战争前夕，显然不是由于欢快心情所促使的（纯粹）娱乐行为，而只能是'指望获得某种成功'而'企图使神灵对自己发生好感'的献媚。"④又据史载，周公亦是一个"巫"者。周公摄政称王，管叔、蔡叔与召公对此不满，周公便以"巫"的资格去说服他们。他说，成汤时的伊尹、太戊时的伊陟、祖乙时的巫贤以及武丁时的甘般，这些都是"格于上帝"的巫，才能为相，而自己既善巫术，为什么不能当摄政王呢？

可见，诸如伏羲、大禹以及文武周公等等这些后代所谓的"圣人"就《周易》本文而言实际是"巫"。

巫，在人格上有什么特点呢？

所谓人格，是人的自我意识、智慧力量、情感、理智、意志、要求与尊严等属人因素在哲学、宗教学、伦理学及美学上的光辉体现。它的最低层次，标志着人与一般动物的严格区别，是人在动物面前所表现出来的无与伦比的优越：其最高层次与境界，是美学（审美）意义上人的本质的趋于全面实现与自我肯定，并且自觉地意识到这种实现与肯定。它标志着人作为"宇宙的精华，万物的灵长"、人之所以为人的一种真正的"自由"。这"自由"，意味着人作为宇

① 鲁迅：《中国小说史略》，上海古籍出版社，2006，第7页。
② 《山海经·大荒西经》，郑慧生注说，河南大学出版社，2008，第223页。
③ 庞朴：《说"無"》，深圳大学国学研究所编：《中国文化与中国哲学》，东方出版社，1986，第66页。
④ 同上。

宙主体，通过社会实践对宇宙与人生本质规律准确而又正确的把握。

文艺复兴时期法国著名人文主义者、怀疑论思想家蒙田指出：世界上最重要的事情就是认识自我。

这立刻令人想起2 500余年前希腊先哲苏格拉底的一句名言："认识你自己。"希腊的马可·奥勒留亦曾指出：不要分散你的注意力，不要过于焦虑不安，而要成为你自己的主人，并且象一个人，象一个有人性的人，象一个公民，象一个凡人那样地面对生活。

恩斯特·卡西尔在引用蒙田、马可·奥勒留等哲人关于"人"的见解建构他自己的人论时认为：

> 人的突出的特征，人的与众不同的标志，既不是他的形而上学本性也不是他的物理本性，而是人的劳作（work）。正是这种劳作，正是这种人类活动的体系，规定和划定了"人性"的圆周。语言、神话、宗教、艺术、科学、历史，都是这个圆的组成部分和各个扇面。[1]

其实，美学与审美也是这一"人性"圆周的有机构成。如果将卡西尔所谓的"人的劳作"理解为人的社会实践，那么他关于人是"符号的动物""文化的动物"的人学观点，确实要比柏拉图、亚里士多德关于"人是政治的动物"的看法涵盖面广泛得多。在希腊斯多葛学派关于"人"与人格的理论中，发现自我、维护人的独立品格，被看作是人最基本的美德；而这一点在西方中世纪的基督教神谕中，则被看作是人最不可饶恕的罪恶与丑。人的"原罪"，决定了人如果不在服膺于上帝的宗教修持中加以洗刷，就永远不能被引上拯救之途。人爱上帝，上帝亦来爱你。

> 人到我这里来，若不爱我胜过爱自己的父母、妻子、儿女、弟兄、姐妹和自己的性命，就不能作我的门徒。[2]

---

[1] 恩斯特·卡西尔：《人论》，甘阳译，上海译文出版社，1985，第87页。

[2] ［英］坎伯·摩根：《路加福音》，14.26，钟越娜译，生活·读书·新知三联书店，2011。

宗教的人格，实际是神格，是人格的贬损与被奴役。人与人格的发展是一个历史过程，充满了回旋与荆棘。人格问题，始终是一切文化其中包括美学所关注的对象。

作为一个整个的人类文化，可以被称作人不断解放自身的历程。[①]

人格的真正解放，是对一切宗教或准宗教的意识、观念、意志、规范等的破坏，其光辉的境界是美。

《周易》本经的巫，在其现实性上既然也是人（不过是中华远古社会群团中特殊的人罢了），也就存在着人格以及人格是否美的问题。巫具有两重性，既基于人又通神。基于人或曰本是人这一点是实在的，而通神则是虚拟的，因而其人格是半人半神的。从人之角度看，巫是神化的人，他假借神的旨意，施行巫术，以达到人的目的；从神之角度看，巫是人化的神，他为了达到人的目的，通过巫术，将自己抬高到神的高度。巫是人与神之间的一个中介和"模糊"状态，具有非黑非白、亦黑亦白的文化灰色特征。在人、巫、神三重结构中，巫在观念与精神上，是一位从人到神、从神到人传递"信息"的角色。从伦理学角度看，人、巫、神分别属于三个品格等级，分别为人格、巫格与神格。人格最低、巫格次之而神格至高。巫格之所以仅仅通于人神之际而断不可与神格齐平，是因为在巫格的文化原型中，已本有人格基因存矣。人、巫、神三格的伦理意义是在文化思维中分出了等级品第，依次分别属于未善、亚善与至善境界。可以说，在中华远古的文化总涵中一旦出现"巫"的观念，则意味着中华原始伦理意识由此缘起。

从美学智慧角度审视，既然在人、巫、神这三重结构中人处于最低的历史地位，这从表面看，人是绝对不自由的，谈不上人格及人格之美。然而，这并不等于在三重结构中毫无人格及人格之美意识可言。在那巫风大炽的中华远古时代，处于初始期的人格及人格之美，不管是群体还是个体人格，一定意义上却曲折、隐在地表现在神格与巫格之中。这是因为，任何神与神灵都是人所创

[①] ［德］恩斯特·卡西尔：《人论》，甘阳译，上海译文出版社，1985，第288页。

造的。人创造神与神灵无疑具有两大相关的目的。一是在恐惧中悲观地寻找精神支柱。由于客观自然力（社会力）对人而言显得尤其盲目与巨大，人不得不将其幻化为神，从而对神跪下，在精神上实现对神的宗教皈依。二是在依赖中乐观地企望生活与人格的完美。神是被夸大了的人在彼岸的倒影。完美的神格，正是人格不完美。人渴望完美人格的反映。人由于在现实中尚无力实现自身人格的美，就以神格作为替代与补偿，暂在神格中，使人格之美得到虚幻的实现。这种人创造神与神灵的两重性，是由人与自然关系的两重性所决定的。马克思指出：

> 人直接地是自然存在物。作为自然存在物，而且是有生命的自然存在物，人一方面具有自然力生命力，是能动的自然存在物……另一方面，作为自然的、有形体的、感性的、对象性的存在物，人和动物植物一样，是受动的（Leidend）、受制约的和受限制的存在物。①

人的这种"受动性"，意味着人在能动地改造自然与社会的历史实践中，无法彻底摆脱这样或那样盲目自然力量和社会力量的压迫与奴役，人不得不在神面前低下他那高贵的头颅；人的这种"能动性"，又意味着人在被动地服从自然与社会规律的同时，是对神与神灵的反叛，以求善美人格的实现。因而神格的丰富性，恰恰表现在其深层意蕴潜伏着被颠倒而夸大了的人格美的因素。

《周易》本经的"巫"，是中华远古那种不完美的人格和完美神格的一种文化"代偿"现象。一方面，这里丰富而现实的人格美尚来不及历史地展开和得到全面地实现；另一方面，在完美神格的倒影中，在这种神格赖以生成的文化土壤中，又使现实的人格美初露晨曦，并且被神化了。

前文已有论及，传说中的伏羲、大禹以及历史人物文武周公等等大巫，其人格由于放射出"神"的光辉，在当时一般人心目中是尤其完美的。就文化智慧的本质来说，原始巫术本身是虚妄的，是一种"伪技艺"，然而，巫者为要巫

---

① ［德］马克思：《1844年经济学-哲学手稿》，中共中央马克思恩格斯列宁斯大林著作编译局编，人民出版社，2014，第103页。

术成功，解说得完美，以"巫"服人、慑人，却需要广博的知识，需要真才实学。这虚妄的巫术却直接刺激了巫师对知识与真理的追摄，推动了审美的深入与美的人格的塑造。弗雷泽说：

> 巫术又常和智慧及大人物结不解缘，故无论在何种社区中都有其地位。
>
> 肯定没有人比野蛮人的巫师们具有更激烈追求真理的动机，哪怕是仅保持一个有知识的外表也是绝对必要的。
>
> 如果有一个错误被发现，就可能要以付出他们的生命为代价，这无疑会导致他们为了隐藏自己的无知而实行欺诈。然而这些也向他们提供了最为强大的动力，推动他们去用真才实学来代替骗人的把戏。[①]

巫术虽是"骗人的把戏"，却由于在巫术的发明、操作、解说与巫术总体理论的建构中，巫者必须掌握丰富的自然科学、社会科学和人文科学知识，才能为"神灵"立言，从而在美学意义上提高了人的智慧与人格的文化品位。古代大巫，往往不同于江湖骗子，一方面他们有些是古代学识广博的知识分子，是古代文化智慧水平程度上的集原始宗教家、史学家、自然科学家、哲学家、文学艺术家、社会活动家于一身的饱学之士，他们见多识广、善思机敏，俨然以神灵在人间的代表自居；另一方面他们又确是实实在在的人，在衣食住行等生理需求与心理需求方面与所谓的凡夫俗子无甚区别。他们在公众面前施行巫术、作法之时，以令人震慑的巫术的"灵验"，显示出辉煌的神格，有谁知作为这种神格的隐在的有力支柱，却是作为普通人对广博知识的把握。这种对知识的把握及其心理上的自信，熔裁为那个巫术时代之超拔的智慧和执着的意志，在"巫"的外壳中包容着潜在的人格美的光辉。

二、《易传》的圣

圣，繁体写作聖，从耳。许慎《说文》云："圣，通也。"段玉裁注："圣，

---

① ［英］詹姆斯·乔治·弗雷泽：《金枝——巫术与宗教之研究》，上册，徐育新等译，中国民间文艺出版社，1987，第70、94页。

通而先识。《洪范》曰：'睿作圣'。凡一事精通，亦得谓之圣。"又注："圣，从耳者，谓其耳顺。《风俗通》曰："'圣者，声也。言闻声知情'。按：声、圣字古相假借。"圣之本义为"通"，通于神、人之际也，许子的解说可谓一字破的。圣在神、人之际何以能同时通于神、人？此因圣人独得"耳顺"之故。神、人之际，依《周易》所解，有"气"相感，犹如老子"大音希声"之"声"，圣人独得其妙，这是对天籁、地籁与人籁的彻悟。难怪《论语》以"耳顺"为圣之高格。

《易传》对圣人及圣之境界是推崇备至的。《易传》云：

> 夫大人者，与天地合其德，与日月合其明，与四时合其序，与鬼神合其吉凶。先天而天弗违，后天而奉天时。天且弗违，而况于人乎？况于鬼神乎？[1]

这段著名论述，完整地揭示出圣人作为神人中介，与神人合契、浑和的人格力量与人格本蕴。这里所谓"大人"，即圣人之谓，他居于乾卦九五爻位，成"九五之圣"，是至美至圣之人。陈梦雷说：

> 九五之为大人，大以道也。天地者，道之原。大人无私，以道为体，则合于天地易简之德矣。天地之有象，而照临者为日月，循序而运行者为四时，屈伸往来生成万物者为鬼神。名虽殊，道则一也。大人既与天地合德，故其明目达聪，合乎日月之照临；刑赏惨舒，合乎四时之代禅；遏扬彰瘅，合乎鬼神之福善祸淫。先天弗违，如先王未有之礼可以义起，盖虽天之所未有，而吾意默以道契，虽天不能违也，后天奉时，如天秩天序天理所有，吾奉而行之耳。盖人与天地鬼神本无二理，特蔽于有我之私而不能相通。
>
> 大人与道为一，即与天为一，原无彼此先后可言。[2]

---

① 《易传·文言》，朱熹：《周易本义》，第53页。
② 陈梦雷：《周易浅述》一，上海古籍出版社，1983，第71—72页。

这种"大人"人格亦即圣格，在《周易》看来是神（神圣的天地、日月、四时、鬼神）、人之际的冥契默对，是人格的化境。不管先天后天，圣之高格既是自然之天（神）的人格延伸，也是后天人格对一般世俗的超越。它定格在圣的文化层次上，又是对先天、后天之"美"的涵摄。一方面圣是崇天崇神的：

> 是故法象莫大乎天地，变通莫大乎四时，悬象著明莫大乎日月。崇高莫大于富贵，备物致用，立成器以为天下利，莫大乎圣人。
>
> 是故天生神物，圣人则之，天地变化，圣人效之。天垂象，见吉凶，圣人象之。河出图，洛出书，圣人则之。①

圣作为一种特殊的人格，被神化的人格，是磅礴于宇宙、与天地日月同其辉煌的。这正如孔子所论圣尧人格之"大"：

> 子曰："大战尧之为君也！巍巍乎！唯天为大唯尧则之，荡荡乎！民无能名焉。巍巍乎！其有成功也。焕焕乎！其有文章。"②

康德有数的崇高与力的崇高之论，认为崇高感起于对象数量与力量的巨大尺度。《易传》对圣格的理论界定，也是从宇宙时空的巨大尺度着眼的。这种宏观的人格美学智慧，既是对天（神）的敬畏，也是对"人"的张扬。

因而另一方面我们同样可以从《传易》关于"圣"的颂赞中见出，《易传》对"圣"的肯定，一定程度上包容着对人及人格的肯定。

> 夫易，圣人之所以极深而研几也。唯深也，故能通天下之志。唯几也，故能成天下之务。唯神也，故不疾而速，不行而至。③

---

① 《易传·系辞上》，朱熹：《周易本义》，第314、314—315页。
② 《论语泰伯第八》，《论语正义》，《诸子集成》第一册，第166页。
③ 《易传·系辞上》，朱熹：《周易本义》，第311页。

韩康伯注："极未形之理则曰深，适动微之会则曰几。"圣人究易精深、研几无舍，以天下为己任，"通天下之志""成天下之务"，是一种进取、有为的人格。《周易》推重"刚健、笃实、辉光，日新其德"的人格理想，这也是圣格中所包容的人格美的因素。

三、从巫到圣

《周易》本经重"巫"，《易传》尊"圣"，从其本经到《易传》，实现了人格美学智慧从巫到圣的文化转型。前文已有论及，大凡传说中的圣人，比如被后人尊为"天下王上圣人"的伏羲，是兼善巫事的。巫与圣均通于神、人之际，故两者在一定程度上是重合的。当然，《周易》本经巫学中的神的观念，不同于《易传》圣学中的神的观念。前者所谓"神"主要指推动巫术取得成功、与人具有感应作用的灵气（马那），它被看作巫术的逻辑基点与巫术迷信的原动力，所谓"吉凶不测之谓神"；后者所谓"神"，一般指被政治道德伦理化了的"天"，它是由圣人所体现出来的最高人格的高高在上的证明与旗帜，是伦理人格的天理化。如果说在原始巫术中隐约体现出来的人格因素具有乐观进取的文化特质，那么《易传》所推重的圣人，则在继承巫术乐观进取人格基因的同时，尤其注重其自身在人伦关系中所塑造的人格范式。由于在从巫到圣的文化转型中，由《周易》巫学所奠定一般基础的中华古代文化缺乏一个像样的宗教阶段，因此，作为中华古代最高人格美模范的圣人，则既不是跌跏趺坐的佛家智者，也不是上帝的崇拜者，其人格之美，是在现世、此岸的域限中建构起来的。于是，在西方那里是上帝与子民之间在"人格"上存在着永恒的不平等，在东方古代，则是圣人与一般普通人（非圣人）之间的不平等。在神、圣、人这三重结构中，实际上是贬损了人的地位，将神看作非宗教性偶像，让神退居到背景地位，从而凸现了圣的尊严。不是原始巫术文化中的神退化萎缩了，而是宗教之神并未真正发育成熟。于是在春秋战国之际，经过中华古代文化哲学上的"突破"与消解，便有《易传》所完成的中华古代圣学，无可避免地将圣抬高到亚神的地位。一种伦理人格，充当了准宗教性的角色。因而《周易》所说的人格之美，并未受到上帝、真主、佛之类偶像、异己力量的奴役，也不是在"赎罪"之类的行为中所发现、所创造的，而只能在日益严厉的伦理框架与渠道中加以规范。

《易传》云：

> 天地之大德曰生。圣人之大宝曰位。何以守位曰仁。[①]

"生"是天地的原在性德。天地"化育"之精华是"圣"。圣人最可宝贵的是"位"。这里，颇可值得注意的是一个"位"字，它显示了社会等级及等级差异之中的和谐观。《易传》有云："列贵贱者存乎位""天地设位，而易行乎其中矣。""位"，别贵贱、尊卑，是人伦关系之坚硬的"骨骼"，"位"显示了礼的严肃性和神圣性。列维·斯特劳斯指出：

> 一位土著思想家表达过这样一种透彻的见解："一切神圣事物都应有其位置。"人们甚至可以这样说，使得它们成为神圣的东西就是各有其位，因为如果废除其位，哪怕只是在思想中，宇宙的整个秩序就会被推毁。因此神圣事物由于占据着分配给它们的位置而有助于维持宇宙的秩序。[②]

是的，世间一切事物，包括人之群体与个体，都各有其"位"，否则无以构成"宇宙的秩序"。《周易》所推重的圣人之人格，是在"位"这一自然宇宙与社会人伦之"场"中培植起来的。圣人之"位"的严厉性与相对静止性的人格观念原型，是原始巫术中神与人、神与巫以及巫与人之间的"品格"差异。然而，处于人伦之"场"中的人格与人格美，又不应是先天的、既定的。从易理之根本来说，它所崇尚的是圆融流转境界。无论《周易》的巫术占筮还是其哲学、伦理学或美学阐释，都重视卦位与爻位，不过这种卦爻之位，是随"时"演变的。八卦与六十四卦排列有序，它们的空间位置相对固定，象征人与人格品位的相对固定。这仅是问题的一个方面。而从易理本涵看，是时间观统御着空间观，人格是在以"时"为先导的时空演化历程中得到完善的。《易传》指明：

---

① 《易传·系辞下》，朱熹：《周易本义》，第322页。
② ［法］列维-斯特劳斯：《野性的思维》，李幼蒸译，商务印书馆，1987，第14页。

知进退存亡而不失其正者，其唯圣人乎！①

圣人的人格之"美"，在于"进退存亡而不失其正"。该进则进，该退则退，"与时偕行""与时消息"，这是"时间型人格"。隆盛之时不以物喜，"君子终日乾乾，夕惕若厉"；危亡之秋不以己悲，有如越王勾践卧薪尝胆，陶钧意志，磨砺精神，以待来时。这是顽强的人格，也是时间型的。这种人格模式自然与空间有关，"正"者，空间之"位"也。但在《周易》看来，圣人倘要"不失其正"，必须"知进退存亡"之理，掌握时变的规律，仍以"时"为主导。

同时，作为空间之"位"的"正"在《周易》所揭示的人格结构中，不仅指那种以时间为主导的人格的空间性，而且指在时变历程中人际关系的和谐。如果正如前文所言，"位"是人伦关系之坚硬的"骨骼"，那么在《周易》看来这种"位"仅是时变中的空间轨迹，因而"位"的流转不居还同时是人伦关系之柔和的"血肉"。《周易》以"正"为"中"，不"中"则不"正"，"得中"与"得正"是一个意思。"中"者必"和"，"和"必有一个标准、尺度，便是"中"，失"中"则失"和"。《易传》倡"仁"，"何以守位曰仁"。仁者，二人，首先指男女、父母，这是就家庭伦理血亲关系而言的。就国家政治而言，则指君臣、上下。故尽孝尽忠，仁之本义，"仁"是中华古人之人格的"规范场"。从"仁"之原型为原始巫术中神、人对峙、品位不同这一点看，发展到"圣"之所谓"仁道"，内含着"霸"的一面、"恶"之因素；从"仁"之原型为原始巫术中神、人以和这另一面看，"圣"之"仁道"又是"和"而可亲与"善"的。孟子云：

仁，人之安宅也，义，人之正路也。②

《周易》所塑造的"圣"之人格，以"仁"为"安宅"、以"义"为"正路"。"安宅""正路"之谓，是"恶"的克服、"和"的实现。尽管"仁"之巫

---

① 《易传·文言》，朱熹：《周易本义》，第54页。
② 《孟子·离娄上》，焦循：《孟子正义》，《诸子集成》第一册，第298页。

术原型中神、人之间总有那么一点别别扭扭的地方，不过"巫"的出现就意味着神人相和，发展到"圣"也便成了神人之际的一个中介。《周易》所推重的"圣"之人格的本质是"和"。这不同于西方传统的竞争性人格观。《路加福音》传达的所谓上帝的神谕（福音）是很严厉的。

> 我来要把火丢在地上，倘若已经着起来，不也是我所愿意的么？
> 你们以为我来，是叫地上太平么？我告诉你们，不是！乃是叫人分争。从今以后，一家五个人将要分争，三个人和两个人相争，两个人和三个人相争。父亲和儿子相争，儿子和父亲相争；母亲和女儿相争，女儿和母亲相争；婆婆和媳妇相争，媳妇和婆婆相争。①

圣经中人的祖先亚当、夏娃，在魔鬼的诱惑下吃了智慧之树上的果子而犯下"原罪"，被上帝逐出伊甸园。从此，关于"原罪"的潜意识一直纠缠着西人的文化头脑，在那里，上帝（神）与人的原在关系原本不是平等、和美的，为了"赎罪"，为了向上帝作真善美意义上的回归，培养了奋斗、纷争的人格，以便重新回到上帝怀抱。这也影响到人伦关系，不是趋同和，而是尚"分争"，或者说，是通过"分争"而达到神人之和、人伦之和。《周易》的人格美学智慧首先从原始巫术基础上建构起积极、进取、有为的人格观，这在后代儒家的人格审美理想中表现得尤其鲜明。但是，由于这种"有为"人格模式一般地建立在"神人原本相和"的逻辑基点上，使得它往往缺乏那种狂烈的、具有宗教般激情的进取性。《周易》所提倡的，某种意义上可以说是一种无"争"（仅指公平竞争）的人格。所谓人格之"美"，始终与道德伦理（仁、位）结不解之缘，严格而言，实乃道德之善。或者换言之，它是一种始于原始巫学、继于伦理学这"人情磁力场"的"依存美"。从"天人合一"角度看，如果将这里所谓的"天"理解为社会群体及其利益，那么《周易》所高扬的正是社会群体的人格力量。这不等于说《周易》彻底无视个体人格，

---

① 《路加福音》12.49—53。按：路加，相传为早期基督教会中的代表人物，传说《圣经》中的《路加福音》等为其所写。

比如从对巫和圣的颂赞中不是可以见出《周易》对个体人格的肯定么？然而归根结底在于肯定群体人格。不是以个体人格的普遍发舒而是以个体人格的片面发展来组构民族、社会群体人格的美，这是《周易》从巫到圣人格美学智慧的特色。严复曾主要地将中西两种人格论加以比较，他说"中国最重三纲，而西人首明平等；中国亲亲，而西人尚贤；中国以孝治天下，而西人以公治天下；中国尊主，而西人隆民；中国贵一道而同风，而西人喜党居卅处；中国多忌讳，而西人善讥评。其于财用也，中国重节流，而西人重开源；中国追淳朴，而西人求欢虞。其接物也，中国美谦屈，而西人多发舒；中国尚节文，而西人乐简易。其为学也，中国夸多识，而西人尊亲知。其于灾祸也，中国委天数，而西人恃人力。"①这固然说得过于绝对，有不妥之处，颇有些扬西抑中之嫌，但却在字里行间透露出对《周易》人格美学智慧的本涵及其历史影响的理解，值得令人思索。

第二节 人格的比较

前文已经多处论及《周易》本经成于殷周之际，自与先秦以孔子为代表的儒学无涉，因为那时还没有先秦儒学。《易传》相传为孔子所撰，这传统之见解最早曾遭到欧阳修的大胆质疑，今人亦多不认为《易传》系出自孔子之手（具体理由这里恕勿赘述）。这不等于说《易传》内容的文化品格不是基本属于儒学的。实际上，学界一般认为《易传》为孔子后学所为，其中引用和保存了仲尼的若干言论和思想，这是平实、稳妥的见解。而《周易》的人格美学智慧在《易传》中表现得最为丰富集中，这种美学智慧基本只属于先秦儒学范畴，也就不言而喻了。

假如将这种人格美学智慧与世界上其他一些人格文化相比较，其美学特征可以看得更清楚些。

大约从公元前8世纪到公元前2世纪，中国、印度、希腊与中东都曾经历过一个文化的"枢纽时代"，通过文化的突破或曰精神的"黎明"，出现人类文化

---

① 严复：《论世变之亟》，《严复集》，胡伟希选注，辽宁人民出版社，1994，第3页。

史上第一次真正划时代的人的自觉，达成智慧的历史性转型与发展，奠定了古代四大智慧体系各自的文化特色。其代表者分别为孔子、释迦牟尼、苏格拉底与耶稣。就人的思想转化与人格智慧的超越而言，这四大智者具有颇不相同的智慧特点，他们各自的学说是在其民族文化土壤中孕育生成的，犹如晨曦七彩、相互辉映。

苏格拉底的思想偏重于求真，他的哲学箴言是"认识你自己"。他曾不厌其烦地向人们分析人的各种品质和品德，试图从哲学高度概括人格的合理内核：善美、公正、节制、勇敢等等。苏格拉底的学生柏拉图从人的神化与神的人化两方面建构其人格学说，认为"理式"就是最高人格的哲学表达。柏拉图的学生亚里士多德认为"求知是人类的本性"①。人性与人格的展开与完成，是人之所以为人的不断的头脑思索过程。这种人学的哲理见解早在希腊原始哲学中就埋下了种子。希腊哲学在其最初阶段看上去只关心物理宇宙（自然宇宙），对关于人的心理"宇宙"与生理"宇宙"感觉迟钝。然而，在米利都学派的物理哲学、毕达哥拉斯学派的数学哲学和埃利亚派的逻辑哲学之后，便有赫拉克利特站在宇宙哲学与人本哲学的分界线上，实现了从宇宙本体向人之本体的哲学思维的转换，因此，可以用一句话来概括赫拉克利特的哲学：

我已经寻找过我自己。②

这正是苏格拉底人格学说的哲学先声。希腊颇为清醒的人本主义成了"人类正常童年"的智慧底色，其所倡言的精神境界要求超拔于世俗却并不否定人的世界，这是建立在原始哲学基础上的超越。

耶稣被称为基督教的"救世主"，《圣经·新约全书》之四卷"福音书"（《马太福音》《马可福音》《路加福音》与《约翰福音》）称其为"上帝的独生子"。传说于公元1世纪初生于耶路撒冷，后在巴勒斯坦地区传教，收聚12

---

① ［希腊］亚里士多德：《形而上学》，第一卷，商务印书馆，1997，第1页。

② ［德］第尔斯：《前苏格拉底哲学家残篇》。按：该书初版于1903年，苗力田主编：《古希腊哲学》"早期希腊哲学残篇"，以此书为译文底本。

门徒，广为"神迹奇事"，后被犹太教当权者钉死在十字架上，死后于第三日"复活"，"复活"后40天升入天堂。从这个《圣经》故事可以见出，耶稣的人格亦即是其神格所要求的，是对上帝意志的奉献与服膺。悲愤于尘世的痛苦与罪恶，他要打破一切现世秩序，让人格在恐惧于世界末日来临的阴影之中经受属神的洗礼。狂热的宗教信仰首先是对人格美的戕害。"人之信仰一个全能、全知的神，是由于人类生存状态的无助，是由于人想求得伸出援手的'父母亲'。"①在宗教中，"人的相对的软弱无力变成了全面的、绝对的软弱无力；受历史条件决定的人在物质和精神力量上的局限性成了天然的不可逾越的鸿沟。"②这便是由于人的"原罪"决定了人格的先天缺陷。所以基督教的"洗礼"成了人格"完美"的必由之途。这是神学意义上的、建立于信仰基础上的意志性超越。

释迦牟尼所追求的，是沉思、静虑及其彻底与世无争的生活方式，以止观、定慧免于此岸尘世之烦扰而企望渡入涅槃之境，这也是神学的超越。不过，以释氏与耶稣的学说相比较，同为宗教神学，也还是颇具差异的。佛祖的原始佛学，对宗教崇拜既不肯定也不否定。尼赫鲁说："佛的一切说教都没有带着任何宗教的权威，也没有任何关于神或他世的话。"③"他没有谈到神或绝对权威的有无。他既不肯定，也不否定。"④这自然不同于而后的佛教崇拜佛陀的观念。如果说佛祖的原始佛学是一种被轻度神化了的哲学，那么耶稣的基督教神学借上帝之名严重神化与夸大的，实际上却是偏倾于非理性的人的意志。

而孔子所追摄的是"仁"的境界，是"克己复礼"、修身养性，是人际、人伦关系的调和宽容，是后天的教育和知识的传授，这位后人所谓"至圣先师"，希望人只是并且只能在现世之中塑造自己，通过伦理实践超越人的自然本性，让"仁"不仅成为外在伦理规范与典章制度的核心内容，而且化作人性

---

① ［日］铃木大拙、［美］弗洛姆：《禅与心理分析》，孟祥森译，中国民间文艺出版社，1989，第132页。

② ［罗］亚·泰纳谢：《文化与宗教》，张伟达译，中国社会科学出版社，1984，第23页。

③ ［印］贾瓦拉哈尔·尼赫鲁：《印度的发现》，齐文译，世界知识出版社，1956，第150页。

④ 同上。

的内在欲求"内圣外王",致力于人格的完成。这自然也是一种超越,不过基本上是属于意志与伦理层次的。黑格尔曾经说过,孔子"只是一个实际的世间智者",其言论只是"道德的教训","在他那里思辨的哲学是一点儿也没有的"①。这评价自然未免失之公允,反映出这位德国古典哲学家对孔子儒学相当程度的隔膜,然而仍在相当程度上抓住了孔子伦理人格观的特质。

由此可见,这四种世界古代智慧体系,就其此岸、彼岸性分析,苏格拉底与孔子的超越境界在此岸,耶稣与释迦牟尼的超越境界在彼岸。就哲学、伦理学角度看,苏格拉底与释氏的学说重认识求知,重自我的发现,是哲学型的。不过,前者重人自身对客观世界的理性把握、重自我的外在实现。后者以为万物因缘和合、永恒流转,故"无我""无住",虚妄不实。"无我",不等于不是"自我"的发现,而是泯灭了世俗层次的自我,在佛教修持中发现了超世俗的"本我"。涅槃就是自然宇宙之境与人之"本我"的浑契和谐,人之"自我"彻底融合于自然,这是"本我"境界,也是佛之境界、般若境界,有如后代中国禅宗所谓的"青青翠竹,尽是法身;郁郁黄花,无非般若"。不知何为"自我"、何为"本我",从而完成了人格与佛的完全重合,这种人格的超越不重视对世界的实际改造而重内在静虑禅定。而耶稣的教义内核,实际是被神化了的人的伦理意志,上帝的绝对权威以及信徒的绝对信仰是人之伦理意志的神学异化。但古代东方孔子的伦理意志学说是平实、现世而温和的,它所倡言的"人格"没有也不愿实现向彼岸精神境界的飞升,只以一个有意志的"天",作为它所欲超越的终极目标与终极关怀。这正如罗素所言:"中国简直没有宗教,不只上层阶级如此,而是全民皆然。中国有非常确定的道德准则,但并不残忍,也没有迫害性,而且缺乏'原罪'的观念。"②

《周易》的人格美学理想,基本上属于先秦儒学范畴,它同样具有精神意义上的超越品格,不过其立足点一般仍滞留在伦理道德层次上。它可能具有如下特点。

① [德]黑格尔:《哲学史讲演录》,第一卷,北京大学哲学系外国哲学史教研室译,生活·读书·新知三联书店,1956,第119页。

② [英]罗素:《中国问题》(1922),引自深圳大学国学研究所主编:《中国文化与中国哲学》,东方出版社,1986,第506页。

一、无为超越与有为超越

如果与先秦道家人格美学智慧相比较，由《易传》所完成的整部《周易》人格美学智慧所崇尚的，是"有为"超越。

首先，人格美问题，实际是人在自然宇宙中的位置问题，是人面对自然宇宙之地位、作用与人自身的形象问题，人在自然宇宙之际伟大抑或渺小、刚强或是柔弱，这构成不同人格的基本内容。

先秦道家认为自然宇宙浩大无比，这在老子、庄子都持同一看法。道无形无臭无味，它充满于虚空、弥漫于时运，为天地之母，原朴浑沦、制驭一切、派生一切，道是无限的，因而由道所运化而成的自然宇宙也是浩茫而无限的。至于说到在自然宇宙之中的人与人格是否伟大，老庄之间还有区别。老子云：

> 有物混成，先天地生。寂兮寥兮，独立而不改，周行而不殆，可以为天下母。吾不知其名，字之曰道，强为之名曰大。大曰逝，逝曰远，远曰反。故道大，天大，地大，人亦大。域中有四大，而人居其一焉。[①]

这里，一共连用了七个"大"字，前面两个"大"，是"太"之本字，有原始、原朴之义，转义为伟大之"大"；后面五个"大"，即伟大的意思。显然，老子这里所肯定的是人及人格与天地宇宙同其伟大，究其原由，是人、人格与天地宇宙同源于道、统一于道，其本质都是道的缘故。

而庄子却以为人在自然宇宙面前是渺小的。《庄子》之外篇与杂篇虽系庄子后学所作，不能等同于庄子本人的思想，但对理解庄子的思想仍有参考价值。《庄子·外篇》云：

> 吾在天地之间，犹小石小木之在大山也。

人比之于天地，好似小石小木比之于大山，其形象与力量之渺小由此可见。

[①] 王弼：《老子道德经注》，《王弼集校释》上册，第63—64页。

《庄子·杂篇》又以一则寓言来论说这一点：

> 曰有所谓蜗者，君知之乎？曰然。有国于蜗之左角者曰触氏，有国于蜗之右角者曰蛮氏，相与争地而战，伏尸数万，逐北旬有五日而后反。君曰：噫！其虚玄与？曰臣请（原文字迹不清晰）为君实之。君以意在四方上下有穷乎？君曰无穷。

宇宙伟大无比，自宇宙观之，人好比蜗牛角上的微物而已。在《庄子》看来，人是"委"于天地的。

> 汝身非汝有也……孰有之哉？曰：是天地之委形也；生非汝有，是天地之委和也；性命非汝有，是天地之委顺也。①

人在自然宇宙面前远不是独立自存的，宇宙的强大与人力之弱小恰成对照。

其次，表面看来，老子与庄子关于人与人格的见解是大相径庭的，但内涵确实相通，二者通于"无为"。老子是从"无为"角度得出道、天地与人同其伟大这一结论的。"道常无为而无不为"②，这一命题有四层次：以"无为"为途径，达到"无不为"之境界；因为"无为"，所以"无不为"；"无为"等于"无不为"；以人格言，"无为"原本道"格"、自然之"格"，而人亦是自然的有机构成，人的本性也是"无为"的。因而，欲求人格的完成与超越，必使人剥离于浊世，尤其是伦理道德之域，返朴归真，使人性回归于"无为"的自然，使人的精神消融于自然，这样也就造成了"无不为"的伟大人格。如果像儒家那样拘泥于仁义道德，由于违背道之无为本性而必致人格的渺微。《庄子》也是推崇"无为"人格的。不过这里所言人与人格的渺小，却正是背道而驰、奔波、困扰于浊世的人为努力的结果，有如寓言所谓蜗牛角上两"国"交兵中的人的

---

① 《庄子·秋水》、《庄子·则阳》、《庄子·知北游》，《庄子集解》，《诸子集成》第三册，第101、170、139页。

② 王弼：《老子道德经注》，《王弼集校释》上册，第91页。

形象。因而无论老庄，都从道论出发，将人格之美提高到道的高度，这是人格的"无为"超越。

相比之下，《周易》是崇尚"有为"的。《周易》认为，"天"虽高高在上，却是人力可以企及的。通过人为努力达成"天人合一"境界，这便是圣之人格美境。

首先，《周易》以数与数的无穷运演象征天地宇宙的无限时空性。《易传》有云："大衍之数五十，其用四十有九""乾之策二百一十有六，坤之策百四十有四，凡三百有六十，当期之日。二篇之策。万有一千五百二十。当万物之数也。"筮数在《周易》中是象征万物的。"极其数，遂定天下之象"①，数之无穷也就意味着自然宇宙的无穷。

同时，人在自然宇宙面前又远不是无所作为的。在《周易》本文看来，所谓圣人发明与把握筮数的运演以占验人事吉凶，正可说明人之形象与人格的高峻伟岸。自然宇宙再怎么辽阔无垠，通过数的中介，均在人的运筹帷幄之中。《易传》的人格美学智慧，从根本上讲，自然没有离开先秦儒学范畴，它一般地具有以"仁学"为理论基础的精神内涵。所以，历代将《易传》归于儒家经典是很有道理的。然而《易传》又明显地吸取了先秦道家的宇宙起源论和朴素辩证法思想，并努力去除其玄虚色彩和对超功利的自由的追求，使之符合儒家人格理想所要求的实际的东西，在天与人、自然与社会、自然与人为、天则与人事的总体中把握人格美的本质。它将儒、道在巫学基础上组接起来，形成了基于巫、发展为圣又兼采道的独特人格观。我们知道，先秦儒家"天人合一"所强调的是"人"与人为因素，"天"的地位居于其次；先秦道家"天人合一"所强调的是"天"，"人"与人为因素被看作第二位的。而《周易》一方面十分强调人与人为因素与作用，认为唯有有所作为才能铸冶人格之美，这人格大气磅礴，耀同日月，人的力量犹如神话传说中乘时的六条巨龙，驾御着大自然而驰骋不息，此之所谓"时乘六龙，以御天也"②。另一方面，又十分注重与探究自然宇宙与社会人生的本质问题，认为自然规律与社会伦理之间是统一的，天则

① 《易传·系辞上》，《周易本义》，第304、305—307、309页。
② 《易传·文言》，《周易本义》，第51页。

与人事同等重要，天则与人事可以相互参照，各以对方为参照系。所谓"成事在人"，这是先秦儒家的人格信念，同时又领悟到人只有"与天地同参"，即不违背自然规律才能"成事"，自觉地意识到，只有那种与天则合一的人为，或与人为合参的天则才具有美的意蕴。在这种基于儒的人格美智中，已经在一定程度上吸取了先秦道家所谓"道法自然"的合理因素。我们以为，《易传》之所以不是一般的伦理学著作而具有深刻的哲学意蕴，是与它在一定意义上兼采先秦道家的宇宙起源与本体论分不开的。

总之，《周易》人格美学智慧的"有为"超越，是在远古巫学文化基础上铸造的中华民族所谓"天行健，君子以自强不息"①的进取性人格模式，尽管这种人格模式的塑造与发展一般不离伦理之渠道，却在大自然与社会力量的严峻挑战面前拒绝采取退避的人生态度。这种进取性人生态度起于原始巫术，"是故变化云为，吉事有祥；象事知器，占事知来。天地设位，圣人成能；人谋鬼谋，百姓与能"②。同时经过哲学的超越成于伦理而焕发出人格美的光辉，这便是《易传》所言与天地、日月、四时、鬼神合契的"大人"人格。后来由荀子加以发展，概括为一句话："性无伪则不能自美。"③伪者，人为也，无"伪"的人性与人格是不美的，反之则美。

二、阴性超越与阳性超越

阴阳是《周易》哲学与美学的一对基本范畴。这里试以《周易》阴阳观来反视《周易》自身所倡言的人格美品类。如果说先秦道家所标举的人格美是阴性的，那么由《周易》本文的巫学智慧发展而来、以儒学为基本兼采某些道家智慧因素的《周易》辅文所肯定的人格美，却是属于阳性的。老子云：

> 谷神不死，是谓玄牝。玄牝之门，是谓天地根。④

---

① 《易传·象辞》，《周易本义》，第43页。

② 《易传·系辞下》，《周易本义》，第344页。

③ 《荀子·礼论》，《荀子集解》，《诸子集成》第二册，第243页。

④ 王弼：《老子道德经注》，上册，第4页。

　　这清楚地指明了，道之根性是属阴的。玄牝，微妙的母性。老子将人之母性、母体比拟为天地之根、道之缘起。母性阴柔，故道性亦为阴柔。而人格是自然之道在人生境界的自然延伸，因而可以说，先秦道家所要实现的人格美学理想，实为一"守雌"境界，此之即为"致虚极，守静笃"①。一般认为，老庄的人生态度是退避，寄情山水，放归田园，身在江湖而心弃魏阙，这是不错的。这种人生态度又可分两种类型：一是仕途不顺而使士大夫决意退隐，在徜徉于山水之间完成人格美的塑造；一是仕途顺畅却见好就收，所谓"功成，名遂，身退，天之道也"②。有一种谦退、不争的精神，弃炽热的朝堂纷争而趋于清静无为的濠濮间想，这是由儒入道。因此可以说，老庄所推崇的人格是"出世"的人格。然而笔者以为还须看到另一点，即"道"之出世又不同于"佛"之厌世。佛家厌世而企盼人之灵魂、人格向彼岸飞升，道家的出世却始终仍在世间。"道"固然崇尚出世却并未弃绝人寰，因而其退避的人生态度也并不意味着要退到彼岸去。与佛家相比较，由于"道"心仍滞留于世间，因而其人格模式仍具有进取的一面，它有待于进取到"儒"也有待于绝对退避到"佛"那里去。道家之进取，实际是以儒家嗤之以鼻的"退避"为进取，这种人格退避是阴性、柔静的，是无为之为、不争之争、柔弱性刚强。

　　这种关于"道"的阴柔人格智慧在《周易》中是见不到的，但这并不是说《易传》中没有道家思想因素，而是这种"道"被"易"所包容、消解了。易理自有阴阳，而易与道家之道相比，则前为阳刚而后为阴柔是显然的。《周易》第一卦为乾，"夫乾，天下之至健也"③。天的健阳之性正是《周易》进取性人格理想的自然证明。"天行健，君子以自强不息。"光看到这种人格的一般进取精神是不够的，还须看到它是阳性而刚健的进取这一点。就易理本身而言，乾阳与坤柔相对，但《易传》同时又认为"坤至柔而动也刚"④，这里所谓"坤"之"至柔"，不同于道家所谓的"柔静"，道是欲静至静的，虽然它也具有运动的本性；易是趋动至动的，虽然它又具有相对静止的本性。易与道在人格问题上

---

① 王弼：《老子道德经注》，上册，第9页。

② 同上书，第5页。

③ 《易传·系辞下》，《周易本义》，第343页。

④ 《易传·文言》，《周易本义》，第61页。

的区别，某种意义上可以说，前者主张阳性、刚性的进取而后者主张阴性、柔性的进取。易不言退避，它一往无前；而道注重回旋。这也不等于说易的这种刚性人格模式是不讲辩证法、没有任何弹性的，实际上它仅是旺盛的生命、生机观在人格美问题上的表现。

三、个体超越与群体超越

任何社会都是由人之个体与群体所构成的，不在群体之中的个体与不由个体所结构的群体，都是不可思议也不存在的。《圣经》上说，上帝先是造出亚当，因为不成社会，于是再从亚当身上抽出一根肋骨来造出夏娃。英国小说家笛福笔下的鲁滨逊，由于海难而流落于荒岛28年，却也并非绝对地离群索居，有一被鲁滨逊取名为"星期五"的土著成了他的"臣民"，而且最终回到了文明社会。当然，个体与个体是相互独立存在的生命现象，群体是以个体为基础的。

先秦道家所推重的人格是个体人格。这在道论中早已埋伏了逻辑性的文化基因。老子说，道"先天地生，寂兮寥兮，独立而不改"①。天地萌生之前宇宙只是混沌一片，道却独立而自存，这世界、这道也够孤寂的了。道的人格辐射，就是一个出世的、"遗世独立"的个体人格形象。道家相信依靠对道之本体的体悟，使人格与道合一，就能使个体生出无穷力量与智慧，使个人足以独立地面对世界，因而主张遗弃社会，抨击人际与人伦关系，实际上亦即废弃任何生产关系。老子激烈地批判儒家的仁义道德，在"小国寡民"这一人格"理想国"中，建立起"邻国相望，鸡犬之声相闻，民至老死，不相往来"的人格基础，目的在于突出个体人格。这种人格远不是完美的，它仅仅是古代狭隘小农经济制度下的精神性衍生物，是人格的自我封闭与自我萎缩。庄子的"心斋""坐忘"审美观，主张人格作为审美主体的核心因素与审美对象的浑然合契，暂时忘却荣辱系累、忘却柴米忧乐而使审美心灵专注于审美对象，使吾心放归于自然，这是人格向大自然的开展与精神脱俗的解放。人只有在审美活动中才像一个真正的人，一个人格得到超越、升华的人。然而，由于先秦道家一般菲薄社

---

① 王弼:《老子道德经注》，上册，第14页。

会实践，抱有道"本"而技"末"的观念，这种个体人格的超越自然是不彻底的，它仅仅在自然审美和艺术审美过程中得到有限的解脱，而并没有在所有社会实践中实现全面的超越。当然，老子、庄子是重视人之个体生命的，庄子所倡言的"养生"，是对人之个体生命的关怀。"养生"亦即养个体生命之"身"。庄子所关心的是人之个体生命而非群体生命的延续，而人格作为建立在个体生命基础上的精神格调与气质韵致也就随之得到了展现。

《周易》所高扬的人格之美是群体性的，这不正反映了先秦儒家人格美学智慧的基本特征。首先，从前文分析我们已经知道，《周易》本文与辅文对人的生殖是很崇拜的，这正与先秦儒家生殖观相一致。《周易》的生命美学思想是对人之生殖繁衍的推重，它所关切的，是人之群体生命而非个体生命的无限延续，传宗接代、子子孙孙绵绵不绝，世世代代香火不断，这也是"仁"的一个内容。只要氏族、民族的群体生命得以延续下去，"杀身成仁""舍身取义"在所不惜。其次，《周易》对圣人、大人的人格之美确是很歌颂的，这从圣人个体而言，确又是对个体人格的推举。不过，任何圣人又不是独立自存的，他仅仅是社会群体网络中闪光的一点。而且，圣人人格作为一种人格风范，具有激励群体普遍圣化的榜样力量，这种普通圣化的企求是以扼杀一般人的独特个性为沉重代价的。如果说圣人人格的光辉树立为人的普遍圣化提供了一个外在的权威性标准，那么人之普遍圣化的企望实现恰恰是一般人性与人格的异化。如果说圣人人格的实现是对圣人自我的肯定，那么这种肯定又是对一般人性与人格的残酷剥夺。一般人空虚自我，为的是接纳"圣格"，为了显扬圣性，这实是一种抛弃自我的人格异化，因为《周易》所谓圣人人格，尽管在历史上曾经被认为是美的，以今日历史唯物主义的眼光看，正如老庄所推重的个体人格那样，也远不是完美，因而可以作为今日人格修养之楷模。同时，这一点如与西方传统人格观念相比较，也可以看得较为分明。西方古代的人格隶属于上帝，其超越之机会人人均等，人人生而有"原罪"，人人均可因侍奉上帝而"赎罪"。上帝与人之间在"人格"上是不平等的，但"上帝面前人人平等"。在人格结构中，上帝是唯一的偶像，这一点决定了社会群体之中的个人之间难以互为偶像。上帝与人之间的不平等意识却意外地衍生出人与人之间的人格平等意识与否定人间权威的民主意识。这并不是说这种人格模式多么完美，因而值得今人效仿，实际上相对完美的人格正在创造之中而不是一种历史的存在。不过它与《周易》所说的圣人人格有颇多不同之处。《周易》圣人人格观建立在始终不平等、不民主的基础上，圣人及作为圣人的政治代表——封建帝王，是一般人的人间偶像，由于缺乏一个宗教主神作为人人所凭依的精神指归，人人均可以是奴隶、仆从，也可以是权威、偶像。作为权威、偶像之人格，是"我执"性超越；作为奴隶与仆从之人格，又是"他执"性超越，实际上是抹杀个体自由人格的无我性超越，亦即无我的堕落。

第三节　圆型人格与方型人格

笔者在前文论述"巫"时已经指出，巫是中华远古最早的知识分子，是时势将其推上历史舞台的一批有学问的人，他们是巫术时代巫学精神的代表人物。夏商之际随着奴隶主国家机器的建立与发展，人世的浮沉、权力的再分配，则意味着巫的分化。一部分最高统治者兼擅巫事，实为巫者，一部分幸运的巫上迁为政权机构中的要人，他们是决定国家大事诸如以巫术祭祀、祈禳、举行出征仪式等的主持者，还执行着管理国家典章文书、强化与协调统治的史官之职，这便是所谓史巫不分的"官巫"，成为权威的代表；另一部分倒霉的"巫"则下沉于民间，他们粗茶淡饭，青衣小帽，与下层百姓具有更多的精神联系，是谓"民巫"。民巫是不掌权的知识分子，往往以占卜为生，在社会上担任着总结与传授知识的重要角色。官巫与民巫渐渐成为社会文化精神的灵魂和良心，为全社会所推重，这是因为除了一部分官巫以权势为背景与靠山之外，官巫与民巫共同具有知识优势。《周礼》将官巫称作史、小史、内史、外史或大祝、大卜等，《礼记·曲礼》亦云：天子建天官，先六大：曰大宰、大宗、大史、大祝、大士、大卜。他们都是从事巫术的权威及其精神主宰，比如大卜，则卜天之垂象、卜征战之吉凶，占梦、占筮、灼龟、占风、望气，有籧人掌三易九筮。三易者，连山易、归藏易、周易也；九筮则为巫更、巫咸、巫式、巫目、巫易、巫比、巫祠、巫参与巫环。其上还有掌群巫之政令的司巫。这种官巫与民巫群团的出现，为具有空前知识与巫术系统体系的《周易》的诞生，提供了知识的储备和组织基础。

官巫与民巫这两个社会文化群团不是分立的，两者在一定限度内随整个社会的变动升降浮沉、往复交流。当然，其中民巫是当时知识分子的基本成分，他们在周代开始被称为"士"。

"士"是什么？

吴检斋曰："士，古以称男子，事谓耕作也。知事为耕作者。"余英时认为吴氏所说，"则士最初是指农夫而言"；余氏又据顾颉刚《武士与文士之蜕化》一文指出，"吾国古代之士，皆武士也，士为低级之贵族"，"这是正确的论断"[①]。然而依笔者之浅见，还是东汉许慎关于"士"的解析符合"士"的原义。许子云：

> 士，事也。数始于一，终于十，从十一。孔子曰：推十合一为士。[②]

对这一解说，段玉裁注曰："引申之，凡能事其事者称士。"

《白虎通》曰："士者事也，任事之称也。"故《传》曰："通古今，辨然否，谓之士。"

依"士"之音训，上者，事也，这是不错的。然而这"事"，并非泛指一切事，也不是原指男子的耕作，而是指所从事的巫术占筮。《周易》中从事巫术占筮的"巫"，其实就是中华古代最原始的"士"。

这可从许慎关于"士"的解说中看得分明。《周易》的巫术占筮自始至终是数的运演，通过筮数来占验人的命运吉凶。《易传》有云，筮法基于自一至十这十个自然数。

> 天一、地二；天三、地四；天五、地六；天七、地八；天九、地十。天数五、地数五，五位相得而各有合。天数二十有五，地数三十，凡天地之数五十有五。此所以成变化而行鬼神也。[③]

---

① 余英时：《士与中国文化》，上海人民出版社，1987，第5、5—6、8页。
② 许慎：《说文解字》，中华书局，1963，第14页。
③ 《易传·系辞上》，《周易本义》，第303—304页。

《易传》认为，按照《周易》占筮法，自一至十这十个自然数，其中一、三、五、七、九这五个数为奇数、天数；二、四、六、八、十、这五个数为偶数、地数。又，一、二、三、四、五为生数，六、七、八、九、十为成数，这十个自然数由于是巫术占筮的"灵"数而发展为哲学、美学意义上生成万物的基数。又，以天数一三、一五、七九这五数之和为二十五；以地数二、四、六、八十这五数之和为三十。故天数、地数之总和为二十五加三十等于五十五。这便是在中华古人看来可以"成变化而行鬼神"的《周易》巫术占筮的"大衍之数"。五十五是用以占筮的基本和原初的演算之数，这是毋庸置疑的。然查通行本《周易》，则明文写着"大衍之数五十"，这是因为在《周易》古代传抄过程中有"脱文"的缘故。金景芳说："当作'大衍之数五十有五'，转写脱去'有五'二字。"①这是中肯的见解。

这雄辩地证明，中华古代所谓"士"，原型其实不是什么别的，而正如许慎所说"数始于一，终于十，从十一"的"巫"。许慎能从自一至十的"数"之角度释"士"之古义，说明他是深明易理与占筮之法的，他不仅从音训"士，事也"释"士"，而且又从意义"从十一"释"士"，自然捕捉到了"士"原为《周易》巫术占筮之"巫"的真义。这一见解，确与孔子"推十合一为士"以及段注引《白虎通》"通古今、辨然否，谓之士"的观点相合。

"士"是中华古代的最原始的知识分子，他就是《周易》所言之"巫"。而从后代关于"士"的清廉形象看，这"士"，又主要指"巫"中的基本成分——民巫。

民巫这种"士"，有时又称"寒士"。他作为社会文化智慧的代表团体，从一开始就与强有力的社会政治威权构成了对立互补关系，这也便是理势关系、道统与政统的关系。知识分子是"道"的代表。从历史现实势力看，正如余英时先生所言，知识分子在历史上与政治之"势""是绝对无从相提并论的。知识分子之所以受到尊重，基本上是由于他们代表了'道'"②。这是理与势、道与政所构成的互补、互适态势。或者知识分子不被尊重，甚至遭受迫害，这是理势、

① 金景芳：《学易四种·易通》，吉林文史出版社，1987，第214页。
② 余英时：《士与中国文化》，上海人民出版社，1987，第119页。

道政之间的对立状态。

因为知识分子作为"道"之代表总与社会政治威权构成一定的对立互补关系，又因"道"的尊严与真理性完全要靠其自身的学识、智慧、道德、行为来彰著，因此，知识分子总有一个自身人格塑造、人格完善或曰对自身人格加以审美观照的问题。西方社会学家席尔思认为，大凡知识分子（士），都有一种追求真理的人格、人生自觉，由此产生一种"自重"（self-esteem）的人格心态，往往以重"道"为己任，以"社会良心"自誉，给人以矜持之感。无论在宗教、哲学、科学、伦理学或美学中，凡在高级文化形态中的知识分子心态，一般都有这一关于人格的自觉。

中华古代之"士"，即知识分子的人格自觉发蒙较早，且不说在《周易》巫术占筮中，"巫"即当时的知识分子代表了民族的灵魂和利益，勇敢地叩响了人生命运吉凶的大门，成为当时朝政的智囊与参谋，而且，在《易传》中，发展为"崇德而广业""道济天下"的人格。由于中华古代的整个文化性格淡于宗教而倚重伦理，从《周易》本文的"巫"导引出一条"内圣"的人格发展之路。《易传》云：

> 《易》其至矣乎！夫《易》，圣人所以崇德而广业也。知崇礼卑，崇效天，卑法地。天地设位，而《易》行乎其中矣。成性存存，道义之门。[1]

易理是至真至善至美的，圣人掌握易理，目的在于塑造推崇道德的人格以广其伟大事业。知识分子推重知识与智慧人格的崇高，而将"礼"这伦理规范放在服从于"道"之人格原则这谦卑的地位，这不是贬抑伦理规范与政统的社会地位与社会形象，而是恰恰认识到，唯有"知（智）以崇为贵，礼以卑为用"[2]，好如"天地设位"，才能完成健全人格的塑造，并且只有在与社会伦理规范与政统的协调之关系中，才能实现人格的塑造。这里，《周易》将人格的完善看作是以"知"为主导方面的理势、道政的统一。正如来知德所言，"天清地

---

[1] 《易传·系辞上》，《周易本义》，第297—298页。
[2] 王弼：《周易注》，《王弼集校释》，下册，1980，第545页。

浊，知阳礼阴，天地设位，而'知''礼'之道即行乎其中矣"①。同时，《易传》所谓"成性存存，道义之门"，是说人格的完成，是一个漫长而不断的修身养性的过程、"内圣"的过程。人格的完美，是在人性原朴基础上通过人的伦理实践，即荀子所谓"伪"（伪，人为）的过程所怒放的人生之体。荀子说："不可学不可事而在人者，谓之性；可学而能可事而成之在人者谓之伪"②"性者，本始材朴也；伪者，文理隆盛也。无性则伪之无所加，无伪则性不能自美。性伪合，然后圣人之名一，天下之功于是就也。"③这正可用以解释《易传》"成性"之义，"成性"就是人格的完成，其过程就是"存存"，即存之又存，不断地进行修养，由此才能入于"道义"进入完美的人格境界。

《易传》又云，圣人"知周乎万物而道济天下"④，追求"内圣"境界的知识分子，由于对"万物"之理知之周备而自信能"道济天下"，对智慧的把握加深了对人格的自重。然而，由于客观情势的变迁不定，也不是在任何情况、环境中都能完美地实现"道济天下"的人格理想的。这就导致在现实碰撞中生成的人格模式可以有多种类型。古人云："达则兼济天下，穷则独善其身。"人生达穷之时，对人格之美的向往就不一样。"兼济天下"，一般是"儒"所推崇、向往的人格，入世，富于社会责任感，要求在建功立业、荣宗耀祖、封妻荫子的社会境遇之中完善自身的人格，是一种放达的人格；"独善其身"，一般是"道"所推崇、向往的人格，出世，无视社会的责任，寄情山水、放归田园，蔑视朝堂权贵却与自然相亲和，在与自然之美的融契中完善自身的人格，是一种敛穷却亦潇洒的人格。

《周易》由巫入圣的人格理想模式是基本属"儒"的。人们有理由指出这种人格由于过分地与伦理相纠缠而显得不完善，因而无疑不是我们所应追求的目标，可是，那种在伦理道德层层挤压下所透露出来的人生态度，由于蕴涵着"有所作为""自强不息"的某些合理思想因素，对于那种消极退避、不思进取、不负责任的所谓"达观"的人生态度来说，不啻是一种纠偏的人格力量。

---

① 来知德：《周易集注》，上海古籍出版社，1990。
② 《荀子·性恶》，《荀子集解》，《诸子集成》第二册，第290页。
③ 《荀子·礼论》，《荀子集解》，《诸子集成》第二册，第243页。
④ 《易传·系辞上》，《周易本义》，第292页。

　　同时应当指出，在《周易》基本属"儒"的人格模式中，又形成了两种互相对应的人格样式，这里，笔者暂且称之为圆型人格与方型人格。

　　圆型人的基本美学特征，是循时而变。就是说根据时势的发展，人不断调整自己与客观时势包括与政统之间的关系，因时调整自己的人生态度、处世方式、意志规范与情感流向。这种人格样式所追求的，是圆转无碍的人生境界。它见之于一般人际关系，则八面玲珑；见之于官场竞纷，则左右逢源；待人接物，力求面面俱到；表现在文章言说上，又努力在逻辑上做到天衣无缝，简直无可挑剔，因而倘然搞起阴谋来，可能也会两面三刀，不露声色。这种人格的内核是"韧"。其目的是既定而不可更改的，但又认为为了达到某一人生目的，方式方法途径又应是多种多样、绝对灵活的。其原则也不是没有的，但又坚信最终原则的实现必须以灵活运用多种方式、手段为保证。这是一种具有一定方向的流动型人格，其流动的轨迹是曲线，是圆，是回旋与曲折，其处世哲学是"识时务者为俊杰"。

　　这又可说是一种天时型人格，其文化学与美学原型在《周易》之中。《周易》首卦为乾，乾者，天之本性与功用，指天时与天道。天时、天道是圆转流动不居的，并且其性刚健，象征人性与人格的健进有为。孔颖达自问自答："此既象天，何不谓之'天'，而谓之'乾'？"曰：天是"定体之名"，乾是"体用之称""天以健为用者，运行不息，应化无穷，此天自然之理。"不仅一个乾卦，整部《周易》六十四卦都在申明"变易"之理。其基本要旨，是万物皆变，"与时偕行"，阴阳消息、进退、盈虚、动静，无不内蕴一个"变"字。按"易"字之古义，为人之双手将一个容器之水倒于另一容器之中，于是便有水流，水形随容器形状而变易，这在甲骨文、金文"易"字的造型已可见出。又谓"易"字状蜥蜴之形，古人以蜥蜴变色为奇，又隐寓变易之理。而一般认为成篇于战国的《易传》又以"日月为易"，日月依天时不断运行、处于恒变之中，所以，从易理根本中衍生出来的这种天时型人格智慧，也是尚变的。它以圆转为目的、为方式，随机应变。就其积极意义来看，无论在人生道路上充满怎样的艰难困苦，都认定一个人生目标，抓住时机，采用多变的策略，撷取成功之果实，务使人生立于不败之地，使完美人格得以实现。这种人格自然是顽强入世的。就其消极意义而言，是过分推重人格的机巧，圆转流于圆滑，有媚俗的倾向。

与圆型人格相对应的是方型人格。其基本美学特征，是循时而不变。就是说尽管时势向前迁行了，人却不认为调整自己的有为与客观时势包括与政统之间的关系是必要的、合时宜的。这并不等于说持有这种人格的人无视时间的运行，而是坚信能够"以不变应万变"，面对万变的时势，最佳的人生选择是"不变"，从而觉得不必随时调整自己的情感方式、意志取向、人生态度与处世哲学。这种人格样式尤其注重人生与人格的原则，原则是不可改变的，认为人生的总目标与策略之间是重合的。持有这一方型人格的人处理一般人际关系，有棱有角；处理政治问题，毫不妥协，其心理机制是重理轻情，其主要特点是刚烈。因而，如果说《周易》本文中所写到的殷代三贤之一的箕子，在商纣淫威之下佯装发疯、自晦其明是一种圆型人格的话，那么后世所谓苏武持节、包公铁面则表现为方型人格。越王勾践的卧薪尝胆与文天祥的大义正气是两种不同人格的政治表现。相对而言，方型人格是一种静止型人格，它的思维、意志和情感流向是直线型的，其境界重在刚正不阿。

这种人格原型也在《周易》之中。《周易》第二卦为坤卦。坤者，大地也。在中华古人心目中，坤地是广博而方正的，天圆与地方相配，方是大地的属性。作为人格比拟，则"地势坤，君子以厚德载物"。坤的本性是"直方大"，坤性在于不变，相对于天时而言，大地是静态的，因而其人格象征是地理型的。

不仅如此，易理虽以变易为常式，然而变易之中又隐含不易的因素。有的学者认为易理只讲变易而忽视其不易的机理，这是对易理的误解。《周易》以乾坤两卦为易之门，一主变易、一主不易，并在一定条件下相互转化。二者关系是辩证的。所云变易，这种变易之趋势是永恒的、不变的；所云不易，又只能在永恒的变易中才能保持不变。整部《周易》六十四卦体系处处充满了变易之理，然而六十四卦体系作为一个模拟宇宙秩序的世界图式，又是一个其内部充满流动之机制的"稳态"结构。所以变易与不易相辅相成。就其人格比拟而言，就引申出两种不同的"儒"之人格模式。

当然，就整个中华人格智慧观来看，在儒学范围内，人们比较推崇的是方型人格，流传至今的"敢做南包公，羞为甘草剂"这一句话就说明了这一点。人们所推重的是光明正大的人格，具有大地般坦荡而博大的人格，同时也称赞如大地一般有内涵、含蓄、谦逊而儒雅的人格。这当然不是由此贬低圆型人格的积极因素，也并非无视方型人格的消极因素。实际上，方型人格也是有缺陷的，它固然一般不与阴谋相联系，然而倘要搞起"阳谋"来，也会是非常严厉的。

犹如乾坤可以相互转化一样，圆型与方型人格在一定机遇中可以相互转化。就个人人格而言，固然有或圆型、或方型一以贯之的，也可以有先圆后方、先方后圆、或方或圆、方圆兼备、内方外圆、内圆外方、真方假圆、真圆假方等多种模式，由此见出属"儒"人格的丰富、复杂性。

《周易》人格美学智慧关于圆型人格与方型人格的思想与孔子有关人格的美学观念是一致的，并且由这人格美学智慧启发了"君子比德"思想，开拓了对自然美的审美广度与深度。

孔子有两句名言：一曰"逝者如斯夫，不舍昼夜"，这从人格美学角度去理解，是指流动的、时间型人格、圆型人格；二曰"岁寒，然后知松柏之后凋也"，这从人格美学角度分析，是指静止的、严峻的方型人格。在孔子"君子比德"思想中，有关于"智者乐水，仁者乐山"[1]的深刻见解。这可以理解为，智者随机应变，其人格不滞累于某一点，与水性相近，故面对流水之自然美容易引起美感；仁者坚持礼义原则，其人格执着于某一点，与岿然之山性相近，故面对高山的自然美容易在审美过程中激起移情共鸣。这正可见出两种人格美的不同特征，智者圆融灵活，如水之流转；仁者坚持原则，像山一般坚定。比方说"智者乐水"这一点，后来被荀子加以发挥，使水之自然美成为智者圆型人格的象征，而圆型人格又是水自然美的人生延伸。

> 夫水，大偏与诸生而无为也，似德；其流也下，裾拘必循其理，似义；其洸洸乎不淈尽，似道；若有决行之，其应佚若声响，其赴百仞之谷不惧，似勇；主量必平，似法；盈不求概，似正；淖约激达，似察；以出以入，以就鲜洁，似善化；其万折也必东，似意。是故君子见大水必观焉。[2]

---

① 《论语·雍也》，《论语正义》，《诸子集成》第一册，第127页。

② 《荀子·宥坐》，《荀子集解》，《诸子集成》第二册，第344—345页。

后来刘向《说苑·杂言》说过与荀况相近意思的话，恕勿赘。这种以自然美与人格相比拟的美学思想，实际是由《周易》发展而来的，后来经过孔子的发挥以及其他哲学家、美学家的阐说，成为中华古代美学史一股汹涌的美学思潮。王逸论《离骚》及屈子的艺术美与人格美，就敏锐地指出屈骚以自然美入诗而比拟人格美的艺术特征，他说："《离骚》之文，依诗取义，引类譬喻。故善鸟香草，以配忠贞；恶禽臭物，以比谗佞，灵修美人，以媲于君；宓妃佚女，以譬贤臣；虬龙鸾凤，以托君子；飘风云霓，以为小人。"①所言者是也。不仅在中华古代传统审美意识中以圆型人格美与自然之优美相对应，而且以方型人格美与自然之壮美相对应。中华后代的山水诗、山水画，其实都有《周易》所揭示的圆型与方型人格美学智慧的文化基因，或圆型或方型、或优美或壮美，或者是二者的互融对摄，使人格比之于自然、自然比之于人格，二者同构，双华映对。

① 王逸：《楚辞章句序》，曹顺庆主编：《两汉文论译注》，北京出版社，1988，第398页。

第十章 《周易》美学智慧的文化心理

如果说文化哲学偏重于宏观地俯瞰自然宇宙与社会人生，那么文化心理学是对人的精神世界的微观探涉，这种精神世界是自然宇宙与社会人生的心理内化。这并不意味着二者互不相干，事实上二者存在着深层的对应。哲学是精神的升华，心理学是精神的沉淀。哲学的升华达于化境，必然要回归到人的心理层次；心理学的沉淀臻于空彻明净之时，又必具备哲学的精神品格。哲学与心理学的中介与交汇是美学。尽管美学的"触须"伸向人的一切精神领域，关于自然宇宙与社会人生的一切精神学科都有一个美学问题；尽管美学所最关注的是对自然美、社会美和艺术美及其三者之丑的审美，然而，仍然可以将哲学与心理学看作是美学伸向物质世界与精神世界的两根血脉相连的最敏锐的"神经"。民族、时代与人的美学智慧，无疑主要是在哲学的陶冶兼心理学的熔铸中生成、发展与成熟起来的。《周易》的美学智慧自然不能例外。这就提醒人们，在对《周易》美学智慧的文化哲学作出初步探讨之后（见本书第三章），还有必要继续对《周易》美学智慧的文化心理加以论证。这里仅就其文化思维与情感方式展开讨论。

第一节 原始思维与天人合一

《周易》美学智慧文化心理的重要内容之一，是原始思维。没有哪一部中华先秦古籍与文字资料，像《周易》这样保存了关于中华民族原始思维的丰富材料，即使是就迄今为止所发掘的殷之甲骨文所揭示的原始思维的系统性来看，也是比不上的。思维，是人的文化心理范畴的智力结构，自然有文与野、现代与原始以及人种、民族、地域文化等等的区别，而这里对原始思维的"原始"一词，首先不应作绝对的理解。列维-布留尔曾经举例说，人们将白人未进入该地域时澳大利亚的土著居民称为原始民族，进而将他们的思维方式称为原始思维是有道理的，因为当时这些土著的文化思维水平仅仅大致停留在新石器时代。可是"'原始'之意是极为相对的。如果考虑到地球上人类的悠久，那么石器时代的人就根本不比我们原始多少。严格说来，关于原始人，我们几乎是一无所知的"①。同时，考虑到人类的未来还有何等漫长的路要走，假如一百万年之后的"现代人"回眸我们今天地球人的智力思维水平，一定不会认为我们今天的现代人及其文化思维比石器时代的"原始思维""现代"多少。而假若将迄今为止宇宙的生成、发育之漫长历史缩短为一昼夜二十四小时，那么人类的历史及其文化思维史，大约只占二十三点五十八分之最后两分钟。迄今人类的历史何等短暂而其未来又何等悠远。愈是从哲学宏观观照以往的人类史，在历史运转中颤动的美学智慧的文化思维便愈是显得灵逸细微。从宏观时空角度审视，这里正在阐述的《周易》美学智慧的原始思维，的确并非是什么绝对遥远的、已经成为过去的文化心理与美学现象，它以一种基本的文化心理方式，潜在地沉积于中华民族的哲学与美学精神之中，并且它在当代中华美学头脑中也不缺乏。相对而言，我们今天所理解的中华美学思维的原始性与现代性固然未可两相等同，却也并非意味着《周易》原始思维的美学与标举"摩登"思维的当代美学之间是两种绝然隔阻的"文法"系统。尽管在《周易》美学与当代美学之间正在进行一场艰苦的"对话"，然而这种"对话"还是令人津津有味、回思无穷。大约这就是《周易》美学智慧之所以在今天仍然具有魅力的缘故，也是它之所以有时令人深感苦涩的缘故吧。因此，我们在探讨《周易》美学智慧的文化思维时，眼光是同时注视着中华美学之现代的："我们之所以仍旧采用'原始'一词，是因为它已经通用，便于使用，而且难于替换。"②

---

① ［法］列维-布留尔:《原始思维·作者给俄文版的序》，丁由译，商务印书馆，1981，第1页。
② 同上。

《周易》美学智慧的原始思维的文化心理内容，是天人合一。关于天人合一问题的哲学探讨，本书前文已有涉及，这里仅对其思维机制再加论述。

其一，从文化思维角度看，《周易》美学智慧具有其思维的前期形态，便是巫性思维，其根本心理特征，是建立在不重视也不善于进行分析与综合心理基础上的随机性判断，它并非人类高级的、成熟的科学思维形态，正如列维-布留尔所言，是一种"原逻辑思维"，因而是打上引号的思维，自然也不是成熟意义上的美学思维。它没有来得及进入属于逻辑思维层次的矛盾律之中，而热衷于主客、因果、天人之间不经过分析、综合的"同一"。逻辑思维是由一系列建立在充分经验基础上的概念、推理、判断等所构成的心理过程，它尤其需要合乎逻辑的分析与综合。"这种综合几乎在一切场合中都包含着先前已有的分析。只有在思维的材料预先消化了，得到了整理、分解和分类以后，各种关系才能借助判断表现出来。判断运用的是严格的确定的概念，而概念本身就是先前的逻辑运算的产物和证明。"①逻辑思维对思维对象的矛盾十分敏感，一旦遭遇矛盾，立即以理性、理智加以分析与综合，对思维对象矛盾性的排除则意味着它是始终服从矛盾律的，而其思维运动本身则不能自相矛盾。

巫术所运用的"原逻辑思维"，自然并非无逻辑、非逻辑的，而是逻辑的滥用与"倒错"。

毫无疑问，它也是通过社会的途径，即通过语言和概念来传达的，离开语言和概念，它简直是寸步难行的。原逻辑思维也要求一种预先完成的工作，要求一种世代相传的遗产。但是，这些概念与我们的不同，因而这些智力运算也与我们的不同。原逻辑思维本质上是综合的思维。我是想说，构成原逻辑思维的综合与逻辑思维所运用的综合不同，它们不要求那些把结果记录在确定的概念中的预先分析。换句话说，在这里，表象的关联通常都是与表象本身一起提供出来的。原始人的思维中的综合，如我们在研究他们的知道时见到的那样，表现出几乎永远是不分析的和不可分析的。

---

① ［法］列维-布留尔:《原始思维》，丁由译，商务印书馆，1981，第101页。

由于同样的原因，原始人的思维在很多场合中都显示了经验行不通和对矛盾的不关心。[①]

比如《周易》乾卦九五爻称"飞龙在天，利见大人"是吉爻，乾上六爻称"亢龙有悔"是凶爻，这种关于人之命运吉凶的判断到底有什么逻辑根据？《周易》剥卦初六爻辞："剥床以足，蔑，贞凶"；六二爻辞："剥床以辨，蔑，贞凶"；而其六三爻辞忽而称："剥之无咎"。便由初六、六二两爻之凶转而为六三之吉了，为什么同样是"剥"，便有吉凶不同的判断，逻辑依据究竟何在？传统易学说，剥卦初六爻所以为凶险，是因为剥卦卦象为䷖，取床象也。其下方五个阴爻像床脚，上方一个阳爻犹如床板，床为人的安息之具，现在初六为阴爻，意味着阴消阳，犹如床之剥蚀自床脚最下方开始，这对睡在床上的人来说，倒的确有点"凶险"，所以筮遇此爻为凶，似也说得过去。然而照此逻辑来看剥卦六三爻，其为阴爻却居于全卦之阳位（奇数爻位），已属不妙，而且六三爻既为阴爻，按照传统易学解说此卦初六爻何以为凶的逻辑，这六三爻象征床脚拦腰折断，这对睡在床上的人来说，岂不更凶险吗？然而为什么这六三爻辞偏偏说其"剥床无咎"（吉）呢？从汉人发明的爻位说分析，这剥卦初六、六二爻所以为凶，是因为该两爻与上九爻无应无比之故，似乎证据凿凿，逻辑上顺得很。可是这爻位说还有"得中""得正"之爻为吉爻的原则。根据这一爻位原则分析，剥卦六二爻，居于剥卦下卦之中位，又是阴爻居于阴位（偶数爻位），完完全全是"得中""得正"之爻，所以应为吉爻才是，又不知为什么这里的六二爻恰恰是一个凶爻呢？

从《周易》巫术"思维"分析，这样经不起逻辑检验的现象俯拾皆是，可以说"一塌糊涂"。笔者当然并非在此嘲讽《周易》编纂者的无知，而是要由此说明：经不起逻辑分析，正是巫术"思维"的文化本色。因为它本来就是排斥逻辑分析与综合的。《周易》巫术"思维"的有些地方、有些实例看上去是符合思维逻辑的，却往往难以将逻辑贯彻到底。历代易学尤其是汉代的象数之学在解说易之象数、爻位、爻时与爻性、人之命运吉凶、伦理意义之关系时可谓

---

① ［法］列维-布留尔：《原始思维》，丁由译，商务印书馆，1981，第101—102页。

绞尽脑汁，往往捉襟见肘，正可证明《周易》巫术"思维"原本不是一种逻辑思维这一特点。原来并非科学意义上的逻辑思维，却偏要将它解说得像是处处符合逻辑思维的"绝对真理"，这看来是吃力不讨好的事情。这当然不是说我们不要也不能以逻辑分析法去分析《周易》的这种巫术"思维"特性，而是需要通过逻辑与历史的解剖去把握其巫术"思维"的"原逻辑性"。

《周易》美学智慧的原始思维的"原逻辑性"在实际的巫术占筮过程中表现得尤为显明。逻辑思维是具有一以贯之的因果链的，有因必有果，有果必有因；此因此果，此果此因；彼因彼果，彼果彼因；一因多果，多果一因；多因一果，一果多因以及因移果迁，果易因变等等，都是可以通过逻辑思维的分析、综合方法加以把握的，并且必须符合客观实际。《周易》的巫术"思维"也是注重事物之间的因果"联系"的，尤其强调天人之间的因果"联系"。为了人的目的（果）去进行巫术占筮；巫术占筮的重要操作程序是占卦，即通过筮数的运演捕捉先兆（吉兆或凶兆），这是人事命运吉凶之"因"，据说是"天启"的。巫术占筮所卜知的先兆（卦爻象）即巫术之"因"，与由此所推断的人事命运吉凶即巫术之"果"二者在思维的"同一"性上是根本拒绝理性分析的。比如，为什么大过卦九二爻辞说"枯杨生稊"这个"因"，必须导致"老夫得其妻女"这个"果"因而是"吉"呢？又为什么此卦九五爻辞说"枯杨生华""老妇得其士夫"呢？为什么偏偏是"枯杨"而不是其他什么枯树的复活成为这样的"好"兆头？在这巫术占筮的"因"与"果"之间到底有没有客观存在的因果联系？这一切决不是巫术占筮者和巫术"思维"敢于触及的问题，因为倘用科学的逻辑思维去分析巫术"思维"所虚构的"因果链"则无疑等于宣告巫术的不能成立。所以，巫术"思维"中虽然充满"因""果"观念，却并不是客观存在的事物因果律的真实体现，而是由巫术文化心灵所误导而虚构的"因果"，是其张冠李戴式的因果"假错"。

这种"思维"的"假错"之所以在巫术中被认为是真实、无需证明而本是圆满具足并且代代相承，是因为有一种巫术信仰作了它的心理基础。巫术占筮者坚信主客、因果、天人关系本是合一，他们心目中的世界混沌而充满了神秘的感应。这种感应就是被巫术"思维"视为"灵气"的"马那"，它是主客、因果、天人之关系的中介，它看不见、听不到、摸不着而处处时时"存在"，让相信巫术的主体心灵深感恐惧或是欣喜不已。这种巫术感应的"力"或曰"场"，在巫术"思维"的心理结构中具有不可分析性，由于其具有一定程度的神秘性，是巫术文化心灵所崇拜的对象而不是逻辑思维的对象，它原本就不是心智理性的产物。它是"气"，是"神灵"，是被巫术"思维"结构的主观心灵所神化了的一种自然力，或者可以说，是一种盲目自然力的巫术文化心灵的内化形式，既是主客之间的原在"同一"，也是主客之间在巫术实践过程与方式中的"同一"。由此不难见出，巫术"思维"的全部心理基础，是由巫术所假想的"神灵"，它的不可理喻与不可分析性，正是巫术信仰、巫术"灵验"的"法宝"。试问巫术为什么如此"灵验"？是"神灵"佑助的缘故，也是《周易》八卦据说是伏羲氏这一"圣人"（神灵人物）所创造的缘故。在"神灵"面前人没有也不必有多少道理好讲，因为凡是信仰都是排斥理性分析亦即逻辑思维的。凡是"神灵"所出现、占据的领域，一切实际上所存在的矛盾和困难都在关于天人感应、天人合一的信仰中"迎刃而解"了，理性分析亦即逻辑思维、逻辑判断便成为多余的事情。

其二，从文化思维角度看，《周易》美学智慧的思维前期形态是所谓的"集体表象"。表象是客观物象作用于人的感觉器官之后在头脑中产生的印象，它的生理基础，是留在大脑两半球皮层上的过去兴奋的痕迹。人的思维运动，是在感知心理基础上进行的，感知为思维提供来自客观世界的思想材料。在感知与思维之间具有一个中间环节，这便是"表象"。表象不像感知那样始终是个别的，它可以有个别的和一般的两种形态。在某一特定对象或某一个人的感知基础上所产生的表象是个别、个人表象；从许多人的感知中相对概括地反映一系列相似对象的表象是一般表象、集体表象。表象因为具有相对的概括性，它为思维提供用以进行思维的概念"半成品"，是人从感知达到思维的必不可少的心理阶段。表象的个体性，反映出人从感知到思维的个体特征；表象的集体性，反映出人们从感知到思维的集体特征。人的感知、表象与思维是以个体经验为基础的，然而集体表象，又体现出人所面对的客观世界是浑整统一体，以及人的主体心理结构具有相对同构性。

《周易》美学思维的集体表象是留存于大脑印象的神秘的天人合一。这首先是因为中华远古的文化心灵，从人对客观世界的感知之初，由于智力的低下而不得不具有神秘氛围的缘故。列维-布留尔说:"原始人用与我们相同的眼睛来看,但是用与我们不同的意识来感知。"①所以,"不管在他们的意识中呈现出的是什么客体,它必定包含着一些与它分不开的神秘属性;当原始人感知这个或那个客体时,他是从来不把这客体与这些神秘属性分开来的"②。

　　对原始人来说,纯物理的现象是没有的。③

　　由于人的文化意识此时尚未自觉到将客体与主体、客观与主观清晰地分开,这严重地影响了中华先民在巫术中对客观世界的感知,即通常处于朦胧之中。就是说,在原始思维中,客观的物理宇宙与主观的心理"宇宙"常常是被混而为一的。其"混一"的机制是被看作神圣(神秘)的数。《周易》的巫术"思维"结构,就是古代东方的数的世界、数的宇宙。天地本涵、人之命运以及天地宇宙与人的神秘"互渗"都本源于数,数是世界的"原点",数在这里是与巫术"灵气"(马那)、感应联系在一起的。这为中华先民所深信不疑。

　　然而,《周易》巫术"思维"结构中的数,不同于古希腊毕达哥拉斯学派所言之数,更不能与后代成熟数学中抽象概念中的数相提并论。从文化品位看,《周易》巫术"思维"中的筮数,尚未真正进入科学领域,而是带有数学科学初始因素的一种巫术智慧,从《周易》原始思维的心理结构分析,《周易》筮数,并未真正从具有一定数量关系的事物具象中高度抽离出来。因为它还深受神秘意识与事物具象的羁系,在人的心理结构中,仅仅处于"集体表象"阶段,尚未具有纯粹、坚强与葱郁的理性,残存着中华童年文化心灵非理性的因素。本书前文已经说过,这是一种象数的"互渗","数的总和"境界。

　　其三,既是"原逻辑思维"又是"集体表象",这种《周易》巫术"思维"方式成了《周易》美学智慧心理结构的前期形态,便很容易导致《周易》美学

---

① [法]列维-布留尔:《原始思维》,丁由译,商务印书馆,1981,第35页。

② 同上书,第34页。

③ 同上书,第34页。列维-布留尔在这一引文"纯物理"三字之后加了一个说明:"按我们给这个词所赋予的那种意义而言。"

智慧"天人合一"心理模式的建构。

康德与黑格尔都曾指出，人的大脑思维运动可以具有感性、知性和理性三个阶段。感性阶段以感觉为基础。感觉是生命机体的一般动物学属性之最重要的表现，它是人这种最高级的动物通过感觉器官对客观事物的接触与环境赖以建立心理联系的初级形式，感觉是作为反映事物个别、表面现象的印象而出现的，是客观对象直接作用于感官时对事物个别属性的初步性心理投射。在感觉前提下产生了知觉。知觉与感觉一样，是人的感性认识统一过程中的重要环节。如果说感觉使人获得关于客观对象个别现象的印象与"知识"，那么知觉则是关于客观对象属于事物表面层次的整体印象。知性阶段，人脑思维运动的感性阶段为人的知性认识提供了丰富的思维材料。知性的思维，是在感性思维材料的基础上的知解与分析。它是人的认识从感性阶段向理性阶段实现飞跃的一个思维中介，是思维必不可少的中间环节。虽然基于感性经验，却由于思维对感性材料的分析加工而"启示了超出感官世界和现象世界之外有一个超感官世界作为真的世界，超出消逝着的此岸，有一个长存着的彼岸"①。知性分析，是从感性"此岸"到理性"彼岸"的思维通道。理性阶段是一个人脑思维把握真理的阶段。人的思维运动进入理性阶段，则意味着人脑对客观对象本质规律的理性把握，意味着人的认识，由于经过思维知性阶段的知解与分析，并非总是停留在感觉与知觉阶段，而是进入到对客观对象实现整体把握的思维理性境界。如果正如黑格尔所言，知性阶段是对"超出感官世界和现象世界之外有一个超感官世界"的"启示"，那么思维的理性阶段就是这一"真的世界"的实现。

以这种思维"三段"论来衡量《周易》的巫术"思维"，那么怎么样呢？可以说，《周易》巫术"思维"是一种一般地忽视知性思维阶段的文化思维模式，同时由于人的大脑思维运动并未真正从感觉经验中解脱出来，因而始终具有一定的具象的特点，是一种伴随着神秘意象的思维。

《周易》的巫术"思维"具有一个感性阶段，前文所言的"集体表象"，就是人对客观对象的感觉与知觉的整合。《周易》很重视"象"，"易者，象也"。

---

① ［德］黑格尔:《精神现象学》，上卷，贺麟、王玖兴译，商务印书馆，1979，第97页。

观物取象，象的原型是物象，来自客观生活；取象就是通过巫术占筮的方式寻找预兆，以占验吉凶。这种预兆就是卦象、爻象，它们是客观物象以及客观物象在神秘巫术文化心灵中酿制的心象的一种相对简化的形式。这种相对简化的兆象，与其原型即客观物象的具象特点相比，自然是简化的，因为它只以阴阳两个爻符及其所构成的八卦、六十四卦体系来象征世界万事万物的存在与发展；然而这卦爻符号体系本身又不是近现代科学纯粹抽象的公理、公式与定律，易之卦符的象征不等于科学公理之类的精确表达。易象确是与数相并存的，易的内在机制是数。然而《周易》中的数，又不同于纯粹数学中的数。它的本涵首先是与圣人所"取"之象相混合的人之命运吉凶休咎的象征，数的演化始终是伴随着神秘之象来进行的。这就是说，这数尚未真正从神秘物象、心象与兆象中抽象出来，它未能真正成为高蹈于世界具象之上、并且断然挥斥神秘文化氛围的一种数学智慧。尽管今天已有不少易学研究者指出《周易》中蕴涵着"高深的数学智慧"，这恰恰是以今人的数学头脑、通过知性分析对隐藏于易理的数理因子的发微与引申。这并不能证明《周易》原来具有成熟而纯粹抽象的数学智慧。莱布尼茨创立数学二进位制，这成了近现代计算机的数学原理，《周易》六十四卦所包含的 $64=2^6$ 这一数理因子，确与莱氏的数学二进位制具有某些相通、相合之处，但易理中的数，始终没有达到二进制数学的高度逻辑阶段。

这已可说明，《周易》巫术"思维"对知性分析的忽视。由于相对而言缺少在感性材料基础上的知解与分析，相对缺乏关于知性思维的发现与自觉，《周易》巫术"思维"所找到与认同的"真理"必然不是纯粹理性的，在此意义上，将《周易》巫术占筮称为"伪科学"不是没有道理的。

同时应当指出，尽管《周易》的巫术"思维"相对忽视在感性经验基础上的知解与分析，尽管其数始终深受神秘兆象的羁系与滞累，然而又不可否认在巫术体系中又深蕴着可以发展为成熟数学智慧的某种数理因子，它是被非理性所包裹的一种原始理性精神。毕竟在关于卦爻符号的创制与运演中为原始理性留出了一点地盘。这意味着《周易》巫术"思维"并非绝对拒绝知性。虽然巫术"思维"是一种打上引号的思维，但它仍然是一种思维。正如前文所言，《周易》巫术占筮是非理性的因果律的"假错"与滥用，但在这巫术文化头脑中，却分明意识到了客观事物之间的因果联系，这又是原始理性在《周易》巫术中的清醒表现。巫术"思维"既是对因果律的误解，又正如列维·施特劳斯所言，是关于"因果律的辉煌的变奏"。在此意义上又可以说，《周易》巫术"思维"又具有"前科学"因素。一定意义上并非纯粹抽象的知性分析与判断，却已经叩响了通往理性阶段的智慧之门。

要之，《周易》巫术的原始思维是一种非理性与理性因子相混合的思维矛盾运动，其基本特点，是一般地忽视作为从感性到理性的重要中间环节知性阶段，由此便相对缺乏概念与表象的分离。某种意义上可以说，是思维从感性阶段相对直接地进入崇信巫术的古人所认可的"理性"阶段。由于相对缺乏知性分析，毋宁将这一思维模式称为"思维的直觉"。从列宁所言的"生动的具体"出发，中经相对少弱的细微知性，由于知性的远未成熟，常不免使巫术难以上升到真正的理性阶段（上升到理性即意味着巫术的消亡），而总是使人的思维"跟着感觉走"。当然这并不否认在这感觉中存在某种理性的一丝生机。

运用如此思维模式去"思考"天人关系，必然直觉到天人本是合一、或者经过内心修养认为这可使天人在道德层次上回归于合一境界。

真正科学意义上的"天人合一"境界，是人必须通过积极能动的社会实践方式对客观事物本质规律的把握，是"自然的人化"与"人的本质对象化"的同时实现，是广义的审美境界，也是人的自我意识、主体意识的真正自由。而先秦道家所追求的天人合一境界，由于否定、排斥人的社会实践方式而仅仅意味着顺应自然而不是对自然的能动改造。返朴归真的境界并非人在能动实践中所创造的人生，而是原朴心灵与原朴自然的亲和。从审美，比如对艺术美、自然美的审美过程、审美规律看，道家所谓"心斋""坐忘""涤除玄鉴"等正好揭示出审美机制的心理本质，然而这种审美观由于舍弃了人的实践行为，在历史领域中却难说是积极的。先秦儒家所追求的天人合一境界，自然是容纳一定的社会实践内容的，不过它所容纳的，主要是道德伦理实践，它将天人关系即人与自然的关系，变成了人与人之间的伦理关系，是伦理的天则化与天则的伦理化。从审美角度看，是将圣人道德的完善和人格的高标看作人生之美的极至，并且将这提到"天"的高度去加以证明，又归根结底须下移到人之内心加以完成，儒家的注重内心修养是达到伦理—美学天人合一境界的必由之途。

由此观之，道、儒两家的天人合一审美观具有一个颇为共同的思维特点，即都相对忽视关于这一境界的知性分析。道家之"道"，素朴而无需人为修饰，不是实践所能把握的对象，它不可道、不可名，从"道"之原朴自存到人对"道"的回归，其中拒绝知性分解。"道"之美，恰恰美在难以言说。儒家所推重的伦理的美，美在天人合一，至于为何天人能够在伦理层次上达到合一，在形式逻辑上其实并无多少道理好讲，多半只是一种比附性想象，这正如后来汉代董仲舒在《春秋繁露》中所说的那样，他将天地构造、天地运行与人的生理构造作了牵强的比附，以此建构天人合一、天人感应说，董仲舒所谓"以类合之，天人一也"①的结论，不是建立在知性分析的基础上的。

其实董子的这一天人比附观的思维之因可以追溯到《易传》的"三才"说，而"三才"说又源于《周易》本文的巫术占筮中的神人感应。神人之间何以能够感应，这在《周易》本文看来是不必进行知性分析的既定"真理"。不记得哪位哲人曾经这样说过，这个民族似乎在其连续不断的记忆里，一直保留着它那孩提时代的经验，中华古人似乎把他们最早与自然界的友善关系从最遥远的上古一直带到了《周易》所在的殷周之际的文明时代。并且用马克思的话来说，中华民族似乎直到如今还没有完全脱掉与自然所发生的"共同体的脐带"。宗白华曾经指出："因为中国人由农业进于文明，对于大自然……是父子亲和的关系，没有奴役自然的态度。"②这句话有两点需作修正：一是对于中国人来说，天人亲和关系并非始于农业文明，早在此之前许多个世纪，中华先人已经乐观地认为天人本是合一了；二则说中国人"没有奴役自然的态度"，似乎有些绝对，因为在整个中华思想史上，"天人合一"观自然占有主要地位，却也有如荀子那种天人相分、人定胜天的智慧行世，只是不成气候罢了。可是，宗白华认为中国人所认同的天人关系"是父子亲和的关系"，这是击中《周易》美学智慧之原始思维的要害的。《易传》关于伦理之美的实质在于"父子亲和"说了那么多的话自不待言，从其吸取先秦道家的自然本体哲学看，这种哲学的基本精神，是犹如子对父一般的人对自然的精神性顺应，这种顺应虽然表面并未沾染

---

① 董仲舒：《春秋繁露·阴阳义》，《春秋繁露集解》，广益书局，1936，第109页。

② 宗白华：《艺境·艺术与中国社会》，北京大学出版社，1987。

伦理色彩，实质上却是以自然为潜意识中的威权与指归的。

《周易》巫术的原始思维，显然对显而易见的矛盾表现出普遍的不关心与无所谓，不重分析而热衷于主观客观、原因结果、现象本质、偶然必然、可能现实、非理性理性以及天人之间的同一甚至混一。人的自我意识虽然早已产生，但尚未发展到将主体与客体、天与人严格区分的程度，从巫术"思维"承袭而来的天人合一（神人以和）的思维一直纠缠着《易传》的哲学与美学头脑，它偏于从"和"之角度作美学的沉思，而忽视对客体作科学层次上的探究。这正如王国维所言："西洋人之特质，思辨的也，科学的也，长于抽象，而精于分类。""吾国人之所长"，"则以具体的知识为满足。至分类之事，则除迫于实际之需要外，殆不欲穷究之也。"①某种意义上可以说，《周易》天人合一的原始思维，虽在一定程度上阻塞了以"分"为基本出发点的科学抽象思维和对自然的进取精神，然而却开启了以"和"为思维特征的哲学与美学天地。

《周易》巫术的原始思维，固然并不擅长于知性分析，这也许导致了科学思维从感性阶段到理性阶段的断裂与"短路"，然而在美学上却获得了意外的历史性收获。由于"原逻辑思维"兼"集体表象"的作用，思维运动相对忽视知性分析所留下的空白，便由直觉与领悟这种中华特殊的美学心理机制起而填补，这种恰到好处的心理代偿，使得中华古代以直觉与领悟为美学最高智慧的文学艺术尤为发达。而在文学艺术中，尤以诗与音乐为最。究其心理原因，盖诗与音乐的美学品格更应以直觉与领悟为其心理底蕴也。

因此，黑格尔说："一切是一，一切同一"，"这可以说是最坏方式的'统一'，这种同一完全够不上称为思辨哲学，惟有粗糙的思维才会应用这类观念。"②这一见解未免失之公允。从科学抽象思维角度看，缘起于储存在《周易》巫术"思维"中相对忽视知性分析这一点，自然是中华民族从古到西学东渐为止所积存的一种文化思维局限，在此意义上称其为"粗糙的思维"自无不可。不过，从艺术具象思维角度审视，《周易》美学智慧的"天人合一"观，其所开

---

① 王国维：《论新学语之输入》，《王国维遗书》第五册，上海古籍书店，1983，第98页。

② ［德］黑格尔：《小逻辑·第二版序言》，贺麟译，商务印书馆，1980，第8页。

启的审美直觉与领悟，却是以中华为代表的东方艺术及其美学思维的精髓所在，它虽然早已"长大"却一直保持着"童心"。

第二节　乐观情调与忧患意识

与《周易》美学智慧的文化思维密切相关的，是它的情感方式。情感是天人关系中伴随着实践行为、目的和认知判断所激起的人生情调，它一般是个人性的，也可以形成一定的时代情绪与民族心态。

《周易》美学智慧的情感心理可以一个"乐"字来概括。什么是"乐"？郭沫若采罗振玉之见，认为"乐"之初义"从丝附木上，琴瑟之象也。或增一以象调弦之器"。许慎《说文》："乐"为"五声，八音总名。象鼓鞞。木，虡也"。将乐（繁体写作樂）看作木架置鼓的象形。其实，以上两说均非"乐"之本义，而只是出现于先秦钟鼎铭文、简书刻辞以及秦篆中"乐"字的引伸义。在甲骨文中有一"乐"字，写作樂，其 8，是果实累累的象形，与谷物、食物相关；（原文字不清晰）是 全、全（食字）的简笔。所以"乐"字的（原文字迹不清）与 ♨ 并非什么"琴瑟之象"，"乐"的原型不是音乐，也不是乐器，而是人进食时所获得的生理性快感，后来才引伸为音乐、艺术与美感。乐与美的关系，大约也与食相关。依《说文》，美者，从羊从大，羊大则美。大羊作为食物，肥甘而令人口乐。

《周易》美学智慧的乐观心理，自然已不是原初意义上人进食时所获得的生理性快感，它是《周易》所领悟的快乐人生的一种情绪内化。关于这一点，先试看《易传》的若干文字记载。

> 子曰："龙德而隐者也。不易乎世，不成乎名；遁世无闷，不见是而无闷；乐则行之，忧则违之，确乎其不可拔，潜龙也。"[1]

这是《易传》借孔广之口吻对乾卦潜龙之德的称许，以潜龙比圣人君子之

---

[1] 《易传·文言》，《周易本义》，第45—46页。

美德。圣人君子之美德犹如"龙德而隐者"，它能自守其道，不因世而变迁无准，是谓"不易乎世"；自晦其迹，不求其名之成，故曰"不成乎名"。高洁之德行与俗世相违，这是"遁世"，而道足自乐，圆融无碍，这便是悦乐"无闷"的人生境界，或采孔颖达、李鼎祚之解亦通："谓逃遁避世，虽逢无道，心无所闷。"① "道虽不行，达理无闷也。"② 因为道、理在胸，已是圆满具足，欢愉而无烦恼。陈梦雷又云："己不求名，不见是于人矣。而心可自信，故无闷。"时来运转"时当可乐，则不私其有"，与人众同乐；"时当可忧，则不失吾已，违而去之"③。适逢可忧之时，自心排解，归于乐境。"心以为乐，己则行之；心以为忧，己则违之。"④ 不是心忧令人畏惧，而是根本不将"忧"放在心上。这种潜龙般的乐观心态，坚定不移，无忧不摧，"确乎其不可拔"也。

《周易》论"乐"时并不回避忧患，而是即使在忧患逆境中仍不失自信，坚信通过人为努力，可以因时而平抑忧患、入于乐境。《易传》云：

> 《易》之兴也，其于中古乎？作《易》者，其有忧患乎？⑤

这是说当年周文王被商纣囚于羑里，正值人生大忧之时，而周文王自强不息，身陷囹圄而心系家国命运，运演六十四卦，以趋吉避凶，尽管巫术占筮必然没有实效，但其心态却是对忧患境遇的超拔。试问何能如此？"明于忧患与故"⑥也。《周易》的编纂者相信，任何人生忧患总是暂时的，最终是欢乐的实现：

> 乖必有难，故受之以蹇。蹇者，难也。⑦

---

① 孔颖达：《周易正义》，北京大学出版社，1999，第2页。

② 李鼎祚：《周易集解》，上海古籍出版社，1989，第11页。

③ 陈梦雷：《周易浅述》卷一，《周易浅述》第一册，第43页。

④ 孔颖达：《周易正义》，北京大学出版社，1999，第2页。

⑤ 《易传·系辞下》，《周易本义》，第336页。

⑥ 同上书，第339页。

⑦ 《易传·序卦》，《周易本义》，第362页。

这是人生蹇难之时。然而,

　　物不可以终难,故受之以解。解者,缓也。

这是柳暗花明。谁知,

　　缓必有所失,故受之以损。①

又陷入山重水复疑无路的境地。不过"疑无路"并非真的无路可走。

　　损而不已必益,故受之以益。①

　　一定条件下,蹇解、损益可以互转,而最后是"益"的战胜与"乐"的长在,顺境中自然悦乐,逆境中不失自信,逆忧患而待来时,这便是"生生不息"的易之精神。

　　《周易》美学智慧具有明显的"比乐"思想。它将乐与人生看作亲比的和谐关系,而将悲、忧的克服看作乐的完成。这种乐观情调有两个层次:一、天人本是合一,自然界与人既然合一于"生",那么人心的基本情感倾向是生而乐之的;二、这并不是人生没有忧患,而是相信即使在忧患之中仍不改其乐。

　　《周易》巫术占筮本身就具有乐观的文化品格,当然,这种乐观是带有盲目性的。不少文化人类学家指出,一切巫术包括《周易》巫术占筮的心理机制与社会功能,在于给人以盲目乐观的向往。马林诺夫斯基说:

　　巫术使人能够进行重要的事功而有自信力,使人保持平衡的态度与精神的统一——不管是在盛怒之下,是在怨恨难当,是在情迷颠倒,是在念灰思焦等等状态之下。巫术底功能在使人底乐观仪式化,提高希望胜过恐

――――――――――

① 《易传·序卦》,《周易本义》,第362页。

惧的信仰。巫术表现给人的更大价值，是自信力胜过犹豫的价值，有恒胜过动摇的价值，乐观胜过悲观的价值。①

巫术的情感心理表现，一方面是巫术的崇信者相信与感激可以依靠神灵的佑助完成巫术对世界的控制；另一方面又自信人自身具有神一般的力量与智慧，足以面对这个世界的残酷挑战、足以克服人在前进道路上的一切困难从而达到人的目的。这种巫术的快乐心态，是人类童年典型的情感心理特征。尽管人所面对的未来世界实际上存在着为人所意想不到的艰苦险阻，童年的人类却自信可以通过人为努力（其中包括巫术而且不管有效无效），活得有滋有味、无忧无虑。

《周易》美学智慧的乐观情调，正是这样的一种人类童年文化心态的"东方版"。中华古人以乐观的眼光来看这个世界并且直观自身，建立在原始巫术乐观信念基础上的审美的乐观与乐观的审美，正是《周易》美学智慧的显著特色。它以乐观态度看自然、看社会、看时世、看人生，并由此构想人自身的完美。

当古希腊柏拉图满怀自信地自问"最美的境界是不是心灵的优美与身体的优美谐和一致，融成一个整体"，回答"那当然是最美的"②之时，东方的古代中华却以陶然之心情，一边运用由先祖传袭下来的巫术占筮频频叩响历史命运之门，一边从巫学智慧的土壤中发掘出乐观向上的哲学与美学智慧。柏拉图哲学自觉意识到，古希腊美学理想中"人"的形象，从精神（心灵）到肉体都是完美无缺的，并且具有乐观情调。这种崇尚智慧过人并且体魄强健的美的"完人"形象，恰恰分别在雅典（崇尚智慧、心灵）和斯巴达（崇尚健美、人体）城邦的文化现实中得到展现。《周易》却标举"与天地合其德，与日月合其明"的圣人之"美"。这种美，完满无比，有如希腊荷马史诗《伊利亚特》所描绘的海伦之美，美得令人惊羡，没有任何疵点，以至于两个城邦之间为了争夺这

① ［英］马林诺夫斯基：《巫术科学宗教与神话》，李安宅译且按语，中国民间文艺出版社，1987，第77页。

② ［希腊］《柏拉图文艺对话集》，朱光潜译，人民文学出版社，1963，第64页。

种美而发生了十年战争。当然，希腊海伦之美主要美在容颜，美得令人眩目；《周易》圣人之"美"是美在人格，美得令人慑服。然而，在这两种美学智慧中，都蕴隐着人如神、现实如神一般"完美"的乐观信念。两者都以人的尺度塑造神，又以神的尺度塑造人。尽管客观现实和人实际上远非完美无缺也永远无法达到绝对完美境，却在美学中执拗地坚信这种完美境界"客观"存在并且可以实现。作为其哲学与美学表述，就是柏拉图客观唯心主义的"理式"。"理式"所蕴涵的，既是完美的现实和人的境界，又是完美的超现实和神的境界，就人的心灵与肉体关系看，是人的智慧与人体自然的完美合一，它是人类正常童年美学智慧的一个美梦。

《周易》美学智慧也是中华童年一个快乐的美梦。就《易传》之基本美学品格儒学精神而言，它是自然之天与人心之诚之间的合一，是自然天则的心诚化，人心之诚的天则化。诚是天人之间、构造天人合一"美妙"图景的一个纠结。无人心之诚，便没有天人合一之美。而人心之诚者，必常乐，乐是天人合一的成果与表现，是由天人合一所激发出来的欢愉心情。《易传》云：

> 庸言之信，庸行之谨；闲邪存其诚，善世而不伐，德博而化。[1]

庸者，常也；闲者，防止也。圣人平时言行上符天则，出自内心，诚挚谨节，有善于时世却不居功自伐，这种美德之博施可以化解天人之两极而归于一统。陈梦雷说："庸常之言亦信，庸常之行亦谨，则无不信与不谨，盛德之至矣。"又言"邪自外人，故言闲。诚本我有，故言存。邪闲则诚自存，盖妄去则真全"。[2]

诚是一个追求天人合一悦乐境界的内心修养问题。故《易传》又云：

> 君子进德修业。忠信，所以进德也；修辞立其诚，所以居业也。[3]

---

① 《易传·文言》，《周易本义》，第46页。
② 陈梦雷：《周易浅述》卷一，《周易浅述》第一册，第44—45、45页。
③ 《易传·文言》，《周易本义》，第47页。

这是说，君子忠诚信实，是进益美德的内在心理根据；言辞、行为以内心实诚为原则，这所以是居于功业、立于不败的缘由。诚是君子内心快乐境界的依据。天人合一之乐境尽管在《周易》看来是本然如此的，却并非人人都能随意地进入这一宇宙与人生境界，须以诚为内在心理驱力，才能渐入佳境。"诚者，天之道也；诚也者，人之道也"①，天人本是一道，同归于诚。荀子也说：

> 君子养心莫善于诚。……天地为大矣，不诚则不能化万物；圣人为知矣，不诚则不能化万民；父子为亲矣，不诚则疏；君上为尊矣，不诚则卑。夫诚者，君子之所守也，而政事之本也。②

无论"内圣外王"，都离不开一个"诚"字。诚是政治伦理学，也是美学心理学范畴。

> 反身而诚，乐莫大焉。③

先将人心之诚提到天则高度，这是从心理学向哲学境界的超越；又回归于内心，这是由超越而返回诚的心理原点。反复其道，易之本也，乐在其中。一点不错，尽性知天，以诚为先；穷神达化，天人合一，这是《周易》认可的最快乐的人生极境。

《周易》的美学，是一种乐于天人合一的中华智慧。记得前文曾经谈到，趋吉避凶的《周易》巫学智慧，在天人合一人生美学生死观上总是顽强地执着于"生气""生生之谓易"，亦即生生之谓乐也。生的快乐，死的悲哀。虽然死的悲哀乃人之常情也，而且不可避免，《周易》美学智慧却总是陶醉于生的快意而忌言"死"。《易传》云："原始反终，故知死生之说。"④死与生是人之生命的

---

① 《礼记·中庸》，《礼记译注》下册，第913页。
② 《荀子·不苟》，《荀子集解》，《诸子集成》第二册，第28—29页。
③ 《孟子·尽心上》，何晓明、周春健注说，河南大学出版社，2008，第228页。
④ 《易传·系辞上》，《周易本义》，第291页。

"消"与"息",是气之阴阳的"聚"与"散"。"天行健,君子以自强不息",《周易》认为,人活着一天,就要效天而奋斗不息,对于将来人生必至的死,不必虑及,亦不必痛苦彷徨,只要一心进取,顽强搏击就是了。《周易》六十四卦中的乾坤屯恒归妹渐家人豫颐解益垢革咸泰与否等卦,都触及"生"与"生之快乐"这一《周易》乐感美学智慧的主旋律。如豫卦就是一个象征悦乐的卦,其卦象为䷏,从卦象看,下坤象征地,上震象征雷。《象传》:"雷出地奋,豫。"这是说,雷破地而升空,在天宇之中纵横飞奋,真乃惊天动地,入处于天地之际,不但不以此为恐惧,而且以此为豫乐,表现出人的乐生豪迈气概。中华古人认为阳气始生于冬而潜藏于地,立春之后阳气奋出于地与阴气相搏而震声成雷,所谓"惊蛰"则意味着雷震使万物与人心奋起无不欢愉,春乃生之象征,有天人和乐之象,故《国语·晋语》"司空季子曰,'豫,乐也'"。李鼎祚引郑玄云:"豫,喜豫悦乐之貌也。"[1]然而在《周易》看来,欢豫过甚而不谨厉廉藏,则必走向悦乐的反面,这便是豫卦初六爻辞"鸣豫,凶"的意思。此指豫之初六为阴爻反居阳位,以失正之象上应九四却自鸣得意,故"凶"。这"凶",包含着对生命悦乐的否定、悦乐向忧恐的转化以及美的破灭、丑的横逆。所以《易传》云:"初六'鸣豫',志穷凶也。"从卦象上分析,豫卦初六恰与谦卦上六互为对应(谦卦卦象为䷎),"鸣豫"为凶而"鸣谦"则吉。

由此可见,《周易》美学智慧关于生命乐观情调的观念不仅崇尚生之欢愉、排斥死的悲哀,而且认为这种欢愉又应当是适度的,是一种关于生之快乐的中和之美和美感。中华古代的音乐十分发达,它起于娱神而欢及人心,《易传》在论豫卦时曾说:"先王作乐崇德,殷荐之上帝,以配祖考。"[2]这是神、人之间以音乐为契机的快乐之"对话"。豫就其自然本体而言,是"雷出地奋"之美、是"天乐";就人生美学来看,先王作乐崇德就是人之悦乐心情的宣泄,它是天人之间的一个快乐中和境界,并且这境界充满了生气,它拒绝容受死之悲哀与阴影,并且承认在一定条件下生死、忧乐与悲喜的转换而终于是生、乐与喜的长歌。

① 李鼎祚:《周易集解》,上海古籍出版社,1989,第68页。
② 《易传·象辞》,《周易本义》,第115页。

《周易》震卦卦辞:"震:亨。震来虩虩,笑言哑哑,震惊百里,不丧匕鬯。"这是说,春天雷震是阴阳之气往来亨通的表现,雷声滚动,令万物与人心惊恐畏惧,然而乐天之人却能笑语声声(《释文》解"虩"为"恐惧貌",解"哑"为"笑声"),虽然惊雳令天下震动,手持香酒祭祖之人却能镇静自持(匕、勺、匙之类;鬯,香酒),这是由惊恐向欣喜的转化。《周易》同人卦九五爻辞:"同人,先号眺,而后笑。大师克相遇。"同人卦象为离下乾上。九五刚健中正,是得位居中之吉爻,它与六二成阴阳对应,而九五属天、六二属地,象征天地应而和同于人。可是,这九五爻与九三、九四、上九又无亲比关系,故原本未能和同于人而令人悲声自放,终于由于九五爻居中位尊,它的刚健之性如大军克制弱旅,令人胜必自乐。王弼说:"近乎二刚(指九三、九四爻——引者注),未获厥志,是以'先号眺'也;居中处尊,战必克胜,故'后笑'也。"①终于笑到最后。

从《周易》美学智慧的这种乐观情调看,可以将其称之为"醉生"的美学与"乐天"的美学也许无妨。

　　乐天知命,故不忧。②

这是《周易》本经巫学智慧的基本精神,也是建立于巫学基础上的《周易》辅文即《易传》之哲学与美学智慧的基本精神,它具有一定的宿命意味。"要在亲切体认人类生命此极高可能性而精思力践之,以求'践形尽性',无负天(自然)之所予我者。说它'乐在其中',意谓其乐有非世俗不学之人所及知也。"③这种快乐人生无疑是自然与人、实践与认识在基本的伦理意义上的合契,是人之生命本体的欢愉境界,它从原始巫术中升起,经过伦理的濡染,最后升华为快乐的美学,似乎也确为局外之人所难知。从原始巫术文化褓褓之中孕育而成的乐观情结,似乎一直支配着中华古人的美学头脑,使其很少

---

① 王弼:《周易注》,《王弼集校释》,上册,第286页。
② 《易传·系辞上》,《周易本义》,第292页。
③ 梁漱溟:《东方学术概观》,巴蜀书社,1986,第8页。

真正彻底的悲观，人们总是愿意乐观地眺望未来。是的，中国人作为无所畏惧的乐观主义者，不管他们刚经历过何种灾难，始终准备宣告他们正在跨入一个新的时代，坚信必将带来民族成就的奇迹。撇开"死"的阴影、永远朝向太阳，没有"世纪末"的感情，不息地追求"辉光日新其德"的境界，这便是"易"。

这自然不等于说在中华传统文化与美学中没有任何"悲"的情感，庄子曰："人之生也，与忧俱生。"①悲喜、忧乐相应相待，岂能唯喜乐而无悲忧？《周易》确是崇生尚乐的，而仍然不乏忧患意识。前引所谓文王演易就是忧患意识的表现。早在原始巫术中，中华先民已经对人生忧患有了初步的体验，那是人们首先存在于劳动生活、物质生产中的忧患意识在巫术心理中的反映。中华先民在以甲骨占卜或以蓍草占筮时常常由于深感命运未卜而忧心忡忡，直待巫术出现吉兆时才由于相信神灵的力量而真诚地感到喜悦。但这在实际上并未能真正改变人之悲惨境遇，情感的悲郁是不可避免的。人改造世界及人自身的社会实践的广度与深度，决定了人之悲喜情感的尺度，由于在《周易》所反映的那个时代中，人的社会实践的广深度是很有限的，这决定了那时人们生活的艰难、喜乐的有限与悲患时时在人心的纠缠不去，仅仅在中华古人心目中相信天人合一于乐，巫术给人以乐观，人生最终归于乐境罢了。

《周易》六十四卦在乾坤两卦之后的第三卦屯卦，就以生之艰难为旨，其间隐蕴着一定的人生忧患意识。屯卦䷂，取震下坎上之象，象征初生之维艰。屯，甲骨文金文写作𡳐、𡳐或𡳐都是植物幼苗破土而出的象形。许慎云："屯，难也。象草木之初生，屯然而难。"②《易传》："屯者，物之始生也。"③ "刚柔始交而难生也。"④屯卦下卦为震☳，是乾之一阳爻始交于坤；上卦为坎☵，又是乾之一阳爻交于坤，有坎坷之意。宋代易学家朱震说："震者，乾交于坤，一索得之，'刚柔始交'也"；"坎，险难：'刚柔始交而难生'也。"⑤屯卦是难、忧之卦：

① 《庄子·至乐》，《庄子集解》卷五，《诸子集成》第三册，第109页。

② 许慎：《说文解字》，中华书局，1963，第15页。

③ 《易传·序卦》，《周易本义》，第358页。

④ 《易传·彖辞》，《周易本义》，第65页。

⑤ 朱震：《汉上易传》，上海书店，1984，第45页。

"有丧者，为家难。有兵者，为国难。女生者，为产难。屯者，始难之卦也。"①

这说明，生之忧患问题早在《周易》的文化与美学视野之内。《周易》又有履卦，其卦辞云："履虎尾，不（补）人，亨。"其意是说，人在猛虎之后小心行走，不踩虎尾，虎不咬人，可保亨吉。然则履卦六三爻辞又云："眇能视，跛能履，履虎尾（补）人，凶。"眼朦偏要强视，步跛却欲随虎而行，岂有乱踩虎尾、至虎咬人而不凶险无比的？真可比之于盲人骑瞎马，夜半临深池，如履薄冰了。《尚书》云："心之忧危，若蹈虎尾，涉于春冰。"②其意与"易"相通。《周易》还有大过卦，其九三爻辞说："栋桡，凶。"九三为阳爻居于下卦之极，已是刚健过亢，不得不凶。《周易程氏传》："以过甚之刚，动则违于中和，而拂于众心，安能当'大过'之任乎？故不胜其任，如栋之（补），倾败其室，是以凶也。"在一系列的凶险卦爻中，《周易》关于人生忧患的悲抑情调也就显而易见了。有如《周易》坎卦䷜，全部六爻爻辞均无大吉可言，其中四阴爻除六四阴爻居于阴位且承九五故曰"无咎"外，其余三爻都为凶象。初六柔爻处于重坎，正如《周易本义》所云："以阴柔居重险之下，其陷益深"，于此可见凶险；六三阴爻反居阳位，"险且枕"也。枕，依王弼《周易注》："枕枝而不安之谓"；上六爻辞又说"系于徽（补），置于丛棘，三岁不得，凶"，犹如人被绳索捆缚，囚置在丛棘之中，长期不得解脱，自然为凶。从爻象看，正如《周易程氏传》所言："以阴柔而自居险之极，其陷之深者也。以其陷之深，取牢狱为喻，如系缚以徽（补），囚置于丛棘之中；阴柔而陷之深，其不能出矣，故云至于三岁之久，不得免也，其凶可知。"不难见出，处于如此环境中的人之身心是悲患、忧伤而不自由的。

《周易》美学智慧中存在颇为强烈的忧患意识自不待言，而这种忧患意识一般又是以伦理、现世、此岸为域限的，并且，虽然《周易》并没有彻底无视与否定苦难及忧患，但它仅将其看作人生或民族的暂时现象，最终是乐的圆成。

首先，《周易》美学智慧的忧患意识是"伤时忧国"型的。

---

① 项安世：《周易玩辞》，上海古籍出版社，1990。
② 《尚书·君牙》，《今古文尚书全译》，第425页。

这在文王演易之忧患中已见端倪。西伯被禁羑里，受尽磨难，在《周易》看来是时不利之故，所以文王身处忧患之境而演易不迭，以审时度势也。《周易》极重"卦时"，前文所述蕴涵凶险、忧患意识的卦符、爻符，被认为都具有时运不利、时机不佳的共同特点。《周易》将时运的流转看作人之命运吉凶、人生美丑更变的契机，同时是乐悲代序、喜忧交替。西伯罹难，是伤己忧族、伤时忧国的象征。这种忧患无疑是属于现世范畴的政治伦理层次的。它是历史觉醒者在一定社会责任感、使命感的驱策下，正值个人、家国、民族、时代的危难之时，郁积于内心的一种忧思、悲悯的精神境界，是人的自我意识对自己所担负的社会使命的觉悟，它自然是具有美学意蕴的。

牟宗三说：

> 中国哲学之重道德性是根源于忧患的意识。中国人的忧患意识特别强烈，由此种忧患意识可以产生道德意识。[①]

这里所言"中国哲学"，主要指儒家哲学。儒家哲学的重道德性是否"根源于忧患的意识"？可待商榷。因为在笔者看来，儒家的道德哲学，归根结底是建立在《周易》所崇尚的生殖崇拜文化观念基础上的。全部儒家政治伦理道德的观念与规范，都建立在"血亲"意识基础上。儒家是以"血亲"的眼光去看待与处理社会人伦关系的。然而这种中国哲学而且包括美学的重道德性与文王式的忧患意识确是关系密切的。

在《周易》看来，人世与人生的忧患是社会政治与伦理道德未得通行之故，道德未善，故人不免忧患。客观忧患时世的存在与主体忧患意识的萌生，是道德未善的一个明证，同时成为必须推行完善的政治伦理道德的根本依据。换言之，倘欲拔除人生忧患而入于大同之境，必须进行政治修习、伦理修养与道德实践。而之所以道德未善，盖未逢天时之故也。把握具有外在权威意志品格的天时，推行至善至美的政治伦理道德，以消除忧患而达于悦乐的审美境界，这是《周易》美学智慧文化心理的一个重要内容。《周易》谴责商纣逆天暴殄，这

---

① 牟宗三：《中国哲学的特质》，上海古籍出版社，2007，第11—12页。

是将"天"作为衡量是否道德修明的一个尺度；周文王在羑里受难，这又是其暂时与天时未谐的缘故。所以历来伤时与忧国并称。历代文人学士或君臣豪杰伤时忧国的传统文化心理，正是《周易》文王式的忧患意识的光辉衍射。《诗经》有云："心亦忧止，忧心烈烈。""心之忧矣，不遑假寐。""知我者，谓我心忧；不知我者，谓我何求。"其实此心确有所求，求者何也？政治伦理道德的善美之境。固然忧心如焚，仅忧于人伦的未能协调、道德的未能实行。有人说："这是更具现实的社会道德内容和不乏崇高意识的忧患。其辉煌的源头是屈原的'恐皇舆之败绩''哀民生之多艰'"①，其实，无论这里屈子的掩涕叹息、汨罗自沉，抑或后来宋玉的"悼余生之不时兮，逢此时之狂舆"，或者贾长沙的《吊屈原赋》、司马迁的《悲士不遇赋》等等，都是文王演易式忧患意识的历史沿续。杜甫的"感时花溅泪，恨别鸟惊心""穷年忧黎元，叹息肠内热"，范仲淹的"先天下之忧而忧，后天下之乐而乐"等等，又都是基于伦理政治层次、兼备审美意蕴的伤时忧国式的忧患。伤时意识在整个忧患意识结构中的存在是很突出的，它确是《周易》"卦时"意识所铸就的民族忧患意识结构的精魂。孔夫子闻颜回早卒而发出"天丧予"的呼号，是包含着伤时忧世心情的。"力拔山兮气盖世"的项羽，身陷垓下、四面楚歌，自然悲从中来。他的绝命诗是"时不利兮，骓不逝"。时欲丧人不得不丧，项羽的悲剧在传统忧患观念看来是违背天时、大逆无道之故。

其次，《周易》美学智慧的忧患意识具有群体性质。

忧患意识的文化与美学实质，是主体自觉意识到自身的痛苦存在，它是人的自我意识发展到一定程度而出现的一种审美心理境界。以古希腊文化为传统的西方文化与美学一般是张扬人的个性的，是注重发展与肯定人的个体意识的，其原因可能有很多，其中之一可能是，由于主张上帝与人（群体）之间的绝对不平等，导致了世俗生活与世俗文化观念中"在上帝面前人人（个体）平等"格局的建立。所以在上帝面前，人的个性及个性意识的发展受到严格约束，但在个人与个人之间，人的个性及个性意识的发展又是自由的。这种文化模式中人之忧患意识的逻辑起点，是个人对上帝之"真善美"最高境界的无可企及，

---

① 陈晋：《悲患与风流传统人格形象的道德美学世界》，国际文化出版公司，1988，第182页。

因为个人对上帝的永远不可企及，成了人之忧患意识产生的逻辑的与心理的根源，人为了消除这一忧患处境，必须经过个人奋斗与追求。而上帝这一外界权威不是别的，正是那种尚未被人所把握的盲目自然力与社会力在神秘心灵催化下的一个心造的幻影。于是对上帝"真善美"最高境界的服膺与企慕，成了在相等平等人际关系中发展人的个性及个体意识的个人追求。如果说在上帝面前由于人的个性大受压抑与摧残造成了古代西方人所意识到的人生忧患，那么通过个体与个性追求使个人从上帝那里解放出来，这正是个人的悦乐。整个中世纪的漫漫长夜，充满了个人未能从上帝羁系中解脱出来的痛苦挣扎。歌德笔下浮士德式的个性追求，既是个体忧患意识的展示，也是个体悦乐境界的搏取。尼采说"上帝死了"，这是崇尚个体人格的西方人进一步追求个性解放的哲学与美学宣言。西方古代美学观念中的忧患意识，正是个体难能寻找自我、难以发展个性的一种痛苦心理。在古希腊悲剧《俄狄浦斯王》中，俄狄浦斯虽然轻易地猜中了"这是人"的斯芬克斯之谜，但并未令这位英雄自己意识到人生的欢乐，因为这里的"人"，仅仅是群体的人，不是个体所追求的终极目标，满足不了对完美个性的强烈企求之欲望。俄狄浦斯的无比忧患在于个人无法摆脱命运的捉弄，杀父娶母的悲剧性价值主要不是东方式的政治伦理意义上的，而是个体的在劫难逃。恩格斯在阐释这一文化与美学现象时指出：

> 古代世界的主宰是劫数，Heimarmene，即难逃脱的神秘命运。
> 它们能使人的意志和愿望终成泡影，能使人的一切行动结果大与愿违。[①]

这里所强调的，实际上是人的个体，是个人面对盲目自然力与社会力即命运的严重挑战以及个人的悲剧。这是因为，俄狄浦斯所发现的，仅仅是斯芬克斯之谜中作为群体的人而不是个人。神预示他这一个人命中注定要犯杀父娶母的弥天大罪，他似乎意识到了自己的身份，于是竭力逃避，谁又知他愈是逃避

---

① ［德］马克思、恩格斯：《马克思恩格斯全集》，第22卷，中共中央马克思恩格斯列宁斯大林著作编译局译，人民出版社，1957，第388页。

便愈是不可避免地堕入悲剧的深渊。究其原因，乃是神预示了他的个人身份而不是俄狄浦斯自己发现了自我、把握了个人的命运。

《周易》美学智慧的忧患意识自然首先是以人之个体心理形式而存在、而发展的，然而这种个体心理形式不同于西方古代忧患意识结构关于个体自我的发现与尊重。说《周易》美学智慧的忧患意识绝对抹杀个人自我而唯具群体性质，这是不符事实也是不合逻辑的，然而《周易》忧患意识的心理结构，确是融个体于群体之中的。文王演易式的忧患，是终于意识到个人所肩负的历史使命与社会责任而不首先是个体人格的价值。好比落在棋盘上的一盘棋子，孤立看每一个子都毫无意义，只有通盘考虑才有整体价值以及依存于整体的个体价值。不是绝对抹杀个体价值，而是认为先有群体价值的存在，尔后才谈得上个体价值的存在。

由此看来，《周易》美学智慧的忧患意识具有两个层次。一、指社会群体目的、利益与价值无法实现而激起的内心回响。此时社会群体与个体并未处于对立状态，个体顺应社会群体利益却仍然无以实现其社会价值，于是在个体内心激起痛苦的回声。周文王的个人抱负是"顺应天时"、灭商兴周，却一时无力实现，不免心存忧患。孔子栖栖遑遑，一生都为"克己复礼"而奔忙，却壮志难酬，临逝前不免心情恍惚、悲郁起来："太（泰）山坏乎？梁摧乎？哲人萎乎？"[1]颇有点不相信个人可以建功立业的意味。屈原的自沉、荆轲的刺秦以及岳飞的风波亭之灾等等，都是个体顺从群体仍然无法实现社会群体的根本利益而导致个体受难或毁灭的忧患。这种忧患往往表现在忠臣、良将和愿"为知己者而死"的"士"的身上。二、指与社会群体利新相冲突的个体的忧患。由于个体与群体不相协调，于是个体不得不身处忧患甚而走向自我毁灭。《周易》的美学忧患意识是注重群体的，六十四卦的卦符体系就是一个群体模式，离开整个卦符体系去谈某爻、某卦的个别价值，这是不可思议的。问题在于，并非如诸多古今易学家所言，《周易》的整个卦爻体系与其每一卦每一爻之间的关系都是永恒、绝对和谐的。《易传》的《序卦》以因果律解说六十四卦序的链状结构，比如说天（乾）为阳、地（坤）为阴，阳先而阴后，故乾为首卦、接着便

---

[1] 司马迁：《史记·孔子世家》，《史记》，第330页。

是坤卦，这颇合逻辑；天地合而生万物，故乾坤两卦之后便是屯卦，屯者始生也。始生者自然处于蒙昧状态，故屯卦之后是蒙卦，这也合乎逻辑。其余如蒙后需、需后讼、讼后师、师后比之类，也于理可通。可是比卦之后为小畜卦，《序卦》称"比必有所畜，故受之以小畜"，为什么二者之间存在"必"然联系，叫人不得明白。又如《序卦》云："可观而后有所合，故受之以噬嗑""丰者大也，穷大者必失其居，故受之以旅""兑者说也，说而后散之，故受之以涣"……为什么是如此的卦序排列？以形式逻辑的因果律来衡量，实际上整个六十四卦并非是一个天衣无缝的卦序圆合结构，可以说牵强附会之处颇多。假如以整个六十四卦体系象征社会群体的和谐结构，以每一卦象征社会个体，则这个体并非处处时时与群体处于永恒、绝对的和谐状态中，在总体和谐中也存在着不和谐音。这无异于承认社会个体与群体之间本然冲突的客观存在。而问题又在于，《易传》在解说《周易》本文卦序、卦义时，是一概抹杀社会个体与群体之间的原在矛盾的。它以个体的受抑与扭曲为沉重代价求得个体与群体表面上的圆融，这就不能不使社会个体深深感到人生的忧患。如果说某种意义上西方古代以张扬人的个性为人生的审美欢乐境界，以泯灭个体意识为人生忧患，那么由《周易》所首先揭示的中华古代的忧患意识，却是由个体对群体精神域限的突破与不和谐所造成的。人生痛苦与忧患的根源，一定程度上是个体与群体社会既定道德伦理准则的冲突。《周易》的美学智慧，一方面催激了民族群体乐观意识与忧患意识的发展与成熟，这值得肯定；另一方面一定程度上又以高高在上的群体政治伦理原则去贬损与压抑个体意识与情感的合理骚动，导致个体人生的忧患与悲郁，这又是应当否定的。

为社会群体所应当遵循的社会政治伦理原则已经制定，个体的行为思想不可触犯，否则难免造成悲剧性的人生。比如魏晋时期社会群体名教与个体、个性自然之间的冲突就颇尖锐。首先是"竹林七贤"中的嵇康好言老庄、放诞不羁，常以打铁、造酒、为文排解心头郁忿，他对为官、与司马氏集团合作的山涛报以白眼，写下了流响千秋的《与山巨源绝交书》，终为权贵所杀。向秀曾遭帝王讥讽，他一方面在朝为官，一方面又追思昔日竹林之趣，其《思旧赋》云："追昔以怀念今，心徘徊以踌躇，栋宇在而弗毁兮，形神逝其焉知？"说得痛彻心肺。阮籍虽然人于仕途，却心系自然、向往个性的伸发，于是不免内心冲突骚动无安:"夜中不能寐,起坐弹鸣琴。薄帷鉴明月,清风吹我襟。孤鸿号外野,翔鸟鸣北林。徘徊将何见,忧思独伤心。"①而战国之时的屈原更为典型,这里《周易》美学智慧所包含的两种类型的忧患意识都在他身上得到了集中的表现。一方面,他是充满悲剧意味的爱国主义诗人,他挚爱祖国与人民,"长叹息以掩涕兮,哀民生之多艰",家国、社稷常在心际,说明他是一位"合群"的个体,愿意为社会群体利益奔波、献身的个体;另一方面,屈原又是一位追求独立人格、具有个体自觉意识与个体人格理想的巨人。"日月忽其不淹兮,春与秋其代序。惟草木之零落兮,恐美人之迟暮。""路漫漫其修远兮,吾将上下而求索。"可是却倍受社会群体势力的排挤与打击。"怨灵脩之浩荡兮,终不察夫民心。众女嫉余之蛾眉兮,谣诼谓余以善淫。"②终于不为世所容、成为"离群"的个体,形容枯槁,行吟泽畔,悲赴湘流。屈原的忧患意识是双重的,既忧国忧民,又忧身忧己。司马迁云:"离骚者,犹离忧也",所言极是。屈原的悲剧,既是个体及其意识甘愿消融于一定社会群体而无力实现群体价值的悲剧,同时也是个体及其意识、志向不愿与一定群体势力同流合污而为这种群体所放逐、毁灭的悲剧,其忧患意识,正好体现出《周易》美学智慧高举群体与个体价值的双重结构。

又次,《周易》美学智慧的忧患意识一般地将人之死的忧患排除在外。

这一点倘与佛教美学关于人之死的美学思考略作比较,尤见分明。印度原始佛学有所谓苦、集、灭、道四谛说,其中苦谛是其理论基石。它认为包括人在内的众生的生命、生存及其生命、生存的毁坏是苦。万法因缘而起,一切流迁无住,恒无自性,无常无我,故悠悠宇宙、茫茫人生,都是苦海无比、苦集之场。既然众生绝对不能主宰自我,世俗人生难逃轮回,因而在佛教看来社会人生毫无安乐欢愉而唯有痛苦与忧患。佛教有所谓二苦、三苦、四苦、五苦、八苦乃至一百一十种苦等无量诸苦说。比如生、老、病、死为四苦,再增加怨憎会苦、爱别离苦、求不得苦和五取蕴苦为八苦等等。认为生是苦,十月怀胎,

---

① 阮籍:《咏怀》,叶嘉莹主讲,刘志刚整理:《阮籍咏怀诗讲录》,天津教育出版社,1997,第17页。

② 屈原:《离骚》,董楚平:《楚辞译注》,上海古籍出版社,1986,第12、6、23、12—13页。

犹如身陷黑暗地狱；母体热汤入肚，备尝烧煮；出生时，冷风触身如割，倍受苦痛；人生旅程充满种种执着贪欲，也是苦；而人之死，不管是寿终正寝还是突遇意外之灾而亡，一概是其苦无比。佛教进而认为，为求出离诸苦，唯有在佛教信仰心理基础上进行佛教修习，通过渐修或顿修而跳出轮回、入于涅槃之境，无死无生，无悲无喜，绝对空幻。

由此可见，佛教是将人的生死忧患放在此岸与彼岸关系中去加以理解的，由于这种在神学外衣包裹中的佛教哲学与美学思考越出此岸的物理、生理空间而进入彼岸的心理空间，其忧患意识具有更为形而上的思维特征，它具有本体论思维的倾向。某种意义上可以说，佛学是一门建立在宗教信仰基础上的，思考与解除生死忧患的一门"苦学"，所崇尚的是绝对的悲观主义。

相比之下，《周易》美学智慧关于人之死这一美学母题的思考与认识要实在、明丽得多，它不作越出此岸趋赴彼岸的玄思而宁可在属于此岸性质的思维框架中进行。这不是说《周易》的美学头脑绝对无视死及死之忧患，而是认为易之基本精神是执着于生、不重视死的，它仅仅将死及死之忧患，看作生生不息的人之群体生命以及自然宇宙、社会人生大化流程的一个中介。想来《周易》的作者未必不清楚人人都要死这一道理，然而《周易》美学智慧的基本精神之一，却执着地坚信人的个体生命必然归于毁灭而人的群体生命可以万古长存。想来在《周易》的美学心灵中已经痛感人之个体毁灭的忧患，却在乐观地展望人之群体生命无尽未来的同时，又乐观地看待个体遭受毁灭的悲哀，这就是易与易的美学。

《易传》云："原始反终，故知死生之说。"原始反终，正是一个基于人之生殖繁衍基础上的群体生命无穷无尽的人生历程。所以死生可以流转，老子死了，还有儿子；儿子死了，还有孙子，子孙后嗣未有穷时，于死何惧哉？司马迁说："人固有一死，或重于泰山，或轻于鸿毛。"不是对死首先作哲理或美学意义上的抽象玄思，而是重在对死作出伦理价值意义上的审美判断，这就是易之精神。"杀身成仁""舍身取义""朝闻道，夕死可矣"以及"其生若浮，其死若休""死去何所道，托体同山阿"等等人生格言，包含多少关于生生死死的《周易》美学智慧。谭嗣同赴刑场时"我自横刀向天笑"的慷慨悲歌，又包蕴多少带着血泪的人生欢乐，我们在这里又一次领悟到《周易》美学智慧乐观情调兼忧患意识的双重意义。就连圆也画不成、上了断头台的阿Q，临刑前朦胧地意识到了"妈妈的"死之忧患，却仍想以生命的最后一搏，喊出"二十年以后又是一条好汉"！这盲目的精神力量来自对易理扭曲的认同。虽是扭曲的认同，却与易不无内在联系。严监生与葛朗台都是守财奴。前者由于临终前省用了一茎灯草而获得永恒的欢乐与安宁；后者咽最后一口气时，误将牧师手里的金色十字架认作真金，于是骤起想要伸手夺过来的欢乐欲念。前者从人生忧患而终于入于欢乐的"易"境；后者生前聚敛财富，欢乐已甚，死后本应升入"欢乐"的大国，却在临死之时，竟企图将十字架据为己有而不肯忏悔，精神境界上其实并未实现向"欢乐"天堂的同归。两者关于死的审美价值取向是不相同的。

《周易》美学智慧钟爱人之群体生命的总体自觉，严重影响了关于人之个体生命死亡忧患的深切体味。虽然正如前文所述，它将人之始生看作屯难之时，认为人的生殖是生机的发蒙，因而其乐莫大，却也是危机的起始，故其忧不可略视。虽然《周易》已经注意到死与死之忧患，但是归根结底，《周易》并不是在对等角度上看待生命的乐与忧的，它将乐看作生命流程对忧的否定，将乐认作生命运动的常式与归宿，将忧认作乐的寄生性精神现象。其逻辑原因，在于认为时机对人而言，总是执拗地向着生之快乐转化的。《易传》有云：

> 天下何思何虑？天下同归而殊途，一致而百虑，天下何思何虑？日往则月来，月往则日来，日月相推而明生焉；寒往则暑来，暑往则寒来，寒暑相推而岁成焉。[①]

天下之事何必苦苦思索，何必忧虑重重？比方太阳西沉便有月亮东起，月亮西没又有朝晖复现，太阳、月亮交相推移而人间光明常驻；同样，寒暑代序，冬夏交替而终于年岁自成，所以说，天下万物因时而变，殊途同归，同归于生与生之乐趣也。

不要说这种《周易》美学智慧的乐观情调与忧患意识是一种浅薄的智慧模

---

① 《易传·系辞下》，《周易本义》，第327—328页。

式，然而其思维与情调的框架囿于现世与此岸是很显然的。这囿于现世与此岸的人生快乐与忧患，在先秦儒家，是让人的精神乐观地通过伦理途径投入到灼热的被圣化了的人伦之乐园中去，同时往往由于追求不得而生忧患；在先秦道家，就是让人的精神舍弃伦理纲常、乐观（达观）地回归于自然虚静的怀抱。与儒、道相关又以巫学为基础，以儒学为基本美学精神的《周易》，诚然不能称其为廉价的乐观主义美学，但其一般地忽视属于生命本体意义上关于个体人生忧患的深刻沉思，是中华古代民族美学智慧的一个局限。

第十一章　太极:《周易》美学智慧的终结

这一章着重分析《周易》美学智慧的总体结构。

著者认为,任何美学智慧体系都有一个逻辑原点,否则便无以构成体系。柏拉图的"理式"、黑格尔的"绝对理念"、海德格尔的"存在"、老庄的"道"以及佛教美学的"涅槃"等等,都是这样的逻辑原点。如果《周易》美学智慧是成体系的,那么它必然也有这样的智慧品格。著者在思考与写作拙著过程中曾经为一个问题所困扰,即《周易》美学智慧的逻辑原点究竟是什么?是象数、气、阴阳还是其他? 看来都不是。因为凡是逻辑原点,都是形而上的,既原朴简单又丰富复杂,它应该能够涵盖整个智慧体系,是元范畴、元境界与基本内核。尽管诸如象数、气、阴阳之类范畴具有一定的形而上的属性,比如有人认为《周易》的"象"是中华文化的一种"基因"[①];"气"是有类于今天所谓"物质存在"的一个范畴[②];"阴阳""似乎是中国古代哲学思考的中心"[③],然而在著者看来,它们同时兼备或曰遗留着一些形而下的特征,还不是那样一些抽离了一切具象特征、纯粹而又纯粹的逻辑范畴。比如在"象数"这一范畴中,其中所指卦爻符号具有半抽象半具象的性质;"气"在《周易》中的基本意义指人体生命的原始物质"精气",然后才在哲学与美学意义上被引申

---

① 顾晓鸣:《象:中国文化的一种"基因"》,《复旦学报》,1986年第3期。

② 张岱年:《中国古代元气学说序》,程宜山:《中国古代元气学说》,湖北人民出版社,1986,第1页。

③ 张立文:《中国哲学范畴发展史》,中国人民大学出版社,1988,第264页。

为一种充塞于宇宙的连续性物质、场、感应、运动与时间;"阴阳",被看作是一切事物的两相对应对待、互立互补、互动互转的属性,然而"阴阳"又具体指男女,其原始意义指与山形相连的日光的向背(请参阅本书第七章)。由此可见,这些重要范畴,其实都不是《周易》美学智慧的逻辑原点。我们虽然在本书第三章曾将"气"作为《周易》美学智慧的文化哲学基础来加以论证,却不能将文化哲学基础等同于逻辑原点,前者仅指《周易》美学智慧的逻辑出发点,后者却不仅包括其逻辑出发点,而且在一以贯之的逻辑意义上,揭示出整个《周易》美学智慧体系的基本思维构架,内在精神气质和一种卓越的思辨力量。有了这一逻辑原点,整个《周易》美学智意体系就显得通体空灵,圆融无碍。

这一逻辑原点不是别的,就是"太极"。

因为"太极"是《周易》美学智慧的逻辑原点,因而也便是这一美学智慧精神现象学的终结。《周易》所崇尚的美,一言以蔽之,是太极之美。

第一节　回归原点

太极这一范畴,是由《易传》在消解《周易》本文巫学智慧的基础上首先以完整的范畴形态提出来的。这一《周易》美学智慧逻辑原点的提出,在中华古代文化哲学与美学史上,具有振聋发聩的意义。《易传》云:

> 是故易有太极,是生两仪,两仪生四象,四象生八卦,八卦定吉凶,吉凶生大业。[1]

而在《庄子》一书中,也有关于太极这一哲学与美学命题的提出,是谓"道""生天生地","在太极之上而不为高,在六极之下而不为深,先天地生而不为久,长于上古而不为老"[2]的论述。这就产生了《易传》太极说与《庄子》

---

[1] 《易传·系辞上》,《周易本义》,第314页。
[2] 《庄子·大宗师》,曹础基注,河南大学出版社,2008,第147—148页。

太极说孰为先后的争论。

学界有一种观点认为，"《易传》的思想实际上出于荀子"①，这也是郭沫若《青铜时代·周易之制作时代》一文所提出的见解。如果这一观点成立，则无疑意味着整个《易传》包括其中的《系辞》篇的太极说"实际上"都源自荀学。根据荀子生卒年约在前313—前238年之际的考证，又根据庄子大约生于前369年、卒于前286年（马叙伦说）的考证，在年代上荀子及其荀学晚于庄子及其庄学这一点是毋庸置疑的。而既然《系辞传》的太极说源于荀学，那么照此推论，岂不是庄子太极说在前而据说是"出于荀子"的《系辞传》太极说在后了？

其实，这一见解值得商榷。

首先，不是《易传》包括《系辞》的思想"出于荀子"，而是恰恰相反。《荀子·大略篇》云："《易》之'咸'，见夫妇，夫妇之道，不可不正也。君臣父子之本也。咸，感也。以高下下，以男下女，柔上而刚下。"《易传》在解说《周易》咸卦时说："咸，感也，柔上而刚下，二气感应以相与，止而说，男下女。"这里，荀子的思想显然来自《易传》。同样，一定是先有《系辞传》关于"黄帝尧舜垂衣裳而天下治，盖取诸乾坤"之说，才有《荀子·王霸篇》所谓"垂衣裳不下簟席之上，而海内之人莫不愿得以为帝王"的发挥。而《荀子·富国篇》"同求而异道，同欲而异知"的思想，也显然是对《系辞传》"天下同归而殊涂，一致而百虑"的改造。这样的实例颇多，这证明涵蕴着太极学说的《系辞传》的成篇年代一定早于《荀子》。

其次，不仅《系辞传》的成篇年代早于荀子，而且也早于庄子。很有力的一条证据，是《庄子·天运篇》云："夫尊卑先后，天地之行也，故圣人取象也。"可见《庄子》的作者，一定是读了《系辞传》之后，才明了"圣人取象"之理的，否则何出此语？《系辞传》第一句："天尊地卑，乾坤定矣。卑高以陈，贵贱位矣。"并且此篇大谈天地人之道的易理，又必定是《系辞传》成篇在先，且为《庄子》的作者所识读，才引起《庄子》关于"夫天地至神而有尊卑先后之序，而况于人道乎"的议论。《庄子·秋水篇》关于"年不可举，时不可止，

---

① 李泽厚、刘纲纪主编：《中国美学史》第二卷下册，中国社会科学出版社，1987，第624页。

消息盈虚，终则有始"之说，实在又是《象传》在解说丰卦卦义时关于"日中则昃，月盈则食。天地盈虚，与时消息"的翻版。

由此不难看出，虽然《庄子》与《易传》都提出了太极这一范畴，但太极说的最早提出者，是基本属于儒学的《易传》而非属于道学的庄子；这也就是说，太极这一范畴的基本智慧品格，是属"儒"而非属"道"的。考虑到中华文化史、哲学史、宗教史与美学史上儒、道两家都在娴熟地运用太极这一范畴解说自然宇宙与社会人生之理这种历史事实，后人所绘制的太极图据说又传自道家，它同时在道教著作和属"儒"的易著中频频出现，因而，首先弄清作为完整形态的太极范畴究竟是由《易传》还是由《庄子》首次提出这一问题，以明源流，这对我们从逻辑原点和终极意义上研究:《周易》美学智慧的内在结构，是有重要意义的。

太极这一重要范畴的发明权，属于大致成篇于战国中后期的《系辞传》而不是《庄子》。这一结论也曾经遭到来自另一见解的责难。学界有人认为并且著者本人也曾经撰文指出，考虑到在《老子》一书中已有关于太极的思想这一事实，从追本溯源角度看，中华文化与美学的太极智慧，似乎仍应归属于先秦道家。这一观点现在似拟修正。

应该指出，《老子》一书内容确实蕴含着关于太极范畴的原始思想因素。《老子》有云:

> 有物混成，先天地生。寂兮寥兮，独立而不改，周行而不殆，可以为天地母。吾不知其名，强字之曰"道"，强为之名曰"大"。[1]

这是老子对"道"在"物"之层次上的哲理描述。老子认为在天地生成之前，存在着一种处于混沌状态的"物"，它是独立自存、周行不居的，是生成天地的母体，它就是"道"。"道"只能以心魂情愫去领悟而无法以语词符号加以精确的表达，所谓"道，可道非常道；名，可名非常名"也，一方面无法加以精确表达，另一方面又不得不加以表达，这"道"真是处于两难之境地了。

---

[1] 王弼:《老子道德经注》，《王弼集校释》上册，第63页。

于是老子只能勉强给"道"取一个"名",是谓"大"。

值得注意的是,这里所谓"大",是"太"的本字。"太",原始、原朴、至极无以复加的意思。可见,这"大",是太极这一范畴不甚完整的表述,却已具备了太极这一范畴的基本精神。从某种意义上说,"大"就是太极。朱熹《周易本义》将太极一词写作"大极",是深谙老子关于"大"的个中三昧的。

而易学界一般认为,首次以完整形态提出太极说的《系辞传》,写于老子之后庄子之前,如张岱年、刘大均等均持此说(为约简本书篇幅,这一观点恕勿展开论证)。由此可见,《易传》太极说的原型是老子的"大",此说似能成立。

问题是,整个老子的学说并不是中华民族文化智慧包括美学智慧的真正源头,连早于《老子》许多个世纪的《周易》本经也不是中华民族总体智慧的真正源头,更不用说《老子》了。太极说的原型必然不在《老子》一书之中。在老子提出"大"这一范畴之前,必然还有关于"大"的智慧因子在历史的自律中长期酝酿着。这种智慧因子就是后代关于太极这一范畴的前期意识与前期形态,那么它在哪里?让我们的论述努力向原点回归。

著者认为,尽管《周易》本经所传达的文化智慧内容不是也不能是中华民族总体智慧的真正源头,然而关于太极的这种智慧因子却无疑较多地保存在《周易》本经巫学智慧结构之中。尽管《周易》本经的巫学智慧又不等于是后代太极说的真正原型,它却至少是更接近其原型的,起码比《老子》的"大"论要早五六个世纪。

太极这一中华文化学其中包括美学智慧的重要范畴,自从《易传》正式提出,就受到历来思想界的重视。有关于太极观念的符号模式即种种太极图行世。太极图是太极文化智慧其中包括美学智慧的简要而精彩的概括和形象显现。以先天太极图(图示)、周子太极图与来氏太极图最为著名。其中周子太极图为宋代理学鼻祖周敦颐传自陈抟;来氏太极图由来知德根据先天太极图改造而成;先天太极图的地位尤为崇高,广为流传。这一被明人赵执谦称为"天地自然之图"的太极符号模式,相传为伏羲氏"龙马负而出于黄

先天太极图

河，八卦所由以画者也"①。似乎其智慧之根与八卦方位图同其悠邈。此图亦相传由蔡元定传自陈抟，陈抟又传自何方人士，不得而知，大约仅为陈抟据易理而创制，为张其要蕴，尚其神圣，假托伏羲之杰构也。

此图虽然极为简单，却是整个《周易》文化智慧包括太极智慧的最佳符号媒体，它对易理的概括性极强。清人胡渭云：

> 其环中为太极，两边黑白回互，白为阳，黑为阴。阴盛于北，而阳起而薄之：震东北，白一分，黑二分，是为一奇二偶；兑东南，白二分，黑一分，是为二奇一偶；乾正南全白，是为三奇纯阳；离正东，取西之白中黑点，为二奇含一偶，故云对过阴在中也。阳盛于南，而阴来迎之：巽西南，黑一分，白二分，是为一偶二奇；艮西北，黑二分，白一分，是为二偶一奇；坤正北全黑，是为三偶纯阴；坎正西，取东之黑中白点，为二偶含一奇，故云对过阳在中也。坎、离为日、月，升降于乾坤之间，而无定位，故东西交易，与六卦异也。②

按胡渭解说，"震东北""兑东南""乾正南""离正东""巽西南""艮西北""坤正北""坎正西"者，并非什么别的，它是一个相传为伏羲所创制的先天八卦方位图，说明太极图与八卦方位图所蕴智慧的内在同构性。

何谓太极？从字义解，蔡清云："极字所从来，本是指屋极，故极字从木。今以理之至极而借此以名之……太字是大字加一点，盖大之有加焉者也。既曰极矣，而又加以太，盖以此理，至广至大，至精至微，至中至正，一极字犹未足以尽之，故加太字于极之上，则至矣，尽矣，不可复加矣。"③

这无异于说，太极图所蕴涵的太极智慧所揭示的，是"至广至大，至精至微，至中至正"的宇宙本体，从而也应是美的本体。这种美之本体论的展开，

---

① 赵扬谦：《六书本义》，上海古籍出版社，1987。

② 胡渭：《易图明辨》，王易等整理，巴蜀书社，1991，第87页。

③ 蔡清：《易经蒙引》，《儒藏》六，北京大学《儒藏》编纂与研究中心，北京大学出版社，2014。

构成了本书的全部内容。

一、读者当然记得，本书首先是从《周易》本文的巫学智慧角度展开论证的。在《周易》本文的巫术占筮结构与筮符操作过程中，中华古人自然尚未提出明晰的太极观念，然而在当时占筮者与信筮者的内心深处，在相信巫术灵验的冥冥心境之中，坚信有一种处于神灵与人之间的神秘力量存在，它就是巫术的"马那"，是神灵与人、巫术兆象与巫术结果之间的一种感应。它实际上就是尚未被命名为"太极"的《周易》本文巫学智慧的"太极"。

从《周易》本文原始巫术角度审视，先天太极图正好揭示出巫术占筮的内在机制，其环中两边黑白回互的易变态势，是阴爻阳爻、神人、兆象结果与吉凶之间的互对互应、互变互动，两者构成了你中有我、我中有你，互为阴阳、消息、虚实、动静之境界，其间充满了感应。这是太极的前期形态，太极的巫术表现。在中华古人的巫学智慧观中，占筮之所以显得"灵验"，乃是认为有太极这种看不见、摸不着的感应力与感应"场"存在的缘故。试看《易传》所载《周易》古筮法："大衍之数五十，其用四十有九。"为何留下一策不用？那是象征太极的。留下的这一策虚而不用，这并不是说这一策不参加整个占筮过程，而是它的虚而不用意味着巫术占筮实际操作过程的起始，且突出了太极的崇高。故虚而不用者，"用"之"体"也。另一解以"四十有九"象征太极，亦通。太极含元为一，为奇数。所以如果大衍之数五十不首先取出一策而为四十有九，则原为偶数，这与太极属"奇"的观念不符。这两解无论怎样看似歧义分立，都在实际上肯定了太极观念在巫术占筮活动中的存在与作用。

二、太极在《周易》本文巫学智慧结构中表现为具有感应力的"马那"，即"气"耳。这气，发展到《周易》的美学智慧阶段，正如前文所论，它是它的文化哲学基础。太极是气。

太极元气，含三为一。①

---

① 班固：《汉书·律历志》，《汉书》，中华书局，2007，第112页。按："三"，指三统历。

> 太极，极中之道，淳和未分之气也。①
>
> 太极谓天地未分之前元气混而为一，即是太初太一也。②

王廷相云：

> 推及造化之源，不可名言，故曰太极。求其实，即天地未判之前，太极浑沌清虚之气是也。③

朱熹也从理学观出发，将天地间的本涵看作"气"：

> 天地之间，一气而已。④
>
> 天地间无非气。
>
> 天地只是包许多气在这里无出处，滚一番便生一番物。⑤

历史上的哲学家们无论从唯物还是唯心角度论"气"，都将太极的内涵看作气与气的运化。

气是《周易》所谓的美之根，也是《周易》美学智慧之根，朱熹有云："圣人谓之太极者，所以指夫天地万物之根也。"⑥太极是一颗智慧的种子。王夫之曾经指出，太极既存在于美的"未有形器之先"，又存在于美的"既有形器之后"（注：万有形器之中）。"若将一粒粟种下，生出无数粟米。"⑦太极处于种子状态时，看上去原朴单纯，具有原始的美。气犹如种子，美在素朴而纯明。作为种子，看上去似乎"寂然不动"，却充满了原动之美，其内在机制一直氤氲、

---

① 郑玄：《周易注》，《郑氏周易注附补遗》，中华书局，1985。
② 孔颖达：《周易正义》，北京大学出版社，1999，第2页。
③ 王廷相：《太极辨》，《王廷相集》，中华书局，1989。
④ 朱熹、蔡元定：《易学启蒙》，中国书店，1991。
⑤ 黎靖德编：《朱子语类》卷三、卷五十二，《朱子语类》第一、四册，中华书局，1994。
⑥ 同上书，卷九十四，《朱子语类》第六册。
⑦ 王夫之：《读四书大全说》，上册，中华书局，1975。

骚动不已，存在着促使其展开自身美风丽韵的内在推动力。它又在它的原朴单纯中包含着芽、根、叶、枝、花与果的一切未来要素，它是未来整整一个美好世界的美之原型与雏形。这种美总是氤氲不已，一旦条件允许，便"破块启蒙""成熟扩大，以臻于光大"①。

黑格尔说得好，这种种子潜蕴着"大美"，按照老子的见解，凡"大美"总是"不言"的。它具有其内在的要求消解自身的冲力，以眩目之美的形器否定种子状态而实现自身，成为美的存在。

> 潜在变成存在，是一个变化的过程。在这变化的过程里，它们保持为同一物，它的潜在性支配着全部过程。譬如，植物并不消失其自身于单纯无规范的变化里，植物的种子也是如此。在种子里，最初什么也看不出来。种子有发展它自身的冲力，它不能忍受只处于自在的情况。这冲力是这样的矛盾，即它只是自在的而又不应只是自在的。这冲力发展其自身为存在，它可以产生出许多东西，但是这一切都早已潜伏在种子里。②

是的，太极作为一颗深埋在《周易》本文巫学智慧中的种子，确是《周易》美学智慧的文化哲学本原。它虽然是"潜在"的，却支配了整个《周易》美学智慧发展变易的"全部过程"，"它可以产生出许多东西"，因为它具有一股内在的"冲力"。《周易》的符号美学智慧、意象美学智慧以及生命、阴阳、中和、人格审美理想等美学智慧，其实都是《周易》太极智慧所产生的"许多东西"及其展开过程。这个过程无疑是时间型的，确切地说，是一种蕴涵着美的空间意识的关于时间的哲学与美学沉思。

因此，从气是《周易》美学智慧的文化哲学基础这一角度看，太极图的黑白回互结构，是对这一智慧种子的模写。这太极，是包含天地、潜在存在以及时空互应互转的一种有待于"破块启蒙"的混沌之气，它具有美的无限发展的

---

① 王夫之：《周易外传》卷二、卷六，中华书局，1977。
② ［德］黑格尔：《哲学史讲演录》，第一卷，北京大学哲学系外国哲学史教研室译，生活·读书·新知三联书店，1956，第27页。

可能性，由此不难见出，《周易》的太极智慧怎样开拓了中华民族广阔而深邃的审美视野。

三、从《周易》的符号美学智慧角度看，这太极的黑白回互模型，是一个符号"宇宙"与"符号关系场"。首先就其原初形态巫学智慧而言，黑白回互象征了巫术的象数关系。象以数为蕴，数以象为现，互相都处于半具象半抽象的文化与思维发育阶段。具有巫学性质的象数结构，是太极内部运化流变、自我展开的显、密互动的过程。王夫之说："乃自一画以至八卦，自八卦以至六十四卦，极于三百八十四爻，无一非太极之全体乘时而利用。其出入、其为仪、为象、为卦者，显矣；其原于太极至足之和以起变化者，密也。"[1]侦象之特征显著，显现于目前；数之理性却是隐秘于象之中的象的意蕴。太极图的黑白回互，展开来看，是由两仪（天地）、四象（四时）、八卦、六十四卦、三百八十四爻所呈示在眼前的丰富多变的巫术世界，这是显；而这一巫术世界又以密集的压缩方式包孕在太极之中，这是密。而显中有密，密中有显；象中有数，数中有象，彼此互动而不可互拆。

同时，《周易》象数巫学智慧的历史性进化便是关于意象的美学智慧，意象是象数的审美化，故太极的黑白回互模型，在此意义上又成了意象智慧结构的象征。在巫术中，具有一定神秘、迷信色彩的象数表现于一定的巫术心态之中，便是巫术之意象。

它从人认客观物象为巫术兆象始，进入心理领域，这兆象便转化为巫术的意；意要求得到外在的显现与表达，这便是由意向象的转化，便是爻象与卦象的建立；卦爻之象在占筮过程中又与信筮者的巫术心灵对接与碰撞，构成了新的巫术之意。巫术智慧的历史传统与运动，就是这样一种无休无止的意象的互转运动。在审美中，原先巫术的神秘氛围消退了，但其内在机制，也是审美意义上的意与象的转换、复制、重构与彼此消解。它也有四个层次：客观物象、主观心象（意）、艺术或技术形象、接受者的审美心理境界（意）。太极的黑白回互模型，是审美意象转换的简化形式，整个圆形的太极图，暗喻圆融的审美境界。它同时又是美之意境的象征。

---

① 王夫之：《周易内传》卷五，九州出版社，2004。

在这意象、意境之中，始终蕴涵着一个虚实辩证关系。黑白回互的太极，又是美之虚实的象征。

中华传统美学智慧的精髓之一，是意象、意境说。意象、意境的审美品质，必关乎虚实。虚实若以爻象来显示，即以阴爻为虚、阳爻为实。所以艺术中的虚实问题可以回归到《周易》爻符来加以认识。实际阴阳爻的创造，已经开了艺术虚实说的先河。在巫术中，象数与意象的转换，是一个从客观物象（实），至主观心象（虚）、至兆象的建立（实），再到信筮者的内心接受（虚）的循环往复过程。在艺术审美中，也始终贯穿虚实的对立统一运动。

> 山川草木，造化自然，此实境也。因心造境，以手运心，此虚境也。
> 虚而为实是在笔墨有无间——故古人笔墨具此山苍树秀，水活石润，于天
> 地之外，别构一种灵奇。[①]

艺术审美的虚实问题，是关系艺术意境的艺术存在方式的问题。从客观社会生活（实）到作者的主观审美心理悟解（虚）、到艺术形象的创造（实）、再到艺术接受中对艺术的悟解（虚），这整个过程就是从生活到艺术、从艺术到生活的不断发展的循环往复流程。就具体艺术而言，绘画中的计白当黑，音乐中音响音符的连续与中断、文学中文字符号之间的有序组接、建筑艺术中的空间与实体以及雕塑艺术中的光影与实体等等，在造成艺术意境的同时都伴随着虚实的互转运动。符号论美学将艺术的存在方式看作是一个借符号完成意指作用的交错系统，是"能指"与"所指"的辩证运动，"能指"即符号、象、境、实；"所指"即意、虚。意与象、意与境、虚与实虽则有别，却本是圆融无碍的。犹如佛教之色（一切事物现象）与空（本体真如）的关系，《般若心经》所谓"色不异空，空不异色；色即是空，空即是色"。《周易》符号美学智慧意象、意境论中的虚实关系，也有一种"实不异虚，虚不异实；实即是虚，虚即是实"[②]的太极图景之美。

① 宗白华:《中国艺术意境之诞生》,《宗白华全集》第二卷, 安徽教育出版社, 1994, 第357页。
② 于志敏、方珊:《佛教与美学》, 辽宁人民出版社, 1989, 第152页。

四、从《周易》生命美学智慧看太极，太极是生命的氤氲、生化的永恒。"生者何来？来于氤氲之太极。化者何归？归于氤氲之太极。太极皆备而富有，故所生所化则日新而繁然。"①生是自然宇宙与社会人生之大美，这大美尤其体现在太极之黑白回互模型中。

《周易》所言太极，作为自然宇宙与社会人生的本体境界，是一种基于人之生命历程永恒流变的圆成境界，那么，其内在动力是什么呢？

这就是《易传》所言"知几其神"的"几"。"几"是太极之美的生命底色。

> 知几其神乎……君子见几而作，不俟终日。
>
> 夫易，圣人之所以极深而研几也。唯深也，故能通天下之志；唯几也，故能成天下之务；唯神也，故不疾而速，不行而至。②

几（繁体写作幾）。《说文》："几者，微也，殆也。从丝从戍。戍，兵守也。丝而兵守也，危也。"丝即"微也，从二幺"。幺即"小也，象子初生之形，凡幺之属皆从幺"③。几，首先指一种极微而难言其状的生命之"物"，从丝具有微隐之意。几者，韩康伯注："不可以形诘求也。"④保巴亦云："几者，至微至隐，动而未形，有无之间，故谓之几。圣人作易所以言乎此，处置于众人未识之中，关防于茫昧未见之始。"⑤从本体角度看，几就是人之生命的精气。

而几是机的本字。它不仅指不可以形诘求的人之生命隐微物质、生命的原生状态、原生之美、指生命太极的本体是什么，而且指生命历程中的美妙契合与最佳契机，指一系列生命链环中的种种机会。机是生命历程中难逢的转折，是阴阳相感从未和到大和的飞跃。一方面，正如张载所言：

---

① 唐明邦、张武、罗炽等：《周易纵横录》，湖北人民出版社，1986，第418—419页。

② 《易传·系辞下》、《易传·系辞上》，《周易本义》，第332、311页。

③ 许慎：《说文解字》，第84、83页。

④ ［魏］王弼：《周易注》，楼宇烈：《王弼集校释》下册，第563页。

⑤ ［元］保巴：《周易原旨》卷七，《周易原旨·易源奥义》，中华书局，2009。

　　　凡圜转之物（按：太极），动必有机；既谓之机，则动非自外。①

　　另一方面，机者，运动之属性：

　　　块然太虚，升降飞扬，未尝止息。②

　　它是太极运化中美满的瞬时与闪光的亮点。由于完美之极而达到了"神"的境界，机是人之生命的化境。

　　当然，这种化境不是随时可成的，因为在生命的流迁历程中，美妙的契机与令人恐惧的危机实际上是结伴而随的，这可从机之本字"几"具有殆、危之义中见出。但《周易》美学智慧关于生命之美抱着乐观的信念，虽然预感到人生道路危机四伏，但总是相信可以"兵守"一般的力量确保万无一失，使生命危机不再出现。这大概就是前文所引《说文》几字既从丝又从戌的文化意识之因吧。

　　生命之几的境界，是太极完美的内核与凝聚点。当太极象征原始混沌生命状态时，精气作为原初生命之几，就以浓缩的方式储存着有待于万有化生的一切遗传密码。这密码是活的生命因子，由于其内在冲力去创生一个新的太极境界，这时隐藏在太极之中的摩荡不已的几，是所谓"气机"；当气机突破原始太极域限，导致阴阳相遇相感、相摩相荡的整个过程和状态出现时，则充满了"动机"；而那种推动万有化生的太极则进而达到了自然宇宙与现实人生的浑契化境者则为"化机"。

　　无论"气机""动机""化机"，都是从人之生命出发、达到宇宙与人生本体高度的一派"生机"之美。这意味着太极智慧从人之生命的物质层次升华为宇宙与人生的精神哲学层次，可以说这是中华古代的一种"理智的灵魂"境界，没有天人、物我、主客之差别，一切都是冥契无间、悦然大乐的境界。

　　五、生命太极的基因是精气、是几、是生，生必由其太极内部的两种生命趋势而起，这便是阴阳及其消息、动静。太极图的黑白回互，很鲜明地标示出

────────────

① 见王夫之：《张子正蒙注》卷一，古籍出版社，1956，第29页。
② 同上书，第11页。

阴阳之美的流转。

陈梦雷指出："太极动而生阳，静而生阴。"①所以正如朱熹所云："一阴一阳之谓道，太极也。"②"太极非是别为一物，即阴阳而在阴阳。"③王夫之则说："阴阳之混合者而已，而不可名之者阴阳，则但赞其极至而无以加，曰太极。"④太极是形而上之美，阴阳首先指"两仪"即天地，相对于太极是形而下的具体事物之美，这太极与阴阳的关系，"在事物而观之，则阴阳函太极；推其本，则太极生阴阳"⑤。从"阴阳函太极"看，是说世间万物的美之本质，都是太极。阴阳可分别指天地、男女、牝牡、父母、动静、刚柔等一切两极对应互转的事物及属性。从"太极生阴阳"看，是说世间万物之美都由太极而"生"。这"生"，是一系列生命的裂变，是按照数之模式对世界本原的推演。邵雍云：

> 太极既分，两仪立矣。阳下交于阴，阴上交于阳，四象生矣。阳交于阴，阴交于阳，而生天之四象；刚交于柔，柔交于刚，而生地之四象，于是八卦成矣。八卦相错，然后万物生焉。是故一分为二、二分为四、四分为八、八分为十六、十六分为三十二、三十二分为六十四。……十分为百，百分为千，千分为万。犹树之有干，干之有枝。愈大则愈小，愈细则愈繁。合之则为一，衍之则为万。⑥

万物之美由太极所生，然而这并不等于说万物之美是太极之美的派生与分享。《周易》美学智慧的逻辑原点——太极不是柏拉图美学的"理式"。在柏拉图看来，理式作为逻辑原点是至真至善至美的，由理式派生的万物由于是派生和对理式的摹仿，其美已经减色，因为万物不过是理式的影子。艺术是对理式的"摹仿的摹仿""影子的影子"，故无美可言。《周易》之太极，同时具有万

---

① 陈梦雷：《周易浅述》卷七，《周易浅述》四，上海古籍出版社，1983。
② 《朱子语类》卷七四，《朱子语类》第五册，中华书局，1994。
③ 同上书，卷九四，第六册。
④ 王夫之：《周易内传》，李一忻点校，九州出版社，2004。
⑤ 《朱子语类》卷七五，《朱子语类》第五册。
⑥ 邵雍：《观物外篇》，《邵雍集》，郭彧整理，中华书局，2010。

物本体以及每一事物个别属性之美的双重性。合而言之，万物之美一太极，万物之美统于太极；分而言之，一物之美各具一太极，物物各一太极，人人各一太极。这种关于太极的哲学与美学思维用宋明理学的话来说，即"理一分殊""月映万川"，它将关于阴阳这一"一元两极"的智慧模式从一个宇宙本体贯彻到世间每一具体事物之中，无论何事何物，都可以自成一美之太极境界。比如阴亦美、阳亦美；天亦美，地亦美；刚亦美，柔亦美；动亦美，静亦美，万事万物均可自美其美。当然，在这无数的美中，也还是分等级品位的，《周易》始终以阳、天、刚、动之美为上，且以太极为至美。

六、从《周易》中和美学智慧分析，蕴涵着太极智慧的太极图又是中和的象征，是中华民族群体意识中和之美的象征。太极图黑白回互，自然剖判分立，然而这是同一个圆中的分立。此圆阴阳分然，且阴中寓阳、阳中寓阴，可是阴阳之所以各美其美，乃是处于永恒的阴阳和融境界的缘故。太极，成了中和之美圆融境界。

董仲舒说："中者，天地之太极也。"[1]这里释"极"为"中"，合乎古训之义。极，原指建筑物直立栋柱的顶端，这栋柱处于人字形坡顶的中间处。《诗经》有"立我烝民，莫匪尔极"的咏叹。毛亨传云："极，中也。"可谓深谙极之古义。所以班固《汉书·律历志》以三统历观念解译太极与元气之关系，又涉及中："太极元气，函三为一。极，中也。""太极中央之气。"

太极既是立中之元气，既然分阴、分阳，必具互应互会的内在动力而成中和境界。中和者，冲和也，太和也。

> 太和，阴阳会合，冲和之气也。[2]
> 太和，和之至也。道者，天地人物之通理，即所谓太极也。阴阳异撰，而其絪缊于太虚之中，合同而不相悖害，浑沦无间，和之至矣。未有形器之先，本无不和，既有形器之后，其和不失，故曰太和。[3]

① 董仲舒：《春秋繁露·循天之道》，《春秋繁露集解》，广益书局，1936，第147页。
② 陈梦雷：《周易浅述》卷一，《周易浅述》第一册，上海古籍出版社，1983。
③ 王夫之：《张子正蒙注》卷一，古籍出版社，1956，第1页。

这一中和境界，表现在政治伦理领域，是坚强的民族群体意识的突出发展，是民族团聚力与内倾型思维的表现，又是以有所忽视个体意识为共同特征的。表现在艺术审美上，则是对优美的和乐境界的执着与向往，从而也是对充满痛苦冲突的悲剧的相对漠视，中华古代艺术审美领域伟大而杰出之悲剧的相对少见，看来与基于《周易》太极中和美学观念不为无涉。相对而言，中华古代的悲剧作品没有古希腊悲剧和文艺复兴时期的莎士比亚悲剧那般繁荣，也没有主要以中和优美境界为审美理想的中华古代诗歌那样繁荣，这是事实。

七、从《周易》人格美学智慧加以审察，太极图的黑白回互还是人格之完美的最高体现。如果以"黑"表示未经完美人格衍塑的普通人，以"白"表示具有完美神格的神，那么二者的互对互补、相摩相荡"与中介则是完美圣格，即一种完美"圣人""大人"人格的实现。这种圣格的前期形态，是存在于巫学智慧结构中处于神、人之间的生命人格。

关于人格美学理想问题，前文已作颇为详细的论述，这里只补充一点。虽然《周易》所推更的圣格（圣人人格）在《周易》看来是完美的，然而自然不应是今天人们效法的榜样。时代的发展与岁月的流逝早已将这种人格模式抛在了历史的后面，尽管比如"仁者爱人"之类的人格理想不是绝无一点可取之处，但没有一种普遍的适合于过去、现在与未来的"爱人"标准。抽象地谈论"人类之爱"或"人类之恶"会使人格问题变得模糊起来。"仁者爱人"的命题带有太多的以往时代的伦理色彩，这并不等于说，新时代应当树立的人格理想必须摒弃任何伦理内容，实际迄今为止的人类人格模式没有一个不处于一定的现实伦理关系之中，问题的关键是新时代需要什么样的人际伦理关系。人际伦理关系是社会生产关系的道德表现。它只有在尽可能地解放社会生产力的前提下才有利于新时代新人格的塑造，否则就是对人格残酷的戕害。当"仁者爱人"式的人格理想实施起来之时，人们有理由要求在发扬群体人格力量的同时不忘去压制那些正当的个人人格的伸展与实现。因为只有首先在人对自然的求知实践中，使人的本质对象化，才能真正塑造个体或群体的人格自由与人格之美。我们强调的是在人对自然求知实践中，建立在个人健全人格基础上的个体与群体人格的统一。这种统一似乎亦可以用黑白回互的太极模型来表示，但究竟以"黑"为基础，还是以"白"为基础，太极智慧没有提供任何可供思考的信息。

在这个问题上，所谓"新儒学"要求在易学传统基础上重构中华伦理人格的某些见解与主张，看来未必是可取的。

第二节 崇拜与审美的二律背反与合二而一

本书关于《周易》美学智慧的论述，是从其巫学智慧出发的，著者曾在第一章中专门讨论了"原始易学是巫学"这一命题。此后各章都曾努力紧扣《周易》巫学来谈其美学智慧问题，这是本书在观念、方法上可能不同于一些《周易》美学论文的特点之一，想来读者会对这一点印象深刻。

《周易》巫学智慧的核心内容，是迷信神灵、感应以及迷信人如神灵一般的完美与有力，相信神、人之间本是合一并且能够通过人为努力、消除神人之间的冲突与阻隔达到合一境界，因此，可以说，在《周易》巫学智慧结构中弥漫着一定的崇拜意绪。这就使得在《周易》巫学智慧与美学智慧二者之间、在崇拜与审美二者之间，构成了既"二律背反"又"合二为一"的黑白回互的太极动态关系。

其一，为求揭示《周易》巫学智慧的崇拜意绪与《周易》美学智慧的审美意识之间的太极动态关系，首先有必要探讨巫术崇拜的文化本质。

崇拜可有两种：宗教崇拜与准宗教性的对一般偶像的崇拜。前者指宗教信徒对诸如上帝、真主、天国、佛、西方净土等宗教偶像的崇拜，包括崇拜意识、观念、情绪、意志、境界以及相应的宗教禁忌、戒律、行为与宗教组织形式中的崇拜；后者指除宗教崇拜之外的一切世俗性的对某种偶像的崇拜。任何对象，如果其精神影响力足以迫使主体的心灵为这对象所震慑，那么此时对象便成为主体心目中为精神所不可企及与逾越的偶像，主体对偶像的精神性态必然是崇拜性的。崇拜金钱、王权、祖宗、领袖以及洋人古人、艺术家等等，大致上都属于这一类。宗教崇拜具有教义、僧众与戒律三要素，而非宗教性的偶像崇拜则主要是精神性的，文化学上称为世俗性崇拜或准宗教性崇拜，然而这二者之文化实质又显然具有相通之处。

原始巫术包括《周易》的占筮具有一定的神灵崇拜意绪，它不是成熟意义上的宗教崇拜，也并非后代所言的世俗性崇拜，却是宗教崇拜与世俗性崇拜的一个文化雏形。《易传》所谓"神"，如"阴阳不测之谓神""神无方而易无体""知几其神"以及"是故蓍之德圆而神"①等等，除了指未及人所把握的事物客观本质规律、因而在人看来是神妙之境界外，也兼指人对客观偶像的神秘信念与神秘感受，指处于文化雏形阶段兼具宗教与准宗教性质的两种崇拜。韩康伯云："神也者，变化之极，妙万物而为言，不可以形诘者也，故曰'阴阳不测'。""天下万物，皆由阴阳或生或成，本其所由之理，不可测量之谓'神'也。"②不可测、测不准，在今人看来这些都是有待人力与人智加以把握的未知领域，在中华先民心目中却具有神秘意味。这种《周易》巫术的神秘则意味着，人真正自由自觉的本质远未实现。它是盲目自然力对于人毫不留情的精神奴役与纠缠。崇拜者所面对的必然是一个异己冷酷的世界，崇拜是人在必然王国的痛苦挣扎，是由冷酷世界所"激励"出来的一种灼热的感情。

《周易》的巫术崇拜，其神灵观念既是客观的神化也是主观的异化。

从客观角度看，巫术神灵是"人们把自己的经验世界变成了一种只是在思想中想象的本质，这种本质作为某种异物与人们对立着"③。尽管实际上神灵并不存在，只是巫术信奉者心目中的幻相，但在巫术信奉者看来是"客观"存在的，他们相信这一点。而巫术信奉者之所以有关于巫术神灵的信仰，乃是因为在客观上存在着他们所无力把握的大量的未知领域，这是蛮化的自然与异己的力量。所以从某种意义上来说，巫术神灵的本质，实际是人的本质力量尚未把握到的客观事物的本质规律的心灵膨化，巫术神灵总是严厉地站在人的"对立"面，具有严厉性、至上性与对人而言的异己性，它是与人的本质相对立的心灵偶像。

从主观角度看，《周易》的巫术崇拜，就直接是由那被神化了的客观对象所威慑而产生的奴化心理。由于人在社会实践中尚无力在客观对象上实现自身、观照自身，迫于那有限的自我意识，必然可能从主体心理尺度出发，虚幻地发展一种幼稚的比拟想象，大致按照人自身的面貌创造神灵形象以供崇拜。神灵

---

① 《易传·系辞》，《周易本义》，第295、293、332、312页。

② 王弼：《周易注》，《王弼集校释》，下册，第543页。

③ ［德］马克思、恩格斯：《马克思恩格斯全集》，第三卷，中共中央马克思恩格斯列宁斯大林著作编译局译，人民出版社，1957，第354页。

不仅是人的异己化，而且是人的夸大化，但神灵形象一定不会绝对独立于人的内在尺度。色诺芬尼指出："埃塞俄比亚人说，他们的神是鼻子矮翘、肤色黝黑，而在色雷斯人的心目中，他们所奉之神是眼睛碧蓝，发色淡黄。"①一点不假，"倘若牛和其它畜类"，也像中华古代的吴道子、杨惠之、卢棱迦那样"擅长"于画地狱变相，那么"牛就会把神画得像牛，马就会把神画得像马"。所以，《周易》巫术信奉者心目中的神灵意象，也一定不会离开中华古人的内在心理尺度。然而人的崇拜意识，总是愿意使巫术神灵比人更有力、更聪明，并且无处无时不在，弥漫于一切。神灵意象的虚构，是将客观对象神格化、虚幻化、夸大化与永恒化，虚构巫术神灵的过程，就是主观心灵崇拜的过程。

从主客观关系角度分析，《周易》巫术神灵既是客观的神化又是主观的异化，前者与后者是同时进行、同时完成的，两者都在一定意义上是人之主体意识的迷失。

> 人本来并不把自己与自然分开，因此也不把自然与自己分开，所以，他把一个自然对象在他自己所激起的那些感觉、直接看成了对象本身的性态。②

在诸如科学实践领域中，人与自然的关系原来是对立的，人作为实践主体，对外在于人的观念、思维与情感等心理域限的自然对象抱着审察、格致与进击的态度，人意识到自身的存在与价值，这意味着只有通过成功的科学实践，才能达到人与自然的统一，达到对立的消失。然而《周易》巫术的逻辑原点和历史起步是同一的，都是人与自然、自然与人的一片混沌。《周易》巫术的"神人以和"，即神人感应境界，就是这样的一片混沌，它是一个原生意义上的太极，其中渗透着一定的崇拜意识。实践的极度有限，生产力的极度低下，人之智能的蒙昧是产生"神人以和"巫术崇拜意识的肥沃土壤。

---

① ［苏］谢·亚·托卡列夫：《世界各民族历史的宗教》，第10页。
② ［德］路德维希·费尔巴哈：《费尔巴哈哲学著作选集》，下卷，荣震华、李金山等译，商务印书馆，1984，第78页。

> 自然界起初是作为一种完全异己的、有无限威力和不可制服的力量与人们对立的，人们同它的关系，完全象动物同它的关系一样，人们就象牲畜一样服从它的权力，因而，这是对自然界的一种纯粹动物式的意识（自然宗教）。①

这种"纯粹动物式的意识"（注意：不是所谓"动物意识"），是人将"天"这种自然对象"在他自己所激起的那些感觉""直接看成"了天的"性态"。太极是混沌的"神人以和"的象征，它包含着人对巫术神灵（天）以及人对受命于"天"的巫的崇拜，实际上是"那些还没有获得自己或是再度丧失了自己的人的自我意识和自我感觉"②。意味着或者是人在"天"这一对象上尚未真正实现自己（"获得自己"）；或者是这种"实现"的"再度丧失"。人在巫术中所崇拜的，其实不过是作为自然对象的"天"以及人自身在心灵中的"自我意识和自我感觉"。

因此，与其认为《周易》巫术崇拜的对象是客观的神灵，不如看作它同时也是主体盲目的自我。实际上，巫术神灵不是单纯的客观对象的属性，而是原始文化形态中神化的客观与异化的主观之畸形的"结合"。

《周易》巫术崇拜具有一系列筮符操作仪程，其间的典型心理特征是精神的迷狂。

在巫术中，当人实际上无力通过社会实践达到能动地改造主客观世界时，便可能掉转头来，企图将本应在实践中可望达到的人生价值，退回到内心来寻求"实现"与"解决"。于是实践的问题，本质上被《周易》巫术崇拜弄成了一种心情的东西。在巫术崇拜中，人还来不及展开或放开正常理性的思考，一心专注于对巫术的信仰。信仰是排斥理性认知的，它是情感的迷狂，具有盲从性。所以费尔巴哈说，"理性是规律，而信仰是偏离规律的例外"③。在某种意义上说，《周易》的巫术崇拜，是情感的迷狂导致理智对规律的"误解"。

---

① ［德］马克思、恩格斯：《马克思恩格斯选集》，第二卷，第215页。

② ［德］马克思、恩格斯：《马克思恩格斯全集》，第一卷，第452页。

③ ［德］路德维希·费尔巴哈：《费尔巴哈哲学著作选集》，下卷，第3页。

其二，然而，要是《周易》的巫术文化智慧仅仅关涉崇拜而没有任何审美因子，那么从美学角度看，《易传》所谓"易有太极"之美的结论就是不能成立的了。

实际上，崇拜与审美作为对偶对应范畴，共存于同一《周易》巫术太极体中，二者的关系既是二律背反又是合二而一的。

首先，从思维角度看，《周易》的巫术崇拜尽管是客观的神化同时是主观的异化，是主体意识的迷失，但这不等于说整个《周易》巫术结构只是一个没有任何理性思维的"空套子"，其原始思维只是理性与非理性思维的"互渗"而并非对思维的否定。关于这一点我们在前文已经多有论及。理性思维自然是对神灵观念的否定与超越，然而就连《周易》巫术神灵观念的产生，也须以一定的理性思维因素作为它的心理基础。费尔巴哈在谈到这一点时举例说："如果太阳老是待在天上不动，它就不会在人心中燃起宗教热情的火焰。只有当太阳从人眼中消失，把黑夜的恐怖加到人的头上，然后再度在天上出现，人这才向它跪下，对于它出乎意料的归来感到喜悦，为这喜悦所征服。"①是的，这里讲的虽是宗教，但对宗教的前期文化形态巫术来说，也于理可通。即使为巫术所困扰的中华先民，"也不是完全没有类比和抽象的能力。如果他们还不懂得昨天的太阳和今天的太阳是同一个太阳，昨天刮的风和今天刮的风是同样的风（注：这就是一定的理性思维），认为一切现象都是个别的、易逝的东西，那么，神灵的观念和宗教就不可能产生了"②。

> 当人还不知道金银的价值和用途的时候，神怎么能在金子和银子里面发出光彩来呢？③

有位先哲曾经指出，思维的至上性是在一系列非常不至上地思维着的人们头脑中实现的；拥有无条件的真理权的那种认识是在一系列相对谬误中实现的，

---

① ［德］路德维希·费尔巴哈：《费尔巴哈哲学著作选集》，下卷，第459页。

② 朱天顺：《原始宗教》，上海人民出版社，1964，第22页。

③ ［德］路德维希·费尔巴哈：《费尔巴哈哲学著作选集》，下卷，第2页。

二者都只有通过人类生活的无限延续才能趋向于完全实现。

是的，这段话反过来说也同样给人以启迪:《周易》巫术崇拜是"一系列非常不至上地思维"，它在追求"思维的至上性"境界时，潜伏着以一定理性为心理基础的审美因素；巫术崇拜必然是在"一系列相对谬误中实现的"，然而正是在这"相对谬误"而非"绝对"谬误中，才开启了通向审美真理的境界。

其次，从情感角度看，《周易》巫术作为中华古人的人生行为，具有关于人生的既痛苦又欢乐的情感内容。一方面由"社会生产力水平的低下、知识的贫乏促使整个社会人群的文化心情，常常处于焦灼、痛苦的悲剧性氛围之中"，对巫术所谓"灵验"和神灵的崇拜，由于人的本质无力在对象获得真正自由的实现，这崇拜是对审美的扼杀，凡巫术崇拜心态和崇拜行为的情感品类无疑是悲抑愁苦的。马林诺夫斯基指出:"当人类遇到难关，一面知识与实际控制的力量都告无效，而同时又必须继续向前追求的时候，我们普遍便会发现巫术的存在。须知人类一旦为知识所摒弃、经验所不能援助，一切有效的专门技术都不能应用之时，便会体认自己的无能，但是，这时他的欲望只是更紧迫着他，他的恐怖、希望、焦虑，在他的躯体中产生一种不稳定的平衡，而使他不得不追寻一种替代的行为。"①巫术这一"替代的行为"的产生与运用，正意味着人生的无可奈何和对神灵崇拜的悲惨命运。然而另一方面，巫术又给人带来了巨大的欢乐，这种欢乐而且不同于宗教崇拜给人带来的心情的宁静与人皈依于神的快乐。宗教崇拜意味着人在神面前被彻底剥夺了人的地位，由于神至高无上、全知全能而必然将人贬损到极端渺小的地位。《周易》巫术占筮虽则有神灵观念支配一切，而在这神灵的虚构中融入了人与人为的因素。不是彻底依赖于神灵的解救，而是企望借助于神灵的"智慧"、由人自己参与对人自身的解放。这种只是在神灵面前跪下了一条腿的巫学与美学，无疑包容着一定的审美因子。因为人已经开始意识到要将自己的另一条腿跨入"改造"（虽则是虚妄的改造）世界的实践领域之中，人企望而且坚信可以通过自身的努力，摇撼与转变自然宇宙与社会人生的秩序，试试这个世界的稳固性。或者毋宁说，《周易》巫术的

①　[英]马林诺夫斯基:《文化论》，费孝通译，中国民间文艺出版社，1987，第66页。

崇拜与审美，犹如同一机体上人的双足，其一足深陷在贬抑人的对神灵崇拜的泥淖之中，痛苦是它的心灵映对；另一足却踏进了要求肯定人、对人自身加以审美的和悦欢乐的尘壤之中。亦悲亦喜、且忧且乐，这是《周易》的巫学与美学、崇拜与审美的太极情感两重奏。

同时，从意志角度看，《周易》巫术的全部精神支柱是信仰，信仰是主体意志的执拗以及主体心灵对神灵的屈从，巫术信仰本质上并不始于人的自觉自愿，然而巫术信仰可以发展为一种人生理念与人生理想，此时人的意志对客观对象及其异化形式神灵的屈从，似乎成为人生执着的追求，犹如足之适履，本来是履对足的禁锢，久之却在人的自我感觉中好似无履之足一般的"自由"，精神上的枷锁成了灵魂所渴求的美的项圈，在此意义上我们看到崇拜与审美在巫术太极体中两相仇对兼亲姻的现实。意志是受意识支配的，它伴随着情感的律动，表现出人有能力去实现人自身的目的和需要克服阻碍的行动。意志是人所特有的一种精神力量。人在生活中不可能没有意志、没有对一定生活目的的执着与追求，不可能没有任何信仰，信仰是受意志所支配的人的精神支柱。

然而，不是所有人的意志都可以促使人的精神达到自由境界，人只有通过能动的社会实践方式与途径才有可能达到意志的自由。恩格斯说：

> 自由，不在于幻想中摆脱自然规律而独立，而在于认识这些规律，从而能够有计划地使自然规律为一定的目的服务。
>
> 因此，意志自由只是借助于对事物的认识来作出决定的那种能力。①

因此，从《周易》巫术崇拜总是信仰神灵的"智慧"和力量角度看，这里只有在"幻想中摆脱自然规律而独立"的所谓"自由"。然而从巫术占筮的终极目的是为了人而并非为了神这一点看，其间所贯彻的意志力量又无疑是属人的而非属神的，这就为崇拜向审美的转化准备了一个必要的心理条件，即属人的意志力量终究要促成人在实践中对美的不懈追求。而且，在《周易》巫术占筮中所表现出来的那部分属神的意志，也并非什么"天外来客"，而是人的意

---

① ［德］马克思、［德］恩格斯：《马克思恩格斯全集》，第二十卷，第125页。

志的颠倒与夸大。人的意志之所以会被颠倒与夸大，乃是因为人尚未找到一种真正科学的途径以把握自然规律并且清醒地认识人自身力量。所以在《周易》巫学智慧结构中，属神的意志就不仅是属人意志的一种异化形式，这是人对神灵的崇拜，而且是属人意志的一种理想形式，这里潜在地存在着人对自身幻想中高远的生活目的的审美追求。所以，以意志目的为心理、行为特征的人生信仰，又必然是一个崇拜与审美对立而统一的太极的混沌。

其三，《周易》的巫术崇拜与审美智慧是一对矛盾，既是巫术神灵与人的和解，同时又是其不睦；既是对抗，又是统一。两者的对抗，说明人不得不受制于盲目自然力的历史性羁绊，人还来不及将人的本质力量自觉地实现于对象；二者的同一则意味着，巫术是人类童年的精神之梦，然而即使在梦中，人也已经意识到要寻找一种实践方式以改造客观世界从而也改造人自身。崇拜与审美既二律背反又合二而一，反映出人与自然的原在冲突与原在和谐的一种非常复杂的关系。崇拜在一方面对审美具有"灭活"与牵制作用，另一方面又是对审美的"诱导"，崇拜是假性的审美，颠倒的审美，审美是崇拜的升华，同时在一定条件下又可以发展为崇拜。崇拜与审美之关系的动态结构，是一种从崇拜到审美、从审美到崇拜双向回流、螺旋形的实践上升运动。能动的人类社会实践的不断展开是一个漫长的历史过程，它意味着崇拜的必然接近归于消亡，人类审美本质的接近全面实现。拿甲骨卜辞与《周易》筮辞中所涉及的求雨这一实践活动来说，它的大致发展线索为从崇拜走向审美。弗洛依德曾经指出："要是人们希望下雨，那么，他只要做些看起来象下雨或者能使人联想到下雨的事情即可。"这是巫术的求雨。"在稍后的时代里，这种模仿式的求雨渐渐地为人抛弃，人们开始在庙里膜拜来祈求住在里面的神明降雨。"这是宗教的求雨。"最后，这种宗教仪式又被放弃，而企图以改变大气的组成来制造下雨。"①这是科学的求雨。巫术与宗教的求雨是以人对神的崇拜为基本特色的，科学求雨建立在科学认知的理性基础上，其中包含着人对自然对象、实践过程、科技成果以及对人自身的审美问题。

---

① ［奥］西格蒙德·弗洛伊德：《图腾与禁忌》，杨庸一译，中国民间文艺出版社，1986，第104页。

而审美如果发展到极致、达于化境，又可以向宗教崇拜一般的境界"回归"。这种情况在艺术审美、体育审美活动中是屡见不鲜的，崇拜歌星、影星、舞星或球星可以达到"疯狂"的程度。恩格斯曾经在给他妹妹的一封信里提到，19世纪40年代，当时国际著名音乐家李斯特以其精妙的艺术之美曾经使柏林的女士们如痴如醉、陷入精神的迷狂，达到对音乐家本人全人格的倾倒。女士们为了争夺李斯特不慎掉在地上的手套而相斗殴，希里普彭巴赫伯爵夫人故意将香水倾倒在地，而把这位钢琴家未喝完的茶灌进自己的香水瓶里，这可与一群翩翩少年宁肯作"马"拉着美国现代舞"王后"邓肯在大道上狂奔比美。从审美开始而对著名球星疯狂崇拜以至于闹出人命案来的事也时有发生。对杰出的政治领袖始于审美、继而崇拜又回归于审美的实例也不用著者在这里饶舌。杰出领袖的丰功伟绩本是客观存在的美，由于其余一些社会观念与意识的催激，本来的审美对象经过审美主体的无数次的心理复制与重构，可以发展为崇拜对象、随之原先的审美主体也蜕变为崇拜者，又可以在一定历史条件下恢复领袖的本来面貌，这是一个从人到"神"、从"神"到人的辩证回旋的太极运动，太极图的"黑""白"回互多么贴切地揭示出崇拜与审美的内在运行机制。

那么，人的文化智慧，为何往往表现为崇拜与审美的动态性太极结构呢？

崇拜与审美的本质，同时被决定于马克思所言的客体对象的"物种的尺度"、主体"内在的尺度"及其二者的动态联系。当主体的内在尺度与客体之物的尺度趋于相对平衡时，主体双方可能同时进入审美境界，美之对象可以在主体心理上引起优美感，人们欣赏春华秋实生发的美感即是如此；当主体尺度"大于"客体尺度时，对象可以在主体心理上激起滑稽感，主体藐视对象的"渺小"，主体的优越感在嘲讽客体对象时得到了实现，这也是审美；当主体尺度"小于"客体对象尺度时，这时对象对主体的"压倒"，反而激发了主体明朗而自觉的崇高感、惊奇感与痛感，它是被压抑的主体，反而充分激励出自身的本质力量，征服与超越客体对象的一种人的自由自觉，这还是审美。然而，当客体对象的尺度足够"大于"主体的内在尺度时，造成了主体在对象面前暂时的慑服与敬畏，这便是崇拜，也是崇拜不同于属于审美范畴的崇高的地方。崇拜，当客体的巨大尺度无法"激活"人的本质力量或曰主体的内在尺度无力抗拒客体超常尺度的重压时，主体的自我意识便可能走向迷失，客体便可能被主体镀上"神"的色彩。

问题是，无论是客体尺度的巨大甚或超常，还是主体尺度的巨大、主客体之间尺度的平衡都不是绝对的，二者尺度的大小比重、动态结构都是相对的，并且处于恒变状态之中，这便是从审美走向崇拜、从崇拜走向审美的原因吧。

由《周易》所揭示的崇拜与审美，是人与自然既对立又亲和的两个关系侧面。可以说，二者伴随整个人类社会实践系统的始终。不过，虽然自然"改造"人必然限制了人对自然的改造，审美与崇拜相比，却是更符合于人的本性的，人之所以为人，其本质首先是趋向于审美的。然而审美是人自由自觉本质在客观对象的愈来愈趋向于全面实现、却不是绝对全面的实现；崇拜，也必将变得日益"衰弱"与"稀薄"，正如《周易》文化智慧必然会从巫术崇拜趋向于审美一样，它趋于全面消亡却不会是绝对的消亡。在遥远的未来社会中，宗教及宗教崇拜可以自行消亡，然而人与自然的原在矛盾却依然存在于更高的历史层次上，人类仍然可能面临一些暂时无法克服的生活难题，客体之物的尺度也许还具有对人而言的那种超常的性质，人类高度审美的雄浑乐章可能仍会有某种类似世俗偶像崇拜残余的不和谐音。这一点也不是人类的污点与耻辱，也根本不用悲观，因为只有天堂与神才是绝对的十全十美。歌德指出：

> 十全十美是上天（神）的尺度，而要达到十全十美的这种愿望则是人类的尺度。[①]

这里需要修正的是，人类想要达到十全十美的境界这不仅是愿望，而且根本上是能动的社会实践。《周易》的太极思维模式揭示了这种"十全十美"的境界，然而太极所包容的崇拜与审美两种因素与趋势应当不是绝对等量的，随着人类历史无尽的展开与深入，审美动势的愈来愈强劲，必然同时是崇拜动势的愈来愈衰微，只是不会归于绝对实现、绝对消亡罢了。从这个意义上可以说，太极图黑白回互的对等模式，仅仅是崇拜与审美动态结构的近似描述。

---

① ［德］歌德：《歌德的格言与感想集》，程代熙、张惠民译，中国社会科学出版社，1982，第61页。

第三节　大圆之美与"冲破太极"

《周易》的太极智慧是一个中华古代文化意识、观念、情感与意志等文化心理所构筑的"圆"，它是宇宙观、人生观从而也是美学智慧观的一种圆融境界，它揭示了包含着冲突因素的宇宙、人生的原在、终极和谐的图景，这是原素的美，天下万美皆由此出、皆备于此。

《易传》有云：

> 子曰："夫易何为者也？夫易开物成务，冒天下之道，如斯而已者也。"是故圣人以通天下之志，以定天下之业，以断天下之疑。是故蓍之德圆而神，卦之德方以知，六爻之义易以贡。①

这里，"开物成务"，朱熹云："古时民淳俗朴，风气未开。于天下事全未知识，故圣人立龟与之卜、作易与之筮，使人趋吉避害，以成天下之事，故曰'开物成务物'。是人物；务，是事务。""冒天下之道"，"是罩得天下许多道理在里。"②"圆""方"，韩康伯说："圆者。运而不穷；方者，止而有分。言蓍以圆象神，卦以方象智也。唯变所适，无数不周，故曰'圆'；卦列爻分，各有其体，故曰'方'也。"③"贡"，"告也。"④陈梦雷也说："开物，谓人所未知者开发之。成务，谓人所欲为者成全之。冒天下之道，谓卦爻既设而天下之道皆包括于其中也。易之道本如此，而圣人以之教人卜筮，以知吉凶，易能开物，则于人所未知者开发之，而通天下之志矣。能成务，则于人所欲为者成全之，而定天下之业矣。能冒天下之道，则于万事万物之得失莫逅其情，有以断天下之疑矣。卜筮之妙如此。""圆神，谓变化无方，方知，谓事有定理。易以贡，谓变

---

① 《易传·系辞上》，《周易本义》，第311—312页。
② 黎靖德编：《朱子语类》卷六十六，《朱子语类》第四册，第1620页。
③ 王弼：《周易注》，《王弼集校释》，下册，第551页。
④ 同上。

易以告人。"①

《易传》的这一论述，实际是将太极看作《周易》巫术占筮追求人生圆融的内在驱力。在《周易》作者看来，整个易筮性质及其操作过程，是"以断天下之疑"的"圆"，它穷括物理、人情，藏方趋圆（这里的"方"，可理解为太极体内阴阳、动静、虚实等因素的对立），其终极境界是太极圆融之美，这种美早在圆成的易筮中就隐潜着它的基因。因而一旦巫学化成而为美学，自然以圆美为旨归了。

> 太极，大圆者也。②
> 始于一，中于万，终于一。
> 始于合，中于分，终于合。③

依易理，物物有一太极，人人各一太极，宇宙与人生领域在有圆，而终极之圆只有一个，即作为宇宙与人生总体的"大圆"。因而，"大圆"亦即太极之美的概念，兼有宇宙人生终极本体与个别事物属性之美的两重性。"始于一""始于合"，这是原初、原朴的混沌太和之美；"中于万""中于分"，这是万事万物各具太极分殊的美；"终于一""终于合"，这是原初、原朴的混沌太和之美经历化生裂变，终而复归于太极的美。

所以在《周易》看来，易即自然宇宙与社会人生的"至理"不是什么别的，是以"生"为动力的对太极"大圆"之美的不懈追摄，除了暂时追摄不得的痛苦，追摄的出发点、追摄的过程与追摄的结果都是一种至美至乐境界。

宋明理学鼻祖周敦颐所撰《太极图说》，吸取道教逆施成丹为"无极"、顺行造化为"太极"的思想而明《周易》变易之理，自然不能将此等同于《周易》太极智慧本身，然而，周敦颐关于"无极而太极"的学术见解，有助于我们对《周易》大圆之美论的分析与理解。

---

① 陈梦雷：《周易浅述》卷七，《周易浅述》，第四册。

② 王夫之：《周易外传》，中华书局，1977。

③ 王夫之：《周易内传》，九州出版社，2004。

周子有云：

> 无极而太极。太极动而生阳，动极而静；静而生阴，静极复动。一动一静，互为其根。分阴分阳，两仪立焉。阳变阴合，而生水、火、金、木、土。五气顺布，四时行焉。五行，一阴阳也；阴阳，一太极也；太极本无极也。……
>
> 故曰：立天之道，曰阴与阳；立地之道，曰柔与刚；立人之道，曰仁与义。又曰：原始反终，故知死生之说。大哉易也，斯其至矣。[①]

周敦颐的这一论述，显然受到了源自老子的道教思想的影响。道教有揭示顺行造化之则的太极图与揭示逆则成丹之则的无极图两种图式（附图一、图二）。图一取顺势，可从上向下看，该图最上一圆表示道家与道教心目中的太极。老子云："谷神不死，是谓玄牝""玄牝之门，是谓天地根。"玄牝者，微妙之母性也。"道"尚阴守静、尚虚守雌，故以"阴静"标注。第二圆是一个坎三、离三交互相感相生的模式。坎为阳、离为阴，阳性有乾，阴性者坤，故坎离的原型是乾坤。阳者动、阴者静，阳动与阴静的对偶对应而化成金木水火土五行，五行再化生万物，而万物之各别属性又自成一太极，故该图最下一圆又象征万物各别属性层次上的太极。老子说："道生一，一生二，二生三，三生万物。"此之谓也。张伯端说："道自虚无生一气，便从一气产阴阳，阴阳再合生三体（五行），三体重生万物昌。"[②]说的也是这个意思。只是该图的最下方之一圆象征万物个别属性之太极这一层意义，张伯端未作理论上的概括。

图二取逆势，可自下而上看。道家与道教以人体为与自然宇宙相对应同构的"小宇宙"。这"小宇宙"始于"元牝"（玄牝），故该图最下一圆称"元牝之门"。又认为人体"宇宙"有如丹炉，外丹以火炼液，内丹以气炼神，这是收摄万物之气以炼之的人生阶段，进而归于五行，这是道教炼丹成"仙"的一个中介。再进则回归于阴阳，阴阳交会就是"取坎填离"，最后便是无极境界，

---

① 周敦颐：《太极图说》，《周敦颐集》，中华书局，1990，第3—8页。

② 张伯端：《悟真篇》，《悟真篇三家注》，石明辑注，华夏出版社，1989，第24页。

所谓"炼神还虚，复归无极"也，以最上方之一圆象之。

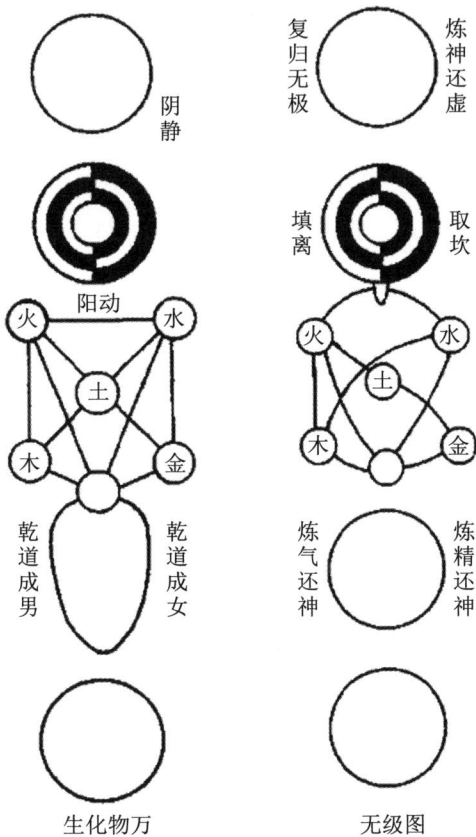

这两个图式的基本结构是一致的，可是取势构成顺逆关系。图一之顺势实际上揭示了自然宇宙意义上的太极化生万物的大历程；图二之逆势，实际上揭示了万物（人）在社会人生意义上回归于太极（无极）境界的大历程，此即所谓归三为二，归二为一，一则虚无矣，也便是老子所谓的"复归于无极"。

周濂溪关于太极的学说主旨在儒而不在道，否则他就不应是理学（新儒学）的开山祖了。然而他是在道学的启迪下改造了道而援道入易，他的太极图说是在熔铸前述道教太极图与无极图基础上的新体自裁，成为易之太极无极说。①

———————————————

① 按：参见束景南：《周敦颐〈太极图说〉新考》，《中国社会科学》，1988年第2期。

在这图式中，我们看到了太极运动的顺逆互对互应趋势，是自然宇宙与社会人生境界的往复回旋。从自然宇宙境界看，太极是自然宇宙的本体，它裂变为阴阳乾坤、化裁五行、生成万物，万物之精者人也，人人各一无极（太极），是一个自然太极→阴阳→五行→万物→人→人生太极的生化过程；从社会人生境界看，太极又是社会人生的本体，它最精粹、最生动的体现是人，人乃万物之精，万物向五行回归、五行向阴阳两仪回归，两仪最终回归于自然太极（无极）境界，这是一个从人生太极→万物→五行→阴阳→自然太极（无极）的回归过程。

自然化生为人生，人生回归于自然。前者是自然的升华，它揭示出人生的自然之根；后者是人生的归返，它揭示出自然是人生的原型。因而，如果说自然化生为人生就是自然向人生领域的超华拔秀，那么人生回归于自然确实是人性的返朴归真。前者为"原始"，后者是"反终"。

从自然到人生、从人生到自然是一个大圆、一个太极。它的美是大圆之美、太极之美。在这一大圆中，包容着自然之美与人生之美两种美。从自然美角度分析，太极是其原素、本质和化生万美的内在机制、动力；从人生美角度审视，太极也是如此，它是中华古人孜孜以求的人生理想、目标和信仰。《易传》云："是故易有太极，是生两仪，两仪生四象，四象生八卦、八卦生吉凶，吉凶生大业。"这一段名言我们已多次引用，它大致上揭示了自然太极之美向社会人生领域的展开过程，当然这里还残留着一定的巫术因素。这段话如果作逆逻辑理解，也大致上揭示出社会人生之美向自然宇宙境界的复归过程。

这种自然宇宙之美与社会人生之美的往复流转的太极之美，其实就是物我浑契的美之境界。

从道家美学的角度看，这是"庄周梦为胡蝶""胡蝶之梦为周"的美："昔者庄周梦为胡蝶，栩栩然胡蝶也，自喻适志与，不知周也。俄然觉，则蘧蘧然周也。不知周之梦为胡蝶与？胡蝶之梦为周与？"①

然而《周易》的太极大圆之美不是道家的太极大圆之美，不像道家心目中的美那么纯粹。道家之庄周梦为胡蝶而自己觉得很快意的关键，是"不知周

---

① 《庄子·齐物论》，《庄子集解》，《诸子集成》第三册，第18页。

也",如果庄周是庄周,胡蝶是胡蝶,则不成"梦"境,必生计较,难于"自喻适志"。因为"不知周",所以蝴蝶、庄周合契,这是物我一统的太极美境,"把自己与对象,都从时间与空间中切断了,自己与对象,自然会冥合而成为主客合一的。既然是一,则此外再无所有,所以一即是一切。一切即是一,则一即是圆满具足"①。此时自成大自由的太极之美的境界。《周易》的大圆之美却是以"儒"为基干、容纳"道"及阴阳五行观若干智慧因素的合构,它的审美的着眼点是"天行健,君子以自强不息"及"生生而有条理(条理者,主要指伦理),也是审美,崇拜及伦理求善之间的一种和谐。宗白华有一首诗名曰《信仰》:

> 红日初生时,
> 我心中开了信仰之花…
> 我信仰太阳
> 如我的父!
> 我信仰月亮
> 如我的母!
> 我信仰众星
> 如我的兄弟!
> 我信仰万花
> 如我的姊妹!
> 我信仰流云
> 如我的友!
> 我信仰音乐
> 如我的爱!
> 我信仰
> 一切都是神
> 我信仰
> 我也是神!

---

① 徐复观:《中国艺术精神》,春风文艺出版社,1987,第85页。

这首短诗真是写得极好。诗中的"我"，信仰大自然之日月星辰万花流云，也信仰艺术以及"我"自己，是"一切都是神""我也是神"的合契于自然宇宙、社会人生的太极境界，其间渗融着对"神"之宗教般的崇拜、对信仰也是对理想执着的审美以及视自然万物如血亲的伦理感情。在这对大自然的伦理崇敬中，其实是将社会人伦关系之善，美化为人与自然本在亲和的关系，是从美学高度来俯瞰人际伦理，并将其看作自然之"本在"与人之内心欲求的浑契交融。

这便是易，便是《周易》太极大圆之美的一种精神底蕴。它不是虚静之太极展开为人生与"自喻适志"的人生复归为虚静的"道"，而是实动、阳刚的太极化成天下，显现为刚健有为的人生与生生不息的人生复归于这样的太极美境；不是通过道家的"心斋""坐忘"或道教的修炼内丹使人生与原朴的"道"合一，而是通过儒家坚强有力、积极进取的伦理规范与伦理行为，使人生与自然之太极合德、与天地合德；不是烧炼内丹、炼形炼神或寄情山水、放浪形骸，而是修养仁义，托志伦理，追求功名，热衷朝堂；不是使主体成为"真人""至人"或成"仙"，而是成为"君子""大人"与"圣人"。真可谓"大哉易也，斯其至矣"！

《周易》太极观，为中华民族的宇宙观、人生观及其美学观提供了一个智慧模式。在《周易》看来，宇宙就是时空，就是太极。时间是空间的运动方式，空间是时间的存在方式；时间是空间的"纵向"运动，空间是时间的"横向"存在，没有时间因素的空间存在、没有空间因素的时间运动都是不可思议的。因而，从总体看，作为《周易》太极观念模型的太极图黑白回互结构，揭示了宇宙即时间空间的矛盾辩证联系；分而言之，宇宙中的空间又自成一个太极。空间者，其原意是"宇"，宇者，屋檐也。宇就是屋宇、房子。中华远古从人的建筑角度审视自然空间，将其看作一所其大无比的大房子。人生活于其中，"日出而作，日入而息"，故有"天宇""天地为庐"的观念。人生活在这空间中，悠然自得，所谓人生在世，如泛扁舟，俯仰天地，容与中流，灵屿瑶岛，极目悠悠。空间"不是成为一堵吓人的墙来阻挡住人类的探究，而是成为自由精神的一个栖身之所，在那里，自由精神随着永恒精神之流一同流动，宇宙是一个自由自在的整体"①。这整体就是太极。而且，宇宙中的时间也自成一

---

① ［英］比尼恩:《亚洲艺术中人的精神》，孙乃修译，辽宁人民出版社，1988，第49页。

个太极境界。宇是空间，宙是时间。宙，久也。宙是梁柱，建筑物的梁柱在大地上持"久"屹立，这便是建筑物的时间特性。所以在中华古人文化观念中，建筑就是宇宙，宇宙就是时空，关于这一点的详细论述，请参阅拙著《中华古代文化中的建筑美》第一章《空间意识》，这里恕勿赘述。

这里尤需指出，《周易》的太极观即宇宙观，不仅将空间看作是往来复还的世界，而且认为时间是周而复始的循环之"场"。中华古人钟爱这浩浩空间，将其看作人生亲和的"家园"。这空间既有限又无限，其美常在有无之际。因其有限，便认为空间并不异在于"我"、疏远于"我"，"我"能把握空间，人在这空间之中是一豪迈形象。正如唐代诗人孟郊所浩歌啸吟的："天地入胸臆，吁嗟生风雷。文章得其微，物象由我裁！"这里，"文章"，指人对空间的认识、把握、审美；"微"，指空间的本体，本质。其认为空间是无限的，然而又并不因此使人的精神失落于佛教境界那样的空幻，并非寄情于彼岸，而是基本上仍在此岸境界中追求无限，"高山仰止，景行行止，虽不能至，而心向往之"。此心虽在向往无穷，仍需在此岸中加以安顿。人们心中的"远空"并非茫茫无绪，并非如幻如烟、如泡如影，而是即使在无限之中仍然活跃着属于此岸的生命与心灵。所以表现在绘画中，有如元代张秦娥诗云："秋水一抹碧，残霞几缕红，水穷云尽处，隐隐两三峰。"又如唐人王维名句："行到水穷处，坐看云起时。"《周易》太极智慧对自然空间从而也是对人生空间的审美，是在空间有限中向往无限，又在对无限的向往中回归于有限，其审美情趣并非执着地消融于虚无漂渺的无限而往而无归，却是往复回旋的，用《周易》的话来说，是"否极泰来"。

同样，《周易》太极观中的时间意识也是崇尚时间的、周复流转的。它坚定地认为，时间是一个永恒的化变，时间就是大化。《易传》云，"在天成象，在地成形，变化见矣"，"参伍以变，错综其数，通其变，遂成天地之文。"①。天象地形、天时地理、天化地变，天之象化与地之形变，一重时间、一重空间。而《周易》的太极智慧是更注重时间之"化"的。"与时偕行""与时消息"，是典型的易理。太极观将生命认作周而复始的时间历程，危难之际总企盼着复兴之时，中华古人总是乐观地寄望于未来。因为他心目中有一个关于时间的原型，

---

① 《易传·系辞上》，《周易本义》，第284、309页。

就是相信美好的时机往来流旋、人生可以经验多次。"离离原上草，一岁一枯荣。野火烧不尽，春风吹又生。"这时间大化之美诚然不是无视空间之美的存在的，却以时间意识为主导，《周易》太极观并不抹杀空间之美的地位，又以时间之美为主角。宗白华说："我们的宇宙是时间率领着空间，因而成就了节奏化、音乐化的时空合一体。"①所言是也。如果说"西方观念则重分别、时间空间、相互独立，而其空间，一若更重于时间"的话，那么《周易》的太极大圆之美既是包孕时空、更以"时"为主的"周遍一体"（庄子）的美。

《周易》太极大圆之美学理想作为宇宙观与人生观在美学中的衍射，不能不在中华传统艺术中有所表现。

中华古代的戏曲小说独多"大团圆"结局。如白朴的《梧桐雨》以唐明皇与杨贵妃在月宫相聚为"团圆"，洪昇的《长生殿》保留了这一"大圆"结尾；《窦娥冤》以窦娥冤魂暗示、冤案得到"昭雪"为"团圆"。有好事者明人叶宪祖改作《金锁记》，剧中窦娥被斩之前誓发三愿：楚州三年大旱、六月飞雪、血溅白练。固然临刑瞬刻，天降大雪，于是感动执刑者刀下留人，令窦娥与家人团聚，真是"老天有眼"。《赵氏孤儿》本是一惊天动地大悲剧，又以孤儿长大成人复仇成功为"团圆"；《水浒》一百二十回本原有一个水泊梁山的悲剧性结局，却经金圣叹"腰斩"遂成七十一回本，写到梁山"英雄排座次"皆大欢喜为止。金圣叹这位自己惨死于"哭庙案"的悲剧性人物，原来也热衷于"团圆"之道。更有后人仍觉这样还不过瘾，有续书《水浒后传》与梁山后代造反"成功"的一脉生机；《三国演义》写曹氏、司马氏灭吴灭蜀、已自有"团圆"之趣。清人夏纶于乾隆年间更作《南阳乐》，虚构孔明终灭魏吴，使刘氏汉室复兴；《红楼梦》大悲剧，却亦并非如原作者所申言的那样："白茫茫大地一片真干净"，而是家道复初，兰桂齐放，实现了秦可卿的一个预言"否极泰来，荣辱自古周而复始"（见《红楼梦》第十三回）。这"否极泰来"，指《周易》之否卦☶发展到极点一变而为美满的泰卦☰，真是"时来运转"。但还有人觉得不够"圆"，于是"狗尾续貂"之作应时而出。清代临鹤山人《红楼圆梦》有"序"云："世之阅前梦者，莫不感宝、黛之钟情，而愿其成眷属焉。岂

---

① 宗白华：《中国诗画中所表现的空间意识》，《美学散步》，上海人民出版社，1981，第83页。

独阅者之心如是，即原宝、黛之心，亦未尝不以为将来之必成佳偶也。及见黛玉身死，宝玉出家，无不废卷而太息，诚古今之恨事也。兹得长白临鹤山人所作'圆梦'一书，令黛玉复生，宝玉还家，成为夫妇，使天下有情人卒成眷属，不亦快哉！"[①]

应当说，这种"大团圆"的"美"不是没有任何积极因子，它乐观地看待现实人生具有一定的向往美满未来的意志力量，这对那种美学上的绝对悲观主义不啻是一种精神的调剂，也包含着一定的对生活理想的追求。

可是，那些廉价的"大团圆"艺术，也会给社会人心带来虚假的欢乐与精神安慰。毕竟这个世界既有喜剧又有悲剧，该喜则喜、该悲且悲，无论悲喜，均以与生活本相相符为准。并不是写了悲剧，写了不团圆就一定是悲观主义、就一定是灰色、颓废，古今中外许多悲剧作品，如《哈姆莱特》《安娜·卡列尼娜》以及《阿Q正传》与《雷雨》等等，实际上都充满积极向上的审美理想。只有那些虚假的"大团圆"之作才令人倒胃口。王国维说：

> 吾国人之精神，世间的也，乐天的也。故代表其精神之戏曲小说，无往而不著此乐天色彩，始于悲者终于欢，始于离者终于合，始于困者终于亨。[②]

并不能一概地抨击"乐天"精神，这正如也不能绝对地肯定"悲天"精神一样。这里仅仅指出，"无往而不著此乐天色彩"的虚假的"大团圆"是不可取的。鲁迅先生指出：

> 中国的文人，对于人生——至少是对于社会现象，向来就多没有正视的勇气……从他们的作品上来看，有些人确也早已感到不满，可是一到快要显露缺陷的危机一发之际，他们总要即刻连说"并无其事"，同时闭上了眼睛。这闭着的眼睛便看见一切圆满……于是无问题，无缺陷，无不平，也就

---

① 临鹤山人：《红楼圆梦·序》，北京大学出版社，1988。

② 王国维：《红楼梦评论》，《王国维遗书》，第五册，上海古籍书店，1983，第49—50页。

无解决，无改革，无反抗，因为凡事总要"团圆"，正无需我们急躁。①

鲁迅先生所生活的时代本质上不同于今天，我们当然不能对这段引文作形而上学的理解。他的意思也不是否定对生活理想的执着与追求。作为马克思主义者的鲁迅，渗融在其大量杂文与小说中乐观向上的对未来美好社会理想的向往，正是那个时代漫漫长夜中的智慧的火炬。他所剧烈抨击的仅仅是那种"闭着的眼睛便看见一切圆满"的现象。阿Q临死前还误以为这是人生的"大团圆"，画圆"立志要画得圆"，却终于画成了瓜子模样，阿Q的人生是不圆满的。在这里，鲁迅先生对太极大圆之"美"进行了深刻的理性消解。

《周易》的太极智慧在文化意识、美学精神上具有两重性。既乐观向上、追求理想又可能引人进入盲目乐观的人生迷津；既挥斥盲目悲观、绝对悲观的意绪倾向又在一定程度上阻塞了冷峻的悲剧思维的发展。

当然，我们还应看到，《周易》的太极美学智慧给中华艺术思维与艺术情趣带来了积极而深刻的影响，它是追求圆满的太极宇宙观与人生观在艺术美学中的表现。历史上诸多骚人墨客常以"诗文圆美"为共识，并以"圆美"为艺术审美标准。钱锺书对此深有研究，他援引沈约引谢朓语："好诗流美圆转如弹丸。"白居易《江楼夜吟元九律诗》云："冰扣声声冷，珠排字字圆。"周草窗《浩然斋雅谈》卷上、元遗山《中州集》卷七皆记兰泉先生张建语，略谓："作诗不论长篇短韵，须要词理具足，不欠不余。如荷上洒水，散为露珠，大者如豆，小者如粟，细者如尘，一一看之，无不圆成。"何之贞《东洲草堂文钞》卷五与汪菊士论诗云："落笔要面面圆、字字圆。所谓圆者，非专讲格调也。一在理、一在气。理何以圆：文以载道，或大悖于理，或微碍于理，便于理不圆。气何以圆：直起直落可也，旁起旁落可也，千回万折可也，戛即止亦可也，气贯其中则圆。"②好一个"气贯其中"！气者，太极也。太极无非一气，它无时无处不在。原来诗文境界生气灌注，流转圆美，有如宇宙人生，是一太极之"场"。《周易》太极智慧这一文化原型，总是支配着中华民族传统的审美意结，

① 鲁迅：《坟·论睁了眼看》，《鲁迅论创作》，上海文艺出版社，1983，第523页。
② 按：参见钱锺书：《谈艺录》，中华书局，1984，第112、113页。

潜隐、渗融在文心诗魂之中。

然则,《周易》太极美学智慧既然是中华古老的意识形态,它当然具有观念过于陈旧的一面。太极智慧模式内部是活跃的、充满了生命活力的,也是自封闭的。太极的内在机制富于朴素的辩证法,确也生气勃勃,然而太极作为一个"圆"又包含了事物循环运动而无有进取的意识。这实际上是在太极辩证法中又存在着对抗辩证法的因素。黑格尔的美学体系具有一个"正、反、合"的思辨结构,如果说其"正"与"反"是其辩证法的辉煌体现,那么一旦其美学发展到"合"的阶段,这其实就是美与美学的终结。《周易》美学智慧诚然不是客观唯心主义的,它同样自成体系,它以太极为逻辑原点,其间富于辩证智慧自不待言,问题是仍需看到,在《周易》美学智慧的深层结构中,存有事物及其美归于"中止"之"时"的意识因素。

《周易》六十四卦以未济卦为最后一卦。朱熹云:"未济,事未成功之时也。"[1]未济之前一卦是既济,既济者,事已成功之时也。陈梦雷说:"既济之后犹有未济者,示造化之用,终必有始也。"[2]易学界有人据此便认为:"讲事物的运动变化是易理的根本"。其实,易理的根本,是既讲事物的变化又讲其不变的,汉人研易,以为"易有二义,变易,简易,不易也"。变易者,指事物的运动发展;简易者,指事物本质的原朴,美之本质就是简易的。不易者,有两层意思:一指事物之变易本身是不变的,就是说,承认事物的运动发展是永恒的、无条件的、绝对的;二指这事物的运动发展又是有条件的、相对的,它是在一个包容一切、弥纶天地的"场"中进行的,"场"作为事物的框架、本体与尺度,又是静止不变的。这个"场"就是太极,它一方面化生恒变;另一方面又静止无化。这无异于承认,太极之美早已穷尽了美之一切,在太极智慧观中不可能衍生出"非"太极、"反"太极的思想。《周易》以太极为逻辑原点的美学智慧体系缺乏一种自我审视、自我消解的力量。太极"独立自持""圆满具足",它成了中华古人心目中的一种审美"图腾"和无法超越的思维"障碍"。太极之美是一种流动变易的美,然而这美又同时是受到太极自身限制的。这种

① 朱熹:《周易本义》,第280页。
② 陈梦雷:《周易浅述》卷六,《周易浅述》,第三册,第961页。

限制就是《周易》所谓的"节"。未济卦上九爻为《周易》六十四卦三百八十四爻的最后一爻，其爻辞云："有孚于饮酒，无咎。濡其首，有孚失足。"《易传·象辞》在解说这一条爻辞时说："饮酒、濡首，亦不知节也。"这是说，以"饮酒"象征事业成功、庆贺；以"濡首"象征失败、大难临头。在《周易》看来，何以由成功而致失败，其因盖在"有孚失是"也。孚者，衷心之诚信；衷者，中也。"孚"之"失"，就是"不知节"。"节"就是"中"。《周易》六十四卦最后一爻以"节"字告终，确是意味深长的。徐志锐说："如果将前几卦结合起来研究，丰卦论平衡得中，节卦讲节制中，中孚强调信守中，小过为过中之后矫正而归于中。通过这几卦的论证，《周易大传》的中道思想已经阐述得很清楚了。继小过之后是既济未济，这两卦又从另一个侧面指明，如果节制不住中，事物的发展就要倒向两极，一方是成功的，另一方就是失败，二者是往复循环、互相移位的。列举了这一实例之后再于未济的终爻强调要'知节'，所以'知节'二字就成为这个哲学体系（注：也是美学体系）的终结点。所谓'知节'，就是节制住中界线，实质也就是限制发展，把对立面的暂时平衡、静止、调和变成绝对性的东西加以主观应用，这就使它不能不陷入折中主义。"[①]不仅仅是折中主义的问题，而且太极这个人造的"圆圈"反而成了阻碍民族文化智慧及其美学智慧向前发展的一种精神桎梏，在这一意义上可以说，《周易》的太极及其美是人及其审美的一种异化。

因此，在建设具有中国特色的当代马克思主义美学体系的今天，在认真总结中华民族的文化遗产及《周易》美学智慧之时，对《周易》的太极美学智慧加以科学的消解无疑是必要的。以太极为逻辑原点的《周易》美学无疑具有丰富、深邃的杰出智慧，它是建构新时代美学的一个思想之源，然而建构本身就是消解。钱锺书云："自周濂溪以圆象太极，入明遂成嘲弄之资"，他要求"冲破太极"[②]。在笔者看来，对"太极"加以"嘲弄"大可不必，而在踏实地吸取《周易》太极美学智慧的同时，消除有关崇拜意绪从而"冲破太极"则是摆在我们面前的一项严肃任务。

① 徐志锐：《周易大传新注》，齐鲁书社，1986，第401—402页。
② 钱锺书：《谈艺录》，中华书局，1984，第307页。

后 记

这是笔者继《巫术：周易的文化智慧》之后关于《周易》的第二本小书。此书是在为学生讲授《周易》选修课基础上所思、所悟的一点粗浅之见。易理广博深邃，断非浅涉能致真境，笔者究易未圆，深感学也无涯。《周易》美学智慧丰富精湛、影响且巨，该书试图将其作为中华传统文化审美意识的发生加以解析，力求自成一格。在此诚望学长、同仁与读者批评。近年美学界正为建设中国特色的、科学的现代化美学体系而努力，本书所能提供的，也许只是关于这方面的一些基础研究。《周易》美学智慧看似古奥而冷僻，其实它也热切地"关注"着现实人生。美学是关于宇宙与人生的审美关系学，笔者殊觉对此了悟甚少，所创获者寥寥也。惟愿静静读书、思索与笔耕，无所滞碍系累，陶钧意志，澡雪精神。

我国著名美学家蒋孔阳教授为本书赐序，复旦大学中文系朱立元教授、汪兄涌豪对拙作向出版社热忱引荐，在此一并深致谢忱。

复旦大学中文系王振复
1991年6月8日